GLENN MEADE

OPERATION SCHNEEWOLF

THRILLER

Ins Deutsche übertragen
von Wolfgang Thon

BASTEI LÜBBE TASCHENBUCH
Band 25567

1. Auflage: Oktober 2000

Vollständige Taschenbuchausgabe

Bastei Lübbe Taschenbücher ist ein Imprint
der Verlagsgruppe Lübbe

Originaltitel: Snow Wolf
Copyright © 1996 by Glenn Meade
All rights reserved
© der deutschsprachigen Ausgabe 1998 by
Verlagsgruppe Lübbe GmbH & Co. KG,
Bergisch Gladbach
Umschlaggestaltung: Gisela Kullowatz
Titelbild: Image Bank
Satz: KCS GmbH, Buchholz/Hamburg
Druck und Verarbeitung: Elsnerdruck, Berlin
Printed in Germany
ISBN 3-404-25567-4

Sie finden uns im Internet unter
http://www.luebbe.de

Der Preis dieses Bandes versteht sich einschließlich
der gesetzlichen Mehrwertsteuer.

Für Geraldine und Alex,
und zum Gedenken an
Julie Anne

DANKSAGUNGEN

Einige der in diesem Roman geschilderten Ereignisse sind historisch belegt. Obwohl bestimmte Persönlichkeiten aus dem historischen Kontext dieser Epoche erwähnt werden, ist die Handlung rein fiktiv; Anspielungen auf lebende Personen sind nicht beabsichtigt. Mit dem Ausdruck KGB wird der Sowjetische Staatssicherheitsdienst bezeichnet, der vor und nach dem Zeitraum, in dem dieses Buch größtenteils spielt, verschiedene Namensänderungen erfahren hat, bis er schließlich 1954 endgültig den Namen KGB annahm. Obgleich einige Ereignisse, von denen auf diesen Seiten die Rede ist, ebenfalls historisch verbürgt sind, wurden sie mit angemessener literarischer Freiheit angereichert, was Zeit, Ort und Inhalt angeht.

Bei meinen Recherchen haben mir viele Menschen geholfen und mir ihre eigenen Einblicke in diese Ereignisse gewährt. Daher möchte ich folgenden Personen und Institutionen meinen Dank sagen:

In den Vereinigten Staaten: der Gesellschaft Ehemaliger Geheimdienstoffiziere (AFIO).

In Finnland: dem Personal der US-Botschaft in Helsinki; der SUPO (der finnische Spionageabwehrdienst) für ihre unschätzbare Hilfe und Herzlichkeit, und dafür, daß sie mir Zugang zu bestimmtem Archivmaterial gewährt hat.

In Estland: Arseni Sacharow, Überlebender des Gulag, für seine Erinnerungen und Hintergrundinformationen, und Ave Hirvelaan für ihre Freundlichkeit und Unterstützung.

In Rußland: bestimmten, ehemaligen Angehörigen des KGB, die aus verständlichen Gründen nicht namentlich genannt werden möchten und die wissen, weshalb ich ihnen zu Dank verpflichtet bin. Für ihre fachkundige Hilfe über diese Epoche und für bestimme historische Episoden in diesem Roman danke ich Alexander Wischinski und Waleri Nekrasow.

Außerdem möchte ich Steven Milburn meinen Dank ausdrücken sowie den stets hilfreichen Angestellten der finnischen Botschaft in Dublin, vor allem Hannele Ihonen und Leena Alto.

Es gibt noch viele andere, vor allem ehemalige Geheimdienstangehörige, die mir ihre Zeit und ihr Sachwissen zur Verfügung gestellt haben; wie ich feststellen mußte, bevorzugen diese Frauen und Männer in ihrem Ruhestand die Anonymität – ihnen allen gilt mein aufrichtigster Dank.

Für die Transkription und Überprüfung sämtlicher russischer Namen, Ausdrücke und Ortsbezeichnungen dankt der Verlag Corinna Hartmann.

*Das schwierigste Unterfangen ist nicht,
die Zukunft vorherzusagen, sondern die Vergangenheit.*
                                    Russisches Sprichwort

*Da draußen lauert ein Wolf. Er will mein Blut.
Wir müssen alle Wölfe ausrotten.*

Diese Bemerkung wird Josef Stalin zugeschrieben. Angeblich hat er diese Bemerkung am 17. Februar 1953, also gut zwei Wochen vor seinem Tod, dem indischen Botschafter in Moskau gegenüber gemacht. Dieser Mann war der letzte Ausländer, der Josef Stalin lebend gesehen hat.

DIE GEGENWART

1. KAPITEL

Moskau

Ich war gekommen, um die Vergangenheit zu begraben und die Geister wiederauferstehen zu lassen. Deshalb schien es mir passend, die Geschichte von Wahrheit und Lügen der Vergangenheit auf einem Friedhof zu beginnen.

Es regnete an diesem Morgen auf dem Nowodewitschi-Friedhof, als ich meinen Vater zum zweiten Mal zu Grabe trug.

Daß jemand zweimal beerdigt wird, kommt nicht oft vor. Ich stand allein unter einer Kastanie, von deren Ästen der Regen tröpfelte, und sah, wie ein schwarzer Mercedes durch die Friedhofstore fuhr und in der Nähe des Grabes hielt. Zwei Männer stiegen aus. Einer war mittleren Alters und grauhaarig, der andere war ein orthodoxer Priester mit Vollbart.

Es ist eine alte russische Tradition, den Sarg zu öffnen, bevor er in die Erde gesenkt wird. Damit gibt man Freunden und Verwandten Gelegenheit, ihre Toten noch einmal zum Abschied zu küssen und ihnen ein Lebewohl mit auf den letzten Weg zu geben. Aber hier, an diesem nassen Junitag, verzichtete man wohlweislich auf diese Zeremonie. Immerhin war der Mann, der hier beigesetzt wurde, schon vor mehr als vierzig Jahren gestorben. Dies hier war nur eine schlichte Bestattung, mit der man seinen Tod jedoch endlich auch offiziell anerkannte.

Ich erinnere mich daran, daß jemand einen Kranz aus roten Blumen neben das Grab gelegt hatte. Dann sah ich die gezackten Blitze, die am grauen Horizont flackerten, und hörte das Grollen des Donners.

Es war eines dieser Frühsommergewitter, das den Himmel über Moskau wie ein Feuerwerk erhellt und in dem sich die Wolken vollkommen leerzuregnen scheinen. Es war eine passende Szenerie für eine Beerdigung und – im Fall meines Vaters – auch ein dramatisches Ende eines dramatischen Lebens.

Das Kloster von Nowodewitschi liegt südlich von Moskau. Die alte orthodoxe Kirche aus dem sechzehnten Jahrhundert war von Mauern aus ausgebleichtem Stein umgeben und wurde von fünf goldenen Kuppeln gekrönt. Hinter den Gittertoren, durch die man auf den Friedhof gelangte, erstreckte sich ein Labyrinth aus schmalen Wegen zwischen Unkraut, marmornen Grabsteinen und alten Grüften.

Bis vor ein paar Jahren war der Friedhof der Öffentlichkeit nicht zugänglich gewesen. Chruschtschows Grab lag nicht weit entfernt. Es war ein massives Monument aus weißem und schwarzem Marmor. Stalins Frau und ihre Familie ruhten weiter rechts. Tschechow. Schostakowitsch. Unter weiteren großen Grabstätten aus Marmor ruhten die Helden der Sowjetunion, Schriftsteller und Schauspieler, Männer und Frauen, die der sowjetischen Geschichte ihren Stempel aufgedrückt hatten. Mein Vater machte sich merkwürdig zwischen ihnen. Er war Amerikaner.

Während ich im strömenden Regen unter tropfenden Ästen in einer Ecke des Friedhofes stand, beobachtete ich, wie der grauhaarige Mann leise mit dem Priester sprach. Der nickte und zog sich unter einen Baum zurück, der ein paar Schritte entfernt stand.

Der grauhaarige Mann war Ende Vierzig, groß und gut gebaut. Unter dem regenfeuchten Umhang trug er einen modischen blauen Anzug und lächelte mich herzlich an, als er auf mich zukam.

»Ein ziemlicher feuchter Tag für einen solchen Anlaß, finden Sie nicht?« Er reichte mir die Hand. »Brad Taylor, Botschaft der Vereinigten Staaten. Sie sind Massey, nicht wahr?«

Er hatte einen festen Händedruck.

»Ich hatte schon befürchtet, Sie würden es nicht schaffen«, erwiderte ich.

»Entschuldigen Sie die Verspätung. Ich wurde in der Botschaft aufgehalten.« Er nahm eine Schachtel Zigaretten aus der Tasche und bot mir eine an. »Rauchen Sie? Ich hoffe, es wirkt nicht despektierlich.«

»Überhaupt nicht. Danke, ich nehme gern eine.«

»Es ist eine schreckliche Angewohnheit, aber an solch tristen Tagen spendet es ein bißchen Trost.«

Nachdem er unsere Zigaretten angezündet hatte, warf er dem Priester einen Seitenblick zu. Der hatte aus seiner weißen

Robe unter dem schwarzen Umhang eine Bibel hervorgezogen und las darin.

»Bob hat mir erzählt, daß Sie als Journalist bei der *Washington Post* arbeiten«, sagte Taylor. »Sind Sie schon mal in Moskau gewesen, Mr. Massey?«

»Einmal, vor etwa fünf Jahren. Aber nur kurz. Im Rahmen meiner Arbeit. Was hat Bob Ihnen noch erzählt?«

Taylor lächelte und zeigte dabei seine perfekten, gleichmäßigen weißen Zähne. »Genug, um zu wissen, daß es nicht überflüssig wäre, Sie zu treffen. Er hat gesagt, Sie wären ein alter Freund von ihm aus Ihrer gemeinsamen Schulzeit im Internat. Sie hätten in seiner Einheit in Vietnam gedient. Außerdem hat er mich gebeten, dafür zu sorgen, daß Ihr Aufenthalt in Moskau glatt verläuft. Darauf hat Bob besonderen Wert gelegt.«

Taylor schien noch etwas sagen zu wollen, zögerte jedoch und blickte erneut zu dem Priester hinüber, der gerade zu Ende gelesen und ein kleines Weihrauchgefäß entzündet hatte und nun zu uns kam.

»Wir können wohl anfangen«, bemerkte Taylor. »Übrigens spricht der Priester Englisch. Ich dachte, es wäre Ihnen recht. Ich glaube, wir haben an alles gedacht, worum Bob gebeten hat.«

Jemand hatte einen neuen Marmorstein gegen einen Baum gelehnt. Ich konnte die schlichte Inschrift in kyrillischen Buchstaben entziffern.

Jakob Massey
3. Januar 1912 – 1. März 1953

Daneben lag ein alter Grabstein ohne Inschrift, den man vom Grab entfernt hatte. Er war von grünem Moos überwuchert und mit den Jahren verwittert. Ein anderer Stein, der genauso alt aussah, lag noch auf dem Boden und markierte ein zweites Grab unmittelbar neben dem meines Vaters. Aus den Augenwinkeln sah ich zwei Totengräber mit Umhängen etwas weiter entfernt unter einigen Bäumen stehen. Sie warteten darauf, den Grabstein meines Vaters aufstellen zu können.

Während ich da stand, wurde mir klar, wie die Dinge sich so plötzlich zusammengefügt hatten. Es war einer dieser seltenen Fälle, in denen der Zufall sich wirklich alle Mühe gibt, einen davon zu überzeugen, daß es so etwas wie Schicksal gibt. Vor einer Woche – und fünftausend Meilen entfernt – hatte ich in Washington den Anruf aus Langley erhalten, in dem man mir mitteilte, die Beerdigungsfeierlichkeiten wären arrangiert worden, und Anna Chorjowa wollte mich in Moskau treffen. Ich brauchte drei Tage, alle Details abzuklären, und konnte bis dahin meiner Aufregung kaum Herr werden.

Der orthodoxe Priester trat vor und schüttelte mir die Hand. »Soll ich jetzt beginnen?« Sein Englisch war perfekt.

»Ja, vielen Dank.«

Er trat vor das Grab. Mit seinem schwarzen Hut, dem schwarzen Regenmantel und der weißen Robe wirkte er sehr feierlich. Er schwang einen kleinen Weihrauchbehälter, der einen angenehmen Duft verströmte, und intonierte die Totengebete auf russisch. Taylor und ich standen daneben und lauschten dem klagenden Sprechgesang, der in der feuchten, süßlich duftenden Luft weit trug. Schließlich begann der Priester, laut aus dem Buch der Offenbarung vorzulesen.

Er wird euch die Tränen trocknen, und dann wird es keinen Tod mehr geben, kein Leid, kein Weinen und keinen Schmerz. All das wird für immer vergessen sein ...

Die Zeremonie verflog im Nu. Der Priester verabschiedete sich und ging zum Wagen zurück. Die Totengräber traten näher und machten sich an die Arbeit. Sie stellten den neuen Grabstein auf das Grab meines Vaters.

»Das war es dann wohl!« sagte Taylor. »Bis auf Ihre Freundin Anna Chorjowa. Sie ist heute morgen aus Tel Aviv eingetroffen. Ihretwegen bin ich zu spät gekommen.«

Taylor steckte sich eine weitere Zigarette an und spendierte auch mir noch eine. »Ich nehme an, Bob hat Ihnen die Grundregeln erklärt?« fragte er dann.

»Sicher. Keine Fotos, keine Aufnahmen. Alles streng vertraulich.«

Taylor lächelte. »Das dürfte wohl ausreichen. Sie hält sich in einem Haus in den Worobjowije Gory, den sogenannten Spatzenhügeln, außerhalb von Moskau auf. Es gehört der israelischen Botschaft, und normalerweise wohnen dort die Angestellten. Man hat es für Ihr Treffen geräumt.« Er reichte mir einen Zettel. »Das ist die Anschrift. Man erwartet Sie heute nachmittag um fünfzehn Uhr.« Er zögerte. »Darf ich Ihnen eine Frage stellen?«

»Nur zu.«

Er deutete mit dem Kopf auf das Grab meines Vaters. »Bob hat mir erzählt, daß Ihr Vater vor vierzig Jahren gestorben ist. Wieso haben Sie dann heute diesen Gottesdienst abhalten lassen?«

»Das hat Bob Ihnen nicht gesagt?«

Taylor lächelte. »Ich bin hier nur der Botenjunge. Bob hat mir genug mitgeteilt, damit ich nicht völlig ahnungslos bin und alles organisieren konnte. Aber Genaueres wollte er mir nicht sagen. Und wenn man für das diplomatische Corps der Vereinigten Staaten arbeitet, lernt man schnell, nicht zu viele Fragen zu Themen zu stellen, die einen nichts angehen. Man nennt es, glaube ich: ›das nötige Wissen‹.«

»Ich kann Ihnen nur sagen, daß mein Vater für die amerikanische Regierung gearbeitet hat und 1953 in Moskau gestorben ist.«

»Hat er für unsere Botschaft gearbeitet?«

»Nein.«

»Ich dachte, daß Moskau während des kalten Krieges für alle Amerikaner außer für die Botschaftsangehörigen verbotenes Terrain war«, erwiderte Taylor verblüfft. »Wie ist Ihr Vater gestorben?«

»Um das herauszufinden, bin ich hier.«

Taylor war verwirrt, schien etwas erwidern zu wollen. Doch in diesem Augenblick donnerte es über uns, und er blickte zum Himmel.

»Ich würde ja gern noch ein bißchen mit Ihnen plaudern, aber die Pflicht ruft.« Er zertrat die Zigarette mit dem Absatz. »Ich muß den Priester zurückbringen. Kann ich Sie irgendwo absetzen?«

Ich warf meine Zigarette achtlos fort. »Das ist nicht nötig. Ich nehme mir ein Taxi. Eine Zeitlang möchte ich noch hierbleiben. Danke für Ihre Hilfe.«

»Wie Sie wollen.« Taylor spannte den Regenschirm auf.

»Viel Glück, Massey. Ich wünsche Ihnen, daß Sie finden, was Sie suchen, ganz gleich, worum es sich handelt.«

Ich kann mich noch erinnern:
 Es ist ein kalter, windiger Abend Anfang März 1953. Ich bin zehn Jahre alt und liege im Bett meines Schlafraums im Internat von Richmond, Virginia. Draußen auf der Treppe höre ich Schritte. Die Tür geht auf. Ich blicke dorthin und erkenne den Rektor. Hinter ihm steht ein anderer Mann, aber es ist kein Lehrer oder Angestellter. Er trägt einen Mantel und Lederhandschuhe und starrt mich an; dann lächelt er gezwungen.
 »William«, sagt der Rektor, »dieser Gentleman möchte dich besuchen.« Vielsagend schaut er die beiden anderen Jungen an, mit denen ich das Zimmer teile. »Würdet ihr William bitte eine Weile allein lassen?«
 Die Jungen verlassen das Zimmer, ebenso der Rektor. Der Mann schließt hinter ihnen die Tür. Er ist breitschultrig und hat ein hartes Gesicht; die Augen liegen tief in den Höhlen. Mit seinem kurzen Haar und den blank geputzten braunen Schuhen sieht er wie ein Soldat aus.
 Lange Zeit sagt er gar nichts, als suche er vergeblich nach den richtigen Worten. »William«, beginnt er schließlich, »ich heiße Karl Branigan und war ein Kollege deines Vaters.«
 Irgend etwas in seiner Stimme läßt mich aufhorchen, vielleicht die Art, wie er sagt, er ›war ein Kollege‹. Ich schaue ihn an und frage: »Was ist denn, Mr. Branigan?«
 »William, ich fürchte, ich habe schlechte Nachrichten für dich. Es geht um deinen Vater ... Er ist tot ... Es tut mir leid ... Aufrichtig leid.«
 Der Fremde steht einfach nur da und sagt nichts mehr. Dann weine ich, aber der Mann kommt nicht zu mir, umarmt mich nicht und tröstet mich auch nicht auf andere Weise. Zum ersten Mal im Leben fühle ich mich vollkommen verlassen. Kurz darauf höre ich die Treppe unter seinen Schritten knarren, als er hinuntergeht. Draußen heult der Wind. Der Zweig eines Baums schlägt gegen die Mauer, knarrt und zerbricht schließlich. Ich rufe nach meinem Vater. Aber er antwortet nicht.

Dann schreie ich auf, ein gequälter Schrei aus meinem tiefsten Inneren, der mir noch heute in den Ohren gellt. Ein schrecklicher Schrei voller Angst. Ich kann die Tränen nicht mehr zurückhalten.

Ich erinnere mich, daß ich dann losgerannt bin. Ohne bestimmtes Ziel. Durch die alten Eichentüren aus der Schule hinaus, über die feuchten, kalten Felder Virginias. Der Kummer lag wie ein Stein in meinem Herzen, bis ich an den kalten Fluß kam, der durch die Felder strömte. Ich lag auf dem feuchten Gras, schlug die Hände vors Gesicht und wünschte mir meinen Vater zurück.

Erst später erfuhr ich Einzelheiten über den Tod meines Vaters. Man hat mir nie erzählt, wo genau er gestorben ist, nur, daß es irgendwo in Europa war und daß er Selbstmord begangen hatte. Der Leichnam hatte im Wasser gelegen – kein schöner Anblick für einen Jungen; deshalb durfte ich ihn nicht sehen. Es hatte zwar eine Beerdigung gegeben, aber keine weiteren Erklärungen oder Antworten auf meine Fragen. Niemand machte sich die Mühe, einem Kind etwas darüber zu erzählen. Doch Jahre später stiegen all die unbeantworteten Fragen wieder in mir auf. Warum? Wo? Es sollte sehr lange dauern, bis ich die Wahrheit erfuhr.

Vor zehn Tagen, als meine Mutter gestorben war, war ich in ihre Wohnung gegangen und hatte mich dem Ritual gewidmet, ihre Habseligkeiten durchzusehen. Ich hatte nicht geweint, weil ich sie kaum gekannt hatte. Wir hatten uns im Lauf der vielen Jahre so gut wie nie gesehen. Nur gelegentlich war eine Karte gekommen, in größeren Abständen auch mal ein Brief. Wir hatten uns nie nahegestanden – nicht so wie mein Vater und ich. Meine Eltern hatten sich kurz nach meiner Geburt scheiden lassen, und meine Mutter war ihren eigenen Weg gegangen. Sie hatte es meinem Vater überlassen, mich großzuziehen.

Sie war Tänzerin in einer Broadway-Show gewesen, und ich hatte immer vermutet, daß sie und mein Vater nie zusammengepaßt hatten.

Sie mietete sich eine kleine Wohnung in der Upper East

Side in New York. Ich erinnere mich vor allem an die Unordnung, die dort herrschte. An das schmale, ungemachte Bett, an den einsamen Stuhl, an leere Ginflaschen und die Fläschchen mit der Haarblondierung. In einer Blechdose unter dem Bett verwahrte sie mit Gummibändern zusammengehaltene Briefe von alten Freunden und meinem Vater.

Hier fand ich auch dieses Schreiben von seiner Hand. Es war alt und verblichen, hatte Eselsohren an den Ecken und wirkte zerbrechlich wie ein Papyrus.

Er datierte vom 24. Januar 1953.

Liebe Rose,
nur ein paar kurze Zeilen an Dich, damit Du weißt, daß es William gutgeht und er in der Schule gut vorankommt. Ich werde eine Zeitlang unterwegs sein. Falls mir etwas zustößt, sollst Du wissen, daß (wie immer) genug Geld auf meinem Konto ist, um Euch beide durchzubringen. Zusammen mit meiner Berufsversicherung. Wir leben in gefährlichen Zeiten. Ich habe gehört, daß sie wegen der russischen Kriegsdrohungen sogar damit anfangen, Luftschutzbunker am Broadway zu bauen.

Mir geht es gut, und ich hoffe, Dir ebenfalls. Noch eins, falls mir etwas passiert: Ich wäre Dir dankbar, wenn Du im Haus nach dem Rechten sehen würdest. Solltest Du irgendwelche Unterlagen im Arbeitszimmer oder am üblichen Platz im Keller finden, dann tue mir doch bitte den Gefallen und gib sie an das Büro in Washington weiter. Würdest Du das für mich tun?

Jake.

Ich las die anderen Briefe aus reiner Neugier. Viel stand nicht drin. Einige kurze Notizen stammten von anderen Männern. Jemand, der Mutter in der Tanzgruppe gesehen hatte und dem ihre Beine gefielen, hatte ihr den Zettel hinter die Bühne geschickt, um sie zum Essen einzuladen. Es waren auch einige Briefe von meinem Vater dabei, aber in keinem fand ich auch nur eine Andeutung, daß sie sich geliebt hätten.

Aber ich mußte immer an diesen einen Satz denken, in dem von den Unterlagen die Rede gewesen war. Das Haus meines Vaters gehörte jetzt mir. Es war ein altes Holzhaus, das er gekauft hatte, als er mit meiner Mutter nach Washington gezogen war. Nach seinem Tod verfiel es, bis ich alt genug war, es wieder aufzupolieren. Ich habe Jahre dafür gebraucht. Früher hatte ein alter Diebold-Safe im Arbeitszimmer meines Vaters gestanden; der Safe war im Boden eingelassen, und er verwahrte Dokumente und Unterlagen darin auf. Aber ich erinnere mich, daß er immer sagte, er traue keinem Safe, weil jemand, der entschlossen oder gerissen genug war, so ein Ding leicht knacken könnte. Der Safe war schon lange fort und das Zimmer renoviert. Aber ich kannte keinen anderen Ort, an dem mein Vater etwas hätte verstecken können.

An dem Tag, als ich die Angelegenheiten meiner Mutter geregelt hatte, stieg ich in den Keller hinunter. Ich ging selten dorthin. Im Keller verwahrte ich nur uraltes Zeug auf, Dinge, die meinen Eltern gehört hatten, Kisten voller Sachen, die sich im Lauf der Jahre angesammelt hatten und die ich immer schon hatte entsorgen wollen. Ich dachte an den Safe im Arbeitszimmer, wuchtete die Kartons und Holzkisten herum und überprüfte den Betonboden.

Nichts.

Dann schaute ich mir die Wände genauer an.

Es dauerte ziemlich lange, bis ich zwei lockere Ziegelsteine in der Wand hoch über der Kellertür fand.

Ich weiß noch, daß mein Herz vor Aufregung ein bißchen schneller schlug, als ich mich fragte, ob ich fündig werden würde. Vielleicht hatte meine Mutter längst getan, worum mein Vater sie damals gebeten hatte, oder aber seine Wünsche wie so oft ignoriert. Ich entfernte die Ziegelsteine aus dem Mauerwerk. Dahinter verbarg sich eine tiefe Nische. Ich sah den großen, gelben Schreibblock zwischen den Deckeln eines Pappordners. Er war verschlissen und verblaßt.

Manchmal reicht ein Ereignis aus, das ganze Leben zu verändern. Zum Beispiel eine Hochzeit oder eine Scheidung. Oder jemand am anderen Ende des Telefons teilt einem mit, daß ein nahestehendes Familienmitglied gestorben ist.

Mit dem, was ich hinter den Ziegelsteinen in diesem Keller fand, hatte ich allerdings ganz und gar nicht gerechnet.

Ich nahm den gelben Notizblock mit nach oben und las ihn durch. Zwei Seiten waren in der Handschrift meines Vaters mit blauer Tinte beschrieben.

Es standen vier Namen da, einige Daten, ein paar Details und flüchtig hingeworfene Notizen, als hätte er versucht, etwas auszuarbeiten. Aber nichts ergab viel Sinn. Und dann war da ein Kodename: Operation Schneewolf.

Mein Vater hatte für die CIA gearbeitet. Er war sein Leben lang Militär gewesen und hatte während des Krieges für das OSS gearbeitet, den Militärgeheimdienst. Damals war mein Vater hinter den deutschen Linien eingesetzt worden. Soviel wußte ich. Aber das war auch alles. Bis ich diesen gelben Notizblock fand.

Ich saß lange regungslos da und versuchte, aus der ganzen Angelegenheit schlau zu werden. Mein Herz raste, und meine Gedanken überschlugen sich, bis mir ein Datum auf dem Block auffiel. Da endlich klickte es bei mir.

Ich fuhr zum Arlington-Friedhof. Lange stand ich vor dem Grab meines Vaters und betrachtete die Inschrift.

Jakob Massey
3. Januar 1912 – 20. Februar 1952

Ich starrte auf die Buchstaben und Zahlen, bis mir die Augen brannten. Dann verließ ich den Friedhof, machte Kopien von den beschriebenen Seiten und schickte die Originale in einem versiegelten Umschlag an meinen Anwalt.

Eine Stunde später rief ich Bob Vitali an. Er arbeitete für die CIA in Langley.

»Bill, das ist ja eine Ewigkeit her«, begrüßte Vitali mich liebenswürdig. »Halt, nichts verraten. Es geht um das Ehemaligentreffen des Internats, richtig? Warum machen die das bloß immer, wo man doch alles tut, um diese Zeit möglichst zu vergessen? Den Haufen Geld, den mich dieses Internat in Richmond an Honoraren für meinen Seelenklempner gekostet hat ...«

Ich erzählte ihm, was ich gefunden hatte und wie ich darauf gestoßen war, ließ jedoch nichts über den Inhalt verlauten.

»Na und? Du hast irgendwelche vergessenen Unterlagen von deinem alten Herrn aufgestöbert. Klar, er hat für die CIA gearbeitet, aber das ist vierzig Jahre her. Tu dir selbst einen Gefallen und verbrenn die Papiere.«

»Ich glaube, jemand sollte herkommen und einen Blick darauf werfen.«

»Soll das ein Witz sein? Rufst du etwa deswegen an?«

»Bob, ich glaube wirklich, daß jemand kommen und es sich ansehen sollte.«

Vitali seufzte. Ich konnte mir vorstellen, wie er an seinem Schreibtisch saß und ungeduldig auf die Uhr schaute.

»Na gut, um was geht es? Gib mir schon mal ein paar Einzelheiten, mit denen ich was anfangen kann. Dann hör' ich mich um und finde heraus, ob du auf etwas Wichtiges gestoßen bist. Aber wahrscheinlich ist es längst freigegeben. Du machst bestimmt Lärm um nichts.«

»Bob, bitte komm her und sieh es dir an!« wiederholte ich eindringlich.

»Bill«, erwiderte Vitali ungeduldig, »ich hab' nicht die Zeit, zu dir rauszufahren. Meine Güte, verrate mir doch etwas. Irgendwas, womit ich was anfangen kann.«

»Operation Schneewolf.«

»Was soll das sein?«

»Das steht ganz oben auf der ersten Seite des Notizblocks.«

»Nie davon gehört. Sonst noch was?«

»Komm her und sieh es dir an.«

Vitali seufzte. »Bill, ich sag' dir, was ich unternehme: Ich werde einen der alten Hasen hier fragen, einen aus dem Archiv. Mal sehen, was die ausspucken, und ob es bei ihnen klingelt, wenn sie Schneewolf hören.«

Ich hörte die Ungeduld in seiner Stimme. »Tut mir leid, da kommt ein Anruf für mich. Ich rufe zurück. Alles Gute, alter Junge.«

Die Verbindung wurde unterbrochen.

Ich stand auf, ging in die Küche und machte mir einen Kaffee. Vermutlich habe ich lange, mit heftig pochendem Herzen dort gesessen und darüber nachgedacht, was mein Fund bedeuten könnte. Ich hatte Vitali nicht alles erzählen wollen, weil ich neugierig darauf war, was man in Langley wußte. Ich war wie elektrisiert, hatte aber keine Ahnung, was ich als nächstes unternehmen sollte.

Etwa eine Stunde später hörte ich das Quietschen von Autoreifen vor dem Haus. Ich blickte aus dem Fenster und sah zwei schwarze Limousinen in der Auffahrt. Ein halbes Dutzend Männer sprangen aus den Fahrzeugen, unter ihnen Bob Vitali.

Er war blaß um die Nase, und als ich die Tür öffnete, fragte er drängend: »Darf ich reinkommen? Wir müssen uns unterhalten.«

Nur Vitali und noch ein Mann betraten das Haus. Die übrigen warteten auf der Veranda. Vitalis Begleiter war groß, etwa sechzig Jahre alt und hatte gepflegtes, silbergraues Haar. Er wirkte arrogant, sagte kein Wort und lächelte auch nicht.

»Bill«, sagte Vitali schließlich, »du kannst dir sicher denken, daß es um die Unterlagen geht, die du gefunden hast ...«

Sein Begleiter schnitt ihm das Wort ab. »Mr. Massey, mein Name ist Donahue. Ich bin Abteilungsleiter beim CIA. Bob hat mir berichtet, was Sie ihm mitgeteilt haben. Darf ich bitte diese Papiere sehen, die Sie am Telefon erwähnten?«

Ich reichte ihm die Unterlagen.

Er wurde blaß. »Das sind ja Kopien!«

Donahues Tonfall forderte eine Erklärung. Ich schaute ihn an. »Die Originale befinden sich an einem sicheren Ort.«

Ein Muskel zuckte in Donahues Gesicht, das plötzlich sehr hart aussah. Er warf Vitali einen vielsagenden Blick zu, bevor er langsam und gründlich die Fotokopien durchlas. Schließlich setzte er sich. Seine Miene wirkte besorgt.

»Mr. Massey, diese Unterlagen sind Eigentum der CIA.«

»Nein. Sie gehörten meinem Vater. Der hat zwar für die CIA gearbeitet, war aber nicht deren Eigentum.«

Donahues Stimme klang entschlossen. »Mr. Massey, über diesen Punkt können wir gern den ganzen Abend streiten, aber diese Unterlagen, die jetzt in Ihrem Besitz sind, unterliegen immer noch der höchsten Geheimhaltungsstufe. Insofern sind sie Eigentum der Regierung.«

»Es ist schon über vierzig Jahre her.«

»Das spielt keine Rolle ... Die Klassifizierung ist nach wie vor gültig. Gerade diese Unterlagen werden niemals zur Veröffentlichung freigegeben. Die Operation, von der in diesen Papieren die Rede ist, unterlag strengster Geheimhaltung und war hochbrisant. Mehr als Sie sich vorstellen können. Bitte, geben Sie mir die Originalunterlagen ...«

»Ich schlage Ihnen einen Handel vor.«

»Kein Handel, Massey. Die Papiere«, forderte Donahue.

Ich war fest entschlossen, mich nicht einschüchtern zu lassen. »Sie sollten mir lieber zuhören, Donahue. Mein Vater ist vor mehr als vierzig Jahren gestorben. Ich habe nie erfahren, wo, wann und wie er tatsächlich ums Leben gekommen ist. Ich will Antworten. Zum Beispiel will ich genau wissen, worum es sich bei dieser Operation Schneewolf gehandelt hat. Er war daran beteiligt.«

»Kommt nicht in Frage. Tut mir leid.«

»Ich bin Journalist. Ich werde dafür sorgen, daß diese Unterlagen veröffentlicht werden. Ich werde einen Artikel schreiben und herausfinden, ob jemand, der für die CIA gearbeitet hat, sich daran erinnert. Sie werden überrascht sein, was alles ans Tageslicht kommt.«

Donahue wurde wieder blaß. »Ich versichere Ihnen, keine einzige Zeitung in diesem Land wird auch nur eine Zeile veröffentlichen, die Sie über diese Sache schreiben. Die CIA würde es nicht zulassen. Ihre Recherchen würden Sie ohnehin nicht weit bringen.«

Donahue blies sich ganz schön auf.

Ich erwiderte ungerührt seinen durchdringenden Blick. »Das nennt man also Demokratie. Vielleicht kann ich meine Artikel wirklich nicht in den Staaten veröffentlichen«, fuhr ich fort. »Aber es gibt noch genügend Zeitungen im Ausland, die nicht unter Ihrer Fuchtel stehen.«

Donahue runzelte die Stirn. Ich konnte sehen, daß er angestrengt nachdachte.

»Was wollen Sie, Massey?«

»Antworten. Ich will die Wahrheit wissen. Und ich will Leute treffen, die zusammen mit meinem Vater auf dieser Mission waren. Jeden, der noch lebt.«

»Das ist unmöglich. Sie sind alle tot.«

»Alle bestimmt nicht. Irgend jemand wird noch leben. Eine dieser vier Personen, deren Namen im Notizblock stehen.

Alex Slanski. Anna Chorjowa. Henri Lebel. Irina Dezowa. Wer immer das sein mag. Ich will keinen Bericht aus zweiter Hand. Sie könnten mir alles mögliche auf die Nase binden. Ich will Beweise. Beweise aus Fleisch und Blut. Ich will mit jemandem sprechen, der meinen Vater kannte, der über die Operation informiert war und weiß, wie er wirklich gestorben ist. Und ich will erfahren«, fuhr ich entschlossen fort, »was aus seinem Leichnam geworden ist.«

Diesmal wurde Donahue so weiß wie die Wand. »Ihr Vater wurde in Washington begraben.«

»Das ist eine Lüge, und das wissen Sie ganz genau. Werfen Sie doch einen Blick auf die Kopien, Donahue. Auf der letzten Seite steht ein Datum in der Handschrift meines Vaters. Es ist der 20. Februar 1953. Ihre Leute haben mir weisgemacht, er wäre zu dieser Zeit irgendwo in Europa gestorben. Und das ist auch der Todestag auf seinem Grabstein – 20. Februar. Ich mag ja dumm sein, aber tote Männer schreiben keine Notizen, außer vielleicht Lazarus. Und selbst ein Lazarus kann nicht an zwei Orten gleichzeitig sein. Die CIA hat behauptet, mein Vater wäre im Ausland gestorben, aber er war an diesem Tag hier, in diesem Haus. Wissen Sie was? Ich glaube nicht einmal, daß Sie meinen Vater begraben haben. Sie hatten gar keinen Leichnam. Deshalb durfte ich ihn auch nie sehen, und deshalb haben Sie mir den Mist erzählt, daß er zu lange im Wasser gelegen habe. Ich war ein Kind und habe keine Fragen gestellt, als man mir damals nicht erlaubte, den Leichnam zu sehen. Aber jetzt stelle ich Fragen. Mein Vater hat keinen Selbstmord begangen. Er hat sich nicht ertränkt. Er ist bei dieser Operation Schneewolf gestorben, habe ich recht?«

Donahue lächelte gequält. »Mr. Massey, ich glaube, Sie schießen mit Ihren wüsten Spekulationen ziemlich weit über das Ziel hinaus.«

»Dann sollten wir vielleicht mit dem Spekulieren aufhören. Ich gehe zu meinem Anwalt und beauftrage ihn, die Exhumierung des Leichnams zu beantragen. Wenn der Sarg geöffnet wird, werde ich bestimmt nicht meinen Vater darin finden. Und dann stecken Sie wirklich bis zum Hals in Schwierigkeiten, Donahue. Ich werde Sie und Ihre Vorgesetzten vor den Richter zerren und eine öffentliche Erklärung von Ihnen erzwingen.«

Donahue antwortete nicht, sondern lief rot an. Entweder war er zutiefst verlegen, oder er war nicht gewohnt, daß man in diesem Ton mit ihm redete. Er warf einen kurzen, hilfesuchenden Blick zu Vitali hinüber, doch Bob saß nur da, als würde er unter Schock stehen. Entweder war er sprachlos oder hatte Angst vor Donahue – oder beides.

Schließlich stand Donahue auf. Er sah mich an, als hätte er mich am liebsten verprügelt. »Ich möchte, daß Sie eins wissen, Massey. Wenn Sie tun, was Sie sagen, werden Sie eine Menge Ärger bekommen.«

»Von wem?«

Donahue antwortete nicht, starrte mich einfach nur an.

Ich erwiderte den Blick und versuchte es dann auf die etwas sanftere Tour. »Welchen Schaden kann es denn anrichten, wenn Sie mir verraten, was wirklich mit meinem Vater geschehen ist? Ich bin bereit, die Unterlagen zurückzugeben. Und wenn die ganze Sache tatsächlich so ungeheuer geheim war, unterschreibe ich, was Sie wollen, und garantiere damit mein Schweigen. Aber drohen Sie mir nicht, Donahue. Es hat mich vierzig Jahre Ärger und Schmerz gekostet, nicht die Wahrheit über meinen Vater zu kennen, sondern nur gesagt zu bekommen, er habe irgendwo Selbstmord begangen.« Ich blickte Donahue entschlossen an. »Glauben Sie mir eins: Wenn ich die Wahrheit nicht erfahre, werde ich tun, was ich gesagt habe.«

Donahue seufzte, schaute mich ärgerlich an und preßte die Lippen zusammen. »Kann ich Ihr Telefon benutzen?«

»Es steht im Flur. Sie sind daran vorbeigegangen, als Sie hereingekommen sind.«

»Ich muß Ihnen sagen, daß die ganze Angelegenheit jetzt nicht mehr meiner Entscheidungsgewalt untersteht«, erklärte Donahue. »Ich werde einen Anruf tätigen, Mr. Massey. Einen sehr wichtigen Anruf. Die Person, mit der ich spreche, wird jemand anderen anrufen. Diese beiden Leute werden sich einigen müssen, bevor Ihre Forderungen erfüllt werden können.«

Ich blickte ihm fest ins Gesicht. »Wen rufen Sie an?«

»Den Präsidenten der Vereinigten Staaten.«

Die nächste Frage stellte sich wie von selbst. »Und wen ruft er an?«

Donahue warf einen kurzen Seitenblick auf Vitali und schaute dann wieder mich an.

»Den russischen Präsidenten.«

Es hatte aufgehört zu regnen. Die wärmenden Sonnenstrahlen schienen zwischen den aufgerissenen Wolken hindurch und ließen die goldenen zwiebelförmigen Kuppeln des Klosters von Nowodewitschi erstrahlen.

Ich blickte auf die beiden schlichten Gräber, auf das meines Vaters und die Grabstätte daneben, mit dem verwitterten Grabstein.

Es stand kein Name und keine Inschrift darauf. Es war ein Stein wie der meines Vaters.

Auf sämtlichen russischen Friedhöfen stehen kleine Bänke vor den Gräbern. Dort setzen sich die Verwandten mit einer Flasche Wodka hin und reden mit ihren Verstorbenen. Aber vor diesen Gräbern standen keine Bänke. Sie waren vergessen, von Unkraut und Gras überwuchert.

Das zweite Grab beschäftigte mich, aber ich wußte, daß es keinen Sinn hatte, lange darüber zu grübeln. Obwohl ich natürlich ständig daran denken mußte und mir instinktiv klar war, daß dieses zweite, schlichte, anonyme Grab irgend etwas mit dem Tod meines Vaters zu tun haben mußte.

Ich wußte so wenig, und es gab so viel, was ich noch erfahren mußte. Hoffentlich würde Anna Chorjowa es mir erzählen.

Ich schlenderte zurück zu den Friedhofstoren, winkte ein Taxi heran und fuhr durch die heißen, belebten Straßen nach Moskau zurück in mein Hotel. Dort wartete ich, legte mich aufs Bett und schloß die Augen. Aber ich schlief nicht ein.

Nachdem es zu regnen aufgehört hatte, senkte sich die Hitze drückend auf die Stadt.

Ich hatte länger als vierzig Jahre darauf gewartet, das Geheimnis meines Vaters zu erfahren.

Da zählten ein paar Stunden gar nichts.

Die Worobjowije Gory, die sogenannten Spatzenhügel, lagen im strahlenden Sonnenschein. Im Garten des großen Holzhauses blühten Blumen, und man konnte von dort aus die Moskwa sehen.

Es war eine alte Villa aus der Zarenzeit, ein großes, geräumiges Gebäude mit einem weißen Holzzaun, Fensterläden aus Holz und Blumenkästen davor. Das Haus lag ein Stück von der Straße entfernt.

Der Taxifahrer setzte mich vor dem Tor ab. An dem Wachhäuschen warteten zwei Männer in Zivilkleidung. Es waren israelische Sicherheitsbeamte. Der eine kontrollierte meinen Ausweis, der andere den Strauß weißer Orchideen, den ich mitgebracht hatte. Bevor der zweite Wachmann mir das Tor öffnete, rief er in der Villa an. Ich ging zum Haus.

Zu meiner Überraschung öffnete mir eine junge Frau die Tür, als ich klingelte. Sie trug Jeans und Pullover und war Anfang Zwanzig, groß, schlank und sonnengebräunt.

Sie lächelte herzlich und begrüßte mich auf englisch. »Bitte, kommen Sie herein, Mr. Massey.«

Ich folgte ihr durch einen kühlen Marmorflur, in dem unsere Schritte laut hallten.

Sie führte mich auf die Rückseite der Villa. Der Garten beeindruckte mich durch seine Farbenpracht, doch im hellen Sonnenlicht wirkte das Haus ein wenig schäbig und heruntergekommen. An den Mauern wucherte Unkraut, und die Wände hätten einen neuen Anstrich gut gebrauchen können.

Während ich dem jungen Mädchen über den Hinterhof folgte, sah ich eine ältere Dame, die an einem Tisch saß. Sie war elegant, und ihr schön proportioniertes, wie gemeißelt wirkendes Gesicht ließ kaum einen Schluß auf ihr Alter zu.

Obgleich ihr Haar ergraut war, war die Frau bemerkenswert attraktiv. Die hohen Wangenknochen verliehen ihren Zügen einen slawischen Einschlag. Sie trug ein schlichtes, schwarzes Kleid, das sich um ihre schlanke Gestalt schmiegte, eine dunkle Brille und einen weißen Schal.

Sie blickte mich lange an, bevor sie aufstand und mir die Hand reichte.

»Es freut mich, Sie kennenzulernen, Mr. Massey.«

Ich schüttelte ihr die Hand und reichte ihr die Orchideen. »Man hat mir gesagt, daß alle Russen Blumen lieben.«

Sie lächelte und roch an den Orchideen. »Wie nett von Ihnen. Möchten sie etwas trinken? Kaffee? Oder einen Brandy?«

»Einen Brandy, bitte.«

»Russischen Brandy? Oder ist der für euch Amerikaner zu stark?«

»Ganz und gar nicht. Vielen Dank.«

Das Mädchen hatte neben der Frau gewartet. Jetzt nahm sie eine Flasche von einem Tablett und schenkte mir ein Glas ein.

Die Frau legte die Orchideen auf den Kaffeetisch. »Danke, Rachel«, sagte sie. »Du kannst uns jetzt allein lassen.« Als das Mädchen gegangen war, erklärte die Frau: »Das ist meine Enkelin. Sie hat mich nach Moskau begleitet.« Als müßte sie die Anwesenheit ihrer Enkeltochter rechtfertigen. Dann lächelte sie wieder. »Ich bin Anna Chorjowa, aber das wissen Sie zweifellos.«

Sie bot mir aus einer Packung, die auf dem Tisch lag, eine Zigarette an, und ich nahm an. Sie steckte sich selbst eine zwischen die Lippen, gab uns beiden Feuer und betrachtete dann den Ausblick. Sie spürte mit Sicherheit, daß ich sie anstarrte, aber vermutlich war sie an die Blicke von Männern gewöhnt.

Sie lächelte, als sie mich wieder anschaute. »Wie ich gehört habe, waren Sie sehr hartnäckig, Mr. Massey.«

»Vermutlich bringt das der Beruf mit sich. Ich bin Journalist.«

Sie lachte. Es war ein offenes Lachen. »Dann sagen Sie mir mal, was Sie von mir wissen.«

Ich trank einen Schluck Brandy. »Bis vor einer Woche wußte ich fast gar nichts. Erst dann erfuhr ich, daß Sie noch leben und in Israel wohnen.«

»Ist das alles?«

»Oh, es gibt noch eine Menge mehr, das versichere ich Ihnen.«

Das schien sie zu amüsieren. »Erzählen Sie weiter.«

»Sie sind vor über vierzig Jahren aus einem sowjetischen Gefangenenlager entkommen, nachdem man Sie zu lebenslanger Freiheitsstrafe verurteilt hatte. Sie sind die einzige

Überlebende einer streng geheimen CIA-Operation mit Kodenamen Schneewolf.«

»Wie ich sehe, haben Ihre Freunde in Langley Sie eingeweiht.« Sie lächelte. »Reden Sie weiter.«

Ich lehnte mich zurück und schaute sie an. »In Langley hat man mir so gut wie nichts erzählt. Ich glaube, das wollte man Ihnen überlassen. Man hat mir nur gesagt, daß mein Vater nicht in Washington begraben ist, sondern in einem anonymen Grab in Moskau. Er ist im Dienst für sein Vaterland gefallen, und Sie waren dabei, als es passierte.«

Sie forderte mich mit einem Nicken auf fortzufahren.

»Ich habe Unterlagen gefunden. Alte Papiere aus dem Besitz meines Vaters.«

»Das hat man mir erzählt.«

»Auf den Seiten standen vier Namen, die mehrmals aufgetaucht sind. Ihrer war darunter und noch drei andere: Alex Slanski. Henri Lebel. Irina Dezowa. Mein Vater hatte noch einen Satz darunter geschrieben, der letzte Satz auf den Seiten. Er lautete: ›Wenn sie gefaßt werden, stehe Gott uns allen bei.‹ Ich habe gehofft, daß Sie mir weiterhelfen können.«

Lange Zeit sagte sie nichts, betrachtete mich durch ihre dunklen Brillengläser. Dann nahm sie die Brille ab, und ich sah ihre Augen. Sie waren groß, dunkelbraun und sehr schön.

»Sagt Ihnen dieser Satz irgend etwas?«

Sie zögerte. »Ja, er bedeutet etwas für mich«, erwiderte sie dann rätselhaft. Sie schwieg erneut einige Augenblicke und wandte den Kopf ab. Als sie mich dann wieder anschaute, fragte sie: »Was wissen Sie noch?«

Ich lehnte mich im Stuhl zurück. »Möchten Sie den Aktenordner sehen, den ich gefunden habe?«

Anna Chorjowa nickte. Ich zog ein einzelnes, fotokopiertes Blatt aus meiner Tasche und reichte es ihr.

Sie las es kurz und legte es dann langsam auf den Tisch.

Ich warf einen flüchtigen Blick auf das Papier. Mittlerweile hatte ich die Worte so oft gelesen, daß ich sie auswendig wußte.

OPERATION SCHNEEWOLF:
SICHERHEITSDIENST, CIA, ABTEILUNG
SOWJETUNION
HÖCHSTE PRIORITÄT. ALLE AKTENEXEMPLARE UND
NOTIZEN BETREFFEND DIESER OPERATION MÜSSEN
NACH GEBRAUCH VERNICHTET WERDEN.
WIEDERHOLE: VERNICHTET WERDEN.
HÖCHSTE SICHERHEITSSTUFE.
WIEDERHOLE: HÖCHSTE SICHERHEITSSTUFE.

Ihr Gesicht zeigte keine Reaktion, als sie mich wieder anschaute.

»Als Sie das und die anderen Seiten gelesen haben und erfuhren, daß Ihr Vater keinen Selbstmord begangen hat ... und auch nicht an dem Tag gestorben ist, den man Ihnen genannt hat ... ist Ihnen klargeworden, daß vielleicht noch mehr hinter seinem Tod steckte. Da haben Sie angefangen, nach Antworten zu suchen?«

»Man hat mir einen Handel angeboten. Falls ich die Originalseiten übergebe, bekomme ich ein paar Antworten, sagte man mir. Und dann wäre ich dabei, wenn man meinem Vater eine angemessene Beisetzung gewährt. Aber man hat mir auch mitgeteilt, daß die Angelegenheit noch immer der höchsten Geheimhaltungsstufe unterliegt und daß ich eine Erklärung unterschreiben müßte, in der ich mich verpflichte, diese Geheimhaltung zu respektieren.«

Sie drückte die Zigarette im Aschenbecher aus. »Ja, ich kenne Ihre Freunde in Langley, Mr. Massey«, sagte sie, als würde sie sich insgeheim darüber amüsieren.

»Also wissen Sie auch, daß man mir sagte, die Entscheidung läge bei Ihnen, ob Sie mir erzählen, was ich wissen will.«

»Und was wollen Sie wissen?«

»Die Wahrheit über den Tod meines Vaters. Die reine Wahrheit über Schneewolf und weshalb mein Vater mitten im kalten Krieg in einem Grab in Moskau endete.«

Sie antwortete nicht, sondern stand auf und ging zur Veranda.

Ich beugte mich im Stuhl vor. »So wie ich es sehe, hatte mein Vater einen höchst geheimen Auftrag, über den die

Leute selbst heute nur sehr zögernd und sehr ungern sprechen. Damit meine ich nicht bloß ein einfaches Geheimnis. Ich rede über etwas vollkommen Außergewöhnliches.«

»Warum außergewöhnlich?«

»Weil die Leute, mit denen ich in Langley darüber gesprochen habe, selbst heute, vierzig Jahre später, noch die Wahrheit verheimlichen wollen. Als mein Vater an dieser Operation teilnahm, standen die Russen und Amerikaner kurz davor, sich gegenseitig auszulöschen. Und Sie sind die einzige noch lebende Person, die mir helfen kann. Die einzige, die vielleicht weiß, was meinem Vater zugestoßen ist.« Ich schaute sie an. »Habe ich recht?«

Sie schwieg.

»Darf ich Ihnen etwas erzählen?« fuhr ich fort. «Ich habe meinen Vater vor fast vier Jahrzehnten verloren. Vierzig Jahre, in denen ich keinen Vater hatte, mit dem ich reden konnte und von dem ich geliebt wurde. Es hat sehr lange gedauert, bis er allmählich zu einer sehnsüchtigen Erinnerung verblaßte. Ich mußte mit der Lüge leben, daß mein Vater angeblich Selbstmord begangen hat. Und Sie – Sie wissen, wie und warum er wirklich gestorben ist. Und deshalb glaube ich, daß Sie mir eine Erklärung schulden.«

Sie antwortete nicht, betrachtete mich nur nachdenklich.

»Ich habe auch eine Frage an Sie. Warum wollten Sie mich ausgerechnet in Moskau treffen, nirgendwo sonst? Man hat mir erzählt, daß Sie aus diesem Land geflohen sind. Warum sind Sie zurückgekommen?«

Anna Chorjowa dachte einen Augenblick nach. »Vermutlich ist die schlichte Wahrheit, daß ich auch sehr gern auf die Beerdigung Ihres Vaters gegangen wäre, Mr. Massey, aber ich hielt es für Ihre Privatangelegenheit. Vielleicht war es das zweitbeste, hierherzukommen.« Sie zögerte. »Außerdem habe ich sein Grab niemals gesehen, und das wollte ich immer schon.«

»Das zweite Grab, das neben dem meines Vaters, hat den gleichen anonymen Grabstein. Wer liegt in diesem Grab?«

Ein Ausdruck der Trauer huschte über ihr Gesicht. »Jemand, der sehr tapfer war«, sagte sie. »Ein außerordentlich bemerkenswerter Mensch.«

»Wer?«

Sie ließ ihren Blick über das Panorama der Stadt gleiten, schaute auf die roten Mauern des Kreml, als wollte sie einen Entschluß fassen, und drehte sich schließlich zu mir herum. Plötzlich schien ihr Blick weicher zu werden, und sie schaute kurz auf die Blumen, die auf dem Tisch standen.

»Wissen Sie, daß Sie Ihrem Vater sehr ähnlich sehen? Er war ein guter, ein sehr guter Mann. Und alles, was Sie gesagt haben, stimmt.« Sie machte eine kleine Pause. »Sie haben recht. Der Schmerz, den Sie ertragen mußten, und das Schweigen verdienen eine Erklärung. Deshalb bin ich hier. Verraten Sie mir, was Sie über Josef Stalin wissen, Mr. Massey?«

Diese Frage kam völlig unerwartet und überrumpelte mich. Ich betrachtete Anna einen Moment lang und zuckte dann mit den Schultern. »Nicht mehr als die meisten anderen. Für einige Menschen war er wohl eine Art Gott. Für andere der Teufel persönlich. Das hing wohl davon ab, auf welcher Seite des Zauns man gestanden hat. Auf jeden Fall war er einer der großen Despoten unseres Jahrhunderts. Angeblich hat er genau so viele Menschen auf dem Gewissen wie Hitler. Er ist ungefähr acht Jahre nach Kriegsende an einer Gehirnblutung gestorben.«

Anna Chorjowa schüttelte entschieden den Kopf. »Dreiundzwanzig Millionen Tote. Nicht eingerechnet diejenigen, die wegen seiner Unfähigkeit im Zweiten Weltkrieg gestorben sind. Er hat dreiundzwanzig Millionen Landsleute ermordet. Männer, Frauen, Kinder. Er hat sie abgeschlachtet, sie erschießen lassen oder in Lager gesteckt, die schlimmer waren, als die Nazis sie jemals hätten ersinnen können, ausgeheckt von dem grausamsten Mann, den die Welt jemals gesehen hat.«

Ich wich ein wenig zurück. Die Heftigkeit in ihrer Stimme überraschte mich. »Ich verstehe nicht. Was hat das mit unserem Thema zu tun?«

»Es ist unser Thema. Stalin ist gestorben, sicher, aber nicht so, wie es in den Geschichtsbüchern steht.«

Ich war wie vom Donner gerührt. Anna Chorjowas Gesicht wirkte todernst. Schließlich sagte sie: »Ich denke, die Geschichte, die ich Ihnen erzähle, reicht lange zurück, bis in die Schweiz. Dort hat sie angefangen.«

Sie lächelte plötzlich. »Und wissen Sie was? Sie sind der erste Mensch seit vierzig Jahren, dem ich sie erzählen werde.«

DIE VERGANGENHEIT

ERSTER TEIL

1952

2. KAPITEL

Luzern
Schweiz
11. Dezember

Ganz Europa vernahm in diesem Jahr nur Katastrophenmeldungen.

In Deutschland wurde die Vergangenheit wieder aus der Versenkung geholt, als in Nürnberg das Kriegsverbrechertribunal den Prozeß um das Massaker in Katijn begann. Viertausend Leichen waren in der Nähe dieser kleinen polnischen Stadt ausgegraben worden, alle gefesselt und mit Kleinkaliberpistolen erschossen. Es handelte sich um die grausigen Überreste der ehemaligen Führungsriege der polnischen Armee.

Im selben Jahr sah Frankreich sich einer Großoffensive der Viet Minh gegenüber, in Korea tobte ebenfalls ein blutiger Krieg, und – zurück in Europa – wurde zwischen Westberlin und der Sowjetischen Besatzungszone, deren Gebiet die Stadt vollkommen umschloß, der eiserne Vorhang heruntergelassen. Es war das endgültige Zeichen des Kreml, daß es keinen Frieden geben würde.

Was noch? In Großbritannien waren immer noch die Kriegsrationierungen gültig, Eva Perón starb, der Republikaner Dwight D. Eisenhower schlug seinen Rivalen der Demokratischen Partei, Adlai Stevenson, bei den Präsidentschaftswahlen in Amerika, und in Hollywood erlebte die Welt einen Lichtblick in diesem ansonsten eher trüben Jahr: das Filmdebüt eines entzückenden blonden Starlets namens Marilyn Monroe.

Manfred Kass interessierte das alles nicht besonders, als er an diesem kalten Dezembermorgen durch die Wälder vor der alten Schweizer Stadt Luzern stapfte. Auch wenn er es nicht ahnte, sollte dies ein Tag von weitreichender Bedeutung werden.

Kass kam von der Nachtschicht in einer kleinen, aber florierenden Bäckerei, die noch in Familienbesitz war. Er hatte an diesem Samstagmorgen um sieben seine Schicht beendet, ging aber nicht nach Hause, sondern auf Kaninchenjagd. Das war ihm am Wochenende zur Gewohnheit geworden, weil seine Frau es haßte, wenn er nachts arbeitete. Hilda Kass war ein Morgenmuffel, und am Wochenende schlief sie gern aus. Also versuchte ihr Ehemann, jeden Samstagmorgen den Haussegen zu retten, und ging in den Gütschiwald westlich von Luzern, um Kaninchen zu schießen.

Es wurde schon hell, als Kass seinen alten schwarzen Opel auf der Straße vor dem Wald parkte. Er wickelte die einläufige Schrotflinte aus der Decke auf dem Rücksitz. Es war eine Mansten Kaliber 12, eine zwar veraltete, aber verläßliche Waffe. Kass stieg aus und schloß den Wagen ab. Er schob eine Patrone in den Lauf, klappte die Waffe aber nicht zu. Er steckte einen Karton Patronen in die Tasche seiner Jagdjacke und stapfte in den Wald.

Kass war zweiunddreißig, groß und unbeholfen. Er hatte einen schweren Gang und humpelte ein wenig. Plump war er immer schon gewesen, das Humpeln jedoch war eine unschöne Erinnerung an die Schlacht um Kiew elf Jahre zuvor. Obwohl von Geburt Deutscher, hatte Kass es nicht sonderlich gefallen, in Hitlers Wehrmacht einberufen zu werden. Er wollte vor dem Krieg nach Luzern emigrieren, wo der Onkel seiner Frau eine Bäckerei führte. Aber er hatte Deutschland zu spät verlassen, so wie er vieles in seinem Leben zu spät getan hatte.

»Vertrau mir, Hilda«, hatte Kass seiner Frau versichert, als man von einem bevorstehenden Krieg munkelte. Sie hatte vorgeschlagen, sich rasch in die Schweiz zu ihrer Familie abzusetzen. »Es gibt bestimmt keinen Krieg, Liebchen«, hatte er behauptet.

Zwei Tage später hatten Hitlers Armeen Polen angegriffen und damit den Zweiten Weltkrieg entfacht.

Es sollte nicht Kass' einziger Irrtum bleiben. Vor allem war es ein Fehler gewesen, sich freiwillig an die Ostfront zu melden. Kass hatte diesen Schritt unternommen, weil die deutsche Armee wie ein Sturm durch die ukrainische Steppe fuhr, und weil die *Russkis* seiner Meinung nach schmutzige und dumme Bauern waren. Der Krieg gegen die Russen mußte ein Spaziergang sein.

In einem Punkt sollte er recht behalten. Die Russen, die Kass getroffen hatte, waren im allgemeinen arme Bauern. Aber sie waren auch aufopferungsvolle Kämpfer. Und der schlimmste Feind war der russische Winter. Er war so kalt, daß einem beim Wasserlassen der Urin gefror. Die baltischen und sibirischen Winde, die über die Steppe fegten, waren so eiskalt, daß die eigene Scheiße binnen Minuten steinhart gefroren war.

Als Kass das erste Mal seinen eigenen gefrorenen Haufen sah, hatte er gelacht. Doch das Lachen sollte ihm schnell vergehen. Denn als er mit seinem Bajonett in der eigenen Scheiße stocherte, wurde er von der Kugel eines Heckenschützen getroffen. Es war ein sauberer Schuß aus zweihundert Metern Entfernung, und er traf ihn in die rechte Seite seines nackten Hinterns. Der *Russki*, dem dieser Sonntagsschuß gelungen war, hatte sich bestimmt vor Lachen bepißt. Kass hatte nicht mehr gelacht, sondern nach drei Wochen Feldlazarett feststellen müssen, daß er beim Gehen nun ein Bein nachzog.

Manfred Kass war es gewohnt, daß er Fehler machte.

Doch der Fehler, den er an diesem Dezembermorgen im Wald vor Luzern begehen sollte, erwies sich als der größte seines Lebens.

Kass kannte die Wälder ziemlich gut. Er wußte, welche Wege wohin führten, und er wußte auch, wo man am besten Kaninchen schießen konnte. Aus dem Kaninchenfleisch bereitete er einen sehr schmackhaften Eintopf zu, der gut zu dem frischen mehligen Brot paßte, das er sechsmal in der Woche backen half. Der Gedanke ans Essen machte ihn hungrig, und er stapfte zielstrebig durch den Wald. Als er sich der Lichtung näherte, klappte er die Waffe zu.

Es herrschte noch schwacher, dunstiger Bodennebel, aber das Tageslicht wurde immer heller; es würde reichen, sauber zu zielen.

Manfred Kass kannte den gewaltsamen Tod. Er hatte ihn in den verschneiten Steppen Rußlands oft genug zu Gesicht bekommen. Aber was er hier sehen sollte, übertraf diese Erfahrungen bei weitem. Es kam ihm wie das Böse selbst vor.

Während Kass sich vorsichtig auf die Lichtung zu bewegte, hörte er Stimmen. Er blieb stehen und rieb sich das unrasierte Kinn. Er hatte zu dieser frühen Stunde noch nie jemanden im Wald getroffen, und die Stimmen weckten seine Neugier. Vielleicht war er ja über ein Liebespaar gestolpert, das nach einer durchtanzten Freitagnacht in Luzern in die Wälder gegangen war, um es hier miteinander zu treiben. So was kam gelegentlich vor. Aber heute hatte Kass keinen Wagen an der Straße gesehen, auch keine Fahrradspuren auf den Waldwegen. Als er aus dem Wald auf die Lichtung trat, starrte er fassungslos auf die Szene vor ihm und blieb wie angewurzelt stehen.

Ein Mann in Hut und dunklem Wintermantel stand mitten auf der Waldlichtung. Er hielt einen Revolver in der Hand. Was Kass daran schockiert war die Tatsache, daß der Mann mit der Waffe auf einen Mann und ein junges Mädchen zielte, die im feuchten Gras knieten. Ihre Gesichter waren leichenblaß, und man hatte ihnen Hände und Füße mit Stricken gefesselt.

Kass wich stolpernd zurück; sein Magen brannte, und ihm brach der kalte Schweiß aus. Der kniende Mann schluchzte herzerweichend. Er war in mittlerem Alter und hatte ein schrecklich mageres, krankhaft graues Gesicht. Kass bemerkte die dunklen Schwellungen unter seinen Augen und die Wunden an seinen Händen. Er mußte übel geschlagen worden sein.

Das Mädchen weinte ebenfalls, doch es hatte einen weißen Knebel im Mund, der hinter dem Kopf unter dem langen, dunklen Haar verknotet war. Kass schätzte sie auf höchstens zehn Jahre. Als er ihren verängstigten Gesichtsausdruck und das furchtsame Zittern ihres Körpers sah, hätte er sich am liebsten übergeben.

Unvermittelt schoß grelle Wut in ihm hoch. Ihm war nicht mehr kalt. Die beiden Gefesselten strahlten etwas Mitleiderregendes aus, wie reumütige Sünder. Sie knieten da, als warteten sie auf ihren Tod.

Kass betrachtete den stehenden Mann, der eine Waffe mit langem Schalldämpfer hielt; doch von der Stelle aus, an der Kass stand, konnte er nur das Profil des Mannes erkennen. Er sah eine rote Narbe, die vom linken Auge des Mannes bis zum Kinn reichte. Sie war so deutlich zu erkennen, als hätte jemand sie aufgemalt.

Der Bursche redete mit dem Mann, der im Gras kniete und zwischen seinen Schluchzern offensichtlich um Gnade flehte. Kass konnte die Worte nicht hören, doch er sah, daß der Mann mit der Narbe gar nicht hinhörte. Plötzlich begriff er, daß er Zeuge einer Hinrichtung war.

Es geschah so schnell, daß Kass nicht einmal reagieren konnte.

Das Narbengesicht hob den Revolver, bis er auf gleicher Höhe mit der Stirn des Knienden war. Die Waffe gab ein heiseres Husten von sich. Eine Kugel schlug in den Schädel des Mannes ein, sein Körper zuckte heftig, und er kippte nach vorn aufs Gras.

Das Mädchen schrie hinter ihrem Knebel. Ihre Augen waren vor nackter Angst weit aufgerissen.

Kass schluckte. Auch er hätte am liebsten geschrien. Er spürte eisigen Schweiß über sein Gesicht rinnen. Sein Herz schien vor Entsetzen stehenzubleiben. Er wollte sich abwenden, weglaufen, nicht Zeuge dessen werden, was gleich passieren mußte ... und dann wurde ihm zum ersten Mal bewußt, daß er ja eine Schrotflinte in der Hand hielt. Wenn er nichts unternahm, würde das Kind sterben.

Er sah, wie das Mädchen sich heftig wehrte, als der Mann ihr den Lauf der Waffe an den Kopf drückte und den Zeigefinger um den Abzug krümmte.

Kass hob unbeholfen seine Schrotflinte. »Halt!« rief er heiser.

Der narbengesichtige Mann drehte ihm sein brutales, hartes Gesicht zu und starrte Kass kalt an. Seine schmalen Lippen wirkten wie Schlitze. Sein Blick schien alles auf einmal in sich aufzunehmen, huschte kurz nach rechts und links, um die Umgegend zu überprüfen. Dann richtete der Mann die Augen wieder auf Kass und taxierte seinen Gegner. Kein Zeichen von Furcht lag in seinem Blick, als wäre auch er es gewohnt, dem Tod ins Auge zu sehen.

»Halt!« rief Kass mit bebender Stimme. »Werfen Sie die Waffe weg!«

Er hörte die blanke Furcht in seiner Stimme und schaffte es kaum noch, den Abzug zu drücken, als sein Gegner die Waffe herumschwang und ihr erneut dieses heisere Husten entlockte. Die Kugel schlug in Kass' rechtes Jochbein ein, zertrümmerte Fleisch, Knochen und Zähne und schleuderte ihn gegen einen Baum. Die Schrotflinte flog ihm aus der Hand.

Während Kass vor Schmerz und Todesangst aufschrie, sah er, wie der Mann dem Mädchen in den Kopf schoß. Ihr Körper zuckte und brach zusammen.

Kass stolperte in die Deckung der Bäume zurück, aber der Mann rannte bereits auf ihn zu. Kass hatte nur einen Gedanken, als er hastig durchs Unterholz stürmte, ohne den Schmerz in seinem Kiefer zu spüren: Er wollte am Leben bleiben und hoffte, daß er es bis zu seinem Wagen schaffte.

Noch fünfzig Meter, dann konnte er den Opel zwischen den Bäumen sehen. Aber er hörte, wie der Mann ihm durch den Wald folgte.

Fünfzig lange Meter, die ihm wie tausend vorkamen. Kass rannte wie ein Besessener, preßte die Hand auf sein blutiges Gesicht. Sein Körper brannte, vorangepeitscht vom instinktiven Überlebenswillen, während in seinem Hirn immer wieder, wie in einem schrecklichen Alptraum, die fürchterlichen Bilder der Hinrichtung des Mannes und des jungen Mädchens aufflackerten und ihn noch mehr anspornten.

Bitte, lieber Gott!
Noch dreißig Meter.
Bitte.
Zwanzig.
Zehn.
Lieber Gott.
Bitte.
Eine Kugel surrte an ihm vorbei und schlug splitternd in einem Baum neben ihm ein.

Lieber, lieber Gott ...
Als Kass die Tür des Wagens erreichte und sie aufriß, tauchte der Mann am Waldrand auf.

Kass hörte den Schuß nicht, der ihn traf, spürte aber, wie die Kugel wie ein glühender Dolch in seinem Rücken einschlug. Ihre Wucht riß ihn nach vorn auf die Motorhaube des Wagens. Er schrie auf, glitt von dem Wagen herunter und drehte sein blutiges Gesicht herum. Er sah, wie der Mann auf ihn zielte.

Kass schrie noch einmal, schlug die Hände vors Gesicht.

Der erste Schuß drang durch seine rechte Hand und trat hinter seinem linken Auge aus. Die Kugel zerriß die Netzhaut und ließ ihn auf der Stelle erblinden. Als Kass vor Todesangst kreischte und weiter von der Motorhaube herunterrutschte, trat der Mann einen Schritt vor, lud ruhig die Waffe nach und hob sie an. Der Fangschuß explodierte in Kass' Schädel und sprengte ein Loch in den Hinterkopf.

Kass war tot, bevor er auf den Boden schlug.

Zwei Tage später wurden die Leichen im Wald gefunden.

Von einem Freizeitjäger, wie Kass einer gewesen war. Allerdings ein Mann mit mehr Fortune, der nicht zur falschen Zeit am falschen Ort aufgetaucht war. Er übergab sich, als er den Leichnam des Kindes sah.

Ihr hübsches Gesicht war weiß gefroren. Das Fleisch um die Kopfwunde und am Hals war von Nagetieren zum Teil weggefressen.

Selbst für die abgebrühten Polizeibeamten des Luzerner Kriminalamtes war es einer der brutalsten Morde, den sie je gesehen hatten. Die Leiche eines ermordeten Kindes hat immer etwas besonders Mitleiderregendes an sich und zeugt von einer besonderen Brutalität. Die Obduktion und die pathologische Untersuchung ergaben, daß das Mädchen zwischen zehn und zwölf Jahren alt war. Man hatte sie nicht vergewaltigt, obwohl sie an Beinen, Armen, Brust und im Genitalbereich schwere Verletzungen hatte. Daraus schloß man, daß sie vor ihrer Hinrichtung grausam geschlagen und gefoltert worden war. Der Leichnam des Mannes wies ähnliche Spuren auf. Beide Leichen wurden im Kühlraum des Leichenschauhauses der Luzerner Polizei gelagert.

Der einzige Leichnam, der identifiziert werden konnte, war der von Manfred Kass. In seiner Brieftasche befanden sich ein Führerschein und ein Waffenschein für eine Schrotflinte. Außerdem trug er eine Armbanduhr mit einer Widmung: ›Für Manni, in Liebe, Hilda‹.

Die Polizei fand heraus, daß der Bäcker nach seiner Freitagnachtschicht zur Jagd gegangen und dabei zufällig Zeuge der Hinrichtung geworden war – und diesen Zufall mit dem Leben bezahlt hatte.

Die Polizei wußte nicht, weshalb der Mann und das Kind

ermordet worden waren; man kannte nicht einmal die Namen. Doch mit typischer Schweizer Gründlichkeit machten die Beamten sich daran, Antworten auf beide Fragen zu finden.

Flughäfen und Grenzposten wurden alarmiert – ein ziemlich fruchtloses Unterfangen, weil die Schweizer Polizei nicht wußte, nach wem sie suchen sollte; es gab keine Beschreibung des Mörders. Aufgrund der Fußabdrücke im Wald ging man jedoch davon aus, daß ein Mann den Mord allein begangen hatte. Dafür sprach auch, daß Kass und die beiden anderen Toten von denselben Kugeln aus einem Revolver Kaliber .38 getroffen worden waren. Waffen dieses Typs waren seit dem Krieg überall in Europa frei erhältlich.

Auf die Identität des Mörders gab es keinerlei Hinweise.

Einen Monat später hatten die Ermittler noch immer keine Spuren gefunden, die die beiden Ermordeten mit irgendwelchen Vermißten in Verbindung gebracht hätten. Beide hatten keinerlei persönliche Papiere bei sich gehabt, mit denen man sie hätte identifizieren können. Und ihre Kleidung konnte man in jedem größeren Bekleidungshaus in Europa kaufen. Das Kleid und die Unterwäsche des Mädchens stammten aus einem Kaufhaus in Paris; der Anzug des Mannes trug das Etikett eines sehr verbreiteten Herrenausstatters aus Deutschland. Die Leichen selbst lieferten nur einen einzigen Hinweis: eine schwache, winzige Tätowierung auf dem rechten Arm des Mannes. Es handelte sich um eine kleine, weiße Taube einige Zentimeter über seinem Handgelenk.

3. KAPITEL

Washington, D.C.
12. Dezember

Die DC-6 aus Tokio mit dem neugewählten Präsidenten Dwight D. Eisenhower an Bord landete um kurz nach zwanzig Uhr auf dem Luftwaffenstützpunkt Andrews in Washington.

Wenngleich Eisenhower die Zügel der Macht erst im Januar in die Hand nehmen konnte, war er einen Monat nach seiner Wahl nach Seoul geflogen, um sich ein persönliches Bild über die Lage im Fernen Osten zu machen, vom Stand des Krieges auf den schlammigen Schlachtfeldern von Korea.

Sein für den nächsten Tag anberaumtes Treffen mit Präsident Harry Truman war inoffiziell, und nach einer kurzen Begrüßung schlug Truman seinem Nachfolger vor, sich bei einem Spaziergang im Garten des Weißen Hauses zu unterhalten.

Es war frisch und klar, und der Boden war mit einem feuchten Teppich brauner und goldener Blätter überzogen. Truman führte Eisenhower über die Rasenflächen, auf denen in strategischen Abständen Beamte des Geheimdienstes plaziert waren.

Die beiden Männer gaben ein seltsames Paar ab. Der kleine, bebrillte, noch amtierende Präsident mit Fliege und Gehstock – ein Mann, der glaubte, daß man sich am besten Respekt verschaffte, wenn man leise sprach und einen großen Stock in der Hand hielt. Auf der anderen Seite der hochgewachsene, kerzengerade Militär und ehemalige Fünfsternegeneral, der sein Leben lang Berufssoldat gewesen war.

An einer der Eichenbänke forderte Truman Eisenhower auf, sich zu setzen. Er wirkte erschöpft wie ein Mann, der soeben einen Marathonlauf beendet hat, und seine Haut wirkte in dem blassen Sonnenlicht wächsern. Es war ein langer und erbitterter Wahlkampf gewesen; beide Männer hatten ihre Differenzen während dieses Wahlkampfes rücksichtslos ausgetragen. Truman hatte Eisenhower öffentlich herabgesetzt, während er gleichzeitig mit aller Kraft versucht hatte, den Demokraten unter Adlai Stevenson eine weitere Amtszeit zu verschaffen. Jetzt aber war die Schlacht geschlagen, das Volk hatte seine Entscheidung getroffen, und alle persönlichen Händel waren begraben.

Truman zündete sich eine Havanna an, paffte den Rauch aus und seufzte. »Wissen Sie, was ich an dem Tag tun werde, nachdem ich das Büro geräumt habe? Ich werde nach Florida fliegen und mich von der Sonne grillen lassen. Vielleicht gehe ich auch ein bißchen angeln. Mir kommt es vor, als hätte ich das seit Jahren nicht mehr getan.« Der Präsident zögerte, bevor er Eisenhower ins Gesicht sah, und fuhr in ernsthafterem Tonfall fort: »Erzählen Sie mir von Korea, Ike. Was halten Sie als Militär davon?«

Der Präsident sprach seinen Nachfolger mit dessen Spitznamen an, der ihm seit seiner Zeit als junger Kadett in Westpoint anhing. Eisenhower fuhr sich mit der Hand über den fast kahlen Schädel. Er straffte die Schultern, als er sich vorbeugte und auf den Garten des Weißen Hauses blickte. Er zögerte, wählte seine Worte mit Bedacht.

»Ich glaube, es wird ein größeres Problem, als wir geglaubt haben, Mr. President.«

»Inwiefern?«

»Wir haben gerade einen Krieg in Europa hinter uns und werden nun in einen weiteren hineingezogen, der möglicherweise genauso gefährlich ist. Russen und Chinesen arbeiten wie besessen an ihren Offensivwaffenprogrammen – so schnell, daß es nur auf eine Konfrontation hinauslaufen kann. Wir reden hier über eine Bevölkerung von insgesamt mehr als einer Milliarde Menschen. Beide Systeme haben eine ähnliche Ideologie, und beide unterstützen Nordkorea. Mit dieser Allianz können wir nicht mithalten.« Eisenhower hielt inne und schüttelte den Kopf. »Korea sieht alles andere als gut aus, Mr. President.«

Trumans Gesicht wirkte ernst, als er seine gepunktete Fliege zurechtrückte.

»Dann stecken wir wohl bis zum Arsch in einem riesigen Sumpf voller Krokodile.«

Eisenhower mußte unwillkürlich lächeln und zeigte sein berühmtes breites Grinsen. Für einen Mann, der sich wie ein sanftmütiger, exzentrischer Collegeprofessor kleidete, war Trumans Sprache ausgesprochen bildhaft.

»Das könnte man so ausdrücken, Mr. President.«

Truman paffte an seiner Zigarre. »Sie wissen ja, daß ich die Bombe auf Pjongjang werfen wollte, um diese gelben Schlitzaugen aus Nordkorea zu vertreiben und die verdammte Angelegenheit ein für allemal zu regeln. Aber die Briten haben mich praktisch in Grund und Boden gestampft. Was meinen Sie? Hielten Sie meine Idee auch für verrückt?«

»Mit allem Respekt, Sir, wenn wir die Bombe auf Nordkorea werfen, riskieren wir noch mehr Probleme mit den Chinesen, von Moskau ganz zu schweigen.«

»Sollten wir die Bombe lieber auf Rußland werfen?«

Eisenhower betrachtete den Präsidenten. Trotz Trumans zerbrechlichem und schüchtern wirkendem Äußeren besaß der Mann eine knallharte und skrupellose Ader. Noch bevor er antworten konnte, fuhr Truman fort. »Was halten Sie von Stalin?«

»Sie meinen als militärischer Gegner?«

Eisenhower zuckte mit den Schultern und lachte kurz auf. »Diese Frage müssen Sie mir nicht stellen. Meine Meinung über ihn ist aktenkundig. Der Mann ist ein Despot und ein Diktator. Dabei ist er äußerst intelligent und verdammt gerissen. Man könnte sagen, er ist der Hauptgrund für unsere gegenwärtigen Probleme, jedenfalls für die meisten davon. Ich würde diesem dreckigen Hundsfott nicht über den Weg trauen.«

Truman beugte sich vor. »Mensch, Ike«, sagte er entschlossen, »genau darauf will ich hinaus. Er ist tatsächlich das Problem. Vergessen Sie die Chinesen. Über die müssen wir uns erst in zehn Jahren Sorgen machen. Aber angesichts der Geschwindigkeit, mit der die Russen ihre Nuklearforschung vorantreiben, sind sie uns bald militärisch überlegen. Und Sie wissen so gut wie ich, daß einige verdammt gute Leute für sie arbeiten. Diese ehemaligen Top-Wissenschaftler der Nazis. Wir haben zwar eine Wasserstoffbombe gezündet, aber die arbeiten an der richtigen Bombe, verdammt noch mal! Und sie werden es schaffen, Ike, merken Sie sich meine Worte. Früher als wir denken. Wenn das passiert, kann der alte Josef Stalin so ziemlich machen, was er will. Das weiß er natürlich ganz genau.«

»Was sagt unser Geheimdienst?«

»Über das russische Wasserstoffbomben-Programm? Noch sechs Monate. Vielleicht schaffen sie es sogar schon früher. Sechs Monate sind das Äußerste. Angeblich hat Stalin unbegrenzte Mittel zur Verfügung gestellt. Und nach neuesten

Geheimdienstberichten haben sie in Sibirien ein Testgelände gebaut, in der Nähe von Omsk.«

Eisenhower runzelte die Stirn. Die Sonne wärmte immer noch sein Gesicht, als er jetzt zum Washington Monument sah, das etwa eine halbe Meile entfernt war. Dann blickte er wieder Truman an, der seine Zigarre weglegte und weiterredete.

»Ike, das hier ist unsere erste Gelegenheit, mal richtig unter vier Augen miteinander zu reden. Zweifellos wird die CIA Sie in den nächsten Wochen einweisen, aber da ist noch etwas, das Sie wissen sollten. Etwas ziemlich Unangenehmes.«

Eisenhower musterte den kleinen, seltsam gekleideten Mann. »Sie meinen, was das russische Bombenprogramm angeht?«

Truman schüttelte den Kopf; seine Miene verfinsterte sich zu einer grimmigen Maske.

»Nein. Ich rede von einem Bericht. Es ist ein streng geheimer Bericht. Er wurde mir von der speziellen Sowjet-Abteilung drüben am Potomac geschickt. Ich möchte, daß Sie ihn lesen. Die Quelle ist einer unserer hochkarätigsten Kontaktmänner, der beste Verbindungen zum Kreml hat. Um ehrlich zu sein: Dieser Bericht hat mir Angst eingejagt. Eine verdammt große Angst. Neben Ihnen sitzt ein Mann, der zwei Weltkriege überstanden hat, wie Sie selbst. Aber das hier ...« Truman hielt inne und schüttelte den Kopf. »Die Sache beunruhigt mich mehr als damals das Treiben der Deutschen oder Japse.«

Eisenhower wirkte überrascht. »Wollen Sie damit sagen, die Quelle ist ein Russe?«

»Ein emigrierter Russe, um genau zu sein.«

»Wer?«

»Das darf nicht mal ich Ihnen verraten, Ike. Diese Sache obliegt der CIA. Aber Sie werden es am ersten Tag erfahren, den Sie im Oval Office sitzen.«

»Warum soll ich dann den Bericht jetzt schon lesen?«

Truman stieß vernehmlich die Luft aus und erhob sich. »Weil ich möchte, daß Sie vorbereitet sind, Ike, wenn Sie Ihr Amt antreten. Was Sie erwartet, ist keine angenehme Lektüre. Es gibt, wie gesagt, einige ziemlich unangenehme Fakten in dem Bericht. Selbst ich habe die Hosen deswegen gestrichen voll. Ob es Ihnen gefällt oder nicht, der Inhalt dieses Berichts wird nicht nur Ihre Präsidentschaft entscheidend beeinflussen, sondern auch noch einige andere Regierungen. Ganz bestimmt aber die Zukunft unseres Landes, möglicherweise sogar die Zukunft der ganzen Welt.«

Eisenhower runzelte die Stirn. »Ist es wirklich so ernst?«

»Ja, Ike, glauben Sie mir.«

Die beiden Männer saßen schweigend im Oval Office. Eisenhower las in dem Aktenordner, dessen Deckel und einzelne Seiten mit dem roten Vermerk ... *Nur für den Präsidenten* ... versehen waren.

Truman saß ihm gegenüber, nicht im Stuhl des Präsidenten, sondern auf der kleinen, geblümten Couch am Fenster, von der aus man die Washingtonsäule sehen konnte. Er hatte die Hände auf den Griff seines Krückstocks gestützt, während er Eisenhowers zähes Gesicht musterte. Seine Miene war ernst, und er hatte die Lippen zusammengepreßt.

Schließlich legte Eisenhower den Bericht behutsam auf den Couchtisch, stand auf und trat nervös ans Fenster, die Hände hinter dem Rücken verschränkt. Noch fünf Wochen, dann würde er den Präsidentenstuhl beanspruchen können, aber plötzlich erschien ihm diese Aussicht nicht mehr so verlockend. Er massierte sich mit einer Hand die Schläfen. Trumans Stimme riß ihn aus seiner Versunkenheit.

»Was halten Sie davon?«

Eisenhower drehte sich um. Truman starrte ihn an, und seine Brillengläser funkelten in dem hellen Sonnenlicht.

Eisenhower schwieg längere Zeit. Seine Miene war angespannt. Schließlich schüttelte er den Kopf. »Mein Gott, ich weiß nicht, was ich denken soll.« Er zögerte. »Glauben Sie der Quelle dieses Berichts?«

Truman nickte entschieden. »Allerdings. Ohne Frage. Außerdem habe ich einige unabhängige Experten von außerhalb darauf angesetzt. Nicht von der CIA, aber alles Topleute auf ihrem Gebiet. Sie sollten beurteilen, was Sie gerade gelesen haben. Alle haben den Bericht als glaubwürdig bezeichnet.«

Eisenhower holte tief Luft. »Mit allem Respekt, Sir, dann betrete ich an dem Tag, an dem ich meine Präsidentschaft antrete, ein Minenfeld.«

»Das glaube ich auch, Ike«, antwortete Truman schlicht. »Und ich meine das nicht ironisch. Ich habe Angst. Schlicht und einfach Angst.«

Truman stand auf und kam ans Fenster. Unter seinen Augen malten sich dunkle Ringe ab, und sein weiches Gesicht wirkte im grellen Licht von Sorge gezeichnet, als würden diese acht Jahre im Amt schließlich ihren Tribut fordern. Plötzlich sah Harry Truman sehr alt und sehr erschöpft aus.

»Um ehrlich zu sein, ich habe vielleicht sogar mehr Bammel als damals bei der Entscheidung, die Bomben auf Hiroshima und Nagasaki abwerfen zu lassen. Diese Sache hier zieht noch größere Verwicklungen nach sich. Und birgt viel größere Gefahren.«

Als er sah, daß Eisenhower ihn anstarrte, deutete Truman mit ernstem Nicken auf den Schreibtisch.

»Ich meine es wirklich so, Ike. Ich bin froh, daß ein ehemaliger Fünfsternegeneral auf diesem Stuhl sitzen wird, nicht ich. Florida ist mir heiß genug. Ich kann darauf verzichten, daß man mir hier in Washington auch noch einheizt.«

Frankreich

Während sich die beiden Männer im Oval Office unterhielten, lag viertausend Meilen entfernt in Paris ein Mann auf dem Bett in einem abgedunkelten Hotelzimmer auf dem Boulevard Saint-Germain.

Der Regen trommelte gegen die Fensterscheibe; ein Wolkenbruch tobte hinter den geschlossenen Vorhängen.

Das Telefon neben dem Bett klingelte. Der Mann nahm den Hörer ab und erkannte die Stimme des Anrufers, als dieser sprach.

»Ich bin's, Konstantin. Es passiert am Montag in Berlin. Alles ist vorbereitet. Ich dulde keine Fehler.«

»Es wird keine geben.« Eine Pause trat ein; dann hörte der Mann die Verbitterung in der Stimme des Anrufers.

»Schick ihn zur Hölle, Alex. Schick diesen Henker zur Hölle.« Der Mann hörte das Klicken und legte den Hörer auf. Dann stand er auf und trat ans Fenster. Ruhelos hob er den Vorhang ein Stück, fuhr sich mit der Hand durch sein kurzes, blondes Haar und starrte auf die regengepeitschte Straße.

Ein Pärchen stieg aus einem Wagen und suchte unter der blauen Markise eines Cafés Schutz vor dem Unwetter. Das Mädchen hatte dunkles Haar und lachte, als der Mann einen Arm um ihre Taille legte. Er beobachtete sie einige Augenblicke, bevor er sich abwandte.

»Montag«, sagte er leise und ließ den Vorhang wieder zurückfallen.

4. KAPITEL

Sowjetisch-Finnische Grenze
23. Oktober

Kurz nach Mitternacht hatte es aufgehört zu schneien. Sie lag in der wattigen Stille des Waldes und lauschte ihrem Herzschlag, der in ihren Ohren hallte wie das heftige Schlagen von Flügeln.

Sie fror.

Ihre Kleidung war durchnäßt, ihr Haar feucht, und sie spürte den eisigen Schweiß auf ihrem Gesicht. Ihr war eiskalt, sie war erschöpft, und eine entsetzliche Angst ließ sie am ganzen Körper zittern. Sie war so müde wie nie zuvor im Leben und hatte nur noch den einen Wunsch, daß es bald vorbei sein möge.

Seit einer Stunde beobachtete sie das Wachhäuschen neben der schmalen Eisenbrücke, die über den gefrorenen Fluß führte. Ab und zu hatte sie sich die Glieder gerieben, damit ihr warm wurde, aber es war sinnlos. Sie war bis auf die Knochen durchgefroren und sehnte sich nach Wärme und dem endgültigen Ende der Erschöpfung. Ihr Uniformmantel war mit Eis und Schnee bedeckt, während sie in der schmalen

Mulde hinter einem kleinen Tannenwäldchen lag. Sie versuchte nicht an die Vergangenheit zu denken, nur an die Zukunft, die vor ihr lag – jenseits der schmalen Eisenbrücke.

Sie konnte die beiden Wachen auf der russischen Seite sehen, die neben dem kleinen, hölzernen Wachhäuschen standen. Ihr Atem bildete Schwaden in der eiskalten Luft, während sie auf und ab gingen. Einer trug sein Gewehr am Riemen über der Schulter, der andere hielt eine Maschinenpistole vor der Brust. Die beiden Männer unterhielten sich, aber die Frau konnte die Worte nicht verstehen, hörte nur leises Murmeln.

Etwa vierzig Meter weiter links stand eine hölzerne Wachbaracke neben einer Tannenreihe, deren Zweige wie mit Puderzucker bestäubt aussahen. Die Baracke war erleuchtet, und Rauch drang in einer dicken Wolke in die eiskalte Luft. Sie wußte, daß sich dort die anderen Grenzsoldaten von der Schicht ausruhen, aber seit einer halben Stunde hatte sich in dem Haus nichts gerührt. Niemand war hineingegangen oder hatte es verlassen. Hinter dem gelb erleuchteten Milchglasfenster bewegten sich nur Schatten. Die Eisenbrücke war in das helle Licht gelber Bogenlampen getaucht, die in den Bäumen hingen, und die rotweißen Schranken waren an beiden Enden geschlossen.

Die Frau glaubte, zwischen den Bäumen die Lichter von finnischen Häusern sehen zu können, war sich aber nicht sicher, weil die finnische Seite der Grenze hell erleuchtet war. Außerdem standen dort noch mehr Wachen, allerdings in graue Mäntel und Uniformen gekleidet.

Aus den Augenwinkeln nahm sie eine plötzliche Bewegung wahr und blickte wieder auf die russische Seite zurück. Der Wachposten mit dem Gewehr über der Schulter trat in das kleine Häuschen, während der andere zwischen die Bäume ging und seinen Hosenstall aufknöpfte, um Wasser zu lassen.

Die Frau zitterte am ganzen Körper. Sie wußte, was sie zu tun hatte. Wenn sie sich nicht bald rührte, würde sie erfrieren. Die eisige Kälte drang ihr schon bis auf die Knochen. Sie rollte sich im Schnee herum, tastete mit den Fingern nach dem Lederhalfter und umschloß den kalten Griff des Nagant-Revolvers.

Langsam rollte sie sich zurück und beobachtete, wie der Wachposten urinierte. Jetzt oder nie. Sie holte tief Luft und stand auf. Ihre Beine zitterten vor Angst. Als sie die Deckung der Bäume verließ, schob sie die Waffe in die Manteltasche.

Im Nu war sie neben dem Wachhäuschen und sah, wie der Posten mit der Maschinenpistole sich die Hose zuknöpfte und unvermittelt umdrehte. Fassungslosigkeit legte sich auf sein Gesicht.

Er sah eine junge Frau, die auf ihn zukam. Ihr Offiziersmantel mit den grünen Schulterstücken eines Hauptmanns und die Offizierskappe waren eine Nummer zu groß, und ihre Kleidung war von Rauhreif und Schnee überzogen. Ihre dunklen Augen lagen tief in den Höhlen, die Lippen waren vor Kälte gesprungen.

Einen Augenblick wirkte der Posten unsicher, als spürte er, daß da etwas nicht stimmte. »Tut mir leid, Hauptmann«, sagte er dann. »Das hier ist Sperrgebiet. Darf ich Ihre Papiere sehen, Genossin?«

Der Wachposten nahm die Maschinenpistole herunter und starrte der jungen Frau mißtrauisch ins Gesicht. Den Nagant-Revolver übersah er. Das war sein Fehler.

Die Waffe dröhnte zweimal. Die Kugeln trafen den Soldaten in die Brust und schleuderten ihn zurück. Sofort schrien Stimmen wild durcheinander, Vögel flogen kreischend auf. Augenblicke später stürmte der zweite Posten aus dem Wachhäuschen.

Die Frau feuerte und traf den Posten in die Schulter. Der Einschlag wirbelte den Mann um seine eigene Achse. Sofort rannte die Frau zur Brücke.

Hinter ihr, auf der russischen Seite, brach die Hölle los. Sirenen heulten, und die Soldaten stürmten brüllend aus der Wachbaracke. Die Frau achtete nicht darauf, daß jemand ihr hinterherschrie, sie solle stehenbleiben, während sie in Richtung der finnischen Schranke rannte, die kaum fünfzig Meter entfernt war. Sie ließ den Revolver fallen. Ihre Lungen schmerzten unter ihren keuchenden Atemzügen.

Vor ihr tauchten finnische Soldaten in grauen Uniformen wie aus dem Nichts auf und legten ihre Gewehre an. Einer deutete über die Schulter der Frau und rief ihr etwas zu.

Sie konnte den russischen Wachposten nicht sehen, der sie dreißig Meter hinter ihr ins Visier nahm, aber sie hörte den Knall der Waffe und sah die Wolke aus Schnee rechts neben ihr explodieren, bevor die Kugel von der Eisenbrücke prallte.

Dann peitschte noch ein Schuß. Die Frau wurde plötzlich nach vorn geschleudert und verlor das Gleichgewicht. Ein furchtbarer Schmerz breitete sich in ihrer Seite aus. Aber sie rannte weiter im Zickzack über die Brücke.

Als sie vor der finnischen Schranke zusammenbrach, schrie sie in Todesangst auf. Plötzlich griffen kräftige Hände nach ihr und zerrten sie zur Seite, aus der Schußlinie.

Ein junger, blasser Offizier brüllte seinen Männern heiser Befehle zu. Die Frau verstand die Worte nicht. Andere Männer machten sich an ihrer blutigen Uniform zu schaffen und schleppten sie zur Wachbaracke.

Auch hier heulten jetzt die Sirenen, aber sie spürte nur den Schmerz in ihrer Seite und die schreckliche Müdigkeit, als wäre ein Damm in ihrem Innern gebrochen und all die aufgestaute Furcht und Erschöpfung würde jetzt hervorbrechen. Sie weinte. Dann schien plötzlich alles vor ihren Augen zu verschwimmen. Sie konnte nichts mehr sehen, und die Geräusche klangen gedämpft.

Der junge Offizier musterte ihr Gesicht. Sie hörte den drängenden Unterton in seiner Stimme, als er einem seiner Männer befahl, einen Arzt zu verständigen.

Die Frau schloß die Augen.

Danach erinnerte sie sich nur noch an die Dunkelheit.

Eine süße, schmerzlose Dunkelheit, der sie sich hingab.

Der Offizier von der SUPO, der finnischen Gegenspionage, war vom nächstgelegenen Stützpunkt in Lappeenranta hergeflogen. Er war Anfang Vierzig, hatte ein schmales Gesicht und trug Zivil. Der dunkle Anzug schlotterte um seine hagere Gestalt. Seine tief in den Höhlen liegenden Augen schienen alles zu sehen, doch ihr Blick war distanziert. Er wirkte wie ein Mann, der mit seinem Job verheiratet ist.

Er stellte sich als Kommissar Ukko Jäntti vor. Als der ältere

Arzt ihn zu der jungen Frau führte, die in ihrem Krankenhausbett schlief, betrachtete er sie lange.

Vermutlich war sie Anfang bis Mitte Zwanzig. Sie hatte die Augen geschlossen. Die Haut darum herum war dunkel und eingefallen. Sie lag auf der Seite und berührte mit einem Finger einer Hand ihre Lippen, was ihr ein kindliches Aussehen verlieh.

Ihr dunkles Haar war kurz geschoren. Die rosa Kopfhaut schimmerte an manchen Stellen durch, als hätte jemand ihr mit Gewalt diesen Haarschnitt verpaßt. Ihre Lippen hatten Frostbeulen, und ihr Gesicht war zerschunden. Sie wirkte ausgemergelt, und die Adern und Sehnen ihres Körpers traten überdeutlich hervor. Trotz ihres Zustandes fand der Offizier sie ausgesprochen hübsch. Sein Blick fiel auf ihre geschwungenen Hüften und die langen, schlanken Beine unter der Bettdecke.

Schließlich wandte er sich wieder an den Arzt. »Wie geht es ihr?«

»Den Umständen entsprechend. Die Kugel hat nicht viel Schaden angerichtet. Aber ihre allgemeine Verfassung ist sehr schlecht. Sie ist in einem erbärmlichen Zustand.«

Die junge Frau drehte sich im Schlaf auf den Rücken, wimmerte kurz wie ein waidwundes Tier und verstummte dann wieder.

»Kann sie sprechen?« wollte der Offizier wissen.

»Sie ist vor einer Weile aufgewacht. Aber nach der Anästhesie ist sie noch nicht ganz wieder da. Lassen Sie ihr noch vierundzwanzig Stunden Ruhe, dann können Sie mit ihr reden.«

»Hat sie irgend etwas gesagt?«

Der Arzt zuckte mit den Schultern. »Sie hat nur zwei Namen gesagt, immer und immer wieder: Iwan und Sascha.«

Der Offizier holte ein Notizbuch aus seiner Brusttasche und schrieb hastig etwas hinein. Dann blickte er wieder auf.

»Was meinen Sie, Doktor? Wird sie wieder gesund?«

Der Arzt nahm seine Brille ab. »Die Kugel hat ihre Seite glatt durchschlagen. Sie hat sehr viel Glück gehabt, daß die Niere nicht getroffen wurde. Aber sie leidet unter Erfrierungen, und ihr allgemeiner Gesundheitszustand ist miserabel. Ich vermute, daß sie einige Stunden draußen in der Kälte verbracht hat. Bei den extremen Temperaturen ist es ein Wunder,

daß sie überhaupt noch lebt. Außerdem ist sie unterernährt.«
Er musterte den Offizier. »Sie hat angeblich zwei russische
Wachposten erschossen. Stimmt das?«

»Sie hat einen getötet, den anderen verwundet. Wenn man
sie so ansieht, würde man ihr das gar nicht zutrauen. Sie sieht
so unschuldig aus.« Er lächelte. »Frauen wie die hätten wir im
Winterkrieg gut gebrauchen können.«

»Was machen die Russen? Haben sie schon Informationen
über das Mädchen?«

»Sie regen sich fürchterlich auf, wie immer, wenn jemand
von ihnen überläuft. Und wie üblich ignorieren wir sie. Sie
wollen die Frau natürlich zurückhaben. Sie behaupten, sie
wäre eine gewöhnliche Kriminelle, die aus einem Strafgefangenenlager geflohen sei.« Der Offizier zuckte gleichgültig die
Schultern. »In der Nähe von Petrosawodsk gibt es ein Lager.
Es liegt etwa fünf Stunden zu Fuß von der Grenze entfernt.
Könnte also stimmen. Sie sagen, sie hätte auch einen Lagerwächter getötet. Ihr Name lautet angeblich Anna Chorjowa.«

Der Arzt runzelte die Stirn. »Ich möchte Ihnen etwas zeigen.«

Er hob den Arm des Mädchens und rollte den Ärmel des
Hemdes zurück. Der SUPO-Offizier sah die Nummern, die
mit blauer Tinte in ihr Handgelenk eintätowiert worden waren.
Er nickte. »Dann haben die Russen also nicht gelogen, was
ihre Inhaftierung in einem Gefangenenlager betrifft. Meine Güte,
kein Wunder, daß sie wie der wandelnde Tod aussieht. Die meisten armen Teufel aus den Lagern sterben an Unterernährung.«

Der Offizier notierte die Nummern und schaute dann wieder den Arzt an. »Können Sie mir noch etwas sagen?«

Der Arzt zuckte mit den Schultern. »Da ist noch etwas, aber
das dürfte Sie kaum interessieren.«

Der Offizier lächelte schwach. »Alles ist wichtig. Also, heraus damit.«

Der Arzt schob das weiße Krankenhaushemd der jungen
Frau hoch. Er deutete auf eine dünne, aber sichtbare Narbe
über ihrem Bauch.

»Ich vermute, daß sie letztes oder vorletztes Jahr ein Kind
zur Welt gebracht hat. Das Kind ist offensichtlich mit einem
Kaiserschnitt geholt worden.«

Der Arzt sah, daß der Offizier kurz nickte und diese Information ebenfalls notierte, bevor er das Notizbuch wieder in die Brusttasche zurückschob.

»Was wird mit ihr geschehen?« wollte der Arzt wissen. »Wird sie zu den Russen zurückgeschickt?«

Der Offizier betrachtete das Gesicht der Schlafenden und zuckte mit den Schultern. »Das habe ich nicht zu entscheiden. Aber wer sie auch sein mag, sie muß wirklich unbedingt weggewollt haben. Es ist ein Wunder, daß sie so weit gekommen ist. Fünf Stunden in diesem Wetter ... Da könnten selbst einem Bären die Eier abfrieren.«

»Wie erklären Sie sich die Uniform, die sie anhatte?«

»Keine Ahnung. Vielleicht war sie gestohlen.«

»Und was passiert weiter?«

»Wir schicken ein paar Leute her, die sich mit ihr unterhalten.«

»Sie meinen unsere Geheimdienstleute?«

Der Offizier lächelte. »Die auch, ja. Aber ich meinte vor allem unsere amerikanischen Freunde in Helsinki. Falls es Ihnen bisher entgangen sein sollte, mein lieber Doktor: Unser kleines Land nimmt als Zuschauer in der ersten Reihe an einem kalten Krieg teil, der immer heißer wird. Dieses Mädchen hat zwei Wachposten erschossen und ist in einer Uniform der Roten Armee über die russische Grenze geflohen. Glauben Sie nicht auch, daß die Amerikaner gern mit ihr plaudern möchten?«

5. KAPITEL

Helsinki
25. Oktober

Ein Mann mit grauem, kurzgeschnittenem Haar saß neben Anna Chorjowas Bett und starrte sie an.

Die fleischige Haut seines grobgeschnittenen Gesichtes war übersät mit geplatzten Äderchen. Sein Mund war grimmig verzogen, als wäre er wütend. Es wirkte wie das Gesicht eines Mannes, der in seinem Leben schon viele sehr unerfreuliche Dinge gesehen hatte ... Es war vorsichtig, wachsam und geheimnisvoll. Aber der Blick der hellgrauen Augen war nicht gefühllos. Die Frau vermutete, daß ihnen nicht viel entging. Einer der finnischen Geheimdienstoffiziere hatte ihr angekündigt, daß dieser Amerikaner mit ihr reden wollte. Die Finnen hatten sie verhört und ihre Geschichte immer wieder mit ihr durchgekaut, trotzdem hatte sie ihnen nicht alles verraten. Nicht aus Arglist, sondern weil die Erinnerungen zu schmerzhaft waren und sie nach der Anästhesie noch sehr empfindlich war. Zudem hatte sie das Gefühl gehabt, daß die Finnen diese Prozedur eher widerwillig hinter sich brachten, so als gehe es sie eigentlich nichts an. Aber dieser Mann hier neben ihrem Bett benahm sich anders. Ihn würde sie nicht mit schlichten Antworten abspeisen können, das spürte sie.

Er war etwa Anfang Vierzig und saß entspannt auf dem Stuhl. Seine großen Hände ruhten auf seinen Knien. Er sprach fließend Russisch, und seine Stimme war leise, als er Anna lächelnd ansprach.

»Ich heiße Jake Massey. Man hat mir gesagt, daß Sie wieder ganz gesund werden.«

Als sie nicht antwortete, beugte der Mann sich vor. »Ich bin hier, weil ich einige Lücken in Ihrer Geschichte füllen möchte. Sie heißen Anna Chorjowa, richtig?«

»Ja.«

Ihr fiel sein offener Blick auf, als er weitersprach. »Ich weiß, daß Sie eine schwere Zeit durchgemacht haben, Anna, aber Ihnen muß eins klar sein: Es fliehen viele Menschen über die russische Grenze nach Finnland.« Er lächelte wieder freundlich. »Sicherlich nicht alle unter so dramatischen Umständen wie Sie. Einige von ihnen wollen wirklich aus Rußland fliehen. Andere jedoch ... drücken wir es mal so aus: Ihre Absichten sind nicht ganz so ehrenhaft. Ihre Landsleute schicken Leute hierher, die spionieren sollen. Sie verstehen mich doch, Anna? Ich muß sichergehen, daß Sie nicht zu dieser Sorte gehören.«

Sie nickte.

»Sind sie kräftig genug, daß Sie reden können?« wollte er wissen.

»Ja.«

»Die Ärzte hoffen, daß Sie bis morgen aufstehen können. Ein paar Schritte gehen.« Er zögerte und musterte erneut ihr Gesicht. Seine grauen Augen blickten sie freundlich, aber forschend an.

»Warum haben Sie die beiden Wachposten auf der Brücke erschossen?« fragte er sanft.

Sie sah, daß der Mann ihre Augen genau fixierte.

»Weil ich fliehen wollte.«

»Wovor?«

»Vor dem Gulag.«

»Waren Sie in einem Gefangenenlager?«

»Ja.«

»Wo?«

»In der Nähe von Petrosawodsk.«

»Kennen Sie den Namen des Lagers?«

»Nikotschka.«

»Die sowjetische Botschaft in Helsinki behauptet, Sie hätten dort einen Lageroffizier ermordet. Stimmt das?«

Sie zögerte und nickte dann.

»Warum haben Sie den Mann getötet, Anna?«

Sie hatte diese Frage schon beantwortet, als die Finnen sie verhört hatten, aber sie spürte, daß der Amerikaner noch gründlicher nachhaken würde. Sie wollte sprechen, aber irgendwie kamen ihr die Worte nicht über die Lippen. Massey schaute sie an.

»Anna, ich will ganz ehrlich zu Ihnen sein und Ihnen die Situation erklären. Ich arbeite für die amerikanische Botschaft. Ihre Diplomaten veranstalten eine Menge Wirbel, daß man Sie zurückschicken sollte, damit Sie vor Gericht gestellt werden können. Es gibt zwar keinen Auslieferungsvertrag zwischen Rußland und Finnland, aber wenn Ihre Regierung genug Druck auf die Finnen ausübt, werden die vielleicht nachgeben und Sie ausliefern. Der einzige Weg, das zu verhindern ist der, Sie der amerikanischen Botschaft zu übergeben. Sobald die Finnen erklären, Sie hätten politisches Asyl in Amerika beantragt, ist ihnen die Sache aus der Hand genommen. Das würden sie gern tun. Sie möchten Ihnen helfen. Rußland ist nicht gerade der beste Freund der Finnen. Deshalb bin ich hier. Man hat mich beauftragt, mit Ihnen zu sprechen und herauszufinden, ob meine Botschaft behilflich sein kann. Vermutlich wollen Sie nicht zurück nach Rußland, sondern in Amerika Asyl beantragen. Allerdings sollten Sie wissen, daß eine Anklage wegen Mordes aufgrund der russisch-finnischen Verträge genügt, Sie wieder nach Rußland zu schicken.«

Massey hielt inne. Er hatte offenbar den Ausdruck panischer Angst in ihrem Blick bemerkt, denn er schüttelte schnell den Kopf und sprach weiter. »Anna, wir wollen nicht, daß es dazu kommt. Aber das hängt zum Teil auch von Ihnen ab.«

»Inwiefern?«

»Es kommt darauf an, wie kooperativ Sie sind. Die Leute, die Sie verhört haben, glauben, daß Sie ihnen nicht alles erzählt haben. Verstehen Sie, wenn zumindest ich Ihre ganze Geschichte kenne, kann meine Botschaft entscheiden, ob Sie eine geeignete Kandidatin für politisches Asyl sind. Es gibt international anerkannte Gründe für eine Flucht aus solchen Lagern wie das, in dem Sie eingesessen haben. Und wenn diesen Gründen Genüge getan wird, kann die amerikanische Botschaft Ihnen vielleicht helfen. Ich will Ihnen nichts versprechen, Anna. Nur soviel: Ich höre mir Ihre Geschichte an und versuche mein Bestes, wenn ich glaube, daß Ihr Fall es verdient hat. Verstehen Sie das?«

Sie nickte. Massey beugte sich vor.

»Also, werden Sie mir helfen?«

»Was wollen Sie wissen?«

Massey erwiderte freundlich: »Alles, was Sie mir sagen können. Ihre Herkunft. Ihre Eltern. Ihr Leben. Wie es zu diesem Grenzübertritt gekommen ist. Warum Sie diesen Offizier im Lager getötet haben. Alles, woran Sie sich erinnern, könnte von Bedeutung sein.«

Plötzlich senkte sich die Qual wie eine Glocke über sie. Es war zu schmerzhaft, sich zu erinnern. Sie schloß die Augen und drehte den Kopf zur Seite. Sie merkte nicht, daß der Mann die Verletzungen auf ihrem Hals sah, die rosa Hautflecken, die durch ihre Stoppelhaare am Nacken schimmerten. »Lassen Sie sich Zeit, Anna«, sagte er leise. »Fangen Sie einfach ganz von vorne an.«

Als die Panzer der Deutschen Armee unter Feldmarschall von Leeb im Sommer 1941 ins Baltikum einrollten, wurden sie von vielen Bewohnern erfreut begrüßt.

Auf Stalins Befehl hatte die Rote Armee erst ein Jahr zuvor rasch und brutal nacheinander die drei kleinen unabhängigen baltischen Länder Estland, Lettland und Litauen annektiert. Tausende waren gefoltert und hingerichtet worden oder wurden in Arbeitslager der Invasoren deportiert. Deshalb betrachtete ein großer Teil der Bevölkerung der besetzten Staaten die deutschen Truppen als Befreiungsarmee. Menschen säumten die Straßen und begrüßten die Soldaten der Wehrmacht. Frauen streuten Girlanden und Blumen auf die Straßen, während alle Verkehrswege nach Norden und Osten von der besiegten russischen Armee verstopft wurden, die sich in diesem Blitzkrieg vor den übermächtigen Deutschen zurückzog.

Aber nicht alle Sowjetkommandeure beugten sich der Stärke des Dritten Reiches. Einige blieben zurück und nahmen einen verzweifelten Partisanenkrieg auf, der den Deutschen einen blutigen Vorgeschmack darauf lieferte, was sie in den eisigen Steppen Rußlands erwartete.

Einer der russischen Offiziere war Brigadegeneral Igor Grenko.

Trotz seiner erst zweiundvierzig Jahre war er bereits Divisionskommandeur. Er war ein kühner Offizier und stand in dem Ruf, halsstarrig zu sein. Trotzdem hatte er die brutalen Säuberungen überlebt, mit denen Stalin am Vorabend des Krieges seine Armee dezimiert hatte. Damals war mehr als die Hälfte der älteren Offiziere entweder erschossen oder nach Sibirien deportiert worden. Viele ohne Verfahren – nur deshalb, weil Stalin sie in einem Anfall von Paranoia fälschlicherweise verdächtigte, einen Umsturz gegen ihn zu planen.

Irgendwann hatte Grenko eine gewisse Nina Sinjaking geheiratet, die Tochter eines armenischen Lehrers. Grenko hatte sie kennengelernt, als sie am Moskauer Institut eine engagierte Vorlesung über Lenin gehalten hatte, und sich sofort in sie verliebt. Sie war eine resolute, feurige junge Frau, die bemerkenswert gut aussah und ein ähnliches Temperament wie ihr Ehemann hatte. Nach zehn Monaten wurde ihr erstes und einziges Kind geboren.

Als die Deutschen auf Tallinn vorrückten, war Anna Grenko fünfzehn Jahre alt.

Die ursprünglichen Befehle Stalins nach Beginn des deutschen Unternehmens Barbarossa lauteten, sich so wenig wie möglich in einen Konflikt verwickeln zu lassen. Stalin klammerte sich fälschlicherweise an den Glauben, daß Hitler nicht weit in russisches Gebiet einmarschieren würde und daß die Feindseligkeiten bald beigelegt wären. Er hoffte, den Konflikt zu entschärfen, indem er die Deutschen nicht mit einem Gegenschlag reizte.

Igor Grenko sah das ganz anders.

Als Moskau ihm befahl, sich zurückzuziehen, weigerte er sich halsstarrig. Seiner Meinung nach ließ Stalin als Stratege eine Menge zu wünschen übrig. Grenko glaubte nicht, daß die Deutschen an der russischen Grenze haltmachen würden. Er war davon überzeugt, daß sich binnen weniger Wochen die Marschorder ändern und der Befehl ergehen werde, einen Partisanenkrieg zu führen. Er wurde vom Militärkommando aus Moskau mit Telegrammen bombardiert, in denen ihm befohlen wurde, sich zurückzuziehen. Er zerriß jedes Telegramm und schickte sogar eine dreiste Antwort. *Was soll ich tun? Zusehen, wie die Deutschen meine Männer massakrieren?*

Igor Grenko war der festen Überzeugung, daß die Geschichte Stalin des Irrtums überführen würde. Und er wußte, daß die ersten Wochen einer Schlacht genauso entscheidend sind wie die letzten. Als er jedoch die Telegramme nicht mehr länger ignorieren konnte, stiegen er und seine Männer in einen Truppenzug in der Nähe von Narwa und fuhren nach Moskau zurück.

Als der Zug im Bahnhof von Riga einlief, wurde Igor Grenko verhaftet und zu einem Wagen eskortiert. Als Anna Grenkos Mutter zu intervenieren versuchte, wurde sie barsch weggestoßen. Man sagte ihr, daß die Verhaftung ihres Ehemannes sie nichts angehe.

Am nächsten Tag erhielten sie Besuch von der Geheimpolizei.

Nina Grenko wurde darüber informiert, daß ihr Ehemann vor ein Militärtribunal gestellt und der Befehlsverweigerung schuldig befunden worden war. Er war noch am selben Morgen im Rigaer Gefängnis Lefortowo exekutiert worden.

Einen Tag später wurden die neuen Einsatzbefehle von Stalin veröffentlicht.

Jeder Bürger solle die eindringenden Deutschen mit allen Mitteln bis zum Tod bekämpfen, und kein russischer Soldat durfte zurückweichen.

Für Igor Grenko kam dieser Befehl vierundzwanzig Stunden zu spät.

Nach dem Tod ihres Vaters wurde Anna Grenkos Heim in Moskau auf Befehl der Geheimpolizei konfisziert. Ihre Mutter konnte das Unrecht der Hinrichtung ihres Mannes nie verwinden. Im zweiten Monat der Belagerung von Moskau kam Anna Grenko nach Hause in die schäbige kleine Einzimmerwohnung, die Nina für sich und ihre Tochter gemietet hatte. Sie fand den Leichnam ihrer Mutter, die sich an einer Wasserleitung erhängt hatte.

Anna verkroch sich danach zwei Tage lang im Bett. Sie aß nicht und schlief kaum. Plötzlich war eine schreckliche Leere in ihr Leben eingetreten, und sie hatte niemanden, an den sie sich wenden konnte. Ihre Verwandten mieden sie, weil sie Sippenhaft fürchteten und Angst vor dem nächtlichen Klopfen an der Tür hatten, das die Geheimpolizei ankündigte.

Am dritten Tag packte Anna ihre spärlichen Habseligkeiten in einen kleinen Koffer und zog aus der kleinen Wohnung in ein noch kleineres, verwahrlostes Zimmer östlich der Moskwa.

Die deutsche Armee stand kaum zehn Kilometer entfernt. Die Soldaten konnten die goldenen Kuppeln des Kreml durch ihre Feldstecher sehen. Da die Stadt unter ständigem Beschuß lag, gab es wenig Nahrungsmittel und noch weniger Material zum Heizen. Alles, was brannte, war schon lange verfeuert worden. Die Leute verschlangen die kärglichen Rationen, die man ihnen zuteilte. Hunde und Katzen wurden für einen Monatslohn verhökert. In den Vorstädten stapelten sich die Leichen, und die Granaten und Stuka-Angriffe der Deutschen machten das Leben bei den eisigen Temperaturen weit unter null Grad zur Hölle.

Anna Grenko war zu jung zum Kämpfen und wurde zum Arbeitsdienst in eine Flugzeugfabrik im Ural abkommandiert. An ihrem siebzehnten Geburtstag wurde sie schließlich zum Militärdienst eingezogen. Nach einer dreiwöchigen Grundausbildung fuhr sie mit dem Schiff nach Süden an die Front und wurde zur zweiundsechzigsten Armee General Tschuikows versetzt. Nach Stalingrad.

Dort lernte sie, was Überleben heißt.

Sie kämpften von Straße zu Straße, von Fabrik zu Fabrik und hielten eine deutsche Belagerung aus, die sechs Monate dauerte. Nachts überschritten sie die feindlichen Linien in Schlamm und Schnee und griffen ihre Stellungen an. Die Kämpfe wurden heftig und erbittert geführt. Sie kam dem Feind oft so nah, daß sie die flüsternden Stimmen in den Schützengräben hören konnte. Das Bombardement war so entsetzlich, daß die Bäume in der Stadt sämtliche Blätter verloren und Hunde sich in der Wolga ertränkten, damit sie den schrecklichen Lärm der Schlacht nicht länger hören mußten, die Tag und Nacht währte.

Zweimal wurde Anna verwundet, und zweimal wurde sie dafür ausgezeichnet. Die Kämpfe, die in und um Stalingrad tobten, waren gnadenlos.

Beim fünften Übertritt über die feindlichen Linien wurde Anna von einer Abteilung der ukrainischen SS gefangengenommen. Nach dem Verhör wurde sie brutal vergewaltigt.

Man hielt sie für tot und ließ sie in einem Bombenkrater liegen. Zwischen ihren Beinen brannte ein heißer Schmerz, wo die fünf Männer in ihrer rücksichtslosen Gier ihren Körper brutal mißbraucht hatten.

Am zweiten Morgen erwachte sie, als Schnee auf ihr Gesicht fiel.

Als Anna aus dem Krater kletterte, sah sie die Ukrainer auf der anderen Seite. Es waren dieselben Männer, die sie verhaftet hatten. Sie standen um ein hell brennendes Kohlenfeuer, wärmten sich und lachten.

Anna Grenko kroch wieder in den Krater und wartete, bis es dunkel wurde. Sie war fast besinnungslos vor Wut und brannte nach Rache. Ein wildes Verlangen trieb sie an. Sie wollte diese Männer für das töten, was sie ihr angetan hatten. Dieser Impuls beherrschte sie und war stärker als ihr Selbsterhaltungstrieb. Als sie in dieser Nacht erneut aus dem Krater kletterte, stieß sie auf einen gefallenen Kameraden. Sie nahm dessen Tokarew-Maschinenpistole und die Stielhandgranaten an sich.

Dann stieg sie wieder in den Krater und pirschte sich von der anderen Seite an die Soldaten heran.

Einer der Männer drehte sich um und bemerkte sie, doch es war schon zu spät. Anna sah das Entsetzen auf dem Gesicht des Mannes, als sie die Granaten entsicherte und sie in die Gruppe schleuderte. Gleichzeitig feuerte sie mit der Maschinenpistole und beobachtete, wie die Körper der Soldaten im grellen Lichtblitz der explodierenden Granaten zuckten. Sie lauschte den Schreien, bis alles vorbei war.

Als am nächsten Tag die Linien wieder überrannt wurden, fanden ihre eigenen Truppen sie im Krater. Eine Blutlache hatte sich zwischen ihren Beinen gebildet. Sie verbrachte drei Wochen in einem Feldlazarett in Stalingrad, bevor sie vor ein Militärgericht gestellt wurde. Dort befragte man sie – aber nicht nach der Qual ihrer Vergewaltigung, sondern nach ihrer Gefangennahme durch die Ukrainer und wie es dazu hatte kommen können.

Für diese ›Dummheit‹ verurteilte man sie trotz ihrer Tapferkeit zu einer einmonatigen Gefängnisstrafe in einem Militärgefängnis.

Zwei Jahre nach dem Krieg erlebte Anna Grenko das erste Mal so etwas wie persönliches Glück.

Es war die Zeit, als die Bürger von Moskau wieder etwas Geschmack am Leben fanden. Die Stadt erwachte wie aus einem langen Winterschlaf und sprühte vor Freude und Ausgelassenheit. Wohnblocks und Cafés, Tanzhallen und Bierlokale schossen in jeder Vorstadt wie Pilze aus dem Boden. Die Menschen trugen modische Kleidung und leuchtende Farben, und im Sommer tanzten sie auf den Hotelterrassen zur neuesten Musik.

Anna Grenko fand eine Stelle als Sekretärin in einer Moskauer Fabrik. Da sie genug Zeit hatte, ging sie auf eine Abendschule. Zwei Jahre später besuchte sie Abendvorlesungen am Moskauer Sprachenzentrum. Obwohl sie oft von Männern eingeladen wurde, ging sie nur selten aus und akzeptierte nie eine Einladung nach Hause. Nur einmal machte Anna Grenko eine Ausnahme.

Einer der jungen Dozenten, die sie kennenlernte, war Iwan Chorjow.

Er war erst vierundzwanzig, ein schlanker, bleicher und sensibler junger Mann. Aber er war bereits ein bewunderter und beliebter Dichter. Seine Arbeiten wurden in verschiedenen angesehenen Literaturmagazinen veröffentlicht.

Eines Abends nach der Vorlesung hatte er Anna auf einen Drink eingeladen.

Sie gingen in ein kleines Gartencafé am Ufer der Moskwa. Sie aßen eine Kleinigkeit und tranken starken, georgischen Wein. Iwan Chorjow redete über Poesie. Als er für Anna ein Gedicht von Pasternak zitierte, hielt sie es für das Schönste, was sie je gehört hatte. Iwan war ein aufmerksamer Zuhörer, wenn Anna ihre Meinung äußerte und versuchte nicht, sie einfach nur abzutun. Er besaß die Fähigkeit, sich selbst auf den Arm zu nehmen, und maß seinem eigenen literarischen Ruf keine übermäßige Bedeutung zu. Und er lachte gern.

Auf der Terrasse spielte eine Band einen leisen, traurigen Walzer aus der Vorkriegszeit. Iwan forderte Anna zu einem Tanz auf und versuchte nicht, sie dabei unschicklich zu berühren oder zu küssen. Anschließend brachte er sie nach Hause, doch statt ihr einen Gutenachtkuß zu geben, schüttelte er ihr nur förmlich die Hand.

Eine Woche später lud er sie zum Abendessen in sein Elternhaus ein. Nach der Mahlzeit saßen sie alle bis in die frühen Morgenstunden zusammen. Als Anna über einen Witz lachte, den Iwans Vater gemacht hatte, lächelte Iwan Chorjow und sagte, daß er sie zum ersten Mal glücklich sähe.

Anschließend war sie ins Bett gegangen und hatte an ihn denken müssen. An seine ruhige Sicherheit und Freundlichkeit, an seinen Humor. Seine Fähigkeit, sich zu fast jedem Thema sinnvoll äußern zu können, seine wache Intelligenz und seine Sensibilität. Seine Bereitschaft, ihren Ansichten zuzuhören und sie ernst zu nehmen. Wie sie war auch Iwan ein Einzelgänger, aber einer von anderer Art. Seine Unabhängigkeit entsprang einer ruhigen Selbstsicherheit und dem Rückhalt einer liebenden Familie.

Sie verliebte sich in ihn und einen Monat, nachdem sie ihre Abschlußprüfung bestanden hatte, heirateten sie.

Ihre Flitterwochen verbrachten sie allein in einer großen Holzvilla am Strand in der Nähe von Odessa. Jeden Morgen gingen sie im warmen Schwarzen Meer schwimmen, liefen zurück in die Datscha und liebten sich.

Nachts las er ihr Gedichte vor, die er geschrieben hatte, und erzählte ihr immer wieder, daß er sie liebte, daß er sie vom ersten Tag an geliebt hatte, als er sie auf dem Campus gesehen hatte. Als er sah, wie ihr Tränen in die Augen traten, zog er sie in die Arme und hielt sie fest.

Als ein Jahr später ihr Kind geboren wurde, war für Anna das Leben vollkommen. Es war eine Tochter, und sie gaben ihr den Namen Sascha. Man teilte ihnen eine kleine Wohnung am Lenin-Prospekt zu, und sie und Iwan gingen mit ihrem Baby oft im nicht weit entfernten Gorki-Park spazieren.

Anna würde den ersten gemeinsamen Spaziergang als Familie niemals vergessen. Sie und Iwan und die kleine Sascha. Und der Vaterstolz auf Iwans Gesicht, als er seine kleine Tochter in den Armen hielt. Ein Mann mit einem Fotoapparat hatte für fünfzig Kopeken in einem Musikpavillon ein Foto von der Familie geschossen. Anna und Iwan lächelten, und Sascha war in eine wollene Mütze und eine weiße Decke eingewickelt. Ihr Gesicht war dick, rosa und gesund, und ihre kleinen Lippen gierten nach Milch. Anna hatte das Foto in einem silbernen Rahmen auf den Kaminsims gestellt. Sie betrachtete es jeden Tag, als müßte sie sich ständig daran erinnern, daß ihre Ehe und ihr Glück kein Traum waren.

In diesem warmen Sommer wunschlosen Glücks – inzwischen waren fünf Jahre seit Kriegsende verstrichen –, hätte sie sich niemals vorstellen können, welches Leid sie noch erwartete.

Es kündigte sich mit einem Klopfen an ihre Wohnungstür an, an einem Sonntag, um zwei Uhr früh. Drei Männer stürmten ins Zimmer und zerrten Iwan nach draußen in einen Wagen. Er war beschuldigt worden, ein Gedicht für ein Dissidentenmagazin geschrieben und es dort veröffentlicht zu haben. Für dieses Verbrechen wurde er in eine Strafkolonie nach Norilsk in Nordsibirien verbannt – für fünfundzwanzig Jahre.

Anna Chorjowa sollte ihren Ehemann nie wiedersehen.

Eine Woche später kamen die Männer von der Geheimpolizei zurück.

Anna weinte und schrie und trat um sich. Als sie ihr die kleine Tochter wegnahmen, hätte sie die Männer, die sie in ein Fahrzeug zerrten, fast umgebracht. Doch alle Gegenwehr, alles Bitten nützte nichts. Man lieferte Anna ins Gefängnis von Lefortowo ein.

Wegen ihrer Beziehung zu Iwan Chorjow wurde sie zu zwanzig Jahren Haft im Nikotschka-Straflager verurteilt. Ihre Tochter sollte in ein staatliches Waisenhaus eingeliefert werden, wo man sie zu einer guten Kommunistin erziehen wollte. Anna durfte ihre Tochter nie wiedersehen; das Recht auf Elternschaft wurde vom Staat widerrufen.

Sie wurde direkt zu dem Bahnhof in Moskau gebracht, von dem aus die Züge Richtung Leningrad fuhren, und dort mit Dutzenden anderer Gefangener in einen Viehtransport gesteckt. Der Zug fuhr etwa fünfhundert Kilometer Richtung Norden. Als er schließlich auf einem Abstellgleis hielt, wurden Anna und die anderen Gefangenen in ein Lager weiter westlich gefahren, mitten im Niemandsland.

In dieser Nacht tobte ein heftiger Schneesturm, und eisige Windstöße schnitten wie Rasierklingen in Annas Gesicht. Sie wurde gemeinsam mit fünf weiteren Gefangenen der Sonderkategorie in eine zugige, verwahrloste Holzzelle gesperrt. Zwei ihrer Leidensgenossen waren blind, die anderen waren Prostituierte mit Syphilis. Die übrigen Lagerinsassen waren

Alkoholiker und politische Gefangene, die den Rest ihres Lebens in den Eiswüsten nahe am Polarkreis verbringen sollten. In den Hunderten von Straflagern, über die ganze Sowjetunion verteilt, arbeiteten Millionen Männer, Frauen und Kinder in Minen und Steinbrüchen und behelfsmäßigen Fabriken. Sie schufteten vom Morgengrauen bis zur Dämmerung für nichts, bis mangelnde Ernährung, die eisige Kälte, Seuchen oder Selbstmord ihre Leben beendeten. Man hob mit einem Bagger eine Grube aus der eisenhart gefrorenen Erde und verscharrte die Leichen in anonymen Gräbern. Weder ein Kreuz noch eine Inschrift bezeugten, daß es sie jemals gegeben hatte.

Im zweiten Monat ihrer Inhaftierung merkte Anna Chorjowa, daß sie nicht mehr lange durchhalten würde.

Sie bekam keine Post, nur offizielle Briefe von Ämtern und Behörden. Und es waren keine Besucher erlaubt. Sie arbeitete von morgens bis abends. In den ersten Wochen hätten Verzweiflung und Einsamkeit sie beinahe umgebracht. Ließen ihre Kräfte nach, wurde sie von jungen Lagerwächtern erbarmungslos verprügelt. Jeden Tag und jede Nacht drohten Schmerz und Leid sie zu überwältigen. Immer wieder mußte sie an Saschas Gesicht denken und fürchtete, den Verstand zu verlieren. Nach sechs Monaten bekam sie einen Brief vom Informationsdienst der Straflager in Moskau. Darin wurde sie informiert, daß ihr Ehemann Iwan Chorjow eines natürlichen Todes gestorben und in Norilsk begraben worden war. Seine persönlichen Habseligkeiten wurden vom Staat beschlagnahmt. Nähere Anfragen in dieser Sache wurden Anna untersagt.

In dieser Nacht weinte Anna Chorjowa, bis sie glaubte, ihr müsse das Herz vor Leid zerspringen. Sie aß nicht einmal die kargen Rationen Schwarzbrot mit Kohlsuppe. Binnen einer Woche litt sie unter ernsten Folgen der Mangelernährung. Als sie schließlich in ihrer Arbeitseinheit zusammenbrach, wurde sie in die schäbige Baracke geschleppt, die als Lagerlazarett diente. Der ständig betrunkene, schlampige Arzt, der einmal in der Woche erschien, untersuchte sie ohne besonderes Interesse. Als Anna sich immer noch weigerte zu essen, wurde sie dem Lagerkommandanten vorgeführt.

Dieser Kommandant erteilte ihr eine strenge Lektion über seine Verantwortung den Gefangenen gegenüber, doch am Tonfall des Mannes spürte Anna, daß es ihn nicht interessierte, ob sie lebte oder starb.

Als das Telefon in einem anderen Zimmer klingelte und der Kommandant nach draußen gerufen wurde, bemerkte Anna Chorjowa die Landkarte an der Wand. Irgend etwas setzte sich in ihren Gedanken fest. Sie starrte die Karte unentwegt an. Es war ein Reliefbild der Gegend um das Lager, mit Geländeangaben und eingezeichneten Grenzposten. Die Straße war ebenso darauf vermerkt wie Militärbasen und zivile Gefangenenlager, die mit kleinen roten und blauen Fähnchen markiert waren. Anna trat dichter an die Karte heran, starrte ungefähr fünf Minuten eindringlich darauf und brannte sich jede Einzelheit ins Gedächtnis.

Als der Kommandant sie schließlich fortschickte, ging Anna in ihre Baracke zurück. Sie nahm ein Stück Holzkohle aus dem Metallofen und zeichnete die Landkarte, so gut sie sich erinnern konnte, auf die Rückseite des Briefes mit der Nachricht vom Tod ihres Mannes. Jede Einzelheit, die ihr einfiel, jede Straße und jeden Fluß, jedes blaue und rote Fähnchen.

An diesem Abend aß sie ihre erste Mahlzeit seit Tagen. Und in dieser Nacht faßte sie einen Entschluß. Sie wußte, daß sie ihre Tochter nie wiedersehen und ihr Leben nie mehr so sein würde wie zuvor. Aber sie wollte nicht in dieser Eiswüste am Polarkreis krepieren, und sie würde keine Gefangene bleiben.

Das Grenzgebiet zu Finnland war eine Landschaft aus dichtem Wald und Hügeln, in denen es von Wölfen und Bären wimmelte, und die vor eisigen Kämmen und breiten, gefrorenen Flüssen nur so strotzte. Der Versuch, im Winter durch ein solches Terrain zu entkommen, kam einem Selbstmord gleich. Die zugänglichsten Pässe waren bewacht, aber trotzdem boten sie die beste Chance, selbst wenn es äußerst gefährlich war. Anna wußte nicht, was hinter der finnischen Grenze auf sie wartete, aber sie wußte, daß sie aus diesem unmenschlichen Lager entkommen mußte.

Ihr war ein Lageroffizier aufgefallen, ein grober, lüsterner Mann mittleren Alters, der das Risiko einging, mit weiblichen Gefangenen zu verkehren und Extra-Essensrationen gegen

Sex einzutauschen. Anna hatte bemerkt, wie der Mann sie beobachtete. Sie erkannte an seinem lüsternen Grinsen, daß er ihren Körper wollte. Sie ließ ihn wissen, daß sie käuflich war.

Der Offizier kam drei Nächte später zu ihr, nach Einbruch der Dunkelheit. Sie trafen sich in einem kleinen Holzschuppen am anderen Ende des Lagers. Anna hatte den Tag genau geplant, weil der Offizier am nächsten Tag dienstfrei hatte.

Sie wartete, bis er sie entkleidet hatte. Als er dann seinen Mantel ablegte und an ihren Brüsten saugte, jagte sie ihm eine zwölf Zentimeter lange Metallklinge in den Rücken. Sie hatte drei Wochen gebraucht, um das Messer nach Einbruch der Dunkelheit anzufertigen, aber es kostete sie nur Augenblicke, es zu benutzen. Der Mann starb sehr langsam und versuchte im Todeskampf, Anna zu erwürgen, doch sie rammte ihm wieder und wieder das Messer in den Leib, bis der Boden schlüpfrig von seinem Blut war.

Zehn Minuten später schloß sie mit dem Schlüssel des Mannes eine Seitentür auf und marschierte durch den Schnee und die eiskalte Nacht davon. Sie trug die blutverschmierte Uniform des Mannes, seinen Mantel und seine Pelzmütze, hatte seine Pistole dabei und schlug den Weg über die schmale, gewundene Straße durch den Birkenwald ein. Die Wache auf dem nächstgelegenen Turm machte sich nicht mal die Mühe, sie anzurufen.

Nach einigen Stunden hatte Anna Chorjowa, fast erfroren und am Rand der völligen Erschöpfung, endlich die Grenze zu Finnland erreicht.

Sie sprach fast eine Stunde mit Massey.

Er saß da, hörte ruhig zu und nickte verständnisvoll, wenn Anna stockte oder der Schmerz der Erinnerungen sie überwältigte, so daß sie nicht weiterreden konnte.

Ab und zu sah sie den Schock in seinem Gesicht, während sie ihm ihre Geschichte erzählte. Seine Haltung veränderte sich. Er war nicht mehr teilnahmslos, schien plötzlich die Tiefe ihres Schmerzes begriffen zu haben und auch den Grund, aus dem sie getötet hatte.

Als ihre Geschichte schließlich zu Ende war, lehnte Massey

sich zurück und blickte sie mitfühlend an. Anna wußte, daß er ihr glaubte.

Er sagte, daß noch jemand mit ihr reden wollte. Man würde ihr andere Fragen stellen, und vielleicht müßte sie ihre Geschichte noch einmal erzählen. Aber jetzt sollte sie sich erst einmal ausruhen und versuchen, wieder zu Kräften zu kommen. Am nächsten Tag würde man sie in ein privates Krankenhaus in Helsinki verlegen. Er würde ihr helfen, so gut er konnte.

Anna schaute ihm nach, als er ging; dann lag sie wieder allein in dem kleinen, weißen Zimmer. In einiger Entfernung hörte sie heitere Tanzmusik aus einem Radio. Sie dachte an eine andere Zeit und einen anderen Ort – an den ersten Abend, an dem Iwan Chorjow sie zum Tanzen an die Ufer der Moskwa ausgeführt hatte. Im Flur vor ihrem Zimmer hörte sie plötzlich jemanden lachen. Die Trauer spülte wie eine Flutwelle über sie hinweg, und sie versuchte, nicht zu weinen.

Es war ein langer Weg von den eisigen Wüsten von Nikotschka. Ein langer Weg aus der Kälte, der Verzweiflung und den körperlichen Qualen, mit denen sie monatelang gelebt hatte. Sie hatte rasende Schmerzen in ihrer Brust. Es fühlte sich an, als hätte jemand ein Messer hineingestoßen, so daß sie langsam verblutete.

Und die ganze Zeit hatte sie ein Bild vor Augen, das einfach nicht verschwinden wollte: wie Iwan und sie im Gorki-Park spazierengingen. Der lächelnde Iwan und sein stolzer und liebevoller Gesichtsausdruck, als er Sascha in den Armen schwenkte.

6. KAPITEL

Berlin
15. Dezember

Die Iljuschin-Transportmaschine mit den roten Sternen auf den Flügeln kam mit einem Ruck auf dem eisigen Flughafen Schönefeld in Ostberlin zum Stehen. Ein dünner Mann mit scharfen Gesichtszügen stieg aus. Er besaß volle, leicht aufgeworfene Lippen und ein langes Gesicht mit mandelförmigen, glänzenden Augen. Gelassen ging er über das betonierte Vorfeld zum wartenden Sis-PKW.

Als der Wagen die Tore passierte und die Stadt in östlicher Richtung verließ, setzte Oberst Grenadi Kraskin seine Dienstmütze ab und strich mit der Hand über den zurückweichenden Haaransatz. Er war zweiundsechzig und mit über dreißig Jahren Erfahrung auf dem Buckel ein Veteran und alter Hase im KGB. Er war nur Berija und Stalin Rechenschaft schuldig und leitete spezielle, interne Operationen, die der Kontrolle des Zweiten Direktorates oblagen. Dessen Zentrale lag im siebenstöckigen KGB-Hauptquartier an Moskaus Dsershinski-Platz. Kraskin hatte seine monatliche Dienstreise nach Ostberlin angetreten, um höchst geheime sowjetische Forschungseinrichtungen zu inspizieren, was er auch mit gewohnter Gründlichkeit absolvierte.

Nach einer dreißig Kilometer langen Fahrt bog der schwarze Sis von der Autobahn nach Potsdam in eine kleinere Straße ab, die an dem verschlafenen Nest Luckenwalde vorbeiführte. Am Ende der Straße erhob sich, von hohen Tannen gesäumt, ein großes, zweiflügeliges Eisentor mit einer Schranke davor. Dahinter lag ein asphaltierter Weg, der zu beiden Seiten von Stacheldraht gesäumt wurde. Zwei uniformierte Wächter nahmen Haltung an, als der Sis vorfuhr. Ein Offizier kam aus einem Wachhäuschen aus Beton und überprüfte die Ausweise der Insassen. Augenblicke später hob sich die Schranke, und der Wagen fuhr weiter.

Nach einem halben Kilometer auf der betonierten und mit Stacheldraht gesicherten Piste sah Kraskin den Eingang zu einem unterirdischen Tunnel, der wie ein Schlund im Beton der Straße lauerte. Der Wagen fuhr hinein und kam schließlich zum Stehen.

Als Kraskin ausstieg, befand er sich in einem riesigen Bunker, der wie ein ungeheurer, unterirdischer Parkplatz aussah. Der Gestank nach Dieselabgasen und abgestandener Luft war ekelhaft. Grelle Neonlampen hingen an der Decke. Etwa ein Dutzend Militärfahrzeuge parkten hier. Rechts von Kraskin befand sich der Eingang zu einem Aufzug, dessen Metalltüren offenstanden.

Der wachhabende Offizier salutierte zackig und begleitete Kraskin in den Lift.

Nachdem die beiden Männer eingetreten waren, schlossen sich die Türen. Der Lift fuhr nach unten.

Die DC-6 der PanAm, Flug 209 von Paris, war fast leer. Der blonde Mann saß an einem Fensterplatz vorn in der zweiten Reihe.

Über Berlins Wannsee setzte die Maschine zum Landeflug an. Kurz darauf sah der Mann das breite Band der Straße Unter den Linden unter sich. Hier und da gab es noch vereinzelte Bombenkrater in den Vorstädten, und im Osten erblickte man die zerfallenen, skelettierten Gebäude des sowjetischen Sektors.

Zehn Minuten später landete das Flugzeug auf Westberlins Flughafen Tempelhof. Die Einreise- und Zollkontrollen waren sehr gründlich, und es wimmelte von Militär, seit die Sowjets Westberlin mit einem zehn Meter breiten Todesstreifen umgeben und isoliert hatten. Doch dem uniformierten westdeutschen Beamten fiel der gefälschte amerikanische Paß nicht auf. Der Mann wurde ohne große Verzögerung durchgeschleust.

Vor der Ankunftshalle parkten ein halbes Dutzend amerikanischer Lastwagen, neben denen zwei schwarze GIs standen, die Kaugummi kauten und plauderten.

Keiner schien auf den blonden Mann zu achten. Augenblicke später sah er den grauen Volkswagen gegenüber dem Parkplatz für Zivilfahrzeuge. Hinter dem Steuer saß eine attraktive Frau Anfang Dreißig und rauchte eine Zigarette. Er erkannte ihre dunklen, russischen Gesichtszüge. Sie trug einen blauen Schal um den Hals. Als sie den Mann bemerkte, warf sie die Zigarette aus dem Wagenfenster.

Der Mann wartete noch eine ganze Minute, bevor er die Straße überquerte und zum Wagen ging. Selbst dann warf er vorher noch einen mißtrauischen Blick auf den Platz vor der Ankunftshalle.

Schweigend setzte er sich neben die Frau, die sich einen Augenblick später geschickt in den Verkehr einfädelte und Richtung Berlin fuhr.

Oberst Grenadi Kraskin betrachtete den großen, schlampig gekleideten Mann, der ihm gegenüber saß, und lächelte. Sie befanden sich in Sergei Engers Büro im ersten Stock des mehrere Etagen umfassenden unterirdischen Gebäudekomplexes, der einst von den Deutschen erbaut worden war.
»Also, Sergei, was haben Sie auf dem Herzen?«
Sergei Enger war ein untersetzter Mann mit dunklem, schütterem, lockigem Haar und einem Schmerbauch. Er hatte an der Moskauer Universität Physik studiert und war Leiter der Forschungsabteilung im unterirdischen Komplex von Luckenwalde. Trotz seiner lockeren Umgangsformen und seiner unordentlichen Kleidung – Enger trug oft verschiedene Socken, und man konnte auf seinem Schlips sehen, ob das Frühstücksei weich oder hart gekocht gewesen war – verfügte der Mann über eine messerscharfe Intelligenz und besaß ein ausgeprägtes Talent zur Menschenführung.
Gequält erwiderte Enger das Lächeln des Oberst. Natürlich hatte er Probleme, aber Grenadi Kraskin war nicht gerade der Mann, dem man sein Herz ausschüttete.
Das Gesicht des KGB-Offiziers war scharf geschnitten, hart und wettergegerbt. In der ledrigen Haut hatten sich tiefe Falten eingegraben, die fast wie Narben aussahen, und in Verbindung mit dem eiskalten Lächeln hatte dies eine furchterregende Wirkung. Außerdem schüchterten die tadellos gebügelte Uniform des Mannes und seine auf Hochglanz polierten Schuhe Enger stets ein.
Nach außen war Kraskin ein umgänglicher und intelligenter Mann, aber hinter dieser Maske verbarg sich ein düsterer, grausamer Charakterzug. Auf einem Winterfeldzug während der bolschewistischen Revolution hatte Kraskins Bataillon in der Nähe von Sadonsk am Don im Kaukasus gegen eine vierhundert Mann starke weißrussische Einheit gekämpft. Sie löschten die Weißrussen in nur drei Tagen vollkommen aus,

in einem Kampf Mann gegen Mann. Kraskin hatte den Überlebenden und ihren Familien Gnade versprochen, wenn sie sich ergaben. Statt dessen stellte er sie an die Wand, ließ alle erschießen und kannte auch Frauen und Kindern gegenüber keine Gnade.

Enger zuckte mit den Schultern und spielte mit einem Bleistift auf dem Tisch. »Wieso glauben Sie, daß mich etwas bedrückt, Grenadi? Das Projekt läuft besser, als ich erwartet habe.«

Kraskin strahlte. »Hervorragend. Das freut mich zu hören.«

Enger stand unruhig auf, als würde ihm irgend etwas zu schaffen machen, und trat dann an die breite Glasscheibe, durch die man auf den riesigen Komplex darunter sehen konnte.

Dieser Ort versetzte Enger noch immer in Erstaunen, obwohl er jetzt schon zwei Jahre hier war. Die Nazis hatten vor zehn Jahren mit dem Bau dieses Komplexes begonnen. Es sollte eine V2-Fabrik werden, doch der russische Vormarsch in Ostpreußen hatte dieses Vorhaben ad acta gelegt. Jetzt war es eine der geheimsten und technisch fortgeschrittensten Forschungseinrichtungen in Ostdeutschland. Der ganze Betrieb fand unterirdisch statt, was eine Tarnung auf der Erdoberfläche überflüssig machte. Vor dem Büro sorgten starke Lampen an der Decke für taghelles Licht. Metallkessel und Leitungen der Klimaanlage führten fast einen halben Kilometer an den Wänden entlang. Hier und da sah man Männer in weißen Kitteln herumlaufen.

Enger betrachtete diese beeindruckende Szenerie einige Augenblicke, bevor er sich wieder umdrehte.

»Ich habe die Einzelheiten, nach denen Sie gefragt haben, in dem Ordner auf dem Schreibtisch hinterlegt, Grenadi. Ich hoffe, das ist Ihnen recht.«

Kraskin nahm den Ordner. Nachdem er die Berichte über den Fortschritt der Arbeiten überflogen hatte, glitt sein Blick zu Enger zurück.

»Gute Arbeit, Sergei. Die deutschen Wissenschaftler scheinen sich selbst zu übertreffen.« Kraskin grinste. »Es ist schon verblüffend, was die bloße Andeutung bewirken kann, in einen Gulag geschickt zu werden.«

Er betrachtete einen Augenblick Engers Gesicht, legte dann seine polierten Schuhe auf den Schreibtisch und knöpfte seinen Uniformrock auf, bevor er sich eine Zigarette anzündete. Es war ein Trick, den Kraskin oft bei Verhören anwendete: Manchmal gab er seinen Opfern damit das Gefühl, daß er auch ein Mensch war und daß sie sich entspannen und freier reden könnten.

Er lächelte Enger an. »Sie wirken wie ein Mann, der das Gewicht der ganzen Welt auf den Schultern trägt. Wenn es nicht um das Projekt geht, was ist es dann? Kommen Sie, Sergei, lassen Sie hören, was Ihnen durch den Kopf geht.«

Enger zögerte. »Darf ich frei heraus reden, Grenadi? Darf ich wirklich aufrichtig sein?«

Kraskin lachte. »Wenn die Frage darauf abzielt, ob dieser Raum verwanzt ist, dann lautet die Antwort nein. Ich habe dafür gesorgt, daß Sie eine Sonderbehandlung erhalten.«

»Ich bin Ihnen zu Dank verpflichtet, Grenadi.«

Kraskin winkte abwehrend mit der Hand und lächelte bemüht. »Unsinn. Wozu hat man Freunde? Sagen Sie mir, was Sie bewegt.«

Enger zog ein schmutziges Taschentuch hervor und tupfte sich die Stirn. »Sie haben ja keine Ahnung, wie es hier ist. Dieses ständige Geräusch der Maschinen, die gefilterte Luft. Ich weiß nicht, wie die Deutschen das ausgehalten haben. Und ich bin froh, daß meine Arbeit hier fast zu Ende ist.«

Während er an seiner Zigarette sog, fragte Kraskin: »Wann wird Ihr Teil der Operation beendet sein?«

»So wie es jetzt läuft, wesentlich früher, als wir gedacht haben. Boroski und die anderen Wissenschaftler treffen in den nächsten Wochen hier ein, um die verschiedenen Projekte miteinander zu verbinden.«

»Also, wie lange noch?« wiederholte Kraskin.

Enger zuckte mit den Schultern. »Einen Monat, vielleicht sogar noch früher. Die ersten Tests sind sehr positiv verlaufen. Und das Testgelände im Kaukasus steht kurz vor der Fertigstellung. Ich habe auch den neuesten Bericht über die amerikanischen Fortschritte gelesen, den man uns aus Moskau gesendet hat. Wir sind ihnen voraus. Die Gewalt der Explosion im Pazifik ist winzig im Vergleich zu der, die wir planen.

Eigentlich war es nur eine Zündvorrichtung, die die Amerikaner getestet haben. Ich kann fast garantieren, daß wir als erste eine richtige Wasserstoffbombe zünden.«

»Das freut mich aufrichtig, Sergei. Ich werde Ihren Fleiß in meinem Bericht besonders erwähnen.«

Enger ging nicht auf Kraskins Bemerkung ein. Seine Stimme wurde leiser, als er fragte: »Glauben Sie, daß es Krieg geben wird, Grenadi?«

Kraskin lachte. Enger schaute ihn verblüfft an. »Was ist daran so komisch?«

»Bereitet Ihnen das Kummer?«

»Es geht mir nicht aus dem Kopf. Sie müssen zugeben, daß darüber geredet wird.«

Kraskin grinste. »Und wieso glauben Sie, daß es Krieg gibt, mein Freund?«

»Verdammt, Grenadi, man muß kein Genie sein, um sich das ausrechnen zu können.« Enger deutete mit einem Nicken auf den unterirdischen Bunker. »Ich habe die letzten zwei Jahre hier wie ein Maulwurf gehaust, nicht wie ein Wissenschaftler. Es gibt Tage, da sehe ich kein einziges Mal die Sonne.« Er zögerte. »So wie es im Augenblick zwischen uns und den Amerikanern steht, muß es unausweichlich zu einem Konflikt kommen. Wir arbeiten seit zwei Jahren mit aller Kraft an diesem Waffenprogramm. Und in den letzten sechs Monaten, seit die Amerikaner ihre erste Zündung vorgenommen haben, stehen uns plötzlich unbegrenzte Mittel zur Verfügung. Dann gab es diese Drohungen. Sie waren zwar verschleiert, aber trotzdem waren es Drohungen. Gegen uns alle, nicht nur gegen die deutschen Wissenschaftler. Arbeitet noch härter, noch viel härter, oder ihr müßt mit Konsequenzen rechnen. Dafür muß es doch einen Grund geben, Grenadi. Wir arbeiteten gegen die Uhr. Warum? Gibt es da etwas, das Moskau uns nicht sagt?«

Kraskin stand langsam auf. »Es wird keinen Krieg geben, wenn die Amerikaner Vernunft annehmen.«

»Was bedeutet das? Ich bin Wissenschaftler, Grenadi. Ich befasse mich mit Tatsachen. Nennen Sie mir Tatsachen.«

Kraskin schwang herum. Seine Stimme hatte einen scharfen Unterton, als er antwortete. »Die Amerikaner glauben, ihnen würde die ganze verdammte Welt gehören. Sie glauben, ihnen stehe von Natur aus das Recht zu, diesen verfluchten Planeten zu kontrollieren und allen zu sagen, wie es laufen muß. Nun, so etwas werden wir uns von denen nicht bieten lassen.«

Enger schüttelte den Kopf. »Sie können sich nicht vorstellen, wie der nächste Krieg aussehen würde. Diese Bomben, an denen wir arbeiten ... man kann sie nicht mit denen vergleichen, die von den Amerikanern auf Japan abgeworfen wurden. Sie sind viel wirkungsvoller. Ganze Landstriche könnten mit einer Explosion von der Landkarte getilgt werden. In Nagasaki und Hiroshima haben Leute knapp zehn Kilometer von dem Epizentrum der Explosion überlebt. Bei einer thermonuklearen Explosion unserer Größenordnung besteht nicht mal der Hauch dieser Chance.« Enger zögerte. »Außerdem bin ich nicht taub, Grenadi. Ich mag ja tausend Meilen von Moskau entfernt sein, aber mir kommen trotzdem die Gerüchte zu Ohren.«

Kraskin hob den Blick, bevor er an seiner Zigarette zog. »Und was sind das für Gerüchte?«

Enger druckste herum. »Daß wir für den Krieg aufrüsten«, sagte er schließlich. »Daß Stalin die Bombe schnell fertigstellen will, damit er sie noch vor seinem Tod gegen die Amerikaner einsetzen kann. Man sagt, er gehe angeblich allein im Garten des Kreml spazieren und spreche laut mit sich selbst. Stalins Verhalten soll immer sprunghafter und unberechenbarer geworden sein. Und es gibt Stimmen, die behaupten, er traue niemandem mehr, nicht einmal sich selbst. Bereitet Ihnen das keine Sorgen?«

Kraskin blickte Enger streng an. »Wer erzählt Ihnen so etwas?«

»Es sind bloß Gerüchte, Grenadi«, erwiderte Enger nervös. »Aber hier sprechen alle darüber.«

»Ich glaube, es wäre klug, wenn Sie solche Gerüchte ignorieren und Genosse Stalins geistige Gesundheit nicht zu laut anzweifeln würden, mein Freund.« Kraskins Stimme hatte plötzlich einen drohenden Unterton. »Es gibt Leute in Moskau, die so etwas hören und Ihren Verstand in Frage stellen könnten. Bemerkungen wie diese können Sie direkt in eine

Gummizelle bringen. Oder zum Salzschaufeln in eine sibirische Salzmine. Wenn nicht noch Schlimmeres.«

»Dann beantworten Sie mir eine Frage. Angeblich fangen die Säuberungen wieder an. Es sollen viele Menschen verhaftet und erschossen oder in Lager gesteckt werden. Vor allem Juden. Stimmt das?«

Kraskin blickte Enger an, beantwortete die Frage jedoch nicht. »Sie sind Parteimitglied und ein verdienter Wissenschaftler. Deshalb haben Sie nichts zu befürchten.«

»Ich bin Jude, Grenadi. Es betrifft auch mich.« Engers Miene verdüsterte sich. »Irgend was liegt in der Luft. Ich kann es spüren. Bitte, sagen Sie mir, was los ist.«

»Ich glaube, Sie haben zu lange in Ihrem Bunker gehockt und mit Gerüchteköchen gekungelt«, gab Kraskin scharf zurück. »Sie sollten sich lieber auf Ihre Arbeit konzentrieren. Ich habe Ihnen schon gesagt: Achten Sie nicht auf Gerüchte aus Moskau. Diese Schweinehunde, die falsche Informationen in die Welt setzen, werden zur Rechenschaft gezogen, das verspreche ich Ihnen. Und Sie werden dazu gehören, Enger, wenn Sie nicht aufpassen und Ihre Klappe zu weit aufreißen. Betrachten Sie das als Warnung.«

Kraskins Stimme klang jetzt unverhüllt drohend. Vorbei war es mit der leutseligen Haltung. Er drückte seine Zigarette aus und beendete die Diskussion.

»Kommen Sie, lassen Sie uns mit der Inspektion weitermachen. Ich will diesem gottverdammten Ort den Rücken kehren und wieder nach Berlin zurückfahren.«

Der blonde Mann stand am Fenster der Wohnung am Kaiserdamm. Draußen war es kalt, und ein schneidender Wind fegte durch die Straßen. Er hörte das Rumpeln der britischen Armeelastwagen, die unter dem Fenster vorbeifuhren, aber er schaute nicht hinunter.

Als die Frau das Zimmer betrat, drehte er sich um. Sie hatte ein bräunliches Paket, das mit einem Bindfaden umwickelt war, in der einen Hand und eine schwarze Arzttasche in der anderen. Nachdem sie beides auf den Tisch gestellt hatte, trat sie zu dem Mann ans Fenster und betrachtete ihn.

Eine Aura der Einsamkeit umgab ihn. Alex Slanski war ein großer Mann Mitte Dreißig. Er trug einen dunklen, zweireihigen Anzug, Hemd und Krawatte. Das kurze blonde Haar hatte er aus der Stirn gekämmt. Sein Gesicht war glattrasiert und attraktiv. Im Wagen hatte er nur wenig gesagt, aber er sprach gut Deutsch, mit einem leichten amerikanischen Akzent.

Das schwache Lächeln schien auf seinen Lippen festgewachsen zu sein. Doch es waren seine Augen, die der Frau auffielen. Sie waren blaßblau, und ihr Blick war eindringlich und wirkte gefährlich. Sie zündete sich eine Zigarette an und schaute ihm dann wieder ins Gesicht.

»Kraskin müßte mit seiner Inspektion in Luckenwalde am späten Nachmittag fertig sein. Danach hält er eine kurze Einsatzbesprechung im Hauptquartier des KGB in Karlshorst ab. Um sieben Uhr dreißig morgen früh soll er sich mit dem Kommandeur des sowjetischen Sektors treffen. Wir vermuten, daß er aus diesem Grund früh zu Bett geht. Er übernachtet nie in den Armeeunterkünften, sondern benutzt immer die Privatwohnung, die ihm zur Verfügung steht. Sie liegt Am Tierpark, Nummer 24. Das ist eine blaue Haustür. Kraskins Wohnung liegt im zweiten Stock, Nummer 13.« Die Frau quittierte die Zahl mit einem schwachen Lächeln. »Das ist nicht immer eine Glückszahl. Aber ich hoffe, daß sie Ihnen Glück bringt, Alex.«

Alex Slanski nickte. Das schwache Lächeln lag immer noch auf seinen Lippen. »Wie soll der Übergang verlaufen?«

»Sie werden einen unserer Tunnel benutzen, deren Ausgang in der Nähe der Friedrichstraße liegt. Ein Jeep der Roten Armee wird in der Nähe parken.« Die Frau schilderte ihm mehrere Minuten lang die Einzelheiten; dann reichte sie Slanski einen Umschlag. »Das sind Ihre Papiere. Sie sind ein Arzt der Roten Armee aus dem Militärkrankenhaus in Karlshorst und machen einen Hausbesuch bei einem Ihrer Militärpatienten. Kraskin ist eine gerissene alte Klapperschlange, also vorsichtig. Vor allem, wenn noch jemand in seiner Wohnung ist.«

»Könnte das passieren?«

»Er mag kleine Jungen.«

»Wie klein?«

»So um die zehn Jahre. Aber er hat auch einen Liebhaber. Ein Major aus Karlshorst namens Petrow. Wenn er sich ebenfalls in der Wohnung aufhält, wissen Sie ja, was Sie zu tun haben.«

Slanski hörte die Verbitterung in der Stimme der Frau. Sie deutete auf das mit braunem Packpapier verhüllte Paket. »Alles, was Sie brauchen, ist da drin. Sie dürfen nicht versagen, Alex. Sonst wird Kraskin Sie töten.«

Er öffnete das Paket im Schlafzimmer, nachdem die Frau gegangen war.

Die Uniform paßte ihm gut. Als er sich im Spiegel betrachtete, lief es ihm kalt den Rücken herunter. Die taillierte, braune Uniform eines Majors mit den silbernen Schulterstücken und den polierten Stiefeln verlieh ihm ein respektheischendes Aussehen. Das braune Lederhalfter und die Koppel lagen immer noch im Paket. Er nahm sie heraus und zog die Pistole aus dem Halfter. Es war eine Tokarew Automatik, Kaliber 7.62, die Standard-Handfeuerwaffe der Offiziere der russischen Armee. Aber die Spitze des Laufs dieser Waffe war gerillt. Er schraubte den Carswell-Schalldämpfer auf und nahm ihn wieder ab. In dem Paket lagen zwei weitere geladene Magazine. Er nahm eins nach dem anderen in die Hand und schob mit dem Daumen die Patronen heraus.

Dann überprüfte er noch einmal die Funktion der Magazine und der Waffe, bis er davon überzeugt war, daß sie nicht blockierten. Anschließend nahm er die Waffe auseinander und reinigte sie mit einem öligen Lappen, der ebenfalls in dem Paket lag. Als er fertig war, setzte er sie wieder zusammen, drückte die Patronen eine nach der anderen in die Magazine, schob eines in den Griff der Pistole und steckte die Waffe ins Halfter zurück.

Er trat ans Bett, öffnete die Arzttasche und nahm das Messer heraus. Die metallisch glänzende Klinge funkelte im Licht, als er sie aus dem Etui zog. Mit dem Daumen fuhr er vorsichtig über die rasiermesserscharfe Schneide und genoß das Gefühl des kalten Stahls. Dann schob er das Messer wieder in die Scheide zurück, legte es in die Arzttasche und ließ den Metallverschluß zuschnappen.

Bevor er die Uniform auszog, öffnete er seinen Koffer, holte ein Foto heraus und steckte es in eine Jackentasche. Dann legte er die Uniform säuberlich in das braune Packpapier. Er zog sich nicht wieder an, sondern legte sich nackt aufs Bett.

Der Wecker auf dem kleinen Nachttisch zeigte fünfzehn Uhr an. Er wollte versuchen, bis um sechs zu schlafen. Dann mußte er sich auf den Weg machen.

Es war fast sieben, als Kraskins Wagen vor dem Mietshaus gegenüber dem Tierpark hielt. Es donnerte und fing an zu regnen, als Kraskin ausstieg. Der schwarze Sis fuhr weiter, und der Oberst stieg die Treppe in den zweiten Stock hinauf. Er schloß seine Wohnungstür auf und trat ein. Nachdem er die Tür hinter sich geschlossen hatte, stieg ihm sofort der Geruch in die Nase.

Er war zu lange Soldat gewesen, als daß er den stechenden Gestank von Kordit nicht wahrgenommen hätte, der immer dann in der Luft lag, wenn eine Waffe abgefeuert worden war. Sofort war sein Mißtrauen geweckt.

Die Tür zum Schlafzimmer stand offen, und Kraskin sah den Leichnam von Petrow, der in seinem blauen Seidenpyjama ausgestreckt auf dem Bett lag. Selbst auf diese Entfernung konnte Kraskin die Einschußwunde am Kopf und den dunkelroten Fleck erkennen, der sich auf dem weißen Baumwollbettuch ausgebreitet hatte.

»Um Gottes willen!« stieß Kraskin hervor.

»Seltsame Worte für einen Kommunisten, Oberst Kraskin.«

Hinter ihm ertönte ein leises Klicken. Kraskin fuhr herum und erblickte den Mann. Er saß im Schatten der zugezogenen Vorhänge des Fensters. Sein Gesicht war kaum zu sehen. Dafür war die schallgedämpfte Tokarew in seiner Hand um so deutlicher im Blickfeld.

Kraskin griff nach seiner Pistolentasche und schaffte es, die Klappe aufzuknöpfen. Doch der Mann stand rasch auf und trat ins Licht. Den Lauf seiner Waffe hielt er auf Kraskins Kopf gerichtet. »Das würde ich lieber nicht tun, Genosse. Es sei denn, Sie möchten ein Auge verlieren. Setzen Sie sich an den Tisch, und legen Sie die Hände sichtbar auf die Platte.«

Kraskin gehorchte. Der Mann trat näher. Er trug die Uniform eines Majors des Medizinischen Corps, und auf einem der Stühle lag eine schwarze Arzttasche. Der Blick seiner stahlblauen Augen war ruhig, aber eiskalt und gefährlich.

»Wer sind Sie?« stieß Kraskin hervor. Er war kreidebleich.

Er bemerkte das schwache Lächeln auf den Lippen des Mannes, während er auf den Leichnam von Petrow deutete.

»Ihr Freund hat mir dieselbe Frage gestellt, bevor ich ihn erschossen habe. Es interessiert Sie sicher, daß es ein schneller und ziemlich schmerzloser Tod war. Was man angesichts der Methoden, die Sie benutzt haben, um sich einiger Ihrer Opfer zu entledigen, nicht gerade sagen kann.«

Kraskin wurde mit einem Schlag alles klar. Er wußte, warum der Mann hier war. Er rutschte nervös auf dem Stuhl und fühlte, wie die Klappe seines Halfters am Tischtuch entlangstrich. Auch wenn er kein junger Mann mehr war – er war ein erstklassiger Schütze, und der Mann war dicht genug bei ihm. Kraskin bewegte sich wieder. Sein Gesicht war schweißbedeckt.

»Ich glaube, Sie begehen da einen schweren Fehler, mein Freund.«

Kraskin beobachtete den Mann, als der ruhig an den Tisch trat, nur zwei Meter von ihm entfernt.

»Das glaube ich kaum, Genosse. Und um Ihre Frage zu beantworten: Ich heiße Alex Slanski. Ich bin hier, um Sie in die Hölle zu schicken.«

Kraskins Gesicht wurde kalkweiß. »Damit kommen Sie niemals durch.« Er deutete mit einem Nicken auf die Leiche im Schlafzimmer. »Und für dieses Verbrechen, das Sie da begangen haben, werden Sie gejagt wie das Ungeziefer, das Sie sind.«

»Sie haben wohl kaum das Recht, über Verbrechen anderer zu urteilen, Kraskin. Nach den Gesetzen jedes beliebigen Landes würden Sie wie ein tollwütiger Hund abgeknallt. Sie waren für die Erschießung von mindestens fünfzig Schulkindern während der Bauernkriege in der Ukraine verantwortlich. Ich glaube, Ihre Spezialität war, sie zu vergewaltigen, bevor Sie ihnen eine Kugel in den Kopf jagten. Wenn man Ihren Kadaver findet, und den von Petrow, wird man es für einen Liebeshändel halten, der tragischerweise in Gewalt ausgeartet ist. Die Waffe in meiner Hand gehört Petrow. Sie haben ihn und dann sich selbst getötet.«

»Ja, sehr bequem«, versetzte Kraskin trocken. »Also, wer hat Sie geschickt?« Er bewegte sich wieder auf dem Stuhl und fühlte, wie die Klappe seines Pistolenhalfters von der Tischkante angehoben wurde.

»Das spielt keine Rolle. Aber das hier schon.« Slanski holte ein Foto aus seiner Uniformjacke und warf es auf den Tisch.

»Sehen Sie es sich an.«

Kraskin gehorchte.

»Sehen Sie sich das Foto an. Erkennen sie das Mädchen?«

Kraskin betrachtete das junge, dunkelhaarige Mädchen. Das Foto war an einem einsamen Strand aufgenommen worden. Sie lächelte in die Kamera und hielt ein Kind in den Armen.

»Nein, warum?«

»Ihr Name war Ave Perlow. Und jetzt wird die Sache persönlich, Kamerad. Sie haben sie vor einem Jahr in Riga verhört. Wenn ich mich nicht irre, haben Sie ziemlich viel Zeit mit ihr verbracht, bevor Sie das Mädchen vors Erschießungskommando gestellt haben. Folter ist da ein viel zu mildes Wort. Sie mußte auf einer Bahre an die Wand gestellt werden.«

Kraskin lächelte. »Jetzt erinnere ich mich. Sie war eines dieser Partisanenflittchen.«

»Sie war erst neunzehn, Sie Schweinehund.«

Kraskin sah den unverhüllten Ärger in den Augen des Mannes und begriff, daß er reagieren mußte. Er warf das Foto zur Seite und sah, wie Slanskis Blick ihm folgte. Kraskins rechte Hand zuckte zum Halfter und riß die Tokarew heraus.

Er konnte einen überhasteten Schuß abfeuern, der Slanskis linken Arm über dem Ellbogen traf.

Aber das reichte nicht.

Slanski beugte sich noch dichter zu ihm heran und schoß ihm direkt zwischen die Augen.

Als die Waffe dröhnte, wurde Kraskin in seinem Stuhl zurückgeschleudert. Der Schuß aus nächster Distanz hatte seinen Hinterkopf zerplatzen lassen und die Hälfte seines Hirns im Zimmer verteilt.

Slanski hob das Foto vom Boden auf und steckte es wieder in seine Uniformjacke. Er blickte auf das kleine Loch im Ärmel seine Uniform und auf den roten Blutfleck, der rasch größer wurde. Aus dem Badezimmer holte er ein Handtuch und wickelte es um den Arm, bevor er den Uniformmantel wieder anzog.

Als er ins Wohnzimmer zurückging, öffnete er die schwarze Arzttasche und nahm das Messer heraus. Er wußte, daß er wenig Zeit hatte, bis jemand auf den Schuß reagieren würde, den Kraskin abgegeben hatte, doch er arbeitete ruhig und sorgfältig.

Zuerst knöpfte er die Hose des Toten auf. Dann holte er den schlaffen Penis hervor. Das Messer blitzte auf, trennte das Glied vom Körper und hinterließ einen blutigen Schlund. Dann stopfte er Kraskin den rohen Fleischklumpen tief in den aufgerissenen Mund. Er wischte die Klinge an der Uniformjacke des Toten ab und verstaute das Messer wieder in der Arzttasche.

Jetzt hörte er Lärm im Treppenhaus und das Hämmern von Fäusten an der Tür. Aber er war schon am Fenster und stieg auf die Feuertreppe hinaus.

Die Frau wartete auf ihn. Als er an die Tür klopfte, ließ sie ihn rasch in ihre Wohnung.

Statt der Uniform trug er jetzt wieder Zivilkleidung. Als er sich eine Zigarette anzündete, sah die Frau das blutgetränkte Handtuch.

»Mein Gott, Alex, sind Sie verletzt?«

Er lächelte, ein verrücktes Lächeln. »Der Teufel hält zu seinesgleichen. Es war ein Abschiedsgeschenk von Kraskin, bevor er zur Hölle gefahren ist.«

Die Frau ging in die Küche und kam mit einem Baumwollverband und einer Schere zurück.

Sie rollte seinen Ärmel hoch und tupfte die Wunde aus.

»Es ist nicht so schlimm, wie es aussieht. Es gibt einen Arzt in Charlottenburg. Es ist einer von unseren Leuten. Ich rufe ihn an.«

Sie schaute zu ihm hoch und brach plötzlich in Tränen aus. All ihre aufgestaute Anspannung löste sich.

Slanski strich ihr sanft übers Gesicht. »Wischen Sie sich die Tränen ab, Natalja. Kraskin hat bekommen, was er verdient.«

7. KAPITEL

Helsinki
26. Oktober

An diesem Abend nahmen zwei Männer im Savoy-Restaurant ein spätes Abendessen ein. Das Lokal war ein beliebter Treffpunkt von Botschaftsangehörigen und ausländischen Diplomaten. Die Tische in dem Feinschmeckerrestaurant im achten Stock standen so weit auseinander, daß man sich ungestört unterhalten und dabei den Blick auf die Esplanade genießen konnte.

Hinter den breiten Panoramafenstern boten die funkelnden Lichter der Stadt die einzige Ablenkung. Doch die beiden Männer erörterten eine sehr brisante Angelegenheit, und nachdem ihr Essen serviert wurde und der Kellner wieder gegangen war, schenkten sie dem Ausblick keine Beachtung und widmeten sich ihrem Anliegen.

Doug Cannings offizieller Titel in der amerikanischen Botschaft lautete: Politischer Berater. Doch seine eigentliche Funktion war die eines leitenden CIA-Beamten.

Canning hatte seinem Botschafter einen ersten Bericht über Anna Chorjowa und den Vorfall beim Grenzübertritt gegeben. Als sie die gemeinsame Entscheidung getroffen hatten, daß sie fachkundigere Hilfe brauchten, um die Frau zu verhören und aus ihr schlau zu werden, hatte man Jake Massey noch in derselben Nacht in ein Flugzeug nach Helsinki gesetzt. Massey war erfahrener Sowjetexperte und Leiter des CIA-Büros für sowjetische Fragen mit Sitz in München. Nachdem Massey seine Einschätzung abgegeben hatte, rief Canning ihn an und verabredete sich mit ihm zum Essen, um über die Angelegenheit zu sprechen.

Doug Canning war ein großer, schlanker Texaner mit blondem, schütterem Haar und einem gebräunten, attraktiven Gesicht. Er sprühte vor Südstaatencharme und hatte erheblichen Einfluß auf den Botschafter.

Und der würde letztendlich entscheiden, ob Anna Chorjowa politisches Asyl gewährt wurde. Die Beziehungen zwischen Amerikanern und Russen hatten ihren tiefsten Punkt seit Jahren erreicht, und die Flüchtlinge, die über die Grenze kamen, wurden eher als Last betrachtet denn als Hilfe. Massey wußte, daß Anna Chorjowa ein Problem verursachte, auf das der Botschafter liebend gern verzichtet hätte, und ihm war auch klar, daß ihre Schwierigkeiten noch lange nicht ausgestanden wären.

Canning hatte eine Flasche Bordeaux und die Spezialitäten des Hauses für sie beide bestellt: *Vorschmack.* Nachdem er genießerisch einen Schluck Wein gekostet hatte, lächelte er seinen Gesprächspartner an.

»Aus Ihrem Bericht klingt heraus, daß das junge Mädchen eine ziemlich schlimme Zeit hinter sich hat. Aber hat Sie Ihnen auch etwas erzählt, das uns nützt?«

Massey hatte sein Essen kaum angerührt. Er schüttelte den Kopf.

»Sie kann uns nichts Neues erzählen. Sie ist vor acht Jahren aus der Roten Armee entlassen worden. Also wäre jede Hintergrundinformation, die sie uns noch liefern könnte, bereits völlig überholt.«

Cannings Blick schweifte über die strahlend erleuchtete Kathedrale von Helsinki und glitt dann wieder zu dem Mann vor ihm. »Also ist sie uns nicht von Nutzen?«

Massey wußte, daß es eine entscheidende Frage war, aber er beantwortete sie trotzdem ehrlich. »Ich glaube nicht. Aber hier muß man noch andere Umstände bedenken, Doug.«

»Und welche?«

»Was das Mädchen durchgemacht hat. Sie ist die letzten sechs Monate durch die Hölle gegangen.«

»Und Sie glauben, daß sie Ihnen die Wahrheit erzählt?«

»Allerdings. Ich halte ihre Geschichte für wahr. Ob sie uns mit geheimen Informationen helfen kann oder nicht – schon aus humanitären Gründen hat sie eine Chance verdient.«

Massey hatte in seinem Bericht erwähnt, daß die Offiziere der finnischen Gegenspionage mit der Frau ein halbes Dutzend Mal ihre Geschichte durchgekaut hatten, ohne daß sich auch nur ein Jota daran geändert hätte.

Canning zögerte, wischte sich den Mund mit einer Serviette ab und beugte sich vor. »Jake, ich will ehrlich sein. Man hat mit juristischen Schritten vor dem Obersten Gericht gedroht. Es scheint, als hätte Moskau wegen dieser Geschichte wirklich Hummeln im Arsch. Als wäre es eine Sache des Prinzips, daß die Frau an sie ausgeliefert würde. Die Russen behaupten, sie wäre eine gewöhnliche Kriminelle, und um der ohnehin schon belasteten Beziehung zwischen unseren Ländern nicht noch mehr Schaden zuzufügen, sollten wir sie wieder über die Grenze schicken.« Er lächelte. »Nun wissen wir beide aber ganz genau, daß das ein großer, dampfender Haufen Rentierkacke ist. Ich will Ihnen nur klarmachen, daß denen die Vorstellung überhaupt nicht behagt, wir könnten dem kleinen Mädchen helfen.«

»Was ist mit den Finnen?«

»Sie drängen auf eine rasche Entscheidung. Aber wenn wir der Frau kein Asyl gewähren – die Finnen tun's erst recht nicht. So wie es aussieht, hat der russische Botschafter sie ganz schön an den Eiern.«

Seit die Finnen vor dreizehn Jahren einen heftigen und demütigenden Krieg mit Rußland erdulden mußten, behandelten sie ihren nächsten Nachbarn mit Vorsicht, das wußte Massey. Andererseits genoß Finnland es auch, Rußland eins auszuwischen. Sie hatten Anna Chorjowas Verlegung in eine Privatklinik zugelassen, statt sie im Spezialgefängnis in der Ratakatu-Straße zu behalten, dem Hauptquartier der finnischen Gegenspionage. Und sie hatten ihr den Status eines Flüchtlings zugestanden, bis die Amerikaner eine Entscheidung fällten.

Massey hob sein Weinglas, und über den Rand hinweg schaute er Canning an. »Haben die Russen eigentlich genauere Auskünfte über das angebliche Verbrechen der Frau gemacht, das sie ins Straflager gebracht hat?«

»Nein, natürlich nicht. Das tun sie sowieso sehr selten, und das sollten Sie eigentlich wissen.«

»Was wird Ihrer Meinung nach passieren?«

Cannings Blick wirkte besorgt. »Wir können den diplomatischen Wirbel nicht gebrauchen, den die Sache nach sich ziehen könnte, Jake. Ich vermute, der Botschafter wird die Frau zurückschicken. Und Sie sollten noch etwas wissen: Helsinki hat ein Abkommen mit den Russen – sie dürfen jeden hier in Finnland verhören, der über die Grenze flüchtet und eines schweren Verbrechens beschuldigt wird. Die sowjetische Botschaft hat bereits klargestellt, daß sie genau das tun will. Damit haben die Russen die Chance, das Gesicht zu wahren und ein bißchen Druck auszuüben. Sie versuchen, die Flüchtlinge mit dem Versprechen auf Milde zurückzulocken, bevor sie auf diplomatischer Ebene aus allen Rohren schießen. Und es ist ein ranghoher Offizier in der Stadt, der die Sache in die Hand genommen hat. Ein Kerl namens Romulka. Aus Moskau.«

»KGB?«

Canning grinste. »Darauf können Sie wetten.«

»Verdammt, das Mädchen ist durch die Hölle und zurück gegangen. Sie sollte das nicht auch noch durchmachen.«

»Vielleicht haben Sie recht, Jake, aber so lautet nun mal das Gesetz. Sie wissen, daß jeder, der über die Grenze kommt und ein wirklicher Flüchtling ist, meine Unterstützung hätte, würde es nach mir gehen. Aber ob berechtigt oder nicht: Die Frau hat mehrere Morde begangen. Und das macht es uns verdammt schwer, ihr Asyl zu gewähren.«

Massey stellte ärgerlich das Glas ab. »Sie wissen, was mit den Leuten passiert, die wir zurückschicken?«

Es war eine rhetorische Frage, doch Canning beantwortete sie trotzdem.

»Sicher. Sie spazieren mit ihrem Henker auf einem Gefängnishof herum wie gute Freunde. Dann – sehr ruhig, schließlich ist es ja nichts Persönliches – sticht er einem in den

Nacken. Und das ist eine der angenehmeren Todesarten. Ich hab' schon von schlimmeren Methoden gehört. Der letzte Fall, der mir zu Ohren gekommen ist, handelte von einem KGB-Offizier. Er hat jemanden in Moskau vor den Kopf gestoßen und entschloß sich, lieber in den Westen zu flüchten. Aber er wurde an der tschechischen Grenze geschnappt. Auf Befehl von Berija haben sie den armen Kerl lebend in einen kochenden Heizkessel geworfen.« Er lächelte beklommen. »Nette Bruderschaft, was?«

»Doug, wenn wir das Mädchen zurückschicken, unterzeichnet der Botschafter ihr Todesurteil. Genausogut könnte er selbst abdrücken.«

Canning hörte die Leidenschaft in Masseys Stimme und hob die Brauen. »He, das hört sich ja so an, als hätten Sie ein starkes persönliches Interesse an dem Mädchen, Jake.«

»Sie hat die Hölle auf Erden erlebt. Sie verdient unsere Hilfe. Wenn wir sie zurückschicken, ermuntern wir nur die Russen. Wir sagen: Okay, macht nur, bestraft sie. Es ist alles in Ordnung mit euren Konzentrationslagern. Es ist vollkommen in Ordnung, Millionen von Menschen einzukerkern, auch wenn die meisten von ihnen unschuldig sind.« Massey schüttelte entschieden den Kopf. »Ich habe gewisse Probleme, dem so einfach beizupflichten.«

Canning zögerte. »Jake, an dieser ganzen Geschichte ist irgendwas merkwürdig. Ich habe es Ihnen bis jetzt noch nicht erzählt, aber Sie sollten es erfahren, weil es die ganze Gleichung ein wenig durcheinanderbringt. Obwohl die Geschichte der Frau auch nach der Befragung durch die Finnen glaubwürdig erscheint, hat einer der erfahreneren SUPO-Offiziere in seinem Bericht vermerkt, daß er der Frau ihre Story nicht abkauft.«

»Warum nicht?«

»Dieser finnische Offizier kennt ziemlich gut das Gebiet, in dem das Straflager liegt, aus dem sie geflohen ist. Er hat dort gelebt, als es noch zu Karelien gehörte, bevor die Finnen es nach dem Krieg den Russen überlassen mußten. Dieser Offizier sagt, daß diese Frau unmöglich diesen Fußmarsch aus dem Lager hätte durchstehen können. Die Geschichte, die sie uns erzählt hat, ergibt zwar Sinn, aber dieser Offizier meint, das Gebiet, das sie angeblich durchquert hat, wäre zu gefährlich. Selbst die Zeit, die sie dafür benötigt hat, kann seiner Meinung nach nicht stimmen. Er glaubt, daß sie vom KGB in der Nähe der Grenze abgesetzt worden ist, um dann die Grenze zu überqueren, aus welchem Grund auch immer.«

»Was sagt er noch?«

»Daß die ganze Sache eine Falle Moskaus ist. Wir haben keinen Beweis, daß die Frau wirklich die Grenzposten und die Lagerwache getötet hat. Diese Lagergeschichte könnte erfunden sein, um uns zu täuschen, obwohl die Frau diese eintätowierten Nummern trägt. Der Grenzposten ist vielleicht gar nicht wirklich getötet worden. Die Frau könnte mit Platzpatronen geschossen haben, oder der Posten war in dem Plan vielleicht als entbehrlich eingestuft. Wir haben jedenfalls keinen echten Beweis dafür, daß diese Frau die Person ist, die zu sein sie vorgibt. Sie könnte in einem Lager gewesen sein, und der größte Teil ihrer Geschichte könnte stimmen, aber sie könnte den Russen auch aus irgendeinem Grund helfen und irgendeine Rolle in einem erfundenen Stück spielen. In diesem Fall spielt die Frau ihre Rolle verdammt gut. Der finnische Offizier ist ein sehr erfahrener Mann, der die Sowjets viel besser kennt als wir. Er könnte recht haben.«

»Das glaube ich nicht.«

»Moskau könnte uns zum Narren halten, Jake. Das haben sie schon früher getan. Und was sie auch mit dem Mädchen vorhaben, dieses ganze Getöse, daß wir sie zu ihnen zurückschicken sollen, könnte ebenfalls zu dem Spiel gehören, damit wir ihre Geschichte schlucken.«

»Das glaube ich auch nicht.«

Canning zuckte mit den Schultern und wischte sich mit der Serviette den Mund ab. »Gut. Was schlagen Sie dann vor?«

»Besorgen Sie mir einen Termin beim Botschafter. Ich möchte mit ihm reden, bevor er eine endgültige Entscheidung trifft. Und versuchen Sie, diesen Romulka so lange wie möglich hinzuhalten, bevor er Anna verhört. Ich würde sie gern vorher noch einmal sprechen. Nicht zu einem Verhör – nur ein freundliches Gespräch.«

Canning winkte dem Kellner und bat um die Rechnung.

Damit deutete er an, daß das Gespräch vorbei war, noch bevor er Massey anschaute.

»Haben Sie einen besonderen Grund dafür, daß Sie noch einmal mit der Frau sprechen wollen?«

»Nach allem, was sie durchgemacht hat, muß sie einfach mit jemandem reden.«

Die Privatklinik lag am Stadtrand von Helsinki.

Es war ein altes, großes Krankenhaus, das auf einem Hügel thronte, umgeben von hohen Steinmauern. Das Gelände umfaßte mehrere Hektar. Dazu gehörte ein Birkenwäldchen und ein kleiner See, der noch zugefroren war. An der Mauer standen Bänke.

Man hatte Anna Chorjowa ein Einzelzimmer im dritten Stock gegeben. Von dort aus sah sie die Stadt und die bunten Holzhäuser, die wie Farbkleckse an den Stränden und auf den Inseln leuchteten. Vor ihrem Zimmer saß Tag und Nacht ein Wächter. Es waren schweigsame, aufmerksame Männer, die sie fast nie ansprachen.

In einer Ecke stand ein Tisch mit einer blauen Blumenvase, in der Winterblumen blühten. Auf einem Regal am Fenster stand ein Radio. Am ersten Tag hatte Anna mit der Wählscheibe gespielt und sich Sendungen und Musik in einem Dutzend Sprachen und aus Städten angehört, die sie nur vom Lesen kannte: London, Wien, Rom, Kairo.

An diesem Nachmittag hatte eine Schwester ihr beim Baden geholfen, ihre schmutzigen Kleider mitgenommen und ihr anschließend frische Sachen gebracht. Die Wunde an ihrer Seite pochte nur noch dumpf. Später war sie auf dem Gelände des Krankenhauses spazierengegangen. Anna befolgte Masseys Instruktionen und hielt sich von den anderen Patienten fern, obwohl sie sich danach sehnte, die Welt außerhalb der Mauern zu sehen und ihre neugewonnene Freiheit zu erleben. Aber es sollte nicht sein; also mußte sie sich mit kleinen Triumphen bescheiden, Musik hören und die Zeitung auf englisch lesen.

Am ersten Abend war ein Arzt zur Visite gekommen. Er war jung, Mitte Dreißig, und hatte die mitfühlenden

Augen eines guten Zuhörers. Er sprach leise in Russisch mit ihr und erklärte, daß er Psychiater sei. Die Fragen, die er stellte, betrafen ihre Vergangenheit, und sie wiederholte, was sie Massey erzählt hatte. Der Arzt schien vor allem an der Behandlung im Straflager interessiert zu sein. Doch als er versucht hatte, sie über Iwan und Sascha auszufragen, hatte sie sich abgeschottet.

Am nächsten Tag hatte sie das Radio eingestellt. Sie kannte die leise, klassische Musik. Es waren Harmonien von Dvorak. Diese Musik hatte Iwan geliebt. Anna mußte an ihn und Sascha denken. Sie hatte das Gefühl, in ein schwarzes Loch zu fallen, und fühlte sich plötzlich vollkommen einsam und allein.

Als sie zum Fenster ging, um dieses beunruhigende Gefühl abzuschütteln, sah sie ein junges Pärchen durch das Tor des Krankenhauses kommen.

Es war Besuchszeit. Ein kleines Mädchen ging in seiner Mitte. Sie konnte nicht älter als zwei oder drei sein, trug einen blauen Mantel und einen roten Schal. Sie hatte eine Wollkapuze heruntergezogen, und ihre Hände steckten in Fäustlingen.

Anna starrte lange in das Gesicht des Mädchens, bis der Mann sie in die Arme nahm und alle drei im Krankenhaus verschwanden.

Als Anna sich vom Fenster abwandte, stellte sie die Musik ab, legte sich aufs Bett und schloß die Augen. Das Schluchzen ließ ihren Körper beben, bis sie das Gefühl hatte, nicht mehr weinen zu können.

Früher oder später muß es ja aufhören, sagte sie sich.

Sie konnte schließlich nicht ewig mit der Qual leben.

Am dritten Morgen stattete Massey ihr einen Besuch ab. Er schlug ihr einen Spaziergang um den See vor, wo sie in Ruhe miteinander reden konnten.

Sie kamen zu einem Baum, der irgendwann von einem Sturm entwurzelt worden war. Seine verrotteten, moosbewachsenen Wurzeln ragten in die Luft. Massey setzte sich neben Anna auf eine Holzbank und zündete sich eine Zigarette an.

»Geben Sie mir auch eine?« fragte Anna.

»Ich wußte gar nicht, daß Sie rauchen.«

»Das tue ich auch nicht. Seit dem Krieg nicht mehr. Aber jetzt hätte ich gern eine.«

Massey bemerkte ihre Nervosität, als er ihr die Zigarette anzündete; vor allem allem aber erstaunte ihn die Veränderung, die mit Anna vorgegangen war. Man hatte ihr neue Kleider gegeben. Sie trug einen dicken, blaßblauen Wollpullover, den sie in enge schwarze Skihosen gesteckt hatte. Eine der Stationsschwestern hatte ihr einen Wintermantel geliehen, der ihr ein paar Nummern zu groß war. Dennoch konnte man ihre Schönheit nicht leugnen.

Sie war anders als die russischen Frauen, die Massey bisher kennengelernt hatte. Er war einer der ersten Amerikaner gewesen, die damals Berlin erreicht hatten, in den letzten Tagen des Dritten Reiches, nachdem die Russen die Stadt eingenommen hatten. Und damals hatte er zum ersten Mal russische Soldatinnen gesehen. Es gab einige Schönheiten unter ihnen. Aber die meisten waren untersetzte, muskulöse Bäuerinnen gewesen, die aussahen, als würden sie sich zweimal am Tag rasieren. Aber diese Frauen hatten die deutschen Luftangriffe und Schlimmeres überstanden, und das nötigte ihm Respekt ab.

»Hat man Sie gut behandelt, Anna?«

»Sehr gut, danke.«

»Brauchen Sie etwas? Zeitungen? Kleidung?«

»Nein, ich habe alles, was ich benötige.«

Massey schaute hinaus auf den See und sagte leise: »Ich habe mich mit Dr. Harlan unterhalten, Anna. Sie müßten sich einer Sache bewußt werden, sagt er. Es ist sicher nicht einfach, über die schrecklichen Dinge hinwegzukommen, die Sie durchgemacht haben. Harlan ist der Ansicht, daß Sie noch Zeit brauchen, um mit Ihrem Schmerz fertig zu werden.« Er schaute sie an. »Ich vermute, es läuft auf folgendes hinaus: Ganz gleich, was passiert, Sie müssen versuchen, Ihren Ehemann und Ihre Tochter zu vergessen. Lassen Sie alles Schlimme hinter sich. Es hört sich einfach an, wenn ich es sage, aber ich kann mir vorstellen, wie schwierig es ist.«

Sie blickte ihn an. »Ich glaube nicht, daß ich Sascha und Iwan jemals vergessen werde«, erwiderte sie nach einer längeren Pause. »Das andere ... vielleicht. Aber nicht Iwan und Sascha.«

Massey betrachtete sie. Waren das Tränen in ihren Augenwinkeln? Sie bemühte sich, ihre Gefühle unter Kontrolle zu halten, biß sich auf die Lippen und schaute zur Seite. Auch als sie schließlich weitersprach, blickte sie ihn nicht an.

»Darf ich Ihnen eine Frage stellen, Massey?«

»Natürlich.«

»Wo haben Sie Russisch gelernt?«

Er wußte, daß sie mit dieser Frage von ihrem Schmerz ablenken wollte, und lächelte sie freundlich an.

»Meine Eltern stammen aus St. Petersburg.«

»Aber Massey ist kein russischer Name.«

»Er ist polnisch. Eigentlich hieß ich Masenski. Die Familie meines Vaters stammt aus Warschau, und die meiner Mutter kam aus Rußland.«

»Aber Sie mögen Rußland nicht?«

»Wie kommen Sie darauf?«

»Als Sie am ersten Tag ins Krankenhaus gekommen sind ... Wie Sie mich da angeschaut haben. Ihr Blick war mißtrauisch ... abweisend.«

Massey schüttelte den Kopf. »Das stimmt nicht, Anna. Im Gegenteil. Die russischen Menschen sind zum größten Teil gute, freundliche und großzügige Leute. Ich hasse nur den Kommunismus. Er läßt alles verkümmern, was im Menschen edel und gut ist. Machen Sie keinen Fehler, Anna. Die Männer im Kreml sind nur an einem interessiert: Macht. Sie sind ein Spiegelbild der Nazis. Nur führen sie statt des Hakenkreuzes Hammer und Sichel und einen roten Stern im Banner.« Er hielt inne. »Anna, ich muß Ihnen etwas sagen. Jemand aus Ihrer Botschaft will mit Ihnen reden.«

Sie schaute ihn an, und Massey sah die Furcht in ihrem Blick. »Über was?«

Er berichtete Anna, was Canning ihm mitgeteilt hatte. »Es handelt sich nur um eine Formalität, aber sie muß erledigt werden. Glauben Sie, daß Sie es ertragen können?«

Sie zögerte. »Wenn Sie wollen. Wann?«

»Heute nachmittag. Anschließend wird der amerikanische Botschafter eine Entscheidung in Ihrem Fall treffen. Der russische Offizielle heißt Romulka. Sie brauchen keine Angst zu haben, ich werde die ganze Zeit bei Ihnen bleiben. Romulka hat nicht das Recht, Sie zu den Verbrechen zu befragen, die Ihnen vorgeworfen werden, aber er wird Sie auffordern, nach Rußland zurückzukehren und sich einem Gerichtsverfahren zu stellen. Er wird Ihnen Milde versprechen. Ich nehme an, Sie können sich denken, was dieses Versprechen wert ist.«

»Der Arzt hat mir heute morgen eine Frage gestellt. Er wollte wissen, ob ich es bereue, den Lageroffizier und den Wachposten getötet zu haben.«

»Was haben Sie ihm geantwortet?«

»Ich sagte, ich hätte Mitgefühl mit ihren Witwen und Kindern, wenn sie welche haben sollten. Aber ich bereue nicht, die beiden Männer getötet zu haben. Ich wollte entkommen. Was man mir angetan hat, war falsch. Mir ist etwas eingefallen, das Iwan mir einmal erzählt hat. Er hatte es irgendwo gelesen. Daß die, denen Böses angetan wird, es mit Bösem vergelten. Ich habe nur das Unrecht vergolten, das man mir angetan hat.«

»Ich nehme an, das beantwortet die Frage.«

Als Massey und Anna im Verhörzimmer der Polizeiwache in der Stadt saßen, traten zwei Russen in Zivil an dem Polizisten vorbei, der ihnen die Tür aufhielt.

Der ältere der beiden war Anfang Vierzig und wirkte sehr energisch. Er war groß und breitschultrig. Seine Muskeln spannten seinen Anzug.

Kalte blaue Augen blickten aus einem brutalen Gesicht, das von Aknenarben entstellt war. Ihm fehlte ein Teil des linken Ohrs. Der Mann hatte einen Aktenkoffer dabei und stellte sich knapp als Nikita Romulka vor. Er war ein hoher Offizier aus Moskau. Der zweite Russe war ein junger Botschaftsangehöriger. Er setzte sich neben den Offizier und reichte ihm einen Ordner.

Romulka schlug ihn auf. »Sie sind Anna Chorjowa«, sagte er.

Der Mann blickte Anna kaum an, während er sprach.

Massey nickte ihr zu. »Ja«, antwortete sie.

Als Romulka aufblickte, starrte er Anna kalt an.

»Aufgrund der Vereinbarungen des sowjetisch-finnischen Protokolls bin ich hier, um Ihnen die Chance zu bieten, sich reumütig zu zeigen, indem sie sich den schweren Verbrechen stellen, die Sie auf sowjetischem Boden begangen haben. Ich bin befugt, Sie darüber zu informieren, daß Ihr Fall neu aufgerollt und wieder vor Gericht kommt, und daß Ihnen die größtmögliche Milde widerfahren wird, die einem sowjetischen Bürger zusteht. Haben Sie das verstanden?«

Anna zögerte. Bevor sie antworten konnte, mischte Massey sich ein. »Wollen wir uns diesen förmlichen Mist nicht schenken, Romulka?« sagte er in fließendem Russisch. »Was wollen Sie eigentlich genau?«

Der Blick der kalten Augen richtete sich auf Massey. »Die Frage war an die Frau gerichtet, nicht an Sie«, sagte Romulka verächtlich.

»Dann stellen Sie die Frage bitte so einfach, daß die Frau ihre Situation genau versteht.«

Romulka starrte Massey an, lächelte und lehnte sich zurück.

»Im wesentlichen geht es um folgendes: Wenn sie einwilligt, nach Moskau zurückzukehren, wird ihr ein neuer Prozeß gemacht. Falls das Gericht entscheidet, daß sie grob behandelt oder zu Unrecht verurteilt wurde, werden ihre letzten Taten – die Ermordung des Grenzpostens und des Lageroffiziers – unter diesem Aspekt beurteilt. Kann ich es noch einfacher ausdrücken, selbst für einen offensichtlich so schlichten Menschen wie Sie?«

Massey ignorierte die Beleidigung und schaute Anna an. »Was sagen Sie dazu, Anna?«

»Ich will nicht zurück.«

»Es werden diplomatische Anstrengungen unternommen, die Sie dazu zwingen werden«, erklärte Romulka scharf. »Aber ich biete Ihnen die Möglichkeit, aus freiem Willen zurückzukehren und Ihren Fall neu beurteilen zu lassen. An Ihrer Stelle würde ich mir dieses Angebot sehr genau durch den Kopf gehen lassen.«

»Ich sagte doch, ich will nicht zurück. Ich wurde ohne jeden Grund eingekerkert. Ich habe kein Verbrechen begangen, bevor ich in den Gulag geschickt wurde. Und nicht ich sollte vor Gericht gestellt werden, sondern die Leute, die mich in dieses Lager geschickt haben.«

Romulkas Gesicht verzerrte sich plötzlich vor Wut. »Jetzt hör mir mal zu, du blödes Miststück. Stell dir vor, wie unangenehm wir das Leben für dein Kind machen können. Komm zurück und stell dich den Gerichten, dann siehst du deine Tochter vielleicht wieder. Tust du es nicht, wird der Rest ihres Lebens in diesem Waisenhaus sehr unangenehm verlaufen, das schwöre ich dir. Hast du verstanden?«

Romulkas Stimme klang bösartig. Annas Gesicht verzerrte sich vor Qual, als der Mann ihr Kind erwähnte.

»Sie verstehen es, dort zuzuschlagen, wo es weh tut, nicht wahr, Romulka?« fragte Massey den Russen. »Wie konnten Sie das Kind ins Spiel bringen?«

Romulka erwiderte verächtlich: »Warum halten Sie nicht den Mund, Amerikaner? Es ist die Entscheidung der Frau, nicht Ihre. Wenn sie weiß, was gut für sie ist, wird sie tun, was ich gesagt habe.«

Massey konnte nur mit Mühe das Verlangen unterdrücken, den Mann zu schlagen. Dann sah er die Gefühle in Annas Gesicht, den wachsenden Schmerz in ihrer Miene, bis sie nicht mehr konnte und alle Qual plötzlich herauszuströmen schien. Sie sprang auf, schlug zu und grub ihre Fingernägel in Romulkas Gesicht, bis Blut floß.

»Nein! Sie werden meiner Tochter nicht weh tun ... Das werden Sie nicht tun!«

Als Massey versuchte, sie zurückzuhalten, zerrte sie an Romulkas Haar.

»Du Miststück!«

Massey und der Botschaftsgehilfe traten zwischen sie, noch bevor der Polizist die Tür aufriß und Massey die verzweifelte Frau rasch aus dem Verhörzimmer führte.

Als Romulka ein Taschentuch hervorzog und sich das Blut aus dem Gesicht tupfte, warf er Massey einen flammenden Blick zu. »Sie werden noch von mir hören! Ihre Botschaft wird von dieser Gewalttat in Kenntnis gesetzt!«

Massey starrte den Russen wütend an. »Erzählen Sie es, wem Sie wollen, Sie Stück Scheiße. Aber diese Frau hat ihre Entscheidung getroffen, und wir treffen unsere.« Massey stieß seinen Finger hart gegen Romulkas Brust. »Und jetzt verschwinden Sie hier, bevor ich Sie höchstpersönlich zusammenschlage.«

Einen Augenblick sah es so aus, als wollte Romulka sich dieser Drohung stellen. Als er Massey anstarrte, glühte sein Gesicht vor kaum gezügelter Wut. Plötzlich aber riß er seinen Aktenkoffer vom Tisch und stürmte aus dem Zimmer.

Romulkas Helfer zündete sich eine Zigarette an und warf Massey einen Blick zu. »Es war nicht sehr klug, was diese Frau getan hat, wenn man davon ausgeht, daß unsere Botschaft sie sehr wahrscheinlich zurückholen wird. Außerdem ist Romulka ein gefährlicher Gegner.«

»Ich auch, Kumpel.«

»Dann darf ich wohl annehmen, daß die Angelegenheit bereits entschieden ist?«

»Du hast es erfaßt, Genosse.«

Massey besuchte Anna an diesem Abend im Krankenhaus. Sie gingen an den See und setzten sich auf eine Bank. Anna sagte: »Was ich heute getan habe, war nicht sehr klug, nicht wahr? Hat Ihr Botschafter schon entschieden, was mit mir geschehen soll?«

Sie schaute Massey unsicher an, aber der lächelte. »Nachdem er von Romulkas Drohung gehört hat, hat er Ihrem Antrag auf Asyl zugestimmt. Wir werden Ihnen helfen, ein neues Leben in Amerika zu beginnen, Anna. Wir geben Ihnen eine neue Identität, helfen Ihnen, sich niederzulassen und besorgen Ihnen einen Job. Sie werden zwar nicht sofort die Bürgerrechte bekommen, aber das ist in Fällen wie Ihrem ganz normal. Sie müssen fünf Jahre einen festen Wohnsitz behalten, wie jeder andere rechtmäßige Einwanderer. Aber wenn Sie sich nichts zuschulden kommen lassen, dürfte es eigentlich keine Probleme geben.«

Massey sah, wie Anna die Augen schloß und dann langsam wieder öffnete. Auf ihrem Gesicht zeichnete sich Erleichterung ab.

»Danke.«

Massey lächelte. »Danken Sie nicht mir, danken Sie dem

Botschafter. Oder vielleicht sollten Sie Romulka danken. Morgen werden Sie nach Deutschland geflogen. Dort wird man Sie über die Vorbereitungen unterrichten, die man getroffen hat, um Ihnen zu helfen. Anschließend werden Sie in die Vereinigten Staaten fliegen. Wohin weiß ich nicht. Diese Einzelheiten gehen mich nichts an.«

Anna Chorjowa schwieg lange und blickte auf den gefrorenen See. »Glauben Sie, daß ich in Amerika glücklich werde?«

Massey bemerkte die plötzliche Angst in ihrem Gesicht, als würde sie erst jetzt die ganze Tragweite dessen begreifen, was geschah und was noch vor ihr lag.

»Es ist ein gutes Land für einen Neuanfang. Man hat Ihnen übel mitgespielt, und Ihre Gefühle sind in Aufruhr. Sie wissen nicht, was die Zukunft Ihnen bringt, und die Vergangenheit bietet nur schmerzhafte Erinnerungen. Im Augenblick leben Sie in einer Art Niemandsland. Sie werden sich wahrscheinlich noch lange verwirrt und verloren fühlen. Sie kommen in ein fremdes Land und haben keine Freunde. Aber mit der Zeit werden Sie wieder neue Kraft schöpfen, das weiß ich.«

Massey stand auf.

»Das war es. Und jetzt kommen die schlechten Nachrichten. Wir werden uns wahrscheinlich nie wiedersehen. Aber ich möchte Ihnen Glück wünschen, Anna. Nehmen Sie einen Rat von einem älteren Mann an? Im Leben besteht der Trick darin, daß man immer wissen sollte, über welche Brücken man gehen und welche man hinter sich verbrennen muß. Gehen Sie über diese, und versuchen sie die anderen zu verbrennen, die Sie hinter sich gelassen haben.«

»Wissen Sie was, Massey?«

»Ja?«

»Wenn die Dinge anders stehen würden, hätte ich Sie gern noch einmal wiedergesehen. Einfach nur um zu reden. Ich glaube, Sie sind einer der nettesten Männer, die ich je kennengelernt habe.«

Massey lächelte. »Danke für das Kompliment, Anna. Ich nehme an, Sie haben nicht viele Männer kennengelernt. Ich bin nur ein ganz gewöhnlicher Bursche, glauben Sie mir.«

»Kommen Sie zum Flughafen und sagen Sie mir Lebewohl?«

»Natürlich, wenn Sie möchten.« Er schaute sie an und berührte aus einem Impuls heraus ihre Schulter. »Sie werden es schaffen. Das weiß ich. Die Zeit wird Ihr Herz heilen.«

»Ich wünschte, ich könnte es glauben.«

Massey lächelte. »Vertrauen Sie mir.«

Eine dünne Schneeschicht lag auf dem Boden, als Massey und die beiden anderen Männer Anna zur Maschine begleiteten. Das finnische Flugzeug, eine Constellation, wartete auf dem Rollfeld, und die Passagiere stiegen bereits ein.

Massey blieb am Fuß der Treppe stehen.

Er reichte ihr die Hand, doch Anna küßte ihn auf die Wange.

»Leben Sie wohl, Anna. Und passen Sie auf sich auf.«

»Ich hoffe, daß ich Sie wiedersehe, Massey.«

Sie schaute in sein Gesicht, als sie einstieg, und er glaubte Tränen in ihren Augen zu sehen. Er wußte, daß er der erste Mensch war, von dem sie in den letzten sechs Monaten so etwas wie gefühlsmäßige Unterstützung bekommen hatte und vermutete, daß Anna sich deshalb so verhielt. Aber das wäre bei allen anderen Menschen, die über die sowjetische Grenze geflohen wären, auch der Fall gewesen. Sie hatten Angst. Sie waren allein. Sie griffen nach der ersten Hand, die sich ihnen hilfreich entgegenstreckte.

Er wußte aber auch – ganz gleich, was seine Intuition ihm sagte –, daß er sich in Anna irren und der finnische SUPO-Offizier, der ihre Geschichte angezweifelt hatte, recht behalten konnte. Aber das würde die Zeit zeigen.

Fünf Minuten später stand er in der Abflughalle und schaute der Constellation nach, die auf die Startbahn rollte und schließlich im Zwielicht des baltischen Himmels verschwand. Ihre Blinklichter ließen die Wolken unheimlich erglühen.

Massey schaute noch ein paar Augenblicke in den leeren Himmel, bevor er leise sagte: »*Do swidanija.*«

Er stellte den Kragen hoch und ging zum Ausgang. Er war zu sehr in seine Gedanken vertieft, als daß er den dunkelhaarigen jungen Mann bemerkt hätte, der am Zeitungsstand herumlungerte und beobachtete, wie das Flugzeug sich entfernte.

ZWEITER TEIL

12. BIS 27. JANUAR 1953

8. KAPITEL

*Bayern,
13. Januar, 23.00 Uhr*

An diesem Abend goß es in ganz Süddeutschland wie aus Kübeln. Donner grollte. Es war absolut kein Flugwetter.

Der Kasernenkomplex des Flugplatzes im Herzen des bayerischen Seengebietes war wolkenverhangen, und leichter Nebel lag über den Gebäuden. Der Komplex bestand lediglich aus einer Landebahn und einer Ansammlung hölzerner Hütten, die früher die Luftwaffenangehörigen des südlichen Luftkommandos beherbergt hatten. Jetzt residierte dort die Abteilung Sowjetunion der CIA in Deutschland.

Als Jake Massey aus der Blockhütte trat, die als Einsatzzentrale diente, schaute er zum schmutziggrauen Himmel empor, stellte den Kragen auf und lief zu dem geschlossenen Armeejeep, der im strömenden Regen stand und auf ihn wartete. Ein Blitz erhellte die Dunkelheit. Als Jake in den Jeep stieg, begrüßte ihn der Mann auf dem Fahrersitz mit den Worten: »Genau die richtige Nacht, um im Bett zu liegen, würde ich sagen. Mit einer jungen Frau neben einem und einer Flasche altem Scotch auf dem Nachttisch.«

Massey lächelte, als der Jeep die asphaltierte Piste entlangfuhr.

»Du hättest es schlechter treffen können, Janne.«

»Also, wen kutschiere ich heute?«

»Zwei ehemalige ukrainische SS-Leute, die über Kiew nach Moskau unterwegs sind.«

»Wie nett. Du umgibst dich immer mit exquisiter Gesellschaft, Jake.«

»Entweder arbeiten sie für uns, oder sie erwartet ein Prozeß wegen Kriegsverbrechen. Es sind widerliche Typen, beide. Sie gehörten zu einer SS-Gruppe, die Frauen und Kinder in Riga exekutiert hat, aber Bettler wie wir können nicht wählerisch sein.«

»Das gefällt mir so an der Arbeit für die CIA: Man lernt wahnsinnig interessante Leute kennen.«

Der Mann neben Massey trug eine Fliegerlederjacke und einen weißen Seidenschal. Er hatte ein liebenswürdiges Gesicht und war klein und untersetzt. Sein strohblondes Haar verriet deutlich den Nordländer.

Janne Saarinen hatte in seinen einunddreißig Jahren schon mehr erlebt als die meisten anderen Menschen. Wie viele Finnen hatte auch Saarinen im Winterkrieg gegen die Russen 1940 auf die Deutschen gesetzt, weil er wie die anderen in einer Allianz ihres Landes mit Hitler-Deutschland eine Chance sah, sich an Moskau zu rächen. Doch Janne hatte einen hohen Preis bezahlt.

Sein rechtes Bein unterhalb des Knies war von einer russischen Schrapnellgranate zerfetzt worden. Sie hatte in fünftausend Meter Höhe während eines kleinen Scharmützels über der Ostsee ein Loch in die Pilotenkanzel seiner Messerschmitt gerissen. Jetzt mußte Janne mit einer hölzernen Prothese auskommen. Irgendwo in dem häßlichen, vernarbten Stummel, den der deutsche Feldscher zusammengeflickt hatte, steckte noch ein Stück russisches Metall. Aber wenigstens konnte Saarinen noch laufen, auch wenn er stark humpelte.

Sie fuhren zu einem Rollfeld, das neben einem großen See lag. Daneben befanden sich einige Hangars. Bei einem standen die Tore offen, und Bogenlampen tauchten das Innere in grelles Licht.

Massey stieg aus dem Jeep und lief durch den Regen. Saarinen folgte ihm.

Im Hangar saßen zwei Männer an einem Tisch in einer Ecke. Neben ihnen lagen ihre Fallschirme. Sie rauchten, während sie neben einer schwarzbemalten DC-3 ohne Hoheitszeichen warteten. Eine Eisentreppe führte in die geöffnete Luke an der Seite des Flugzeugrumpfs.

Der eine der beiden war Ende Zwanzig, groß und dünn. Er wirkte nervös. Sein Gesicht war trotz seines verhältnismäßig jungen Alters bereits von Brutalität gezeichnet.

Der andere war älter und wirkte eine Spur gröber. Er war kräftig, hatte rotes Haar und ein kantiges Gesicht.

Er besaß eine Aura der Unverschämtheit und stand auf, als Massey den Hangar betrat. Der ging auf den Mann zu, der seine Zigarette zur Seite warf.

»In dieser Nacht würde man nicht mal Hunde vor die Tür jagen«, sagte er zu Massey. »Fliegen wir trotzdem, Amerikanski?«

»Leider ja.«

Der Mann zuckte gleichgültig mit den Schultern und zündete sich eine weitere Zigarette an. Seine Nerven waren offenbar zum Zerreißen gespannt. Er warf einen Blick auf seinen kreidebleichen Gefährten.

»Unser Sergei hat die Hosen gestrichen voll. So wie er dreinschaut, hält er uns jetzt schon für tot. In einer Nacht wie dieser könnte er recht behalten. Wenn uns nicht das russische Radar vorzeitig ins Grab befördert, dann bestimmt das lausige Wetter.«

Massey lächelte. »Das würde ich nicht sagen. Sie sind in guten Händen. Begrüßen Sie unseren Piloten.«

Massey stellte Saarinen vor, nannte aufgrund der Bestimmungen aber nicht dessen Namen. Die beiden Männer schüttelten sich die Hände.

»Ich bin entzückt, ehrlich«, sagte der Ukrainer. Er betrachtete Massey ernsthafter, und ein nervöses Grinsen huschte über sein Gesicht. »Es ist vielleicht nicht weiter von Bedeutung, aber Ihr Pilot hat ein Holzbein. Ich wollte es nur gesagt haben.«

Saarinen erwiderte beleidigt: »Sie können gern versuchen, selbst zu fliegen. Außerdem sollten Sie und Ihr Freund gefälligst die verdammten Zigaretten ausmachen, sonst kommen wir schneller in den Himmel, als uns allen lieb ist.« Er deutete mit einem Nicken auf das Flugzeug. »In den Tanks befinden sich dreitausend Kilo leichtentzündliches Kerosin. Machen Sie den Glimmstengel aus, sofort!«

Der jüngere der beiden drückte seine Zigarette in dem Augenblick aus, als Saarinen den Befehl brüllte. Der ältere Ukrainer jedoch starrte den Finnen erst mürrisch an, bevor er dem Befehl schließlich folgte.

»Wer weiß? Vielleicht ist das eine angenehmere Todesart, als einen Flug mit einem verkrüppelten Piloten zu riskieren.«

Massey sah, wie heißer Zorn in Saarinen aufloderte. »Das reicht, Boris«, sagte er zu dem Ukrainer. »Denken Sie daran, Ihr Leben liegt in den Händen dieses Mannes, also seien Sie lieber nett zu ihm. Und nur zu Ihrer Information: Sie bekommen den besten Piloten in dem ganzen Geschäft. Niemand sonst kennt die Strecke so gut.«

»Hoffen wir's«, entgegnete der Ukrainer gleichgültig und deutete mit einem abfälligen Nicken auf die DC-3. »Glauben Sie denn, daß wir es in dieser amerikanischen Schrottlaube schaffen?« Die Frage war an Saarinen gerichtet.

Saarinen riß sich zusammen. »Ich wüßte nicht, was dagegen spricht«, erwiderte er kühl. »Es ist vielleicht eine lausige Nacht zum Fliegen, aber das bedeutet, daß die Kommis nicht allzu scharf darauf sein dürften, ihre eigenen Flugzeuge hochzuschicken. Wir müßten es schaffen. Der gefährlichste Punkt ist die sowjetisch-tschechische Grenze. Danach ist es ein Kinderspiel.«

»Sieht aus, als wären wir in Ihrer Hand.«

Der andere Mann kam herüber und nickte Massey und Saarinen zu. Massey stellte die Männer einander vor. »Irgend etwas sagt mir«, meinte der junge Mann zu Massey, »daß ich besser mein Glück mit dem Prozeß hätte riskieren sollen.«

»Dafür ist es jetzt zu spät. Also, machen wir den letzten Check. Papiere, Habseligkeiten, Geld. Alles auf den Tisch.«

Die Ukrainer leerten ihre Taschen, und Massey schaute sich kurz ihre Besitztümer an. »Scheint alles okay zu sein. Sobald Sie in Moskau sind und sich zurechtgefunden haben, wissen Sie, was Sie zu tun haben.«

Beide Männer nickten.

»Gut, das ist alles. Viel Glück.«

Der rothaarige Ukrainer knurrte und sagte zu Saarinen: »Falls wir es überhaupt bis Moskau schaffen. Ich bin bereit, mein kleiner, einbeiniger Freund.«

Saarinen starrte den Mann an und machte Anstalten, ihm an die Gurgel zu gehen. Massey legte dem Finnen beruhigend die Hand auf die Schulter, und der Ukrainer drehte sich verächtlich weg. Er und sein Gefährte gingen zur Treppe, die Fallschirme auf den Schultern, und lachten.

»Ich hätte dem Schweinehund eine verpassen sollen.«

»Vergiß es, Janne. Du wirst sie nur noch heute nacht sehen, und dann nie mehr wieder.«

»Vielleicht sollte ich sie an einer falschen Stelle absetzen, nur so aus Spaß, und dem KGB die Drecksarbeit überlassen.«

»Mach dir darüber keine Gedanken. Ihre Lebenserwartung ist nicht besonders hoch. Wenn sie es bis Moskau schaffen, haben sie schon Glück gehabt. Die meisten Agenten, die wir hinschicken, werden innerhalb der ersten achtundvierzig Stunden geschnappt. Aber diese Aussicht ist immer noch besser als der Strick oder das Erschießungskommando. Fünfzehn von zwanzig Leuten, die wir letzten Monat rübergeschickt haben, sind vom KGB abgefangen worden. Das ist nicht gerade eine gute Quote, und sie wird immer schlechter.«

»Ich muß ganz ehrlich sagen, daß einige von den Mistkerlen es nicht anders verdient haben, Jake. Na gut, ich sollte mich wohl beeilen.«

Als Saarinen seinen Fallschirm vom Boden aufhob und zur Treppe der DC-3 gehen wollte, hielt ein Jeep vor dem Hangar. Ein junger Mann in Zivil stieg aus und ging zu Massey.

»Eine Nachricht für Sie, Sir.«

Er reichte ihm ein Telegramm. Massey riß den Umschlag auf, las die Mitteilung und sagte dann: »Machen Sie weiter, Leutnant. Eine Antwort wird nicht erwartet.«

Der Mann stieg wieder in den Jeep und fuhr davon, während Saarinen neugierig neben Massey trat.

»Schlechte Nachrichten? Zum Beispiel, daß der Absprung wegen schlechten Wetters abgesagt ist?« Er grinste. »Ganz zu schweigen davon, daß ich schon bei viel schlechterem Wetter ohne Kopilot geflogen bin. Wenn ich mich beeile, schaffe ich es vielleicht noch in einen Nachtclub in München, und diese beiden Schweinehunde an Bord können noch eine Nacht auf ihren blanken Nerven herumkauen.«

»Leider nicht«, erwiderte Massey. »Außerdem kommt es darauf an, was man unter einer schlechten Nachricht versteht. Ich bin nach Washington zurückbeordert worden, sobald ich die Absprünge für diese Woche abgefertigt habe.«

»Schön für dich.« Saarinen lächelte. »Ich mache nach dieser Fuhre eine Pause, Jake. Ich muß mal ein bißchen zurückstecken und meine Flügel ausruhen. Dieser SS-Abschaum, den du einsetzt, zehrt einem ganz schön an den Nerven.«

Saarinen stieg die Leiter hinauf und zog sie dann in die Maschine.
»Wünsch mir Glück.«
»Hals- und Beinbruch.«

Es war fast neun Uhr, als Jake Massey an den See fuhr und sich eine Zigarette anzündete. Es nieselte, und er starrte hinaus auf das gekräuselte Wasser. Das Telegramm aus Washington gab ihm zu denken, und er fragte sich, warum er nach Hause kommen sollte.

Außerdem dachte er in letzter Zeit auch viel über das Mädchen nach. Obwohl es schon Monate her war, beschäftigte Anna Chorjowa ihn noch immer. Er konnte sie nicht vergessen.

Nachdem er den Motor abgestellt hatte, hörte er das schwache Tuten eines Nebelhorns auf dem See. Er blickte hoch und sah die Lichter eines Schiffes in der Nähe des gegenüberliegenden Ufers vorübergleiten.

Dieses Geräusch rief stets eine bestimmte Erinnerung in ihm wach, und für einen Moment blieb er mit geschlossenen Augen still sitzen.

An einem schon lange zurückliegenden Winterabend hatte er zum ersten Mal die Lichter Amerikas erblickt.

Der kleine Jakob Masenski war erst sieben Jahre alt gewesen, aber er konnte sich noch heute an die Körpergerüche und die fremden Stimmen auf Ellis Island erinnern.

Es waren Ukrainer, Balten, Russen gewesen, dazwischen Iren, Italiener, Spanier und Deutsche. Sie alle wollten im gelobten neuen Land ein neues Leben beginnen.

Jakob war mit seinen Eltern 1919 aus Rußland gekommen. Zwei Jahre nach der bolschewistischen Revolution.

Stanislaw Masenski war in St. Petersburg am königlichen Hof beschäftigt gewesen. Seine Familie war vor zwei Generationen aus Polen eingewandert. Jakob konnte sich immer noch sehr genau an die winterlichen Spaziergänge in den Parks des prächtigen goldenen Palastes von Katharina der

Großen erinnern. Stanislaw Masenski war ein intelligenter Mann. Er las gern und spielte Schach. Hätte er nicht das Pech gehabt, in eine arme Familie hineingeboren zu werden, hätte er es vielleicht bis zum Rechtsanwalt oder Arzt gebracht, und nicht nur bis zum bescheidenen Zimmermannsmeister.

Außerdem trug Stanislaw Masenski ein Geheimnis mit sich, das zu seiner sofortigen Entlassung geführt hätte, wenn seine Arbeitgeber es erfahren hätten.

Er war ein glühender Anhänger der Menschewiki und verachtete den Adel und alles, wofür dieser stand, aus tiefstem Herzen. Er glaubte, die Zukunft Rußlands läge in der Demokratie und Freiheit und daß eine Veränderung bevorstand, ob es dem Zar nun paßte oder nicht. Als die Bolschewisten St. Petersburg einnahmen, war er alles andere als erfreut.

»Glaub mir, Jakob«, pflegte Jakes Vater gern zu sagen, »wir werden für diese rote Tollheit einen hohen Preis bezahlen. Wir brauchen ein neues Rußland, aber nicht dieses neue Rußland.«

Niemand war von der bolschewistischen Revolution mehr überrascht als Stanislaw Masenki. Fast aus dem Nichts war sie wie ein Wirbelwind über Rußland hereingebrochen – wo doch die Menschewiki lange Zeit die vorherrschende Kraft für eine Veränderung gewesen waren. Das aber wußten Lenins Bolschewiken natürlich auch. Infolgedessen wurde jede Bedrohung ihrer angekündigten Revolution gnadenlos zerschmettert.

Eines Tages kamen sie, die Bolschewisten: drei Männer mit Gewehren.

Sie verschleppten Stanislaw mit vorgehaltenen Bajonetten. Seine schwangere Frau und sein Sohn sahen ihn erst nach seiner Freilassung, drei Tage später. Er war fast zu Brei geschlagen worden, und man hatte ihm die Arme gebrochen. Er konnte von Glück reden, daß er keine Kugel in den Kopf bekommen hatte. Doch Stanislaw wußte, daß das noch kommen konnte.

Folglich packten er und seine Frau ihre Habseligkeiten auf einen Pferdewagen, den ihnen ein Verwandter großzügig geschenkt hatte, und machten sich mit ihrem Sohn auf den

Weg nach Estland. Das Geld, das sich Jakobs Eltern erbettelten und zusammenschnorrten, hatten sie für die Fahrkarten auf einem schwedischen Schoner ausgegeben, der von Tallinn nach New York segeln sollte.

Es war ohnehin eine schwierige Winterüberfahrt, doch die scharfen Ostwinde machten die Sache noch schlimmer. Der Schoner wurde durchgerüttelt und von sieben Meter hohen Wellen gebeutelt. Die Einwanderer im Frachtraum mußten Schreckliches erdulden. Am fünften Tag erlitt Nadja eine Frühgeburt.

Stanislaw Masenski verlor dabei nicht nur sein Kind, sondern auch seine junge Frau. Als die Leichen der See übergeben wurden, brannte sich Jakob der verzweifelte Gesichtsausdruck seines Vaters unauslöschlich ein. Der Mann hatte seine junge Frau sehr geliebt, und nach diesem Verlust war er nie wieder derselbe. Ein Freund von Stanislaw hatte dem jungen Jakob einmal erzählt, daß ein Mann über den Verlust einer wunderschönen, jungen Frau niemals hinwegkommt. Jetzt glaubte er es, als er miterleben mußte, wie sein Vater Jahr für Jahr in sich gekehrter wurde.

Bis zur Weltwirtschaftskrise führten Stanislaw und sein junger Sohn ein recht angenehmes Leben in Amerika. Stanislaw hatte sich in Brighton Beach in Brooklyn niedergelassen, im sogenannten Little Russia. Es wurde wegen der russischen Einwanderer so genannt, die hier lebten und die erst vor der Brutalität des Zaren, dann der Lenins und schließlich vor Stalins Schreckensherrschaft geflüchtet waren. Wenn Stanislaw auf den Baustellen arbeitete, paßte eine alte Babuschka auf seinen Sohn auf.

Schon am ersten Tag auf Ellis Island hatte Stanislaw Masenski seinen Namen anglikanisiert, wie so viele Einwanderer aus Osteuropa und Rußland vor und nach ihm. Jetzt hieß er Massey. Zum Teil hatte er es wegen der Ungeduld und des Unvermögens des Einwanderungsbeamten getan, der den polnischen Namen weder verstehen noch buchstabieren konnte. Doch der neue Name sollte auch Masseys Glauben an einen Neubeginn im Leben unterstützen und den unbewußten Wunsch befriedigen, seine leidvolle Vergangenheit auszulöschen.

Jakob war ein eifriger Schüler, aber am meisten liebte er es, zu Füßen seines Vaters zu sitzen und dessen Geschichten aus der russischen Heimat zu lauschen. Über die Ermordung des Zaren Alexander und die zahllosen Versuche der Studenten und Arbeiter, eine Demokratie ins Leben zu rufen. Sie waren von den Nachfolgern des Zaren gnadenlos unterdrückt worden, lange bevor das Thema Revolution den Bolschewiken überhaupt in den Sinn gekommen war. Stanislaw Massey schilderte es mit einer solchen Inbrunst, daß sein Sohn in der Fremde mit brennendem Interesse an seinem Heimatland aufwuchs.

Später erfuhr er aus Zeitungen der Emigrierten, wie die Bolschewiken ganze Dörfer nach Sibirien verschleppten und jeden umbrachten, der ihrer Gier nach Macht im Weg stand. Wie Millionen armer kleiner Bauern, sogenannte Kulaks, brutal vernichtet wurden, weil sie gewagt hatten, Josef Stalins Agrarreformen öffentlich zu kritisieren. Familien wurden ausgelöscht, ganze Dörfer zerstört oder deportiert, Millionen wurden erschossen – und das alles nur wegen der Machtgier eines einzelnen Mannes.

Als die Depression sich verschärfte und Stanislaw keine Arbeit finden konnte, gab er trotz seiner Verzweiflung nie Amerika die Schuld, sondern den Bolschewiken, weil sie ihn zur Flucht aus seinem Heimatland gezwungen hatten. Es fiel ihm zunehmend schwerer, seinen Sohn zu ernähren. Sie mußten in immer schäbigere Wohnblocks umziehen, bis sie schließlich in einem Arbeiterheim landeten, wo sie sich für ihre tägliche warme Suppe in eine Schlange vor den Armenküchen einreihen mußten.

Den Tiefpunkt erlebte der mittlerweile sechzehnjährige Jakob an einem Winternachmittag.

Er war auf dem Heimweg von der Schule, als er seinen einst so stolzen Vater an einer Straßenecke mit einem Plakat in der Hand stehen sah. Darauf stand: »Ich bin ein guter, ehrlicher Zimmermann. Bitte geben Sie mir Arbeit.«

Es brach Jakob fast das Herz, seinen geliebten Vater so gedemütigt zu sehen. Und es war der entscheidende Anstoß für seine Entscheidung: An diesem Tag beschloß er, reich zu werden, damit sein Vater nie wieder um Arbeit betteln mußte.

Stanislaw starb jedoch an seinem vierundfünfzigsten Geburtstag als gebrochener und desillusionierter Mann.

Und Jakob wurde niemals reich. Und er brauchte erheblich länger, als er gedacht hatte, um etwas aus sich zu machen. Als die Depression schließlich zu Ende ging, nahm er mehrere Dienstbotenjobs an, damit er wenigstens etwas in den Magen bekam. Er besuchte Abendkurse an einer Sprachenschule, machte seinen Abschluß und studierte dann ein Jahr in Yale. Alles bezahlte er mit seinem eigenen, sauer verdienten Geld. 1939 trat er, sehr zur Verblüffung seiner Kommilitonen, als Offiziersanwärter in die Armee ein.

Nach dem Desaster von Pearl Harbour gab es hervorragende Möglichkeiten zur Beförderung, wenn man nur wollte. Sechs Monate nach Amerikas Kriegseintritt wurde Massey als Angehöriger von Allen Dulles' OSS, dem US-Militärgeheimdienst, in der Schweiz stationiert. Diese Organisation führte von dort aus Aufklärungsoperationen tief im von den Deutschen besetzten Gebiet durch.

Nach dem Krieg entdeckte Amerika sehr bald, daß sein ehemaliger russischer Verbündeter jetzt sein Feind war.

Während des Krieges hatten die amerikanischen Geheimdienste wenig oder keine Erkenntnisse über den KGB, damals NKWD, gesammelt. Davon was hinter der sowjetischen Grenze geschah, wußten sie noch weniger.

Jetzt versuchten sie krampfhaft, an geheime Informationen zu gelangen, und rekrutierten immer mehr Emigranten, Russen, Balten, Polen – junge Männer mit Sprachkenntnissen der verschiedenen Länder der Sowjetunion aus den Städten und den Kriegsgefangenenlagern in ganz Europa. Die Amerikaner kommandierten ihre klügsten und besten Offiziere ab, um diese Leute auszubilden und einzusetzen.

Massey hatte eine ausgesprochene Begabung für diesen Job. Also blieb er nach dem Krieg in Europa, schlug in München sein Hauptquartier auf und schickte von dort aus Agenten mit langfristigen Aufklärungsmissionen auf russischen Boden. Er hoffte, daß sie detaillierte Informationen über die alarmierende Nachkriegsaufrüstung der Sowjets liefern würden. Es handelte sich um Emigranten und Patrioten, um Abenteurer und Abtrünnige. Einige von ihnen waren rastlose

Männer, die nach Heldentaten dürsteten, zu denen der Krieg ihnen nicht ausreichend Gelegenheit geboten hatte.

Ehemalige SS-Offiziere mit Kenntnissen der russischen Sprache, die entweder langjährige Gefängnisstrafen absitzen mußten oder, schlimmer noch, als verurteilte Kriegsverbrecher den Tod erwarteten, riskierten nichts, wenn sie mit dem Fallschirm über KGB-kontrolliertem Gebiet absprangen, wie zum Beispiel die beiden Ukrainer. Wenn sie ihren Auftrag durchführten und es irgendwie zurück über die Grenze schafften, waren sie freie Menschen. Sie bekamen eine neue Identität und eine weiße Weste. Wenn sie Glück hatten, verlängerten sie ihr Leben, wenn nicht, verloren sie es bei diesem Roulette.

Jake Massey leitete die Münchner Zentrale mit rücksichtsloser Effektivität, mit relativem Erfolg, mit sehr viel Haß auf die Sowjets und mit sehr intimer Kenntnis ihrer Schliche. In Washington hielt man ihn für einen der Besten seines Faches.

Jetzt wurde er von einem anderen Nebelhorn irgendwo weit entfernt in der feuchten Dunkelheit aus seinen Gedanken gerissen und blickte auf.

An diesem kalten Januarabend, als Massey an dem See in Bayern saß und auf das Wasser schaute, geschah etwas, wovon er noch keine Ahnung hatte.

In diesem Moment, zweitausend Kilometer entfernt, drehte sich in Moskau das Schicksalsrad eines Planes, der die nächsten sechs Wochen in Jake Masseys Leben bestimmen und die Welt an den Rand eines Krieges bringen sollte.

Massey warf noch einen letzten Blick auf das dunkle Ufer, stellte dann seinen Kragen hoch und ließ den Motor des Jeeps an. Er hatte gerade noch Zeit genug, seinen monatlichen Bericht an das CIA-Hauptquartier in Washington zu schreiben, bevor er ins Bett ging.

9. KAPITEL

Moskau
13. Januar

Es war fast zwei Uhr morgens, als die Emka-Limousine und die beiden Sis-Lastwagen durch die massiven Stahltore des Hintereinganges am KGB-Hauptquartier am Dsershinski-Platz rollten.

Als die Fahrzeuge nach Süden in Richtung Moskwa abbogen, nahm der Offizier in Zivil, der auf dem Beifahrersitz des Wagens saß, eine alte, silberne Zigarettendose aus der Tasche, klappte sie auf und nahm eine Zigarette heraus.

Major Juri Lukin vom Zweiten Direktorat des KGB wußte, daß seine Aufgabe heute morgen alles andere als angenehm werden würde. Als er sich auf dem Sitz zurücklehnte und die Zigarette anzündete, seufzte er.

Letzten November hatte es in Moskau zu schneien angefangen, sehr früh in diesem Jahr, und jetzt waren die Straßen von schmutziggrauem Schneematsch bedeckt. Es schneite ununterbrochen; das Wetter ließ selbst den hartgesottenen Einwohnern einer der kältesten Metropolen der Welt keine Atempause.

Als der Konvoi durch den Arbat, das alte Handelsviertel der Stadt, in östlicher Richtung an den Ufern der Moskwa entlangfuhr, warf Lukin einen Blick auf die Liste mit Namen und Anschriften, die in einem metallenen Klemmbrett auf seinem Schoß lag. Es waren neun Namen, alles Ärzte, die an diesem eiskalten Morgen verhaftet werden sollten.

»Die nächste links, Pascha«, befahl er seinem Fahrer knapp.

»Wie du wünschst, Major.«

Leutnant Pawel Kokunko war ein vierschrötiger Mongole Ende Dreißig. Sein gelbliches Gesicht, sein muskulöser Körper und die krummen Beine hinterließen den Eindruck, daß er sich auf einem Pferd in den Steppen der Mongolei wesentlich wohler fühlen mußte als hinter dem Steuer einer viersitzigen Emka-Limousine.

Während Lukin auf die eiskalten, verlassenen Straßen blickte, beugte sich der Mitfahrer auf dem Rücksitz vor.

»Genosse Major, darf ich die Verhaftungsliste sehen?«

Hauptmann Boris Wukaschin war etwas jünger als Lukin und erst vor einer Woche in dessen Büro versetzt worden. Lukin reichte ihm die Liste, und die Leselampe im hinteren Teil des Wagens flammte auf.

»Hier steht, daß diese Ärzte alle für den Kreml arbeiten. Und ihren Namen nach zu urteilen sind mindestens fünf von ihnen Juden. Es wird allerhöchste Zeit, daß wir mit diesen Juden gründlich aufräumen.«

Lukin drehte sich um. Wukaschins Gesicht verzerrte sich zu einem Grinsen. Er hatte scharfgeschnittene Züge, schmale Lippen und strahlte eine gewisse Brutalität aus. Lukin war der Mann auf Anhieb unsympathisch gewesen.

»Genau genommen sind es sechs«, gab er zurück. »Dabei spielt es keine Rolle, ob es Juden sind oder nicht. Und zu Ihrer Information, Wukaschin, sie sind bisher weder vor Gericht gestellt noch schuldig gesprochen worden.«

»Mein Vater sagt, Genosse Stalin glaubt, daß diese hervorragenden Ärzte in ein Komplott verwickelt sind mit dem Ziel, den halben Kreml zu vergiften. Und daß er sie bereits seit einiger Zeit verdächtigt.«

Lukin stieß heftig den Rauch seiner Zigarette aus. Wukaschins Vater war ein hochrangiger Parteifunktionär mit Freunden im Kreml. »Ihr Vater sollte seine Meinung lieber für sich behalten«, meinte Lukin abweisend. »Wenigstens so lange, bis die Gerichte ihre Arbeit getan haben. Einen verrückten Arzt mit Groll auf den Kreml kann ich ja noch verstehen, aber gleich neun? Das ist schwer zu glauben.«

Lukin kurbelte das Fenster herunter, und der kalte Fahrtwind schnitt in sein Gesicht. Als er die Kippe aus dem Fenster warf und es wieder schloß, erwiderte Wukaschin eisig: »Darf ich eine Beobachtung aussprechen, Major Lukin?«

»Wenn es sein muß.«

»Ich halte Ihren Kommentar für abwertend und beleidigend Genosse Stalin gegenüber. Mein Vater hat nur wiederholt, was Genosse Stalin für die Wahrheit hält.«

Noch bevor Lukin antworten konnte, warf Pascha ihm

einen wütenden Blick zu. »Woran liegt es eigentlich, daß immer wir die Arschlöcher kriegen?«

»Also wirklich, Major«, meinte Wukaschin wütend. »Dieser Mann verhöhnt meinen Rang. Sie müssen ihn melden. Wenn Sie es nicht tun, dann tue ich es.«

»Der Mann ist Mongole. Das muß man entschuldigend in Betracht ziehen. Wissen Sie etwas über die mongolische Rasse, Wukaschin? Daß sie die besten Kämpfer waren, die die Rote Armee je gehabt hat? Daß man ihnen kaum Disziplin beibringen kann?«

»Ich weiß nur, daß der da eine Lektion verdient hat.«

Pascha drehte sich um und warf Wukaschin einen glühenden Blick zu. »Warum halten Sie nicht das Maul? Sie gehen mir mächtig auf die Nerven mit Ihren Scheißsprüchen.«

»Das reicht, Leutnant«, ging Lukin dazwischen.

Der Mongole war ein ausgezeichneter Offizier und ein guter Freund – und ein Mann, der keine Angst kannte. Doch er war völlig disziplinlos, und es war ihm durchaus zuzutrauen, daß er den Wagen anhielt, den Hauptmann herauszerrte und ihn trotz ihres Rangunterschiedes krankenhausreif schlug. Außerdem war es immer eine heikle und schwierige Angelegenheit, zu dieser frühen Stunde Verhaftungen vorzunehmen. Wukaschins Arroganz machte es nicht gerade leichter.

Lukin drehte sich nach hinten. »Mit allem Respekt, Wukaschin: Ich trage hier die Verantwortung. Mein Kommentar war eine Beobachtung, keine Kritik. Warum tun Sie sich nicht selbst einen Gefallen, lehnen sich zurück und genießen den Ausflug?«

Er wandte sich wieder nach vorn und sah Paschas schwaches Grinsen.

»Hören Sie auf zu grinsen, Leutnant. Biegen Sie die nächste Straße links ab. Wir sind fast da.«

Die erste Adresse lag am linken Ufer der Moskwa. Es war eines der großen, alten Häuser aus der Zarenzeit, das man in einzelne Wohnungen aufgeteilt hatte. Es befand sich in einer der besseren Moskauer Viertel. Bogenlampen ließen den Schnee leuchten, und der Fluß war zugefroren. Lukin sah die

Löcher, die von Leuten gehackt wurden, die nach Forellen fischten. Aber so früh am Morgen war noch niemand da.

Der Konvoi kam zum Stehen, und Lukin stieg aus. Als er sich eine Zigarette anzündete, sah er, wie Wukaschin die Männer antreten ließ. Das Gesicht des Hauptmanns war weiß vor Wut.

Lukin wußte, daß es ein Fehler gewesen war, sich nicht auf Wukaschins Seite zu schlagen, aber er mochte solche Typen nicht. Sie waren arrogant, gelackt und kannten nur Disziplin und die Vorschriften, die aber gründlich. Lukin beobachtete, wie die Männer von der Pritsche des großen Sis-Lastwagens mit seiner charakteristischen spitzen Schnauze sprangen. Pascha trat neben ihn und schlug die Hände in den Handschuhen aneinander, um die Kälte zu vertreiben.

»Dieser Mistkerl geht mir schon die ganze Woche auf die Nerven«, versetzte der Mongole verächtlich. »Kannst du ihn nicht wieder dahin zurückschicken, woher er gekommen ist?«

»Das ist leider unmöglich. Sein Vater hat für seine Versetzung gesorgt. Also: Paß auf und halt den Mund! Sind die Männer soweit?«

»Klar.«

»Gut, dann bringen wir es hinter uns.«

Lukin trat an die Vordertür des Wohnblocks und klingelte an Nummer achtzehn. Er sah, wie hinter der Milchglasscheibe Licht aufflammte.

Die bevorzugte Methode des KGB in solchen Fällen bestand darin, die Türen der Opfer einzutreten. Das pflegte die Verdächtigen zu schockieren und machte sie gefügiger für das darauffolgende Verhör. Lukin dagegen wandte eine zivilisiertere Vorgehensweise an. Er starrte den Beschuldigten ins Gesicht und las ihnen die Anklage offen vor. Der erste Name auf ihrer Liste war Dr. Jakob Rapaport, ein Pathologe.

Eine Frau um die Fünfzig öffnete nach einiger Zeit die Tür und spähte hinaus. Sie trug einen Morgenmantel und ein Netz über den Lockenwicklern in ihrem Haar. »Ja, bitte?«

»Entschuldigen Sie, ist Dr. Rapaport zu Hause?«

Noch bevor die Frau antworten konnte, hörte Lukin eine Stimme im Flur hinter ihr. »Was ist los, Sarah? Wer klingelt denn zu dieser unchristlichen Zeit?«

Der Mann, der jetzt erschien, hatte sich einen Mantel über die Schulter geworfen und trug einen Schlafrock. Sein weißer Bart verlieh ihm ein distinguiertes Aussehen. Er setzte die Brille auf und warf einen Blick auf die Straße, sah die Lastwagen und die Männer und musterte dann Lukin.

»Wer sind Sie? Was soll das?«

»Dr. Rapaport?«

»Ja.«

»Ich bin Major Lukin. Es ist meine Pflicht, Sie davon in Kenntnis zu setzen, daß Sie auf Befehl des Zweiten Direktorates des KGB verhaftet sind. Ich wäre Ihnen dankbar, wenn Sie sich anziehen und mitkommen würden. Ziehen Sie sich warm an, es ist kalt.«

Das Gesicht des Arztes wurde kalkweiß. »Da muß ein Irrtum vorliegen. Ich habe kein Verbrechen begangen. Ich verstehe nicht ...«

»Ich auch nicht, Doktor. Aber ich habe meine Befehle. Also seien Sie bitte so freundlich, und folgen Sie meinen Anweisungen.«

Der Arzt zögerte, und plötzlich schlug die Frau ihre Hand vor den Mund und blickte Lukin entsetzt an.

»Bitte ...«, flehte sie.

»Verzeihen Sie, Frau Rapaport«, sagte Lukin so beruhigend, wie er konnte. »Hoffentlich handelt es sich um ein Mißverständnis. Aber es ist das beste, wenn Ihr Gatte jetzt mitkommt.«

Der Doktor legte seiner Frau den Arm um die Schultern und nickte erschüttert.

»Kommen Sie herein, Major, während ich mich ankleide.«

Es war fast sechs, bis sämtliche Verhaftungen vorgenommen waren.

Die meisten Ärzte auf der Liste waren widerstandslos mitgekommen, aber alle waren schockiert gewesen, und einige hatten protestiert. Nur einen hatte man gewaltsam auf die Pritsche des Lastwagens zerren müssen. Keiner der Ärzte schien glauben zu können, daß ausgerechnet ihm so etwas passierte.

Bei der letzten Adresse im Nagatino-Bezirk gab es einen

Zwischenfall, der im KGB-Verhaftungsbericht dieses Morgens vermerkt wurde. Der betreffende Arzt war Witwer Ende Fünfzig und wohnte allein im dritten Stock eines Wohnblocks.

Lukin klingelte mehrmals, aber niemand öffnete. Doch er sah, wie sich in einem der oberen Fenster ein Vorhang bewegte. Gereizt klingelte er in einer anderen Wohnung. Als die Mieterin die Tür öffnete und die KGB-Männer und -Fahrzeuge sah, blieb sie vor Entsetzen wie angewurzelt stehen. Lukin ging wortlos an ihr vorbei, Wukaschin auf den Fersen.

Im dritten Stock klopften sie an die Tür der Wohnung des Arztes. Keine Antwort. Wukaschin trat schließlich die Tür ein, und sie stöberten den Gesuchten im Badezimmer auf. Der Arzt hatte die Männer offenbar gesehen und geahnt, daß sie ihn verhaften wollten. Er stand unter Schock.

Lukins Befehle lauteten, die Verhaftungen diskret und ohne großen Wirbel vorzunehmen, doch bevor er den Arzt erreichte, trat Wukaschin neben den kauernden Mann und hieb mit seinen Fäusten auf ihn ein.

»Steh auf, du jüdische Drecksau! Steh auf!«

Lukin trat hinter den Hauptmann und versetzte ihm mit der Rechten – die linke Hand war eine Prothese – einen wuchtigen Schlag gegen den Hals, der den Mann an die Wand schleuderte.

Als Wukaschin mit blutendem Gesicht an der Wand herunterrutschte, kam Pascha mit gezogener Waffe die Treppe herauf.

»Bring den Doktor runter!« brüllte Lukin. »Sofort!«

Pascha gehorchte, und Lukin zog den Hauptmann auf die Füße. Wütend starrte er ihm ins Gesicht.

»Merken Sie sich eins, Wukaschin. Schlagen Sie nie mehr einen Gefangenen, wenn ich die Verhaftung leite. Sie haben es hier mit Menschen zu tun, nicht mit Vieh! Haben Sie das kapiert?«

Wukaschin bedachte Lukin mit einem arroganten Blick, erwiderte aber nichts. Aus einer Wunde am Mund lief ihm Blut übers Kinn. Pascha stürmte wieder die Treppe hinauf. Als er ins Zimmer kam, schob Lukin Wukaschin zur Seite.

»Schaff mir diesen Idioten aus den Augen, bevor ich das Kotzen kriege!«

Pascha grinste. »Mit Vergnügen.«

An diesem Morgen verließ Lukin das KGB-Hauptquartier lange nach sieben Uhr.

Überall in Moskau flammten die Lichter auf, als er nach Hause in seine Wohnung im Kutusowski-Viertel fuhr.

Lukins olivgrüner BMW 327 Baujahr 1940 war eines von vielen Fahrzeugen, das am Ende des Krieges von der geschlagenen deutschen Armee konfisziert worden war. Aber der kraftvolle Sechszylinder schnurrte immer noch zuverlässig unter der Motorhaube. Diese Limousine war der einzige Luxus, den Lukin sein Offiziersrang beim KGB erlaubte.

Der Wagen parkte auf der Straße vor der Zweizimmerwohnung, die Lukin mit seiner Frau nahe der Moskwa bewohnte. Das Viertel war früher vor allem bei Moskaus wohlhabenden Kaufleuten sehr beliebt gewesen, doch jetzt sahen die Gebäude von außen schäbig aus; überall blätterte die pastellgrüne Farbe ab. Immerhin funktionierten die Wasserleitungen und die Heizung bisher fehlerlos, ein kleines Wunder für Moskauer Verhältnisse. Lukin stieg die Treppe hinauf bis in den vierten Stock und betrat leise seine Wohnung.

Es war kalt, und Nadja schlief noch. Er füllte Wasser in den Emaillekessel und zündete eine Flamme des Gasherdes an, um Kaffee zu kochen. Nachdem er seinen Mantel ausgezogen und sein Hemd aufgeknöpft hatte, trat er ans Fenster und schaute hinunter, wobei er die Stirn an das kalte Glas drückte.

Im Winter erlebte Moskau nur selten mehr als ein paar Stunden Helligkeit am Tag. Der Fluß sah aus wie ein Laken aus blassem Eis und zeichnete sich gespenstisch hell gegen den dunklen Himmel ab. Zwei Kinder stapften in der Dunkelheit über das Eis und zogen einen Rodelschlitten hinter sich her. Ein kleiner Hund schlitterte aufgeregt um sie herum.

Während Lukin am Fenster stand, dachte er über die Verhaftungen nach.

Er hatte die Beherrschung verloren, aber der überhebliche Hauptmann hatte es nicht anders verdient. Trotzdem würde Lukin zweifellos einen Verweis bekommen.

Er kannte den Ruf einiger Ärzte, die auf der Liste gestanden hatten. Es waren allesamt untadelige Männer, die sich in der Vergangenheit nicht das geringste hatten zuschulden kommen lassen. Die Verhaftungen verwirrten Lukin, vor allem, weil die meisten Opfer Juden gewesen waren. Zweifellos würde er bald herausfinden, weshalb sie ins KGB-Gefängnis Lubjanka geschafft worden waren.

Das Hauptquartier des KGB am Dsershinski-Platz, in dem sich auch das Lubjanka-Gefängnis befand, war ein großer, siebenstöckiger Gebäudekomplex, der sich über den gesamten nordöstlichen Teil des Platzes bis zum Karl-Marx-Prospekt erstreckte. Im Zentrum dieses Komplexes befand sich ein Hof mit Garten, und die Vorder- und Seitenflügel beherbergten vom Erdgeschoß bis hinauf in den siebenten Stock die verschiedenen Büros und Abteilungen des KGB.

Obwohl sich hier acht verschiedene Direktorate befanden – spezielle Abteilungen, die sich mit der inneren und äußeren Sicherheit der Sowjetunion beschäftigten –, wurden nur vier davon für so groß und wichtig betrachtet, daß sie den Titel Chefdirektorat tragen durften. Jedes hatte eine besondere, fest umrissene Funktion.

Das Erste Chefdirektorat bildete die Abteilung des Auslands-Geheimdienstes, der in den sowjetischen Botschaften überall auf der Welt operierte und ein Netzwerk von Agenten, ausländischen Informanten und Sympathisanten kontrollierte, die dem KGB unschätzbare Dienste leisteten.

Das Fünfte Direktorat kümmerte sich um die internen Dissidenten, was Juden und antisowjetische Widerständler mit einschloß, ganz gleich ob sie im Baltikum oder im Fernen Osten operierten. Das Chefdirektorat Grenztruppen kontrollierte die Grenzen und riegelte sie ab.

Das Zweite Direktorat, dem Lukin angehörte, war das größte und vielleicht auch wichtigste.

Diese Abteilung des KGB arbeitete ausschließlich in der Sowjetunion, und sein Verantwortungsbereich war der umfassendste. Er schloß die Überwachung aller Fremden und ausländischen Geschäftsleute mit ein, die in der Sowjetunion lebten oder sie besuchten, ebenso die ausländischen Botschaften und deren Angehörige. Außerdem war das Zweite Direktorat für das Aufspüren und die Verhaftung sowjetischer Nationalisten zuständig, die ins Ausland geflohen, aus den Gulags entkommen waren oder einen Mord oder ähnlich schwere Verbrechen begangen hatten. Es überwachte Künstler und Schauspieler, rekrutierte und leitete neue Informanten und dämmte auch den florierenden Schwarzmarkt ein. Und zu guter Letzt oblag diesem Direktorat als eine der wichtigsten Aufgaben die Verfolgung und Ergreifung feindlicher Agenten, sobald sie sowjetisches Territorium betreten hatten.

Es gab noch eine bemerkenswerte Einrichtung in den Gewölben des KGB-Gebäudes: Lubjanka. Das berüchtigte Gefängnis bestand aus einem düsteren Labyrinth von Folterkammern und fensterlosen Zellen. Soweit Lukin wußte, waren die Ärzte dorthin gebracht worden.

Er schenkte sich einen Becher heißen Kaffee ein und nahm drei Löffel Zucker. Als er sich an den Küchentisch setzte, ging die Tür auf.

Nadja stand in ihrem blaßblauen Morgenmantel vor ihm. Ihre roten Haare fielen um ihre Schultern. Er sah ihren leicht gewölbten Bauch und lächelte.

»Hab' ich dich geweckt?«

Sie erwiderte das Lächeln verschlafen. »Du weckst mich immer. Kommst du gleich ins Bett?«

»Bald.«

Selbst um diese frühe Tageszeit sah sie hübsch aus. Viel zu hübsch für mich, dachte Lukin oft, vor allem wenn er seinen linken Arm betrachtete, dessen Hand amputiert werden mußte. Nadja war neunzehn gewesen und er dreißig, als sie sich in einem Sommer auf der Hochzeit eines Freundes kennengelernt hatten. Als die Kapelle aufspielte, hatte Nadja ihn keck über den Tisch hinweg angelächelt. »Was ist mit Ihnen? Tanzen KGB-Offiziere nicht?«

»Nur wenn man auf sie schießt.«

Sie hatte gelacht, und irgend etwas an diesem mädchenhaften Lachen und an der Art, wie sie ihn mit ihren grünen Augen anschaute, hatte ihm gesagt, daß er ihr verfallen würde. Nach sechs Monaten hatten sie geheiratet. Und jetzt, drei Jahre später, war sie im zweiten Monat schwanger. Lukin war glücklicher, als er es sich jemals hätte träumen lassen.

Sie setzte sich auf seine Knie und massierte seinen Nacken. Er spürte ihre kleinen, mädchenhaften Brüste.

»Wie war deine Nachtschicht?«

»Das wird dich nicht interessieren, Liebste.«

»Erzähl es mir trotzdem.«
Er schilderte ihr die Ereignisse des Morgens.
»Glaubst du, das mit den Ärzten stimmt?«
»Vermutlich ist es wieder ein Trick von Berija. Er tötet gern.«
Nadja hielt inne. Lukin sah ihren entsetzten Blick.
»Juri, du solltest solche Dinge nicht sagen. Du kannst nie wissen, wer es hört.«
»Aber es stimmt doch. Weißt du, wie der Chef der Staatssicherheit sich amüsiert? Sein Fahrer Marakow hat es mir erzählt. Wenn sie so durch die Gegend fahren und Berija ein junges Mädchen auffällt – so vierzehn, fünfzehn Jahre –, läßt er sie unter irgendeinem Vorwand verhaften und vergewaltigt sie. Wenn sie zu protestieren wagt, läßt er sie erschießen. Manchmal läßt er die Mädchen auch zum Zeitvertreib töten. Und nichts wird unternommen, um diesen Kerl aufzuhalten.«
»Juri, bitte. Skokow könnte uns belauschen.«
Jeder Wohnblock und jedes Mietshaus hatte seinen KGB-Informanten. Bei ihnen war es Skokow, der Hausmeister aus dem Erdgeschoß. Der Mann genierte sich nicht einmal, sein Ohr an die Türen seiner Nachbarn zu legen. Lukin sah die Angst im Blick seiner Frau, stand auf, nahm ihr Gesicht zwischen die Hände und küßte ihre Stirn.
»Komm, ich schenke uns Kaffee ein.«
Nadja schüttelte den Kopf. »Sieh dich an. Du bist angespannt. Du brauchst etwas Besseres als Kaffee.«
»Und was schlägst du vor?«
Nadja lächelte. »Mich natürlich.«
Lukin schaute zu, wie sie ihren Morgenmantel langsam die Schultern heruntergleiten ließ, bis sie in hauchdünner rosa Unterwäsche vor ihm stand. Obwohl sie zierlich war, hatte sie wohlgeformte Beine und volle Hüften. Die leichte Rundung ihres Bauches wirkte auf Juri unterschwellig erotisch, was ihn verlegen machte.
»Eine Überraschung für dich, Juri Andrejewitsch«, sagte sie lächelnd. »Ich habe sie auf dem Schwarzmarkt gekauft.«
»Bist du verrückt geworden?«
»Wo sonst in Moskau kann eine Frau solche Unterwäsche kaufen? Und es ist mir auch egal, ob es ungesetzlich ist. Alle kaufen auf dem Schwarzmarkt. Du glaubst doch wohl nicht,

daß Genosse Stalin mich wegen eines Höschens nach Sibirien schickt?«

Sie lachte und drängte sich an ihn.

Lukin mußte unwillkürlich lächeln.

»Weißt du, was die Franzosen sagen?«

»Nein, aber du wirst es mir gleich erzählen.«

»Eine Frau, die ihre Beine für einen Mann öffnet, läßt ihre Geheimnisse wie Schmetterlinge davonfliegen.« Er betrachtete ihr Gesicht. »Bei dir ist es genau umgekehrt: Die Geheimnisse vertiefen sich noch.« Er küßte ihre Stirn, und sie schlang ihre Arme um ihn. »Ich liebe dich, Nadja.«

»Dann komm ins Bett.«

Zärtlich streichelte er ihren Bauch. »Glaubst du nicht, daß es dem Baby schadet, wenn wir miteinander schlafen?«

»Nein, Dummerchen, es wird dem Baby guttun.« Sie kicherte. »Genieß es, solange du noch kannst. In ein paar Monaten mußt du deinen Hosenschlitz zulassen.«

Sie nahm ihn an der Hand und führte ihn ins Schlafzimmer. Das Bett war noch warm, als Lukin und seine junge Ehefrau sich liebten. Vor den Fenstern lärmte der morgendliche Verkehr, als Moskau allmählich erwachte.

Irgendwann nach acht Uhr schlief Major Juri Lukin vom Zweiten Direktorat des KGB endlich ein. Er ahnte nicht, daß an diesem Morgen bald schon die Nachricht von den Verhaftungen der Ärzte das fünftausend Meilen entfernte Washington erreichen sollte.

10. KAPITEL

Washington, D.C.
22. Januar

Die Ansammlung von Holzhäusern am Ufer des Potomac mußte auf einen zufälligen Passanten wie eine trostlose, heruntergekommene Kaserne wirken.

Die Innenwände waren mit Löchern übersät, die Gipsdecken von schmierigen Feuchtigkeitsflecken verunziert, und der Regen tropfte durch das löchrige Dach. Der Ausblick von dem zweistöckigen Gebäude war nicht minder trostlos: Man sah eine zerfallene Brauerei aus roten Ziegeln und in der Ferne eine Rollschuhbahn. Nur eine Handvoll der schäbigen Baracken stand so, daß man das berühmte, reflektierende Becken weiter unten am Fluß sehen konnte.

Ursprünglich war es als Kaserne der Armee während des Ersten Weltkriegs erbaut worden. Später hatten Offiziere der OSS, des Militärgeheimdienstes, in den baufälligen Gebäuden gehaust, Soldaten der Organisation, die während des Krieges für die Auslandsspionage der Vereinigten Staaten verantwortlich war. Vier Jahre nach dem Zweiten Weltkrieg hatten sich nur Name und Funktion geändert. Jetzt bewohnten Offiziere und Beamte von Amerikas Central Intelligence Agency, der CIA, diese Gebäude.

CIA-Rekruten traten häufig mit allzu schillernden Vorstellungen ihre neue Rolle in der Geheimdienstarbeit an. Ihre hochfliegenden Erwartungen erhielten einen heftigen Dämpfer, wenn sie zum ersten Mal ihre schäbigen Büros sahen. Es war nur schwer zu glauben, daß diese Bruchbuden während des Krieges die Heimstatt eines Geheimdienstes gewesen war, der es mit der geballten Macht Deutschlands und Japans aufgenommen hatte.

In den meisten Büros standen schlichte Schreibtische, in eintönigem Behördengrün lackiert, ein grüner Aktenschrank mit vier Schubladen, eine grüne Behördenuhr hing an der Wand, und ein typischer Behördenkalender lag auf dem Schreibtisch. Teppiche gab es nicht. Die Cafeteria war genauso deprimierend. Es war ein gruftartiger Raum in Gebäude ›M‹ gleich nebenan. Durch die verzogenen und gerissenen Planken pfiff der Wind ins Innere, und das Dach war so undicht, daß die Angestellten scherzten, man brauche eine Stunde, um seine Suppe auszulöffeln, wenn es regnete.

Der Kasernenkomplex der CIA war nach Buchstaben geordnet. Vom ›Q‹-Gebäude aus konnte man den Fluß überblicken. Hier war jene Abteilung untergebracht, die unter dem Namen Sektion Sowjetoperationen bekannt war. Wie der Name sagte, wurden hier brisante und geheime Operationen gegen die Sowjetunion geplant und von hier aus geleitet. Die Arbeit war so geheim, daß nur eine Handvoll höchst vertrauenswürdiger und besonders ausgebildeter Geheimdienst- und Regierungsbeamte davon wußte.

Die Tür des Büros am Ende eines langen Flurs im zweiten Stock des Gebäudes zierte kein Name, sondern nur eine vierstellige Nummer.

Das Büro sah genauso aus wie die anderen, hatte denselben grünen Schreibtisch, den Aktenschrank und den Kalender auf dem Tisch, doch auf dem Tisch neben dem Foto von Frau und Kindern stand bei Karl Branigan der Zeremoniendolch eines japanischen Offiziers, auf einem Messingständer montiert.

Branigan war fünfundsechzig, ein bißchen korpulent, aber dennoch muskulös. Er hatte einen GI-Kurzhaarschnitt und ein fleischiges, gerötetes Gesicht. Trotz seines Namens war er weder irischer noch deutscher, sondern polnischer Herkunft. Den Namen verdankte er seinem Stiefvater, einem Polizisten irischer Abstammung aus Brooklyn. Trotz seines militärisch kurzen Haarschnitts und des japanischen Dolches hatte Branigan niemals eine Frontlinie gesehen, sondern fast sein ganzes Arbeitsleben als Schreibtischtäter im Geheimdienst verbracht. Doch das Souvenir lieferte einen Hinweis auf seinen Charakter. Er war ein harter Mann, der schnell und entschlossen Entscheidungen fällte und seinem Dienst fast blind ergeben war. Bei einem CIA-Offizier wurden solche Eigenschaften von den Vorgesetzten natürlich gern gesehen.

Gegen vierzehn Uhr an diesem kalten Nachmittag im Januar rief seine Sekretärin ihn an und teilte mit, daß Jake Massey soeben eingetroffen sei.

Branigan wies die Sekretärin an, einen Wagen zu besorgen, der ihn und Massey zum Leichenschauhaus bringen sollte. Außerdem sollte sie Massey noch eine Viertelstunde hinhalten.

Er unterbrach kurz die Leitung und wählte die Privatnummer des Stellvertretenden Direktors der CIA.

Ein kleiner Aufzug brachte sie in die Leichenhalle. Der Lift bot gerade ausreichend Platz für die drei Personen: Massey, Branigan und den Angestellten des Leichenschauhauses. Schließlich hielt der Aufzug, und der Angestellte öffnete die Tür. Sie traten in einen kühlen, weißgekachelten Raum, an dessen gegenüberliegender Wand vier Metalltische standen. Auf zweien lagen Gestalten unter weißen Laken. Der Angestellte trat an den ersten Tisch und schlug das Laken zurück.

Masseys Gesicht verzerrte sich vor Schock und lodernder Wut, als er die Leiche unter dem Tuch betrachtete.

Das Gesicht des Mannes war gefroren, so weiß wie Marmor und vom Tod entstellt. Trotzdem erkannte Massey sofort die Gesichtszüge. In Max Simons Stirn befand sich ein Loch, dessen Ränder rot geschwollen waren. Massey bemerkte die Schmauchspuren an der Schädelwunde des Toten und sah auch die Tätowierung: eine weiße Taube unmittelbar über dem Handgelenk. Er schnitt eine Grimasse und nickte. Der Angestellte zog das Laken wieder über die Leiche und ging dann zum zweiten Tisch.

Als er das Tuch entfernte, hätte Massey sich fast übergeben.

Vor ihm lag ein Mädchen mit wächsernem Gesicht. Ihre Augen waren geschlossen. Sie hatte dasselbe präzise Loch in der Stirn wie der Mann. Nina lag auf dem Metalltisch, als würde sie schlafen. Ihr langes dunkles Haar war gekämmt, und für einen Moment dachte Massey, sie würde aufwachen, wenn er sie berührte. Dann erst bemerkte er die dunklen Prellungen an Armen und Hals und sah voller Ekel die Stellen, wo Nagetiere die Tote angefressen hatten.

Branigan schaute Massey an und schüttelte grimmig den Kopf. »Kein angenehmer Anblick, Jake, was?«

»Das ist der Tod nie«, gab Massey gereizt zurück.

Der Wärter schlug das Laken wieder über den Leichnam des Mädchens. Die beiden Männer drehten sich um und verließen den Raum.

Jake Massey und Karl Branigan kannten sich seit fast zwölf Jahren, und ihre Beziehung hatte sich in dieser Zeit nicht wesentlich verbessert.

Zwischen ihnen herrschte oft eine elektrisierende Spannung, die von manchen Leuten als Ergebnis ihrer beruflichen Konkurrenz interpretiert wurde. Beide waren fähige, abgebrühte Männer; es war gefährlich, ihnen in die Quere zu kommen. Heute jedoch wirkte Branigan zivilisiert und herzlich.

Es war kurz nach zwei, als er und Massey in die Büros am Potomac zurückkehrten.

Als Massey sich auf den Stuhl vor Branigans Schreibtisch setzte, schaute er aus dem Fenster auf die Brauerei. Der Ausblick vom CIA-Hauptquartier bot nur wenig Abwechslung von der Arbeit. Heute nachmittag war es nicht anders: Aus dünnen Fabrikschornsteinen quollen weiße Rauchwolken und stiegen träge in den nahezu windstillen Winterhimmel.

»Erzählen Sie mir, wie es passiert ist.«

Branigan zögerte. »Sie und Max Simon waren wohl lange befreundet?«

»Seit dreißig Jahren. Ich war Ninas Patenonkel. Max war einer der besten Leute, die wir hatten.« Masseys Gesicht rötete sich vor Ärger. »Verdammt, Branigan, warum hat man sie umgebracht? Wer war es?«

»Darauf kommen wir später.« Branigan nahm eine Zigarette aus der Dose auf dem Tisch, steckte sie sich zwischen die Lippen und zündete sie an. Massey bot er keine an.

»Sie haben bestimmt erkannt, daß Max und Nina hingerichtet worden sind. Exekutiert. Ihnen wurde aus nächster Nähe in den Kopf geschossen. Ich nehme an, das Mädchen wurde getötet, weil sie gesehen hat, wer ihren Vater umbrachte, oder man wollte uns damit eine Warnung zukommen lassen.«

»Man?«

»Moskau, natürlich.«

»Was meinen Sie mit Warnung?«

»Max hat höchst brisante Informationen für uns gesammelt, bevor er getötet wurde. Wir haben erst von den Morden erfahren, als ein Routinebericht der Interpol in unserem Büro in Frankreich gelandet ist. Wir haben die Leichen identifiziert und sie rübergeholt.« Branigan zögerte. »Max war vergangenen Monat aus Paris in Luzern angekommen. Am achten, um genau zu sein. Nachdem er von Washington dorthin geflogen war. Er hatte auf dieser Reise seine Tochter mitgenommen. Sie war krank, und er wollte sie zu einem Schweizer Arzt bringen.«

»War er deshalb in der Schweiz?«

»Nein. Er sollte ein Treffen mit einem unserer hochkarätigen Kontaktleute aus der Sowjetischen Botschaft in Bern arrangieren. Sie sollten sich in Luzern treffen, aber weder Max noch sein Kontaktmann haben sich zu diesem Termin eingefunden. Wir vermuten, daß Max und das Mädchen aus dem Hotel oder vielleicht in einer Nebenstraße entführt worden sind. Die Polizei hat Nachforschungen angestellt, aber nichts herausgefunden. Sie kennen die Schweizer – alles aufrechte Bürger. Wenn die sehen, daß man auf der falschen Straßenseite parkt, rufen sie nach den Ordnungshütern. Eines immerhin weiß die Schweizer Polizei: Dieser Jäger, dieser Kass, ist zufällig in die Exekution hineingestolpert. Er hat versucht, es zu verhindern, und wurde deshalb umgelegt.«

Wieder verzerrte sich Masseys Gesicht vor Wut. Er stand auf und trat ans Fenster. »Warum mußten sie auch das Mädchen umbringen, Karl? Sie war erst zehn Jahre alt!«

»Weil diese Leute, wie wir beide wissen, rücksichtslose Mistkerle sind. So einfach ist das.«

»Haben Sie eine Ahnung, wer die beiden ermordet hat?«

»Warum? Wollen Sie die zwei rächen?«

»Vor einem Jahr ist Max aus meiner Operation in München ausgestiegen und nach Washington gegangen. Jetzt ist er tot. Ich wüßte gern den Grund dafür.«

»Wer der Mörder ist, kann ich Ihnen mit ziemlicher Sicherheit sagen. Ein Mann namens Borowik. Gregori Borowik. Wir glauben, daß er Max aus unserem Land gefolgt ist und den Befehl hatte, ihn in der Schweiz zu ermorden. Borowik ist nicht sein richtiger Name. Er benutzte verschiedene Alias. Kurt Braun zum Beispiel, oder Kurt Linhoff. Ich könnte so weitermachen, aber Sie sind bereits im Bilde, nehme ich an.«

»Wer ist dieser Borowik?«

»Ein Auftragskiller, den die Sowjets einsetzen. Er gehört zu einem ihrer Mordkommandos. Zu der Sorte von Kerlen, die sich die Russen aus den Gefangenenlagern fischen und auf ihre Lohnliste setzen, damit sie ihnen im Gegenzug für ihre Freiheit die Drecksarbeit abnehmen. Er ist ostdeutscher

Staatsangehöriger und spricht fließend Englisch und Russisch. Er operiert weltweit, in Europa und sogar in den Staaten. Wenn es jemals einen dreckigen Schweinehund gegeben hat, dann Borowik. Auf sein Konto gehen mindestens drei Morde. Aber schlagen Sie sich den Gedanken an Rache aus dem Kopf. Außerdem haben wir andere Pläne mit Ihnen.«

»Was für Pläne?«

Branigan lächelte. »Alles zu seiner Zeit. In gewisser Weise ist es auch eine Art von Rache, wenn Sie so wollen.«

Massey setzte sich wieder. »Dann sagen Sie mir, woran Max gearbeitet hat und was ihn sein Leben und das seiner Tochter gekostet hat.«

Branigan zuckte mit den Schultern. »Ich denke, das kann ich verantworten. Er hat Informationen von einem Angestellten der sowjetischen Botschaft gekauft, wie ich Ihnen schon gesagt habe. Informationen, die für Washington wichtig waren. Nur ... leider hat jemand in Moskau das spitzgekriegt, und diesem Jemand gefiel das überhaupt nicht. Der Beamte wurde abberufen, nach Hause. Was aus ihm geworden ist, können Sie sich wohl denken. Und was Max und seinem Kind zugestoßen ist, wissen wir ja genau.«

»Um welche Informationen ging es?«

»Hochkarätiger Stoff aus dem Kreml. Einiges davon ist verdammt heiß.«

»Wie heiß?«

Branigan lächelte grimmig. »Auf einer Skala von rot bis glühend würde es vermutlich das verdammte Thermometer zum Schmelzen bringen.«

»Hat es etwas damit zu tun, daß ich zurückbeordert wurde?«

Branigan rutschte unbehaglich auf seinem Stuhl. »Wir wußten, daß Sie die Leichen würden sehen wollen. Sie und Max kannten sich schon lange. Ich habe gehört, daß Sie sich als Kinder auf den Straßen von Little Russia kennengelernt haben. Max hat mir einmal erzählt, daß Sie und er wie Brüder wären. Aber Sie haben recht, das ist nicht der wahre Grund für Ihr Hiersein. Ich möchte Ihnen etwas zeigen. Das dürfte alles erklären.«

Branigan öffnete eine Schublade seines Schreibtisches mit

einem Schlüssel, den er aus seiner Hosentasche nahm. Er zog einen lederfarbenen Aktenordner hervor und legte ihn auf den Tisch. Oben auf der Seite stand mit roten Buchstaben gestempelt: *Streng geheim! Nur für den Präsidenten!* Er blickte Massey an. Der sagte bloß: »Kommentar überflüssig. Diese Klassifikation spricht für sich.«

Branigan nahm sein Jackett von der Stuhllehne und zog es an. Ein Unterton von Aggression schwang in seiner Stimme mit, als er verkniffen lächelnd sagte:

»Damit wir uns richtig verstehen: Sie werden niemandem vom Inhalt dieses Aktenordners erzählen, es sei denn, man gestattet es Ihnen. Dieser Fall wird aber nicht eintreten, das garantiere ich Ihnen. Nicht in einer Million Jahren. Ich lasse Sie jetzt eine Viertelstunde allein. Sie sollen das Schriftstück gründlich lesen und sich auf das vorbereiten, was Sie später zu hören bekommen. Wenn ich zurückkomme, fahren wir zu Wallace. Er erwartet uns bei sich zu Hause. Noch was. Wenn Sie auf's Klo müssen, dann gehen Sie jetzt.«

»Warum?«

Branigan hielt einen anderen Schlüssel in die Höhe. »Weil ich die Tür hinter mir abschließen werde, während ich einen Kaffee trinke und Sie das da in Ruhe lesen lasse. Niemand in diesem Gebäude außer mir und Ihnen wird den Inhalt dieses Ordners zu Gesicht bekommen. Und ich habe angeordnet, daß niemand anklopft, damit Sie nicht gestört werden. Also, müssen Sie auf's Klo?«

»Ich glaube nicht.«

Branigan erhob sich. »Gut. Noch zwei wichtige Instruktionen. Erstens: Dieses Treffen hat niemals stattgefunden. Zweitens: Ab heute befinden Sie sich offiziell aus gesundheitlichen Gründen auf unbefristetem Urlaub. Bei vollen Bezügen. Für die Unterlagen: Sie leiden an Depressionen und brauchen eine Pause von der Geheimdienstarbeit.«

Massey runzelte die Stirn. »Würden Sie mir vielleicht mal erzählen, was hier eigentlich vorgeht?«

Branigans Stimme klang eine Spur gereizt. »Es steht alles in dem Ordner. Und auf diesen Seiten finden Sie auch den Grund, aus dem Max Simon und sein Kind ermordet worden sind. Es ist keine angenehme Lektüre.«

Als Branigan sah, wie Massey ihn anstarrte, zuckte er mit den Schultern. »Es sind nicht meine Befehle.« Er deutete mit dem Daumen an die Decke. »Sie kommen von hoch oben.«

»Wie hoch?«

»Vom Präsidenten.«

Branigan sah die Verblüffung auf Masseys Gesicht. »Lesen Sie den Ordner, dann werden Sie verstehen, warum.«

Einen Augenblick später hörte Massey, wie die Tür hinter ihm geschlossen und der Schlüssel umgedreht wurde.

Er lauschte Branigans Schritten, die sich auf dem Flur entfernten, und schlug den Ordner auf.

11. KAPITEL

Washington, D.C.
22. Januar, 16.00 Uhr

Das weißgestrichene Haus in Georgetown wirkte so eindrucksvoll wie die anderen Häuser in diesem erlesenen Viertel, in dem sich Washingtons Elite niedergelassen hatte.

Das dreigeschossige Holzhaus im Kolonialstil lag geborgen in einem riesigen, von einer Mauer umgebenen Garten mit Kirsch- und Birnbäumen. Obwohl es Winter war, saßen die drei Männer auf der Terrasse an der Rückseite des Hauses auf schmiedeeisernen Gartenstühlen.

Der stellvertretende Direktor, William G. Wallace, Yale-Absolvent, Ende Fünfzig, hatte silbergraues Haar, und seine gebräunte Haut zeugte noch von einem kürzlich genossenen Winterurlaub in Miami.

Nach dem kurzen Austausch von Höflichkeitsfloskeln blickte der stellvertretende Direktor Massey an und brachte ein künstlich wirkendes Lächeln zustande. »Haben Sie die Akte gelesen, Jake?«

Massey nickte.

»Haben Sie noch Fragen?«

»Jede Menge.«

»Schießen Sie los.«

»Erstens: Wer weiß davon?«

»Außer Ihnen, Branigan und mir? Nur der Präsident und der Direktor.« Wallace lächelte. »Es gibt noch jemanden, den ich erwähnen sollte. Er ist sich unserer ... sagen wir, unserer Absichten bewußt, weiß aber nichts von dem, was Sie gelesen haben. Aber darauf kommen wir später, weil ...«

Branigan unterbrach ihn: »Vielleicht sollte ich lieber die Lücken schließen, Sir?«

Der stellvertretende Direktor nickte. »Das ist wohl besser, Karl. Ich möchte, daß Jake die Tragweite dessen, was er da zu Gesicht bekommen hat, so deutlich wie nur möglich wird.«

Branigan fuhr sich mit der Hand über sein Stoppelhaar und blickte Massey ernst an.

»Jake, was Sie da in dem Büro gelesen haben, war ein vertraulicher Bericht von Josef Stalins Leibärzten. Es ist der letzte Bericht, den wir von Max Simon einen Monat vor seinem gewaltsamen Tod erhalten haben. Sie kennen den Inhalt, aber ich wiederhole ihn noch einmal, um alle Punkte restlos zu klären. Erstens: Stalin hat in den letzten sechs Monaten zwei Schlaganfälle erlitten, wodurch seine Sprachfähigkeit und seine Motorik gelitten haben.

Zweitens: Alle seine Ärzte stimmen darin überein, daß er aufgrund dieser Schlaganfälle oder aus einem anderen medizinischen Grund geistig labil wird. Er zeigt Merkmale paranoider Schizophrenie. Einfach ausgedrückt: Der Mann dreht durch.«

Branigan lächelte. »Natürlich wußten wir längst, daß der Kerl ein Knallkopf ist. Das weiß alle Welt. Aber dieser Bericht bestätigt es und setzt es in die richtige Perspektive. Und Sie sollten noch etwas wissen: Die Ärzte aus dem Kreml, die diesen Bericht verfaßt haben, wurden unter der Anklage verhaftet, daß sie versucht hätten, Stalin zu vergiften. Ob das stimmt oder nicht, wissen wir nicht, aber wir haben Informationen, daß sie ins Gefängnis Lubjanka gebracht worden sind. Wir haben zwar keine Informationen über ihr Schicksal, aber ich glaube kaum, daß es besonders rosig für sie aussieht. Die meisten dieser Ärzte sind Juden. Stalin macht kein Geheimnis daraus, daß er Juden haßt. In Rußland haben die Pogrome bereits begonnen. Wir betrachten das als Indiz dafür, daß der gute alte Josef bald wieder mit seinen Säuberungen anfängt. Und es gibt noch etwas sehr Beunruhigendes, das Sie wissen sollten: Unsere Geheimdienstleute haben bestätigt, daß Stalin bereits Konzentrationslager in Sibirien und dem Ural bauen läßt. Er will zu Ende bringen, was die Nazis begonnen haben. Kommt einem doch bekannt vor, oder? Eine Steigerung von dem, was wir bei Adolf Hitler hatten.«

Massey starrte Branigan an. »Was genau wollen Sie damit sagen?«

Der stellvertretende Direktor mischte sich ein. »Jake, wir wissen, daß Max Simon diese Berichte von einem hochrangigen und äußerst verläßlichen russischen Kontaktmann aus der Botschaft in Bern erhalten hat. Er war Jude. Ich sage war, weil ich bezweifle, daß er noch lebt. Jedenfalls hat er sich Sorgen gemacht, wie übrigens einige andere nichtjüdische Freunde aus dem Kreml auch – Sorgen darüber, welche Richtung Moskau eingeschlagen hat. Ich will es einfach ausdrücken, Jake: Stalin ist eine Gefahr. Und nicht nur für Amerika, sondern für die ganze Welt, einschließlich seines eigenen Volkes. Alle glauben, daß ein neuer Krieg bevorsteht, vom letzten Kongreßabgeordneten bis hin zum einfachen Mann auf der Straße. Und dieser Krieg wird anders aussehen als der letzte – aber es könnte sehr gut der letzte sein. Das Potential reicht für eine weltweite Vernichtung. Stalin hat sich darauf versteift, die Entwicklung der Wasserstoffbombe schneller abzuschließen als wir, und sehr wahrscheinlich wird ihm das gelingen. Das ist ein außerordentlich gefährliches Szenario.

Verdammt, so schnell wir können bauen wir überall im Land Schutzbunker vor dem Fallout, aber wir sind auf einen Krieg nicht vorbereitet. Onkel Joe hat in der Vergangenheit sehr deutlich gemacht, wie seine Pläne aussehen. Ein Krieg mit uns ist für ihn unausweichlich. Ich nehme an, er ist davon besessen ... so eine Art Todeswunsch. Und dieser verrückte alte Mann mit seiner Besessenheit kann wahrscheinlich auch dafür sorgen, daß ihm dieser Wunsch erfüllt wird.«

Massey blickte ungeduldig von Branigan zum stellvertretenden Direktor. »Würde mir vielleicht mal jemand erklären, worauf das alles hinausläuft?«

»Jake, der Präsident glaubt, daß Stalin diese Bombe einsetzen wird, sobald sie fertig ist. Wir reden dabei von Monaten, nicht von Jahren. Wir können uns entweder hinter den Zaun hocken und warten, bis das Schlimmste eintritt, oder wir warten mit einer Lösung auf, die das Problem beseitigt. Eine Lösung, die unter diesen Umständen für alle Beteiligten besser ist. Es erfordert eine ziemlich außergewöhnliche Operation. Und ich möchte, daß Sie diesen Einsatz leiten.«

»Und was für ein Einsatz soll das sein? Was für eine Lösung, wie Sie es nennen?« wollte Massey wissen.

Es war Branigan, der die Antwort gab: »Wir töten Stalin.«

Das Schweigen lastete eine Zeitlang zwischen den Männern. Der stellvertretende Direktor betrachtete die kahlen Winterbäume, bevor er sich wieder Massey zuwandte:

»Sie sehen nicht glücklich aus, Jake. Ich hatte erwartet, daß Sie beeindruckt wären.«

»Wer ist auf diese Idee gekommen?«

»Es war eine Entscheidung auf höchster Ebene.«

»Das heißt?«

Der stellvertretende Direktor lächelte. »Das heißt, die Antwort unterliegt der Geheimhaltung.«

Massey runzelte die Stirn und erhob sich ruckartig. »Bei allem Respekt, Sir, aber was Sie da vorschlagen, ist vollkommen unmöglich. Es wäre reiner Selbstmord für jeden, der es versucht.«

»Genau deshalb wird es klappen. Moskau würde niemals damit rechnen. Stalin ist dreiundsiebzig; ein alter Mann mit angegriffener Gesundheit. Sie könnten fragen: ›Warum warten wir nicht einfach, bis er stirbt?‹ Jake, er könnte noch fünf bis zehn Jahre leben. Dieses Risiko dürfen wir nicht eingehen. In diesem Kampf müssen wir schmutzige Tricks anwenden. Bei einer Wirtshausschlägerei können Sie nicht nach den Regeln des Marquis von Queensberry kämpfen. Wir stehen kurz vor einem Präventivkrieg, und wir sind in keiner Weise darauf vorbereitet. Unter diesem Gesichtspunkt ist es die einzige vernünftige Lösung, die uns bleibt. Wir können uns nicht zurücklehnen und ein zweites Pearl Harbour zulassen. Niemals. Natürlich birgt diese Lösung ein gewisses Risiko. Deshalb wird die Mission auf eine kleine Zahl von Personen begrenzt, die draußen operieren. Wir werden uns von Ihnen distanzieren, wenn die Sache schieflaufen sollte. Dann haben wir nie von Ihnen gehört. Die Operation ist allein Ihre Sache. Das ist kein Befehl, Jake. Allerdings könnte ich einen daraus machen, wenn es sein muß.«

»Warum ich?«

Der stellvertretende Direktor lächelte. »Ganz einfach. Ich wüßte keinen Mann, der qualifizierter oder erfahrener wäre. Jake, Sie haben doch mehr Menschen durch den Eisernen Vorhang geschleust, als ich mir auch nur vorstellen kann.«

Massey trat ans Ende der Terrasse, blickte über die Schulter zum stellvertretenden Direktor und schüttelte den Kopf. »Es ist trotzdem eine verrückte Idee.«

»Wir hatten schon früher Glück mit verrückten Ideen. Und hätten wir damals eher etwas Ähnliches unternommen, hätte ein gewisser Adolf Hitler gar keinen Krieg angefangen.«

Massey schüttelte den Kopf. »Sie verstehen das nicht. Jemanden so dicht in Stalins Nähe zu bringen, daß er ihn ermorden könnte, ist unmöglich. Es hat schon vorher Leute gegeben, die das versucht haben. Emigranten, Nazis. Erinnern Sie sich an den NTS-Bericht?«

Der stellvertretende Direktor nickte, und Massey bemerkte seinen betroffenen Gesichtsausdruck. »Natürlich erinnere ich mich daran.«

Die NTS, oder Narodni Trudowoi Sojus*, war eine von der CIA kontrollierte Gruppe emigrierter Russen und Ukrainer aus Europa und Amerika, die sich verschworen hatte, das Sowjetregime zu vernichten. Viele ihrer Mitglieder hatten sich nach dem Krieg freiwillig mit dem Fallschirm über sowjetischem Territorium absetzen lassen, um für die CIA zu spionieren. Die meisten hatten mit dem Leben dafür bezahlt, sowohl in Rußland als auch im Ausland. Sie fielen Stalins Mörderschwadronen zum Opfer, die über ganz Europa und Amerika ausschwärmten, um sämtliche prominenten Sowjetemigranten zu töten, die aktiv gegen Moskau opponierten.

---

* Volks-Arbeiter-Vereinigung

Zwei Jahre nach Kriegsende hatte die NTS sich entschlossen, ihren Feldzug zu beschleunigen und leitete eine Untersuchung ein, um die Möglichkeiten eines Attentats auf Stalin in Moskau einzuschätzen.

Massey blickte den stellvertretenden Direktor an. »Der Bericht spricht für sich selbst. Erstens sind Stalins Unterkünfte im Kreml uneinnehmbar. Die Wände sind acht Meter hoch und ein Meter fünfzig dick. An bestimmten Stellen sind sie noch dicker und höher. Dann sind da die Sicherheitsvorkehrungen, die Stalin getroffen hat. Über fünfhundert handverlesene Wachposten sind in der inneren Kremlgarnison stationiert. Alle sind Stalin fanatisch ergeben. Weniger als eine halbe Meile entfernt steht eine Reserve mit dreitausend Kremlsoldaten Gewehr bei Fuß. Und das sind nur die sichtbaren Abschreckungsmittel.

Sie wissen beide, daß es im Kreml noch aus der Zarenzeit Geheimgänge und Ausgänge gibt, die jederzeit benutzt werden können. Und in Stalins Villa in Kunzewo ist seine persönliche Sicherheitszone ebenfalls nicht zu durchbrechen: ein vier Meter hoher Zaun, der ständig von Wachen mit Hunden kontrolliert wird. Wenn man das Waldgebiet betritt, das die Villa umgibt, und eine Meile ohne Spezialpassierschein geht, ist man tot. Entweder erschossen oder bei lebendigem Leib zerfleischt.

Und das ist noch nicht alles. Jeder Bissen, den Stalin ißt, jeder Schluck, den er trinkt, wird vorgekostet für den Fall, daß jemand ihn vergiften will. Er hat sogar eine Frau, die sich nur um seinen Tee kümmert. Jeder Teebeutel wird in einem verschlossenen Safe verwahrt, bevor Onkel Joe der Tee serviert wird. Einmal hat man einen Beutel gefunden, der nicht ganz verschlossen war. Wissen Sie, was passiert ist? Die Teefrau wurde in den Keller der Lubjanka geschleppt und erschossen.«

Branigan unterbrach ihn. »Jake, jeder Panzer hat seine Schwachstelle. Das Problem ist, sie zu finden. Das wissen Sie selbst.«

Massey schüttelte entschieden den Kopf. »In Stalins Fall gibt es keine Schwachstellen, keine Ritzen und keine Fugen. Seine Sicherheitsmaßnahmen sind luftdicht. Einige Leute haben geglaubt, daß es Schwachstellen gibt, und haben versucht, Stalin zu töten. Sie alle sind gescheitert. Selbst die Deutschen haben es nicht geschafft. Und wenn selbst die skrupellosen und im Morden erfahrenen Nazis es nicht hingekriegt haben, welche Hoffnung bleibt uns da noch?«

Alle drei Männer hatten vom Plan der Nazis gehört.

Als Hitler 1944 erkannte, daß er in Rußland einen aussichtslosen Kampf führte, beauftragte er den deutschen Geheimdienst damit, eine Möglichkeit zu finden, Stalin umzubringen. Die Deutschen brüteten einen Plan aus, der vorsah, ein Team von Killerkommandos mit dem Fallschirm über Moskau abzusetzen. Sämtliche Männer waren handverlesen, hervorragend ausgebildet und sprachen fließend russisch. Sie wurden von der Abwehr mit falschen Papieren und Identitäten ausgestattet und sollten einen waghalsigen und selbstmörderischen Anschlag auf Stalins Wagenkonvoi am Roten Platz ausführen, wenn er den Kreml verließ. Mit einem geglückten Anschlag wollte Hitler den Verlauf des Krieges ändern. Aber die Deutschen mußten den Plan aufgeben, als sie die Hindernisse erkannten, die sich ihnen entgegenstellten: Stalins persönliche Sicherheitsmauer war unüberwindlich.

»Und das sind nur die Versuche, von denen wir wissen«, fügte Massey hinzu. »Gott allein weiß, was mit all den anderen Menschen geschehen ist, die es versucht haben, ohne daß wir Kenntnis davon haben.«

Der stellvertretende Direktor beugte sich vor. »Jake, wenn ich Ihnen nun sage, daß wir einen Plan haben? Und eine Möglichkeit, so dicht an Stalin heranzukommen, daß wir ihn töten können? Im Augenblick ist es noch eine Rohfassung, wenn Sie so wollen, aber mit Ihrer Erfahrung könnten Sie genug Detailwissen beisteuern, damit unser Mann nach Moskau eingeschleust werden und den Plan ausführen kann.«

»Das möchte ich mir gern anhören. Aber zuerst: Wer ist der Mann, der diesen Plan ausführen soll?«

»Sie.«

»Das meinte ich nicht. Ich möchte wissen, wen Sie nach Moskau schicken wollen.«

Branigan lächelte. »Wir wissen alle, daß dafür nur ein Mann in Frage kommt: Alex Slanski. Er kann perfekt einen

Russen spielen, und er würde keine Sekunde zögern, Stalin eine Kugel in den Kopf zu jagen.«

Massey dachte einen Augenblick nach. »Was Slanski angeht, haben Sie sicher recht. Aber wieso gehen Sie davon aus, daß er mitmacht?«

Wallace erhob sich. »Im Prinzip hat er schon eingewilligt. Slanski ist diese andere Person, die unseren Plan kennt, ohne über die Einzelheiten informiert zu sein. Er hat zwar die Akte noch nicht gelesen, aber das können wir einrichten.«

Massey lehnte sich zurück und schüttelte den Kopf. »Sir, wenn Sie Slanski allein nach Moskau schicken, wäre das Selbstmord. Er ist Amerikaner. Er wurde zwar in Rußland geboren, war aber seit seiner Kindheit nicht mehr in Moskau.«

Der stellvertretende Direktor lächelte. »Daran haben wir auch gedacht. Er wird Unterstützung brauchen. Jemanden, der sich auf der Reise nach Moskau als seine Frau ausgibt und ihm hilft, sich zurechtzufinden. Es gibt da eine Frau namens Anna Chorjowa. Sie ist über die Grenze geflohen. Ich glaube, Sie haben Chorjowa in Helsinki kennengelernt. Sie ist seit fast drei Monaten in Amerika.«

Massey runzelte die Stirn. »Sie ist Russin.«

Wallace lächelte wieder. »Ich würde sagen, das paßt perfekt in unseren Plan. Sie scheint genau der Typ zu sein, den wir brauchen, und außerdem ist sie unsere einzige geeignete Kandidatin. Sie kennt Moskau. Und was das Ziel der Reise angeht: Sie wird nicht einmal erfahren, wer Slanski eigentlich ist. Sobald sie ihm in Moskau geholfen hat, holen wir sie wieder zurück. Aber ich muß Ihnen eine Frage stellen, Jake. Sind Sie sich über Annas Charakter immer noch sicher? Wir haben zwar ihre Geschichte akzeptiert, aber ich habe in der Akte gelesen, daß ein hochrangiger finnischer Geheimdienstmann, der die Frau verhört hat, ihre Story anzweifelt und behauptet, wir wären reingelegt worden. Er traute der Lady nicht über den Weg.«

»Ich habe ihr damals geglaubt, und ich vertraue ihr auch jetzt noch.« Massey zögerte, und seine Miene verriet leise Zweifel. »Aber Sie setzen voraus, daß sie uns helfen wird. Warum sollte sie? Sie ist schon einmal durch die Hölle gegangen.«

»Das habe ich gelesen. Vermutlich müssen wir uns auf Ihr

Wort verlassen, daß sie vertrauenswürdig ist. Und ich traue Ihrem Urteil, Jake. Und was den Grund dafür angeht, daß die Frau dabei ist ... Sie wird ein Motiv haben. Jedenfalls werden wir ihr eins geben.«

»Welches Motiv?«

Der stellvertretende Direktor grinste zufrieden und wandte sich an Branigan. »Karl, schenken Sie uns doch bitte einen Drink ein, während ich es Jake erkläre. Ich glaube, wir werden anschließend einen Schluck brauchen.«

Zwei Stunden später betrat Massey sein Haus östlich von Georgetown.

Er rief das Internat in Richmond an und sorgte dafür, daß er seinen Sohn am nächsten Tag sehen konnte. Er freute sich auf den Jungen. Er wußte, daß er kein so guter Vater war, wie er hätte sein sollen. Aber er spürte, daß der Junge ihn irgendwie verstand.

Dann ging er ins Bad und spritzte sich eiskaltes Wasser ins Gesicht.

Er betrachtete sich selten im Spiegel, aber an diesem Abend fiel ihm auf, daß er älter aussah als einundvierzig. Er hatte in seinem Leben viele unerfreuliche Dinge gesehen, doch die Erinnerung an die beiden Erschossenen in der Leichenhalle, an die Löcher in ihrem Kopf, an die Spuren, welche die Nagetiere hinterlassen hatten, machte ihm zu schaffen.

Er kannte Max Simon schon lange Zeit und hatte ihn sehr geschätzt. Sie waren zusammen aufgewachsen, gemeinsam in das OSS eingetreten und ihr ganzes Leben lang Freunde gewesen. Max war ein jüdisches Kind, dessen Vater von den Kommunisten umgebracht worden war. Wie Massey und sein Vater, so hatte auch Max auf einer entbehrungsreichen Schiffsfahrt im Winter Amerika erreicht.

Massey blickte auf seinen Unterarm, als er den Hemdsärmel hochrollte.

Auf seinem Handgelenk befand sich eine kleine Tätowierung, eine weiße Taube. Sie waren zwei Straßenjungen gewesen, hatten sich auf Coney Island amüsiert und waren hinter den Mädchen her gewesen. Max hatte erklärt, sie sollten sich tätowieren lassen, um ihre Freundschaft zu untermauern. Max war ein herzensguter Mensch gewesen, der nur das Beste für seine Wahlheimat wollte. Von der Familie war ihm nur seine kleine Tochter geblieben. Massey schüttelte den Kopf und spürte heißen Zorn in sich aufsteigen. Er trocknete sich das Gesicht ab und ging in sein Arbeitszimmer.

Er erledigte die nötigen Telefonate, schenkte sich einen großen Schluck Scotch ein, nahm einen Notizblock und einen Stift und ging den Plan noch einmal durch, um Fehler zu suchen.

Der stellvertretende Direktor hatte in einem Punkt recht: Mit diesem Plan konnte Massey etwas anfangen. Gleichwohl barg er zahllose Gefahren. Stalins Moskau war ein abgeschotteter Ort. Es war nur wenigen Westlern erlaubt, die Stadt überhaupt zu betreten.

Er dachte an Anna Chorjowa, während er am Scotch nippte, und machte sich Notizen auf dem gelben Block. Es war seine Aufgabe, die Einzelheiten des Plans festzulegen, und obwohl Annas Hintergrund ideal für die Mission war, mißfiel es ihm, sie zu benutzen. Laut Branigan waren die letzten Berichte ihres Führungsoffiziers günstig. Anna hatte sich in ihr neues Leben eingefunden und machte gute Fortschritte. Doch Massey fragte sich ernstlich, ob sie einer solchen Mission geistig und körperlich gewachsen war. Immerhin waren kaum drei Monate seit ihrer Flucht vergangen. Außerdem wußte er, daß er Anna in den sicheren Tod schickte, falls der Plan fehlschlug.

Und es störte ihn auch, sie gemeinsam mit Slanski nach Moskau zu schicken.

Branigan hatte ihm Slanskis Akte ausgehändigt, und sie bot ihm eine interessante Lektüre, obwohl er schon länger über Slanskis Aufgabengebiet Bescheid wußte.

Slanski war geborener Russe und naturalisierter amerikanischer Staatsbürger. Er war fünfunddreißig Jahre alt. Massey und er hatten während des Krieges zusammengearbeitet. Slanski gehörte zu der kleinen Gruppe von speziell ausgebildeten Attentätern, die das OSS in das besetzte Frankreich und nach Jugoslawien schickte, um den dortigen Widerstandsgruppen beim Kampf gegen die Deutschen zu helfen. Slanski hatte unter dem Kodenamen Wolf gearbeitet. Wenn ein deutscher Kommandeur oder ein Nazibonze in den besetzten Ländern für die Widerstandsgruppen besonders unangenehm wurde, hatte das OSS in einigen Fällen einen Spezialisten geschickt, der den Mann beseitigt hatte. Aber es mußte immer wie ein Unfall aussehen, damit die Deutschen keinen Verdacht schöpften und Repressalien gegen die Zivilbevölkerung ausübten. Slanski war einer ihrer Top-Agenten und ein absoluter Fachmann, wenn es darum ging, einen Mord als Unfall zu kaschieren.

Über Slanskis Vergangenheit fand Massey nicht viel in der Akte. Die spärlichen Informationen charakterisierten ihn als einen entschlossenen, aber einsamen Menschen.

Als Junge war Alex Slanski aus einem staatlichen Waisenhaus in Moskau weggelaufen. Es war ihm gelungen, einen Zug nach Riga zu erwischen, und schließlich landete er auf einer norwegischen Fregatte mit Ziel Boston.

Die amerikanischen Behörden wußten nicht viel mit diesem offensichtlich verstörten Zwölfjährigen anzufangen. Aus der seelischen Verfassung des Kindes schlossen sie, daß ihm irgend etwas sehr Quälendes zugestoßen sein mußte. Er war in sich gekehrt, rebellisch und kratzbürstig wie eine Wildkatze. Außerdem erzählte er so gut wie nichts aus seiner Vergangenheit, trotz aller Bemühungen der Psychologen. Während die Behörden noch überlegten, was sie mit dem Jungen anstellen sollten, schickten sie ihn bis auf weiteres zu einem russisch sprechenden Emigranten, der in New Hampshire lebte. Dieser Trapper und Jäger erklärte sich bereit, den Jungen eine Zeitlang aufzunehmen. In den Wäldern an der kanadischen Grenze hatte es früher vor russischen Einwanderern nur so gewimmelt. Es war ein unwirtliches, wildes Land, und in den langen und schneereichen kalten Wintern erschien ihnen das Exil hier weniger fremdartig als in der Großstadt.

Irgendwie lebte der Junge sich ein, und schließlich war jeder froh, daß die Sache erledigt war. Alex blieb in New Hampshire, bis er 1941 in das OSS eintrat.

Keiner erfuhr jemals, was seiner Familie und seinen Eltern widerfahren war, aber jeder, der mit Slanski im OSS zusammengearbeitet hatte, vermutete, daß es etwas sehr Schlimmes gewesen sein mußte. Ein Blick in Slanskis eiskalte, blaue

Augen verriet jedem, daß er einmal etwas Entsetzliches erlebt haben mußte.

Vor langer Zeit hatte Massey geglaubt, endlich die Wahrheit entdeckt zu haben. Stalin hatte sich einen besonders miesen Scherz ausgedacht. Wenn sich ihm jemand widersetzte, tötete er die Leute oft nicht nur: Sofern das Opfer ein Familienvater war, ließ er die Frau des Betreffenden und alle seine Kinder über zwölf Jahre ebenfalls umbringen. Waren die Kinder jünger als zwölf, wurden sie in ein staatliches Waisenhaus verfrachtet und dort zu guten Kommunisten erzogen. Damit wurden sie in genau jene Art von Menschen verwandelt, die ihre Eltern wahrscheinlich verachtet hatten.

Massey vermutete, daß dies Alex Slanskis Schicksal gewesen war.

Außerdem hatte der KGB freie Auswahl in diesen Waisenhäusern. Sie kontrollierten jedes staatliche Waisenhaus in Rußland, und viele ihrer Rekruten stammten aus diesen Einrichtungen. Massey nahm an, daß ihnen mit Alex Slanski vermutlich der beste Mörder durch die Lappen gegangen war, den sie jemals hätten heranzüchten können.

Er sprach fließend deutsch und russisch und tötete rücksichtslos und kaltblütig. Sein letztes Opfer war ein hochrangiger KGB-Offizier gewesen, der Ostberlin besucht hatte. Slanski hatte diesen Mord im Auftrag der CIA durchgeführt, der wiederum von der Emigrantenvereinigung NTS darum gebeten worden war.

Massey nahm einen Umschlag aus dem Ordner und holte das Foto eines Obersten namens Grenadi Kraskin heraus. Es zeigte einen Mann mit harten Gesichtszügen, dünnen Lippen und kleinen, böse blickenden Augen.

Das Wort Attentat war allerdings für die Ausführung dieses Auftrags geschmeichelt. Slanski hatte Kraskin den Penis abgeschnitten und ihm in den Mund gestopft. Normalerweise hinterließ Slanski keine Visitenkarten bei seiner Beute, aber laut Akte verstümmelte Kraskin mit Vorliebe seine männlichen Opfer auf eben diese brutale Weise. Slanski liebte es, die Bestrafung den Verbrechen des Betreffenden entsprechend auszuwählen, und er ignorierte alle Befehle, diese Gewohnheit abzulegen. Dennoch hatten Branigan und Wallace recht:

Auch Massey konnte sich keinen geeigneteren Mann für diesen Auftrag vorstellen.

Er schob das Foto wieder in den Umschlag zurück.

Morgen früh um sieben ging es los, und es war eine lange Fahrt zum Lake Kingdom in New Hampshire.

Immer wieder kam ihm das düstere Bild von Max und Nina in der Leichenhalle in den Sinn. Massey wußte, daß er die Sache nicht einfach auf sich beruhen lassen konnte, ganz gleich, was Branigan gesagt hatte. Derjenige, der Max auf dem Gewissen hatte, würde dafür bezahlen, selbst wenn Massey dafür die Landesgrenzen überschreiten müßte, was er selten tat.

Aber diese Sache nahm er persönlich.

Fast eine Stunde später hörte er weit entfernt das Läuten der Kirchenglocken der Heiligen Dreifaltigkeit. Er stand auf, ging in den Keller und schloß die Tür auf.

Die beiden lockeren Ziegelsteine befanden sich über der Kellertür. Es war ein sicheres Versteck, das er benutzte, wenn er zu Hause arbeitete. Jedenfalls fand er es besser, als Notizen oder Ordner herumliegen zu lassen oder in Schubladen oder einen Safe zu legen, die man aufbrechen konnte.

Zwar hatte er auf Drängen seiner Abteilung einen kleinen, feuerfesten Safe im Boden seines Arbeitszimmers verankern lassen, aber das war der erste Platz, an dem ein Dieb suchen würde. Massey benutzte ihn kaum. Wichtigere Papiere versteckte er immer hinter den Ziegelsteinen, wo sie weniger auffällig und sicherer verwahrt waren. Er legte den gelben Block mit seinen Notizen und den Aktenordner in die Nische und schob die Steine wieder davor. Slanskis Akte wollte er Branigan wiedergeben.

Es war kurz nach siebzehn Uhr, am Donnerstag, den 22. Januar. Zwei Tage nach der Vereidigung von Dwight D. Eisenhower als Präsidenten der Vereinigten Staaten.

12. KAPITEL

New Hampshire
23. Januar

Die Städte und Dörfer New Hampshires mit ihren bunten Holzhäusern wirkten in dem leichten Schneefall sehr hübsch.

Jake Massey überquerte die Staatsgrenze von Massachusetts nach New Hampshire am späten Nachmittag und bog auf die Straße nordwestlich von Concord ein. Hier herrschte kaum Verkehr, und eine halbe Stunde später lenkte er den Buick über eine von dichtem Wald gesäumte Straße zum Lake Kingdom. In der Ferne sah er die schneebedeckten Berggipfel und vor sich ein Schild mit der Aufschrift: ›Zutritt für Unbefugte verboten!‹

Er gelangte an eine zweistöckige Blockhütte, die ein Stück vom Ufer des Sees entfernt stand. Dahinter befand sich eine umzäunte Koppel, und neben der Blockhütte stand ein rostiger Ford Pick-up neben einem Armeejeep. Am Ufer war ein Boot mit einem Außenbordmotor an einem schmalen, hölzernen Steg festgebunden, der in das unruhige, graue Wasser ragte.

Massey stellte den Motor ab, stieg aus und nahm die paar Stufen zu der schmalen Veranda vor der Blockhütte. Die Tür war unverschlossen, und das Zimmer, das er betrat, war leer.

»Jemand zu Hause?« rief Massey laut. Keine Antwort.

Der Raum wirkte zwar sauber und aufgeräumt, aber Massey vermißte die Anwesenheit einer Frau. Das Zimmer war nur spärlich möbliert. Ein abgeschabter Kieferntisch und zwei Stühle standen in der Mitte, und die Wände waren mit verschiedenen Geweihen geschmückt. Im rückwärtigen Teil des Hauses befand sich eine Küche; Haushaltsgeräte und Teller waren ordentlich auf den fleckenlosen hölzernen Regalen verstaut. In einer Ecke bemerkte Massey das Gewehrregal. Zwei Waffen fehlten.

Auf einem Regal standen ein paar Bücher, und in einem hölzernen Rahmen an einer Wand über dem Kamin hing eine Fotografie. Es war ein sehr altes Familienfoto, das schon Risse hatte und ziemlich mitgenommen aussah. Ein Mann, eine Frau und drei kleine Kinder waren darauf zu sehen: zwei Jungs und ein kleines, blondes Mädchen.

Da das Fischerboot, der Pick-up und der Jeep vor dem Haus standen, vermutete Massey, daß Slanski und der Alte jagen gegangen waren. Er beschloß, zum See hinunterzugehen.

Das Wasser war aufgewühlt, und am Himmel zogen sich Regenwolken zusammen. Plötzlich peitschte ein eisiger Wind über den See, der scharf in die Haut schnitt. Massey stand neben dem Boot. »Lieber Himmel, ist das kalt«, fluchte er laut.

Er hörte das kaum wahrnehmbare Klicken einer Waffe hinter sich und unmittelbar darauf die Stimme.

»Ihnen wird gleich noch sehr viel kälter werden, Mister, wenn Sie nicht die Hände aus der Tasche nehmen. Halten Sie sie hoch, und drehen Sie sich ganz langsam um. Wenn nicht, kriechen Sie bald auf allen vieren.«

Massey drehte sich um und betrachtete den Mann. Auf seinem unrasierten Gesicht zeigte sich ein schmales, irres Lächeln. Er sah gefährlich aus, völlig unberechenbar. Er war mittelgroß, blond und trug eine Leinentasche über der Schulter. Über dem Pullover schützte er sich mit einer dick gefütterten Windjacke vor dem Wetter, und die Cordhose hatte er in knielange, russische Stiefel gesteckt. Er hielt eine Browning-Schrotflinte im Anschlag und zielte damit auf Massey.

Der Mann grinste, was sein Gesicht noch mehr zerknitterte. »Jake Massey. Eine Sekunde lang hab' ich Sie für einen Eindringling gehalten, der nichts Gutes im Schilde führt. Sie hätten sich beinahe 'ne Ladung Schrot eingefangen.«

»Wahrscheinlich bin ich früher hier als erwartet.« Massey deutete mit einem Nicken auf die Schrotflinte. »Wollen Sie das Ding noch benutzen, Alex?«

Der Mann senkte die Waffe, als er vortrat, und schüttelte Massey die Hand. »Schön, Sie zu sehen, Jake. Sie hatten also keine Probleme, uns zu finden?«

»Ich habe das Zeichen an der Einfahrt gesehen. Von wegen Privatsphäre. Wer sollte sich wohl die Mühe machen, zu einem so gottverlassenen Ort hinauszufahren?«

Slanski lächelte. »Zum Beispiel Wilddiebe. Das Land und

das Wasser gehören Wasili, und er hat nicht viel übrig für Fremde, die seine Fallen räubern.«

»Ich würde freiwillig niemals hierherkommen.«

»Wenn Sie etwas Zeit haben, dann mache ich mit Ihnen eine Besichtigungstour. In den Wäldern gibt's sogar noch Bären.«

Offensichtlich verriet Masseys Gesichtsausdruck seinen Widerwillen, denn Slanski lachte.

»Nur keine Panik, Jake. Es ist hier trotzdem viel sicherer als in New York.«

Erst jetzt fiel Massey der alte Mann auf, der etwa fünfzig Meter weiter am Waldrand stand und einen Hirschkadaver auf den Schultern trug.

Er hatte eine Winchester in der Hand. Sein langes, schwarzes Haar war nach hinten gekämmt, und sein wettergegerbtes, braungebranntes Gesicht hatte so viele Runzeln, daß es fast wie eine große Walnuß aussah. Aus der Entfernung wirkte er wie ein Indianer, aber Massey erkannte einige charakteristische Züge in seinem Gesicht. Es ähnelte den Gesichtern der Russen, die nördlich vom Polarkreis leben. Auch sie hatten dunkles Haar und Gesichtszüge wie die Lappen.

Slanski winkte ihm kurz zu, und als Massey noch einmal hinschaute, war der Mann im Wald verschwunden.

Plötzlich fing es an zu regnen. Es war ein heftiger Wolkenbruch, und ein Windstoß peitschte ihnen die eiskalten Tropfen ins Gesicht.

»Wollen wir ins Haus gehen?« schlug Slanski vor. »Ich hab' eine Flasche Bourbon versteckt. Damit können Sie Ihre alte russische Seele wärmen.«

Sie saßen an dem Kieferntisch. Slanski öffnete die Flasche und füllte zwei Gläser.

Er war schlank, gut gebaut und bewegte sich geschmeidig. Die Verbindung aus ruheloser Energie und völliger Selbstbeherrschung war merkwürdig. Es sah aus, als hätte Slanski jeden Muskel seines Körpers unter Kontrolle. Als er sich setzte, fielen Massey die dunklen, graublauen Augen des Mannes auf. Ihr Blick verriet mehr als nur eine Spur der Qualen, die er erlitten haben mußte, auch wenn dieses seltsame Lächeln nur selten von seinen Lippen verschwand.

Slanski hob sein Glas. »*Sa sdorowje.*«

»*Sa twojo sdorowje.*« Massey nippte an seinem Drink, stand auf, trat an das Regal in der Ecke des Zimmers und nahm ein Buch heraus.

»Dostojewski. Letztes Mal war es Tolstoi. Was fangen wir nur mit Ihnen an, Alex? Ein Attentäter und Intellektueller. Eine sehr gefährliche Kombination.«

Slanski lächelte. »Er gefällt der dunklen Seite meiner russischen Seele. Außerdem bekommt man hier oben einen Hüttenkoller, wenn man nicht irgendwas zu tun hat. Wenn Sie über Nacht bleiben wollen, kann ich Ihnen ein Bett herrichten.«

Massey schüttelte den Kopf. »Danke für das Angebot, aber ich bleibe nicht, Alex. Ich habe für heute abend ein Zimmer in einem Hotel gebucht. Wohin ist Wasili verschwunden?«

»Er ist irgendwo im Wald. Kümmern Sie sich nicht um ihn.«

Massey leerte das Glas und schob es nach vorn auf den Tisch. Während Slanski nachschenkte, fragte er: »Wollen Sie reden?«

»Was genau hat Branigan Ihnen erzählt?« konterte Massey mit einer Gegenfrage.

»Genug, um mein Interesse zu wecken. Aber da Sie ja die ganze Sache leiten, würde ich es gern aus erster Hand erfahren.«

Massey öffnete das Sicherheitsschloß seines Aktenkoffers, den er aus dem Wagen geholt hatte, nahm den Ordner mit dem Vermerk: *Streng geheim! Nur für den Präsidenten!* heraus und reichte ihn Slanski.

»In diesem Ordner sind zwei Berichte. Der eine ist das Ergebnis einer fast zweijährigen Arbeit. Es ist streng geheimes Material, das die Moskauer Kontakte von einigen antistalinistischen Emigrantengruppen für die CIA zusammengetragen haben. Es enthält Einzelheiten der alten Fluchttunnel der Zarenzeit im Kreml, die schon Hunderte von Jahren alt sind. Besonders ein Tunnel ist interessant. Er führt vom Untergeschoß des Bolschoi-Theaters in den dritten Stock des Kremls und endet in einem Zimmer unmittelbar neben Stalins Quartieren. Wir haben erfahren, daß es eine geheime Untergrundbahn gibt, die vom Kreml in Stalins Villa in Kunzewo vor Moskau führt. Stalin hat zwar mehrere Villen, aber in dieser hält er sich am häufigsten auf. Die Untergrundbahn benutzt er allerdings nur, wenn er es sehr eilig hat oder es sich um einen Notfall handelt. Wir haben entdeckt, daß man zwei Querstraßen vom Kreml entfernt ganz leicht in die Bahn einsteigen kann. Sie führt direkt bis unter die Villa in Kunzewo. Die beiden Tunnel werden, wie alle anderen auch, einmal in der Woche von Leuten des Wachdirektorats überprüft. Außer den Sichtüberprüfungen werden auch Minensuchausrüstungen und Hunde eingesetzt. Normalerweise jedoch sind diese Tunnel nicht bewacht, außer natürlich am Ein- sowie Ausgang, wie Sie sich denken können. Aber es ist ohnehin nicht vorgesehen, daß Sie einen normalen Eingang benutzen. Ein Mann mit Ihren Fähigkeiten findet sicherlich auch einen Weg, an den Wachen vorbeizukommen. Der Kreml und die Villa in Kunzewo sind die wahrscheinlichsten Aufenthaltsorte Stalins. Das sind die Wege, wie Sie in beide Tunnel hinein- und herauskommen, ganz gleich, welchen Sie benutzen. Die Einzelheiten finden Sie in dem Ordner, in dem auch der Bericht liegt.«

Massey brauchte noch einige Minuten, bis er die genauen Einzelheiten der Operation umrissen hatte. Als er fertig war, blätterte Slanski ein paar Seiten des Berichts durch und sagte dann: »Ich bin beeindruckt, Jake.«

Er nahm die Bourbonflasche, schenkte sich großzügig ein und stürzte den Drink mit einem Zug herunter. Dann blickte er Massey scharf an. »Aber ich habe ein paar Fragen.«

»Nur zu. Sie sind der Mann, auf den es ankommt.«

»Warum haben wir bis jetzt damit gewartet, Stalin umzubringen? Das hätte schon vor langer Zeit passieren müssen.«

»Werfen Sie noch einmal einen Blick in den Aktenordner. Wie gesagt, ist da noch ein zweiter Bericht. Er dürfte alles erklären.«

Slanski nahm den Hefter heraus und las ihn. Als er fertig war, blickte er auf und lächelte. »Interessant. Aber ich wußte auch ohne diesen Bericht, daß Stalin verrückt ist. Man hätte ihn schon vor langer Zeit in die Gummizelle sperren sollen.«

»Vielleicht, aber diesmal stecken wir tief genug im Schlamassel, um den Mann als die gefährliche Bestie zu erkennen, die er ist. Erinnern Sie sich an Max Simon?«

»Sicher. Soweit ich weiß, ist er ein Freund von Ihnen.«

Massey informierte ihn über den Tod von Max und dessen Tochter und auch darüber, weshalb die beiden getötet worden waren. Slanski verzog angewidert das Gesicht. Er stand auf und zündete sich eine Zigarette an.

Mit dem Rücken zu Massey sagte er: »Diese Bastarde im Kreml haben keinen Funken Gewissen. Aber gehen wir einmal davon aus, daß ich es bis Moskau schaffe. Da gibt es eine Sache, die mir nicht gefällt.«

»Und das wäre?«

»Wenn man Blut in ein Becken mit Haifischen schüttet, dürfte es schwierig werden, den zuschnappenden Zähnen dieser Biester zu entkommen. Angenommen, ich erledige den Job. Dann werden das KGB und das Militär ganz Moskau abriegeln, vorausgesetzt, es gibt überhaupt ein Danach. Hinter diesen roten Mauern lauern fünfhundert Kremlwachen, ganz zu schweigen von den dreitausend Mann, die nur einen Steinwurf entfernt auf Posten stehen. Das ergibt zusammen einen ganz schönen Haufen gereizter Genossen.«

»Dazu komme ich noch.«

Slanski grinste. »Das hab' ich irgendwie gehofft.«

»Sie verlassen den Kreml oder die Datscha auf demselben Weg, auf dem Sie ihn betreten haben. Für alle Fälle gibt es einen Plan mit Notausgängen. Sobald ich alles organisiert habe, werde ich Sie in die Einzelheiten einweihen. Wenn alles erwartungsgemäß verläuft, werden Sie anschließend in einem sicheren Haus in Moskau unterschlüpfen, das ich vorbereitet habe. Wenn sich eine Woche später die Wogen etwas geglättet haben, hole ich Sie raus.«

»Wie?«

Massey lächelte. »Daran arbeite ich noch. Aber Sie werden auf keinen Fall hineingehen, ohne daß ich das sichere Haus und die Rückkehr vorbereitet habe. Ansonsten wäre es ein Selbstmordkommando.«

»Ich finde, das ist es auch so schon. Wer weiß noch von dem Plan?«

»Nur Branigan und das hohe Tier, das den Plan gutheißen muß. Aber die genauen Einzelheiten weiß nur ich. Und so soll es auch bleiben. Je weniger Leute davon wissen, desto besser.«

»Branigan erwähnte etwas von einer Frau ...?«

»Sie reist mit Ihnen bis nach Moskau. Dann verschwindet sie von der Bildfläche.«

Slanski schüttelte den Kopf. »Sie sollten wissen, daß ich immer allein arbeite, Jake. Eine Frau würde mich nur aufhalten.«

»Diesmal nicht. Es ist nur zu Ihrem Besten. Wenn Sie allein nach Moskau reisen, machen Sie sich nur verdächtig. Außerdem gehört sie zum Plan. Sie begleitet Sie als Ihre Frau, aber natürlich kennt sie aus Sicherheitsgründen Ihre Zielperson nicht.«

»Was ist meine Tarnung? Welche Identität soll ich annehmen?«

»Darüber reden wir in der Einsatzbesprechung, wenn es soweit ist. Das schließt auch die Informationen ein, wie ich Sie einschleusen werde und welche Strecke Sie beide nach Moskau nehmen. Aber Sie bekommen verschiedene Identitäten, für alle Fälle. Die Frau ebenfalls.«

Slanski drückte seine Zigarette in einem Aschenbecher auf dem Tisch aus. »Sie sollten mir etwas über diese Frau erzählen.«

»Sie kennen die Regeln, Alex. Wenn wir zwei oder mehr Agenten auf sowjetischem Territorium absetzen, klären wir sie nur über den Hintergrund des anderen auf. Keine echten Namen und Identitäten. So gibt es weniger Ärger, falls einer erwischt wird.«

Slanski schüttelte energisch den Kopf. »Diesmal gelten die Regeln nicht, Jake. Wenn ich schon in die Höhle des Löwen soll, dann möchte ich wissen, wer mich begleitet. Vor allem, wenn es eine Frau ist, die ich nicht kenne.«

Massey spreizte die Hände auf dem Tisch und seufzte. »Na gut. Das Wesentliche werde ich Ihnen sagen. Name: Anna Chorjowa. Alter: sechsundzwanzig. Sie ist vor drei Monaten aus einem sowjetischen Gulag in der Nähe der finnischen Grenze entkommen. Wir haben ihr Asyl gewährt.«

Massey sah den Ausdruck auf Slanskis Gesicht, als dieser das Glas absetzte.

»Sind Sie verrückt geworden, Jake, jemand mit so einer Geschichte auszusuchen? Wie können Sie der Frau trauen?«

»Ich habe sie nicht ausgewählt. Wenn es nach mir ginge, würde ich sie da rauslassen. Aber nicht aus den Gründen, die Sie vermuten. Man kann ihr auf jeden Fall trauen, Alex, glauben Sie mir. Und sie ist die Beste, die wir in so kurzer Zeit finden können. Es würde Monate dauern, eine andere Frau auszubilden, und sei es auch nur, damit sie in Moskau nicht wie ein bunter Hund auffällt oder jedesmal blaß wird, wenn ein Soldat ihre Papiere kontrolliert.«

»Kommt die Frau allein zurecht?«

»Sie kann mit einer Waffe umgehen, wenn Sie das meinen. Aber ihre einzige Aufgabe ist es, Ihre Ehefrau zu spielen und Ihre Tarnung plausibel erscheinen zu lassen, bis Sie Moskau erreichen. Popow wird Sie beide eine Woche lang gründlich vorbereiten. Aber ich verlasse mich darauf, daß Sie auf die Frau aufpassen. Sie hat bereits eine Grundausbildung bei der Roten Armee absolviert.«

Über Slanskis Gesicht huschte ein Schatten, und Massey konnte nicht sagen, ob es Zorn oder Zweifel war.

»Branigan hat nicht verraten, daß sie in der Roten Armee war.«

»Sie hat sich nicht aus ideologischen Gründen freiwillig gemeldet, sondern ist während des Krieges eingezogen worden. Außerdem finde ich diese militärische Ausbildung ganz nützlich.«

»Was können Sie mir noch erzählen?«

Massey klärte Slanski kurz über ihre Eltern auf, sagte aber nichts über Anna Chorjowas persönliche Erfahrungen vor ihrer Gefangenschaft im Gulag.

Slanski schüttelte ungläubig den Kopf. »Die ganze Angelegenheit wird mit jeder Minute verrückter.«

»Wieso?«

»Ihr Vater war hoher Offizier der Roten Armee.«

»Eben. Er war – und sicher nicht auf die gewohnte Weise – bei der Roten Armee. Außerdem hat das nichts mit der Frau zu tun. Wie gesagt, Sie können ihr trauen.«

»Warum war sie dann im Gulag?«

»Sie wissen doch, wie das System funktioniert. Einen Grund braucht man nicht. Sie war ein unschuldiges Opfer, das nichts verbrochen hatte.«

Slanski runzelte die Stirn. »Warum ist sie dann bereit, nach Rußland zurückzukehren?«

»Sie hat noch nicht zugestimmt, weil ich sie noch nicht gefragt habe. Aber wenn sie geht, dann aus persönlichen Gründen, die Sie nichts angehen.«

»Wieso sind Sie so fest davon überzeugt, daß sie sich bereit erklärt?«

»Das lassen Sie meine Sorge sein.«

»Und wenn sie sich weigert?«

Massey lächelte kurz. »Das können Sie auch getrost mir überlassen.«

Slanski trat ans Fenster und warf einen Blick hinaus. »Noch eine Frage: Wieso sind Ihre Leute auf mich gekommen?«

Massey schaute kurz auf das Foto an der Wand und richtete den Blick dann wieder auf Slanski. »Sie kennen die Gründe. Es ist überflüssig, daß ich sie Ihnen vorbete.«

»Tun Sie es trotzdem.«

Massey stieß das leere Glas von sich. »Sie sind der beste Mann, den der OSS jemals ausgebildet hat. Sie sprechen fließend Russisch. Sie sind schon hinter dem Eisernen Vorhang gewesen. Und jetzt die zwei wichtigsten Gründe: Erstens glaube ich, Sie brennen darauf, diesen Mistkerl umzulegen, und zweitens halte ich Sie für verwegen genug, so etwas zu riskieren.«

Slanski lächelte. »Danke für die Blumen. Sie haben wirklich an alles gedacht, was, Jake?«

»Sie sind wie maßgeschneidert für diesen Job. Keine Familienbande, keine Frau und Kinder und keinen sonstigen gefühlsmäßigen Ballast, der Sie hier hält.«

»Nach Moskau hineinzukommen ist schon schwierig genug. Vermutlich werde ich die Sache aus nächster Nähe erledigen müssen, nicht durch einen Gewehrschuß aus sicherer Entfernung. Daß ich den Job mit einer Frau erledigen muß, die ich nicht in- und auswendig kenne, hilft mir nicht gerade.«

»Ich habe nicht behauptet, daß es einfach würde. Dieses

Risiko müssen Sie eingehen. Aber wenn Sie sich an den Plan halten, haben Sie und die Frau Chancen, lebend aus der ganzen Sache rauszukommen. Vertrauen Sie dieser Frau, Alex. Ich würde ihr mein Leben anvertrauen.«

»Das wird kein romantischer Waldspaziergang, Jake. Halten Sie es für fair, sie im unklaren zu lassen, wie tief sie in der Sache drinsteckt und wie gefährlich es für sie ist?«

»Ich habe keine Wahl. Branigan will es so. Vielleicht ist es das beste. Wenn die Frau es wüßte, würde sie wahrscheinlich nicht gehen.«

Slanski dachte einen Augenblick nach. »Wo soll die Ausbildung stattfinden?«

Massey zuckte die Schultern. »Jedenfalls nicht in unserem üblichen Stützpunkt in Maryland. Das ist zu riskant.« Er lächelte und deutete mit dem Kopf zum Fenster. »Ich dachte, vielleicht hier. Dieses Gelände ähnelt dem, durch das Sie reisen werden. Wären Sie damit einverstanden?«

»Ich nehme an, daß Wasili nichts dagegen hätte. Ich werde ihm erzählen, daß wir ein bißchen üben müssen. Er wird keine Fragen stellen und uns nicht im Weg stehen.«

»Sie sollten vielleicht noch den anderen Grund erfahren, weshalb ich diesen Ort hier benutzen möchte. Nachdem Anna Chorjowa entkommen war, verlangten die Russen ihre Auslieferung. Sie behaupten, die Frau wäre eine Kriminelle. Ich nehme an, das ist ein Haufen Mist, aber sie hat auf ihrer Flucht einen Lageroffizier und einen Wachposten getötet. Vielleicht irre ich mich, aber ich vermute, daß der KGB sie sucht und möglicherweise illegal über die Grenze verschleppen will, wie die Russen es schon öfters mit Flüchtlingen und Überläufern getan haben. Hier oben ist sie meiner Meinung nach außerhalb der Schußlinie. Falls die Frau nach erledigtem Auftrag zurückkehrt, werde ich ihr eine so sichere Tarnung verschaffen, daß sie nie wieder gefunden wird.«

»Sehr interessant. Sie haben mir nicht gesagt, daß die Frau zwei Wachposten getötet hat.«

»Wenn Sie immer noch Zweifel an ihr haben, schicke ich Ihnen die entscheidenden Einzelheiten über die Flucht aus ihrer Akte. Aber wie gesagt, sie wird aus rein persönlichen Motiven nach Rußland zurückgehen.«

»Tun Sie das.«

»Haben Sie noch Fragen?«

»Wie stehen die Chancen, daß der Plan funktioniert?«

Massey schüttelte den Kopf. »Das kann ich nicht beantworten. Niemand kann das. Im besten Fall haben Sie Erfolg, im schlimmsten Fall sterben Sie und vielleicht auch die Frau. Wenn Sie drüben sind, gibt es keinen Funkkontakt mehr. Sie sind auf sich allein gestellt, abgesehen von den sicheren Häusern, die ich vorbereiten werde. Ihre Chancen hängen von Ihnen und der Glücksgöttin ab. Wollen wir hoffen, daß sie Ihnen beiden hold ist, mein Freund.«

Er sah den Zweifel in Slanskis Miene. »Sind Sie dabei?«

Slanski schwieg einen Moment und blickte aus dem Fenster. »Unter einer Bedingung«, sagte er, ohne sich umzudrehen. »Ich treffe die endgültige Entscheidung, ob die Frau dabei ist oder nicht. Sorgen Sie dafür, daß ich sie kennenlerne, sobald sie sich entschieden hat.«

»Glauben Sie wirklich, daß Sie es nach nur einer Begegnung entscheiden können?«

Slanski drehte sich um. »Ich glaube, daß ich lange genug im Geschäft bin.« Seine Stimme klang scharf. »Vielleicht sogar zu lange. Man lernt, auf den ersten Blick die Spreu vom Weizen zu trennen. Wenn ich glaube, daß sie Ärger bringt, suchen Sie mir jemand anders.«

Massey dachte darüber nach. »Das entscheiden wir, wenn es soweit ist.« Er nahm den Ordner, den er Slanski gezeigt hatte. »Diese Operation hat einen Kodenamen: Schneewolf. Leider muß ich den Ordner behalten. Die Akte ist streng geheim. Nur Sie, ich und die Leute ganz oben bekommen ihn zu Gesicht. Wir beide gehen die Einzelheiten später durch, damit es keine Fehler gibt. Aber den Ordner behalte ich.«

Er steckte ihn wieder in die Aktentasche und holte einen zweiten heraus, den er auf den Tisch legte und aufschlug. Auf diesem Ordner stand mit blauer Tinte ›Josef Stalin‹.

»In der Zwischenzeit sollten Sie lieber das hier lesen.«

Slanski nahm den Ordner in die Hand. »Was ist das?«

»Darin steht alles, was wir über Stalin wissen. Herkunft, Charakter, Schwächen und Stärken. Selbst medizinische Informationen. Außerdem seine gegenwärtigen Sicherheitsvorkehrungen, soweit wir sie überprüfen konnten. Die Grundrisse des Kremls und der Datschas, die er benutzt. Lesen Sie alles sorgfältig. Das ist kein gewöhnlicher Auftrag, Alex. Sie unternehmen den Versuch, den Teufel höchstpersönlich kaltzumachen. Sie kennen die Regel: Lerne deinen Feind so gut kennen wie dich selbst. Ich muß sicher nicht darauf hinweisen, daß Sie diese Akte niemandem zeigen dürfen. Und vernichten Sie sie, wenn Sie sich alles eingeprägt haben, was Sie wissen müssen.«

Slanski lächelte gezwungen. »Falls nichts mehr dazwischenkommt, bleibt wohl nur noch eine Frage.«

»Und die wäre?«

»Wann gehe ich rüber?«

»In genau einem Monat.«

13. KAPITEL

New York
26. Januar

Das rote Sandsteinhaus auf der East Side zwischen der achtundvierzigsten und neunundvierzigsten Straße wirkte ein wenig heruntergekommen. Eine kleine Treppe führte zu einer Haustür, von der die Farbe abblätterte. Aus dem alten Manhattan-Stadthaus hatte man ein Mietshaus mit billigen Wohnungen gemacht. Zwei puertorikanische Kinder spielten auf dem müllübersäten Bürgersteig Softball. Massey ließ sich vom Taxifahrer am Ende des Blocks absetzen und ging ein Stück zu dem Getränkeladen auf der anderen Straßenseite zurück.

Während er darauf wartete, daß der alte Mann hinter dem Tresen die Flasche einwickelte, warf er einen Blick aus dem Fenster.

Sie trug einen weißen Regenmantel und einen blauen Schal und hatte Lebensmitteltüten in den Händen. Massey trat aus dem Geschäft, als sie die Treppe hinaufging und die Tür aufschloß.

Er gab ihr zwei Minuten Vorsprung und überquerte dann die Straße. Die Wohnung lag ganz oben. Kaum hatte Massey geklopft, öffnete die Frau auch schon.

Den Regenmantel hatte sie ausgezogen und stand jetzt in einem einfachen, schwarzen Kleid vor ihm. Ihr dunkles Haar war hochgesteckt, und ihre großen dunklen Augen blickten ihn ungläubig an.

»Hallo, Anna.«

Sie zögerte einen Moment, dann lächelte sie strahlend. »Massey ...!«

»Sie sind überrascht?«

»Ich hätte nicht gedacht, daß ich Sie wiedersehe.«

Sie nahm seine Hand, zog ihn in die Wohnung und schloß die Tür. Es war eine Einzimmerwohnung mit einem Bett, einem Tisch und zwei wackligen Stühlen. Eine kleine Kochnische ging von dem Raum ab. Massey sah die Kochplatte und das Geschirr auf dem Abtropfsieb. Eine andere Tür führte ins Bad. In einer Vase am Fenster standen Winterrosen, und vom Fenster aus hatte man einen Blick auf den Schnapsladen unten auf der Straße sowie auf Brooklyn und Queens.

Die Wohnung war nicht gerade luxuriös, aber Massey vermutete, daß Anna nach ihren Erfahrungen im Gulag auch mit weniger zufrieden gewesen wäre. Sie hatte sich alle Mühe gegeben, sich hübsch einzurichten, aber nirgends hingen Familienfotos. Das stimmte Massey traurig, weil er sich denken konnte, wie einsam Anna sich fühlen mußte.

Er reichte ihr ein Paket mit braunem Einwickelpapier. »Das ist für Sie.«

Sie lächelte, und die Überraschung hellte ihr Gesicht auf. »Ich verstehe nicht ... Was ist es?«

»Machen Sie es auf, und sehen Sie selbst.«

Sie riß das Papier auf. Eine Schachtel Kuntz-Pralinen kam zum Vorschein. Annas große Augen wirkten fast kindlich, als sie Massey anschaute.

»Meine Art, hallo zu sagen«, erklärte Massey auf russisch. »Von Russe zu Russe. Wie ist es Ihnen ergangen, Anna?«

»Gut. Und jetzt, wo ich Sie wiedersehe, geht es mir noch besser. Danke für das Geschenk, Jake.«

»Nicht der Rede wert.« Er betrachtete ihre Figur. »Werden

Sie nicht böse, wenn ich das sage, aber Sie haben seit Helsinki ein bißchen zugenommen. Aber es steht Ihnen gut.«

Sie lachte. »Dann betrachte ich es als Kompliment.« Sie hielt die Pralinenschachtel hoch. »Und die werden mich bestimmt nicht schlanker machen. Aber nochmals danke.« Sie erhob sich. »Ich habe einen Laden gefunden, der von Emigranten geführt wird. Sie verkaufen dort guten russischen Tee. Möchten Sie einen?«

»Sie können wohl Gedanken lesen. Ich nehme ihn auf russisch.« Er lächelte. »Sieben Stück Zucker und nicht rühren.«

Sie lachte und ging in die winzige Küche.

Massey nippte am Tee und sprach auf russisch weiter, als sie sich an dem kleinen Tisch gegenüber saßen.

»Sie sehen zufrieden aus.«

»Finden Sie?«

»Es ist schön, Sie lächeln zu sehen, Anna. Ich glaube, bei unserer letzten Begegnung hatten Sie keinen Grund zu lächeln. Stimmt es, daß Sie einen Job haben?«

»Ja, in einer Kleiderfabrik, die einem Einwanderer aus Polen gehört. Es ist ein verrückter Laden, aber mir gefällt es. Und meine Kolleginnen sind gar nicht so, wie ich mir amerikanische Frauen vorgestellt habe.«

»Inwiefern?«

»Sie reden viel mehr als russische Frauen. Und sie lachen mehr. Und essen mehr.« Sie lächelte. »Viel mehr. Deshalb habe ich auch zugenommen.«

»Anscheinend machen Sie große Kleider, ja?«

Sie lachte. »Nein, so groß nun auch wieder nicht.«

»Haben Sie sich mit jemandem angefreundet?«

»Mit einigen.«

Massey schaute sich um. »Fühlen Sie sich hier nicht einsam, so ganz allein?«

»Manchmal.« Sie zuckte mit den Schultern. »Aber so schlimm ist es nicht. Jedenfalls bin ich froh, daß Sie mich besuchen, Jake.«

»Eigentlich ist es ein inoffizieller Dienstbesuch, Anna, kein Privatbesuch. Trotzdem ist es schön, Sie wiederzusehen.«

Sie stellte ihre Tasse ab und blickte ihn an. »Das verstehe ich nicht. Man hat mir gesagt, daß jemand über meine Arbeitserlaubnis mit mir sprechen wollte. Sind Sie deshalb hier?«

Massey saß einige Sekunden schweigend da. Als er schließlich antwortete, klang seine Stimme ruhig und ernst.

»Deswegen bin ich nicht hier, Anna. Ich möchte über etwas anderes mit Ihnen reden.«

Als er ihre verwirrte Miene sah, fuhr er fort: »Würden Sie mir einen Gefallen tun, Anna? Hören Sie einfach zu, was ich Ihnen zu sagen habe. Dann plaudern wir weiter. Aber jetzt hören Sie einfach nur zu.«

Anna zögerte und nickte dann.

Massey erhob sich, strich sich durchs Haar und schaute Anna ins Gesicht.

»Zunächst möchte ich, daß eins klar ist: Was ich Ihnen zu sagen habe, ist streng vertraulich. Wenn Sie mit jemand darüber reden, verspreche ich Ihnen, daß Ihr Recht widerrufen wird, in diesem Land zu bleiben. Vielleicht werden Sie sogar vor Gericht gestellt.« Er sah die Angst auf ihrer Miene. »Es tut mir leid, daß ich so direkt bin, Anna, aber Sie werden den Grund verstehen, wenn ich fertig bin. Ich möchte Ihnen einen Vorschlag machen. Wenn Sie ihn ablehnen, verschwinde ich, und Sie sehen mich nie wieder. Dieses Gespräch hat niemals stattgefunden. Wenn Sie ja sagen, reden wir weiter. Ist das klar, Anna?«

Sie blickte ihn noch immer verwirrt an. »Haben Sie keine Angst«, meinte er lächelnd. »Wie Ihre Antwort auch ausfallen mag, sie wird in keiner Weise Ihr Recht schmälern, in diesem Land zu bleiben. Aber ich möchte klarstellen, daß Sie mit niemandem über diese Unterhaltung reden dürfen. Nicht einmal mit den Leuten, die Ihren Fall behandeln und Ihnen geholfen haben, Arbeit zu finden.«

Sie nickte langsam. »Ich verstehe.«

»Gut. Dann wäre das geklärt.« Er setzte sich und überlegte, bevor er weiterredete. »Anna ... Es fällt mir nicht leicht ...«

Als er zögerte, meinte Anna ruhig: »Warum sagen Sie nicht einfach, um was es geht?«

»Die Leute, für die ich arbeite, brauchen für eine bestimmte Mission eine Frau. Es ist eine sehr heikle Mission.«

Sie erwiderte seinen durchdringenden Blick. »Was für eine Mission? Hat sie etwas mit dem Militär zu tun?«

Massey schüttelte den Kopf und lächelte. »Nicht mit dem Militär, Anna. Und ich kann Ihnen jetzt noch nicht sagen, wer dahintersteht. Sagen wir einfach, daß diese Leute vorhaben, einen Mann, einen Amerikaner, nach Rußland zu schicken. Nach Moskau, um genau zu sein. Sie brauchen eine Frau, die ihn begleitet ... jemand, der kürzlich noch in der Sowjetunion war. Jemand, der sich auskennt und nicht fehl am Platz wirkt oder unsicher ist. Diese Frau müßte die Ehefrau des Mannes spielen. Es ist eine gefährliche, schwierige Aufgabe, und es gibt keine Garantie, daß diese Frau zurückkommt.«

»Ich verstehe nicht ... Was hat das mit mir zu tun?«

»Die Leute, von denen ich geredet habe, möchten, daß Sie diese Frau sind.«

Anna blickte Massey verstört an. Dann lächelte sie. »Ist das ein Witz?«

»Kein Witz, Anna. Wenn Sie diesen Leuten helfen, können die im Gegenzug etwas für Sie tun. Etwas, woran Ihnen sehr viel liegt.«

Massey beobachtete ihr Gesicht. Anna wirkte vollkommen verwirrt. Einige Sekunden lang starrte sie ihn nur an.

»Verstehe ich das richtig? Sie bitten ausgerechnet mich, nach Moskau zurückzukehren?«

»Ich weiß, daß es verrückt klingt. Es dürfte unerträglich für Sie sein, sich auch nur vorzustellen, welcher Hölle Sie dort entkommen sind. Und nun bittet man Sie, wieder in diese Hölle zurückzugehen. Aber es ist nicht umsonst, Anna. Wie gesagt, es gibt etwas, das diese Leute im Gegenzug für Sie tun können.«

Wie vom Donner gerührt, starrte sie Massey an. »Was?« fragte sie schließlich.

»Sie können Ihnen Ihre Tochter wiedergeben.«

Massey achtete sehr genau auf Annas Reaktion. Offenbar hatte er eine tiefe, schmerzhafte Wunde wieder aufgerissen. Alle Farbe wich aus ihrem Gesicht, und sie schwieg lange, während der Blick ihrer dunklen Augen suchend über Masseys Gesicht glitt.

»Anna, ich habe Ihnen vor diesem Gespräch gesagt, daß ich nur eins wissen muß, nachdem ich Ihnen diesen Vorschlag unterbreitet habe: Unterhalten wir uns weiter, oder soll ich gehen und wir sehen uns nie wieder?«

Sie starrte ihn an, und Massey sah, wie ihre Augen sich mit Tränen füllten. »Es ist keine Lüge, wenn Sie sagen, daß Sie Sascha aus Rußland herausholen können? Können Sie das wirklich? Können Sie Sascha nach Amerika holen?«

»Ich glaube ja.«

Sie schüttelte ungläubig den Kopf. »Das ist doch unmöglich!«

»Es ist möglich, Anna. Sie müssen mir nur vertrauen.« Er stand langsam auf. »Brauchen Sie ein wenig Bedenkzeit? Wenn Sie wollen, gehe ich spazieren und komme in einer Stunde wieder.«

Sie schaute ihn an und stand auf. Einige Sekunden blieb sie regungslos so stehen, und die Tränen schimmerten in ihren Augen.

»Nein, ich möchte hören, was Sie zu sagen haben.«

Massey legte ihr liebevoll eine Hand auf die Schulter. »Soll ich noch etwas Tee kochen? Dabei können wir die ganze Sache besprechen.«

Anna saß da und hörte aufmerksam zu. Als Massey fertig war, fragte sie: »Wie lange werde ich in Rußland sein?«

»Höchstens zehn Tage. Aber ich kann es natürlich nicht garantieren. Wir versuchen unser Bestes, die Sache so kurz wie möglich zu machen. Aber es wird gefährlich, Anna, das muß Ihnen klar sein. Ich müßte lügen, würde ich Ihnen etwas anderes erzählen.«

»Was tut dieser Mann in Moskau?«

»Er soll jemand töten.«

Massey sagte es so sachlich, daß er glaubte, Anna würde erschrecken, aber sie reagierte nicht. Ihre Miene blieb unbewegt.

»Wen?«

»Das brauchen Sie nicht zu wissen.«

»Darf ich fragen, warum?«

»Die Antwort auf diese Frage brauchen Sie auch nicht zu erfahren. Aber Sie werden schon lange aus Moskau verschwunden sein, wenn es passiert.« Er machte eine kleine Pause. »Anna, ich will ehrlich sein. Es ist eine sehr schwierige und gefährliche Operation. Und wie ich schon sagte: Vielleicht kommen Sie nicht zurück. Aber dieses Risiko müssen Sie eingehen, wenn Sie Ihre Tochter wiederhaben wollen.«

Sie zögerte einen Augenblick. »Warum kommen Sie zu mir?«

Massey lächelte. »Ich glaube, die Leute, für die ich spreche, sind der Meinung, daß Sie die erforderlichen Qualifikationen aufweisen. Sie sprechen Russisch und kennen das Land und Moskau.«

»Sie haben mir noch nicht gesagt, wie Sie meine Tochter herausholen wollen, und auch nicht, wie Sie sie finden wollen.«

Er schüttelte den Kopf. »Das kann ich auch nicht. Nicht, bis ich weiß, ob Sie meinen Vorschlag annehmen. Aber was wir wissen, wird helfen. Ihre Tochter ist in einem Waisenhaus, vermutlich in Moskau. Wir haben durch die Emigrantenorganisationen Kontakte nach Moskau. Es handelt sich um Untergrundgruppen und Dissidenten, Leute, die uns helfen können, Ihre Tochter zu finden. Es wird nicht leicht werden, im Gegenteil, sogar ausgesprochen schwierig, aber wenn Sie mitmachen, haben Sie mein Wort, daß der Handel eingehalten wird. Darüber hinaus werde ich Ihnen und Sascha neue Identitäten und alles andere verschaffen, was Sie brauchen, um ein neues Leben anzufangen.«

Anna hatte aufgehört zu weinen, doch auf ihrem Gesicht lag noch immer tiefes Leid. Massey vermutete, daß sie in letzter Zeit versucht hatte, ihre Tochter zu vergessen. Was wohl unmöglich war.

Langsam stand er auf. »Vielleicht kommt das alles etwas zu schnell für Sie. Und meine ausweichenden Antworten haben Ihnen sicher nicht geholfen. Aber wie gesagt, ich kann Ihnen erst mehr erzählen, wenn ich weiß, woran ich bin.«

Er schrieb eine Nummer auf einen Zettel. »Möglicherweise wollen Sie alles in Ruhe überdenken. Ich wohne im Carlton auf der Lexington Avenue. Zimmer 107. Sie erreichen mich dort, wenn Sie sich entschieden haben. Im Hotel wartet jemand, den Sie kennenlernen müssen. Er trifft die endgültige Entscheidung, ob Sie nach Moskau gehen oder nicht. Rufen Sie mich heute abend noch an, so oder so.«

Als Massey den Zettel auf den Tisch legte, schüttelte Anna den Kopf. »Das ist nicht nötig. Ich habe mich bereits entschieden.«

Massey blickte ihr ins Gesicht.

»Die Antwort lautet ja.«

Slanski saß in seinem Zimmer im achten Stock in dem Hotel an der Lexington Avenue und nippte an einem Scotch. Er hörte Schritte. Dann öffnete sich die Tür, und er sah Massey.

Eine wunderschöne Frau stand neben ihm. Sie besaß hohe Wangenknochen, dunkles Haar und trug ein schlichtes schwarzes Kleid, das ihre Figur betonte. Er bewunderte unwillkürlich die weiblichen Formen ihres Körpers.

Und ihr Gesicht faszinierte ihn. Irgend etwas in diesen dunklen, slawischen Augen verriet eine merkwürdige Mischung aus Stärke und Melancholie. Es dauerte lange, bis er seinen Blick von ihrem Gesicht losreißen konnte. »Alex, ich möchte Ihnen Anna Chorjowa vorstellen.« Anna stand da und starrte den Mann an. Sie zögerte. Dann erst merkte sie, wie der Mann sie mit seinen Blicken geradezu verschlang.

Es war, als würde sein Blick bis in ihre Seele dringen. Das Gefühl war seltsamerweise beängstigend und beruhigend zugleich. Der Mann schien eine Entscheidung zu treffen.

Dann schaute er Massey an, und als sein Blick wieder zu Anna zurückglitt, lächelte er plötzlich strahlend, hob sein Glas zum Toast und sagte auf russisch: »Ich würde sagen: Willkommen im Club.«

Die beiden Männer, die im geparkten Packard gegenüber vom Hotel warteten, waren dem Taxi von Manhattans East Side aus gefolgt.

Bevor Massey und Anna ausstiegen, hatte der Mann auf

dem Beifahrersitz das Fenster heruntergekurbelt und die Leica vors Auge gesetzt.

Es war zwar schon dunkel, aber die Lichter vor dem Hotel reichten. Der Mann konnte zwei Fotos von dem Pärchen schießen, als es das Taxi verließ, und er machte drei weitere, als es die Treppe zum Hotel hinaufging.

14. KAPITEL

New York
27. Januar, 20.00 Uhr

Der Mann, der sich Kurt Braun nannte, starrte der Kellnerin in den Ausschnitt, als sie sich vorbeugte, um den doppelten Scotch auf den Tisch vor ihn zu stellen. Ihre Brüste kamen in dem tief ausgeschnittenen Oberteil wundervoll zur Geltung, selbst in der schummrigen Beleuchtung der schmuddeligen Bar an den Docks von Manhattans Lower East Side.

»Das macht einen Dollar, Sir.«

Braun lächelte das Mädchen an, als er zwei Dollarnoten aus dem Bündel pflückte, das er aus der Tasche gezogen hatte.

»Behalten Sie den Rest. Sie sehen aus, als wären Sie neu hier.«

»Danke, Mister. Ja, ich hab' Freitag erst angefangen.«

»Woher kommen Sie?«

Das Mädchen erwiderte das Lächeln. »Aus Danville, Illinois. Je davon gehört?«

»Nein, kann ich nicht behaupten.«

»So schlimm ist das auch nicht.«

Braun grinste und schaute sich in der Bar um. Der Privatclub, den Lombardi als Nebenverdienst führte, lief gut. Es war erst zwanzig Uhr, aber der Laden war schon gerammelt voll. Es war Freitagabend.

Die harten Jungs von den Docks und die Seeleute mit Landgang kamen vorbei, um einen Drink zu nehmen und einen Blick auf die Mädchen zu werfen. Im Hintergrund lief eine Platte. Kay Kyser und sein Orchester spielten ›On a Slow Boat to China‹.

Er richtete den Blick wieder auf das Mädchen. »Tun Sie mir einen Gefallen. Sagen Sie Vince, daß Kurt Braun da ist.«

»Klar.«

Das Mädchen ging davon, und Braun warf einen Blick auf ihre schwingenden Pobacken unter dem engen Rock, bevor er sich weiter in der Bar umschaute. Es waren etwa zwei Dutzend Männer da, und eine Handvoll Mädchen versuchte, sämtliche Tische zu bedienen. Sie sahen wie Nutten aus, und genau das waren sie auch. Viel Lippenstift, zuviel Make-up, billige, auffällige Kleider, die ihre Schlafzimmervorzüge zur Geltung brachten.

Fünf Minuten später trat Vince an Brauns Tisch. Er war Lombardis Leibwächter, breitschultrig und gut gebaut. Doch seine Nase sah aus, als hätte man sie ihm mit einem Schmiedehammer ins Gesicht gerammt. Der Mann bewegte sich wie ein Monolith, und unter seiner linken Achsel beulte sich der Anzug. Braun wußte, daß Vince dort seine Waffe trug.

Trotz des bulligen Äußeren des Leibwächters war Braun überzeugt, daß er ihn ohne Mühe töten konnte. Die beiden Männer maßen sich einen Moment mit Blicken – wie Boxer, die sich vor dem Kampf abschätzen. Schließlich sagte Vince:

»Carlo wartet oben. Er sagt, Sie sollen raufkommen.«

Braun trank seinen Scotch aus und erhob sich.

Das Schild an der Tür im zweiten Stock des Clubs verkündete mit zerkratzten Goldbuchstaben: ›Hafenarbeitergewerkschaft. C. Lombardi, Bezirkschef‹.

Carlo Lombardi war ein kleiner, fetter Sizilianer Mitte Vierzig. Ein bleistiftdünnes Bärtchen zierte seine Oberlippe. Er kontrollierte die Hafengegend von Manhattans Lower East Side, als wäre es sein Königreich. Außer dem Club besaß er zahlreiche andere Geschäfte, einschließlich eines Anteils am Gewinn von drei örtlichen Bordellen, die von den Seeleuten der Handelsschiffe besucht wurden.

Trotz seines harmlosen Äußeren stand Lombardi in dem Ruf, gewalttätig zu sein. Vor allem konnte er gut mit dem

Messer umgehen. Die letzten Strähnen seines schütteren schwarzen Haars hatte er über seinen fast kahlen Schädel gekämmt. Lombardi hätte sich leicht eine vernünftige Perücke leisten können, war aber nicht der Typ, der sich mit solchen Nebensächlichkeiten aufhielt. Statt dessen kämmte er sich das Haar zur Seite über seinen rosafarbenen Schädel, so daß die kahlen Stellen wie Ausschlag durch die Strähnen leuchteten.

Ein besonders schlauer Hinterwäldler hatte in der Bar einmal den Witz gerissen, daß Lombardi sich mit einem nassen Schwamm kämmte. Lombardi hatte sich daraufhin den Spaß erlaubt, in einer dunklen Gasse einen Block vom Club entfernt auf den Kerl zu warten, ihm ein Messer in den Augapfel zu stechen und es dann zu drehen, bis das hilflos zappelnde Landei wie ein aufgespießtes Schwein quiekte. Niemand kränkte Carlo Lombardi und kam ungeschoren davon.

Es klopfte, und Vince öffnete Braun die Tür.

Der Besucher wirkte winzig neben Lombardis Schläger, doch die leuchtendrote Narbe auf seiner Wange und die bedrohliche Aura, die ihn umgab, ließen erahnen, daß er genauso gefährlich war.

»Mr. Braun, Mr. Lombardi.«

»Laß uns allein, Vince.«

Die Tür fiel ins Schloß, und Lombardi trat langsam hinter seinem beladenen Schreibtisch hervor, um seinen Besucher zu begrüßen. Die Jalousien vor den Fenstern waren heruntergelassen und versperrten den Blick auf den East River und die Hafenanlagen. Lombardi hatte die Deckenlampe eingeschaltet. Nachdem er dem Mann die Hand geschüttelt hatte, fragte er mürrisch: »Wollen Sie was trinken?«

»Scotch.«

Lombardi füllte zwei Gläser aus einer Flasche, die er aus einem Schrank neben dem Fenster nahm, und warf Eiswürfel in die Gläser. Er reichte Braun den Drink, bevor er sich setzte.

»Wollen Sie die Geschichte ausführlich hören?«

»Deshalb bin ich hier.«

»Darf ich Ihnen eine persönliche Frage stellen? Ist die Scheiße endlich vorbei? Ich beobachte sie jetzt seit Monaten. Die Braut unternimmt gar nichts.«

Braun nippte an seinem Scotch, lehnte sich in dem Sessel zurück und sagte scharf: »Spucken Sie einfach die Geschichte aus, Lombardi. Dafür werden Sie bezahlt.«

Lombardi seufzte, zog eine Schublade auf und nahm einen großen, braunen Umschlag heraus. An seinen Wurstfingern prangte jede Menge goldene Ringe. Als er aufblickte, lächelte er. »Das neue Mädchen an der Bar ... Haben Sie's gesehen?«

»Hab' ich.«

Lombardi grinste schmierig und griff sich in den Schritt. »Sie ist so grün wie ein Kuhfladen, aber sie ist eine ziemlich heiße Nummer im Bett. Außerdem mag sie's rauh, wenn Sie wissen, was ich meine.«

Braun lächelte nicht. »Erzählen Sie mir, was Sie für mich haben.«

»Das gefällt mir an Ihnen, Mr. Braun. Alles läuft wie ein Uhrwerk. Ohne Umschweife und immer auf den Punkt. Vielbeschäftigter Mann, he? Viel unterwegs, viel um die Ohren, he?« Lombardi reichte ihm den Umschlag. »Es ist alles so aufgeschrieben, wie Sie es wollen. Nicht viel Neues, außer, daß das Mädchen einen Besucher hatte.«

»Wen?«

»Einen Kerl. Er hat eine Nacht im Carlton in der Lexington übernachtet. Heißt Massey. Hat das Mädchen mitgenommen. Sie ist nach ein paar Stunden gegangen. Das ist alles, was ich von dem Scheiß weiß.« Lombardi deutete mit einem Nicken auf den Umschlag. »Es ist sowieso alles da drin. Einschließlich der Fotos.«

Braun öffnete den Umschlag, überflog kurz den Inhalt, warf einen Blick auf die Fotos, verschloß ihn dann wieder, holte einen anderen Umschlag aus der Innentasche seines Jacketts und reichte ihn Lombardi.

»Für Sie.«

»Amigo, ich danke Ihnen vom Grund meines schwarzen Herzens.«

Lombardi wog den Umschlag in seiner fetten Hand und warf Braun einen Blick zu. »Was ist nun mit dieser russischen Braut?«

»Wer sagt, daß sie eine Russin ist?«

»Mister, meine Leute beobachten sie seit über zwei Monaten. Glauben Sie, ich würde so was nicht mitkriegen?«

Braun lächelte ein kaltes Lächeln, antwortete aber nicht.

Lombardi warf den Umschlag in eine Schublade und knallte sie zu.

»Okay, Sie zahlen die Zeche, also spielen wir nach Ihren Regeln. Solange mir nicht Ihretwegen der FBI Feuer unterm Arsch macht.«

»Keine Sorge. Beobachten Sie die Frau einfach weiter.« Braun leerte sein Glas und stand auf. »Es ist ein Vergnügen, Geschäfte mit Ihnen zu machen, Lombardi.«

»Klar.«

Lombardi schaute ins vernarbte Gesicht seines Besuchers. »Da ich Sie gern zufrieden sehe ... Wollen Sie ein Mädchen, bevor Sie gehen? Dieser Bauerntrampel aus Illinois ist kostenlos, wenn Sie scharf auf sie sind.«

Diesmal erwiderte Braun das Lächeln. »Warum nicht?«

Es war fast zehn, als Braun in Brooklyn eintraf. Er stieg die Treppe zu seiner Einzimmerwohnung im vierten Stock hinauf und ließ das Licht aus, als er die Tür schloß. Die Vorhänge waren zurückgezogen, und er ging in die Küche, um sich eine Flasche Bier aus dem Kühlschrank zu holen.

Als er ins Wohnzimmer zurückkam, sah er einen Mann im Schatten am Fenster sitzen. Er trug Mantel und Hut, rauchte eine Zigarette und hielt ein volles Glas in der Hand. Im schwachen Licht, das durchs Fenster hereinschien, sah Braun das Grinsen auf dem Gesicht des Mannes.

»Überstunden gemacht, Gregori?«

Braun stieß vernehmlich den Atem aus. »Himmel ... Ich wünschte, Sie würden das lassen, Arkaschin.«

Der Mann, den er mit Arkaschin angesprochen hatte, lachte und stand auf. »Ich habe mich von Ihrem exzellenten Scotch bedient. Hoffentlich haben Sie nichts dagegen.«

Felix Arkaschin war klein und untersetzt. Die Haut an seinen fleischigen Wangen hing schlaff herunter, und in seinem wettergegerbten Gesicht leuchteten harte, kleine Augen. Er sah nicht gut aus mit dem großen, dunklen Muttermal am linken Wangenknochen, aus dem ein Haarbüschel sproß. Seine Haut wirkte wie gegerbtes Leder. Er war achtundvierzig und Attaché bei der sowjetischen Delegation der Vereinten Nationen in New York. In Wirklichkeit hatte er den Rang eines Majors beim KGB. Braun blickte ihn an.

»Wie sind Sie hereingekommen?«

»Sie haben vergessen, daß ich einen Schlüssel für den Notfall habe.«

»Sie gehen ein hohes Risiko ein, hierherzukommen. Man könnte Ihnen gefolgt sein.«

Arkaschin lächelte. »Das haben sie wie üblich versucht. Und wie üblich habe ich sie in der U-Bahn abgehängt. Ein Fuchs schüttelt seine Jäger immer ab, mein lieber Gregori. Außerdem genieße ich den Reiz der Jagd.«

Braun schloß das Fenster. Die Lichter New Yorks machten ihn schwindlig, als er dastand, einen Schluck aus der Flasche nahm und seine Zigarette rauchte.

»Was ist der Grund für den Besuch?«

»Haben Sie den Bericht über diese Frau?«

Braun hob die Brauen. »Ist das alles?« Er klang verärgert. »Sie hätten bis morgen warten und ihn aus dem toten Briefkasten holen können.«

»Heute morgen ist mit der diplomatischen Post eine neue Direktive aus Moskau gekommen, was diese Frau angeht. Ich muß noch heute abend eine Entscheidung treffen.«

Braun blickte ihn erstaunt an. »Was für eine Direktive?«

»Lassen Sie erst Ihren Bericht hören, Gregori.«

Braun erzählte es ihm. Arkaschin kratzte sich nachdenklich das Muttermal und sah ihn fragend an.

»Interessant. Trauen Sie Lombardi?«

»Ich würde eher dem Teufel trauen. Moskau mag seine Gewerkschaft ja heimlich mit Spenden schmieren, aber er hat seine Finger überall drin, und die meisten Geschäfte sind illegal. Das ist gefährlich.«

Arkaschin zuckte mit den Schultern. »Wir haben keine Wahl. Wir müssen ihn benutzen. Wenn die Amerikaner herausfinden, daß wir eine Überwachung vornehmen, ist der Teufel los. So halten wir sie auf Armlänge von uns. Außerdem schuldet Lombardi uns etwas. Ohne unsere Hilfe wäre er immer noch einfacher Gewerkschaftssekretär.«

»Wer ist Ihrer Meinung nach dieser Massey?«

Arkaschin stellte das Glas ab. Er schien lange zu brauchen, bis er seinen Entschluß gefaßt hatte. »Wer weiß?« sagte er dann. »Die Fotos, die Lombardis Leute gemacht haben, sind nicht gerade erste Qualität, eher Amateuraufnahmen, aber vielleicht helfen sie uns weiter. Meine Leute werden es überprüfen und herausfinden, ob einer unserer Offiziere ihn erkennt.«

»Und bis dahin?«

»Inzwischen erzählen Sie Lombardi, daß die Frau noch schärfer überwacht werden muß. Rund um die Uhr. Und sagen Sie ihm, daß Sie vielleicht einen Job für ihn haben, der gut bezahlt wird.« Arkaschin grinste. »Ich bin sicher, daß Lombardi sofort anbeißt.«

»Was für ein Job?«

Arkaschin wandte den Blick ab. »Sie wissen doch, daß Moskau es nicht schätzt, wenn die Amerikaner uns demütigen, Gregori. Wir müssen ihnen klarmachen, daß sie uns nicht zum Narren halten können.«

»Ist diese junge Frau so wichtig?«

»Nein. Aber es ist eine Frage des Prinzips.«

»Und was soll Lombardi tun?«

»Wenn die Zeit reif ist, werden wir das Mädchen nach Moskau zurückbringen. Wir brauchen Lombardi, damit er sie entführt. Glauben Sie, daß er dazu bereit ist?«

»Für Geld tut er alles, was man ihm sagt. Aber die Frau nach Moskau zurückzubringen wird schwierig.«

Arkaschin stellte das Glas ab und drückte seine Zigarette aus. »Ich stimme Ihnen zu. Aber Lombardi kontrolliert die Docks. Die Frau an Bord eines sowjetischen Schiffes zu bekommen dürfte nicht zu schwierig sein. Außerdem gibt es noch eine andere Option, falls es sich doch als unmöglich erweist.«

»Und die wäre?«

»Eine Wiederholung der Aktion, die Sie in der Schweiz so hervorragend exerziert haben.« Arkaschin lächelte. »Die Dame umlegen.«

DRITTER TEIL

1.–22. FEBRUAR 1953

15. KAPITEL

New Hampshire
1. Februar

Sechs Tage später kamen Massey und Anna am späten Nachmittag am Kingdom Lake an. Sie hatten den Zug von New York nach Boston genommen. Slanski hatte die beiden am Bahnhof abgeholt und war mit ihnen in seinem Pick-up nach Boston gefahren. Massey hatte mit Anna Kleidung und Schuhe gekauft, die sie brauchen würde, bevor sie nach New Hampshire fuhren. Zwei Tage zuvor hatte er sie und Slanski in ein Fotostudio nach New York gebracht, um die Aufnahmen für die gefälschten Papiere machen zu lassen. Der Fotograf schien genau zu wissen, was er wollte, und verknipste einige Filme mit ihr und Slanski, mal als Paar, mal als Einzelpersonen, jeweils in russischer Kleidung.

Als sie jetzt um eine Kurve der schmalen Privatstraße bogen, sah Anna das Holzhaus und den See. Auf den Gipfeln der weit entfernten Berge lag Schnee, und die bewaldete Szenerie bot einen bemerkenswert wilden und schönen Anblick. Sie wirkte fast wie eine russische Landschaft.

Als Slanski den Wagen anhielt, öffnete Massey sofort Anna die Tür und nahm ihren Koffer heraus. »Packen Sie erst aus, dann erkläre ich Ihnen, was als nächstes passiert.«

Anna blickte auf den See und die Waldlandschaft hinaus und sagte zu Slanski: »Jake hat mir schon gesagt, wie wundervoll es hier ist, aber ich hätte nie erwartet, daß es aussieht wie in Rußland.«

Slanski lächelte. »Früher wurde hier in bestimmten Gegenden sogar hauptsächlich Russisch gesprochen. Meistens waren es kleine Gemeinschaften aus Händlern und Jägern, die während des letzten Jahrhunderts hierhergekommen sind. Ich nehme an, daß sie sich in dieser Landschaft heimisch gefühlt haben.«

Er führte sie ins Haus und zeigte Anna ihr kleines Schlafzimmer im Obergeschoß.

»Das ist Ihr Zimmer. Es ist ein bißchen karg, aber warm

und einigermaßen gemütlich. Wir warten unten, bis Sie fertig ausgepackt haben.«

Anna merkte, daß Slanski sie betrachtete und sah, wie sein Blick für einen Moment auf ihrem Gesicht verweilte. Dann entfernte er sich. In dem Zimmer standen ein schmales Bett und ein Stuhl. Vom Fenster aus sah man den See. Jemand hatte Blumen in einer Vase hingestellt, und neben dem emaillierten Wasserkrug und der Schüssel auf dem Ständer in einer Ecke lagen frische Handtücher. Nachdem Anna ausgepackt und sich frisch gemacht hatte, ging sie nach unten. Massey und Slanski saßen am Kieferntisch und tranken Kaffee.

»Setzen Sie sich, Anna«, sagte Slanski.

Sie gehorchte, und er schenkte ihr einen Becher Kaffee ein. Als er nicht hinsah, betrachtete Anna sein Gesicht. Es war weder gutaussehend noch unattraktiv, aber er hatte immer noch diesen Ausdruck in den Augen, der Anna schon bei ihrer ersten Begegnung aufgefallen war. Als wäre etwas an dem Mann nicht ganz in Ordnung. Und dann lächelte er immer so, als fände er das Leben seltsam belustigend.

Jetzt schaute er sie an und setzte sich. Das Lächeln war plötzlich wie weggewischt. »Kommen wir zum ersten Punkt. Sind Sie ganz sicher, daß Sie wissen, was Sie tun?«

»Ich wäre nicht hier, wenn es anders wäre.«

»Jake hat Ihnen erzählt, daß viele Gefahren auf Sie lauern. Glauben Sie, daß Sie sich diesen Gefahren stellen können?«

Sie blickte Slanski fest an. »Ja.«

Slanski schüttelte den Kopf. »Ich spreche nicht über die offensichtlichen Gefahren. Ich rede darüber, was passiert, wenn Sie gefaßt werden. Sind Sie sich über die Konsequenzen im klaren?«

Sie erwiderte seinen durchdringenden Blick. »Ich weiß, was mir passieren kann. Ich bin darauf vorbereitet.«

»Dann möchte ich Ihnen noch einige Grundregeln erklären, die für Ihren Aufenthalt hier gelten. Sie sprechen mit niemandem außer uns über den Auftrag. Hat Jake Sie über Wasili unterrichtet?«

»Ja, kurz.«

»Obwohl er vollkommen vertrauenswürdig ist, reden Sie

aus Sicherheitsgründen auch mit ihm nicht über die Mission. Aber machen Sie sich darüber keine Sorgen. Er wird keine Fragen stellen. Wir werden einige Vorbereitungen für die Reise gemeinsam treffen. In etwa zehn Tagen wird ein Mann hierherkommen. Sein Name ist Popow. Er wird uns einem ziemlich harten Training unterziehen, sowohl im Umgang mit sowjetischen Waffen als auch in Selbstverteidigung. Eigentlich ist es eine Vorsichtsmaßnahme um Ihretwillen, damit Sie wissen, wie Sie sich in einer Krisensituation verhalten müssen. Unter gar keinen Umständen dürfen Sie mit Popow über unser Vorhaben reden oder mit ihm unsere Pläne besprechen. Haben Sie das verstanden?«

Ihr Blick glitt kurz zu Massey. Er schaute sie aufmerksam an. »Anna, während Sie hier sind, leitet Alex die Operation. Tun Sie also immer, was er sagt.«

Sie blickte wieder Slanski an. »Gut. Ich bin einverstanden.«

»Fein. Noch eine Regel: Bemühen Sie sich so gut Sie können, das, was Sie lernen, auch zu behalten. Ich will mir sicher sein, mit wem ich rübergehe, und ich muß mich auf Sie verlassen können.«

»Das können Sie.«

Slanski lächelte kurz. »Diese Entscheidung überlassen Sie am besten mir. Eines noch: Solange wir zusammen sind, sprechen Sie nur Russisch. Ich beherrsche diese Sprache fließend, und man versichert mir immer wieder, daß ich einen Moskauer Akzent besäße. Aber ich glaube, daß die Leute einfach freundlich zu mir sein wollen. Ich war schon so lange nicht mehr in Moskau, daß meine Aussprache unmöglich perfekt sein kann. Da es in der Sowjetunion glücklicherweise viele Nationalitäten gibt, so daß Russisch mit vielen Akzenten gesprochen wird, müßte ich eigentlich problemlos durchkommen. Falls Ihnen jedoch während unserer Zeit hier Wörter oder Sätze auffallen, die ich besser aussprechen könnte, korrigieren Sie mich. Abgemacht?«

»Ja, gern.«

Slanski stand langsam auf. »Gut. Und nun zu unserer Mission: Wenn es soweit ist, werden wir durch einen der baltischen Staaten nach Rußland gelangen. Wir springen dort mit dem Fallschirm ab. Und zwar über Estland. Waren Sie schon mal in Estland?«

Anna nickte. »Mein Vater hat dort als hoher Offizier in der Roten Armee gedient.«

»Hoffen wir, daß die estnische Widerstandsbewegung nichts davon weiß«, entgegnete Slanski bissig. »Wir sind nämlich auf ihre Hilfe angewiesen. Sprechen Sie Estnisch?«

»Ja.«

Er schaute Massey an. »Ist aber eigentlich nicht so wichtig. Die Esten sprechen Russisch, aber nicht freiwillig. Die sowjetischen Behörden bestehen auf Russisch als offizielle Landessprache.«

Er wandte sich wieder Anna zu. »Während dieser ganzen Mission benehmen wir uns wie Mann und Frau, wann immer es nötig sein sollte. Läuft alles nach Plan, kommen wir mit regulären Transportmitteln nach Moskau, und zwar über Leningrad. Wir werden Züge und Busse benutzen. Unsere Reiseroute ist abgesteckt, und unterwegs gibt es genug Kontaktpersonen, die uns weiterhelfen können, falls nötig. Sollte aus irgendwelchen Gründen etwas schiefgehen, müssen wir einfach nur unsere Pläne der neuen Situation anpassen. Sobald wir Moskau erreichen – falls wir es überhaupt schaffen –, werden Sie einem anderen Kontaktmann übergeben, der Sie wieder nach Amerika zurückbringt.«

»Wie?«

»Das wird Jake Ihnen erklären, bevor wir aufbrechen. Ebenso alles andere, das Sie wissen müssen.«

Anna schaute von Slanski zu Jake und wieder zurück. »Das hört sich so einfach an. Was ist mit den Routinekontrollen von Reisenden in der Sowjetunion? Und die Unterlagen, die wir für die Reise brauchen? Was passiert, wenn man uns trennt oder einer von uns gefaßt wird?«

»Es wird nicht leicht. Im Gegenteil, die ganze Operation ist ausgesprochen schwierig. Vor allem unmittelbar nach unserem Absprung. In Estland wimmelt es von russischen Truppen. Es ist ein Garnisonsland, und ein Teil der baltischen Flotte ist dort stationiert. In vielerlei Hinsicht ist die Durchquerung Estlands schwieriger als die Reise durch Rußland selbst. Auf Ihre anderen Fragen bekommen Sie Antworten, wenn es soweit ist.«

»Ich bin noch nie Fallschirm gesprungen«, erklärte Anna.

Slanski schüttelte den Kopf. »Keine Sorge, darum kümmern wir uns schon.«

Er warf einen kurzen Blick auf die Uhr. »Ich muß einige Vorräte in der Stadt kaufen«, sagte er dann zu Massey. »Zeigen Sie Anna alles? Wasili müßte bald zurückkommen. Er ist mit dem Boot auf dem See, fischen.«

Massey nickte. Slanski nahm einen Schlüsselbund vom Tisch und ging hinaus. Kurz darauf sprang der Motor des Jeeps an, und Anna hörte, wie er wegfuhr.

Massey betrachtete Annas Gesicht. »Was ist los?«

»Etwas in seinen Augen. Entweder mag er mich nicht, oder er traut mir nicht.«

Massey lächelte. »Das glaube ich nicht. Wenn Alex so grob ist, dann nur aus Sorge um Ihre Sicherheit. Außerdem ist er immer sehr streng, wenn es um taktische Dinge geht. Zugegeben, er ist auch ein schwieriger Mensch. Aber machen Sie sich keine Sorgen, Sie werden gut mit ihm auskommen.«

»Ich mache mir keine Sorgen, Jake.«

»Gut.« Massey lächelte. »Kommen Sie, wir wollen Wasili suchen. Ich glaube, Sie werden ihn mögen.«

Als sie ein paar Minuten später an den See gelangten, fuhr gerade ein kleines Motorboot auf den Strand zu. Der Außenbordmotor zerriß die Stille mit einem Geräusch, das von einer Wespe aus Metall zu stammen schien. Der alte Mann saß im Bug, und als er Massey erkannte, winkte er. Er trug eine Hirschlederjacke und eine alte, wollene Sherlock-Holmes-Mütze, deren Ohrenklappen heruntergebunden waren. Anna sah das große Jagdmesser in der Scheide an dem Ledergürtel um seine Taille. Etwas an seinen Gesichtszügen kam ihr vertraut vor, als er das Boot vertäute und ausstieg. Er blickte Anna kurz ins Gesicht, bevor er Massey die Hand schüttelte.

»Massey, willkommen. Alexei hat mir schon gesagt, Sie kommen.« Er hatte einen sehr starken Akzent.

»Wasili, ich möchte Ihnen Anna vorstellen. Anna, das ist Wasili.«

Anna betrachtete den Mann genauer. Obwohl er alles andere als gutaussehend war, strahlte sein Gesicht etwas Herzliches aus, und der freundliche Ausdruck seiner braunen Augen flößte ihr sofort Vertrauen ein. Als sie ihm die Hand reichte und der alte Mann sie schüttelte, sagte sie instinktiv: »*Sdrawstwuite.*«

Er lächelte und antwortete ebenfalls auf russisch: »Willkommen, Anna. Seien Sie in meinem Haus willkommen. Alexei hat mir gar nicht gesagt, daß Sie Russin sind.«

»Aus Moskau. Und Sie?«

»Kutzomen.«

Jetzt konnte sie auch die Gesichtszüge des alten Mannes einordnen, der die dunkle Haut der Lappländer besaß, die in Rußlands nördlicher Tundra lebten.

»Sie sind weit weg von zu Hause.«

Der Mann lächelte verschmitzt. »Sehr weit weg, zu weit, um zurückzukehren. Aber hier ist es fast wie zu Hause. Und wir Russen sind ja wie Wein: Wir vertragen Reisen gut.« Er schaute Massey an. »Wo ist Alexei?«

»Er holt Vorräte.«

»Hat er unserem Gast auch Sakuski zum Tee gereicht?«

Es war ein alter russischer Brauch, den Gast nicht nur mit Tee zu bewirten, sondern immer auch eine Kleinigkeit beizulegen, sei es wenigstens Brot, Salz und selbstgemachte Marmelade. Massey lächelte. »Leider nur Tee.«

Der alte Mann nahm die Mütze ab und schüttelte den Kopf. »Typisch. Wie alle Jungen vernachlässigt auch er die Tradition. Kommen Sie, dann erweise ich Ihnen diesen Willkommensgruß.«

Wasili reichte Anna den Arm, und sie hakte sich bei ihm ein.

Sie zwinkerte Massey zu, der sich über den milden Tadel amüsierte, und ließ sich von dem alten Mann ins Haus führen.

Wasili legte einen Laib Brot auf den Tisch und stellte eine kleine Schüssel Salz daneben.

Er verschwand kurz in der Küche und kehrte mit drei kleinen Gläsern und einer Flasche Wodka zurück. Nachdem er die Gläser gefüllt hatte, nahm er das Messer aus der Scheide, schnitt umsichtig eine Scheibe Brot ab und bat Anna, die Hand auszustrecken.

Er legte die Scheibe auf ihre offene Handfläche und streute das Salz darüber. Anna biß ein Stück von dem gesalzenen Brot ab, während der alte Mann ihr das Glas reichte. »*Sa sdorowje.* Trinken Sie, Anna. Sie sind ein willkommener Gast.«

Sie schluckte den Wodka herunter. Er schmeckte unglaublich stark und scharf, und sie hustete, als würde sie ersticken. Als sie sich erholt hatte, lächelte Wasili, und sein ganzes Gesicht schien nur noch aus Falten zu bestehen.

»Stark?«

Anna zog eine Grimasse. »Sehr stark. Wie flüssiges Feuer. Ist das wirklich Wodka?«

Wasili grinste. »Fünfundneunzigprozentiger. So machen wir ihn in Kutzomen. Der scharfe Geschmack kommt von den Wacholderbeeren und dem Pfeffer, den wir beigeben. Ein russischer Emigrant aus Kutzomen brennt ihn selbst. Er wohnt kaum zehn Meilen von hier entfernt. Wenn man im November eine Flasche davon trinkt, kann man bis zum Frühling nackt herumlaufen.«

Anna lachte, und Wasili exerzierte dasselbe Ritual nun auch mit Massey, der den Schnaps beinahe ausgespuckt hätte und sich heftig schüttelte.

»Um Himmels willen …«

Wasili grinste und drohte mit dem Finger. »Massey, Sie sind schon zu lange aus Rußland fort. Sie wissen keinen guten Wodka mehr zu schätzen.«

Der Alte wollte noch mal einschenken, doch sein Landsmann legte schnell die Hand auf sein Glas und stand auf. »Für mich nicht mehr, danke. Noch einen davon, und ich muß ein Bad im See nehmen, um mich abzukühlen. Ich hole noch ein paar Sachen aus dem Wagen. Zeigen Sie Anna inzwischen das Haus.«

Wasili grinste. »Mit Vergnügen. Wenn Anna es möchte.«

»Sehr gern.«

Er räumte den Tisch ab und ging in die Küche, um die Sachen zu verstauen.

Anna schaute zu Massey auf, der sie anlächelte.

»Ich glaube, er mag Sie.«

Zwanzig Minuten später stand Massey am Fenster und rauchte eine Zigarette, als er den Jeep vor dem Haus halten sah.

Slanski stieg aus und holte zwei Kartons mit Vorräten aus dem Wagen. Massey öffnete ihm die Tür. Nachdem Slanski die Kartons verstaut hatte, blickte er auf die zwei langen Holzkisten, die Massey auf den Boden gestellt hatte. Er trat leicht mit der Schuhspitze gegen eine der Kisten.

»Was ist da drin?«

»Alles, was Sie brauchen, wenn Popow kommt. Verwahren Sie sie lieber an einem sicheren Ort. Da drin sind genug Waffen und Munition, um einen Krieg zu beginnen.«

»Unter der Küche ist ein Vorratsraum. Da können wir sie verstauen.«

Slanski zündete sich eine Zigarette an. »Wo ist das Mädchen?«

»Wasili macht eine Besichtigungstour mit ihr. Er ist ziemlich angetan von der Frau.«

»Es ist schon lange her, daß er Parfüm gerochen hat. Aber ich bin mir plötzlich nicht mehr so sicher, was die Frau angeht, Jake.«

»Regen sich da schon die ersten Zweifel? Läßt Ihr Instinkt Sie schmählich im Stich?«

Slanski schüttelte den Kopf. »Ich wußte schon nach einem Blick, daß sie genau die Art von Frau ist, die wir brauchen. Aber Sie setzen ihr Leben aufs Spiel. Ich glaube nicht, daß sie wirklich weiß, worauf sie sich da einläßt. Solange sie mit mir zusammen ist, wird alles glattgehen. Aber ich bin nicht sicher, daß sie es allein schafft, falls wir uns trennen müssen, weil es Ärger gibt.«

»Sie sollten ihr mehr zutrauen, Alex. Vergessen Sie nicht: Sie hat fast ein Jahr im Gulag verbracht. Jemand, der so etwas überlebt und dann noch den Mut und die Energie zu einer solch abenteuerlichen Flucht aufbringt, gibt nicht so schnell auf. Wenn Popow sie erst einmal durch die Mangel gedreht hat, wird sie schon zurechtkommen.«

»Noch etwas: Sie ist viel zu hübsch. Eine so attraktive Frau fällt auf.«

»Warum haben Sie dann zugestimmt, daß sie mitkommt?«

Slanski lächelte. »Vielleicht aus eben diesem Grund. Sie kennen mich doch, ich falle immer auf hübsche Gesichter herein.«

Massey erwiderte das Lächeln und schüttelte den Kopf. »Ausgerechnet Sie sagen das, mein Freund. Aber wir können das Problem beseitigen, wenn es soweit ist. Sie werden überrascht sein, wie sehr ein falsches Make-up und eine billige Frisur eine Frau verunstalten können.«

»Da sprechen Sie wohl aus persönlicher Erfahrung, Jake.«

»Sehr komisch.«

Massey nahm einen Umschlag aus der Innentasche seines Jacketts und reichte ihn Slanski.

»Hier ist die Liste Ihrer Kontaktpersonen in Rußland und auf dem Baltikum. Sie müssen sich bis zur Ihrer Abreise alle Einzelheiten einprägen und die Liste dann vernichten.«

Slanski warf einen Blick auf den Umschlag. »Sind Sie sicher, daß die Leute alle verläßlich sind?«

»So weit, wie die Umstände es erlauben. Vollkommen verläßliche Leute sind dünn gesät, aber denen hier traue ich. Es gibt jeweils zwei für die größeren russischen Städte, durch die Ihre Route verläuft, bis Sie Moskau erreichen. Ein Hauptkontakt und eine Reserve. Einige Leute auf dieser Liste sind Schläfer – Agenten, die ich seit Jahren nicht mehr eingesetzt habe.«

»Wie haben Sie denn mit denen Verbindung aufgenommen?«

»Das habe ich nicht. Noch nicht. Aber überlassen Sie das nur mir. Falls es Änderungen bei den Namen gibt, benachrichtige ich Sie. Ich habe einen Kontakt mit unseren Partisanenfreunden in Tallinn vorbereitet. Die werden Sie nach Ihrer Landung aufsammeln, vorausgesetzt, daß alles nach Plan verläuft.«

Slanski schob den Umschlag in die Tasche. »Und was soll ich bis dahin mit dem Mädchen anfangen?«

»Lassen Sie ihr ein paar Tage Zeit, sich hier einzugewöhnen. Dann bringen Sie sie in Form. Und sich selbst auch. Tägliche Dauerläufe und Übungen. Nehmen Sie sie hart ran. Es ist nur zu ihrem Besten. Von Tallinn bis Moskau ist es ein langer Weg, und Sie wissen nicht, was Sie erwartet. Also sollten Sie beide in bester Verfassung sein. Noch eins: Da Sie beide mit dem Fallschirm abspringen und wir keines unserer üblichen Trainingslager benutzen können, müssen Sie in diesem Punkt so gut wie möglich improvisieren. Anna ist noch nie Fallschirm gesprungen, also sollten Sie ihr die Grundlagen beibringen, damit sie sich bei der Landung nicht verletzt.«

»Und was machen Sie, während wir hier schwitzen?«

»Ich?« Massey lächelte. »Ich werde mich in Paris amüsieren.«

16. KAPITEL

Als die Rote Armee auf ihrem Weg nach Berlin bei der Zerschlagung des Dritten Reiches durch Polen rollte, befreite sie einen gewissen Henri Lebel aus dem Konzentrationslager Auschwitz.

Der russische Offizier, der mit seinen Männern die Lagerbaracken auf der Suche nach Lebenden unter all den Leichen inspizierte, warf nur einen Blick auf den ausgemergelten Körper des Franzosen, der ausgestreckt auf seiner verwanzten Liege lag, und sah die spindeldürren Arme und die seelenlosen Augen. »Laßt ihn liegen«, befahl er seinen Männern, »der arme Teufel ist tot.«

Erst als sie Lebel zum Massengrab schleppten, um ihn mit den anderen Leichen zu verscharren, hörten die Soldaten die schwachen Atemzüge und sahen das Flackern seiner Augen. Der Mann lebte noch!

Er verbrachte zwei Monate in einem russischen Feldlazarett, wo man ihn aufpäppelte, bevor er den Briten übergeben wurde und in seine Heimatstadt Paris zurückkehren durfte.

Lebel hatte zwar den Krieg überlebt, aber seine Frau verloren. Sie war erst vergast und dann in den Öfen von Auschwitz verbrannt worden. Nicht nur wegen ihrer jüdischen Herkunft, sondern auch, weil Lebel in Frankreich ein Mitglied der Résistance war.

In den acht Jahren nach dem Krieg hatte er den Pelzhandel fortgeführt, den sein Vater, ein emigrierter russischer Jude, in Paris eröffnet hatte. Henri Lebel hatte ihn Schritt für Schritt zu einem florierenden Unternehmen ausgebaut. Mittlerweile stattete er die französischen Reichen mit bestem russischen Zobel und anderen Pelzen aus. Dadurch war er selbst sehr wohlhabend geworden, bewohnte ständig eine Suite im Ritz und besaß eine luxuriöse Villa in Cannes.

Er reiste häufig nach Moskau, wo seine politische Vergangenheit ihm das Wohlwollen der sowjetischen Behörden verschaffte. Das half ihm, aus seinem Unternehmen nahezu ein Monopol zu machen. Er allein hatte in Europa das Recht, die schönsten russischen Zobel und andere Pelze zu verkaufen. Als die Wirtschaft in Amerika in den Jahren nach dem Krieg boomte, hatte Lebel sogar eine florierende Filiale auf New Yorks Fifth Avenue eröffnet.

Henri Lebel, so schien es, hatte die Vergangenheit überwunden und führte ein erfülltes Leben. Seine Geschäftspartner in Moskau wußten jedoch nichts von dem dunklen Geheimnis, das er vor ihnen verbarg.

An einige Meilensteine in seinem bewegten Leben erinnerte Henri Lebel sich sehr deutlich. Zum Beispiel an den Tag, da er und seine Frau Klara von der Gestapo verhaftet wurden. Oder an den Augenblick, als er Irina Dezowa kennengelernt hatte. Und an den Tag der Befreiung aus Auschwitz, als er wieder zu leben angefangen hatte.

Jenes erste Ereignis, den Tag der Verhaftung, zwei Jahre nach dem Einmarsch der Deutschen in Paris, würde er nie vergessen.

Es war der Geburtstag seiner Frau, und nachdem sie sich mehrere Monate in einem Versteck verborgen hatten, riskierte es Henri, sie auszuführen, damit sie diesen Tag gebührend feiern könnten. An jenem Sonntagmorgen saßen Klara und er in dem Café und hatten gerade erst den Kaffee-Ersatz und den trockenen Kuchen serviert bekommen, als die Tür plötzlich aufgerissen wurde und drei Männer in Zivil eintraten. Beim Anblick der schwarzen Ledermäntel, der Lederhandschuhe und der Schlapphüte lief es Lebel eiskalt über den Rücken. Wie die Dinge aussahen, stand er schon allein wegen seiner Arbeit in der Résistance auf der Schwarzen Liste.

Die drei Männer gingen zur Mitte des Cafés und stemmten die Hände in die Hüften. Die schneidende Stimme des Anführers war Lebel immer noch deutlich im Gedächtnis.

»Ausweiskontrolle! Halten Sie alle Ihre Papiere bereit!«

Und dann riß der Gestapo-Mann einen bösen Witz, der sofort die Runde machte, während er grinsend dastand. »Und für die Juden unter Ihnen: Fangt schon mal an, Eure Gebete runterzuleiern.«

Das Gelächter der Gestaposchergen sollte Henri Lebel ein Leben lang in den Ohren hallen. Er blickte seine Frau an, aus deren wunderschönem Gesicht alle Farbe gewichen war. Lebel konnte sich noch an sein Gefühl an diesem Frühlingsmorgen erinnern. Eiskalte Furcht. Der kalte Schweiß rann ihm aus allen Poren, und sein Herzschlag dröhnte ihm in den Ohren. Er war ein Widerständler, schlimmer noch: Er war ein jüdischer Widerständler.

Die drei Männer gingen durchs Café und überprüften die Papiere. Der Chef der drei trat an ihren Tisch, lächelte Klara zu und blickte dann Lebel an.

»Die Papiere, bitte.«

Lebel reichte ihm sofort ihre Ausweise. Der Gestapomann war dünn, hatte ein schmales Gesicht und durchdringende blaue Augen. Dieses Gesicht hatte Lebel seitdem Tag und Nacht sehr lebhaft vor Augen. Der Mann blickte vom Ausweis zu Lebels Gesicht, als müsse er sich über irgend etwas klarwerden.

Dann kniff er die Augen zusammen. Lebel zitterten die Hände, und er vermutete, daß der Mann es bemerkte.

Der Gestapomann lächelte kalt. »Wo sind diese Papiere ausgestellt worden?« fragte er.

Lebel fiel das Schweigen im Café auf, als der Deutsche sprach. Und er sah, wie seine Frau ihn nervös anblickte.

»In Marseille, Monsieur«, antwortete Lebel respektvoll. Er versuchte, die Fassung zu wahren. Immerhin war der Ort im Paß abgestempelt worden. Lebel hatte seine alten Papiere weggeworfen und von der Résistance andere erhalten. Sein neuer Familienname lautete Claudel. Die Tarnung hatte sechs Monate gehalten. Aber jetzt spürte er, daß der Gestapomann Verdacht geschöpft hatte.

Er musterte die Ausweise weiter und schaute dann hoch. »Ihr Beruf, Herr Claudel?«

Lebel schluckte. Sein Beruf stand ebenfalls im Ausweis. »Ich bin Handelsvertreter.« Er hielt inne und beschloß, alles auf eine Karte zu setzen. »Stimmt etwas nicht mit unseren Ausweisen? Das kann eigentlich nicht sein.«

»Das entscheide ich«, fuhr der Gestapomann ihn an und blickte dann zu Lebels Frau. Auf ihrer Oberlippe hatten sich kleine Schweißperlen gebildet, und sie wrang mit zitternden Händen die Serviette in ihrem Schoß.

Der Nazischerge witterte ihre Furcht. Sein Blick glitt zu Lebel zurück. »Ihre Frau, Herr Claudel, scheint sich vor etwas zu fürchten. Wovor?«

Die Frage klang wie eine Anschuldigung. Lebel spürte, wie ihn der Mut verließ, doch er antwortete so ruhig wie möglich.

»Es geht ihr leider im Moment nicht gut.«

Der Mann musterte Klara. »Wirklich? Und was fehlt Ihnen, Frau Claudel?«

Klara war vor Angst wie gelähmt. Lebel überlegte krampfhaft. Der Mann mit dem schmalen Gesicht spielte mit ihnen, weil er vermutete, daß irgend etwas nicht stimmte. Klaras dunkles Haar und ihr Gesicht wirkten jüdisch. Sie schminkte sich zwar sehr geschickt, um ihre Gesichtszüge zu verfremden, doch Lebel hatte sich oft gefragt, ob das ausreichte.

Der Gestapomann wandte seinen Blick nicht von Klara ab. »Nun, Frau Claudel? Was fehlt Ihnen? Haben Sie Ihre Zunge verschluckt?«

Lebel versuchte sein Heil in der Frechheit.

»Also wirklich, Herr Offizier«, unterbrach er den Mann. »Die Gesundheit meiner Frau geht Sie nichts an. Wir sind beide aufrechte französische Bürger. Und wenn Sie es unbedingt wissen müssen: Meine Frau leidet an einer Nervenkrankheit. Ihre Aufdringlichkeit beruhigt Sie nicht gerade. Wenn Sie also so nett wären, uns unsere Ausweise zurückzugeben, sobald Sie damit fertig sind.« Herausfordernd streckte er die Hand aus und versuchte, ihr Zittern zu unterdrücken.

Der Gestapomann schnaubte verächtlich, bevor er die Papiere langsam zurückgab.

»Entschuldigen Sie, Herr Claudel!« sagte er höflich. »Hoffentlich bessert sich der Zustand Ihrer Gattin bald. Genießen Sie Ihren Kaffee und Ihren Kuchen.«

Die Gestapoleute verließen das Café. Lebel konnte die Erleichterung und das Triumphgefühl kaum verbergen, das er empfand.

Aber es hielt nicht lange vor.

Sie kamen noch am selben Abend.

Lebel hörte das Quietschen der Reifen in der Straße unter ihrer sicher geglaubten Wohnung, hörte das Hämmern der Fäuste an der Tür. Als er das Licht einschaltete und nach der Waffe tastete, die er unter dem Kopfkissen versteckte, flog die Schlafzimmertür aus den Angeln.

Ein halbes Dutzend Männer in Zivil stürmte den kleinen Raum. Der Gestapomann aus dem Café vorneweg. Sein Gesicht glich einer höhnischen Fratze.

Er schlug Lebel mit seiner behandschuhten Faust ins Gesicht. Dann lag der Franzose auch schon am Boden, während sein Widersacher wie von Sinnen auf ihn eintrat.

Als sie ihn rüde hochzerrten, waren zwei Rippen gebrochen und Lebels Schulter ausgerenkt. Die anderen Männer durchsuchten bereits die Wohnung und verwüsteten die Zimmer. Lebels Frau schrie ununterbrochen, als sie aus dem Bett gezerrt und nach unten geschleppt wurde.

Alles, woran er sich danach erinnerte, war von Schmerz und Entsetzen getrübt. Den folgenden Alptraum konnte Lebel nie vergessen. Die Trennung von Klara. Das brutale Verhör in den Kellern der Gestapo in der Avenue Foch. Die Augenblicke, als sie ihm sagten, daß seine Frau zur ›Umerziehung‹ nach Polen geschickt worden sei. Da wußte er, was ihr bevorstand.

Eine Woche lang folterte die Gestapo ihn und versuchte, Informationen über seine Arbeit in der Résistance aus ihm herauszuquetschen. Doch trotz der Schläge, der Folter, der schlaflosen Nächte hielt er durch und verriet ihnen nichts. Zwei Tage später verfrachtete man ihn auf einen Viehtransport ins Vernichtungslager Auschwitz. Dort erduldete er zwei lange Jahre schmerzhaftester Demütigungen und überlebte nur dank seines zähen Willens und seiner starken Physis.

Und hier lernte er auch Irina Dezowa kennen.

Sie war jung, Ende Zwanzig, und Fahrerin in der Roten Armee gewesen. Man hatte sie gefangengenommen und mit einem Konvoi abgerissener russischer Gefangener hierhergeschickt. Sie arbeitete in dem Lagerhaus, wo auch Lebel die Kleider der Menschen aus den Viehtransporten durchsehen mußte, die als Gefangene ins Lager geschickt wurden. Irina Dezowa war eine hübsche Frau, und trotz der entsetzlichen Bedingungen in dem Lager steckte sie voller Humor und Lebensfreude. Sie hatte eine besondere Schwäche für den verbotenen Wodka, den die Gefangenen heimlich brannten. Doch obwohl Lebel fließend Russisch sprach, wechselte er in den beiden Monaten, die sie zusammen arbeiteten, kaum ein Wort mit ihr. Bis zu dem Tag, da er Gewißheit über das Schicksal seiner Frau erhielt.

Seit seiner Ankunft in Auschwitz machte ihn die Ungewißheit, was mit Klara passiert war, beinahe verrückt. Als er erfuhr, daß zwei Tage vor seiner eigenen Ankunft eine Wagenladung französischer Juden eingeliefert worden war, gab er einer Blockwartin in der Frauengruppe, mit der er sich angefreundet hatte, Klaras Namen und eine Beschreibung und bat sie um Hilfe.

Eine Woche später kam die Frau zu ihm und bestätigte seine schlimmsten Befürchtungen. »Ihre Frau wurde noch an dem Tag vergast, an dem sie angekommen ist. Danach hat man sie verbrannt. Es tut mir sehr leid, Henri.«

Lebel starrte die Frau an, gelähmt vor Entsetzen. Er hatte zwar mit dem Schlimmsten gerechnet, wollte es aber nicht glauben. Er warf sich auf seine schmutzige Koje, rollte sich zusammen und weinte.

Bilder und Erinnerungen brannten in seinem Kopf. Wie unschuldig hatte Klara ausgesehen, als er sie kennenlernte!

Wie hatte er sie beschützen wollen. Er erinnerte sich an den Augenblick, da er ihr seine Liebe gestand, an das erste Mal, als sie miteinander geschlafen hatten. Das Leid und die Qual, die ihn übermannten, waren beinahe unerträglich. Schließlich stemmte er sich von seiner Koje hoch, zog seine Anstaltsjacke aus und band sie an das oberste Bett. Dann legte er seinen Kopf in die Schlinge und ließ sich fallen.

Als er langsam erstickte, hörte er einen Schrei.

»Henri!«

Irina stürmte in die Baracke und versuchte, ihn loszubinden. Lebel wehrte sich und schlug wild um sich. Er wollte sterben. Aber Irina ließ nicht von ihm ab. Die beiden kämpften auf dem Boden. Lebel schnappte nach Luft und schlug die junge Russin.

»Verschwinde! Laß mich sterben!«

»Nein, Henri, nein!«

Es kostete Irina ihre ganze Kraft, Lebel zu beruhigen und ihm ins Bett zu helfen. Dann lag er wieder zusammengerollt auf der Koje und weinte sich die Augen aus.

Irina legte ihm fest die Hand auf die Schulter. »Der Blockwart hat es mir erzählt. Ich bin hergekommen, weil ich dich trösten wollte.«

Lebel rannen die Tränen über die Wangen. »Du hättest mich sterben lassen sollen. Warum hast du mich daran gehindert? Warum? Du hast kein Recht ...«

»Doch, Henri Lebel. Wir Juden müssen zusammenhalten. Du und ich, wir beide werden überleben. Hast du gehört?«

Lebel sah Irina verblüfft an. »Du ...? Eine Jüdin?«

»Ja, ich. Eine Jüdin.«

»Aber die Deutschen ... Sie wissen es nicht.«

»Warum sollte ich es ihnen auf die Nase binden? Bringen sie nicht schon genug Juden um?«

Lebel starrte sie immer noch an, und der Schmerz ließ langsam nach. »Warum hast du mir das nicht erzählt?«

Irina lächelte und zuckte mit den Schultern. »Was spielt es für eine Rolle, was ein Mann oder eine Frau ist? Ändert das deine Meinung über mich?«

»Nein.«

»Gut. Nimm einen Schluck hiervon.«

Sie hielt ihm eine kleine Flasche von dem schwarz gebrannten Wodka hin. Er weigerte sich, aber sie drängte ihn.

Die freundliche Russin schaute ihm ins Gesicht, und Lebel bemerkte das Mitgefühl in ihrem Blick.

»Und jetzt, Henri Lebel, möchte ich mit dir das *Kaddisch* beten. Dann gehst du wieder an die Arbeit und versuchst, den Schmerz zu verdrängen. Vergiß eines niemals: Der Tod deiner Frau bleibt nicht ungesühnt. Eines Tages wird die Welt von diesem Lager erfahren. Damit das geschieht, müssen ein paar von uns überleben. Verstehst du, Henri Lebel?«

Lebel nickte und wischte sich die Augen.

Irina nahm ihn bei der Hand und lächelte. »Komm, laß uns niederknien und das *Kaddisch* für deine Frau beten.«

Es war eine unwirkliche Situation. Inmitten des Leids und des Todes hatte Lebel sich mit der jungen Russin niedergekniet und das uralte hebräische Totengebet aufgesagt. Anschließend hatte er wieder geweint. Irina hatte ihm die Hand auf die Schulter gelegt und ihn umarmt. Dann hatte sie ihm das größte Geschenk gemacht, das eine Frau einem Mann geben kann, um ihn zu trösten: Sie hatte ihm ihren Körper angeboten.

Trotz der schmutzigen Baracke und ihrer ungewaschenen Körper hatte dieses Miteinander etwas Schönes und Anrührendes, was Henri Lebels Glauben an die Menschlichkeit wiederbelebte. Als Irina ihn anschließend in den Armen hielt, flüsterte sie ihm ins Ohr: »Vergiß eins nie, mein kleiner Franzose: Nur wenn wir überleben, gibt es Gerechtigkeit.«

Von diesem Tag an waren Henri und Irina sowohl Freunde als auch ein Liebespaar geworden. Sie ertrugen die endlosen Demütigungen des Lagerlebens, lachten zusammen, wann immer es ging, teilten jeden Brocken Lebensmittel, den sie irgendwo organisieren konnten, um die mageren Essensrationen aus wäßriger Rübensuppe und schalem Schwarzbrot aufzubessern, betranken sich mit verbotenem Wodka, wann immer sie konnten, und versuchten alles, um die Todesangst und die Qualen um sie herum zu mildern.

Lebel sah Irina das letzte Mal drei Tage nach der Befreiung

des Lagers durch die Russen. Man half ihr auf die Ladefläche eines Lastwagens, der sie hinter die russischen Linien bringen sollte. Es gelang ihr kaum, sich auf ihren langen, zerbrechlichen Beinen zu halten. Sie küßten und umarmten sich und versprachen, sich zu schreiben. Als der Lastwagen durch die Tore fuhr, rang Irina sich ein Lächeln ab und winkte. Lebel weinte an dem Tag ebenso verzweifelt wie damals, als er vom Schicksal seiner Frau erfahren hatte.

Von dem Flüchtlingsauffanglager in Österreich aus, wohin man ihn gebracht hatte, schrieb er über das Rote Kreuz an die Adresse in Moskau, die Irina ihm gegeben hatte. Doch sechs Monate später hatte er immer noch keine Antwort erhalten. Er hörte nichts mehr von Irina Dezowa und fragte sich nach einer Weile, ob die junge Frau in diesem verwirrenden Alptraum, der seine Vergangenheit geworden war, überhaupt existiert hatte.

In den fünf Jahren, die seit dem Krieg verstrichen waren, versuchte Lebel, seine Vergangenheit zu vergessen. Eine Reihe von üppigen jungen Models, die scharf darauf waren, in seinen Pelzen auf den Laufstegen der Pariser Modeszenen zu paradieren, trösteten ihn und linderten auch vorübergehend den Schmerz, aber vergessen konnte er Irina Dezowa niemals.

Im Jahr darauf mußte Lebel des öfteren nach Rußland reisen, weil sein Geschäft immer mehr expandierte.

Als er bei einem solchen Aufenthalt aus seinem Hotel trat, sah er eine Frau auf der anderen Straßenseite und blieb vor Überraschung wie angewurzelt stehen. Die Frau sah genauso aus wie Irina, dennoch war sie irgendwie anders. Dann fiel es Lebel auf: Sie war nicht mehr das ausgemergelte Skelett aus seiner Erinnerung, sondern eine weibliche, gutaussehende Frau, die der ähnelte, die er am ersten Tag in Auschwitz gesehen hatte. Aber es war eindeutig Irina. Sie stieg in eine Straßenbahn, und in seiner Aufregung tat Lebel etwas, das er noch nie zuvor getan hatte.

Er sprang im letzten Moment ebenfalls auf die Bahn.

Dadurch hängte er den KGB-Mann ab, der ihn beschattete. Mit heftig klopfendem Herzen setzte er sich hinter die Frau. Als sie ausstieg, folgte er ihr zu einer Wohnung am Lenin-Prospekt, schrieb sich die Adresse auf und kehrte zögernd in sein Hotel zurück.

Sein KGB-Schatten tobte vor Wut. Lebel wurde wegen dieses Vorfalls zu seinem Kontaktmann im Außenministerium geschickt, der eine Erklärung dafür verlangte.

Lebel spielte den Empörten: Als zuverlässiger Freund Rußlands erwarte er, daß er sich frei in Moskau bewegen dürfe. Er betrachte es als eine Angelegenheit des gegenseitigen Vertrauens. Außerdem gab er sein Wort als Ehrenmann, dieses Vertrauen nicht zu enttäuschen. Immerhin hatte er starke wirtschaftliche Interessen in Moskau, die er ja wohl kaum zerstören würde, indem er etwas Unerlaubtes tat. Oder?

Der Ministerialbeamte lächelte gezwungen. »Das ist unmöglich, Henri. Sie wissen doch, wie es hier läuft. Fremde werden mit Mißtrauen betrachtet. Selbst wenn Sie nichts tun, müssen wir Sie beobachten.«

»Dann sollte Ihnen aber eins klar sein«, entgegnete Lebel beleidigt. »Ich kann von den Kanadiern und Amerikanern auch hervorragende Felle kaufen, ohne daß ich auf Schritt und Tritt in Quebec oder New York gegängelt werde.«

Der Mann wurde blaß; dann aber lächelte er. »Soll das eine Drohung sein, Henri?«

»Nein, es ist einfach nur eine Tatsache. Ich habe für die kommunistische Résistance in Frankreich gekämpft. Ich habe meine Frau verloren und wurde für meine Überzeugungen nach Auschwitz geschickt. Sie wissen genau, daß ich kein Spion bin.«

Der Mann lachte. »Natürlich wissen wir das, Henri. Aber Sie sind Geschäftsmann, kein Kommunist.«

»Das hindert mich nicht daran, gewisse ... Sympathien zu hegen.«

Diese Sympathien waren zwar längst verschwunden, aber Geschäft war Geschäft. »Außerdem haben einige der wohlhabendsten Geschäftsleute Frankreichs die kommunistische Résistance während des Krieges unterstützt.«

»Das ist wahr. Dennoch kann ich Ihre Forderung nicht erfüllen.«

Lebel wischte diese Weigerung einfach beiseite. »Dann

schlage ich vor, daß Sie sich ernstlich über folgendes Gedanken machen«, sagte er sehr wütend. »Ich habe diese albernen Spielchen satt, die Ihre Leute spielen. Ich bin es leid, wie ein unreifer Schuljunge verfolgt zu werden. Und ich mag nicht jedesmal, wenn ich pissen gehe, wie ein unerwünschter Gast aus sechs Augenpaaren beobachtet werden. Ich betrachte mich nicht mehr als Ihr Repräsentant in Europa. Offen gestanden ist der Ärger die Mühe nicht wert. Ich kann meine Felle überall kaufen.«

Der Mann erlaubte sich ein überlegenes Grinsen. »Aber keinen Zobel, Henri. Dafür müssen Sie zu uns kommen. Außerdem können wir auch jemand anderen als Repräsentanten einsetzen.«

Das stimmte. Der russische Zobel war der schönste und begehrteste – doch Lebel hatte noch ein As im Ärmel.

»Ich kann vielleicht keinen russischen Zobel verkaufen. Aber eine Firma in Kanada hat eine Marderart gezüchtet, die Ihrem Zobel sehr ähnlich ist. Glauben Sie mir, diese Felle sind die schönsten, die ich je gesehen habe. Entweder hören wir mit dieser armseligen Pantomime auf, oder ich kaufe ab sofort nicht mehr bei Ihnen.«

Lebel stand auf, als wollte er gehen.

»Warten Sie, Henri. Warten Sie. Ich bin sicher, daß wir die Angelegenheit einvernehmlich regeln können.«

Und das taten sie. Einige Anrufe bei den höheren Chargen des Ministeriums – dazu ein schöner Zobelmantel für die Gattin des Beamten –, und die Sache war geritzt. Lebel bekam die sowjetische Staatsbürgerschaft ehrenhalber. Das bedeutete, man mußte ihn nicht mehr als Fremden unter Beobachtung stellen.

Am nächsten Tag ging er wieder zu der Wohnung am Lenin-Prospekt. Er überprüfte, ob man ihm noch folgte. Die Beschattung war aufgehoben. Es war zwar immer noch ein sehr großes Risiko, aber es schien die Sache wert. Die Scharade im Ministerium war nötig gewesen. Denn jeder sowjetische Staatsbürger, der mit einem Westler Kontakt hatte, bekam sofort die Konsequenzen zu spüren. Er wurde Benachteiligungen und Repressalien ausgesetzt. Lebel war natürlich kein Narr: Seine Post in Moskau würde zweifellos weiterhin überprüft, und seine Telefongespräche würden abgehört. Aber damit konnte er leben. Er klopfte an die Tür, und Irina machte auf.

Als sie ihn sah, wurde sie kreidebleich, und als der erste Schock verebbte und sie ihn in ihre Zweizimmerwohnung bat, hatte sie Tränen in den Augen.

Lange Zeit umarmten und küßten sie sich und weinten. An diesem Tag erfuhr Lebel zwei Dinge: Erstens liebte er Irina Dezowa immer noch – mehr, als er geahnt hatte –, und zweitens erfuhr er, daß sie verheiratet war. Oder genauer: Sie war verheiratet gewesen, als sie ihre Affäre im Lager gehabt hatten. Ihr Ehemann, ein viel älterer, strenger Armeeoberst, war später in der Schlacht um Berlin gefallen.

Lebel hatte kein besonders schlechtes Gewissen, was ihre Affäre im Lager anging. Wenn der Tod so nahe war, nahm man jeden Trost, den man bekommen konnte. Außerdem gibt es so etwas wie einen wirklich ehrlichen Geschäftsmann nicht, und bei seinen Verhandlungen hatte er häufig erheblich schwerere Sünden begangen als Ehebruch. Irina war auch nicht traurig deswegen, im Gegenteil. Sie gestand, daß sie an dem Tag, an dem sie vom Tod ihres Mannes erfuhr, eine Flasche Wodka geköpft und sich vor Freude vollkommen betrunken hatte. Ihr Mann war ziemlich brutal gewesen; der einzige Gefallen, den er ihr jemals erwiesen hatte, war die Witwenpension sowie die Datscha außerhalb Moskaus, die er ihr hinterließ.

Sie liebten sich an dem Tag mit einer Intensität, die Lebel noch nie erlebt hatte, und in der Folgezeit trafen sie sich so oft es ging in Irinas Datscha, wo sie ungestört waren.

Als sie an diesem ersten Tag nach all den Jahren im Bett lagen, hatte Irina seinen ausladenden Bauch getätschelt und gelacht.

»Du bist wahrhaftig kein Skelett mehr, Henri. Du bist fett geworden, mein kleiner Franzose. Aber ich liebe dich immer noch.«

Er war tatsächlich etwas korpulent geworden, doch er erkannte an Irinas Miene, daß sie ihn wirklich noch liebte.

Auch Irina Dezowa war äußerlich eine ganz andere geworden. Ihr Körper war sehr weiblich und ihr Busen üppiger und viel tröstender, als Lebel ihn in Erinnerung hatte. Nur ihre Lust auf Liebe war noch genauso unstillbar.

Doch Lebel wußte, daß man Irina trotz seiner Verbindungen niemals würde ausreisen lassen. Niemandem wurde die Ausreise aus Stalins Rußland gestattet. Dissidenten wurden erschossen, in Heime überstellt oder lebenslänglich eingesperrt. Schon der bloße Antrag auf ein Ausreisevisum stempelte den Antragsteller als Verräter ab, den das Erschießungskommando oder der Gulag erwarteten. Jedesmal, wenn Lebel und Irina sich trafen, vier-, fünfmal im Jahr, wenn möglich öfter, achtete er besonders sorgfältig darauf, daß er nicht verfolgt wurde. Mit der Zeit entwickelte er einen ausgeprägten Sinn für Tricks und Schliche, wenn er zur Datscha fuhr.

Es war nicht perfekt, und sicher war es auch nicht. Jedesmal wenn sie zusammen waren, fürchtete Lebel, daß ihre Beziehung entdeckt und – was noch schlimmer war – beendet würde.

Aber sie gingen dennoch weiter das Risiko ein und trafen sich jedesmal, wenn er in Moskau war.

Es sollte ihr Geheimnis bleiben.

17. KAPITEL

Paris
3. Februar

An diesem Nachmittag Anfang Februar hingen graue Wolken düster am Himmel über Paris. Sie drohten schon den ganzen Tag mit Regen, aber das Wetter interessierte Henri Lebel, der sich in seiner luxuriösen Penthouse-Suite im fünften Stock des Ritz-Hotels aufhielt, am wenigsten.

Der Anblick der beiden üppigen jungen Models, die fast nackt vor ihm standen, ließ einen Schauder der Erregung über seinen Rücken laufen. Sie waren verführerisch, beinahe zu verführerisch. Lebel saß auf der Couch am Fenster, dessen

Vorhänge zugezogen waren. Das Licht war angeschaltet, und die drei kräftigen Studiolampen erleuchteten die Suite. Während der Modefotograf noch in letzter Minute einige Veränderungen vornahm, zündete Lebel sich eine Zigarre an und lächelte dem jüngeren der beiden Mädchen zu.

»Sehr, sehr nett, Marie. Dreh dich jetzt bitte um.«

Das Mädchen war zwanzig, hatte kurzes, dunkles Haar und einen braungebrannten Körper, für den jeder echte Franzose ohne Bedenken einen Mord begangen hätte. Sie trug nichts weiter als hochhackige Pumps und schwarze Seidenstrümpfe mit Strumpfhalter. Das Mädchen drehte sich um und zeigte in Rückansicht ihre langen, eleganten Beine und ihre perfekt gerundeten Pobacken. Sie neigte den Kopf und kicherte, als sie Henri anschaute.

»Was ist mit dem Mantel, Henri?«

Lebel spitzte die Lippen und lächelte. »Einen Moment noch, Kleines. Laß mich diesen Augenblick genießen wie guten Wein.«

Marie lachte, während sie dastand, die Hände auf die Hüften gestützt. Sie war kein bißchen verlegen, als Henris Blick genießerisch über ihren Körper strich.

Das Mädchen ist phantastisch, dachte Henri. Unwiderstehlich.

»*Très bien, Marie*. Und jetzt Claire. Du bist dran. Schön langsam, bitte.«

Das zweite Mädchen war blond und ein paar Monate älter. Sie lächelte Lebel neckisch an und drehte ihm ihren Hintern zu, der nicht so aufreizend war wie der von Marie, und ihre Beine waren auch nicht so lang, aber sie war dennoch wunderschön, und ihre üppigen Brüste machten die anderen Defizite wett.

Lebel fühlte das elektrisierende Kribbeln in den Lenden und mußte einen hingebungsvollen Seufzer unterdrücken.

»*Très bien, Claire.*«

Er erhob sich und drückte seine Zigarre im Kristallaschenbecher auf dem Couchtisch aus. Dann wandte er sich zu dem Fotografen, einem affektierten Mann mittleren Alters. Er trug einen Pullover und eine Hose und hatte sich einen Schal um den Hals geschlungen. Lebel schlug ihm auf die Schulter.

»Gut gemacht, Patrique. Die Mädchen sehen genau so aus, wie ich Sie für den New York Katalog haben will.«

»Es ist mir stets ein Vergnügen, mit Ihnen zu arbeiten, Henri.«

Trotz seines vollen Terminkalenders fand Lebel immer Zeit, persönlich die Aufnahmen für den Katalog der kommenden Winterkollektion zu überwachen. Die kostspielig dekorierte Suite im Ritz bot genau das richtige Ambiente.

Der Fotograf klatschte in die Hände. »Zuerst die Zobel, Mädchen. Wir wollen mit dem besten beginnen.«

Lebel sah die entzückten Gesichter der beiden Models, als sie kichernd zu der Garderobenstange in einer Ecke des Zimmers liefen. Zwei Dutzend Pelzmäntel hingen auf hölzernen Kleiderbügeln. Die Farben reichten vom reinsten Schneeweiß bis zum tiefsten Pechschwarz. Zobel, rostfarbener Bär, Silberfuchs, Nerz, Hermelin. Der seidige Glanz eines Pelzes war schon allein eine Augenweide. Lebel lächelte, als die beiden Mädchen die bodenlangen Zobelmäntel anprobierten. Wie er erwartet hatte, sahen die beiden in den Pelzen überwältigend aus.

Der Fotograf schoß rasch hintereinander ein paar Dutzend Bilder von den Mädchen in verschiedenen Posen, und Lebel machte Vorschläge, wenn er es für nötig hielt. Plötzlich hörten sie es an der Tür klopfen. Ein großer Mann mit scharfen Gesichtszügen, einem schwarzen Frack und der Trauermiene eines Beerdigungsunternehmers betrat den Raum. Die beiden wunderschönen Models beachtete er nicht. Charles Torrance war Engländer, Lebels Butler und Chauffeur und ebenso diskret wie würdevoll. Seine Worte waren trotz seiner samtweichen Stimme im ganzen Zimmer zu verstehen, und sein Französisch war makellos.

»Ein Besucher, Monsieur.«

»Sagen Sie ihm, er soll verschwinden, ganz gleich, wer es ist«, fuhr Lebel unwirsch hoch. »Sehen Sie nicht, daß ich beschäftigt bin, Charles?«

»Es handelt sich um Monsieur Ridgeway, Monsieur. Er behauptet, er habe einen Termin.«

Lebel seufzte. Er hatte fast vergessen, daß sein Sekretär ihn über diesen Termin vor drei Tagen informiert hatte. »Gut, führen Sie Mr. Ridgeway ins Arbeitszimmer.« Lebel lächelte dem Fotografen und den Mädchen zu. »Champagner für alle, wenn sie fertig sind, Charles. Und ein bißchen Kaviar, den der russische Botschafter geschickt hat.«

»Selbstverständlich, Monsieur.«

Torrance nickte und zog sich zurück. Lebel lächelte immer noch, als er zur Tür ging.

»Eine kleine geschäftliche Angelegenheit, die ich nicht aufschieben kann. Sorgt dafür, daß Charles euch königlich bewirtet. Ihr verdient es. Ich glaube, es werden ausgezeichnete Katalogfotos.«

Henri Lebels Penthouse-Suite im fünften Stock des Ritz bot eine der schönsten Aussichten von Paris. Man konnte von hier aus den wundervoll gepflasterten Place Vendôme sehen.

Die Suite war während der Besetzung von einem hohen Gestapo-Offizier requiriert worden, der das luxuriöse Quartier zu einer Fünfzimmersuite ausgebaut hatte, um seiner Pariser Mätresse zu imponieren. Die antiken Möbel und die Seidengobelins sorgten für Eleganz, und überdies wies die Suite noch einen weiteren eindeutigen Vorzug auf: Sie hatte drei verschiedene Eingänge. Lebels offizielle Büros und sein Lagerhaus lagen in einem Vorort von Clichy. Aber er benutzte sie selten für seine Geschäfte. Die Suite im Ritz war viel intimer.

Als er in das Arbeitszimmer trat, sah er Massey am Fenster stehen. Der Amerikaner betrachtete versonnen die Tauben, die über das regennasse Pflaster des Place Vendôme kreisten. Vom Plattenteller ertönte leise die Stimme von Maria Callas, eine Arie aus *La Bohème*.

Lebel lächelte, als er ans Fenster trat und seine Hand ausstreckte. »Jake, schön Sie zu sehen.« Er sprach Masseys Namen wie das französische ›Jacques‹ aus und schüttelte dem Mann die Hand, bevor er einen kurzen Blick zum Plattenspieler warf. »Wie ich sehe, haben Sie sich bereits die Freiheit genommen. Sie ist wirklich wunderbar, die Callas. Erinnern Sie mich daran, wenn Sie für ihr nächstes Gastspiel in Paris Tickets möchten. Ich habe einen Freund an der Opéra.«

»Hallo, Henri. Hoffentlich habe ich Ihren Nachmittag nicht ruiniert. Charles sagte mir, daß Sie Besuch haben.«

Lebel nahm eine Zigarre aus der Klimabox auf dem Lacktisch. »Zwei sehr charmante Mädchen von der Modelagentur, die ich immer beauftrage. Ich pflege die Katalogaufnahmen grundsätzlich persönlich zu beaufsichtigen. Das ist natürlich nur ein Vorwand, schöne Damen zu bewundern.«

Massey schüttelte den Kopf und lächelte. »Henri, Sie haben sich kein bißchen verändert.«

Lebel erwiderte das Lächeln liebenswürdig. »So ist das Leben. Aber glauben Sie mir, heutzutage beschränke ich mich darauf, einfach nur zu schauen.« Er zündete die Zigarre an und blies eine Rauchwolke in die Luft. »Was führt Sie nach Paris, Jake?«

Massey betrachtete den dicklichen Franzosen. Sein bleistiftdünner Schnurrbart war penibel gestutzt und sein Gesicht von unzähligen feinen Fältchen überzogen, was aus einiger Entfernung von der dunklen Sonnenbräune des letzten Riviera-Urlaubs kaschiert wurde. Die goldene Rolex und die diamantenen Manschettenknöpfe verliehen ihm ein ausgesprochen wohlhabendes Aussehen.

»Nur eine kurze Stippvisite, um ein bißchen zu schwatzen, Henri.«

Lebel deutete mit einem Kopfnicken auf den Plattenspieler. »Haben Sie deshalb die Schallplatte aufgelegt? Damit wir nicht abgehört werden? Jake, Sie trauen nicht einmal Gott selbst.«

»Deshalb lebe ich auch schon so lange.«

Lebel ließ seinen Blick durch den Raum gleiten. »Die Suite ist vollkommen sicher, glauben Sie mir. Es gibt keinerlei Abhöranlagen. Ich habe die Zimmer selbst kontrolliert.« Die Musik im Hintergrund war überflüssig, aber Lebel konnte den Amerikaner verstehen. »Setzen Sie sich. Möchten Sie einen Drink?«

»Haben Sie Scotch?«

»Scotch und alles, was Sie sonst noch wollen.«

»Kein Eis und viel Wasser.«

Lebel ging zu einem Getränkeschrank in einer Ecke und füllte ein Glas mit Scotch und ein anderes mit einem großzügigen Schluck altem, französischem Napoleon-Cognac für sich selbst. Massey setzte sich in einen Stuhl ans Fenster, und als Lebel sich zu ihm gesellte, hob der Franzose sein Glas. »Auf die Freiheit, *mon ami*.«

»*Touché*.«

Lebel lachte den Mann gegenüber an. »Jake, das war so ziemlich das einzige Wort Französisch, das Sie während des Krieges gelernt haben, und ich wette, daß Sie Ihr Vokabular um keine Silbe erweitert haben.«

»Das war auch nicht nötig, mein Freund. Der Krieg ist vorbei.«

»Aber für Sie geht der Kampf weiter, nicht wahr?«

Massey lächelte. »Je weniger über dieses Thema geredet wird, desto besser.«

»Und was verdanke ich die Ehre Ihres Besuchs? Unser letztes Treffen liegt schon Jahre zurück. Sie haben weder angerufen noch geschrieben, wie Sie es versprochen hatten. Das hat mir das Herz gebrochen, Jake. Wenn Sie eine Frau wären, hätte ich Sie schon lange aufgegeben.«

»Wie laufen die Geschäfte?« fragte Massey amüsiert.

»Man kann sich nicht beklagen. Eigentlich sogar ausgezeichnet. Seit dem Ende des Krieges haben die reichen Amerikaner keine Ebbe mehr in der Kasse. Sie kaufen gern und teuer ein. Und vor allem lieben sie meine Zobel- und Hermelinpelze. Ich habe allein letztes Jahr Pelze für fünf Millionen Francs nach Amerika verkauft. Das ist ein Viertel meines ganzen Umsatzes.«

»Klingt wirklich gut, Henri«, erklärte Massey erstaunt.

»Dann warten Sie erst mal bis zum nächsten Jahr, wenn Sie meinen neuen Katalog sehen. Dann wird es noch besser.«

Lebel lächelte zuversichtlich, beugte sich vor und berührte Masseys Knie. »Aber genug vom Geschäft. Warum sind Sie in Paris?«

»Treffen Sie sich noch mit den Jungs aus der Résistance?«

»Einmal im Jahr gibt es eine Versammlung. Dann köpfen wir ein paar Flaschen und gedenken unserer Toten. Sie sollten nächstes Mal kommen. Man erinnert sich immer noch stolz an Sie. Der Kampf gegen die Nazis war für viele der Höhepunkt ihres Lebens. Jetzt züchten sie Hühner oder Kinder und fristen ihre langweiligen Existenzen.«

Massey blickte sich in dem eleganten Raum um. »Ihnen scheint es aber nicht so schlecht zu gehen. Diese Suite muß Sie einen ganz schönen Batzen kosten.«

Lebel lächelte. »Das stimmt. Aber es ist alles Glück und eine Laune des Schicksals, *mon ami*. Sie wissen es am besten.«

»Ihr Engagement in der Résistance hat sich für Sie ausgezahlt, Henri.«

Lebel zuckte mit den Schultern. »Es hatte seinen Preis, aber ich kann natürlich nicht abstreiten, nach dem Krieg hat mir das bei meinen Moskauer Kontakten sehr geholfen.«

»Das ist zum Teil der Grund, warum ich hier bin, Henri. Sie müssen mir einen Gefallen tun.«

Lebel lächelte. »Ist es etwas sehr Gefährliches oder einfach nur etwas Illegales?«

»Beides. Und es hat mit Moskau zu tun.«

Lebels Runzeln vertieften sich, er wurde schlagartig sehr ernst und auch ein wenig nervös.

»Erklären Sie das.«

Massey stellte sein Glas ab. »Ein Mann namens Max Simon und seine Tochter wurden vor zwei Monaten in der Schweiz ermordet. Man hat beiden einen Kopfschuß aus nächster Nähe verpaßt. Und Moskau hat diese Morde in Auftrag gegeben.«

Lebel hob seine speckige Hand. »Jake, wenn es um Politik geht, mische ich mich nicht ein, das wissen Sie.«

»Hören Sie mir erst bis zu Ende zu. Der Verantwortliche dafür ist ein Ostdeutscher, ein Mörder namens Borowik. Gregori Borowik. Das ist nicht sein richtiger Name. Er benutzt viele Decknamen. Er ist Abschaum, Henri, und ich will ihn finden.«

Lebel seufzte und schüttelte den Kopf. »Jake, meine Kontaktpersonen sprechen über so etwas nicht.«

»Ich bitte Sie nur darum, ganz diskret einige Nachforschungen anzustellen. Sie kennen jeden in der sowjetischen Botschaft in Paris und sind sogar mit dem Botschafter befreundet.«

»Es ist eine Freundschaft der Art, die Gespräche über die schmutzige Seite der Geheimdienstarbeit meidet.«

»Max Simon war ein enger Freund von mir. Und seine Tochter war erst zehn Jahre alt.«

Lebel wurde blaß vor Ekel, aber er schüttelte trotzdem entschieden den Kopf. »Es tut mir leid, das zu hören, Jake, aber Sie verschwenden Ihre Zeit.«

Massey seufzte und stand auf. »Gut, lassen wir das für den Moment. Im Augenblick sind Sie der größte Händler für russische Felle in Europa. Sie gehören mit einigen Diplomaten und einer Handvoll westlicher Geschäftsleute, die mit Öl, Tabak und Diamanten handeln, zu den wenigen Menschen, die beinah nach Belieben in Moskau ein und aus gehen können. Und da Moskau im Moment so gut wie eine geschlossene Stadt ist, macht Sie das wohl zu einer ganz besonderen Person.«

Lebel nickte nachdenklich, bevor er an seinem Cognac nippte. »Das ist wahr. Aber, wie ihre Landsleute so unverblümt sagen: Schluß mit dem Gequatsche, Jake. Kommen Sie zum Punkt.«

Massey verzog keine Miene, als er antwortete. »Ich brauche Sie, damit Sie in einem Ihrer privaten Frachtzüge einige Leute für mich aus Moskau herausbringen.«

Lebel klappte der Unterkiefer herunter. Geistesgegenwärtig packte er seine Zigarre mit Daumen und Zeigefinger, bevor sie herunterfallen konnte, und runzelte ungläubig die Stirn.

»Nur, damit ich das richtig verstehe, Jake: Sie verlangen von mir, Menschen aus Rußland herauszuschmuggeln?«

Massey nickte ungerührt. »Drei, um genau zu sein.«

Lebel lachte. Es war ein schnaubendes, verächtliches Geräusch. »Jake, haben Sie den Verstand verloren?«

»Natürlich bitte ich Sie nicht, das umsonst zu erledigen. Es ist schlicht und einfach eine geschäftliche Vereinbarung. Man wird Sie gut entschädigen.«

»Ich möchte Sie korrigieren, *mon ami*. Es wäre schlicht und einfach Selbstmord. Außerdem brauche ich kein Geld.«

Lebel warf einen Blick auf den Platz vor dem Hotel. Es hatte nun doch angefangen zu regnen. Dicke Tropfen prasselten auf das Pflaster, und selbst die Tauben suchten Schutz unter den Dachgiebeln. Lebels Blick glitt zu Massey zurück.

»Jake, bitte verstehen Sie mich richtig: Ich bin Pelzhändler, kein Reiseveranstalter. Ich lebe gut von meinem Handel mit den Russen. Wissen sie, was passieren würde, wenn sie herausfänden, daß ich Menschen aus ihrem Land schmuggele? Ich würde für den Rest meines Lebens in irgendeinem gottverdammten Lager in Sibirien Schneebälle herstellen. Und auch nur, wenn ich Glück hätte. Sollte mein Glück mich verlassen, bekomme ich in den Gewölben am Dsershinski-Platz eine Kugel zwischen die Augen.«

»Hören Sie mir erst bis zu Ende zu, Henri.«

Lebel schüttelte den Kopf. »Jake, es ist sinnlos. Gott höchstpersönlich könnte mich nicht dazu bringen, ein solches Risiko einzugehen.«

»Ich sagte: Hören Sie mich bis zum Schluß an. Wie viele Zugladungen Felle führen Sie jährlich aus Rußland aus?«

Lebel zuckte mit den Schultern und seufzte. »Vier. In einem guten Jahr vielleicht sechs. Das hängt von der Nachfrage ab.«

»In versiegelten Waggons?«

»Ja, in versiegelten Waggons. Sechs Waggons pro Zug.«

»Und Sie begleiten Ihre Waren immer persönlich?«

Lebel nickte. »Natürlich. Bei einer so wertvollen Fracht kann ich kein Risiko eingehen. Trotz Stalin am Ruder lauern an der Grenze zu Finnland Banditen. Ich miete einen Privatzug von den Russen, der von Moskau nach Helsinki führt.«

»Kontrollieren die Russen Sie an der Grenze sowohl bei der Ein- als auch bei der Ausreise?«

Lebel lächelte. »Die Wachposten kontrollieren alle Wagen mit Spürhunden, Jake. Glauben Sie mir, ohne daß Moskau davon weiß, verläßt nichts dieses Land.«

»Sie meinen: fast nichts.«

Massey zog einen Umschlag aus der Innentasche seines Jacketts und reichte ihn Lebel.

»Wenn das Geld ist, Jake, vergessen Sie's. Ich sagte es Ihnen schon...«

»Es ist kein Geld. Es ist ein vertraulicher Bericht. Bitte lesen Sie ihn, Henri.«

Lebel nahm den versiegelten Umschlag und riß ihn auf. Darin befand sich ein einzelnes Blatt Papier. Er las es und verlor sichtlich die Fassung. Als er Massey ansah, wirkte der Franzose wie der sprichwörtliche Fuchs, den man mit der Henne im Maul erwischt hatte.

»Was soll das bedeuten?« fragte Lebel mit unterdrückter Wut.

»Wie Sie sehen, handelt es sich um einen Bericht über die letzten drei Warensendungen, die Sie aus Rußland exportiert haben. Sie sind ein gerissener Bursche, Henri, stimmt's? Sie haben hundertzwanzig Zobelfelle mehr ausgeführt, als Sie in Ihren Zollpapieren angegeben haben. Und alle waren in einem Geheimfach unter dem Zug versteckt.«

Massey streckte die Hand aus, und Lebel gab ihm den Bericht zurück. Dann sank er in seinem Sessel zusammen und starrte zu Massey hoch. »Wie haben Sie das herausgefunden?«

»Der finnische Zoll hat das Fach unter dem Boden des Waggons entdeckt. Als ihr Zug das vorletzte Mal aus Moskau in Helsinki ankam, haben sie einen diskreten Blick in den doppelten Boden geworfen. Natürlich haben Sie uns den Bericht weitergegeben, für den Fall, daß Moskau dahintersteckte. Aber ich weiß, daß das nicht der Fall ist. Es ist allein Ihre Operation, Henri, hab' ich recht? Wer weiß noch davon? Jemand in Rußland?«

»Nur der Lokomotivführer«, gab Lebel zu. »Eigentlich war das seine Idee. Er hat gesehen, wie gewisse Moskauer Kriminelle während des Krieges Lebensmittel für den Schwarzen Markt in Rußland hineingeschmuggelt haben.«

»Kann man ihm trauen?«

Lebel zuckte mit den Schultern. »Soweit man einem Ganoven trauen kann. Er hat eine Schwäche für eine bestimmte, entzückende Finnin, die in der Nähe der Grenze im besetzten Karelien wohnt. Sie ist ein großes Mädchen, die Geschmack an teurem französischen Champagner und gewagter Seidenunterwäsche findet, womit ich ihn besteche. Vermutlich würde er für Sex und Geld so ziemlich alles tun, aber welcher Mann würde das nicht?«

»Es ist Ihre Operation, Henri? Stimmt es?«

Lebel lächelte beunruhigt. Er war kreidebleich. »Jake, Sie haben keine Ahnung, was die Finnen mir an Einfuhrzöllen berechnen. Ihre Staatseinnahmen würden sogar einen Streifenpolizisten in Versuchung führen.«

»Als Ihr Freund einen Weg gefunden hatte, das zu umgehen, sind Sie natürlich sofort darauf angesprungen.«

Lebel deutete mit der Zigarre auf den Bericht in Masseys Hand. »Bis Sie mir das da gezeigt haben, dachte ich eigentlich, ich wäre verdammt gerissen. Jetzt ist mir klar, daß ich ein Narr gewesen bin. Gut, Jake, sagen Sie Ihr Sprüchlein auf. Wollen Sie die Gendarmen holen, damit sie mich in Handschellen legen und wegschleppen?«

»Die amerikanische Botschaft in Helsinki hat den Finnen geraten, noch keinen Druck zu machen.« Massey lächelte kurz. »Aber ich habe das Gefühl, es könnte für Ihre Firma sehr unangenehm werden, wenn die Finnen Anklage erheben. Danach dürften Sie in Amerika mit Ihren Geschäften überall vor geschlossenen Türen stehen. Sie wären ruiniert, Henri.«

»Und jetzt sagen Sie bloß, Sie können mir all dies ersparen?«

Massey grinste. »Wenn Sie mit uns zusammenarbeiten.«

Lebel lehnte sich seufzend zurück. »Darauf habe ich gewartet.«

»Verraten Sie mir zuerst, wie Sie an den Russen vorbeikommen? Kontrollieren sie Ihre Züge nicht?«

»Natürlich, aber nur die, die über die finnische Grenze hereinkommen. Nicht die, die Rußland verlassen. Wenn wir die russische Grenze nach Finnland überquert haben, kontrollieren die Finnen die Waggons.«

»Wer hat noch seine Finger in der Sache?«

Lebel zögerte. »Gewisse gierige Geschäftsfreunde, mit denen ich in Rußland zu tun habe. Bürokraten und Bahnbeamte. Eigentlich haben die den Zugfahrer darauf gebracht. Für eine kleine Entschädigung sorgen Sie dafür, daß die russischen Wachposten beide Augen zudrücken, wenn der Zug den Grenzposten durchfährt.«

»Haben Sie jemals Menschen für Moskau aus dem Land geschmuggelt?«

Lebel schüttelte heftig den Kopf. »Jake, ich arbeite nicht für den KGB, und auch nicht die Leute, mit denen ich Geschäfte mache. Das schwöre ich Ihnen. Ihr einziger Beweggrund ist Geld. Aber es ist unmöglich, Menschen anstelle der Felle zu schmuggeln. Glauben Sie mir. Außerdem würde der Zugfahrer niemals mitmachen. Felle sind eine Sache, Menschen eine ganz andere. Er würde dafür erschossen werden, ganz zu schweigen, was man mit mir anstellt, wenn man mich erwischt.«

»Und wenn der Plan narrensicher ist?«

»Jake, kein Plan ist narrensicher, schon gar nicht, wenn die Russen mit von der Partie sind.«

»Er ist narrensicher und eine halbe Million Francs wert. In Schweizer Franken übrigens. Sie werden auf Ihr Schweizer Konto überwiesen, wenn Sie mitmachen. Und wenn Sie tun, worum ich Sie wegen Max Simon gebeten habe, dann gibt's noch eine Kirsche auf den Kuchen.«

»Es ist eine stolze Summe, aber ich bin immer noch nicht interessiert.« Lebel runzelte die Stirn. »Was für eine Kirsche?«

»Die Finnen werden Ihre Unterlagen wegwerfen, wenn Sie versprechen, brav zu sein. Im anderen Fall versichere ich Ihnen, Henri, wird man Ihre Haut als Trophäe an die Wand nageln. Und ganz bestimmt war das Ihre letzte Zugladung Felle aus Rußland.«

Lebels Miene machte deutlich, wie wenig er davon hielt. »Jake, Sie sind wirklich knallhart.«

»Ich? Ich bin eine Schmusekatze im Vergleich zu den Leuten, mit denen Sie dann zu tun bekommen.«

Lebel zündete sich nachdenklich eine neue Zigarre an. Lange schwieg er und schien angestrengt zu grübeln, bis er schließlich Massey anschaute.

»Was würden Sie sagen, wenn ich mich bereit erkläre, Ihnen zu helfen, nicht für Geld?«

»Das hängt davon ab, was Sie im Sinn haben.«

»Einen zusätzlichen Passagier.«

Massey blickte ihn erstaunt an. »Das müssen Sie mir näher erklären.«

Lebel seufzte und erzählte ihm dann von seiner Liebesaffäre mit Irina.

»Ist sie Jüdin?« wollte Massey wissen.

Lebel nickte. »Ein Grund mehr, weshalb ich sie aus Moskau heraushaben möchte. Und ich kann nicht leugnen, daß einige meiner Kontaktpersonen mich in letzter Zeit sehr kühl behandeln. Ich dachte, wir hätten das mit Hitler überstanden, aber das scheint nicht so zu sein. Ich habe schon oft daran gedacht, Irina herauszuschmuggeln, aber die Risiken waren zu groß. Wenn die finnischen Behörden sie in dem Zug fänden, würden sie Irina vielleicht nach Rußland zurückschicken, und ich müßte ins Gefängnis. Aber Sie könnten doch dafür sorgen, daß das nicht passiert, Jake, oder? Und Sie könnten ihr auch einen legalen Ausweis und die Staatsbürgerschaft beschaffen?«

»Sie sind ein Satan, Henri. Aber sagen Sie ... Diese Datscha vor Moskau, die Irina besitzt... Ist die sicher?«

»Natürlich, deshalb benutzen wir sie ja. Warum?«

»Das erkläre ich Ihnen später. Lieben Sie diese Frau?«

»Was glauben Sie wohl?«

»Ich glaube, wir könnten ins Geschäft kommen.«

18. KAPITEL

New Hampshire
3. Februar

Während in Paris der Nachmittag verstrich, dämmerte es in New Hampshire. Und es schneite.

Anna erwachte um kurz vor sieben. In dem kleinen Schlafzimmer war es kalt. Sie zog die Vorhänge zurück und sah, daß es noch dunkel war und die Schneeflocken vom Himmel rieselten. Der Blick auf den See war wirklich etwas Besonderes, aber sie wurde durch ein Klopfen an der Tür abgelenkt. Anna warf sich ihren Morgenmantel über, ging zur Tür und öffnete.

Wasili stand vor ihr, eine Sturmlampe in einer Hand. In der anderen balancierte er ein Tablett mit einem Becher dampfenden Tees und einer Emailleschüssel voller heißem Wasser.

»Sie sind also schon wach, Kleine?«

Er trat ins Zimmer und stellte das Tablett neben Annas Bett.

»Kümmern Sie sich immer so gut um Ihre Gäste, Wasili?«

Der alte Mann lächelte. »Nur, wenn sie so hübsch sind wie

Sie. Das heiße Wasser muß für das Waschen genügen. Wir haben leider kein fließendes heißes Wasser hier. Es ist alles ein bißchen primitiv. Haben Sie gut geschlafen?«

»So gut wie seit Wochen nicht mehr. Es muß an der Luft liegen.« Sie warf einen kurzen Blick auf den See. »Die Aussicht ist wundervoll. Wie lange leben Sie schon hier, Wasili?«

»Seit über dreißig Jahren. Ich habe das Land für einen Spottpreis von einem Trapper gekauft, der hier gewohnt hat. Es war ein melancholischer Russe, der von seiner alten Heimat träumte und lieber Wodka trank als zur Jagd ging.«

»Warum haben Sie Rußland verlassen?«

»Die Kommunisten haben das Dorf meiner Eltern im ersten Winter während des Bürgerkriegs heimgesucht. Jemand hatte einen zaristischen Offizier versteckt. Die Soldaten haben daraufhin das ganze Dorf niedergebrannt. Dann haben sie den Großteil der Männer in die Kirche getrieben und das Gebäude angesteckt. Ich kann mich noch an die Schreie erinnern. Die Frauen und Kinder, die ihnen in die Hände fielen, wurden ins Lager gesteckt.«

»Wie haben Sie überlebt?«

»Einige von uns sind geflohen. Die Kommunisten haben uns zwar verfolgt, aber wir haben es über die Grenze nach Finnland geschafft. Es war eine lange, furchtbare Reise in diesem bitterkalten Winter. Von Finnland aus sind einige von uns mit einem amerikanischen Frachter nach Boston geschippert. Es war die beste Möglichkeit, einen neuen Anfang zu wagen, weil wir nie wieder nach Rußland zurückkehren konnten.«

»Was ist mit Ihren Eltern geschehen?«

»Sie sind entkommen, aber ich habe sie nie wiedergesehen. Das alles ist schon sehr lange her.«

»Es muß schrecklich für Sie gewesen sein.«

Einen Augenblick zeigte sich ein schmerzerfüllter Ausdruck auf dem Gesicht des alten Mannes. »So ist das Leben nun mal. Es lehrt einen, niemals etwas als selbstverständlich zu nehmen. So, jetzt waschen Sie sich, ziehen Sie sich an, und kommen Sie runter. Ich habe Frühstück gemacht. Wenn Sie den Tag mit Alexei überstehen wollen, müssen Sie sich stärken.«

Slanski saß bereits am Tisch und trank Kaffee, als Anna herunterkam. Er hatte einen Militärparka an und trug klobige Stiefel. Ein kleiner Rucksack stand hinter ihm auf dem Boden. Als Anna sich setzte, blickte Slanski sie schweigend an.

Erneut fiel ihr das gerahmte Foto an der Wand über dem Kamin auf. Das Paar und die drei kleinen Kinder. Ein sehr hübsches, junges Mädchen und zwei Jungen, einer dunkelhaarig, der andere blond. Sie fand, daß der eine Slanski entfernt ähnelte, schaute jedoch weg, als sie bemerkte, daß er sie beobachtete.

Wasili stellte einen Teller mit Eiern, Käse und Vollkornbrot vor Anna und sagte: »Essen Sie, Kleine.«

Nachdem der alte Mann ihr Tee nachgeschenkt und den Raum verlassen hatte, blickte sie Slanski an. »Es ist vielleicht besser, wenn Sie mir sagen, was wir heute vorhaben.«

»Für den Anfang nichts Anstrengendes, nur eine kleine Übung, damit Sie in Form kommen.« Er lächelte. »Was nicht heißen soll, daß mit Ihren Formen etwas nicht stimmt.«

»Sollte das ein Kompliment sein?«

»Nein, eine Feststellung. Aber wir müssen tatsächlich Ihre Kondition stärken. Ein paar Monate New York verweichlichen jeden. Das Training ist eine reine Vorsichtsmaßnahme, auch wenn es nur etwas über sechshundert Meilen von Tallinn bis Moskau sind, eine relativ kurze Entfernung also. Deshalb hat man sich für diese Route entschieden. Aber sollte etwas schiefgehen, so daß Sie auf sich allein gestellt sind, müssen Sie fit und vorbereitet sein.«

»Ich kann sehr gut auf mich selbst achtgeben.«

Er lächelte. »Dann betrachten Sie es als Rückversicherung. Wir fangen mit einem kleine Spaziergang an. Zehn Meilen durch den Wald. Wenn Popow in ein paar Tagen hierher kommt, beginnt das richtige Training. Und dann wird es um einiges schärfer, das kann ich Ihnen versprechen.« Er erhob sich. »Noch eins …«

Anna schaute auf und begegnete dem Blick seiner blauen Augen. Einen Moment verspürte sie ein seltsames Kribbeln in der Brust.

»Was?«

»Massey wird es Ihnen erklären, aber ich denke, Sie sollten

es jetzt schon erfahren. Man wird Ihnen eine kleine Pille geben, wenn wir aufbrechen. Zyankali. Das Gift tötet augenblicklich. Sie müssen es benutzen, wenn Sie in eine Situation geraten, in der sie höchstwahrscheinlich erwischt werden und aus der es keinen Ausweg mehr gibt. Hoffen wir, daß so etwas nicht passiert.«

Anna zögerte. »Wollen Sie mir Angst einjagen?«

»Nein. Sie sollen nur klipp und klar begreifen, daß dies hier kein Spielchen ist. Und noch haben Sie Zeit, Ihre Meinung zu ändern.«

»Ich weiß sehr genau, daß es kein Spiel ist. Und ich werde meine Meinung nicht ändern.«

Sie zog die warme Kleidung an, die Massey ihr gekauft hatte: Mit Fell gefütterte Wanderstiefel, eine wattierte Hose, einen dicken Pullover und eine Armeeöljacke. Es war immer noch dunkel, als sie aufbrachen. Nach etwa einer halben Meile gelangten sie an eine Lichtung. Es hörte auf zu schneien. Anna sah die ersten Strahlen der aufgehenden Sonne am Horizont, die den Himmel orangerot färbten.

Ihr fiel auf, wie Slanski sich durch den Wald bewegte. Er schien mit jedem Zentimeter des Waldes vertraut zu sein, schien jeden Ast und jeden Zweig zu kennen. Er blieb auf der Lichtung stehen und deutete auf einen Berghang, der hinter einer kleinen Kiefernschonung in der Ferne anstieg.

»Sehen Sie dieses Plateau? Man nennt es Kingdom-Kamm. Das ist unser Ziel. Zehn Meilen hin und zurück. Glauben Sie, daß Sie es schaffen?«

Er lächelte schwach, und Anna vermutete, daß er sie provozieren wollte. Statt zu antworten ging sie weiter.

Nach zwei Meilen war sie erschöpft. Der Anstieg ging ihr in die Beine, doch Slanski schritt aus, als würde er sich auf ebener Erde befinden. Seiner Kondition schien dieser Aufstieg nichts anzuhaben. Mehrmals blickte er sich um, ob Anna mithalten konnte, doch als er nach fünf Meilen den Gipfel erreichte, war sie weit zurückgefallen.

Anna trat aus dem Wald am Rand des Kamms. Sie war erschöpft und rang nach Atem. Mittlerweile war die Sonne aufgegangen, und der Anblick des Sees und des Waldes zu ihren Füßen war wunderschön. In weiter Ferne hob sich eine Bergkette mit schneebedeckten Gipfeln. Im Morgenlicht sahen die Felsen aus, als hätte jemand sie mit blauer Tinte übergossen.

Slanski saß auf einem felsigen Überhang und rauchte eine Zigarette. Als er sie sah, lächelte er. »Freut mich, daß Sie es geschafft haben.«

»Geben Sie mir eine Zigarette«, sagte sie keuchend.

Er reichte ihr eine und gab ihr Feuer.

Als sie wieder zu Atem gekommen war, sagte sie: »Der Ausblick ist unglaublich.«

»Das Bergmassiv, das Sie da hinten sehen, sind die Appalachen.«

Sie bewunderte noch einmal das Panorama, bevor sie Slanski anschaute. »Darf ich Ihnen eine Frage stellen?«

»Nur zu.«

»Sie wollten eigentlich nicht mitmachen, oder? Und es gefällt Ihnen auch jetzt noch nicht.«

Er grinste. »Wie kommen Sie darauf?«

»Was Sie da in der Blockhütte gesagt haben. Außerdem wirken Sie auf mich wie ein typischer Einzelgänger. Erzählen Sie mir etwas von sich.«

»Warum?«

»Ich will nicht Ihre ganze Lebensgeschichte hören. Nur genug, damit ich Sie etwas besser kennenlerne. Wir sollen schließlich so tun, als wären wir Mann und Frau. Das heißt wohl auch, daß wir im selben Bett schlafen müssen, falls nötig. Wenn ich mit einem Mann das Bett teilen soll, wüßte ich vorher gern etwas über ihn.«

»Was hat Massey Ihnen von mir erzählt?«

»So gut wie nichts. Waren Sie verheiratet?«

»Ich habe schon mal darüber nachgedacht. Aber welche Frau, die bei Verstand ist, würde hier oben leben wollen?«

Sie lächelte. »Ach, ich weiß nicht ... Es ist wirklich sehr schön hier.«

»Als Besucher, vielleicht. Aber die meisten Mädchen hier aus der Gegend können es kaum abwarten, endlich nach New York zu kommen. Die einzigen Menschen, die hierbleiben, sind Holzfäller, die ihre Nächte damit zubringen, sich mit selbstgebranntem Fusel umzubringen. Nicht mein Fall.«

»Haben Sie denn keine Frauen kennengelernt, die Sie mochten?«

»Doch, ein paar. Aber keine mochte ich genug, um sie vor den Traualtar zu führen.«

»Erzählen Sie mir etwas über das Foto im Haus.«

Plötzlich wirkte seine Miene schmerzerfüllt, und er stand auf, als wollte er das Gespräch beenden.

»Wie man so sagt: Das ist schon lange her. Und es ist keine Gutenachtgeschichte. Wir sollten langsam zurückgehen.«

»Sie haben mir immer noch nichts von Popow erzählt. Wer ist der Mann?«

»Dmitri Popow ist Waffenexperte und Fachmann für Selbstverteidigung. Vermutlich ist er der Beste weit und breit, was Pistole, Messer und Nahkampf angeht.«

»Ist er Russe?«

»Nein, Ukrainer. Deshalb haßt er die Russen. Er hat während des Krieges in einem SS-Regiment gegen sie gekämpft, bevor er sich der Emigrationsbewegung angeschlossen hat. Er ist ein ziemlich unangenehmer Brocken, aber bei einer solchen Operation ist er sein Gewicht in Gold wert. Deshalb setzen Masseys Leute ihn ein. Gut, wir wollen jetzt zurückgehen. Es sei denn, Sie möchten den ganzen Tag hier sitzen bleiben und den Blick genießen.«

Sie schaute ihn mit unverhohlener Gereiztheit an. »Ich muß Sie nicht mögen, Slanski, und das gleiche gilt auch umgekehrt. Aber wenn ich Ihre Frau spielen soll, will ich Ihnen jetzt auch einige Regeln erklären. Seien Sie in Zukunft höflicher zu mir, ja? Behandeln Sie mich wie Ihre Ehefrau, zumindest wie einen Menschen. Oder ist das zuviel verlangt?«

Er starrte sie einen Moment an und warf dann seine Zigarette fort. »Wenn Sie das Arrangement nicht wollen, brauchen Sie es nicht auf sich zu nehmen«, sagte er mit einer Stimme, die keinen Widerspruch duldete. »Und jetzt lassen Sie uns gehen.«

Als Anna aufstand, glitt sie auf dem Fels aus. Er erwischte sie am Handgelenk und zog sie zu sich. In dem Moment hob sie den Kopf und schaute ihn an.

Seine blauen Augen waren direkt vor ihr, und mit einem Mal neigte er den Kopf und küßte sie auf den Mund. Einen Moment war sie wie versteinert, dann aber riß sie sich los.

»Nicht ...!«

Er lächelte. »Wie Sie schon sagten: Ich sollte Sie wirklich wie eine Frau behandeln. Das wollten Sie doch, oder?«

Anna wußte, daß er sie bloß provozieren wollte. »Merken Sie sich eins«, entgegnete sie ärgerlich. »Auch wenn wir bei dieser Mission vielleicht in einem Zimmer schlafen müssen, um den äußeren Schein zu wahren – kommen Sie lieber nicht auf den Gedanken, mich anzufassen, ist das klar?«

Er drehte sich zu ihr um und lachte. »Anna Chorjowa, wenn Sie das, was ich da eben getan habe, schon aufgeregt hat, dann gnade Ihnen Gott, wenn Sie erwischt werden.«

Damit drehte er sich um und stapfte den Abhang hinunter.

Helsinki
8. Februar

Die Südwestküste Finnlands sah im Winter von oben betrachtet wie ein wirres Muster aus gefrorenen grünen und weißen Umrissen aus. Als hätte jemand mit einem gigantischen Hammer das Land und das Eis in Millionen Stücke zertrümmert.

Auf der Ostsee reicht das Eis in einem harten Winter bis an die Inseln heran, und auch dieser Winter machte keine Ausnahme. Im Südwesten lagen Hangö und Turku, uralte Seefahrerstädte, die viele Invasoren hatten kommen und gehen sehen: Russen, Schweden und Deutsche. Im Lauf der Geschichte hatte Finnland immer wieder Invasionen seiner baltischen Nachbarn über sich ergehen lassen müssen. Im Südosten lag Helsinki, und etwa fünfzig Meilen weiter südlich, jenseits des zugefrorenen Finnischen Meerbusens, befanden sich die von Rußland besetzten baltischen Staaten.

Massey traf vor Mittag mit dem Morgenflug aus Paris in Helsinki ein. Janne Saarinen erwartete ihn bereits in der

Ankunftshalle. Sie fuhren in Saarinens kleinem grauen Volvo in westlicher Richtung die Küste entlang. Saarinen wandte sich an den amerikanischen Gast.

»Ich dachte, ich würde mal eine Pause von diesen heimlichen Flügen haben, aber dann wieder dein Anruf. Wer ist es diesmal, Jake? Hoffentlich nicht wieder solche Ekel wie die beiden SS-Typen, die ich letzten Monat aus München geholt habe.«

»Diesmal nicht, Janne.«

Saarinen lächelte. »Immerhin, besser als nichts. Man wird ja bescheiden. Wie viele Passagiere soll ich diesmal absetzen?«

»Zwei. Einen Mann und eine Frau.«

»Worum geht es, Jake? Ist es eine Spezialoperation? Normalerweise starten deine Leute im Winter nicht von hier aus. Das Wetter ist doch viel zu schlecht.«

»Unter uns, Janne, es ist ein inoffizieller Absprung. Du wirst gut dafür bezahlt, aber das muß ich kaum besonders erwähnen.«

Ein Grinsen huschte über das Gesicht des Finnen. »Das riecht nach Gefahr, was mir im Moment gerade recht kommt. Spar dir die Worte. Über Geld reden wir, wenn die Sache erledigt ist.«

Die Straßen waren eisglatt, aber der bullige kleine Volvo war mit Schneeketten ausgerüstet. Es verstrichen zwanzig Minuten, bis sie ein kleines Fischerdorf erreichten. Es bestand aus einigen bunten Hütten, die sich um den zugefrorenen Hafen drängten.

Saarinen hielt am Ende des Dorfes vor einer Kneipe. »Das muß genügen«, erklärte er Massey. »Die Kneipe gehört meinem Vetter. Sie hat ein Hinterzimmer, wo wir uns ungestört unterhalten können. Gehen wir rein, Jake. Dort ist es wärmer.«

Der Finne schwang sein Holzbein aus dem Wagen, und die beiden Männer betraten den Schankraum. Die Gaststätte war überraschend groß und ganz in Kiefernholz eingerichtet. Ein Feuer loderte im Kamin, und ein Kachelofen verbreitete angenehme Wärme. Vom Fenster hatte man einen Blick auf den zugefrorenen Hafen. Hinter der Bar stand ein großer, blonder Mann in einem makellos weißen Barkittel und las Zeitung.

»Kundschaft, Niilo«, sagte Saarinen auf finnisch. »Wo sind die anderen?«

Der Mann grinste und deutete mit der Hand durch die leere Bar. »Keine Ahnung, Vetter. Vermutlich halten sie alle ihren Winterschlaf.« Er warf Massey einen vielsagenden Blick zu. »Das ist so ziemlich das einzige, was man um diese Jahreszeit hier tun kann.«

»Sprich bitte Englisch. Mein Freund hier versteht kein Finnisch«, antwortete Saarinen. »Und dann gib uns schnell einen Drink, Niilo, bevor wir erfrieren. Wir nehmen dein Hinterzimmer, wenn es dir nichts ausmacht. Wir haben was zu besprechen.«

Der Mann stellte eine Flasche Wodka und zwei Gläser auf den Tisch und reichte Saarinen einen Schlüsselbund.

Saarinen ging voraus zu einem Raum neben der Kneipe und schloß die Tür auf. Drinnen war es eiskalt. Er grinste, als er die Tür schloß.

»Ich weiß nicht, wieso sich Niilo die Mühe macht, im Winterhalbjahr seinen Laden geöffnet zu halten. Die meisten Einheimischen bleiben zu Hause. Vielleicht fällt ihm ja die Decke auf den Kopf. Im Sommer ist es hier gerammelt voll mit Jugendlichen aus Helsinki, die auf Sauftour sind, aber im Winter ist es so still wie im Leichenschauhaus.«

»Das paßt mir gut.«

Saarinen schenkte ihnen beiden ein Glas Wodka ein. »Willst du mit den Instruktionen anfangen?«

»Deshalb bin ich hier.«

»Dann erzähl mal, was du vorhast.«

»Ich möchte, daß du die beiden Leute, von denen ich gesprochen habe, in der Nähe von Tallinn absetzt.«

Saarinen blickte ihn erstaunt an. »Warum denn da? Tallinn ist eine Garnisonsstadt. Es wimmelt nur so von russischen Truppen.«

»Für den Absprung in der Gegend gibt es zwei Gründe«, erklärte Massey. »Erstens ist es nur eine kurze Distanz über den Finnischen Meerbusen nach Estland, und die Russen rechnen um diese Jahreszeit ganz bestimmt nicht mit Fallschirmspringern. Und zweitens erwartet unsere Freunde dort ein Empfangskomitee, das ihnen weiterhilft.«

»Verstehe. Wohin?«

»Tut mir leid, Janne. Das darf ich dir nicht sagen.«

»Macht nichts. Solange du dir über die Gefahren bewußt bist. Und wo hast du den Start geplant?«

»Ich hatte an diese kleine Landebahn gedacht, die du weiter oben an der Küste hast. Vorausgesetzt, sie liegt nicht zu dicht an der russischen Basis in Porkkula.«

»Bylandet? Warum nicht, die Insel ist fast ideal. Ich lasse mein Flugzeug dort im Winter im Hangar stehen. Mach dir keine Sorgen wegen der Basis.«

Die Halbinsel Porkkula war über dreißig Kilometer von Helsinki entfernt. Die Russen hatten dort eine kleine Luftwaffen- und Marinebasis eingerichtet. Diese Besetzung war ein heikles Thema für die Finnen. Aber da sie sich im Krieg auf die Seite der Deutschen geschlagen hatten, wurde Finnland von den Russen jetzt gezwungen, in ihrem Land russische Militärbasen zu akzeptieren, bis Helsinki Moskau alle Reparationszahlungen geleistet hatte.

»Porkkula liegt zehn Meilen Luftlinie von Bylandet entfernt«, meinte Saarinen. »Aber die Sowjetbasis hat mir noch nie Probleme gemacht. Finnen ist das Betreten streng verboten, und die Russen bleiben unter sich. Wenn wir von Bylandet starten, sollte der Flug nicht länger als dreißig Minuten dauern. Vielleicht vierzig, bei starkem Gegenwind.«

»Glaubst du, das Wetter könnte uns einen Strich durch die Rechnung machen?«

Saarinen lächelte selbstbewußt. »Das Wetter ist hier oben immer ein Problem. Aber wenn es schlecht sein sollte, ist es uns nur zum Vorteil. Wir können die meiste Zeit die Wolken als Deckung benutzen. Vermutlich sogar bis nahe ans Zielgebiet.«

»Ist das nicht ein großes Risiko?«

Saarinen lachte. »Nicht so groß, wie von der neuesten Mig vom Himmel gepustet zu werden. Eine Staffel Allwetterflugzeuge dieses Modells ist südlich von Leningrad stationiert. Sie kontrollieren die gesamte Ostseeküste. Diese Vögel sind verdammt gut – und so ziemlich das schnellste, was zur Zeit hier am Himmel ist. Sie sind sogar schneller als eure neuesten Maschinen. Die Maschinen haben zum Teil Radar an Bord. Hätte Stalin diese Migs schon im Krieg gehabt, hätte er die Luftwaffe mit links erledigen können.«

»Und wenn sie dich auf ihrem Radar entdecken?«

»Man sagt, daß die russischen Piloten noch nicht gut mit der neuen Ausrüstung vertraut sind. Also werden sie bei der Geschwindigkeit, mit der sie fliegen, nicht lange in den Wolken bleiben. Sie fliegen lieber dort, wo sie freie Sicht haben. Und wenn das Wetter richtig schlimm wird, wenn es zum Beispiel stark schneit, bleiben sie lieber am Boden und besaufen sich in der Offiziersmesse. Wenn zuviel Schnee in eine Düsenturbine kommt, würgt er sie ab. Keine sehr angenehme Vorstellung.«

»Verträgt dein Flugzeug die Turbulenzen, wenn das Wetter sich verschlechtert?«

Saarinen grinste. »Meine kleine Norseman würde sogar einen Sturm aus Scheiße unbeschadet durchfliegen.«

Als Saarinen seinen amerikanischen Gast vor dem Palace Hotel in Helsinki absetzte, war es fast acht Uhr.

Sie nahmen noch einen Drink in der Bar, bevor der Finne sich von Massey verabschiedete. Auf seinem Zimmer fand Massey eine Nachricht vor. Henri Lebel hatte aus Paris angerufen. Massey rief zurück und mußte zwanzig Minuten warten, bis die finnische Vermittlung ihm eine knackende und knisternde Verbindung nach Paris gab.

»Jake? Ich komme übermorgen nach Helsinki. Vielleicht können wir dann ja unser kleines Geschäft ausführlicher besprechen.«

Massey wußte, daß Lebel ihm das Geheimfach unter dem Güterzug zeigen wollte, den der Franzose von den Russen gemietet hatte, bevor er dann weiter nach Moskau reiste.

»Was ist mit den anderen Informationen, um die ich gebeten habe?«

»Ich arbeite daran, aber es ist nicht einfach, *mon ami*. Man muß die richtigen Leute schmieren, und die sind gierig. Aber ich hoffe, daß ich bald etwas für Sie habe.«

»Gut, Henri. Rufen Sie mich an.«

Nachdem Massey aufgelegt hatte, trat er ans Fenster und blickte auf den Hafen. Falls Lebel die gewünschte Information erhielt, wußte er, was er tun würde, trotz Branigans Warnungen.

Im Mondlicht wirkte die Ostsee wie eine einzige gefrorene Platte. Als Massey die Szenerie betrachtete, mußte er unwillkürlich an Anna Chorjowa denken. In zwei Wochen würde sie mit Slanski über dieses gefrorene Meer fliegen und das größte Wagnis eingehen, das sie jemals auf sich genommen hatte.

19. KAPITEL

New Hampshire
11. Februar

Anna beobachtete vom Fenster aus, wie der alte schwarze Ford vor dem Haus hielt.

Aus dem Wagen stieg ein untersetzter, kräftiger Mann. Sein dunkler, buschiger Bart und sein fettiges schwarzes Haar verliehen ihm das Aussehen eines wilden Bergbewohners. Als er mit Slanski die Veranda hinaufkam und ins Haus trat, bemerkte er Anna und grinste. Dabei zeigte er seine schlechten Zähne.

»Das ist also die Frau«, meinte er zu Slanski.

»Popow, das ist Anna«, stellte Slanski sie vor.

Popows Grinsen verstärkte sich. »Slanski hat vergessen zu erwähnen, wie hübsch Sie sind.«

Er hielt ihr seine Hand hin, die so groß war wie die Tatze eines Bären. Anna übersah sie. »Ich bin draußen, wenn Sie mich brauchen.« Damit ging sie an dem Ukrainer vorbei auf die Veranda.

Popow schaute ihr anerkennend hinterher, als sie in Richtung Wald verschwand.

»Sehr gut, wenn man so eine Frau in einer kalten Nacht bei

sich im Bett hat, würde ich meinen. Aber habe ich etwas Falsches gesagt?«

»Ich glaube nicht, daß ehemalige ukrainische SS-Leute zu ihren Lieblingen gehören, Dmitri.«

Popow knurrte. »Massey hat gesagt, sie wäre Russin. Russen und Ukrainer waren immer schon wie Katz und Maus. Die Russkis versuchen schon seit Jahrhunderten, uns in die Erde zu stampfen.« Er strich sich kurz über den Bart. »Trotzdem, bei ihr bin ich zu einem Waffenstillstand bereit. Sie hat wirklich einen hübschen Hintern, das muß ich sagen.«

»Du hast hier deinen Job zu erledigen, Dmitri. Verhältst du dich ihr gegenüber unverschämt, nehme ich das persönlich.«

Popow runzelte die Stirn, als Slanski ihn anstarrte. Sein Gesicht verzerrte sich vor Zorn, und er schien etwas sagen zu wollen, überlegte es sich dann aber anders und grinste statt dessen.

»Du kennst mich, Alex. Ich bin immer bereit, friedlich zu sein, wenn es der Harmonie dient.«

»Laß uns zum See gehen. Ich muß mit dir reden.«

Popow ließ seine Sachen im Auto zurück. Auf dem Weg zum Ufer sagte Slanski: »Glaubst du, daß du alles in zehn Tagen erledigen kannst?«

»Dich kenne ich. Von dem Mädchen weiß ich nichts. Es kommt auf sie an.«

»Massey glaubt, daß es mit ihr klappt.«

»Und was glaubst du?«

Slanski lächelte. »Ich gebe es nicht gern zu, aber sie ist gut. Sie hat sich letzte Woche mit Feuereifer fit gemacht.«

»Laß das lieber mich selbst beurteilen. Wenn jemand so was kann, dann Popow.«

Popow packte sorgfältig seine Sachen aus und ging ins Eßzimmer hinunter. Slanski hatte Kaffee gekocht, und sie setzten sich zu dritt an den Tisch aus Kiefernholz.

Der Ukrainer schaute Anna und Slanski an. »Gut, kommen wir zum ersten Punkt. Das Programm: Ihr steht jeden Morgen um halb fünf auf. Wir machen einen Fünfmeilenlauf, auch wenn Schnee liegt, und dann geht es hier mit Übungen weiter. Nach dem Frühstück trainieren wir Selbstverteidigung und verschiedene Tötungsmethoden. Du auch, Alex. Von der Frau hier weiß ich so gut wie nichts, also muß ich annehmen, daß sie nichts weiß und das als Grundlage benutzen.« Er blickte Anna ins Gesicht. »Haben Sie Erfahrungen in Selbstverteidigung und Töten?«

Slanski mischte sich ein. »Sie hat, Dmitri.«

Popow hob die Brauen und knurrte: »Ich habe die Frau gefragt, Alex. Laß sie antworten.« Er sah sie an. »Zeigen Sie mir Ihre Hände.«

»Was?«

»Ihre Hände. Ich will sie sehen.«

Anna hielt ihm die Hände hin, und Popow betrachtete sie. Er dehnte Annas rechte Hand und preßte sie fest zusammen. Es schien ihm zu gefallen, seine großen Finger brutal in ihre Haut zu graben, als wollte er sie verletzen, aber Anna schrie nicht auf, sondern zuckte nur zusammen.

Popow grinste und lockerte seinen Griff. »Gut. Sie kennen also Schmerz. Und, wie lautet Ihre Geschichte?«

»Massey hat befohlen, daß du ihr keine Fragen stellen darfst, Dmitri«, erklärte Slanski.

Popow schwang sich zu ihm herum und knurrte gereizt: »Ich frage sie nicht nach ihrer Lebensgeschichte. Aber ich muß wissen, was für eine Ausbildung sie gehabt hat. Und wieviel Schmerz sie ertragen kann.«

»Ich hatte eine militärische Ausbildung, wenn Sie das meinen«, erwiderte Anna scharf.

Popow hob die buschigen Augenbrauen zum Zeichen des Erstaunens. »In welcher Armee?«

»Dmitri …« Slanski wollte wieder unterbrechen.

Popow starrte ihn an. »Dir ist vollkommen klar, wie wichtig es ist, daß ich etwas von ihr weiß, wenn man bedenkt, was sie alles erwartet. Ich muß wissen, mit wem ich arbeite.« Er schaute Anna an. »Welche Armee?«

»Die Rote Armee.«

Popow runzelte die Stirn, und ein mißbilligender Ausdruck huschte über sein Gesicht, bevor er wieder grinste und sich über den Bart strich. »Das hab' ich mir fast gedacht. Gut, wir waren also einmal Feinde. Könnte interessant werden. Aber ich sage Ihnen gleich, daß diese militärische Erfahrung Ihnen kaum helfen wird. Die Rote Armee ist Pöbel. Undiszipliniert. Und widerspenstig.«

In Annas Gesicht flammte Wut auf. »Auch in Stalingrad?«

Popow grinste. »Der erste Punkt für Sie. Stalingrad ist die Ausnahme.«

»Zweifellos waren die SS-Leute besser?«

Popow hörte die Bitterkeit in Annas Stimme und schaute erst Slanski an, bevor er antwortete.

»Aha, Sie wissen also etwas über mich? Als Kämpfer waren die SS-Männer eindeutig besser, glauben Sie mir.«

»Bis auf die ukrainische SS. Das waren Vergewaltiger und Abschaum.«

Slanski blickte Popow an, dessen Gesicht sich vor Wut rötete, und stand auf.

»Wir sollten langsam anfangen. Bist du bereit, Dmitri?«

Auch Popow erhob sich und schob den Stuhl zurück. »Es ist noch hell draußen. Fangen wir mit den Tötungsmethoden an.« Er warf Anna einen spöttischen Blick zu. »Jetzt werden wir ja sehen, wer Abschaum ist. Ziehen Sie sich um. Lockere Kleidung und Turnschuhe.« Er grinste Slanski an. »Ich glaube, es wird mir gefallen.«

Sie gingen hinter das Haus. Ihr Atem bildete Dampfwolken in der Luft, aber die Kälte schien Popow nichts auszumachen. Er hatte Parka und Pullover ausgezogen und stand jetzt mit seinem schmutzigen Unterhemd da. Der Körpergeruch des Mannes war unangenehm, eine Mischung aus altem Schweiß und Holzrauch.

Er musterte Anna und Alexei und spreizte die Beine, während er die Hose hochzog.

»Gut. Erst die Grundlagen. Um richtig zu töten, braucht man zwei Dinge: Entschlossenheit und Geschicklichkeit. Unterdrückt den Ärger. Er verleitet einen zu Fehlern und lenkt ab. Man muß sein Ziel mit kühlem Kopf verfolgen. Also, zuerst ohne Waffen. Fangen wir mit dir an, Alex. Tritt vor.«

Slanski gehorchte.

»Streck die Hände aus, Handflächen nach oben«, befahl Popow.

Slanski hielt ihm die Hände hin. Popow nahm eine, hielt sie hoch und spreizte die Finger.

Er blickte Anna an. »Fünf Finger. Fünf einfache, aber tödliche Waffen an jeder Hand. Man kann damit Augen ausstechen, kratzen, würgen und ersticken. Auch die Füße sind Waffen. Und der Kopf. Aber es kann schmerzhaft und gefährlich sein, wenn man ihn für etwas anderes als zum Denken benutzt. Halten Sie sich lieber an die anderen Körperteile: Beine, Hände und Füße. Gut. Alex, wie kann man mit den Händen töten?«

Slanski berührte einen Punkt hinter Popows linkem Ohr und drückte zu.

»An den Druckpunkten rechts und links im Nacken, wo die Venen das Blut ins Gehirn transportieren. Je nachdem, wie kräftig man zudrückt, kann man einen Mann ins Land der Träume schicken oder ihn in fünf bis zehn Sekunden töten.«

»Vorausgesetzt natürlich, daß du Zeit dafür hast«, sagte Popow. »Und wenn die Zeit nicht reicht? Wenn es sofort sein muß? Zum Beispiel bei einem Wachposten? Jemand, den du schnell und ohne das leiseste Geräusch ausschalten willst?«

Slanski deutete auf seine Handkante und führte damit einen Schlag wie mit einem Messer. »Ein Handkantenschlag gegen die Kehle zerschmettert den Adamsapfel.«

»Und wenn du von hinten kommst?«

»Mußt du auf den Druckpunkt schlagen. Am besten mit der Handkante.«

»Und wenn ihn das nicht umbringt?«

»Dann tritt ihm in die Kehle.«

»Und wenn er noch steht?«

»Hol ihn so schnell wie möglich von den Beinen. Zerschmettere mit Hand oder Fuß seine Kehle.«

»Mit welchem Teil des Fußes?«

»Mit der Hacke.«

»Gut, führ es an mir vor.«

Popow drehte ihm den Rücken zu. Slanski trat hinter ihn und griff an. Als seine Hand durch die Luft zischte, wirbelte Popow blitzschnell herum, packte Slanskis Arm und drehte ihn. Slanski schrie nicht auf, obwohl er sich fast den Ellbogen gebrochen hätte. Popow ließ los und grinste. »Der erste Fehler. Ich habe dich überrascht, Alex. Du bist eingerostet. Du mußt immer mit allem rechnen. Erwarte stets das Unvorhergesehene. Geh davon aus, daß der Wachposten sich umdreht und hinsieht oder pissen muß.« Er blickte Anna an. »Wenn der Posten Sie sieht, kann es Sie das Leben kosten, und, was noch schlimmer ist, auch das Leben der anderen. Gehen Sie nie davon aus, daß die Dinge so laufen, wie Sie es geplant haben. Kurz gesagt: Rechnen Sie mit jeder möglichen Scheiße. Und wenn Sie töten wollen, müssen alle Sinne geschärft sein. Nicht nur der, den Sie gerade benutzen.«

Er trat etwas zurück. »Versuch es noch mal.« Er drehte sich wieder um und bot Slanski den Rücken. Der griff an. Als er zuschlagen wollte, drehte sich Popow erneut herum, aber diesmal war Slanski bereit. Als Popows Hand herumfuhr, packte Slanski sie, drehte ihm den Arm um und zog gleichzeitig das Knie hoch. Einen Zentimeter vor Popows Gesicht hielt er inne; dann hämmerte er die Hand auf Popows Hals.

Der Mann erzitterte, aber er war kräftig, und als Slanski erneut zuschlug, knurrte Popow, riß sich los, packte Slanskis Haar und zog ihm mit aller Kraft den Kopf zurück.

Slanski schrie nicht, aber er riß das Knie hoch und rammte es Popow in die Lenden, bevor der große Mann losließ, sich herumdrehte und lachte, als würde er sich amüsieren.

»Schon besser. Aber noch nicht gut genug. Du hättest mich zwar getötet, aber nicht lautlos. Wir werden daran arbeiten. Vergiß nicht, rechne immer mit allem. Die SS hat ihre Leute darauf gedrillt, stets mit allem zu rechnen.« Er schaute Anna an und grinste. »Und jetzt Sie. Bitte, treten Sie vor, Madam.«

Popow sprach das Wort Madam so aus, daß es fast wie eine Verhöhnung wirkte. Anna trat zwei Schritte vor. Das Grinsen des Ukrainers wurde noch selbstgefälliger.

»Bei Frauen«, sagte Popow, »ist es noch schwieriger. Sie haben nicht die Körperkraft eines Mannes. Aber selbst Weichlingen kann man eine Technik beibringen. Denken Sie daran, daß Sie immer mit allem rechnen und darauf reagieren müssen. Und es muß schnell gehen, sonst ist Ihr Leben verwirkt. Kapiert?«

»Ich glaube schon.«

»Gut, wir werden sehen. Dasselbe noch mal. Versuchen Sie es, und denken Sie daran, was Alex gemacht hat. Greifen Sie mich von hinten an.«

Popow drehte sich herum und zeigte Anna seinen Rücken.

Es gab ein zischendes Geräusch, und Popow bekam die Kraft des Trittes zu spüren, als Annas Fuß mit voller Wucht zwischen seine Beine fuhr. Er übergab sich würgend, als er in die Knie ging, und sein Gesicht lief rot an, während er mit den Händen an seine Genitalien griff.

Gleichzeitig trat Anna vor ihn. Ihre Hand sauste durch die Luft und traf mit voller Wucht Popows Hals.

Als Popow sich schmerzerfüllt wand, sah Slanski einen Augenblick das kaum verhüllte Lächeln auf Annas Gesicht. Im nächsten Moment war es verschwunden, und sie blickte ihn todernst an.

»Sein Fehler war, daß er seinen eigenen Rat, immer mit allem zu rechnen, nicht beachtet hat. Das verrät einen schlechten Ausbilder.«

Slanski grinste. »Da muß ich Ihnen recht geben. Was hatten Sie vor? Wollten Sie ihn töten?«

»Es gibt viele Möglichkeiten, einen Bären aufzuhalten. Die mongolischen Truppen, unter denen ich vor Stalingrad gedient habe, haben mich das gelehrt. So haben sie seit den Zeiten Dschingis Khans Wachposten zum Schweigen gebracht. Ein wuchtiger, genau gezielter Tritt zwischen die Beine auf die verwundbarste Stelle des Mannes. Der Schmerz ist so groß, daß er nicht einmal schreien könnte, wenn er es wollte. Er verschlägt ihm die Sprache. Dann kann man ihn umbringen.«

Slanski betrachtete lächelnd Popow, der sich auf dem Boden wälzte. »Ich glaube, Sie waren deutlich genug.«

»Dann richten Sie ihm bitte aus, ich hoffe, daß das restliche Training besser wird. Und erinnern Sie ihn daran, daß ein guter Ausbilder immer praktizieren sollte, was er lehrt. Ich warte drinnen, bis Ihr Freund sich erholt hat.«

Slanski schaute ihr nach, wie sie zum Haus zurückging. Popow rappelte sich langsam auf und massierte sich stöhnend vor Schmerz die Genitalien.

Slanski lachte und zündete sich eine Zigarette an. »Ich glaube, sie ist besser, als du gedacht hast, Dmitri.«

Moskau
12. Februar

Es war fast Mittag, als die finnische DC-3 mit Henri Lebel an Bord auf dem Wnukowo-Flughafen landete.

Wnukowo lag etwa zehn Meilen südwestlich von Moskau und war der größte zivile Flughafen der Stadt. Gleichzeitig jedoch diente er als Luftwaffenstützpunkt, der von einem Hochsicherheitszaun abgeriegelt und von einem Bataillon Elite-Fallschirmspringer gesichert wurde.

Lebel blieb ruhig auf seinem Platz sitzen, obwohl die Maschine schon längst ausgerollt war. An diesem Donnerstagmorgen war nur ein Dutzend Passagiere an Bord. Unter ihnen erkannte Lebel einige vertraute Gesichter von früheren Flügen nach Moskau. Zwei bekannte holländische Diamantenhändler, einen deutschen Ölmagnaten und einen kleinen Angestellten der finnischen Botschaft. Sie alle besuchten Moskau häufig und warteten geduldig auf ihren Plätzen, weil sie das Ritual kannten.

Lebel blickte aus dem Fenster und sah einen Emka über das verschneite Rollfeld auf das Flugzeug zusteuern. Es standen wie immer nur wenige westliche Maschinen auf dem Vorfeld. Eine Zweipropellermaschine – eine SAS-Scandia – und eine weitere zweimotorige finnische DC-3-Frachtmaschine. Der Rest waren Iljuschins der Aeroflot. Lebel sah die Hangars der militärischen Transportmaschinen und der Düsenjets. Sie lagen ziemlich weit von den zivilen Terminals entfernt. Der Westen durfte nur ältere, zweimotorige Maschinen durch den russischen Luftraum schicken; angeblich, so hatte Lebel gehört, wollte Stalin nicht, daß sein Volk die besseren Modelle der ausländischen Flugzeuge sah oder gar bewunderte.

Der Emka stoppte auf dem Vorfeld. Zwei Leute stiegen aus und gingen die Metalltreppe hinauf. Alles spielte sich nach immer derselben Prozedur ab. Die beiden Männer gehörten zum KGB. Sie kamen zwar an Bord, blieben aber an der Tür stehen. Bevor die Passagiere aussteigen durften, gingen die finnischen Stewardessen durch das Flugzeug, sammelten alle westlichen Zeitungen und Illustrierten ein und verstauten sie in einem abschließbaren Fach, damit niemand auf die Idee kam, sich eine mitzunehmen. In Rußland war ausländische Presse nicht erlaubt. Die Strafe für Passagiere oder Mitglieder der Crew war drakonisch: Fand man bei ihnen ein Magazin, wenn sie das Flugzeug verließen, erwartete sie eine lebenslange Freiheitsstrafe.

Lebel und die anderen Passagiere wurden schließlich von einem KGB-Mann über den verschneiten Asphalt der Rollbahn zu einem Terminal geführt. Dort warteten zwei weitere Beamte neben einem langen Metalltisch, auf dem die Reisetaschen und Koffer der Passagiere untersucht wurden.

Lebel nahm seine Tasche von einem Rollwagen. Der Beamte öffnete sie und untersuchte gründlich ihren Inhalt. Als er fertig war, winkte er Lebel weiter zu einem dritten Beamten, der in der Nähe saß und die Reisepässe kontrollierte. Der Franzose kannte den Mann von früheren Besuchen. Er war vom KGB und betrachtete den Paß und das Dokument, das Lebel die russische Ehrenbürgerschaft bescheinigte. Er stempelte den Paß und reichte ihn dem Franzosen zurück, ohne auch nur mit einem Wimpernzucken zu verraten, daß er ihn erkannte.

In der Ankunftshalle wurde Lebel von einem finster wirkenden jungen Mann vom Außenhandelsministerium begrüßt.

»Monsieur Lebel, hatten Sie einen guten Flug?«
»Es ging.«

Vor der Tür wartete wie üblich ein Sis mit Fahrer. Seit Lebels Wutausbruch vor einigen Jahren umsorgte das Außenhandelsministerium Lebel geradezu fürstlich. Der Wagen fuhr sofort los, nachdem er eingestiegen war.

Lebel gefiel die kosmopolitische, quirlige Atmosphäre Moskaus. Neben Russen gab es Balten, Mongolen, Chinesen und ein paar hundert andere ethnische Gruppen. In dieser Hinsicht erinnerte Moskau ihn sogar an New York, allerdings gab es hier keine wirklich guten Restaurants, und es war erheblich eintöniger.

Nichts jedoch war trister als Moskauer Hotels. In der Hauptstadt gab es nur vier, die ausländischen Besuchern offenstanden. Das bei weitem beste war das Moskwa am Marx-Prospekt. Es hatte eine wundervolle Fassade und eine Caféterrasse mit Blick auf den Kreml. Das Moskwa war das größte Hotel und beherbergte wichtige ausländische Besucher und Würdenträger. Lebel benutzte es als sein Büro, obwohl er vom Außenhandelsministerium ein offizielles Büro mit drei Angestellten in der Nähe der Arbat zur Verfügung gestellt bekommen hatte. Es war eine muffige Zweizimmerwohnung, die er mied, so gut es nur ging.

Der Sis hielt vor dem Hotel, und Lebel sah den uniformierten Mann von der Miliz, der vor dem Eingang Wache schob. Er trug einen langen blauen Mantel mit rotweißen Schulterstücken. Lebel schickte den Mann vom Ministerium weg und erklärte ihm, daß er ihn und den Wagen erst am nächsten Morgen um neun brauchte. Er hatte eine Besprechung über seine nächste Warenladung.

Das Moskwa rief immer denselben Eindruck auf Lebel hervor. Es wirkte wie ein großartiger, wenn auch etwas trostloser Palast. Es war riesig, mit meilenlangen Marmorfluren und funkelnden Kristallüstern, und strahlte dennoch etwas Freudloses aus. Es gab weder einen Blumen- noch einen Zeitungsstand, und nirgends war ein uniformierter Page zu sehen. Man erwartete von den Gästen, daß sie ihr Gepäck selbst trugen. Lebel begab sich zur Rezeption. Der Empfangschef unterhielt sich angeregt mit zwei Zivilisten am Ende der Theke. Sie blätterten einige Anmeldeformulare durch. Der eine hatte eine Handprothese, über die er einen Handschuh trug, und der andere war ein vierschrötiger Mongole. Die beiden Männer warfen Lebel einen kurzen Blick zu und unterhielten sich dann weiter mit dem Angestellten. Nach längerer Verzögerung bediente er schließlich Lebel und gab ihm den Zimmerschlüssel zur üblichen Suite im vierten Stock, verlangte aber nicht Lebels Ausweis. Den mußte Lebel im Informationsbüro am anderen Ende des Flurs vorzeigen, in Wahrheit das KGB-Büro im Hotel.

Als er mit der Anmeldung fertig war, schleppte er seine Reisetasche vor die Glastür des Büros.

Hinter dem Schreibtisch saß eine Frau und winkte ihn lächelnd herein.

»Holen Sie wieder mal Zobel, oder sind Sie nur wegen der sündigen Vergnügungen hier, die Moskau zu bieten hat, Henri?«

Lebel kannte die Frau sehr gut. Sie hatte früher fürs Handelsministerium gearbeitet und beherrschte sechs Sprachen fließend. Er lächelte. »Mich hätten nicht mal wilde Pferde zurückhalten können.«

Die Frau holte einen Stapel Formulare hervor und begann, sie auszufüllen. »Wie lange bleiben Sie?«

»Zwei Nächte.«

«Möchten Sie Eintrittskarten für die Oper oder das Ballett?«

»Diesmal nicht, Larissa. Ich habe zuviel zu tun.« Lebel reichte ihr seinen Paß und die Urkunde über seine Staatsbürgerschaft. Die Frau legte beides auf ein Metalltablett, das in den Safe des Büros kam. Bis zu seiner Abreise würden sowohl sein Paß als auch das Dokument dort verwahrt.

»Haben Sie fremde Währung dabei? Oder Wertpapiere?«

»Keine Wertpapiere, aber ich habe fünfhundert Dollar in bar und ebensoviel in finnischen Mark.«

Wie allen Besuchern und Bürgern war es Lebel untersagt, fremde Währungen mit sich zu tragen. Er durfte nur Rubel dabeihaben. Er nahm das Geld aus seiner Brieftasche, reichte es der Frau und sagte scherzhaft: »Alles für Sie, süße Larissa, wenn ich Sie dafür zum Essen ausführen darf.«

Die Frau runzelte die Brauen.

»Das war nur ein Spaß, Larissa.«

»Solche Witze sollten Sie sich sparen, Henri. Der diensthabende KGB-Offizier ist da und überprüft wie gewöhnlich die eintreffenden Besucher. Wenn er hereinkommt, hört er vielleicht zufällig so eine Bemerkung. Er könnte einen ganz falschen Eindruck bekommen.«

Lebel kannte mittlerweile die meisten Mitglieder des Büros persönlich, aber er konnte sich einfach nicht an die Paranoia und die Angst der Russen vor den Behörden gewöhnen. »Wer hat Dienst?«

»Ein Major Lukin. Sie kennen ihn noch nicht, und er macht auch nur die Vertretung. Aber er wird Sie nicht lange aufhalten. Er und sein Genosse sind gerade dabei, das Register zu kontrollieren.«

Jeder ausländische Besucher mußte seinen Ausweis von dem diensthabenden Beamten des Zweiten Direktorates im Dienstzimmer überprüfen und registrieren lassen. Bei solchen Aufgaben trugen die KGB-Leute stets Zivil. Sämtliche Gäste aus dem Ausland gehörten in ihr Ressort, ob es wichtige Personen waren oder nicht. Lebel wußte, daß er nichts zu befürchten hatte. Seine Ehrenstaatsbürgerschaft bedeutete, daß man ihn nur oberflächlich überprüfen würde. Aber das Thema, über das er diesmal mit Irina reden wollte, machte ihn ein bißchen nervös. Er beobachtete, wie die Frau Dollars und finnische Mark zählte, die Summen in ein Formular eintrug und die Banknoten auf das Tablett neben den Paß und die Urkunde legte. Lebel mußte gegenzeichnen.

Die Tür ging auf, und die beiden Männer traten ein, die eben noch mit dem Empfangschef gesprochen hatten.

»Monsieur Lebel? Ich heiße Lukin, und das hier ist Genosse Kokunko.« Der Mann mit dem Lederhandschuh reichte Lebel zur Begrüßung seine gesunde rechte Hand. Der Mongole sagte nichts, sondern starrte Lebel mit zusammengekniffenen Augen an. Der Franzose fühlte sich etwas unbehaglich unter diesem Blick.

»Sehr erfreut«, antwortete er.

»Ich nehme an, Sie besuchen uns diesmal nur kurz?«

»Ich habe morgen früh einen Termin beim Handelsminister. Meine Papiere dürften wohl in Ordnung sein.«

»Davon bin ich überzeugt«, sagte Lukin und hielt der Frau die Hand hin. »Darf ich Monsieur Lebels Reisepaß sehen, Larissa?«

Die Frau reichte dem Offizier den Paß zusammen mit der Staatsbürgerschaftsurkunde. Der Major betrachtete beide Papiere und hielt dann Lebels Dokument in die Höhe. »Wie ich sehe, genießen Sie eine Ehrenstaatsbürgerschaft. So etwas bekommen wir nicht oft zu Gesicht.«

»Ich habe viele wichtige Geschäfte in Moskau zu erledigen. Ich bin Pelzhändler und habe hier ein Büro. Ich bin hier, weil ich eine Ladung Zobel verschicken will.«

Obwohl der Major ausgesprochen höflich war, bereitete er Lebel Unbehagen. Er schob es auf sein Unbewußtes, weil er wußte, was er wirklich in Moskau vorhatte. Mit aller Kraft bemühte er sich, gelassen zu bleiben. In zwei Stunden würde er hoffentlich draußen auf der Straße sein und seine wohl erprobten Tricks anwenden, mit denen er dafür sorgte, daß niemand ihn verfolgte. Dann würde er zu Irinas Datscha fahren. Er sehnte sich danach, sie wiederzusehen, und die Aussicht, daß sie eine gemeinsame Zukunft in Freiheit verbringen könnten, erregte ihn. Doch Lukin machte ihm zu schaffen. Der Major wußte sicher schon aus den Unterlagen von Lebels Stellung, und dem Franzosen war klar, daß die Paßkontrolle nur eine unbedeutende Formalität war.

Der Major schien zu den intelligenteren Beamten seiner Behörde zu gehören und musterte ihn so eindringlich, als wolle er ihn dazu bringen, sein Schweigen zu brechen und zu reden. Sein mongolischer Kollege stand nur da und starrte ihn stumm an. Lebel hatte das Gefühl, daß dem Major irgend etwas verdächtig vorkam, schob es aber auf seine Beklemmung, die er bei dieser Reise empfand. Er riß sich zusammen, starrte Lukin an und verfiel ebenfalls in Schweigen.

Schließlich gab der Major der Frau die Papiere zurück. »Genießen Sie Ihren Aufenthalt in Moskau, Monsieur Lebel«, sagte Lukin höflich. »Hoffentlich laufen Ihre Geschäfte gut.«

»Das werden sie ganz bestimmt.«

20. KAPITEL

New York
19. Februar, 17.00 Uhr

Im Büro der sowjetischen Delegation auf der zehnten Etage des UN-Gebäudes in Manhattan betrachtete an diesem Nachmittag Felix Arkaschin vornübergebeugt einige Schwarzweißfotos und kratzte stirnrunzelnd den Leberfleck auf seiner Wange.

»Sind Sie ganz sicher, Jewgeni?«

Jewgeni Oramow war klein und dünn und trug eine

schwarze Brille mit dicken Gläsern. Er wirkte mit seinen zerzausten schwarzen Haaren wie ein zerstreuter Professor, doch ungeachtet seines Aussehens bekleidete er den Rang eines Hauptmanns des KGB bei der sowjetischen UN-Delegation in New York.

»Ziemlich sicher. Ich habe die Fotos von unseren Leuten hier und von denen in Europa prüfen lassen. Er sieht eindeutig aus wie dieser Massey.«

»Erzählen Sie mir was über ihn.«

»Er führt das Münchner Operationsbüro der CIA. Er ist uns schon lange ein Dorn im Auge. Die Frage ist nur: Was unternehmen wir in der Sache?«

Arkaschin schüttelte den Kopf. »Die Frage lautet wohl eher: Was will dieser Kerl von Anna Chorjowa?«

Oramow lächelte. »Da kommt unser Posten in Helsinki ins Spiel. Ich habe die Akten über die Frau geprüft, die Sie mir gegeben haben. Und dann habe ich Kopien dieser Fotos in einem unserer Diplomatenkoffer nach Helsinki geschickt. Wir glauben, daß Massey dabei war, als sie verhört wurde, obwohl er natürlich einen anderen Namen benutzt hat. Oberst Romulkas Assistent erinnert sich an ihn. Die Beschreibung scheint zu passen. Außerdem hat unser Mann, der sie auf dem Flughafen in Helsinki beobachtet hat, die Fotos gesehen und glaubt, daß Massey unter den Amerikanern war, die sie zum Flugzeug gebracht haben.«

»Was ist mit dem zweiten Mann?«

Oramow lächelte. »Jetzt wird es noch viel interessanter. Wir sind zwar nicht hundertprozentig sicher, aber wir glauben, daß es sich um Alex Slanski handelt.«

»Der Alex Slanski?« vergewisserte sich Arkaschin. »Der ›Wolf‹?«

Oramow nickte. »Genau der. Wie Sie wissen, hat Moskau eine Belohnung auf seinen Kopf ausgesetzt. Wir wollen ihn schon lange. Erinnern Sie sich an den Mord an Grenadi Kraskin in Ostberlin vor einigen Monaten? Wir vermuten, daß er auf Slanskis Konto geht.«

Felix Arkaschin trat ans Fenster und rieb sich übers fleischige Gesicht. Er schaute auf die von Autokarawanen verstopfte sechsundsiebzigste Straße und den Central Park.

Arkaschin fand die Situation in Amerikas Wirtschaftshauptstadt geradezu lächerlich und hielt die Amerikaner für tolerante Narren. Unter dem Deckmantel der sowjetischen Handelsmission, des Konsulats oder sowjetischer Pressedienste gingen die KGB-Chefs und Offiziere ungestört ihren täglichen Pflichten nach, als wären sie zu Hause in ihrem Hauptquartier. Sie waren von anderen Teilen der UN-Delegation abgeschirmt, hatten ihre eigene, unabhängige Verbindung nach Moskau und genossen diplomatische Immunität, so daß ihre Akten nicht durchsucht werden durften. Es war verrückt, aber ausgesprochen vorteilhaft.

Einige Augenblicke blieb Arkaschin reglos stehen und dachte nach. »Sie können jetzt gehen, Jewgeni«, sagte er dann zu seinem Besucher. »Lassen Sie die Fotos hier. Gute Arbeit.«

Der Mann verließ das Zimmer, und Arkaschin zündete sich eine Zigarette an. Jewgeni Oramow hatte ihm die Bestätigung gegeben, die er für Brauns letzten Bericht gebraucht hatte. Schließlich ging er zu seinem Schreibtisch zurück, nahm den Hörer des internen Telefons ab und wählte die dreistellige Nummer vom Büro seines Vorgesetzten. Während er darauf wartete, daß am anderen Ende jemand abhob, betrachtete er das Porträt Josef Stalins an der Wand über seinem Schreibtisch. Das Gesicht starrte mit einem schiefen Grinsen auf ihn herunter. Arkaschin schüttelte sich unwillkürlich. Dann klickte es in der Leitung.

»Leonid? Arkaschin. Darf ich raufkommen? Es dauert nicht lange. Es tut sich etwas, und ich würde gern Ihre Meinung hören.«

Leonid Kislow war ein stämmiger Mann Ende Fünfzig und Kettenraucher. Er schaffte vier Schachteln amerikanischer Zigaretten pro Tag.

Als hoher KGB-Offizier der New Yorker Delegation im Rang eines Oberst hatte er eine Menge Ärger. Ein Zwölffingerdarmgeschwür und eine feurige georgische Ehefrau, die ihm ständig in den Ohren lag, waren nur zwei davon. Heute morgen hatte er schlechte Laune, weil sein Geschwür ihm besonders schlimm zu schaffen machte. Er bedeutete Arkaschin, sich zu setzen. »Fassen Sie sich kurz, Felix. In einer halben Stunde habe ich eine Besprechung mit dem Botschafter.«

»Probleme?« erkundigte Arkaschin sich mitfühlend.

Kislow rülpste und rieb sich die Brust, bevor er ein paar Tabletten aus einem Glasfläschchen nahm und nach einem Glas Wasser auf seinem Schreibtisch griff. »Washington macht dem Botschafter schon wieder Feuer unter dem Arsch. Sie regen sich wegen dieser Angelegenheit mit den jüdischen Ärzten auf und wollen wissen, was da los ist.«

»Was wird er ihnen erzählen?«

»Daß es sie einen Scheißdreck angeht!« Kislow grinste. »Natürlich in wohlgesetzten Worten. Darum geht es bei der Diplomatie. Nur gut, daß sie nicht wissen, was sonst noch vor sich geht. Sie bekämen einen Wutanfall. Scheiß drauf, sag' ich. Ihr Stündchen wird schlagen, und zwar schneller, als wir glauben.«

»Gibt es etwas, das Sie mir erzählen können?«

Kislow blickte ihn streng an. »Das ist nicht Ihr Bier, Genosse. Aber ich kann Ihnen einen kleinen Tip geben. Wenn die Dinge nach Plan laufen, werden wir in sechs Monaten nicht mehr hier sitzen. Unser Wasserstoffprojekt ist fast abgeschlossen. Der Plan sieht vor, uns zu evakuieren, bevor der Ärger losgeht. Und es wird gewaltigen Ärger geben, das steht fest.«

Arkaschin wurde eine Spur blasser. »Wollen Sie damit sagen, daß Stalin einen Krieg anfangen will?«

Kislow grinste. »Wie gesagt, das geht Sie nichts an.« Er nahm eine Zigarette aus der Schachtel auf seinem Schreibtisch und zündete sie sich an. Dann schaute er auf die Uhr und knurrte: »Weshalb wollten Sie zu mir?«

Arkaschin schilderte ihm die Sache mit den Fotos und der Frau, während er die Abzüge auf den Schreibtisch legte und Kislow sie sich anschaute.

Die Aufnahmen waren aus einiger Entfernung gemacht und von schlechter Qualität und sehr körnig.

»Diese Fotos sind ein Haufen Müll«, bemerkte Kislow.

Arkaschin lächelte verlegen. »Das stimmt. Aber Lombardis Männer sind keine ausgebildeten Fotografen, und sie konnten nicht das Risiko auf sich nehmen, so nahe heranzugehen, daß sie entdeckt werden. Aber wir sind sicher, daß die beiden Männer auf den Fotos Massey und Slanski sind.«

Kislow wußte von der Frau, aber bis jetzt hatte er kein Interesse an den Einzelheiten gezeigt und Arkaschin die Sache überlassen. Jetzt aber beugte er sich vor und zog an der Zigarette.

»Interessant.«

»Das dachte ich auch.«

»Aber es ist im Gesamtzusammenhang wohl kaum von Belang, oder? Ich verstehe nicht, weshalb Moskau seine Zeit mit solchen lächerlichen Dingen verschwendet.«

»Wie Sie wissen, hat Oberst Romulka ein persönliches Interesse an der Frau.« Arkaschin lächelte schwach. »Anscheinend hat sie einen ziemlichen Eindruck hinterlassen, als er sie in Helsinki kennengelernt hat. Natürlich steckt noch mehr hinter dieser Geschichte, aber zweifellos will Romulka sein Stück Fleisch abhaben. Und bei allem gebotenen Respekt, Leonid, ich würde den Wolf kaum lächerlich nennen. Er plagt uns seit längerer Zeit.«

Kislow seufzte. »Vermutlich sollten Sie mich ins Bild setzen, was eigentlich passiert ist.«

»Wir benutzen natürlich Lombardi, um die Frau zu beobachten, aber Braun dient als Verbindungsmann.«

»Braun? Dieses Vieh?«

»Selbst ein Vieh hat seinen Nutzen. Deshalb haben wir ihn illegal hierhergeholt. Er ist sehr geschickt, wenn es darum geht, unliebsame Emigranten auszuknipsen.«

»Das weiß ich. Was schlagen Sie vor?«

»Irgendwas sagt mir, daß Massey etwas im Schilde führt. Und weil Slanski dabei ist, könnte ich mir vorstellen, daß Massey vielleicht einen Agenten absetzen will. Möglicherweise benutzt er das Mädchen. Sie wäre die ideale Wahl, wenn man bedenkt, wie gut sie unser Land kennt.«

Kislow zuckte mit den fleischigen Schultern. »Kann sein. Aber es scheint mir ziemlich weit hergeholt. Warum kommen Sie damit zu mir?«

»Wir haben drei Möglichkeiten. Erstens: Wir können die Frau herausschmuggeln, wie wir es vorhatten. Zweitens: Wir könnten sie wegschaffen und dabei Massey und Slanski beseitigen, als Sahnehäubchen, sozusagen. Oder drittens: Wir beschatten sie weiter und finden raus, was sie vorhaben. Wenn Massey einen Absprung plant, müßten wir versuchen rauszufinden, wo und wann, und die Leute einkassieren, sobald sie russischen Boden betreten.«

Kislow lehnte sich zurück, rauchte und dachte nach.

Schließlich schüttelte er den Kopf. »Die zweite Option ist nicht gut, und die dritte ist riskant und sehr vage. Vielleicht finden wir nicht heraus, wann und wo sie abspringen, falls das wirklich Masseys Absicht ist. Die erste Option scheint mir die beste Wahl zu sein. Außerdem entspricht sie Moskaus Anordnungen.« Er runzelte die Stirn. »Sie haben mir nicht erzählt, wo diese Leute sind. Ich meine Massey, Slanski und die Frau.«

Arkaschin lächelte. »Ganz einfach. Lombardis Männer haben Massey und die Frau verfolgt, als sie einen Zug nach Boston genommen hat. Dieser Mann hat sie abgeholt – Slanski.« Arkaschin deutete auf ein Foto, das auf dem Bahnhof von Boston aufgenommen wurde. Es zeigte, wie Massey und Slanski sich auf dem Bahnsteig die Hände schüttelten. Anna Chorjowa stand neben ihnen.

»Die Frau hatte einen Koffer dabei«, fuhr Arkaschin fort. »Also ist es wahrscheinlich, daß sie irgendwo bleiben wollte. Lombardis Männer sind ihnen aus dem Bahnhof gefolgt, haben sie aber aus den Augen verloren, als sie in einem Fahrzeug weggefahren sind. Der Mann, den wir für Slanski halten, hat am Steuer gesessen. Wenigstens haben sie die Zulassungsnummer des Wagens. Er ist in New Hampshire angemeldet, und zwar auf den Namen Alex Slanski. Was unsere Annahme bestätigt. Er wohnt in Lake Kingdom in New Hampshire.«

»Weiter«, drängte Kislow.

»Lombardis Männer sind am nächsten Tag hingefahren, um es sich anzusehen. Dann haben sie sich diskret im nächsten Ort nach Slanski umgehört. Er lebt da oben mit einem alten Mann namens Wasili, einem Emigranten. Den Rest von Slanskis Werdegang kennen Sie aus den Akten.« Arkaschin zögerte. »Seltsamerweise erinnert die Gegend sehr an Rußland. Falls Massey einen Absprung plant, hätte er dort ideale Trainingsbedingungen.«

Kislow nickte. »Noch was?«

Arkaschin unterdrückte ein Lächeln. »In fünf Tagen läuft ein sowjetisches Handelsschiff New York an. Das wäre genau richtig für unsere Pläne. Ich brauche von Ihnen die Erlaubnis, Lombardi in Dollar zu bezahlen, damit wir mit der Entführung der Frau weiterkommen.«

»Kann man Lombardi eine so heikle Angelegenheit anvertrauen?«

Arkaschin grinste. »Er ist verschlagen wie eine Kanalratte, aber er ist auch ein strammer Kapitalist, der für Geld alles tut. Außerdem ist er kein Unschuldslamm, was Mord angeht. Er hat einmal fünf Jahre wegen Totschlags gesessen. Damals hat er einen Mann auf den Docks umgebracht. Er kann sehr gut mit dem Messer umgehen. Braun und er müßten eigentlich ein großartiges Team abgeben.«

»Aber Lombardi dürfte kaum daran interessiert sein, sich persönlich in die Angelegenheit hineinziehen zu lassen. Er wird es seinen Leuten überlassen.«

»Ich bestehe darauf, daß er sich persönlich dieser Angelegenheit annimmt. Schließlich zahlen wir ihm genug. Die Sache darf auf keinen Fall vermasselt werden.«

Kislow dachte einen Augenblick nach. »Könnten Braun und Lombardi nicht dafür sorgen, daß der Tod von Massey und Slanski wie ein Unfall aussieht? Dann könnten uns die Amerikaner nichts anhaben.«

»Das ließe sich bestimmt einrichten.«

Kislow grinste schlau. »Dann ist Ihre zweite Option vielleicht doch die beste. In dieser Sache ist für uns beide eine Beförderung drin.«

Arkaschin erwiderte das Lächeln. »Ganz meine Meinung.«

»Aber vergessen Sie nicht: Die Frau hat oberste Priorität. Wir wollen sie. Sollten Massey und Slanski dabei sein, wenn wir uns die Frau holen, ist es gut. Dann kümmern wir uns um sie. Aber wenn nicht, dann sorgen Sie dafür, daß Sie dieses Weibsstück erwischen. Und sagen Sie Ihren Leuten, sie sollen vorsichtig sein. Nach allem, was man so hört, ist dieser Wolf ein verdammt gefährliches Kaliber.«

New Hampshire

Popow erholte sich rasch von der Demütigung, und die folgenden Tage verstrichen mit der Ausbildung an den Waffen. Er machte Anna keine Vorwürfe, doch Slanski entging nicht der Zorn im Blick des Ukrainers, wenn er sie anschaute. Der Mann verdiente sich sein Geld wirklich sauer.

Am frühen Nachmittag hatte leichter Schneefall eingesetzt. Wald und Wiesen waren bald von einer dünnen Schicht Weiß überzogen. Sie verbrachten eine Stunde damit, russische Waffen zu inspizieren, die Popow im Wohnzimmer auf dem Tisch ausgebreitet hatte.

»Einigen von diesen Waffen werden Sie auf Ihrer Reise vielleicht begegnen, also müssen Sie wissen, womit Sie es dann zu tun bekommen und wie Sie die Waffen benutzen müssen.«

Er nahm die erste Waffe in die Hand. »Das Kalaschnikow-Sturmgewehr«, sagte er. »Eigentlich ist es kein Gewehr, sondern eine Kombination aus Maschinenpistole und Gewehr. Es kann Einzelschüsse abgeben, aber auch halbautomatisches oder vollautomatisches Dauerfeuer. Es wurde 1947 von einem gleichnamigen Unteroffizier der Roten Armee erfunden. Deshalb hat es auch die Modellnummer AK 47. Die Waffe verschießt 7.62er Munition. Ich muß zugeben, daß die Kalaschnikow hervorragend ist. Sie blockiert so gut wie nie, und man kann sie in den Dreck werfen und darauf herumtrampeln, sie schießt trotzdem weiter.«

Er legte die Kalaschnikow auf den Tisch und nahm eine andere Waffe mit einem Trommelmagazin. »Das PPsH-Maschinengewehr, die Standardbewaffnung der sowjetischen Unteroffiziere während des Krieges. Es ist laut, ungenau und schießt zu schnell. Teilweise besteht es aus Preßstahl. Diese Waffe ist noch in allen Ländern hinter dem Eisernen Vorhang gebräuchlich. Wenn Sie dicht an Ihrem Opfer sind oder ein Geländestück schnell mit Schüssen abdecken müssen, ist es nützlich. Ansonsten ist es eine verdammte Zeitverschwendung.«

Er legte die Waffe zurück und nahm eine weitere hoch. »Und jetzt die Crème de la Crème: die deutsche MP40-Maschinenpistole, manchmal auch als die Schmeißer bezeichnet, was nicht ganz richtig ist. Die Russen haben von den Deutschen mehrere tausend Stück von diesem Modell erbeutet. Während des Krieges haben sie diese Waffe lieber benutzt als ihre eigenen. Einige Milizen der Sowjetstaaten sind nach dem Krieg damit ausgerüstet worden, bis sie von den neuesten russischen Waffen ersetzt wurden. Eine tödliche Waffe, die ihrer Zeit weit voraus war. Verschießt 9-Millimeter-Parabellum-Patronen. Das Magazin faßt zweiunddreißig Geschosse. Diese Waffe ist meiner Meinung nach die beste von allen, die Sie hier gesehen haben.«

Popow legte die deutsche Maschinenpistole auf den Tisch und kam jetzt zu den Handfeuerwaffen.

»Eigentlich sind nur zwei davon wichtig: Die Tokarew TT-33 Automatik und der Nagant-Revolver. Beide sind einigermaßen genau und verläßlich. Die Nachteile der Tokarew liegen in ihrer Plumpheit und ihrer schlechten Verarbeitung. Der Nagant ist eigentlich eine belgische Waffe, aber die Sowjets haben eine sehr gute Kopie hergestellt. Es ist eine solide und zuverlässige Waffe.«

Er schaute Anna an. »Nehmen Sie sie in die Hand, bedienen Sie sie. Gewöhnen Sie sich an das Gewicht und an die mechanische Handhabung. Du auch, Alex. Man kann nie genug Übung haben. Wir treffen uns in zehn Minuten draußen im Wald.«

Anna fühlte sich wieder fit. Die Waldläufe und das harte Training hatten ihren Körper gestählt. Sie fühlte sich so lebendig wie seit langem nicht mehr. Slanski hatte ihr die Grundlagen des Fallschirmspringens beigebracht, und zusammen mit Popow hatte er einen Übungsturm errichtet, mit dessen Hilfe sie lernte, wie man richtig landete. Durch diese ständigen Anforderungen hatte sie kaum Zeit zum Grübeln. Tagsüber mußte sie sich auf das konzentrieren, was sie tat, und nachts schlief sie vor Erschöpfung wie eine Tote.

Am letzten Tag der Ausbildung schneite es. Nach dem Abendessen räumten Wasili und Slanski den Tisch ab. Anna warf sich ihren Mantel über die Schultern und ging hinunter an den See.

Einige Minuten später hörte sie eine Stimme hinter sich

und drehte sich um. Popow stellte sich neben sie und blickte sie an.

»Wir haben nur noch einen Tag vor uns, und Sie sind zweifellos froh, daß ich verschwinde. Ich hoffe nur, daß Sie genug gelernt haben, damit Sie Ihr Leben in einer kritischen Situation verteidigen können.«

Sie musterte ihn kühl. »Machen Sie sich meinetwegen Sorgen, Popow?«

Er grinste, was sie trotz der Dunkelheit sehen konnte. »Ich mache mir immer Sorgen um meine Schüler. Aber sie müssen selbst entscheiden, was sie von dem, was ich ihnen zeige, übernehmen wollen. Entweder lernen sie genug und überleben, oder nicht. Dann sind sie tot.« Er zögerte. »Wann sind Sie geflohen?«

»Ich glaube kaum, daß Sie das etwas angeht. Und wer sagt Ihnen, daß ich geflohen bin?«

Popow grinste. »Wie sollten Sie sonst aus Rußland herausgekommen sein? Trotzdem – ich würde es nicht gern sehen, wenn die Kommunisten eine so hübsche Frau wie Sie erwischen. Sie wissen, was die mit Ihnen anstellen?«

»Ich kann's mir vorstellen. Warum lassen Sie mich nicht in Ruhe?«

»Glauben Sie mir, wenn Sie erwischt werden, ist Vergewaltigung noch das mildeste. Danach kommt Folter. Entsetzliche Folter. Sie würden den Tod als eine willkommene Erlösung herbeisehnen. Beim KGB stirbt man nur langsam.«

»Wollen Sie mir Angst einjagen, Popow?«

Sein Knurren wirkte belustigt. »Ich bezweifle, daß mir das gelingen würde. Ich will nur klarstellen, daß Sie wissen, was Sie erwartet. Sie haben bessere Nerven als die meisten Männer, die ich ausgebildet habe.« Er zertrat seine Zigarette mit dem Absatz. »Aber was Sie auch vorhaben – ich hoffe, daß es den Mistkerlen so richtig weh tut. Gute Nacht.«

Er warf ihr einen scharfen Blick zu, drehte sich um und ging dann zur Blockhütte zurück. Anna blieb stehen und starrte auf den dunklen See hinaus.

»Nette Plauderei.«

Anna wandte sich um. Slanski stand im Schatten und rauchte. Sie sah die Glut seiner Zigarette, bevor sie seine Umrisse ausmachen konnte. Er schlenderte zu ihr herüber.

»Geht es Ihnen gut?«

»Ja.«

»Er ist nicht ein so schlechter Kerl, wie er aussieht und redet.«

»Wenn Sie es sagen.«

»Sie mögen Popow nicht besonders, was?«

»Nein.«

»Was Sie von ihm gelernt haben, könnte Ihr Leben retten, vergessen Sie das nicht.«

»Mag sein, aber das heißt nicht, daß ich ihn deswegen mögen muß.«

Slanski lächelte. »Da haben Sie wohl recht.« Er warf seine Zigarette weg. Sie rollte in den See. »Morgen nehme ich Sie mit nach Concord. Da gibt es ein Hotel, nichts Besonderes, aber das Essen ist besser als das, was Wasili kocht. Und während des Essens kann man tanzen.«

Sie blickte ihn überrascht an. »Warum wollen Sie das tun?«

»Aus keinem besonderen Grund. Weil Sie es sich nach der harten Arbeit verdient haben, vielleicht. Außerdem haben Sie recht: Wir sollten uns so langsam wie Mann und Frau benehmen. Massey kommt morgen abend zurück, um einige abschließende Dinge zu besprechen. Also haben wir nicht mehr viel Zeit, uns besser kennenzulernen.« Er drehte sich um, zögerte aber mitten in der Bewegung. »Ziehen Sie morgen abend ein Kleid an, wenn Sie eins haben.«

Anna gab sich einen Ruck. »Darf ich Ihnen eine persönliche Frage stellen, Slanski?«

»Fragen Sie. Ich kann allerdings nicht versprechen, daß ich antworte.«

»Warum tun Sie das?«

»Was?«

»Warum gehen Sie nach Rußland? Aus welchem Grund?«

»Warum wollen Sie das wissen?«

»Ich glaube, daß Sie sich freiwillig gemeldet haben. Und glückliche Männer melden sich nicht freiwillig.«

Es begann wieder zu schneien. Die Flocken wirbelten in einem dichten Vorhang durch die Dunkelheit, und ein eiskalter, böiger Wind wehte über den See. Slanski warf einen Blick zum Himmel und schaute dann wieder Anna an.

»Ich fürchte, das geht Sie nichts an. Genausowenig wie Ihre Motive mich zu interessieren haben. Gehen Sie wieder ins Haus. Sie holen sich hier draußen noch den Tod.«

Ohne ein weiteres Wort drehte er sich um und ging in Richtung Blockhütte.

Slanski saß in seinem Schlafzimmer und hörte, wie Anna die Treppe hinaufstieg, sich wusch und auszog. Die Sprungfedern ihres Bettes quietschten, als sie sich hineinlegte. Dann senkte sich wieder Stille über das Haus, die nur durch das Schnarchen aus Popows Zimmer am Ende des Flurs durchbrochen wurde.

Slanski schlurfte in eine Ecke, hockte sich neben das Fenster und klappte sein Taschenmesser auf. Mit der Klinge fuhr er zwischen zwei Bodenbretter und stemmte eins auf. Das Holz gab sofort nach. Slanski nahm das fünfzig Zentimeter lange Brett heraus und griff mit der Hand in den Hohlraum. Er holte die alte, rostige Blechdose heraus und den Aktenordner darunter, den Massey ihm gegeben hatte, damit er sich den Inhalt einpräge.

Seit seiner Kindheit, als er das erste Mal in diese Blockhütte gekommen war, diente sie ihm als Versteck. Früher hatte er niemandem getraut, nicht einmal Wasili. Er hatte seinen Privatbesitz hier versteckt, die wenigen Habseligkeiten, die er als Junge mit nach Amerika gebracht hatte.

Er öffnete die Akte über Josef Stalin und las sie noch einmal durch: akribisch recherchierte Informationen über Stalins Gewohnheiten, seinen Gesundheitszustand, seine persönlichen Sicherheitsvorkehrungen, gespickt mit verblüffenden Einzelheiten über seine Elite-Leibwächter. Dieses Wachsystem umfaßte beinah fünfzigtausend Menschen. Sie alle dienten ausschließlich Stalins Schutz und waren je nach Fähigkeiten für verschiedene Abteilungen zuständig: für Stalins Reisen, sein Essen, seinen körperlichen Schutz und seine Unterhaltung.

Jeder Bissen, den er zu sich nahm, wurde auf speziellen Bauernhöfen produziert, die unter scharfer Kontrolle ausgesuchter Spezialisten standen. Sie überwachten das Wachstum des Getreides ebenso wie das Schlachten der Tiere und transportierten die Nahrungsmittel auf gesicherten Wegen in spezielle Lagerhäuser. Anschließend wurde die Nahrung im Labor untersucht, an Versuchstiere verfüttert und von Stalins persönlichen Angestellten vorgekostet, bevor sie endlich in Stalins Magen landete.

Der Ordner enthielt außerdem zwei ausführliche Grundrisse; einmal den vom Kreml und von Stalins persönlichen Quartieren sowie einen Plan seiner Villa in Kunzewo mit Informationen über das Sicherheitssystem.

Bis zum Absprung würde Slanski sich den Bericht Wort für Wort eingeprägt haben. Als er mit dem Studium der Akte fertig war, legte er sie wieder ins Bodenloch und holte die verrostete Blechdose heraus.

Er nahm den Deckel ab und streute den Inhalt aufs Bett: zwei Haarlocken, die mit rotem Bindfaden umwickelt waren, und ein kleines Fotoalbum, dessen schwarzer Lackeinband rissig und abgenutzt war.

Slanski erinnerte sich, wie er diese Dinge noch Monate nach seiner Flucht an sich gedrückt hatte. Vor allem bei der langen, eiskalten Überfahrt über den tobenden Atlantik, als er versteckt im stinkenden Frachtraum des Schiffes gelegen und der Hunger in seinen Eingeweiden genagt hatte. Doch der Hunger war nicht so quälend wie die Leere in seinem Herzen. Der Inhalt dieser kleinen Dose war das einzige, was ihm von seiner Familie geblieben war, und bot einem kleinen, verlorenen Jungen den einzigen Halt in der großen, weiten, verwirrenden Welt.

Slanski betrachtete die Haarlocken. Er hatte sie beide geliebt, Petja und Katja, und hatte sie immer beschützen wollen. Er erinnerte sich noch schwach an eine Nacht, in der ein Sturm getobt hatte. Der kleine Petja hatte so schreckliche Angst gehabt, daß Slanski ihn in seinem dunklen Schlafzimmer weinen hörte. Petja fürchtete sich vor dem Lärm und den Blitzen, vor den schrecklichen und furchtbaren Geräuschen.

»Hast du Angst?«

Es blitzte, und der Donner grollte. Petja weinte herzzerreißend.

»Hab keine Angst. Komm, komm zu mir ins Bett.«

Petja hatte sich neben ihn gekuschelt, mit seiner dunklen

Wuschelmähne und seinem Babyspeck, und hatte leise geschluchzt, als Slanski ihn umarmte und an sich drückte.

«Nicht weinen, Petja. Ich werde immer auf dich aufpassen. Wenn jemand versucht, dir weh zu tun, bringe ich ihn um. Verstehst du, Petja? Und wenn Mama ihr Baby bekommen hat, passe ich auch darauf auf.»

Er hatte Petja die ganze Nacht festgehalten.

Aber er hatte nicht immer auf den Jungen aufpassen können. Genausowenig wie auf Katja.

Slanski legte die Haarbüschel beiseite, das dunkle und das verblaßte blonde, die letzten Erinnerungen an Katja und Petja. Dann schlug er das alte Album auf und vertiefte sich in den Anblick der Fotos.

Die beiden Männer parkten den Wagen fünf Meilen entfernt auf einem Waldweg und zogen durch den verschneiten Wald bis zur Lichtung. Sie befand sich auf einem Kamm über dem See, von Kiefern geschützt. Es war der beste Ort, den sie am Tag zuvor entdeckt hatten. Von dort hatte man einen einigermaßen guten Blick auf die Blockhütte.

Sie brauchten zwanzig Minuten, bis sie die Ausrüstung aufgebaut hatten. Das weiße Tarnzelt und die Dreibeine für die schweren Armeefeldstecher. Bis dahin war es schon nach zwei Uhr und bitterkalt. Auf dem Boden lag eine dünne Schneeschicht. Sie schlüpften erschöpft in ihre Schlafsäcke und versuchten zu schlafen.

21. KAPITEL

Manhattan, New York
21. Februar

In Carlo Lombardis Büro über dem Club bei den Docks auf der Lower East Side saßen sich der Italiener und Kurt Braun gegenüber.

Lombardi nippte an seinem Scotch. »Was liegt an, Mann?«
»Arbeit für Sie, falls Sie Interesse haben.«
Lombardi grinste. »Ich bin immer interessiert, wenn Geld drin ist.«
»Das ist es«, erwiderte Braun. »Aber geben Sie mir erst den Bericht.«
Lombardi hatte eine Landkarte von Neuengland auf dem Tisch ausgebreitet und deutete mit seinem beringten Stummelfinger auf eine Stelle.
»Ihr Freund wohnt hier in dem Haus am See. Meine Leute beobachten es mit der nötigen Diskretion. Letzte Woche ist ein anderer Kerl aufgetaucht. Ein großer Mann mit einem Bart, der aussieht wie ein Hinterwäldler. Er wohnt immer noch in der Blockhütte. Wir erwähnten das schon im letzten Bericht.«
Braun runzelte die Stirn und beugte sich vor. »Den hab' ich gelesen. Haben Sie Fotos von ihm?«
»Diesmal nicht. Es ist für meine Männer zu riskant, dichter ranzugehen.« Lombardi schnitt eine Grimasse, als er wieder auf die Landkarte schaute. »Wer zum Teufel möchte denn freiwillig in so einer Gegend hausen? Es ist richtig öde.«
»Der Mann, der angekommen ist«, sagte Braun. »Ich muß wissen, wer er ist und was er dort tut.«
Lombardi zuckte mit den Schultern. »Dann sagen Sie Ihrem Freund Arkaschin, er soll sich was ausdenken. Ich hab' keine Lust, die ganze Sache zu vermasseln, indem ich meine Jungs zu nahe ranschicke.« Er blickte Braun an. »Worum geht es bei dem anderen Geschäft?«
Braun sprach beinahe eine Minute. Als er mit seiner Erklärung fertig war, pfiff Lombardi beeindruckt. »Ernste Sache«, meinte er und stieß erneut einen Pfiff aus. »Verdammt ernste Angelegenheit.«
Braun holte einen Umschlag aus seiner Jackentasche und warf sie auf den Tisch. Lombardi nahm ihn und fuhr mit dem Daumen über das dicke Bündel Banknoten, das darin war. Er verkniff sich nur mit Mühe einen weiteren Pfiff.
Er grinste zufrieden, als er aufstand. »Vince kommt mit.«
»Ist er denn fähig genug?«
Lombardi lächelte. «Fähig genug? Mister, lassen Sie mich

eins klarstellen: Vince hat schon in der Wiege am Schießeisen gelutscht. Wann soll es über die Bühne gehen?«

»Da das sowjetische Schiff in vierundzwanzig Stunden einläuft, würde ich sagen: Je früher, desto besser. Finden Sie nicht?«

New Hampshire

Slanski parkte den Pick-up auf der Hauptstraße. Die meisten Fenster des hübschen neuenglischen Städtchens waren erleuchtet. Das Hotel lag an der Concorde Street. Auf einer Bühne im Hotelrestaurant spielte eine Band, und der Kellner führte die beiden Gäste zu einem Tisch am Fenster, der mit frischen Blumen und einer roten Kerze dekoriert war. Er kam mit zwei Flaschen Bier zurück, schenkte voll und nahm eine neue Bestellung auf, bevor er sich wieder entfernte. Anna schaute sich in dem Restaurant um. Es war Freitagabend. Die meisten Gäste waren gesetzteren Alters, doch auf der Tanzfläche bemerkte sie auch einige jüngere Paare.

Es dauerte nicht lange, bis ein Essen serviert wurde. »Es ist zwar nicht New York«, sagte Slanski, »aber hier treffen sich die Einheimischen, wenn sie abends ausgehen.«

»Es ist das erste Mal, daß ich überhaupt ausgehe, seit ich in Amerika bin.«

Plötzlich trat ein großer, gutmütig wirkender Mann mit gerötetem Gesicht neben ihren Tisch und reichte Slanski die Hand. Er war um die fünfzig, hatte graues Haar und verbreitete eine Aura der Offenherzigkeit.

»Schön, Sie zu sehen, Alex. Wie geht's dem alten Herrn?«

»Er hält sich gut, Wally. Kommen Sie diesen Sommer zum Fischen an den See?«

Der Mann lächelte. »Darauf können Sie wetten. Ich kann es kaum erwarten, bis die neue Saison anfängt.« Er betrachtete Anna kurz von oben bis unten. »Seien Sie nicht so unhöflich, Alex, und stellen Sie mich der jungen Dame vor.«

»Anna, das ist Wally Barton. Anna ist wegen der frischen Landluft aus New York gekommen.«

Der Mann schüttelte ihr die Hand und lächelte. »Sie hätten

sich keinen besseren Platz aussuchen können, junge Frau. Aber jetzt amüsieren Sie sich. Ich glaube, ich habe Sie noch nie das Tanzbein schwingen sehen, Alex. Was sich hoffentlich bald ändert.«

»Damit sollten Sie nicht rechnen, Wally.«

Der Mann ging an seinen Tisch zurück und setzte sich neben eine fette Frau, die ständig zu ihnen herüberstarrte. Als Anna sich unauffällig umschaute, bemerkte sie, daß die Leute an den Nachbartischen sie ebenfalls beäugten.

»Wer war das?« fragte Anna.

»Der Richter.«

»Warum starrt seine Frau mich so an?«

Slanski lachte. »Anna, in einer Kleinstadt sind alle neugierig. Die Leute merken sogar, wenn Sie Ihren Scheitel plötzlich auf der anderen Seite tragen.« Er lächelte sie an. »Außerdem sehen Sie heute ziemlich hübsch aus.«

Sie warf ihm einen Blick zu und merkte, daß er sie betrachtete. Sie trug das Haar offen, hatte Lippenstift und Make-up aufgelegt. Und sie hatte sich in das schwarze Kleid gehüllt, das sie auch an ihrem ersten Abend in New York getragen hatte.

»Gehen Sie hier mit Ihren Freundinnen hin?«

Er lächelte und schüttelte den Kopf. »Wohl kaum. Ich bin erst das zweite Mal hier. Erzählen Sie mir etwas von sich, Anna.«

»Nein«, sagte sie. »Erst erzählen Sie mir etwas von sich.«

Er wirkte ein wenig verblüfft, aber auch ein bißchen amüsiert, und Anna sah sich ermutigt, nachzusetzen, und fragte ihn, wie er nach Amerika gekommen sei.

Er spielte mit dem Glas und schien zu überlegen, wieviel er ihr erzählen sollte. Als er endlich die Stimme erhob, blickte er Anna nicht an.

»Meine Familie lebte in einem Dorf bei Smolensk. Als meine Eltern starben, wurden mein jüngerer Bruder, meine Schwester und ich in ein Waisenhaus in Moskau gesteckt. Ich war zwölf. Ich haßte dieses Heim. Die Erzieher waren kalt und herzlos. Also schmiedete ich einen Fluchtplan. Ein Verwandter meines Vaters wohnte in Leningrad. Ich dachte, er könnte uns aufnehmen. Unglücklicherweise wurden wir auf der Flucht erwischt. Aber ich hab's geschafft, allein zu entkommen, und bin auf einen Zug Richtung Leningrad gestiegen. Als ich dort ankam, war mein Verwandter alles andere als erfreut und wollte mich ausliefern. Ich streifte durch die Straßen, bis ich plötzlich am Hafen stand und ein Schiff sah. Wohin es fuhr, wußte ich nicht, und ich glaube, es war mir auch ziemlich egal. Aber eins war klar: Dieses Schiff hatte mir das Schicksal geschickt.« Er lächelte kurz. »Sie kennen doch das alte russische Sprichwort: ›Die Saat von dem, was wir tun, ist in uns angelegt.‹ Also kletterte ich heimlich an Bord.«

»Was ist dann passiert?«

»Zwei Wochen später stand ich wieder in einem Hafen, diesmal in Boston. Ich fror und war hungrig.«

»Für einen Jungen war das eine bemerkenswerte Leistung.«

Er schüttelte den Kopf. »Das dachte ich auch, aber als wir in Boston anlegten, waren noch vier weitere blinde Passagiere an Bord. Damals konnte man noch viel einfacher entkommen als heute.«

»Wie sind Sie bei Wasili gelandet?«

Slanski lächelte. »Ich erwies mich als ein schwieriges Kind, nachdem ich in Boston eingetroffen war. Man hat mich in ein Waisenhaus gesteckt, wie in Moskau, nur war das Essen hier besser und die Menschen freundlicher. Aber es nützte nichts. Und dann kam jemand auf die schlaue Idee, mich hierherzuschicken.«

»Wasili ist ein guter Mensch.«

»Ja, er verkörpert das beste, das unser Land zu bieten hat. Er ist herzensgut und freundlich.«

»Was ist mit Ihren Geschwistern passiert?«

Er antwortete nicht, und als Anna ihn forschend anschaute, bemerkte sie zum ersten Mal so etwas wie eine Gefühlsregung auf seinem Gesicht. Ein schmerzlicher Ausdruck huschte über seine Miene, doch er schien ihn unterdrücken zu wollen, und als er sich vorbeugte, lächelte er wieder.

»Erst sind Sie dran.«

»Was wollen Sie wissen?«

»Mögen Sie Massey?«

Die Frage überraschte Anna. Sie zögerte und schaute weg. Als sie den Blick wieder auf Slanski richtete, sagte sie: »Er war der erste Mann, den ich nach meiner Flucht aus Rußland getroffen habe und der es gut mit mir meinte. Der erste aufrichtige und sorgende Mensch, den ich seit langer Zeit kennengelernt hatte. Er hat mir vertraut und mir geholfen. Wenn er nicht gewesen wäre, hätte man mich nach Rußland zurückgeschickt. Dafür werde ich ihm immer dankbar sein.«

»Waren Sie jemals verheiratet, Anna?«

Plötzlich verspürte sie das Bedürfnis, ihm die Wahrheit zu erzählen. Trotzdem fragte sie: »Müssen wir darüber reden?«

»Nur, wenn Sie wollen.«

»Dann möchte ich es lieber nicht.« Sie wechselte das Thema. »Trauen Sie Popow?«

Er lachte. »Natürlich.«

»Die Ukrainer waren die Schlimmsten in der SS. Sie waren wie Tiere, haben ohne Unterschied, ohne nachzudenken Frauen und Kinder ermordet. Wie können Sie Popow vertrauen?«

»Haben Sie ihm deshalb zwischen die Beine getreten?«

»Er hat nur bekommen, was er verdiente. Er hätte seine eigenen Ratschläge befolgen sollen.«

»Sie mögen ihn nicht, stimmt's?«

»Es waren Männer wie er, die uns verraten haben. Sie haben ihre eigenen Landsleute verraten, indem sie für die Deutschen kämpften. Sie haben vergewaltigt und gemordet.«

Er hörte den Zorn in ihrer Stimme. »Sie irren sich, was Popow angeht, Anna. Und Sie übersehen etwas sehr Wichtiges: In russischen Schulen lehrt man ein sehr verzerrtes Geschichtsbild. Die Ukraine gehörte nicht immer zur Sowjetunion. Lenin hat das Land mit seinen Bolschewiken unterworfen. Danach kam Stalin. Er hat fast fünf Millionen Ukrainer getötet oder nach Sibirien verbannt. Männer, Frauen und Kinder. Ganze Familien wurden auseinandergerissen oder massakriert. Sie haben keine Ahnung vom Ausmaß der Vernichtung, und sowjetische Geschichtsbücher verschweigen diese Wahrheit.«

»Und Popow ist anders?«

»Er war kein Kriegsverbrecher. Er war Lagerausbilder, und zwar ein sehr guter. Außerdem haßt er die Kommunisten.«

»Warum?«

»Als Stalin während der Auseinandersetzung mit den Bauern der Ukraine sämtliches Getreide gestohlen hatte, brach eine Hungersnot aus. Popows ganze Familie ist verreckt. Was die Deutschen getan haben, war entsetzlich, aber was die Russen den Ukrainern antaten, steht dem nicht viel nach.«

Er blickte Anna an, doch sie antwortete nicht. Slanski legte die Serviette hin, stand auf und reichte ihr die Hand.

»Kommen Sie, lassen Sie uns tanzen. Unser Gespräch wird viel zu ernst.«

»Ich habe schon lange nicht mehr getanzt ...«

»Es ist nie zu spät, noch einmal von vorn anzufangen.«

Er führte sie auf die Tanzfläche, als die Band ein langsames Stück anstimmte. Slanski zog Anna dicht an sich, als sie tanzten. »Was an dem See passiert ist ... Dafür möchte ich mich bei Ihnen entschuldigen.«

Sie blickte kurz hoch. »Sie müssen sich nicht entschuldigen.«

»Ich tu's trotzdem. Sie hatten recht. Ich wollte Sie nicht dabeihaben, aber nicht aus den Gründen, wie Sie vermuteten. Ich wollte nicht, daß Sie in die Sache hineingezogen werden, damit Ihnen nichts geschieht.«

»Glauben Sie immer noch, daß es besser wäre, wenn ich nicht mitkomme?«

Er lächelte. »Mittlerweile bin ich mir da nicht mehr so sicher.«

Anna spürte Slanskis festen Griff und genoß das angenehm tröstliche Gefühl. Nach dem langsamen Stück folgte eine lebhafte Melodie, und die Leute schwangen die Beine hoch in die Luft, als ein Musiker eine Fidel spielte. Anna lachte vor Freude laut auf. Als sie an den Tisch zurückgingen, kamen noch mehr Leute an den Tisch, um hallo zu sagen. Die Frauen an den Nebentischen warfen ihr neidische Blicke zu.

Slanski lächelte. »Ich fürchte, Sie haben meinen Ruf als Junggeselle in dieser Stadt gründlich ruiniert.«

»Stört Sie das?«

»Überhaupt nicht.«

Es war lange her, seit Anna das letzte Mal mit einem Mann getanzt hatte. Sie erinnerte sich an den Abend mit Iwan, als sie am Ufer der Moskwa getanzt hatten. Es schien fast eine Ewigkeit her zu sein, und dieses Gefühl stimmte sie traurig.

Nach dem Essen gingen sie zum Wagen zurück. Slanski legte Anna seinen Mantel über die Schultern, damit ihr nicht kalt wurde.

Sie stiegen in den Pick-up. Keiner der beiden bemerkte den dunkelblauen Ford Sedan, der auf der anderen Straßenseite stand und in dem zwei Männer saßen.

Als sie die Blockhütte erreichten, stand Masseys Wagen vor der Tür. Er selbst saß drinnen und trank Kaffee mit Wasili, als sie hereinkamen. Massey begrüßte Anna mit einem Lächeln.

»Sieht aus, als hättet ihr euch gut amüsiert.«

»Gehört alles zum Training, Jake«, erklärte Slanski. »Wo ist Popow?«

»Schon zu Bett gegangen. Er fährt morgen in aller Frühe nach Boston zurück. Setzen Sie sich.«

Sie setzten sich an den Tisch und plauderten zehn Minuten beim Kaffee, bis Wasili sich verabschiedete. »Noch drei Tage, dann sind wir soweit«, sagte Massey zu Anna. »Wie fühlen Sie sich?«

»Ich bin nervös.«

»Gibt es etwas, worüber Sie reden möchten?«

»Was ist mit unseren Ausweispapieren und den Dokumenten, die wir beide für die Reise brauchen?«

»Das gehen wir noch durch. Und machen Sie sich keine Sorgen, die Ausweispapiere werden nicht von einem echten Ausweis zu unterscheiden sein. Sie haben alles, was Sie brauchen, um bis nach Moskau zu kommen. Noch etwas?«

»Nein.« Sie warf Slanski einen kurzen Blick zu, bevor sie aufstand. »Wenn Sie beide einverstanden sind, gehe ich jetzt zu Bett.«

Sie verabschiedete sich. Massey wartete, bis sie die Treppe hinaufgestiegen und in ihrem Zimmer verschwunden war. »Irgendwas an ihr ist heute anders«, sagte er dann.

»Und was?«

»Irgend etwas in ihrem Blick. Was haben Sie beide gemacht?«

Slanski nahm die Bourbonflasche und schenkte sich und Massey einen Schluck ein. »Einen Tanz, ein Essen und ein paar Drinks. Es hat ihr gutgetan.«

»Wie entwickelt sie sich?«

»Besser als ich dachte.« Er erzählte Massey von Popows Erlebnis, und Massey lächelte.

»Er hätte es besser wissen müssen. Vielleicht wird er alt.«

»Wie war's in Paris?«

Massey berichtete von den Vorbereitungen in Paris und Helsinki. »Wir benutzen die Datscha von Lebels Freundin, wenn Sie nach Moskau kommen. Sie ist ideal: abgelegen und sicher.«

»Halten Sie es für klug, Lebels Freundin mit in die Sache hineinzuziehen?«

»Das wird nicht passieren. Wenn alles nach Plan läuft, werden Irina und Anna in Lebels Zug das Land verlassen, sobald Sie Moskau erreicht haben. Dann haben Sie die Wohnung für sich.«

Massey schilderte die Einzelheiten. Als er fertig war, blickte Slanski ihn nachdenklich an. »Irgendwas geht Ihnen im Kopf herum, Jake.«

Massey trank seinen Bourbon aus, stellte das Glas auf den Tisch und stand auf. »Erinnern Sie sich noch daran, was ich Ihnen über Max Simon und das kleine Mädchen erzählt habe? Ich glaube, ich habe den Mörder gefunden. Ein Mann, der den Namen Kurt Braun benutzt. Einer von Moskaus gedungenen Meuchelmördern. Er hält sich illegal in New York auf.«

»Was macht er denn in New York?«

»Das weiß Gott allein, aber etwas Gutes führt er bestimmt nicht im Schilde.«

Slanski grinste gezwungen. »Warum habe ich da so eine Ahnung, was jetzt kommt?«

»Braun ist der widerlichste Abschaum, nach allem, was ich über ihn gehört habe. Er ist ein Psychopath, Alex. Er hat in einem deutschen Gefängnis seine Strafe wegen Mord und Vergewaltigung abgesessen, bevor die Deutschen dringend Männer brauchten und ihn in ein SS-Strafbataillon gesteckt haben. Die Russen haben ihn '45 gefangengenommen und vor die Wahl gestellt, entweder für sie zu arbeiten oder sich in einem sibirischen Straflager zu Tode zu frieren. Kaum verwunderlich, daß er sich für die erste Möglichkeit entschieden hat.«

»Und was wollen Sie jetzt unternehmen?«

Massey trat ans Fenster. Sein Gesicht zeigte einen verärgerten Ausdruck, als er sich zu Slanski umdrehte. »Branigan will, daß ich ihn vergesse.«

»Aber Sie haben andere Pläne, stimmt's?«

»Ich habe bei der Einwanderungsbehörde nachgeforscht. Braun ist vor drei Monaten mit einem westdeutschen Reisepaß auf den Namen Huber eingereist. Ich habe seine Adresse. Es ist eine Wohnung in Brooklyn. Ich würde ihm zu gern einen Besuch abstatten. Wenn der Kerl Braun ist, würde ich gern die Rechnung begleichen.«

»Und was ist mit den Russen?«

»Sie können nichts unternehmen. Braun ist illegal im Land, und sie können nicht einmal zugeben, daß er existiert. Das wird er hoffentlich auch nicht mehr, wenn wir mit ihm fertig sind.«

»Und Branigan?«

»Der muß gar nichts davon erfahren, wenn wir die Sache richtig anpacken.«

»Wir?«

Massey blickte ihn hoffnungsvoll an. »Ehrlich gesagt, ich dachte, daß Sie mitkommen. Nur wir beide. Ich brauche jemanden, der mir den Rücken freihält. Anna kann hier bei Wasili bleiben.«

»Sind Sie sicher, daß Sie wissen, was Sie tun, Jake?«

Massey nickte.

»Wann?« fragte Slanski.

»Morgen.«

Massey und Slanski brachen am nächsten Morgen gegen sieben Uhr nach New York auf, aber Dmitri Popow war früher aufgestanden und schon gegen sechs Uhr nach Boston zurückgefahren.

Unterwegs raste ein Packard mit New Yorker Kennzeichen an Popow vorbei. Fünf Minuten später sah er genau diesen Packard am Straßenrand stehen. Der Fahrer stand neben der Haube und trat ärgerlich gegen das Vorderrad auf der Beifahrerseite.

Der Mann winkte. Popow fuhr rechts heran und kurbelte das Fenster herunter. »Was haben Sie denn?«

»Ich habe ein Scheiß-Schlagloch erwischt, das ich wegen des Schnees nicht gesehen habe. Sagen Sie selbst, Mister, bezahlen wir dafür Steuern?« Er hielt einen Wagenheber in die Höhe. »Die Felge ist verbogen und mein Wagenheber gebrochen. Kann ich mir vielleicht Ihren leihen?«

Popow knurrte und stieg aus. Der kleine fette Mann mit dem dünnen Schnurrbart wirkte ziemlich hilflos. Ein Schwätzer mit New Yorker Akzent und Goldringen an seinen Wurstfingern. Popow nahm den Wagenheber aus dem Fahrzeug und ging damit zu dem Mann. Dann schob er ihn beiseite. »Lassen Sie mich das machen.«

»Danke, Mister, Sie sind ein Engel.«

Der Reifen sah unversehrt aus, doch als Popow sich hinunterbeugte, um ihn näher zu untersuchen, spürte er einen fürchterlichen Schlag, der ihn auf den Schädel traf, und dann noch einen. Popow stürzte zu Boden.

Jemand trat ihm zwischen die Beine. Bevor Popow vor Todesangst aufschrie, hörte er Schritte und die Stimme des fetten Mannes. »Schafft den Hinterwäldler in die Karre!«

Popow brüllte gereizt auf, wie ein angeschossener Bär, und bemühte sich, auf die Füße zu kommen, während er blindlings um sich schlug. Er traf jemanden und hörte einen Schrei; dann dann traf ihn ein weiterer schwerer Schlag am Hinterkopf, und er fiel auf den Rücken.

Etwas Spitzes bohrte sich in seinen Arm, und Popow verlor das Bewußtsein.

22. KAPITEL

*New York
22. Februar*

Es war kurz nach eins, und es regnete wie aus Eimern, als Massey vor dem Mietshaus in Brooklyn hielt. Es war ein altes Backsteingebäude mit einer Feuerleiter auf der Rückseite. Das Haus sah äußerst renovierungsbedürftig aus.

Slanski musterte das Gebäude, während sie im strömenden Regen im Wagen saßen, und zündete sich eine Zigarette an.

»Wie wollen Sie es angehen?«

»Der einfachste Weg ist immer der beste.« Massey lächelte und hielt ein Stück Papier mit dem Briefkopf und dem Siegel der US-Regierung in die Höhe. »Die Steuerbehörde kommt zu einem netten Plauderstündchen vorbei. Brauns Wohnung liegt im obersten Stockwerk auf der Rückseite des Hauses. Nehmen Sie die Feuerleiter und geben Sie mir Deckung, während ich vorn reingehe. Sobald ich drin bin, nehmen wir ihn hoch.«

»Und wenn er nicht da ist?«

»Dann warten wir. Außerdem haben wir dann die Chance, uns umzusehen.«

»Und danach?«

»Darum kümmere ich mich.«

Slanski warf seine Zigarette aus dem Fenster, holte eine Tokarew-Pistole mit Schalldämpfer aus dem Futteral und steckte sie in seinen Hosenbund unter den Mantel. »Wissen Sie wirklich, was Sie tun, Jake?«

Massey nahm einen kurzläufigen Smith and Wesson .38 aus dem Handschuhfach und überprüfte die Kammern der Trommel, bevor er die Waffe in die Tasche schob.

»Vertrauen Sie mir.«

Sie stiegen beide aus und gingen durch den strömenden Regen.

Felix Arkaschin war müde. Die dunklen Ringe unter seinen Augen verrieten den Schlafmangel. Er wandte sich vom Fenster ab und warf einen Blick auf Popow, der zusammengesunken auf dem Stuhl saß.

Zwei von Lombardis Leuten hatten ihn angeschleppt, und der große Mann war sorgfältig gefesselt. Doch Arkaschin wußte, daß dies unnötig war: Der Gefangene war immer noch halb betäubt von der Droge und konnte sich kaum bewegen.

Arkaschin zündete sich eine Zigarette an und trat vom Fenster zurück. Er starrte auf Popows geschwollenes Gesicht, betrachtete das kleine Blutrinnsal, das ihm aus dem Mund in den Bart lief, streckte die Hand aus und hob den Kopf des Mannes an.

»Du machst es mir wirklich sehr schwer. Glaubst du nicht, daß es einfacher ist, wenn du mir erzählst, was Massey da am See ausheckt?«

Popow knurrte; seine Augen flackerten, und dann fiel sein Kopf schlaff zur Seite. Arkaschin seufzte. Er und Braun hatten eine Stunde lang versucht, den Mann zum Reden zu bringen, aber kaum etwas aus ihm herausgeholt.

Jetzt fragte Arkaschin sich, ob es nicht alles Zeitverschwendung war. Außerdem hatte der Kerl zwei von Lombardis Männern bei seiner Entführung schwer verletzt.

Auf dem Tisch lag eine Brieftasche. Der Name des Mannes war Dmitri Popow, was bedeutete, daß er entweder Russe oder Ukrainer war. Zweifellos war er einer der Emigranten, die von den Amerikanern benutzt wurden. Auf dem Tisch lagen eine Spritze und eine Phiole mit Skopolamin, der Wahrheitsdroge. Das war Arkaschins letzte Möglichkeit. Als er danach griff, hörte er das Klopfen an der Tür und fuhr nervös herum.

Er erwartete niemanden. Die Tür vom Schlafzimmer fiel hinter ihm ins Schloß, als er zur Wohnungstür ging. Er drückte seine Zigarette im Aschenbecher aus und hörte wieder das Klopfen. Er zögerte. Sein Instinkt sagte ihm, daß da etwas nicht stimmte.

Er griff nach der Pistole auf dem Kaffeetisch, einer Walther.

»Das würde ich an Ihrer Stelle nicht tun, es sei denn, Sie möchten gern Ihre Finger loswerden.«

Der blonde Mann, der hinter ihm stand, hielt eine Tokarew mit Schalldämpfer in der Hand. Das Fenster zur Feuertreppe stand offen, und der Vorhang bauschte sich im Luftzug. Arkaschin wurde blaß, als er Slanski erkannte.

»Legen Sie die Waffe auf den Tisch, und seien Sie ein braver Junge. Machen Sie die Wohnungstür auf. Und keine Tricks.«

Arkaschin gehorchte, legte die Walther wieder hin. Ihm brach der kalte Schweiß aus, während er zur Tür ging. Als er den Mann sah, der draußen stand, verlor er völlig die Fassung.

Massey trat ein. »Jake«, sagte Slanski ruhig. »Du solltest dir lieber mal ansehen, wen unser Freund im Schlafzimmer versteckt.«

Massey saß in einem Sessel Arkaschin gegenüber. »Erzählen Sie mir, was hier vor sich geht, und zwar schnell.« Seine Stimme klang scharf.

Arkaschin lächelte nervös. »Ich könnte dasselbe fragen. Es wäre sehr interessant zu erfahren, was Sie vorhaben. Aber ich sollte Ihnen noch sagen, saß ich akkreditierter Diplomat bei der sowjetischen Delegation der UNO bin und als solcher Immunität genieße.«

»Falsch. Ihre Situation wird dadurch noch viel schwieriger, also hören Sie auf, Mist zu reden.« Massey wog die Waffe in der Hand und spannte den Hammer. »Sie haben fünf Sekunden.«

In diesem Augenblick trat Slanski ins Zimmer. Er stützte den benommenen Popow. Als der große Ukrainer Arkaschin sah, glühten seine Augen düster.

»Wenn Sie nicht abdrücken, Jake, dann mach' ich es.«

»Erzählen Sie mir, was passiert ist«, befahl Massey.

Popow wischte sich ein Blutgerinnsel aus dem Mund und deutete auf Arkaschin. »Unser Freund hier ist hinter der Frau her. Sie haben sie beschattet. Nachdem ich losgefahren bin, haben mir einige seiner Leute eine Falle gestellt und mich bewußtlos geschlagen. Dann haben sie mich hergefahren und versucht, mich zum Reden zu bringen. Er heißt Arkaschin.«

Slanski warf eine Handvoll Landkarten und Fotos auf den Tisch. »Die lagen im Schlafzimmer. Sieht aus, als würde sich Arkaschin sehr für Fotografie interessieren. Und für uns.«

Massey betrachtete die Aufnahmen. Einige zeigten Anna allein, auf anderen war zu sehen, wie Anna, Slanski und er selbst aus dem Hotel kamen. Und dann waren da noch Fotos von dem Bahnsteig in Boston. Die Landkarten zeigten New Hampshire; das Gebiet, in dem der See lag, war mit einem Kreis gekennzeichnet.

Massey wurde blaß und blickte Arkaschin an. »Wo ist Ihr Freund Braun?«

»Ich muß Ihre Fragen nicht beantworten«, gab Arkaschin mürrisch zurück.

Massey trat vor ihn und hielt ihm die Waffe an die Stirn. »Das mag richtig oder falsch sein, aber wenn Sie mir nicht helfen, blase ich Ihnen ein so großes Loch ins Hirn, daß man einen Zug durchfahren lassen kann.«

»Ich glaube kaum, daß das klug wäre, und nötig ist es auch nicht.«

»Ich scheiße auf Ihre Immunität, Arkaschin. Außerdem ist sie außer Kraft gesetzt. Sie sind in eine Entführung verwickelt. Das ist ein Verstoß gegen Bundesgesetze. Also reden Sie, bevor ich die Geduld verliere und dieses Ding hier losgeht.«

Arkaschin seufzte und spreizte in einer hilflosen Geste die Hand. »Sie müssen verstehen, wir konnten die Frau doch nicht einfach so davonkommen lassen.«

»Wer ist wir?«

»Die Botschaft hatte Befehle aus Moskau.«

Plötzlich war Massey alles klar. Er trat vor. »Wie haben Sie die Frau gefunden?«

»Wir haben sie von Helsinki bis hierher beschattet. Und wir sind ihr gefolgt, seit sie dieses Land betreten hat.«

Massey schwieg einen Moment. »Warum?« wollte er dann wissen. »Sie ist ein Niemand.«

Arkaschin lächelte zynisch. »Was Leute wie Sie und mich betrifft, Massey – wir fragen nicht, warum und weshalb. Wir tun einfach, was unsere Vorgesetzten verlangen.«

»Woher kennen Sie meinen Namen?«

»Ihre Aktivitäten sind uns sehr wohl bekannt. Es war nicht schwierig, anhand der Fotos Ihre Identität festzustellen.«

Massey errötete vor Zorn. »Wo ist Braun?«

Als Arkaschin zögerte, preßte Slanski ihm den Schalldämpfer der Tokarew so fest gegen die Schläfe, daß der Mann vor Entsetzen die Augen weit aufriß.

»Unterwegs, die Frau holen.«

»Allein?«

Arkaschin zuckte mit den Schultern. »Spielt das jetzt noch eine Rolle? Sie können ihn nicht mehr aufhalten.«

»Was macht er mit ihr?«

»Er bringt sie auf ein sowjetisches Boot im Hafen von New York.«

»Wie lange ist Braun schon weg?«

Als Arkaschin nicht antwortete, schlug Slanski ihn mit der Waffe so kräftig ins Gesicht, daß Blut hervorschoß.

Der Russe stolperte zurück. Als er sich erholt hatte, wischte er sich das Blut von der Nase. »Das war nicht nötig.«

Slanskis Gesicht war weiß vor Wut, und er deutete auf Popow. »Es wird noch viel schlimmer, wenn ich meinen Freund hier losbinde, damit der Ihnen heimzahlen kann, was Sie ihm angetan haben. Wann ist Braun gefahren?«

Arkaschin warf einen nervösen Blick auf Popow. »Er ist vor zwei Stunden mit dem Zug gefahren«, sagte er dann.

»Bring ihn ins Schlafzimmer und fessele ihn«, befahl Slanski, an Popow gewandt. »Und zwar sorgfältig, damit er sich nicht mehr bewegen oder sprechen kann.«

»Mit Vergnügen. Und dann schlage ich ihn zu Brei.«

Massey blickte den Russen an. »Nach dieser Sache hier werden Sie lange kein Tageslicht mehr sehen, Arkaschin. Sie helfen einem illegalen Einwohner, sind an Mord und Kidnapping beteiligt und verstoßen gegen das Waffengesetz. Ich bin sicher, daß auch Ihre Immunität das nicht deckt. Sie sind erledigt.«

Arkaschin wurde sichtlich blaß um die Nase.

Als Popow auf ihn zuging, schnappte sich Arkaschin die Walther vom Tisch. Popow war sofort bei ihm, um sie ihm aus der Hand zu reißen, aber er war zu langsam. Ein Schuß löste sich, und die Kugel traf den Ukrainer mitten ins Gesicht. Als

Popow zurückgeschleudert wurde, feuerte Slanski. Die Kugel drang Arkaschin ins Herz.

Massey wurde weiß, als er Popows Puls fühlte. »Himmel ... Er ist tot ...«

Slanski hatte sich über Arkaschin gebeugt, der mit blutverschmierter Kleidung ausgestreckt auf dem Boden lag.

»Arkaschin auch, Jake«, sagte er, als er sich aufrichtete. »Es wird immer schlimmer. Was jetzt?«

»Wir müssen hier weg. Und zwar schnell. Laß alles, wie es ist. Ich überlege mir später, was wir tun können.«

»Wir schaffen es niemals rechtzeitig zum See«, sagte Slanski leise. »Die Fahrt dauert sechs Stunden mit dem Auto, und Arkaschins Leute haben einen großen Vorsprung.«

»Dann sollten wir keine Zeit verlieren.«

Massey lief bereits auf die Feuerleiter zu, als Slanski seinen Arm packte. »Warte ...!«

Er ging zum Tisch und nahm eine der Landkarten. Eine dünne Schweißschicht bedeckte sein Gesicht, als er Massey anschaute. «Es gibt vielleicht einen schnelleren Weg. Aber es gibt keine Garantie.«

New Hampshire

Carlo Lombardi haßte das Land. Er war an den Geruch von Abgasen und Smog gewöhnt – zwitschernde Vögel und Bäume waren seine Sache nicht. Als sein Leibwächter Vince die Seitenscheibe des Packards herunterkurbelte und ein Schwall frischer, kalter Luft ins Wageninnere drang, verzog er die Nase.

»Mach das verdammte Fenster wieder zu! Willst du mich umbringen?«

Vince gehorchte. Braun, der auf der Rückbank saß, schwieg. Sie hatten die Autobahn vor zehn Minuten verlassen. Lombardi fuhr, nachdem sie Braun vom Bahnhof in Boston abgeholt hatten. Die malerischen Holzhäuser Neuenglands flogen an den Fenstern des Wagens vorbei, doch Lombardi ließ sich von der Schönheit nicht beeindrucken.

»Kuhscheiße und Bauernhöfe mit krakeelenden Viechern!

Wer will so was?« Er zündete sich eine Zigarette an und warf einen Blick in den Rückspiegel auf Braun.

»Was gibt's über den Hinterwäldler mit dem Bart zu erzählen?«

Braun blickte ihn kurz an. »Er ist jetzt Arkaschins Problem. Wie weit ist es noch?«

»Etwa eine Stunde. Dieser große Mistkerl hat Lou und Frank beinahe umgebracht. Lou mußte sich den Kiefer klammern lassen.«

»Sie hätten besser aufpassen sollen. Diesmal tun Sie, was ich Ihnen sage.«

Lombardi zuckte mit den Schultern und wandte sich an Vince. »Du kennst den Plan. Wer uns in die Quere kommt, wird umgepustet. Hast du alles Nötige dabei?«

Vince hob von unten einen Leinensack hoch. Er griff hinein und nahm nacheinander drei Pistolen, zwei abgesägte Schrotflinten und einen MI-Karabiner heraus.

»Ach du Scheiße!« stieß Lombardi hervor. »Was glaubst du, was uns da erwartet? Bären?«

Vince zuckte mit den Schultern. »Du hast gesagt, es könnte Ärger geben. Man kann nie wissen.«

Lombardi drehte sich zu Braun um und lächelte. »Eins muß man dem Jungen lassen: Er bereitet sich gründlich vor!«

Wasili stieg aus dem Boot und half Anna auf den hölzernen Steg.

Sie hatten eine Stunde auf dem See gefischt und drei große Forellen gefangen. Als sie zum Blockhaus zurückgingen, sagte Anna: »Erzählen sie mir etwas über das Foto im Haus. Ist das Alex' Familie?«

»Seine Eltern und seine Geschwister. Hat er Ihnen davon erzählt?«

»Genug, um erraten zu können, wer auf dem Foto zu sehen ist.«

»Dann muß er Sie mögen, Anna.«

»Warum sagen Sie das?«

»Alex spricht sonst nie über seine Familie. Anscheinend haben Sie eine Lücke in seinem Panzer gefunden.«

Sie lächelte. »Am ersten Tag hier oben fand ich ihn ziemlich schwierig, das muß ich zugeben.«

Wasili lachte. »Das ist nichts im Vergleich zum ersten Tag, an dem er hier war.«

»Wie war er?«

»Wie ein wildes Wolfsjunges. Einfach nicht zu zähmen. Er weigerte sich zu essen oder zu sprechen. Er wollte nur allein gelassen werden, als säße ein Schmerz tief in seiner Brust, den niemand erreichen konnte.«

»Aber Sie haben es geschafft.«

Wasili schüttelte den Kopf. »Ich glaube, keiner hat ihn jemals dort berührt. Und ich glaube auch nicht, daß jemand es je schaffen wird.«

»Warum haben Sie ihn hier wohnen lassen?«

Inzwischen hatten sie die Blockhütte erreicht. Wasili legte die Ausrüstung und die Forellen zur Seite und setzte sich auf die Veranda.

»Ich wußte, daß er eine schlimme Zeit durchgemacht hatte und keinem Menschen traute außer sich selbst. Er brauchte Ablenkung, und er brauchte einen Vater. Ich habe getan, was ich konnte, und ihm alles über den Wald und die Jagd beigebracht, was ich wußte. Ich kenne niemanden, der im Wald besser überleben kann als Alex, mich eingeschlossen. Ich habe ihn abgelenkt, und allmählich hat er sich eingewöhnt. Nach allem, was ihm zugestoßen war, brauchte er Raum, keine Menschen, die ihn einengten.«

»Was ist mit seinen Eltern geschehen?«

»Hat er Ihnen das nicht erzählt?«

»Nein.«

Wasili dachte einen Augenblick nach und schüttelte dann den Kopf. »Anna, einige Dinge darf ein Mann für sich behalten. Wenn Alex es Ihnen sagen wollte, hätte er es bestimmt getan. Sie müssen es ihm überlassen, Ihnen diese Geschichte zu erzählen. Und jetzt holen Sie ein bißchen Anmachholz für den Ofen, dann bereite ich die Fische zu.«

Anna trat von der Veranda herunter, drehte sich um und blickte Wasili an, während sie sich eine Haarsträhne aus dem Gesicht strich.

»Wasili …?«

»Ja?«

»Ich mag Sie. Ich mag Sie sehr.«

Wasili lächelte; dann stand er auf und ging ins Haus. Am Fenster blieb er stehen und beobachtete, wie sie im Wald verschwand. Schließlich ging er in die Küche und nahm die Fische aus.

Lombardi sah das Schild an der Straße: ›Zutritt für Unbefugte verboten!‹. Er lenkte den Packard auf den verschneiten Feldweg.

Nach weiteren fünfzig Metern konnten sie einen Blick auf den See werfen, der sich vor ihnen ausdehnte. Lombardi hielt an. Vince und Braun stiegen bereits aus, während Lombardi den Motor abstellte.

Braun deutete mit einem Nicken auf die Blockhütte und fragte Lombardi. »Ist sie das?«

«Ja. Onkel Toms beschissene Hütte. Von mir aus kann's losgehen.«

Vince verteilte die Waffen. Lombardi tastete nach dem Messer, das er im Gürtel trug. »Gut. Bringen wir den Mist hinter uns. Vince ... Latsch möglichst nicht wie ein Bär durchs Unterholz, kapiert?«

»Ich gehe von hinten ran, ihr beide von vorn«, sagte Braun. »Und seien Sie vorsichtig.«

Braun bog auf einen Waldweg rechts von ihnen ein und verschwand zwischen den Bäumen.

Lombardi und Vince schlugen sich nach links in die Büsche und überprüften dabei ihre Waffen.

Wasili sah die beiden Männer aus dem Wald kommen, als er zufällig einen Blick aus dem Küchenfenster warf.

Sie waren noch etwa fünfzig Meter entfernt. Einer trug eine Schrotflinte und der andere einen Karabiner, während sie sich langsam der Blockhütte näherten. Wasili legte das Tranchiermesser beiseite und wischte sich die Hände ab, bevor er die Winchester nahm.

Dann trat er auf die Veranda. »Haben Sie das Schild nicht gesehen?« rief er den Männern zu. »Sie befinden sich auf Privatbesitz. Kehren Sie um und gehen Sie denselben Weg zurück, den Sie gekommen sind.«

Der dickere der beiden Männer schien das Sagen zu haben. Er trug einen kleinen Schnurrbart. Der jüngere neben ihm fummelte nervös mit dem Karabiner herum.

Der Dicke lächelte und trat noch einen Schritt näher. »Ganz ruhig. Wir haben uns verirrt. Vielleicht können Sie uns helfen.«

Wasili hob die Winchester. »Kommen Sie nicht näher, oder ich zeige Ihnen den Weg zum Friedhof. Ich habe gesagt, daß Sie sich auf Privatbesitz befinden.«

»Runter mit der Knarre, Alter«, sagte der Dicke frech. »Dann passiert Ihnen nichts.«

Wasili zögerte. »Wer sind Sie, und was wollen Sie?«

»Nur ein nettes Schwätzchen mit der jungen Frau. Wo ist sie?«

Wasili wurde blaß und spannte den Hammer der Winchester. »Wenn du näher kommst, Fettsack, puste ich dich weg.«

»Ach, ja? Bring einfach die Frau raus, und keinem passiert was. Wir wollen nur mit ihr reden.«

»Und deshalb schleppt ihr Gewehre mit?«

Der Dicke kam noch näher.

Wasili zielte mit der Winchester auf ihn. »Laßt die Waffen fallen – sofort. Oder ich erschieße euch.«

»Blödmann«, sagte Lombardi.

Er riß die Schrotflinte hoch und schoß. Die Ladung traf Wasili in die rechte Schulter und schleuderte ihn gegen die Wand. Als er auf die Veranda stürzte, rannten die Männer auf ihn zu. Er griff nach der Winchester, doch einer der beiden trat sie ihm aus der Hand. Wasili sah das Messer aufblitzen, als der Fette sich zu ihm herunterbeugte. »Du bist zu langsam, Alter. Wo ist die Frau? Verscheißer mich nicht. Wo ist sie? Spuck's aus, oder ich schneide dir dein Herz raus, du dämlicher Bauerntrampel.«

Im Wald hörte Anna den Schuß, und ihr Herz setzte einen Schlag aus.

Als sie sich umdrehte, entdeckte sie den Mann zu ihrer Rechten und blieb wie angewurzelt stehen. Er hielt eine

Schrotflinte in der Hand, und im ersten Augenblick dachte sie, er wäre ein Jäger. Aber der Schuß war vom Blockhaus gekommen, und als sie den Gesichtsausdruck des Mannes sah, wußte sie, daß etwas nicht stimmte.

Der Mann richtete die Waffe auf sie und grinste. Auf seiner Wange leuchtete eine auffällige rötliche Narbe.

»Bleib stehen.«

Anna rührte sich nicht und betrachtete verwirrt den Mann. Er machte einen Schritt auf sie zu und grinste frech.

»Schön locker bleiben. Wir gehen den Weg zurück, den du gekommen bist.«

Annas erster Impuls war, sich umzudrehen und wegzulaufen. Doch als sie sich bewegte, sprang der Mann neben sie und riß sie heftig an den Haaren. Sie wurde herumgewirbelt und trat mit dem Fuß zu. Der Mann wurde am Knie getroffen und sank zusammen, wobei er seine Schrotflinte fallen ließ. Doch als Anna versuchte, nach der Waffe zu greifen, riß er sie brutal an den Haaren hoch.

»Du kleines Biest!«

Er schlug ihr ins Gesicht, immer und immer wieder. Seine Schläge waren so hart, daß sie glaubte, ihr Kiefer würde zerbersten. Dann schlug er mit der Faust gegen ihren Hals, und es wurde dunkel um sie.

23. KAPITEL

Buzzards Bay, der kleine Hafen an dem breiten Meeresarm sechzig Meilen von Boston entfernt, lag verlassen da.

Im Sommer war die Bucht von Urlaubern aus New York und Boston überlaufen, aber im Winter gab es hier nur ein paar Hummerfischer, die nach ihren Fallen sahen, und einige hartgesottene Segelfanatiker, die am Wochenende aus der Stadt hierher kamen. An diesem Nachmittag waren weder Segler noch Fischer draußen auf der Bucht. Ein steifer, kalter Atlantikwind peitschte das Wasser und bildete Schaumkronen auf den Wellenkämmen.

Der Mann, der mit Massey und Slanski auf den Hangar am Ufer zuschritt, war groß und dünn, hatte einen traurigen Blick und wirkte unrasiert. Seine sauertöpfische Miene ließ vermuten, daß er das Leben höchst unerfreulich fand, und er bewegte sich schwerfällig und langsam.

»Es ist wirklich sehr ungewöhnlich, Mr. Slanski, vor allem bei diesem Wetter. Es ist zwar nicht bewölkt, aber der Wind ist stark genug, einem Hund das Fell abzuziehen.«

»Ich weiß Ihre Hilfe zu schätzen, Abe.«

»Warum haben Sie es denn so eilig, zum See zu kommen?«

»Es handelt sich um einen Notfall.«

Abe Barton blickte zweifelnd auf das Wasser hinaus und kratzte sich am Kinn.

»Tja, ich bin nicht besonders scharf darauf, bei diesem Wellengang zu starten und in der Dunkelheit zurückzukommen. Aber wenn es sich um einen Notfall handelt, kann ich es wohl nicht ablehnen. Unter anderen Umständen würde ich Ihnen nicht helfen, vergessen Sie das nicht.«

Die Fahrt nach Norden bis zur Bucht hatte Slanski und Massey fast drei Stunden gekostet, und die Verzweiflung stand den beiden im Gesicht geschrieben.

Der Ort bestand aus gerade mal einem Dutzend Holzhäusern, die sich um den Hafen scharten. Der Hangar, dessen Türen geschlossen waren, lag am anderen Ende des Deiches. Über eine Rutsche konnte man das Flugzeug ins Wasser gleiten lassen. Mit dem Flugboot brachte Abe Barton in der Saison Jäger und Angler nach Norden. Er war Pilot, Mechaniker und Verwalter in einer Person. Nachdem er das Vorhängeschloß aufgemacht hatte, schob er die Rolltüren des Hangars zurück, so daß man das stupsnasige, einmotorige Seebee-Wasserflugzeug sehen konnte. Eine Plane lag schützend über dem Motor, und Barton zog sie herunter.

Wieder rieb er sich das Kinn. »Sie muß aufgetankt werden. Es ist nur genug Treibstoff drin, um sie warmlaufen zu lassen.«

»Wie lange wird das dauern?«

»Etwa zehn Minuten. Der Treibstoff ist im Lagerraum im Haus.«

»Dann sollten wir loslegen«, drängte Slanski ungeduldig. »Wir lassen den Wagen hier.«

Barton seufzte und ging zur Tür, neben der zwei Sackkarren standen, mit denen man die Benzinfässer transportieren konnte, und Barton zog mürrisch einen Karren heraus.

Nachdem er gegangen war, sagte Slanski zu Massey: »Diesem Barton müßte man Dynamit in den Hintern stecken. In einer Stunde wird es dunkel. Es ist schon bei Tageslicht schwierig genug, bei unruhigem Seegang auf dem Wasser zu landen. Bei Dunkelheit ist das nahezu unmöglich.«

Massey warf einen skeptischen Blick auf das Wasserflugzeug. »Sind Sie sicher, daß Barton damit umgehen kann?«

»Bilden Sie sich selbst ein Urteil. Er kennt die Gegend um den See sehr gut.« Slanski deutete mit einem Nicken auf die zweite Sackkarre in der Ecke. »Wir sollten ihm lieber beim Auftanken helfen, sonst sind wir den ganzen Tag hier.«

Fünf Minuten später kamen sie zurück. Barton zog seine Sackkarre, als wäre er ein Verurteilter auf dem Weg zum Richtblock. Massey und Slanski halfen ihm, mit der mechanischen Pumpe den Treibstoff in den Tank des Flugzeugs zu füllen.

Als die Seebee endlich im Wasser dümpelte, kletterte Barton ins Cockpit und startete den Franklin-Motor. Er sprang gleich beim ersten Mal mit einem Knattern an.

Anna kam mit rasenden Kopfschmerzen wieder zu sich.

Sie lag mit dem Rücken auf dem Boden in der Blockhütte. Wasili saß auf einem Stuhl gefesselt neben ihr.

Entsetzt sah sie ihn an. Seine Haut war weiß, und er hatte die Augen halb geschlossen. Aus der häßlichen Wunde in seiner rechten Schulter strömte Blut, und sein Gesicht war durch Schläge schwer mitgenommen. Er hatte den Kopf zur Seite geneigt und stieß seltsam gurgelnde Laute aus.

Anna schrie auf.

»Halt's Maul, Lady!«

Als sie den Blick hob, entdeckte sie die beiden Männer. Einer war der Kerl aus dem Wald, der mit der Narbe. Er saß in einem Stuhl am Fenster und rauchte eine Zigarette. Eine Schrotflinte ruhte auf seinen Knien, und er schaute schweigend zu Anna herüber.

Der andere, der gesprochen hatte, war klein und fett und

trug einen dünnen schwarzen Schnurrbart. Er saß auf dem Tisch, reinigte sich mit einem dünnen Messer die Fingernägel und grinste hämisch. »Sieh mal an, sind wir wieder ins Reich der Lebenden zurückgekehrt?«

Sie ignorierte beide und stand mühsam auf. Ihre Augen schwammen in Tränen, als sie neben Wasili trat. Sein Blick flackerte, als er sie erkannte.

»Anna ...«

»Nein, nicht sprechen, Wasili.«

Er verlor immer noch Blut, und sie tastete nach seinem Puls, der kaum zu spüren war. Sie starrte die beiden Fremden an.

»Er wird sterben, wenn er keine Hilfe bekommt. Sie müssen etwas tun ... Bitte!«

»Ich leg' ihn um, wenn du nicht von ihm weggehst«, drohte der Fette. Er rutschte vom Tisch herunter, trat neben Anna, griff ihr ins Haar und schleuderte sie auf einen Stuhl.

»Bleib da sitzen und halt den Mund!«

»Er stirbt ...«

Der narbengesichtige Mann stand auf, ging zu ihr und schlug ihr hart ins Gesicht. Dann packte er roh ihr Kinn und starrte ihr in die Augen, während er auf russisch sagte:

»Wohin sind Massey und Slanski gegangen?«

Anna fühlte, wie ihr das Blut aus dem Gesicht wich und eine panische Angst sie durchströmte. Sie wollte etwas sagen, aber es kam kein Wort über ihre Lippen. Eine schreckliche Ahnung schien sie zu lähmen.

Der Mann schlug ihr wieder hart ins Gesicht. »Ich habe eine Frage gestellt. Wo sind deine Freunde?«

»Ich ... ich weiß es nicht.«

Der Mann zielte mit der Schrotflinte auf Wasili. »Sag die Wahrheit, oder ich leg' ihn um.«

»Ich ... Ich weiß es wirklich nicht ... Sie sind ... heute morgen gefahren ...«

»Wohin?«

»Das weiß ich nicht?«

»Wann kommen sie zurück?«

»Ich weiß ...«

Der Mann spannte die Schrotflinte und richtete sie direkt auf Wasilis Kopf.

»Heute abend«, sagte Anna. »Sie meinten, sie würden heute abend zurückkommen. Ich weiß nicht, wann. Das ist die Wahrheit, wirklich. Bitte ...«

Einige Sekunden lang blieb der Mann stehen und zielte weiter auf Wasili. Dann grinste er und packte Annas Kinn grob mit der Hand.

Das Grinsen verschwand, als er seine Finger in ihre Wangen grub, und er knirschte mit den Zähnen. »Lüg mich nicht mehr an. Wenn du noch mal lügst, töte ich dich, kapiert?«

Aus der Küche ertönten Geräusche, und ein weiterer Mann trat ins Zimmer. Er war jung, kräftig gebaut und trug eine lange Holzkiste in der Hand.

»Seht mal, was ich gefunden habe.«

Er stellte die Kiste auf den Tisch und klappte den Deckel auf. Anna sah, daß es die Waffen waren, die Popow für ihr Training benutzt hatte.

Der Junge grinste. »Sie waren hinten. Unter dem Küchenboden ist eine Falltür, darunter so eine Art Vorratsraum. Voller Essen und Zeugs.«

Der Fette durchsuchte die Kiste und pfiff durch die Zähne, als er die Tokarew-Maschinenpistole hochnahm.

»Ganz schöne Artillerie. Anscheinend wollen unsere Freunde hier einen Krieg anzetteln.« Er musterte den Mann mit der Narbe. »Was geht hier vor, Braun?«

Der Angesprochene dachte einen Augenblick nach und warf dann einen kurzen Seitenblick auf Wasili. »Bring die Frau raus«, befahl er dann dem jüngeren Mann. »Um die kümmere ich mich später.«

Der Mann griff Anna ins Haar und zog sie hoch. Als sie den Blick bemerkte, den Braun Wasili zuwarf, rief sie: »Nein ... tun Sie ihm nicht weh ... bitte nicht!«

Lombardi schlug ihr ins Gesicht. »Schaff sie raus, Vince!«

Als sie gegangen waren, wandte sich Lombardi an Braun. »Ich will die Geschichte hören!«

Braun beachtete ihn nicht, ging zu Wasili und packte sein Gesicht. Der alte Mann war noch bei Bewußtsein, doch der Blick seiner Augen war trüb. »Was verstecken Massey und Slanski noch, alter Mann?«

Wasili richtete seinen Blick mühsam auf Braun, sagte aber

nichts. Braun schlug ihm brutal die Faust ans Kinn. »Ich frage nicht noch einmal. Wenn du nicht antwortest, befehle ich meinem Freund da draußen, der Frau weh zu tun. Schlimm weh zu tun. Das hier ist dein Besitz. Die Waffen liegen hier. Warum?«

»Massey ... hat sie ... mitgebracht. Ich ... weiß nicht, warum ...« Wasilis Stimme ertrank in einem Gurgeln.

»Was hat er noch mitgebracht?«

»Ich ... ich weiß es nicht.«

»Hol die Frau rein!« fuhr Braun entnervt Lombardi an.

»Nein!« bat Wasili heiser. »Ich sage die Wahrheit.«

»Was für Verstecke gibt es hier noch?«

Wasilis Kopf sank auf seine Brust. Braun packte sein Haar, riß den Kopf brutal hoch und starrte ihm ins Gesicht. »Willst du zusehen, wie wir die Frau vergewaltigen? Das wird diesem Miststück nämlich passieren, wenn du nicht redest. Und dann mach' ich sie kalt. Ganz langsam.«

Wasili öffnete mühsam die Augen. Er schien nur schwer atmen zu können. »Tun Sie ... Tun Sie ihr nichts.«

Braun grinste. »Wenn du mir hilfst, passiert ihr nichts.«

Doch bevor Wasili etwas sagen konnte, verdrehte er die Augen, und sein Kopf sank zur Seite. Braun schlug ihn mehrmals vor Enttäuschung, aber Wasili kam nicht wieder zu sich.

»Sie verschwenden Ihre Zeit«, erklärte Lombardi. »Der Waldschrat ist ohnmächtig. Er hat zuviel Blut verloren.«

Braun nahm die Schrotflinte und ging zur Treppe. »Durchsuchen Sie noch mal den Vorratsraum«, sagte er zu Lombardi. »Und stellen Sie hier unten alles auf den Kopf.«

»Wo gehen Sie hin?«

»Ich sehe nach, was ich sonst noch finden kann.«

Fünfzehn Minuten nach dem Start gab es Turbulenzen. Barton mußte auf fünftausend Fuß Höhe gehen, um dem Schlimmsten auszuweichen. Der Start war, gelinde gesagt, ziemlich holperig gewesen, doch Barton wußte offenbar genau, was er tat. Die Seebee hatte sich schließlich elegant in die Luft geschwungen und war auf zweitausend Fuß gestiegen, bevor sie in Richtung Nordwest eingeschwenkt war.

Im Cockpit wurde es dunkel, und sie sahen die ausgedehnte Reihe der Lichter von Boston rechts von ihnen. Weiter vorn lag das nördliche Massachusetts. Barton drehte sich um und übertönte das Motorengeräusch: »Noch zehn Minuten, dann überqueren wir die Landesgrenze nach New Hampshire. Ich versuche, so dicht wie möglich an das Blockhaus zu kommen, aber ich kann nichts versprechen, denken Sie dran. Es hängt davon ab, wie das Wasser ist.«

»Nicht ans Blockhaus«, erwiderte Slanski. »Landen Sie in einiger Entfernung auf dem See, etwa eine Meile vom Ufer. Und lassen Sie beim Anflug die Positionslichter aus.«

Barton blickte verwirrt von Slanski zu Massey. »He, ich dachte, es wäre ein Notfall.«

»Das ist es auch.«

»Ich brauche die Lampen aber, um zu sehen, wie das Wasser sich bewegt«, protestierte Barton. »Wenn ich die hohen Wellen zu steil treffe, können sie den Ponton abreißen oder dafür sorgen, daß ich mit einem Flügel das Wasser berühre.«

Slanski legte Barton eine Hand auf die Schulter. »Machen Sie einfach, worum ich Sie bitte, Abe. Sobald Sie gelandet sind und wir die Maschine verlassen haben, tun Sie mir den Gefallen und warten eine halbe Stunde, falls wir Sie für den Rückflug brauchen. Warten Sie nicht länger, sonst könnte die Landung in Buzzards Bay zu kompliziert für Sie werden.«

»Es wird schon schwierig genug, wenn ich Ihrer Bitte nachkomme. Ich brauche diese verdammten Lampen.«

»Bitte, Abe, tun Sie, was ich Ihnen sage.«

Barton runzelte verwirrt die Stirn, zuckte mit den Schultern, drehte sich wieder um und behielt die Armaturen der Seebee im Auge.

Im Obergeschoß durchsuchte Braun systematisch ein Zimmer nach dem anderen. Obwohl er wußte, daß niemand mehr im Haus war, bewegte er sich vorsichtig und mit der Schrotflinte in der Hand durch den Flur.

Er ging zuerst ins Zimmer der Frau, durchwühlte ihre Kleidung und den kleinen Koffer unter ihrem Bett. Es gab nichts

Interessantes, doch als er ihre Unterwäsche entdeckte, streichelte er darüber und grinste teuflisch.

Die anderen Zimmer waren nüchtern und funktionell eingerichtet. In dem des Alten befanden sich verschlissene Kleidungsstücke, Tabak und ein halbes Dutzend Flaschen des selbstgebrannten Wodkas unter dem Bett. Ein sehr altes Foto in einem Glasrahmen zeigte einen Mann und eine Frau mit indianisch wirkenden Gesichtszügen. Braun warf das Bild achtlos zu Boden, wo das Glas zersplitterte.

Slanskis Raum durchsuchte er sorgfältiger. Er tastete die Kleidungsstücke im Schrank ab, leerte sämtliche Taschen und durchwühlte zwei Lederkoffer mit alter Kleidung, die auf dem Boden des Schrankes standen. Er schaute sogar unter der Matratze nach, fand aber nichts.

Frustriert stieß Braun gegen den Nachttisch, der umfiel, und trat ans Fenster. Dort zündete er sich eine Zigarette an und blickte hinaus, bis ihm etwas auffiel. Das Schränkchen hatte die roh bearbeiteten Bodenbretter unter dem Fenster erschüttert, und eins hatte sich locker angefühlt, als er darauf getreten war. Er kniete sich hin und hob es mit dem Fingernagel an. Durch den Spalt sah er die rostige Blechdose und nahm das Brett ganz hoch. Er betrachtete den Inhalt und warf ihn weg. Dann sah er den Ordner mit der Aufschrift ›Josef Stalin‹, der darunter gelegen hatte. Er holte ihn heraus und überflog die vier Seiten, die sich darin befanden.

Eine Zeitlang stand er einfach nur da und versuchte, den Wert seiner Entdeckung abzuschätzen. Dann lächelte er. Moskau würde ohne Frage für diesen Fund zahlen müssen.

Er rollte den Ordner zusammen und steckte ihn vorsichtig in seine Hose. Den Inhalt der Dose warf er achtlos auf den Boden. Nachdem er die anderen Räume gründlich durchsucht hatte, ging er wieder hinunter.

Es wurde dunkel. Lombardi versuchte, eine Öllampe anzuzünden. Dabei verbrannte er sich die Finger und fluchte. »Habt ihr Hinterwäldler noch nie was von Elektrizität gehört?« fuhr er den alten Mann an, der bewußtlos auf seinem Stuhl hing.

Lombardi blickte zu Braun hinüber. »Unten waren nur noch Vorräte. Die Bude ist sauber. Was haben Sie gefunden?«

»Nichts«, log Braun, während er sich eine Zigarette anzündete.

»Und jetzt?« wollte Lombardi wissen.

»Wir fahren los und nehmen die Frau mit.«

»Ich dachte, wir wollten auf die Freunde der Braut warten?«

»Soviel Zeit haben wir nicht.«

Lombardi runzelte die Stirn. »Wie Sie wollen. Was ist mit dem alten Mann?«

»Er hat sich bestimmt unsere Gesichter gemerkt. Legen Sie ihn um.«

Die Seebee kreiste in einem weiten Bogen über dem See; dann ging Barton in einen Senkflug bis auf hundert Meter über der Wasseroberfläche.

Es war rasch dunkel geworden, und der See lag fast in völliger Finsternis. Nur ein schwacher, silberner Schimmer tanzte auf den Wellen. Barton bestand darauf, kurz die Lichter einzuschalten, um festzustellen, ob die Wasseroberfläche unter ihnen glatt war. Sie wirkte ziemlich ruhig, aber in Richtung Ufer war der Wellengang höher. Als Barton abdrehte, sagte er über die Schulter zu Slanski: »Sie sollten sich lieber anschnallen und sich festhalten. Es könnte ganz schön rauh werden.«

Barton stand der Schweiß auf der Stirn, als er tiefer hinterging und allmählich die Landung einleitete. Sie flogen in Richtung Küste, etwa eine gute Meile von der Blockhütte entfernt, und gingen parallel zum Land ungefähr eine Meile vor dem Ufer hinunter.

Zwanzig Meter über der Wasseroberfläche begann die Seebee, im Aufwind über dem See zu tanzen, als eine Bö das Flugzeug packte und in Richtung Land drückte.

»He!« sagte Barton und korrigierte den Kurs. Dann drückte er den Steuerknüppel weiter hinunter. Als sie noch zwanzig Fuß über dem Wasser waren, zog er den Gashebel zurück, und die Maschine setzte hart auf dem Wasser auf, sprang in die Höhe, setzte erneut auf holperte dann unruhig über das Wasser, während der Propeller sich im Leerlauf drehte. Barton seufzte auf und richtete die Nase des Flugzeugs zum Land, bevor er sich umschaute.

»Noch weiter geht es nicht. Ihr werdet euch nasse Füße holen, Jungs.«

Sie waren noch sieben Meter vom Land entfernt. Slanski öffnete bereits die Kabinentür und kletterte hinaus. Massey folgte ihm. Slanski sprang ins hüfthohe Wasser und watete ans Ufer.

»Ich warte nicht länger als eine halbe Stunde, kapiert?« sagte Barton zu Massey. »Was ist das überhaupt für ein Notfall?«

Massey antwortete nicht, sondern sprang ins Wasser und watete hinter Slanski her, der bereits das Ufer erreicht hatte.

»Haben Sie was gehört?«

Lombardi war auf die Veranda hinausgegangen, stand nun da und neigte den Kopf zur Seite. Er blickte zu Braun zurück. »Ich hab' einen Motor gehört.«

Braun trat hinaus, stellte sich neben ihn und lauschte. »Ich höre nichts«, sagte er schließlich.

»Es klang wie ein Flugzeug«, meinte Lombardi und hielt sich die Hand hinters Ohr. »Aber jetzt ist es weg.«

Braun schüttelte den Kopf. »Vergessen Sie's.«

Er ging zum Tisch zurück, nahm die Petroleumlampe und sagte zu Lombardi: »Binden Sie den Alten los.«

»Warum? Was haben Sie denn jetzt vor?«

Braun nahm den gläsernen Windschutz von der Lampe. Die Flamme flackerte einen Moment und brannte dann hell weiter.

Lombardi runzelte die Stirn. »Wollen Sie die Bude etwa abfackeln?«

»Ich will unseren unpünktlichen Freunden eine Lektion erteilen. Die nächste Stadt ist fünf Meilen entfernt. In dieser Gegend sieht niemand die Flammen. Gehen Sie erst raus, und zerschießen Sie die Reifen des Jeeps und des Pick-ups.«

Lombardi nahm die .38er aus seiner Tasche. »Wollen Sie den Alten nicht vorher erledigen?«

Braun lächelte kalt. »Ich wollte Ihnen dieses Vergnügen nicht nehmen.«

Nach einer Meile Dauerlauf im Wald war Massey außer Atem.

Es sah Slanski vor sich in der Dunkelheit. Der Mann kämpfte sich wie ein Besessener durch das Unterholz, lief schnell und leise. Massey hatte Schwierigkeiten, Schritt zu halten. Ständig stolperte er über abgestorbene Baumstümpfe und Äste.

Nach fünf Minuten wurde Slanski langsamer und schaute sich um. Er gab Massey zu verstehen, daß er vorauslaufen wollte, und der winkte: ›Nur zu!‹ Slanski legte noch einen Zahn zu und verschwand kurz darauf außer Sicht.

Nach hundert Metern mußte Massey langsamer laufen. Er hatte Seitenstiche und rang nach Luft. Dann hörte er plötzlich in einiger Entfernung vom See Motorengeräusch und erkannte den Klang des Wasserflugzeugs.

Massey fluchte. Barton hatte nicht viel Geduld.

Plötzlich hörte Massey ein anderes Geräusch, einen Schuß, dann noch einen, dann ein halbes Dutzend Schüsse hintereinander und Augenblicke später noch ein paar.

Er wartete nicht darauf, bis er wieder bei Atem war, sondern rannte los.

Lombardi löste die Stricke, mit denen Wasili gefesselt war. Braun zündete sich an der Flamme der Petroleumlampe eine Zigarette an und sagte ruhig: »Treten Sie zurück.«

Lombardi gehorchte. Braun warf die Lampe in eine Ecke des Zimmers. Das Petroleum leckte über den hölzernen Boden und entzündete sich augenblicklich.

Die Flammen züngelten die Ecken des Zimmers hoch. »Ich bringe die Frau ins Auto. Erledigen Sie den Alten«, befahl Braun und sagte nur: Lombardi.

»Mit Vergnügen.«

Braun ging hinaus. Einen Augenblick später kam Vince herein und blieb an der Tür stehen. »Darf ich zugucken?«

Lombardi reichte ihm seine Schrotflinte und nahm die Pistole heraus. Er hielt sie in Höhe der Hüfte, während er das Messer in der anderen Hand schwang.

»Vielleicht lernst du ja was, Junge. Ich zeige dir, wie man

einen Hinterwäldler ausweidet. Paß genau auf, das geht ruck, zuck.«

Als Lombardi auf den alten Mann zutrat, meldete sich sein sechster Sinn. Jemand stand hinter ihm.

Lombardi drehte sich um, als eine wütende Stimme sagte: »Rühr ihn an, und du bist tot.«

Ein blonder Mann stand in der Küchentür. Sein Gesicht war schweißgebadet. Und er hielt eine Pistole in der Hand.

»Wer, zum Teufel …?« begann Lombardi.

Die Waffe in der Hand des Mafioso ruckte hoch. Slanski schoß ihm ins Auge. Lombardi schrie auf, und Slanski schoß erneut. Diesmal in den Kopf. Als Lombardi rücklings zur Tür hinaustaumelte, feuerte der andere Mann in Panik beide Läufe seiner Schrotflinte ab.

Die Ladung streute weit und traf Wasili in die Brust, der rückwärts in die Flammen kippte.

»NEIN!« brüllte Slanski.

Als der andere Mann eine Pistole herausriß und anlegte, schoß Slanski ihm in den Kopf, dann in die Brust und dann noch einmal in den Kopf. Eine schreckliche Wut hielt ihn gepackt, und er feuerte weiter, bis das Magazin leer war.

Die Flammen loderten und fraßen sich rasend schnell weiter. Das ganze Zimmer war mit Rauch erfüllt, und man konnte kaum noch atmen. Slanski arbeitete sich verzweifelt auf Wasilis schlaffen, blutigen Körper zu, doch er ahnte bereits, daß er nichts mehr ausrichten konnte.

Braun war etwa fünfzig Meter von der Blockhütte entfernt, als er die Schüsse und den Schrei hörte. Da stimmte etwas nicht.

Er drehte sich um. Das Innere des Blockhauses stand in Flammen, aber von Lombardi und seinem Leibwächter war nichts zu sehen. Plötzlich versuchte die Frau, sich loszureißen, doch Braun packte sie fester und zerrte sie im Laufen hinter sich her zum Wagen. Ein Impuls drängte ihn, das Weite zu suchen.

»Beweg dich, Miststück! Los, beweg dich!«

Er war zwanzig Meter gelaufen, als er sich wieder umdrehte: Ein blonder Man trat auf die Veranda und zog einen Leichnam hinter sich her. Er blickte hoch und sah Braun. Sofort rannte er auf ihn zu. Braun feuerte rasch zweimal in seine Richtung und zog die Frau als Schutzschild an sich. »Wenn Sie näher kommen, erschieße ich Sie!« rief er.

Der Mann lief langsamer, kam aber weiter auf ihn zu. Braun sah die Waffe in der Hand des Blonden und erkannte ihn von den Fotos: Slanski. Der Wolf.

Er blickte gehetzt zum Packard hinüber. Der Wagen stand dreißig Meter entfernt; noch dreißig Meter über den schmalen Waldweg.

Nahe genug, daß er entkommen konnte.

Er ging rückwärts und hielt die Frau vor sich.

Noch zwanzig Meter bis zum Wagen.

Noch zehn.

Fünf.

Er blickte auf. Slanski kam wieder näher.

Braun preßte die Waffe an den Kopf der Frau und brüllte: »Noch einen Schritt, und ich leg' das Miststück um!«

Slanski blieb in dreißig Metern Entfernung stehen. Brauns Gesicht war schweißüberströmt, als er den Wagen erreichte, aber er wußte, daß Slanski zu weit weg war, um ihn noch aufhalten zu können. Er grinste, als er die Fahrertür aufriß und Anna ins Auto stieß. Dann ließ er sich hinter das Steuer fallen und griff nach den Wagenschlüsseln im Zündschloß.

Sie waren nicht da.

»Kurt Braun?«

Braun wirbelte auf dem Sitz herum. Seine Miene verzerrte sich vor Panik, als er die Stimme hörte.

Auf dem Rücksitz saß ein Mann, dessen Augen vor Wut zu glühen schienen. Er hielt eine .38er in der Hand, deren kurzer Lauf mitten in Brauns Gesicht zielte.

»Ich habe Sie gefragt, ob Sie Kurt Braun sind.«

Doch noch bevor Braun antworten konnte, drückte Jake Massey ab.

Das Blockhaus brannte immer noch lichterloh, als Slanski eine Sturmlampe über die Leichen hielt, die in einiger Entfernung vom Haus lagen.

Massey sah den schmerzerfüllten Ausdruck auf Slanskis Gesicht, als er Wasilis Leichnam betrachtete. Sie hatten die anderen nach Papieren durchsucht, doch Braun war der einzige, für den Massey sich interessierte.

Wasilis Leiche trug Spuren starker Verbrennungen. In seiner Brust klaffte eine Schußwunde, und eine andere Wunde befand sich an seiner Schulter. Massey beobachtete Slanski lange Zeit. Es war das erste Mal, daß er einen solchen Ausdruck der Qual auf dem Gesicht des Mannes sah. Er berührte Slanskis Arm.

»Das ist meine Schuld. Es tut mir schrecklich leid, Alex.«

Slanskis Gesicht war plötzlich weiß vor Wut. »Das ist nur die Schuld der Leute, die es getan haben. Er mußte nicht sterben, und sie mußten ihn nicht umbringen.« Er starrte Massey an, und seine Augen glühten beinahe vor wahnsinnigem Zorn. »Dafür wird jemand bezahlen, Jake. Und zwar teuer bezahlen, so wahr mir …«

»Überlassen Sie das mir, Alex. Aber wir müssen alles abblasen. Die Operation ist jetzt nicht mehr durchführbar.«

Slanski schüttelte heftig den Kopf. »Wenn Sie das tun, gehe ich allein, mit oder ohne Ihre Hilfe. Ich sagte ja schon: Jemand wird dafür bezahlen, und ich weiß auch genau, wer …!«

»Alex …«

Massey warf einen Blick auf Anna, die etwas abseits stand. Irgend etwas schien sie zu quälen, bis sie schließlich den Blick von Wasilis Leichnam losriß. Massey hatte ihr von Braun und den Männern erzählt, und auch, warum sie gekommen waren. Doch Anna schien nur zu interessieren, was dem alten Mann zugestoßen war.

Grimmig sagte Massey zu Slanski: »Nicht jetzt, wir reden später darüber.«

»Ich meine es ernst, Jake. Ich gehe mit oder ohne Ihre Unterstützung dorthin.«

»Es geht nicht, Alex. Branigan würde niemals mitmachen. Nicht wenn er erfährt, was mit Arkaschin passiert ist. Und das hier macht die ganze Sache noch schlimmer. Es ist ein hohes Sicherheitsrisiko.«

»Wenn man Arkaschins Leiche findet, wird niemand wissen, wer es getan hat. Und Arkaschin konnte nicht wissen, was wir vorhatten. Außerdem ist er tot.«

Massey schüttelte den Kopf. »Vielleicht, aber Branigan wird es erfahren. Popows Leiche liegt in Brauns Wohnung. Und Branigan wird zwei und zwei zusammenzählen.«

Slanski blickte Anna an. »Es wird trotzdem dauern, bis Branigan die Wahrheit erfährt. Anna kann hierbleiben, wenn Sie das beunruhigt. Aber ich gehe rüber.«

Anna hob den Kopf und sagte ruhig: »Wenn Sie gehen, gehe ich auch.«

Massey betrachtete die beiden eine Zeitlang und zögerte. »Sie sind wütend, aber sind Sie sich in diesem Punkt wirklich sicher?« fragte er Slanski.

»Ich bringe diese Sache zu Ende. Sie sollten diese Frage lieber Anna stellen.«

»Anna ...?«

Sie zögerte, blickte Slanski an und erwiderte: »Ja, ich bin sicher.«

Massey schien sich lange Zeit nicht entscheiden zu können, bis er schließlich seufzte und sagte: »Gut, Alex, wir machen es so, wie Sie wollen. Wir müssen die Leichen im Wald begraben, falls jemand vorbeikommt. Um Branigan werde ich mich später kümmern.« Plötzlich schienen Massey die Worte schwerzufallen. »Ich helfe Ihnen, Wasili zu begraben.«

Slanski schüttelte den Kopf. »Nicht im Wald mit diesem Ungeziefer, das ihn getötet hat. Wir begraben ihn unten am See.«

»Im Jeep ist eine Schaufel«, sagte Massey leise. »Ich hole sie.«

Slanskis Miene war von Schmerz erfüllt, als er die brennende Blockhütte betrachtete. Die Flammen leckten durch die Dachsparren und loderten hell in der Dunkelheit. Es krachte und die Funken stoben, als ein Teil des Daches einbrach.

Mit vor Wut zusammengekniffenem Mund starrte er in die Flammen, und als Massey zum Jeep gehen wollte, hielt er ihn am Arm fest und sagte scharf: »Sagen Sie mir, wann wir fliegen.«

»Heute abend geht ein Flug nach Boston, mit einem Anschluß nach Stockholm und dann weiter nach Helsinki. Wir können ihn noch bekommen, wenn wir uns beeilen. Wir nehmen Brauns Wagen. Ich habe Pässe für Sie beide.«

»Sie haben die Frage nicht beantwortet. Wie lange dauert es noch, bis wir rübergehen?«
»Achtundvierzig Stunden.«

VIERTER TEIL

23. BIS 24. FEBRUAR 1953

24. KAPITEL

*New Hampshire
23. Februar*

Am Mittag des folgenden Tages fuhr Collins von New York zum Flughafen in Boston.

Er holte eine Reisegruppe aus Ottawa ab, die mit der Canadian Airlines gekommen waren. Es handelte sich um zwei Frauen und einen Mann, alle jünger als er selbst. Bis sie einen Campingbus und die nötige Ausrüstung gemietet sowie die Jagderlaubnis für den Staat New Hampshire beantragt hatten, war es Nachmittag.

Collins war dünn, muskulös und Anfang Vierzig. Er hatte den stählernen, unbeteiligten Blick eines Mannes, dem der Tod kein Unbekannter war. Der jüngere Mann trug eine Brille und hatte sein dunkles Haar auf Streichholzlänge gestutzt. Seine hohen Wangenknochen ließen eine slawische Herkunft vermuten, doch sein Benehmen und sein Stil waren typisch nordamerikanisch.

Die beiden Frauen waren Ende Zwanzig, sehr hübsch und lebhaft. Collins wußte jedoch, daß sie mit Waffen genausogut umgehen konnten wie er selbst, und auch mit bloßen Händen waren sie tödlich gefährlich. Für ihren Auftrag gaben sie sich offiziell als Freunde aus, die sich letzten Sommer bei einem gemeinsamen Campingurlaub am Ontario-See kennengelernt hatten und jetzt ihre Bekanntschaft erneuerten. Bei ihrer Einweisung hatte man ihnen vor allem äußerste Vorsicht eingeschärft.

Der gemietete Wohnwagen war Collins' Idee gewesen. Als Jagdgesellschaft getarnt, würden sie keinen Verdacht erregen. Sie alle waren illegale Einwanderer ohne kriminelle Vergangenheit, Unbekannte, über die es selbst in den Akten der CIA und der Royal Canadian Mounted Police keine Notizen gab. Die Gewehre und Pistolen waren legal gekauft und auf ihre Namen angemeldet.

Sie bogen auf die Straße ein, die zum Lake Kingdom führte. Auf die Reifen hatten sie Schneeketten gezogen, so daß sie keine identifizierbaren Spuren hinterlassen würden. Die Schneeschicht war jedoch nur hauchdünn. Collins betrachtete die Landschaft aus dem Wagenfenster. Es herrschte kaum Verkehr, und er hatte keine polizeilichen Aktivitäten beobachtet. Die Gegend wirkte völlig verlassen. Sie erinnerte ihn an den Kaukasus in seinem Heimatland. Collins lebte schon seit acht Jahren illegal als amerikanischer Staatsbürger hier, doch in Wirklichkeit war er Major Gregori Galuschko vom Ersten Direktorat des KGB.

Sie parkten den Caravan etwa eine Meile von dem Blockhaus entfernt am See und beschlossen, erst zu kochen, bevor sie es sich näher anschauten. Auf diese Weise hatten sie eine gute Tarnung, falls jemand sie zufällig bemerken sollte. Doch es kam keiner, und gegen sechzehn Uhr zogen sie ihre Jagdkleidung an. Alle trugen Handschuhe. Dann näherten sie sich dem Blockhaus. Die Männer hatten die Karabiner geschultert. Sie gingen paarweise und machten soviel Lärm, wie sie nur konnten. Sie scherzten und lachten, während sie dahinschlenderten, und benahmen sich wie ein befreundetes Quartett aus verheirateten Pärchen, das einen gemeinsamen Jagdurlaub im Winter machte. Doch sie beobachteten scharf, achteten auf jede Bewegung, lauschten jedem Geräusch.

Hundert Meter vor dem Blockhaus blieben sie stehen, rauchten eine Zigarette und tranken einen Schluck aus ihren Feldflaschen. Nervös musterte Galuschko unentwegt die Gegend. Im Wald selbst lag fast kein Schnee, weil der Boden von den Ästen geschützt wurde. Er konnte immer noch keine Bewegung entdecken und hörte keine anderen Geräusche als das Rauschen des Windes und das leise Plätschern des Wassers. Einige Tauben in den Wipfeln der Bäume verkündeten gurrend ihre Ankunft.

Sie sahen das Boot, das am Steg vertäut war, und das ausgebrannte Blockhaus, von dessen Glut immer noch Rauch aufstieg. Der Jeep und der Pick-up standen dicht am Haus, beide mit platten Reifen. Aber nirgendwo gab es ein Lebenszeichen.

Galuschko machte sich Sorgen. Statt direkt zum Blockhaus zu gehen, schlugen sie einen Bogen und zogen sich in den Wald zurück. Nach einer halben Stunde gelangten sie zu dem

Schluß, daß das Gebiet tatsächlich verlassen war. Sie umkreisten das Blockhaus vorsichtig, bis sie schließlich wieder die rauchende Ruine der Hütte erreichten. Jetzt bewegten sich die vier wie erfahrene Jäger, behutsam und wachsam, als wollten sie ein Wild stellen, das sich in dem Haus verbarg.

Schließlich näherten sich Galuschko und der andere Mann dem Haus und betraten vorsichtig die Reste der Veranda. Die beiden Frauen blieben in einiger Entfernung stehen und behielten die Gegend im Auge, für den Fall, daß doch noch jemand auftauchte.

»Ist da jemand?«

Galuschko rief die Worte zweimal, doch niemand rührte sich. Die beiden Frauen riefen dasselbe, und ihre Stimmen wurden vom Wind wie gespenstische Hilferufe über den See getragen. Doch immer noch trat niemand aus dem Wald, und es gab auch keine Antwort.

Erst jetzt schauten die beiden Männer sich in aller Ruhe die Überreste der Blockhütte an.

Als sie das Gelände um das Haus absuchten, fanden sie zunächst keine auffälligen Spuren. Dann aber erblickte der erfahrenere Galuschko dunkle Flecken auf dem Boden, weil die dünne Schneedecke unter der Hitze fast vollständig geschmolzen war. Als er sich hinunterbeugte, um die Flecken zu untersuchen, stellte er fest, daß es sich um Blut handelte.

Er stand auf und warf seinem Gefährten einen besorgten Blick zu.

Danach bewegten sie sich schneller.

Sie brauchten fast eine halbe Stunde, um das Gebiet gründlich zu durchsuchen. Anschließend überprüften sie die Fahrzeuge, das Boot und die Gegend um den See und durchstreiften erneut den Wald.

Nach einer Stunde hatten sie immer noch nichts gefunden. Galuschko war wütend und enttäuscht. Sie beschlossen, zum Wohnwagen zurückzukehren, und gingen am Seeufer entlang, als eine der Frauen noch tiefer in den Wald vordrang, um ihre Notdurft zu verrichten, obwohl die Kälte ihnen heftig zusetzte. Galuschko sah, wie sie ihre Jeans aufknöpfte, während sie zwischen den Bäumen verschwand. Als er nach einem Moment wieder hinschaute, leuchten ihre weißen Pobacken wie merkwürdige, gespenstische Erscheinungen zwischen den Bäumen. Galuschko lächelte und drehte sich zu den anderen um.

Sie hatten fast den Campingwagen erreicht, als die Frau atemlos hinter ihnen hergelaufen kam. Galuschko fiel sofort ihre Miene auf. Sie hatte keine Angst, aber sie wirkte plötzlich sehr aufgeregt. Dann blieb sie neben ihm stehen und schaute alle der Reihe nach an. »Ihr solltet lieber mitkommen und euch das mal ansehen!« sagte sie dann.

Moskau

Vier Stunden später am Abend desselben Tages bestieg Leonid Kislow, der Chef der KGB-Abteilung der sowjetischen UNO-Delegation in New York, eine PanAm-Maschine, die über London und Wien nach Moskau fliegen sollte.

Er hatte einen Diplomatenkoffer dabei, den er sich ans rechte Handgelenk gekettet hatte, und während der mehr als zweiundzwanzigstündigen Reise fand er so gut wie keinen Schlaf.

Um acht Uhr am Abend des darauffolgenden Tages landete er in einer Iljuschin der sowjetischen Luftwaffe auf Moskaus Flughafen Wnukowo. Eine schwarze Sis-Limousine erwartete ihn auf dem Vorfeld. Der KGB-Fahrer in Zivil nahm Haltung an, als Kislow erschöpft die Metalltreppe hinunterschwankte. In Moskau herrschten eiskalte Temperaturen von minus zwanzig Grad, und Schneeflocken wirbelten in Kislows ausgezehrtes Gesicht.

Müde stieg er in die Limousine ein und legte sich die Decke auf dem Rücksitz über die frierenden Beine. Der Fahrer setzte sich hinter das Steuer und blickte Kislow liebenswürdig an. »Hatten Sie einen guten Flug, Genosse?«

Kislow war nicht nach Plaudern zumute. Ihm tat nach dem langen Flug der Kopf weh, und das Wissen, was er in seinem Köfferchen herumschleppte, zermarterte ihm das Hirn.

»Zum Kreml«, knurrte er mürrisch. »So schnell Sie können.«

Der Fahrer kassierte wortlos den Rüffel, drehte sich um und steuerte den Sis über das verschneite Rollfeld zum Ausgang des Flughafens.

25. KAPITEL

Finnland
23. Februar

Kurz nach siebzehn Uhr an diesem Februarnachmittag landete die SAS Constellation aus Stockholm planmäßig auf Helsinkis Flughafen Malmi.

Unter den Passagieren befanden sich auch Massey, Slanski und Anna Chorjowa.

Als die Maschine eingewunken wurde, konnte man in der beinahe arktischen Dunkelheit vor den Fenstern des Flugzeugs so gut wie keine Einzelheiten erkennen. Man sah nur die vereinzelten Lichter auf den Inseln in der zugefrorenen Helsinkibucht und die grauen Umrisse des endlos erscheinenden Waldes. Ansonsten herrschte eine wäßrige Schwärze. Draußen verharrte der Zeiger des Thermometers bei minus zwanzig Grad. Zehn Minuten nach der Landung betraten Anna und ihre Begleiter die Ankunftshalle.

Ein blonder Mann in einer abgeschabten Lederjacke und mit einem weißen, wollenen Fliegerschal um den Hals löste sich aus der wartenden Menge, trat auf sie zu und schüttelte Massey liebenswürdig die Hand.

»Schön, dich zu sehen, Jake. Das ist also meine Fuhre?«

Massey wandte sich zu Anna und Slanski um. »Ich möchte euch Janne Saarinen vorstellen, euren Piloten. Einer der besten in Finnland.«

Saarinen lächelte geschmeichelt, während er ihnen die Hände schüttelte. Für einen Finnen war er ziemlich klein, und sein Gesicht war eine Kraterlandschaft aus Narben, aber das schien seiner guten Laune keinen Abbruch zu tun.

»Glauben Sie ihm kein Wort«, sagte Saarinen in perfektem Englisch. »Er ist ein Schmeichler. Sie müssen nach dem Flug ziemlich erschöpft sein. Mein Wagen steht draußen. Fahren wir am besten gleich zu unserer Basis.«

Es war sehr kalt, und die Dunkelheit mußte für jeden Fremden unheimlich sein. Am Horizont über der Arktis zeigte sich nur ein schmaler Streifen Helligkeit.

Saarinen nahm Annas Koffer und schritt zum Parkplatz voraus. Massey bemerkte die düsteren Mienen der beiden, als der Finne vor ihnen herhumpelte und sein Holzbein bei jedem Schritt ausschwang.

Als er außer Hörweite war, sagte Massey zu Slanski: »Was ist los?«

»Falls Sie es noch nicht bemerkt haben: Ich würde sagen, Ihrem Freund fehlt ein Bein.«

»Machen Sie sich deswegen keine Sorgen. Janne stört es auch nicht. Glauben Sie mir, er ist der Beste weit und breit. Er hat für die deutsche Luftwaffe mehr als hundert russische Maschinen abgeschossen. Die Zahl ist bestätigt. Die Hälfte davon hat er erwischt, nachdem er sein Bein verloren hatte.«

»Ich muß wohl Ihrem Wort glauben.«

Saarinen stieg in einen kleinen, verdreckten grauen Volvo, dessen Reifen mit Schneeketten ausgerüstet waren. Massey stieg neben ihm ein, und Slanski und Anna setzten sich nach hinten.

Als sie nur wenige Minuten später den Flughafen hinter sich ließen, war Anna bereits vor Erschöpfung nach der langen Reise eingeschlafen. Ihr Kopf ruhte auf Slanskis Schulter.

In Helsinki herrschte trotz der Dunkelheit geschäftiges Treiben. Die hell erleuchteten Straßenbahnen fuhren klingelnd vorbei, und die Stadt und ihre Bewohner strotzten nur so vor Energie, trotz der Kälte und des Schnees, der alles zuzudecken schien. Überall gingen dick eingemummelte Leute zügig über die Straße, als fürchteten sie, auf der Stelle festzufrieren, wenn sie nur einen Moment stehenblieben.

Trotz seines amputierten Beines hatte Saarinen keine Schwierigkeiten mit dem Wagen. Sie ließen das alte Zentrum der Stadt hinter sich. Es stammte noch aus der Zeit der Zaren, als Helsinki zum russischen Reich gehört hatte. Die soliden Granitbauten in pastellenem Senfgrün oder Taubenblau waren eindeutig russischer Provenienz. Schließlich bog Saarinen nach Westen auf eine felsige Küstenstraße ab.

Die Ostsee wirkte in der Dunkelheit wie eine einzige Fläche aus kompaktem Eis. Sie fuhren etwa eine halbe Stunde landeinwärts, bis Saarinen hinter Espoo nach Süden abbog und wieder Richtung Meer fuhr. Eine Viertelstunde später tauchten im Eis der Ostsee die dunklen Umrisse von etwa einem halben Dutzend kleiner Inseln auf. Doch in den leuchtendbunten Häusern, die auf diesen Inseln standen, brannte kein Licht.

»Es sind Sommerhäuser«, erklärte Saarinen. »Im Winter ist es hier ziemlich einsam, abgesehen von ein paar hartgesottenen Ansässigen. Wir sind fast da.«

Er fuhr langsamer, und als sie eine letzte Kurve umrundeten, schwang die Küstenstraße sich bergab. Sie sahen ein kleines, zerklüftetes Eiland, das fast vollkommen unter Birkenwäldern verschwand. Es war durch eine solide Holzbrücke, die gerade breit genug für den Volvo war, mit dem Festland verbunden. In der Dunkelheit wirkte die Insel trotz ihrer einsamen Schönheit ein bißchen unheimlich.

»Willkommen auf Bylandet«, verkündete Saarinen.

Sie fuhren ratternd über die Brücke und gelangten an eine kleine Bucht mit einem sichelförmigen Stück Strand und dem dichten Birkenwald dahinter. Davor standen zwei buntbemalte Holzgebäude. Saarinen parkte den Wagen vor dem großen grünen, zweistöckigen Wohnhaus, dessen Fensterläden fest verrammelt waren. An einer Hauswand waren Holzscheite bis zum Dach gestapelt, und die Reste eines Fischerbootes lagen am Strand. Ein altes Netz hing wie eine gefrorene Skulptur an einem rostigen Haken an der Seite des Hauses.

»Dies hier gehörte einem Fischer aus der Gegend, bis er sich zu Tode gesoffen hat«, erklärte Saarinen. »Was eigentlich nicht verwunderlich ist. Es ist das einzige Wohnhaus auf diesem Teil der Insel und liegt ziemlich weit vom Schuß. Im Winter kommt außer irgendwelchen Tieren niemand vorbei, es sei denn, Verrückte wie wir. Deshalb wird uns hier niemand stören.«

Innen war das rohe Kiefernholz des Hauses bunt bemalt. Es war bitterkalt.

Saarinen zündete einige Petroleumlampen an und führte seine Gäste herum. Ein großer Raum im Erdgeschoß diente als Küche und Wohnzimmer. Das spärliche Mobiliar bestand aus einem Kieferntisch und vier Stühlen sowie einem uralten Sofa und einer Kommode. Alles war sauber und ordentlich. Unter einer schweren Segeltuchdecke auf einem kleinen Holztisch in der Ecke des Raumes verbarg sich etwas Großes, Sperriges, und in einer anderen Ecke stand ein Holzofen. Nachdem Saarinen ihn angezündet und etwas Kerosin über die Scheite gegossen hatte, damit sie ordentlich brannten, zeigte er seinen Gästen ihre Zimmer im Obergeschoß.

Sie waren gemütlich eingerichtet und hatten schlichte Kiefernbetten mit einem Nachttisch und einer Petroleumlampe darauf. Doch überall stank es nach Moder und salziger Luft. Als sie zehn Minuten später herunterkamen, hatte Saarinen den Generator angeworfen und kochte Kaffee.

In der Küche brannte eine einzige elektrische Lampe an der Decke. Auf dem Tisch hatte der Pilot ein paar Landkarten ausgerollt, die sehr detailliert die Südküste Finnlands, die Westküste der Sowjetunion und die baltischen Staaten zeigten. Auf einer dieser Karten hatte Saarinen die geplante Flugroute mit einem Rotstift eingezeichnet.

Er lächelte. »Das Haus ist leider nicht das Helsinki Palace, und ich fürchte, daß man gegen den Salzgeruch nichts machen kann. Aber es ist ja nur für eine Nacht und außerdem viel komfortabler als das, was Sie drüben auf der anderen Seite der Ostsee erwartet. Manchmal setzt der Generator aus. Dann müssen wir uns mit den Petroleumlampen behelfen. Also, zur Sache. Die Überfahrt sollte nicht länger als fünfunddreißig, höchstens vierzig Minuten dauern. Das hängt von den Gegenwinden ab.«

Er deutete auf die Landkarte und die rote, geschwungene Linie, die er gezogen hatte. Sie führte von Bylandet auf die gegenüberliegende Küste des Finnischen Meerbusens, in die Nähe der estnischen Hauptstadt Tallinn. »Von dieser Insel hier bis zur Absprungstelle sind es genau fünfundsiebzig Meilen. Bis dahin ist es nur ein Katzensprung, wenn alles nach Plan läuft.«

Anna schaute ihn an. »Wo ist denn hier auf der Insel eine Startbahn?«

Saarinen schüttelte grinsend den Kopf. »Es gibt keine. Das

Flugzeug hat Skier statt Reifen, so daß wir vom Eis starten können. Keine Angst, es wird vielleicht ein bißchen rumpeln, aber ansonsten werden Sie kaum einen Unterschied merken.«

»Was sagen die letzten Wetterberichte?« wollte Massey wissen.

Saarinen lächelte, was seinem Gesicht ein verwegenes Aussehen verlieh. »Laut des Metereologischen Instituts in Helsinki könnte es für einen unbemerkten Absprung kaum besser sein. Heute abend herrschen starke Winde, gefolgt von einer Kältefront. Für morgen abend werden Gewitterwolken über Teilen des Finnischen Meerbusens in Höhen zwischen eintausendfünfhundert und dreihundert Metern vorhergesagt. Diese Wolken versprechen Schnee und Hagel und sogar Gewitter. Wir müssen es einfach versuchen und wenn möglich dem Schlimmsten aus dem Weg gehen. Warten wir erst einmal ab, wie es sich entwickelt. Die Vorhersagen der Meteorologen sind nicht besonders genau, und ich persönlich traue diesen Wetterfröschen sowieso nie. Wie mein alter Fluglehrer immer zu sagen pflegte: Ein kleiner Junge, der Lügen erzählt, wird Meteorologe, wenn er groß ist. Aber wenn wir Glück haben und die Vorhersage einigermaßen günstig ist, können wir nach dem Start bis kurz vor dem Zielgebiet unter zweitausend Fuß bleiben. Dann lassen wir uns wie ein Stein aus einer Wolke fallen, visieren so schnell wie möglich das Absprunggebiet an, und ich setze euch zwei ab.«

Er zuckte mit den Schultern. »Ein Flug in einem Schneesturm ist für die Passagiere nie besonders gemütlich, weil es da oben ziemlich ruppig zugeht. Aber bei solch extremen Witterungsbedingungen ist es weniger wahrscheinlich, daß die Russen mit ihren Migs im Luftraum patrouillieren. Natürlich kann ich das nicht garantieren. Ich bin bloß optimistisch.« Er lächelte wieder, als wäre er dazu geboren, Schlechtwetterflüge unter lebensgefährlichen Bedingungen zu machen.

Slanski zündete sich eine Zigarette an. »Ist es nicht ziemlich riskant, bei so schlechten Bedingungen mit einem Sportflugzeug zu fliegen?«

Saarinen lachte. »Natürlich. Aber es ist nicht so riskant, wie bei klarem Wetter von einem Mig-Düsenjäger vom Himmel geputzt zu werden. Diese Maschinen sind das Schnellste, was sich im Augenblick da oben rumtreibt, sogar schneller als alles, was die Amerikaner bis jetzt entwickelt haben. Die Migs schaffen über tausend Kilometer pro Stunde, angetrieben von der russischen Variante eines Rolls-Royce-Triebwerks. Die Maschinen steigen auf wie Fledermäuse. Sehr beeindruckend, gelinde gesagt.«

»Und das Radar?« wollte Slanski wissen. »Die Russen überwachen dieses Gebiet doch bestimmt.«

»Darauf können Sie Ihren Hintern verwetten.« Saarinen tippte mit dem Finger auf eine Stelle der Landkarte unmittelbar neben Tallinn. »Genau hier befindet sich eine russische Militärbasis, auf der russische Mig-Abfangjäger stationiert sind. Die Maschinen haben eigenes Radar an Bord, das gerade erst entwickelt worden ist. Diese Basis wird vom Baltikum und einer Leningrader Radarstelle aus rund um die Uhr überwacht. Wenn ein fremdes Flugzeug in russisches Gebiet eindringt, holen sie es runter, ohne lange zu fackeln.

Aber soweit ich weiß, bleiben russische Piloten bei schlechtem Wetter oberhalb der Wolkenschicht, weil sie noch nicht ganz mit der Funktionsweise des neuen Radars vertraut sind. Allerdings befindet sich auf der Basis auch eine Radarstation, und eine weitere gibt es im Hauptquartier der sowjetischen Armee in der Tondy-Kaserne kurz vor Tallinn. Eine dritte ist im alten Kirchturm von Sankt Olaus, unmittelbar neben dem KGB-Hauptquartier. Vermutlich ist das der höchste Punkt in der Stadt. Von diesen drei Stationen aus stehen sie mit den patrouillierenden Mig-Piloten in ständigem Funkkontakt.«

Er lächelte. »An einem klaren Tag kann man vom Kirchturm aus den Flügelschlag eines Schmetterlings auffangen. Aber bei schlechtem Wetter, zum Beispiel bei Schnee und Hagel, kann das sowjetische Radar oft nicht zwischen einem möglichen Ziel und dem Chaos auf den Bildschirmen unterscheiden, das vom Wetter verursacht wird. Aus diesem Grund helfen uns schlechte Bedingungen wirklich. Außerdem bleibe ich so lange wie möglich innerhalb der Wolkendecke, damit sie mich gar nicht erst auf die Schirme bekommen. Kniffig wird es erst, wenn wir die Wolkendecke für unseren Zielanflug kurz verlassen müssen. Dann könnten wir auf dem Radar der Russen auftauchen und ihr Interesse wecken. Deshalb muß ich das Ziel schnell finden und Sie sofort absetzen. Aber zu diesem Zeitpunkt ist das nicht mehr Ihr Problem. Selbst wenn die Russen reagieren, sind Sie schon längst abgesprungen, und mit ein bißchen Glück bin ich auf dem Heimweg, bevor die ersten Migs auftauchen.«

Slanski schien Zweifel an dieser Einschätzung zu hegen. »Die ganze Sache klingt ziemlich riskant. Glauben Sie wirklich, daß es funktioniert?«

»Es ist ein Kinderspiel, glauben Sie mir.« Saarinen warf Anna einen Blick zu. »Es hört sich viel gefährlicher an, als es in Wirklichkeit ist. Piloten übertreiben die Gefahren ihrer Mission gern ein bißchen, vor allem, wenn eine Frau dabei ist. Dann wirken sie schneidiger und tollkühner.«

»Hält Ihr Flugzeug auch den Turbulenzen stand, wenn das Wetter wirklich schlechter wird?« forschte Slanski weiter.

Saarinen nickte. »Die kleine Norseman da draußen im Hangar übersteht selbst die schlimmste Suppe ohne Kratzer. Die Passagiere werden zwar nach diesem Ausflug reichlich durchgeschüttelt sein, aber sie leben, und darauf kommt's ja an. Das Flugzeug ist wie ein Scheißhaus aus Ziegelsteinen gebaut.« Er lächelte Anna zu. »Entschuldigen Sie den Ausdruck.«

Massey trat ans Fenster und blickte hinaus auf die gefrorene Bucht. Hier im Norden war man schon froh, wenn man im Winter ein paar Stunden in der Woche die Sonne sah. Das Zwielicht hatte eine merkwürdig deprimierende Wirkung. Massey blickte wieder zu Saarinen hinüber. Der Finne war ein fähiger Pilot, doch seine Sorglosigkeit war eindeutig übertrieben, wenn man die Gefahren betrachtete. Massey fragte sich, ob die Schrapnellsplitter nicht nur sein Bein abrasiert, sondern auch seinen Kopf getroffen hatten.

»Gut, Janne, wie ist der Zeitplan? Wann können wir loslegen?«

Saarinen setzte sich lässig auf die Tischkante. »Die Wolken aus südöstlicher Richtung sollen morgen abend gegen acht hier sein. Falls die Jungs vom Wetterdienst recht behalten, bietet uns das Deckung bis fast zur Küste von Estland. Wenn wir gegen 20 Uhr 30 starten, müßten wir etwa zwanzig Meilen weiter auf die Wolken treffen. Wir nehmen folgende Route ...« Er deutete auf die rote Linie auf der Landkarte. »Fast gerade über die Ostsee zum Absprunggebiet. Ich kenne die Frequenzen der russischen Funkfeuer und kann sie als Navigationshilfe benutzen, wenn wir uns Tallinn nähern, damit ich den Absprungort finde.«

Massey runzelte die Stirn. »Und wenn das Wetter richtig schlecht wird, wie du gesagt hast?«

»Keine Sorge, damit werde ich fertig. Zur Not kann ich tiefer gehen, bis knapp fünfhundert Fuß über den Boden. Wenn wir die Wolkenschicht verlassen, müßte ich eigentlich die Lichter von Tallinn ausmachen können. Das Gebiet dort ist ziemlich flach, so daß wir hoffentlich nicht gegen irgendwelche Berge stoßen, wenn wir uns im Blindflug durch die Wolken tasten. Gut, noch irgendwelche Fragen?«

Keiner sagte etwas, und Saarinen lächelte strahlend. »Das heißt dann wohl, Sie trauen mir.« Er schwang das Holzbein herum und sagte zu Massey: »Komm mit, ich zeige deinen Freunden die kleine Schönheit, von der sie dem Teufel in den Rachen hüpfen.«

Saarinen führte sie über einen hölzernen Steg zum Hangar.

Es war ein umgebautes Bootshaus mit zwei Doppeltüren. Saarinen öffnete eine und zeigte ihnen das kurze, gedrungen wirkende einmotorige Flugzeug mit seinen hoch angesetzten Flügeln. Es war vollkommen weiß lackiert und trug keine Hoheitszeichen. Statt Rädern besaß es eine Kombination aus Skiern und Reifen, so daß es sowohl auf Eis als auch auf einer normalen Piste starten und landen konnte. Über der Motorenverkleidung und dem Propeller lag eine schwere Wolldecke. Saarinen fuhr zärtlich mit einer Hand über die Heckflossen.

»Eine Schönheit, stimmt's? Das Norseman C-64 Leichttransportflugzeug, kanadisches Design, wie die amerikanische Luftwaffe es während des Krieges benutzt hat. Ich habe sie bei einer Militärversteigerung in Hamburg für 'n Appel und 'n Ei bekommen. Sie ist für Länder mit kaltem Klima ideal und macht hundertvierzig Knoten mit maximal acht Passagieren. Aber bei diesen Temperaturen muß man sie verhätscheln wie ein Baby. Man muß sie mehrmals am Tag anlassen, sonst friert das Öl ein, und bei der beißenden Kälte platzt das Metall des Motors.« Er schaute auf die Uhr. »Es wird wieder Zeit. Treten Sie lieber etwas zurück.«

Sie blieben außerhalb der geöffneten Hangartore stehen, während Saarinen die Decke vom Motor und dem Propeller zog. Er schwang sich überraschend geschickt ins Cockpit, wobei er sein Holzbein nachzog. Dann ließ er den Motor an und schob den Gashebel vor. Er ließ die Maschine etwa zehn Minuten laufen. Der Lärm war ohrenbetäubend. Schließlich zog er langsam den Hebel zurück, so daß die Drehzahl fünf Minuten lang immer weiter sank, bis er den Motor schließlich abstellte und aus dem Cockpit kletterte.

»Gut, das reicht für ein paar Stunden. Jetzt muß ich mich selbst aufwärmen. Wie die meisten empfindlichen Finnen in so harten Wintern gieße ich mir ein paar steife Drinks hinter die Binde, damit mein Blut nicht einfriert. Möchten Sie auch einen?«

»Hört sich an gut«, sagte Massey.

Er schaute zu Slanski und Anna hinüber. Slanskis verkniffener Mund verriet die Anspannung, und seine Augen huschten nervös hin und her. Er winkte wie ein Tier im Käfig, das es kaum erwarten konnte, endlich freigelassen zu werden. Anna wirkte gelassen, doch Massey konnte auch ihre Rastlosigkeit spüren.

»Danke für das Angebot, Janne, aber lieber ein andermal«, sagte Slanski und wandte sich an Massey.

»Was steht als nächstes auf dem Plan?«

»Wir gehen heute abend noch einmal die Waffen, die Kleidung und die Papiere durch. Alles, was Sie für den Absprung und die Zeit danach brauchen. Inzwischen gibt es nicht viel zu tun.«

»Wie wäre es, wenn ich Anna eine kleine Ablenkung biete?«

»An was für eine Ablenkung haben Sie gedacht?«

»Eine Fahrt nach Helsinki und zurück, falls wir uns Jannes Wagen leihen können.«

Als Massey zweifelnd das Gesicht verzog, fuhr Slanski fort: »Jake, wir haben die letzten sechzehn Stunden in Flugzeugen verbracht. Ich brauche Luft und etwas Bewegung. Anna ebenfalls.«

Massey blickte Anna an. »Was halten Sie davon?«

»Ich glaube, Alex hat recht.«

Massey spürte die unbehagliche Stimmung, eine nervöse Verzweiflung nach den Geschehnissen der letzten Stunden. Vermutlich tat eine Abwechslung gut.

Er blickte Saarinen fragend an. »Was sagst du, Janne?«

Der Finne zuckte mit den Schultern. »Ich hab' keine Einwände.« Er suchte die Wagenschlüssel und warf sie Slanski zu. »Passen Sie nur auf die Straßen auf. In dieser Jahreszeit sind sie verteufelt glatt. Und trinken Sie nichts, bevor Sie zurückgekommen sind. Alkohol am Steuer ist so ziemlich das einzige, bei dem die Polizei hier oben keinerlei Spaß versteht.«

»Gut«, sagte Massey zu Slanski. »Aber ich möchte, daß ihr beide um neun wieder hier seid. Nicht später.«

»Ein letzter Geschmack der Freiheit, bevor wir rübergehen, Jake. Ich glaube, Sie schulden uns ein gutes Abendessen.«

Massey zog die Brieftasche heraus und reichte Slanski einige finnische Geldscheine. »Wahrscheinlich haben Sie recht. Mit den besten Empfehlungen von Washington. Kommt mir nicht abhanden, ihr zwei. Und seid um Himmels willen vorsichtig.«

26. KAPITEL

Washington, D. C.
24. Februar

Es war kurz vor zwei Uhr morgens, und es regnete in Strömen, als die Ford-Limousine ohne Nummernschild am Hintereingang des Weißen Hauses hielt.

Die drei Insassen stiegen aus und wurden von Geheimdienstleuten im Eilschritt ins Oval Office eskortiert.

Präsident Eisenhower saß bereits hinter seinem Schreibtisch. Er trug einen Morgenmantel, und sein teigiges Gesicht wirkte müde und erschöpft. Er erhob sich kurz, als die drei Männer den Raum betraten. »Setzen Sie sich. Kaffee steht auf dem Tisch, falls jemand welchen möchte.«

Ein dampfender Kaffeetopf und ein Tablett mit Tassen standen auf einem kleinen Beistelltisch. Doch keiner der Männer beachtete die Erfrischungen. Das grelle Licht der Scheinwerfer vor den getönten Fenstern beleuchtete den ausgedehnten Rasen. Als die Männer sich setzten, verbreiteten sie eine Atmosphäre besorgter Unruhe.

Allen Welsh Dulles, der Leitende Direktor der CIA, setzte sich direkt neben Eisenhower. Er war erst vor sechs Wochen zum Leiter berufen worden und sollte in vier Tagen vereidigt werden. Der sechsundsechzigjährige Dulles war der erste ordentliche Direktor der CIA. Er war ein großer, breitschultriger New Yorker mit zerzaustem weißem Haar und Schnurrbart, lockeren Umgangsformen und einer ausgeprägten Vorliebe für heiße Partys. Doch heute morgen war sein Gesicht ernst; von dem verführerischen Charme, den man ihm nachsagte, war nichts zu sehen. Dulles war ein ausgezeichneter Geheimdienstchef, der den amerikanischen OSS in Europa während des Krieges von seiner Basis in der Schweiz aus geführt hatte. Er war für geheime Operationen in Nazideutschland verantwortlich und hatte die bemerkenswerte Operation Sonnenaufgang geleitet, die mit der völligen Kapitulation der Truppen des SS-Generals Karl Wolff in Italien geendet hatte.

Normalerweise war Dulles ein ruhiger und entspannter Mann, doch an diesem Februarmorgen wirkte er wie das reinste Nervenbündel.

Die beiden anderen Männer im Zimmer waren der stellvertretende Direktor der Sowjetischen Abteilung des CIA, William G. Wallace, und Karl Branigan, der Chef der Abteilung Spezialoperationen. Beide Männer saßen vor Eisenhowers Schreibtisch und wirkten wie Dulles angespannt und rastlos.

Punkt zwei Uhr eröffnete Eisenhower die Besprechung. Seine Stimme klang rauh von zu wenig Schlaf und zu vielen Zigaretten.

»Fangen Sie an, Allen. Es ist schon schlimm genug, um halb zwei geweckt zu werden. Wir wollen nicht noch mehr Zeit verschwenden.«

Dulles beugte sich vor und stellte die beiden anderen Männer vor. »Mr. Präsident ... Sie kennen den stellvertretenden Direktor der Sowjetischen Abteilung bereits.«

Wallace nickte Eisenhower zu. »Mr. Präsident.«

»Schön Sie zu sehen, Bill.« Eisenhower runzelte die Stirn und lächelte grimmig. »Vielleicht auch nicht, je nachdem.«

»Sir, das hier ist Karl Branigan«, fuhr Dulles rasch fort. »Er ist der Chef für Spezialoperationen innerhalb der Sowjetabteilung.«

Branigan erhob sich kurz, doch Eisenhower gab ihm durch einen Wink mit der Hand zu verstehen, sitzen zu bleiben. »Morgens um zwei hält das Weiße Haus nichts von Formalitäten, Mr. Branigan. Kommen Sie zur Sache, Allan. Ich nehme an, Sie haben keine guten Nachrichten?«

Branigan setzte sich, während Dulles sich räusperte. »Sir, ich glaube, wir haben ein größeres Problem.«

»Das habe ich bereits Ihrem Anruf entnommen«, erwiderte Eisenhower knapp.

Dulles legte einen roten Aktenordner auf den Schreibtisch. Darauf befand sich ein Stempel: ›Streng geheim! Nur für den Präsidenten!‹

»Mr. Präsident, Sir, wir vermuten, daß Moskau seit heute morgen von unserem Vorhaben bezüglich Operation Schneewolf weiß.«

Eisenhower wurde schlagartig blaß. »Sind Sie sicher?«
»So sicher wie nur möglich.«

Eisenhower seufzte und fuhr sich mit der Hand über den Hals, als wollte er seine eigene Anspannung mildern. »Um Himmels willen«, sagte er leise.

Unverhüllter Ärger zeigte sich auf seinem Gesicht, als er sich wieder Dulles zuwandte. »Würden Sie mir erklären, wie es in Gottes Namen passieren konnte, daß eine der brisantesten und geheimsten Operationen, die Ihr Dienst jemals ausführen sollte, in die Hose gehen konnte? Was, zum Teufel, ist schiefgegangen?«

Dulles öffnete den Ordner und reichte ihn Eisenhower. Seine Hand zitterte. »In diesem Ordner finden Sie alle Einzelheiten, Mr. Präsident. Aber ich gehe sie kurz durch, damit wir Zeit sparen. Gestern abend um genau halb elf ist Kislow, diplomatischer Attaché der sowjetischen Delegation bei der UNO, in New York in eine Maschine nach London gestiegen. Er hat einen Anschlußflug nach Moskau gebucht. Wie Sie sich denken können, ist Kislow kein Attaché – er ist der Chef des KGB-Stützpunkts in New York.

Er trug einen Diplomatenkoffer bei sich. Wir vermuten, daß dieser Koffer Informationen von einer Kopie eines geheimen Dokuments beinhaltet, das wir Massey gegeben haben. Es bezog sich auf Stalins persönliche Sicherheitsmaßnahmen und Gewohnheiten.«

Eisenhower runzelte die Stirn. »Und wieso glauben Sie das?«

»Die Sache ist ziemlich kompliziert, Mr. Präsident ...«
»Dann vereinfachen Sie sie so weit wie möglich.«

Dulles schilderte, wie die Polizei die Leichen in der Wohnung in Brooklyn gefunden hatten, nachdem eine Schießerei gemeldet worden war. Einer der beiden Toten war als Dmitri Popow identifiziert worden, der für die CIA gearbeitet hatte. Der andere Tote war Felix Arkaschin, ebenfalls sowjetischer Attaché und Major des KGB. Dulles brauchte mehrere Minuten, um die komplizierten Einzelheiten zu umreißen, wie die CIA vom FBI alarmiert worden war. Branigan hatte von dem Alarm erfahren und wußte, daß Massey Popow als Ausbilder benutzt hatte. Also hatte Branigan das

Haus in New Hampshire aus Sicherheitsgründen durchsuchen lassen.

Dulles fuhr besorgt fort: »Das Blockhaus ist niedergebrannt, und Massey und seine Leute sind verschwunden. Branigan hat eines unserer Teams losgeschickt, um das Grundstück abzusuchen. Vor etwa einer Stunde sind vier Leichen gefunden worden; drei im Wald und eine weitere in der Nähe des Sees. Eine der Leichen ist ein Killer namens Braun, der für die Sowjets gearbeitet hat. An der Leiche versteckt befand sich ein einzelner Ordner, derjenige, auf den ich mich beziehe. Massey hatte eine Kopie bekommen, damit Slanski sich die Informationen einprägen konnte. Der Ordner enthielt Einzelheiten über Stalins Umfeld, seine Persönlichkeit, seine Schwächen und seine Stärken. Sogar seine Krankengeschichte war dabei. Und seine derzeitigen Sicherheitsmaßnahmen, soweit wir in dieser Richtung Gewißheit haben. Ebenso befand sich ein Grundriß des Kremls und der Datscha in Kunzewo in der Akte. Der Ordner unterlag der strengsten Geheimhaltungsstufe.«

»Befanden sich in dem Ordner irgendwelche Hinweise auf die Operation Schneewolf?«

»Nein, Sir.«

Eisenhower fuhr ungeduldig fort: »Warum nehmen Sie dann an, daß die Sowjets erraten könnten, was wir vorhaben? Dieser Braun ist tot, und der Ordner enthielt keinerlei Hinweise auf unser Vorhaben.«

Dulles zögerte. »Ich glaube, daß der stellvertretende Direktor diese Frage besser beantworten kann, Sir.« Er nickte Wallace zu.

»Mr. Präsident, wie Sie wissen, war die Operation Schneewolf aus Sicherheitsgründen und wegen der höchst brisanten Natur der Mission ultrageheim. Außer uns vieren hier im Zimmer und den direkt beteiligten Personen wußte niemand davon. Damit meine ich Massey und denjenigen, den wir rüberschicken wollten, Slanski. Nicht einmal die Frau, die ihn zu Tarnungszwecken begleitet, kennt sein Ziel.«

»Kommen Sie zur Sache«, fiel Eisenhower ihm abrupt ins Wort.

Wallace war sichtlich unwohl. Hilfesuchend blickte er Dulles an, doch als der ihm keine Unterstützung lieferte, fuhr er fort: »Unsere Gerichtsmediziner nehmen an, daß Brauns Leichnam bereits ausgegraben wurde, bevor wir ihn gefunden haben. Wir vermuten, daß Moskau die Frau hat beobachten lassen und die Absicht hatte, sie durch Braun töten oder verschleppen zu lassen. Das ist das Wahrscheinlichste. Braun muß den Ordner in dem Blockhaus gefunden haben, Sir, bevor er getötet wurde, und zwar wahrscheinlich von Massey oder einem seiner Leute. Wir vermuten, daß der KGB ein zweites Team losgeschickt hat, als Braun und die anderen nicht zurückgekommen sind. Kislow ist sicher nicht nach Moskau geflogen, um nur Arkaschins Tod und den der anderen zu melden. Das würde eine solche Reise nicht rechtfertigen. Wir nehmen an, er ist dorthin geflogen, weil das zweite Team herausgefunden hat, was mit Braun geschah und außerdem auf den Ordner gestoßen ist. Sie haben ihn untersucht, aber bei der Leiche gelassen. Dann ist Kislow informiert worden und hat sofort begriffen, was diese Nachricht bedeutet. Ein Mann wie Kislow ist kein Narr. Aufgrund der Einzelheiten in dem Ordner und Masseys Beteiligung an der Sache kann er sich ausrechnen, daß wir einen Einsatz gegen Stalin unternehmen wollen, und zwar bald, weil der größte Teil des Trainings stets unmittelbar vor einem Einsatz durchgeführt wird.« Eisenhower wartete schweigend, bis Wallace zu Ende gesprochen hatte. Ein Ausdruck der Frustration lag auf dem Gesicht des Präsidenten, als er rasch den Ordner überflog. Seufzend klappte er den Umschlag zu.

»Scheint so, als säßen wir bis zum Hals in einem Riesensack Pferdescheiße, stimmt's?«

»Es steht ziemlich schlecht, Sir«, stimmte Dulles zu.

»Gut, eins nach dem anderen«, sagte Eisenhower rasch. »Ist das Team schon drüben?«

»Nein, Sir.«

Der Präsident seufzte. »Gott sei Dank. Wenn ich eins gelernt habe, dann das: Wenn man schon in der Grube sitzt, sollte man zu schaufeln aufhören. In diesem Stadium können wir nicht absolut sicher einschätzen, ob Moskau weiß, was wir vorhaben. Aber bei diesem Risiko müssen wir die ganze Operation abblasen. Es ist eine Schande. Angesichts der Lage zwischen Moskau und Washington hatte ich gehofft, daß Ihre

Leute eine Chance hätten, auch wenn sie noch so klein war.«
Dulles wollte etwas sagen, doch Eisenhower hob gebieterisch
die Hand. »Wenn die Sowjets wegen dieses Arkaschin diplomatischen Wirbel veranstalten, erledige ich das. Jetzt müssen
wir einfach abwarten, was sich tut.« Er schüttelte resigniert
den Kopf. »Aber nur Gott weiß, wohin das führt, wenn Sie
recht haben. Wo ist Massey?«

Der stellvertretende Direktor schaute Eisenhower gequält
an. »Sir, wir wissen, daß er trotz der neuesten Entwicklung
nach Finnland geflogen ist, um das letzte Stadium der Operation vorzubereiten. Wir wissen nur nicht, wo genau in Finnland er sich aufhält.«

Eisenhower blickte Dulles an. »Haben Sie nicht gerade
gesagt, die Operation hätte noch nicht begonnen?«

»Wir können das nur annehmen, Mr. Präsident, weil wir
bisher den ›Go‹-Kode nicht bekommen haben. Wie Sie wissen, liegt diese Operation gänzlich im Verantwortungsbereich
von Massey. Wir haben nur einen groben Plan geliefert, eine
Schablone sozusagen, und Massey hat die Einzelheiten ausgearbeitet. Einer unserer Befehle an Massey lautete, daß wir
ein Signal von ihm erhalten, wenn die Operation sich im letzten und entscheidenden Stadium befindet, was bedeutet, daß
der Fallschirmabsprung seiner Leute unmittelbar bevorsteht.
So behielten wir uns die Chance vor, die Operation notfalls
abzublasen. Bis jetzt ist das nicht geschehen. Da uns Massey
aber auch nicht über die Probleme auf seinem Stützpunkt
informiert hat, können wir nicht hundertprozentig davon
ausgehen, daß er sich meldet.«

»Himmel ... Das wird ja immer schlimmer.«

»Es spielen auch noch einige andere Faktoren eine Rolle,
die darauf hindeuten, daß die Operation noch nicht angelaufen ist.«

»Und welche?«

»Wir glauben, daß Massey vorgestern abend mit den beiden Agenten Boston verlassen hat. Er hat den planmäßigen
Flug nach London genommen und ist von dort über Stockholm nach Helsinki geflogen. Wenn er seinen Terminplan
weiter einhält, bedeutet es, daß er in den vergangenen vierzehn Stunden Washingtoner Zeit in Helsinki eingetroffen ist.

Wir haben Kontakt mit den Einwanderungsbehörden dieser Länder aufgenommen und einen Notfall gemeldet. Uns wurde bestätigt, daß die falschen Papiere benutzt wurden, die unsere Sowjetabteilung ausgestellt hat. Die finnischen Behörden haben außerdem bestätigt, daß Massey und sein Team gestern abend in Helsinki gelandet sind. Sie nehmen jedoch an, daß Massey wegen des Wetters den Absprung erst heute abend vornehmen wird.«

»Und wie können wir ihn erreichen?« fragte Eisenhower ruhig.

»Wie ich sagte: Es wurde ihm überlassen, sich zu melden. Das haben wir vereinbart. Damit können wir uns von dem Einsatz distanzieren, wenn er fehlschlägt. Massey hat nur den Befehl erhalten, sich zu melden, wenn es Probleme gibt, und eine Nummer in Washington anzurufen und den ›Go‹-Kode zu hinterlassen.« Wallace schluckte. »Sir, wir müssen davon ausgehen, daß er die Absicht hat, den Plan weiterzuverfolgen, aus welchen Gründen auch immer.«

»Ist er dumm oder verrückt? Haben Sie mir nicht gesagt, er wäre einer der besten Leute, die wir haben?«

»Er ist der Beste, Sir. Mr. Dulles hat während des Krieges in Europa mit ihm gearbeitet und kann es bestätigen. Es ist mir völlig schleierhaft, weshalb er sich jetzt so unprofessionell verhält.«

Der stellvertretende Direktor blickte unbehaglich drein. Eisenhower erhob sich. Er war wütend. Sein Gesicht war noch bleicher als zuvor, und seine Augen schimmerten dunkel zwischen den zusammengekniffenen Lidern.

»Die einzige Erfolgsaussicht dieser Mission lag in ihrer Geheimhaltung. Das ist ganz offensichtlich nicht mehr der Fall. Ihren Worten entnehme ich, daß man in Moskau ahnt, daß etwas im Busch ist. Wenn diese beiden Leute russischen Boden erreichen und gefangengenommen werden, kommt für uns dabei nur eins heraus: eine Katastrophe. Ich glaube, wir alle können uns lebhaft vorstellen, wie die Russen reagieren, wenn sie handfeste Beweise bekommen.«

Eisenhower blickte die drei Männer nacheinander an. »Wir reden hier nicht nur über einen Anlaß, einen Krieg vom Zaun zu brechen, meine Herren. Wir sprechen über den Krieg schlechthin. Wir reden über eine sowjetische Reaktion, die uns zwanzig Jahre zurückwerfen könnte. Sie können in Westberlin und überall sonst in Europa einmarschieren und behaupten, es wäre eine Präventivmaßnahme oder bloße Vergeltung. Wir sprechen hier über die größte mögliche Katastrophe, die unser Land und unsere Verbündeten treffen könnte.«

Dulles blickte Eisenhower unsicher an. »Mr. Präsident, es braucht nicht erwähnt zu werden, daß wir alles Erdenkliche tun, Massey aufzuspüren. Aber Sie werden verstehen, daß wir wegen der Brisanz dieser Angelegenheit eigene Leute auf finnischem Boden brauchen. Branigan hat bereits ein Team zusammengestellt, und die Männer sind unterwegs. Auf dem Luftwaffenstützpunkt Andrews wartet ein Düsenjet. Sobald er hier fertig ist, steigt er in diese Maschine und fliegt nach Finnland, um mit seinen Leuten Kontakt aufzunehmen. Aber wir brauchen Ihre Intervention bei unserem Botschafter in Helsinki, damit wir deren Hilfe und möglicherweise auch die volle Unterstützung der finnischen Regierung bekommen.«

Eisenhower holte tief Luft und seufzte dann laut. »Zeit ist kostbar, Gentlemen. Was passiert, wenn es zu spät ist? Wo stehen wir dann?«

»Mit allem Respekt, Mr. Präsident, wir können sie immer noch lokalisieren und stoppen«, sagte Branigan.

»Dann erzählen Sie mir wie, um Himmels willen.«

»Es ist eine Frage des Timings«, erklärte Branigan. »Die meisten Operationen nach Rußland und ins Baltikum sind vom Wetter abhängig. Ist das Wetter gut, macht die CIA grundsätzlich keine Absprünge, weil das russische Radar unsere Flugzeuge sofort aufspüren würde. Der Bericht, den man Massey gezeigt hatte, empfahl den Absprung der Agenten im Gebiet des Baltikums, und ich bin sicher, daß er es auch so machen wird. Er benutzt wahrscheinlich einen einheimischen Piloten, der Erfahrung mit Flügen in den russischen Luftraum hat. Wir haben den Wetterbericht für dieses Gebiet überprüft. Es ist von einem heftigen Schneesturm die Rede, der heute abend aus Nordosten über die Ostsee fegt, gegen 20 Uhr Helsinki-Zeit. Das dürfte ziemlich genau der Zeitpunkt sein, zu dem Massey seine Leute losschickt. Damit haben wir den in Frage kommenden Zeitraum eingegrenzt und genug Spielraum. Mit ausreichend Leuten können wir ihn aufspüren, bevor der Start erfolgt. Und mit der Kooperation der Finnen und ihrer Luftwaffe könnten wir die Überfahrt für Massey und sein Team unmöglich machen. Wenn genug Flugzeuge in dem Gebiet patrouillieren, können sie dafür sorgen, daß seine Maschine niemals auch nur in die Nähe ihres Ziels kommt!«

»Sie meinen, Sie wollen sie abschießen?«

»Wenn nötig, ja.«

Eisenhower musterte jeden der drei Männer, und in dem Blick seiner sonst so freundlichen blauen Augen schimmerte stählerne Härte.

»Es ist mir egal wie, aber sorgen Sie dafür, daß Sie Massey und die anderen finden. Finden oder aufhalten, mit allen Mitteln, die Sie zur Verfügung haben. Selbst wenn das ihren Tod bedeutet. Es ist sehr unerfreulich, Gentlemen, wenn man bedenkt, wie tapfer und mutig diese Leute sind. Aber die Konsequenzen eines Fehlschlags sind einfach zu bedrohlich. Haben Sie das verstanden?«

Die drei Besucher nickten.

Eisenhower war immer noch blaß, als er auf seine Armbanduhr blickte und das Treffen beendete. Er schaute Dulles wieder an.

»Treffen Sie alle Vorbereitungen, die nötig sind. Ich muß wohl nicht betonen, daß dieses Gespräch unter uns bleibt. Aber halten Sie unsere Agenten auf, klar?«

»Jawohl, Sir, Mr. Präsident.«

Finnland
23. Februar

Slanski parkte den Volvo an der Strandpromenade von Helsinki und legte mit Anna in einer Straßenbahn den Rest der Strecke bis in die Stadt zurück.

Überall brannten Lichter, und sie bummelten eine halbe Stunde über den alten Fischmarkt und den Platz vor der Kathedrale, bevor sie in ein kleines Restaurant am Esplanadi-Boulevard einkehrten.

Als Anna das letzte Mal hier gewesen war, hatte sie sich die Stadt nicht angeschaut. Mit seiner zaristischen Architektur erinnerte Helsinki sie an ein Miniatur-Leningrad, an das alte Leningrad, das sie als Kind gesehen hatte. Doch Helsinki war lebendiger, die Straßen waren sauberer, und die hell erleuchteten Fenster der Geschäfte waren voller verlockender Waren und Delikatessen.

Die beiden Holzgebäude der berühmten Kapelli-Teestube waren wegen des Winters geschlossen. Die Teestube wirkte wie ein elegantes, aber etwas heruntergekommenes Café, in dem einst die Wohlhabenden aus der Zarenzeit diniert haben mochten. Und im Hafen lagen die bunten Vergnügungsboote vertäut, die im Sommer Helsinkis Inseln ansteuerten; ihre Rümpfe waren in dickem Eis gefangen. Ab und zu sah man Löcher in der Eisfläche, um die dick vermummte Männer und Jungen standen und nach Heringen angelten.

Im Restaurant war es warm und betriebsam. Sie setzten sich an einen freien Tisch am Fenster. Slanski bestellte Schnaps und *Vorschmack* für sie beide. Sie aßen schweigend. Anschließend spazierten sie die Küstenstraße in Richtung Kaiwopuistu zurück. Es hatte aufgefrischt. Der Wind kam von der offenen See und war bitterkalt.

Slanski blieb stehen und deutete auf eine Bank. Seine Miene war ernst. »Setzen Sie sich, Anna. Wir müssen uns unterhalten.«

»Worüber?«

»Über Sie.«

Er zündete sich eine Zigarette an und hielt ihr die Schachtel hin, als sie sich neben ihn setzte. »Wie geht es Ihnen?«

Sie strich sich eine Haarsträhne aus der Stirn. »Wie sollte es mir denn gehen?«

»Sie sollten Angst haben.« Sie bemerkte den scharfen Zug der Anspannung um seine Lippen. »Haben Sie Angst, Anna?«

»Ein bißchen, glaube ich.«

»Es ist noch nicht zu spät, Ihre Meinung zu ändern.«

»Was soll das heißen?«

Slanski deutete auf die Stadt. »Die schwedische Botschaft befindet sich zehn Minuten von hier entfernt. Sie könnten dort um Asyl bitten, und ich würde Sie nicht aufhalten. Zum Teufel mit Massey. Wahrscheinlich würde er es sogar verstehen. Ich kann die Sache auch allein durchziehen.«

»Warum sagen Sie mir das? Woher kommt Ihre plötzliche Sorge?«

Slanskis Gesicht hatte einen schmerzerfüllten Ausdruck. »Sie haben gesehen, was mit Wasili passiert ist. Und es stimmt, was Popow darüber erzählt hat, was der KGB mit weiblichen Agenten macht, die erwischt werden. Ich habe es selbst gesehen.«

»Erzählen Sie es mir.«

Er wandte den Blick ab. »Vor zwei Jahren wurde ich ins Baltikum geschickt, um eine Widerstandsgruppe zu organisieren. Einer der Partisanen, die ich mit ausgebildet hatte, war ein neunzehnjähriges Mädchen. Der KGB hat sie geschnappt, als er eines der Waldlager stürmte, die von den Partisanen benutzt wurden. Was man ihr angetan hat, kann man nicht beschreiben.«

»Haben Sie sie geliebt?«

»Das dürfte wohl kaum wichtig sein, oder? Soviel sei gesagt: Ich habe es dem Bastard heimgezahlt, der es ihr angetan hat. Er liegt jetzt zwei Meter unter der Erde.«

Anna blickte hinaus auf die Bucht. Sie sah die senffarbenen Wände einer Inselfestung. Die kleinen Inseln daneben wirkten wie gefrorene Maulwurfshügel auf dem Meer. Ein Eisbrecher lief langsam aus dem Hafen aus. Sein stählerner Bug zerteilte die Eisschicht und sprühte einen Bogen Eiskristalle in die Luft, die wie Diamanten funkelten.

»Ich habe Angst. Aber nicht so viel, daß ich aufgeben würde.« Wieder musterte Anna Slanskis Gesicht. »Was in dem Blockhaus passiert ist ... Und wie Sie reagiert haben ... Das war nicht nur Rache für Wasili, obwohl es auch eine Rolle spielte. Aber Sie hatten einen Ausdruck in den Augen, als würden Sie erst zum Leben erwachen, wenn Sie der Gefahr gegenüberstehen. Fürchten Sie sich denn niemals?«

»Wovor? Früher oder später sterben wir alle. Vielleicht erfahren wir ja in dem Moment, in dem wir dem Tod begegnen, die Wahrheit über uns selbst.« Er lächelte. »Es sind keine Helden, die stehenbleiben und dem Ärger ins Gesicht lachen;

so was gibt es nicht. Das tun nur Fatalisten, die nichts zu verlieren haben.«

»Und Sie haben nichts zu verlieren?«

»Nicht viel jedenfalls.«

»Haben Sie außer Wasili niemals jemanden geliebt? Eine Frau, zum Beispiel?«

»Typisch, daß mir eine Frau diese Frage stellt. Aber was hat das mit unserem Auftrag zu tun?«

Sie betrachtete ihn aufmerksam. »Vielleicht nichts, vielleicht aber auch alles. Eine Frau sollte etwas über ihren Mann wissen. Und ich weiß so gut wie nichts über Sie.«

»Was wollen Sie denn wissen?«

»Sagen Sie mir, was Sie in Ihrer Kindheit in Rußland am meisten gemocht haben. Erzählen Sie mir etwas über Ihre Familie.«

Slanski wich ihrem Blick aus.

»Ihrer Familie ist irgend etwas zugestoßen, stimmt's? Haben Sie Rußland deshalb verlassen?«

»Das geht Sie wohl kaum etwas an«, erwiderte er spröde. »Außerdem ist es längst passé. Es ist schon zu lange her. Denken Sie nicht mehr daran.«

»Das ist genau der Punkt. Ich glaube, daß Sie es nicht vergessen können. Deshalb sind Sie, wie Sie sind. Wütend und rachsüchtig. Immer mit dem Tod auf du und du, als würden Sie sich nach ihm sehnen.«

Er blickte sie mißtrauisch an. »Was soll das werden? Eine Lehrstunde in Amateurpsychologie? Haben Sie das während Ihrer drei Monate New York aufgeschnappt?«

Sie spürte, daß er eher verunsichert als wütend war, und impulsiv berührte sie kurz seine Hand. »Sie haben recht, es geht mich nichts an. Aber was mit Wasili passiert ist, tut mir wirklich sehr leid. Er war ein guter Mensch.«

Slanski schwieg lange; dann sagte er ruhig: »Er war einer der besten Menschen, die ich jemals kennengelernt habe. Aber jetzt ist er tot, und nichts bringt ihn wieder zurück.«

Sie sah den gequälten Ausdruck auf seinem Gesicht. Er stand ruckartig auf, als könnte er auf diese Weise seine Gefühle abtöten.

»Darf ich Ihnen eine Frage stellen?« fuhr Anna fort. »Warum tun Sie das?«

»Was?« Slanski war verwirrt.

»Ihre Gefühle verbergen, wie ein typischer Mann. ›Laß bloß die Gefühle aus dem Spiel.‹ Dafür vergelten Sie immer Schmerz mit Schmerz. Wie bei Wasili und dem Partisanenmädchen. Warum?«

»Das ist eine lange Geschichte«, erwiderte er knapp. »Erinnern Sie mich daran, daß ich Sie Ihnen irgendwann einmal erzähle.«

Der Wind im Hafen wurde schärfer. Die Straßenlampen an der Promenade schwankten, und hinter ihnen rollte eine Straßenbahn vorbei, deren Oberleitungsarme blaue Funken sprühten.

»In Ihrem Innersten, Alex, sind Sie immer noch der kleine Junge, der allein um die halbe Welt fliehen mußte und niemanden hatte, auf den er sich verlassen konnte, außer sich selbst.«

Er antwortete nicht, und Anna schaute aufs Meer hinaus. Plötzlich schüttelte sie sich.

»Was ist los?« fragte Slanski.

Sie vergrub die Hände in den Taschen. »Ich weiß nicht.« Ihre Stimme war tonlos. »Ich habe plötzlich das Gefühl, als wären wir beide dem Untergang geweiht. Was in dem Blockhaus passiert ist, war wie ein böses Omen. Leuten wie Ihnen und mir klebt zuviel Pech aus der Vergangenheit an den Fersen, als daß wir Glück haben könnten.«

»Warum vergessen Sie es dann nicht und tun, was ich Ihnen vorgeschlagen habe?«

»Sie haben es selbst gesagt: Vielleicht habe ich nichts zu verlieren, genau wie Sie.«

Er hielt kurz inne. »Sind Sie wirklich sicher, daß Sie weitermachen wollen?« fragte er dann.

Sie stand auf, und das Bild ihrer Tochter, die jetzt hilflos in einem Waisenhaus irgendwelchen grobschlächtigen Erziehern ausgesetzt war, stand wieder vor ihren Augen. »Ja, ich bin sicher. Und jetzt sollten wir lieber zurückfahren.«

Den Rest des Abends verbrachten sie mit Massey in der Küche; sie gingen noch einmal die Waffen, die Ausrüstung und die gefälschten Papiere durch.

Jake gab beiden jeweils eine Tokarew 7.62 und ein zusätzliches Magazin. Außerdem hatte er noch einen Nagant-Revolver Kaliber 7.62 dabei, dessen Lauf fast völlig abgesägt und dem statt dessen ein Schalldämpfer aufmontiert war. Er reichte ihn Slanski, der ihn kurz inspizierte und dann mit einem schiefen Grinsen einsteckte.

»Ein kleines Extra, falls die Tokarew blockiert.«

Slanski hatte drei verschiedene Ausweise. Einer war auf einen estnischen Arbeiter namens Bodkin ausgestellt, der auf Heimaturlaub von einem Bauernkollektiv in Kalinin war. Ein anderer lautete auf Oleg Petrowski, Hauptmann bei der siebzehnten Panzerdivision in Leningrad, ebenfalls auf Heimaturlaub. Der dritte machte Slanski zu Major Georgi Masurow, Angehöriger des Zweiten Direktorates des KGB Moskau. Anna hatte Ausweise mit entsprechenden Namen und fungierte jeweils als seine Frau. Sie erhielten Fotos, auf denen sie beide zusammen und auch allein zu sehen waren, und auch persönliche Briefe, die ihre Beziehung und ihre Vergangenheit belegen sollten.

Die anderen Dokumente bestanden aus verschiedenen regionalen Passierscheinen und Arbeitskarten, alle auf dem eintönigen offiziellen Papier und scheinbar alt. Die Fotos waren schwarzweiß und mit offiziellen Stempeln versehen. Massey ging mit den anderen noch einmal die Tarnnamen und die Biographien durch. »Die Dokumente sind die besten, die ich jemals gesehen habe«, versicherte er. »Sie müßten auch eine genaue Prüfung bestehen, aber natürlich gibt es dafür keine Garantie. Ich kann nur eins sagen, daß die Fälscher die besten Leute ihres Fachs sind, sofern das Ihnen ein Trost ist. Sie haben alles darangesetzt, alles so echt wie möglich zu machen.«

Anna betrachtete ihre Papiere. »Ich verstehe das nicht. Wie können sie so gebraucht aussehen?«

Massey lächelte. »Ein alter Trick aus dem Krieg. Die Fälscher scheuern sie mit Sand ab und tragen sie dann ein paar Stunden unter den Achselhöhlen. Schweiß läßt Papier altern. Wie Sie sehen, wirkt es Wunder.«

Anna verzog das Gesicht, und Massey lachte. »Es ist vielleicht eine unangenehme Vorstellung, aber möglicherweise rettet dieser einfache Trick Ihnen das Leben. Ein Paß, der auf neuem Papier gedruckt ist, könnte dem KGB auffallen. Wenn sie ihn dann genau untersuchen, könnten sie möglicherweise herausfinden, ob Chemikalien benutzt wurden, um das Papier künstlich älter zu machen. Schweiß dagegen ist nicht nachweisbar.«

Er öffnete eine Lederbörse, die ein paar Bündel Rubel enthielt, und gab das größte Slanski. Das Geld war zerknittert und ebenfalls alt. Für jeden gab es auch ein paar Kopeken.

»Wenn Sie mehr Rubel brauchen, können Sie sie in dem sicheren Haus zwischen Tallinn und Moskau abholen«, erklärte er Anna. »Wenn Sie durchsucht werden und zuviel Geld bei sich tragen, könnte das Verdacht erregen. Die Waffen, einige der Kleidungsstücke und die anderen Papiere sind natürlich ein Problem, wenn Sie mit Ihrer ersten falschen Identität gleich nach der Landung angehalten und durchsucht werden. Das ist die gefährlichste Zeitspanne. Ich fürchte, es gibt keine sichere Möglichkeit, alles zu verstecken, was Sie belasten könnte. Aber es ist nur ein zeitlich begrenztes Risiko, das heißt, Sie müssen einfach improvisieren, je nachdem, wie das Spiel läuft. Vergraben Sie die Sachen in der Nähe der Absprungstelle, wenn Sie glauben, daß es ein Problem gibt, und holen Sie sie später ab. Gut, kontrollieren wir jetzt die restliche Ausrüstung.«

Die Springeroveralls waren aus schwerem, grünem Segeltuch und hatten zahlreiche Taschen für die Gegenstände, die sie direkt nach der Landung brauchen würden. Dazu zählten Taschenlampen und Messer, um sich bei einer Landung in einem Baum vom Fallschirm loszuschneiden. Mit den kurzen Klappspaten sollten sie anschließend die Ausrüstung vergraben. Jeder erhielt einen Helm, eine Schutzbrille, Handschuhe und Thermoanzüge.

»In der Höhe, aus der Sie abspringen, ist es ziemlich kalt. Deshalb brauchen Sie diese Anzüge. Sonst würden Sie erfrieren, noch bevor Sie gelandet sind. So, dann wollen wir mal ausprobieren, wie gut die Schneider Maß genommen haben.«

Er reichte ihnen zwei abgenutzte Koffer mit ihren Habseligkeiten. Anna ging nach oben, um ihre Sachen anzuprobieren.

Als sie zehn Minuten später wieder herunterkam, hatte sie sich das Haar mit einem Band zu einem Pferdeschwanz gebunden, was ihr ein ernstes Aussehen verlieh. Sie trug einen groben, wollenen Rock und eine dicke weiße Bluse, hatte sich einen Wollschal um den Hals geschlungen und einen Mantel übergeworfen, der ihr wie angegossen paßte.

Slanski hatte sich ebenfalls umgezogen. Er wirkte wie ein estnischer Bauer mit seiner Tweedkappe, dem schlechtsitzenden Jackett und dem ausgebeulten Kordanzug, dessen Hosenbeine etwas zu kurz waren. Anna mußte unwillkürlich lachen. »Was ist denn so komisch?« wollte Slanski wissen.

»Sie sehen aus wie ein Dorftrottel.«

»Spricht man so von seinem Gatten?«

»Die Kleidung und die Uniformen sind echt. Wir haben sie nach dem Krieg von russischen Überläufern oder Flüchtlingen bekommen. Sie sollten die Kleider morgen tragen, damit Sie sich daran gewöhnen. Gefallen Ihnen die Sachen, Alex?«

»Es geht so. Bis auf die Hose.«

Massey lächelte. »Tut mir leid, da kann ich nichts machen. Außerdem dürfte ein estnischer Arbeiter kaum piekfein gekleidet durch die Gegend laufen. Anna, haben Sie noch eine Frage?«

Als sie den Kopf schüttelte, fuhr Massey fort: »Dann war es das wohl. Bis auf eins.«

Er holte zwei winzige Schachteln aus der Tasche, öffnete sie und kippte ihren Inhalt auf den Tisch. In einer Schachtel befanden sich zwei schwarze Kapseln; die zweite enthielt ein paar Dutzend blaue. Die beiden Schachteln waren unterschiedlich groß.

»Pillen. Zwei verschiedene Sorten. Die einen sind gut und die anderen schlecht, aber beide sind von unschätzbarem Wert. Wie Sie sehen, haben sie verschiedene Farben und Größen, also verwechseln Sie sie hoffentlich nicht.«

»Wofür sind die?« wollte Anna wissen.

»Die blauen Tabletten sind Amphetamine. Damit können Sie die Müdigkeit überwinden. Während des Krieges wurden sie von Piloten und Mitgliedern von Spezialeinheiten benutzt, um sich wach zu halten.« Massey nahm eine der schwarzen Pillen in die Hand. »Mit diesem kleinen Baby hier sollten Sie verdammt vorsichtig sein. Benutzen Sie es nur im äußersten Notfall.«

»Was ist da drin?« fragte Anna arglos.

»Zyankali. Es tötet Sie in Sekunden.«

Es war fast Mitternacht. Slanski lag im Dunkeln, rauchte eine Zigarette und lauschte dem Heulen des Windes. Dann hörte er, wie die Tür geöffnet wurde. Anna trat ein. Sie trug ein Baumwollnachthemd und hielt eine Öllampe in der Hand.

»Darf ich hereinkommen?« fragte sie leise.

»Was ist los?«

»Ich kann nicht schlafen.«

»Kommen Sie rein, und machen Sie die Tür zu.«

Ihr Haar war zerzaust, und im Licht der Lampe hatte ihr Gesicht etwas Kindliches. Sie trat näher und setzte sich ans Fußende des Bettes.

Slanski merkte, daß sie zitterte. »Ist Ihnen kalt?«

Sie schüttelte den Kopf. »Ich habe nur Angst. Vielleicht habe ich jetzt erst begriffen, wie tödlich ernst das alles ist. Vor allem, als Massey uns diese Tablette gegeben hat. Jetzt ist es kein Spiel mehr. In den Luftschutzbunkern in Moskau haben sich bei Bombenangriffen völlig fremde Menschen aus Angst umarmt und sich geküßt. Ich habe sogar einmal gesehen, wie ein Paar sich geliebt hat.«

»Das ist ganz natürlich. Ein tiefsitzender Arterhaltungsinstinkt, wenn die Spezies bedroht wird. Deshalb heiraten Soldaten so oft, bevor sie in den Krieg ziehen.«

Anna biß sich auf die Unterlippe. »Tun Sie mir einen Gefallen?«

»Welchen?«

»Halten Sie mich fest. Ganz fest. Es kommt mir wie eine Ewigkeit vor, daß jemand mich im Arm gehalten hat.«

Jetzt erkannte er in ihrem Gesicht diese schreckliche Angst, die Anna noch jünger und verletzlicher erscheinen ließ. Er begriff, daß sie sich mehr fürchtete, als er gedacht hatte, und streichelte ihre Wange. »Arme Anna.«

Sie umschlang seinen Hals und preßte sich an ihn, rutschte unter die Decke und kuschelte sich an seinen Körper, suchte Wärme und Trost. Plötzlich begann sie scheinbar ohne Grund zu weinen und küßte ihn heftig.

»Schlaf mit mir.«

Als er zögerte, küßte sie ihn wieder, zwängte ihre Zunge zwischen seine Lippen, und er reagierte unwillkürlich. Seine Erregung wuchs. Anna zitterte am ganzen Körper, als sie ihr Nachthemd hochzog und ihr Höschen abstreifte. Er streichelte ihre festen Brüste und liebkoste ihre Knospen, bis sie hart waren. Sie keuchte, als er über ihren Bauch strich und sie mit den Fingern zwischen den Beinen massierte, bis sie heiß und feucht war.

Er rollte sie auf den Rücken. Sie stöhnte, als er in sie eindrang.

Sie fielen in einen Rausch, liebten sich mit wilder Verzweiflung, bis sich die Anspannung endlich löste. Danach weinte Anna wieder. Es war ein Schluchzen, das aus ihrem tiefsten Inneren drang und ihren ganzen Körper beben ließ.

»Was hast du, Anna?«

Sie antwortete nicht sofort, und die Tränen strömten ihr über die Wangen. »Willst du wissen, warum ich mit dir nach Rußland zurückgehe?«

»Nur, wenn du es mir erzählen möchtest.«

Sie sagte es ihm, erzählte ihm alles. Sie weinte immer noch, als sie schließlich endete. In Gedanken sah sie immer noch das Gesicht Saschas vor sich, ihrer kleinen Tochter, die jetzt in einem dieser schrecklichen Waisenhäuser eingesperrt war.

Slanski hielt sie fest in den Armen. »Anna«, flüsterte er. »Es ist ja gut, Anna.«

Er streichelte ihr Gesicht, doch es dauerte lange, bis ihre Tränen versiegten. Dann blies er die Lampe aus und hielt Anna liebevoll umschlungen. So lagen sie schweigend im Dunkeln, bis sie endlich einschliefen.

27. KAPITEL

Finnland
24. Februar

Slanski stand am Fenster des Wohnraums, als um kurz nach neun Uhr morgens Janne Saarinen hereinkam und ein eiskalter Windhauch ins Innere des Hauses fegte, bevor der Pilot die Tür mit dem Stiefel hinter sich zustieß. Sein Gesicht war blau vor Kälte, und er trug zwei Fallschirme über der Schulter.

»Haben Sie gut geschlafen?«

»Einigermaßen, wenn man die Umstände bedenkt.«

Der Finne grinste, während er die Pakete auf den Tisch warf. »Ihre Fallschirme. Ich habe sie zweimal gepackt, um ganz sicher zu gehen.«

»Nett, daß jemand sich darum kümmert. Danke, Janne.«

Slanski warf wieder einen Blick aus dem Fenster. Draußen war es windig, und noch war der Mond zu sehen. Slanski bemerkte die gewaltige Wolke am Horizont und beobachtete Massey und Anna, die nebeneinander auf der hölzernen Promenade entlang gingen. Die Kragen ihrer Mäntel hatten sie gegen die eisige Kälte hochgestellt. Saarinen stellte sich neben Slanski und bot ihm eine Zigarette an.

»Schneewolken«, erklärte der Finne nach einem kurzen Blick aus dem Fenster. »Jedenfalls dem Aussehen nach zu urteilen. Sie sind noch weit weg, aber es sieht aus, als kämen wir ins Geschäft. Schön, daß die Wetterfrösche manchmal auch richtig liegen.«

Sie zündeten ihre Zigaretten an, und Saarinen deutete mit einem Nicken hinaus auf die Promenade. »Ihre Freundin sieht wirklich klasse aus. Ihretwegen würde ich es fast selbst riskieren, rüberzugehen.«

Slanski überprüfte die Fallschirme. »Sie ist eine gute Frau. Es ist schade, daß sie bei dieser Aktion mitmacht. Es ist kein Kinderspiel, rüberzugehen, sondern verdammt gefährlich.«

»Was Sie nicht sagen.«

»Wo wir gerade davon reden: Sie haben gestern bei der Einweisung eine nette Show abgezogen.«

Der Finne stieß den Rauch aus und grinste. »Sie haben mir die Tollkühnheit nicht abgenommen, was? Hab' ich auch nicht erwartet.«

»Sie haben einige wichtige Punkte ausgelassen. Zum Beispiel die Tatsache, daß mehr als die Hälfte aller Agenten, die mit dem Fallschirm auf russischen Boden abspringen, innerhalb von achtundvierzig Stunden nach der Landung erwischt werden. Sei es, weil sie sich beim Sprung verletzt oder weil das russische Radar ihren Flug entdeckt hat. Und Sie haben auch nicht erwähnt, daß die Hälfte der Flieger, die es im Krieg erwischt hat, wegen Motorschaden oder schlechtem Wetter gestorben sind, nicht durch Feindeinwirkung.«

Saarinen setzte sich. »Ich bin diese Route schon ein halbes Dutzend Mal geflogen, und es wurde von Mal zu Mal schwieriger. Die Russen haben ihre Luftverteidigung immer weiter verstärkt, und die neuen Mig-Kampfflugzeuge machen Leuten wie mir zusätzlich das Leben schwer. Ich habe nur wegen der Frau die Gefahren untertrieben. Jake hat mir gesagt, daß Sie Profi sind und die Risiken kennen. Für die Frau aber ist es das erste Mal. Es wäre sinnlos, ihr eine solche Angst einzujagen. Und was unsere Chancen angeht: Die Wolkendecke ist unsere einzige wirkliche Hoffnung, trotz der Gefahr, daß das Wetter scheußlich wird. Unser kleines Flugzeug da draußen im Hangar steht das durch, glauben sie mir. Wenn die Wolkenbildung sich weiterhin zu unseren Gunsten entwickelt, möchte ich fast garantieren, daß Sie den Absprung schaffen. Wenn nicht …« Saarinen grinste und zuckte mit den Schultern. »Dann werden wir vom Himmel gepustet.«

»Hat Ihnen schon mal jemand gesagt, daß Sie das Leben und den Tod vollkommen verachten?«

Saarinen lachte. »Immer wieder. Das liegt daran, daß ich dem Sensenmann schon oft ins Auge gesehen habe und feststellen mußte, daß man viel zuviel Aufhebens darum macht. Ich habe vor neununddreißig Anglistik an der Universität in Helsinki studiert. Dann kam der Krieg, und als ich zum ersten Mal in ein Gefecht geflogen bin, hat mich der Hafer gestochen. Seitdem konnte ich gar nicht mehr genug an Risiko und Aufregung bekommen. Aber als die Ballerei sich gelegt hatte und alles vorbei war, wurde einem klar, daß man sowieso nur von geborgter Zeit gelebt hat. Also hat man weiter auf der Überholspur gelebt, einfach so, nur aus Spaß. Wenn ich mich nicht irre, gilt das auch für Sie. Was sagte Kant doch gleich: ›Dieser stählerne, unverkennbare Ausdruck in den Augen eines Mannes, der das Lied des Krieges singt und vom zu oft gesehenen Tod, diesem grimmigen Schnitter.‹«

Slanski lächelte. »Was ist nun mit dem Radar der Russen?«

»Wie gesagt, sollte das Wetter auf unserer Seite sein, müssen wir uns darum keine Sorgen machen.« Saarinen schüttelte den Kopf. »Es sieht nicht schwarz aus, eher ein bißchen grau. Aber ich habe Ihnen ja schon gesagt, daß ich ein Glückspilz bin. Ich spreche fließend Russisch. Selbst wenn uns die Luftüberwachung erwischt, kann ich versuchen, sie zu bluffen.«

»Sie sind ein vielseitiger Mann.«

Saarinen lächelte und tippte gegen sein Holzbein. »Leider sind nicht alle Seiten gut.«

Helsinki

Die Reifen des B-47-Stratojet der US-Luftwaffe setzten kreischend auf der eisigen Rollbahn des Malmi-Flughafens in Helsinki auf. Es hagelte, und die Uhr zeigte genau sechs Uhr in der Früh. Karl Branigan war nach dem langen und turbulenten Flug aus Washington ermüdet. Die viertausend Meilen lange Reise hatte fast zehn Stunden gedauert – eine Erfahrung, die er noch nie gemacht hatte und auf keinen Fall wiederholen wollte. Er legte Helm und Schutzanzug ab und wand sich aus dem warmen, engen Cockpit hinaus in die eisige finnische Kälte. Ein amerikanischer Luftwaffenoberst erwartete ihn und führte ihn zu einem dunklen Ford, der mit laufendem Motor auf dem Vorfeld stand.

Zwanzig Minuten später fuhren sie den Kaiwopuistu-Park entlang, die diplomatische Promenade der finnischen Hauptstadt. Vor dem Gelände der amerikanischen Botschaft hielt der Wagen. Zwei Marines in makellosen Uniformen überprüften am Tor die Papiere der beiden Insassen, bevor sie die Barriere öffneten und das Fahrzeug durchwinkten.

Der Wagen hielt erneut vor dem Haupteingang des Botschaftsgebäudes, und ein müder Branigan stieg aus. Er schlug den Kragen hoch, um sich ein bißchen vor der Kälte zu schützen. Ein großer, schlanker Mann mit gebräunter Haut kam ihm entgegen. Ihm folgte ein besorgt wirkender jüngerer Beamter.

»Mr. Branigan? Ich bin Douglas Canning«, begrüßte ihn der jüngere Mann mit unverwechselbarem texanischem Akzent und streckte die Hand aus. »Mein Sekretär kümmert sich um Ihre Leute. Kommen Sie bitte hier entlang. Der Botschafter erwartet Sie.«

Branigan knurrte und folgte Canning durch die beiden Eichentüren ins Innere des Hauses.

Der kleine Garten vor dem Botschaftsgebäude wirkte in der Dunkelheit verlassen. Das Licht aus den Fenstern beleuchtete die weißlackierten, schmiedeeisernen Gartenmöbel auf dem verschneiten Rasen. Der Botschafter betrachtete die Szenerie mit verbissenem Gesicht.

Er hatte den Brief gelesen, den Branigan ihm gegeben hatte und der von Allen Dulles unterschrieben war. Schweigend und mit ausdruckslosem Gesicht reichte er ihn an Canning weiter.

Canning warf dem Botschafter einen Blick zu. »Sir, möchten Sie antworten?«

Der Botschafter blickte sich um. Sein schütteres graues Haar war sorgfältig frisiert, doch sein würdevoller Blick war einem erstaunten Ausdruck gewichen, als er Branigan wieder anschaute.

»Lassen Sie mich eins klarstellen, Mr. Branigan. Sie wollen drei bestimmte Leute in Finnland aufspüren, die eine verdeckte Operation unternehmen. Sie bezeichnen die Ergreifung dieser Leute als dringenden Notfall. Sollte eine Kontaktaufnahme unmöglich sein, verlangen Sie, daß die Operation gestoppt wird, selbst wenn das den Tod dieser Menschen bedeutet. Und ich soll Ihnen dabei helfen.«

Branigans Gesicht war angespannt und wies einen Fünfstundenbart auf. Seine Knochen schmerzten, und seine Muskeln waren nach dem unbequemen Flug verspannt. Kurz: Er hatte überhaupt keine Lust, diplomatisch zu sein.

»Das ist richtig«, sagte er. Beinahe hätte er vergessen, mit wem er sprach. »Herr Botschafter«, fügte er nach einer kleinen Pause hinzu.

»Und mir ist nicht gestattet zu fragen, um was für eine Operation es sich genau handelt?«

Branigan schüttelte den Kopf. »Sie haben den Brief von Mr. Dulles gelesen. Darin steht alles Wichtige. Alles, was Sie wissen müssen. Ich wäre Ihnen denkbar, würden Sie mir diesbezüglich keine weiteren Fragen stellen.«

Die Miene des Botschafters verriet deutlich seinen Zorn.

»Und Sie verlangen, daß das gesamte Botschaftspersonal wenn nötig in dieser Angelegenheit zu Ihrer Verfügung steht. Außerdem wollen Sie meine persönliche Intervention auf höchster politischer Ebene, damit die finnische Luftwaffe verhindert, daß diese Leute den finnischen Luftraum verlassen. Falls sie aufsteigen, sollen sie sogar abgeschossen werden.«

»Ja.«

»Mr. Branigan, ich muß schon sagen, so etwas ist mir noch nie vorgekommen.« Der Botschafter schien es nicht fassen zu können. »Was geht hier vor, verdammt noch mal?«

Branigan blickte vielsagend auf die Uhr. »Diese Frage müssen Sie Mr. Dulles stellen, nicht mir. Ich muß meinen Job erledigen, und zwar schnell. Die Zeit wird knapp. Also, kann ich mit Ihrer Hilfe rechnen?«

Der Botschafter setzte sich wieder hinter seinen Schreibtisch. »Offen gestanden, Mr. Branigan, verstößt diese Angelegenheit nicht nur gegen jedes Protokoll, sondern ist auch ausgesprochen beunruhigend. Was halten Sie davon, Canning?«

Der Texaner zögerte. »Was man von uns verlangt, ist praktisch undurchführbar. Vielleicht sollten wir selbst mit Mr. Dulles Kontakt aufnehmen und uns mit ihm beraten?«

Branigan schüttelte den Kopf. »Das geht nicht. Meine Befehle untersagen im Moment jeden Kontakt von Helsinki mit dem CIA-Hauptquartier. Wie Sie sich sicher denken können, ist diese Mission ausgesprochen brisant und geheim. Ich kann es nicht genug betonen.«

Der Botschafter betrachtete Branigan selbstzufrieden und

faltete die Hände auf der Tischplatte. »Dann muß ich Sie leider daran erinnern, Sir, daß Mr. Dulles nur der amtierende CIA-Direktor ist. Seine offizielle Ernennung wird erst später am heutigen Tag in Washington bekanntgegeben, und er wird erst in einigen Tagen in seinem Amt vereidigt. Bei solch ungeheuren Forderungen, wie sie hier gestellt werden, brauche ich leider Beglaubigungen von höherer Stelle.«

Branigan stand wütend auf, riß Canning den Brief aus der Hand, steckte ihn wieder in die Tasche und starrte die beiden Männer finster an.

»Wie wär's, wenn wir jetzt endlich mit dem Gequatsche aufhören würden. Wenn ihr beiden Arschlöcher nicht wollt, daß man euch in Washington mit den Eiern auf einen Schleifstein setzt, solltet ihr lieber tun, was in dem Brief steht. Und noch etwas: Ich brauche einen hochrangigen Verbindungsmann vom finnischen SUPO. Jemand, der absolut diskret und zuverlässig ist. Ich benötige jeden vertrauenswürdigen und verfügbaren Mann, den Sie erübrigen können. Außerdem sage ich Ihnen noch eins, aus reiner Nächstenliebe: Wenn einer von Ihnen oder von den Leuten zu irgend jemandem auch nur ein Sterbenswörtchen über diese Operation sagt, werde ich höchstpersönlich dafür sorgen, daß er mit einer Kugel im Schädel endet.«

Das Gesicht des Botschafters lief angesichts dieser unverhohlenen und ungehörigen Drohung und dem mangelnden Respekt vor seinem hohen Amt vor Wut rot an. Branigan ignorierte ihn einfach, als plötzlich das Telefon schrillte.

Der Botschafter blickte erschreckt auf den Apparat, bevor er den Hörer von der Gabel riß.

»Was gibt's, verdammt noch mal?«

Eine lange Pause trat ein. Dann wurde der Botschafter blaß. Das erste, was Branigan von ihm hörte war: »Selbstverständlich tun wir, was wir können, Mr. President.«

In der notdürftig beleuchteten Behelfs-Einsatzzentrale in dem nach hinten gelegenen Büro im Ostflügel der Botschaft drängten sich schwitzende Männer in der verqualmten Luft und unterhielten sich leise. Branigan hatte auf sechs improvisierten Tischen in der Mitte des Raums ein Dutzend Telefone aufgebaut, an denen sechs Botschaftsmitarbeiter saßen.

Der Finne neben Branigan war Ende Dreißig und rauchte Pfeife. Er war groß und hatte ein pausbäckiges Gesicht, und sein dunkles Haar ergraute bereits an den Schläfen. Er sprach perfekt Englisch.

Henry Stenlund war stellvertretender Direktor der SUPO, der finnischen Gegenspionage, und von Beruf Anwalt. Er betrachtete mit unverhohlenem Staunen die Männer und die Ausrüstung.

Finnlands Sicherheitspolizei war in einem dreistöckigen, düsteren und zugigen grauen Bürogebäude aus Granit auf der Ratakatu-Straße untergebracht und umfaßte zehn Mann, drei klapprige Volkswagen und ein halbes Dutzend rostige Raleigh-Fahrräder für die besten Agenten. Die Offiziere hatten noch nie solche Aufregungen wie diese erlebt. Bei Stenlund rief sie eine Erregung hervor, die er nicht mehr verspürt hatte, seit die Deutschen aus Helsinki abgezogen waren.

Er hatte den Anruf erhalten, unmittelbar bevor er das Büro verließ, und hatte die Ordner zur Botschaft gebracht, wie Branigan es gefordert hatte. Stenlund hütete sich, zu viele Fragen zu stellen. Schon die grimmige Miene des CIA-Mannes sagte ihm, daß die Sache wirklich ernst und brisant war. Jetzt stand er neben Branigan und ging mit ihm eine Liste von Namen durch.

Es handelte sich um Söldnerpiloten, die ihr Leben riskierten, indem sie von Finnland aus in sowjetischen Luftraum eindrangen, um geheime finnische Militärmissionen, CIA-Aufklärungsflüge und Fallschirmabsprünge durchzuführen – Aktivitäten, die Finnland offiziell abstritt. Bis auf einen waghalsigen, hochdekorierten, aber verrückten Piloten der ehemaligen deutschen Luftwaffe mit mehr Schrapnell im Kopf als Hirnmasse waren allesamt Finnen, was aber nicht weiter verwunderlich war: Finnland war schon lange ein Feind Rußlands, und der alte Haß und Groll saßen genauso tief wie die Angst der Finnen vor dem mächtigen Nachbarn.

Branigan beobachtete, wie Stenlund die Liste durchging. »Was haben wir?«

»Nach meinen Unterlagen gibt es fünfzehn Männer, die selbständig mit ihren eigenen Maschinen entweder für uns oder für Sie arbeiten. Es sind alles fähige Piloten. Leider sind sie über ganz Finnland verteilt, von der Ostküste vor Helsinki, nahe der sowjetischen Grenze, bis zur Insel Årland im Westen. Das ist eine Entfernung von fast siebenhundert Kilometern.«

Branigan rieb sich den Nacken. »Um Himmels willen.«

Stenlund paffte eine Rauchwolke aus und zuckte mit den Schultern. »Aber wir können den größten Teil dieser Piloten ausschließen, wenn Ihre Leute die Ostsee so schnell wie möglich überqueren wollen. Der Pilot muß eine Basis möglichst nahe an der russischen Grenze haben. Außerdem ist das Wetter wichtig. Und die angekündigte Schlechtwetterfront wäre für einen Absprung ideal.«

Branigan nickte. »Also, wer kommt am ehesten in Frage?«

»Es gibt zwei Piloten. Beide Männer haben bereits einmal für die CIA gearbeitet. Der erste heißt Hakala und wohnt in einem kleinen Fischerdorf in der Nähe von Sputjsund. Dort hat er einen kleinen Hangar, in dem eine deutsche Fieseler Storch steht. Der zweite ist ein Mann namens Saarinen.«

»Wie weit ist der erste Ort entfernt?«

»Sputjsund? Etwa zwanzig Kilometer östlich von Helsinki. Mit dem Wagen eine Stunde hin und zurück.«

»Und der andere?«

»Janne Saarinen.« Stenlund schaute in die Akte. »Ein ausgezeichneter Pilot. Ex-Luftwaffe. Laut Bericht unseres Geheimdienstes benutzt er manchmal Bylandet, eine kleine Insel dreißig Kilometer von hier als Stützpunkt. Beide Männer sind von Tallinn per Luftlinie fast gleich weit entfernt.«

»Welchen würden Sie auswählen?«

Stenlund zuckte mit den Schultern. »Wie gesagt, beide sind geeignete Kandidaten. Sie sind exzellente Piloten, und wahrscheinlich auch waghalsig genug, um eine Überquerung bei diesem Wetter zu riskieren.«

Branigan zögerte, und in dem kleinen Raum knisterte es beinahe vor Spannung. »Gut, versuchen wir es mit dem näher gelegenen. Hak ...?«

»Hakala.«

»Den zuerst, dann diesen Saarinen. Ich besorge uns einen Wagen.«

»Wie Sie wollen.«

Branigan griff nach seinem Schulterhalfter, in dem eine .38 Smith and Wesson steckte, und legte es an. Dann überprüfte er noch einmal die Kammern, bevor er die Waffe wieder in das Halfter zurückschob und sich umdrehte. Er gab einigen kräftigen Männern im Raum ein Zeichen, die daraufhin ebenfalls ihre Waffen überprüften. Stenlund war beunruhigt. Als Branigan sich wieder zu ihm umdrehte, fragte er: »Glauben Sie, daß es eine Schießerei gibt?«

Branigan zog Jackett und Mantel an. »Sollte es dazu kommen, überlassen Sie es mir und meinen Leuten.«

»Mit Vergnügen«, erwiderte der Finne, auf dessen Stirn bereits eine dünne Schweißschicht stand. »Ich trage nie Feuerwaffen. Meinen Bedarf an Aufregung hat die Gestapo gedeckt, die ich ständig im Nacken hatte.«

Stenlund erhob sich und klopfte seine Pfeife aus. Nachdem er seinen Mantel angezogen hatte, blickte er auf die Wanduhr.

Es war genau neunzehn Uhr.

28. KAPITEL

Insel Bylandet

Es war kurz nach acht Uhr abends. Massey wärmte sich am Küchenofen auf, als Slanski polternd die Treppe herunterkam.

Er trug schon den ganzen Tag die Bauernkleidung; jetzt aber hatte er den Thermoanzug darunter angezogen, wodurch er ein wenig unbeholfen wirkte. In der Hand hielt er den kleinen abgeschabten Koffer.

»Sind Sie soweit?« fragte Massey.

»Soweit es möglich ist«, erwiderte Slanski. »Wo steckt Janne?«

»Er betankt das Flugzeug und stellt Positionslichter für den

Start aufs Eis. Gut, daß ich das nicht erledigen muß. Es ist so kalt, daß selbst ein Husky erfrieren würde. Ist Anna fertig?«

»Sie zieht gerade ihren Thermoanzug an. Was ist los, Jake? Sie sehen nicht glücklich aus.«

»Setzen Sie sich, Alex.«

Slanski setzte sich an den Tisch, und Massey zog sich einen Stuhl heran. Mit ernster Miene betrachtete er Slanski. »Es gibt noch ein paar Dinge, die ich klären will, Alex. Es hat mit Anna zu tun.«

Slanski zündete sich eine Zigarette an. »Schießen Sie los.«

»Ganz gleich, was passiert – ich möchte nicht, daß man ihr weh tut. Weder der KGB noch jemand anders.«

»Was meinen Sie damit?«

»Anna mag Sie, Alex, das sehe ich. Eine Frau und ein Mann, die zusammen auf eine gefährliche Mission gehen, kommen sich zwangsläufig sehr nahe, aus welchen Gründen auch immer. Aber ich möchte nicht, daß Anna bei dieser Mission unnötig in Gefahr gerät, weil sie sich zu sehr zu Ihnen hingezogen fühlt. Die Chance, daß sie es zurück schafft, ist hoch. Sie haben vielleicht nicht soviel Glück.«

»Das klingt so, als hätten Sie ein persönliches Interesse an Anna«, konterte Slanski.

Massey dachte einen Augenblick nach und wählte seine Worte sorgfältig. »Sie hat mehr ertragen müssen als die meisten anderen Menschen. Sagen wir einfach, ich möchte sie beschützen. Und ich möchte, daß sie lebend und unversehrt zurückkehrt.«

»Das will ich auch.«

Massey zögerte. »Dann tun Sie, worum ich sie gebeten habe?«

Slanski stand auf. »Ich habe nicht vor, Anna weh zu tun. Aber ich kann nichts gegen das tun, was zwischen uns passiert, Jake. Wenn Sie mehr für Anna empfinden als Sie sagen – und ich glaube, das ist so –, hätten Sie daran denken sollen, bevor diese Sache angefangen hat.«

Massey schwieg einige Augenblicke. Seine Miene war grimmig. »Dann versprechen Sie mir eins: Wenn Sie jemals mit dem Rücken an der Wand stehen und die Wahrscheinlichkeit besteht, daß Sie erwischt werden, und Anna das Gift nicht rechtzeitig schlucken kann, dann sorgen Sie dafür, daß der KGB sie nicht lebend in die Finger bekommt.«

Slanski antwortete nicht sofort. Er sah die aufrichtige Sorge in Masseys Gesicht. »Wollen wir hoffen«, erwiderte er schließlich, »daß es niemals dazu kommt.«

Fünf Minuten später kam Anna die Treppe herunter. Der Thermoanzug unter ihrer einfachen Kleidung ließ sie molliger erscheinen. Sie hatte ihren Koffer in der Hand. Auf dem Tisch standen eine Flasche Wodka und einige Gläser, und Slanski schenkte allen ein. Er reichte erst Massey ein Glas und dann Anna.

»Nervös?«

Sie schaute ihn an, und ein unausgesprochenes Verstehen schien in dem Blick zu liegen, den sie tauschten. »Ich zittere am ganzen Körper«, sagte sie.

Slanski lächelte und hob das Glas. »Keine Sorge, es ist vorbei, bevor du weißt, wie dir geschieht.«

Massey trat vom Ofen zu den beiden. Er betrachtete Anna einen Augenblick, dann kippte er den Schnaps hinunter. »Gut, eine letzte Kontrolle. Aber leeren Sie erst Ihre Taschen. Und auch Ihre Handtasche, Anna.«

Sie häuften ihre Habseligkeiten in zwei Stapeln auf den Tisch. Massey durchsuchte sie.

»Gut, alles in Ordnung. Ich will auf keinen Fall, daß Sie etwas Persönliches mitnehmen, das Sie verrät. Etwa Kaugummi oder Schmuck, zum Beispiel einen Ring oder eine Halskette, die in New York angefertigt wurden. So was kommt vor. In Ihrer Aufregung vergessen die Leute es manchmal.«

Massey deutete mit einem Nicken in die Ecke des Zimmers. Dort lagen die Fallschirme, die Leinenoveralls, die Schutzbrillen und die Handschuhe bereit. Für Saarinen gab es einen Extra-Fallschirm.

»Sie brauchen das Zeug erst anzulegen, wenn Janne fertig ist. Noch eins: Wenn Sie nach dem Sprung aus irgendeinem Grund voneinander getrennt werden oder Ihre Kontaktpersonen es nicht rechtzeitig zum Treffpunkt geschafft haben, findet das nächste Rendezvous auf dem Hauptbahnhof in Tallinn statt. Im Warteraum auf dem Hauptbahnsteig, morgen früh um neun Uhr. Wenn Sie oder der Kontaktmann nicht erscheinen, gehen Sie am nächsten Tag noch einmal dorthin, eine Stunde später, und treffen Sie die Vorsichtsmaßnahme, die ich Ihnen beschrieben habe. Ist auch am dritten Tag niemand da, sind Sie leider auf sich allein gestellt. Noch Fragen?«

»Sie haben mir nie verraten, wer unser Kontaktmann ist.«

»Ein Mitglied des estnischen Widerstandes. Mehr kann ich Ihnen leider nicht sagen, Anna, für den Fall, daß Sie gefangen werden.«

Anna blickte Massey zweifelnd an, sagte aber nichts. Er legte behutsam eine Hand auf ihren Arm. »Halten Sie sich einfach an Slanski, dann wird alles gut.«

Ein kalter Windstoß fegte ins Zimmer, als die Tür aufging und Saarinen hereinkam. Er hatte eine schwere elektrische Taschenlampe in der Hand, trug einen gelben Südwester und dicke Wollhandschuhe.

»Himmel, was für eine Nacht«, sagte er und schloß die Tür. Er schüttelte die Nässe aus seiner Kleidung und deutete auf die Wodkaflasche. »Ein Schlückchen davon wäre jetzt genau das richtige.«

»Hältst du das für klug?« wandte Massey ein.

Saarinen grinste und zog seine Handschuhe aus. »Keine Bange, Jake. Ich trinke nie, wenn ich fliege. Ein Holzbein ist schon Strafe genug. Ich will nicht beide Beine verlieren. Tja, der Vogel ist aufgetankt, und wie ich sehe, sind Sie auch soweit.« Er warf einen Blick auf die Uhr und blickte dann Anna und Slanski an. »Wir haben noch etwa zehn Minuten. Sie sollten jetzt Ihre Overalls anlegen.«

Während Anna und Slanski sich in die Anzüge zwängten, stellte sich Massey neben den Finnen. »Wie steht's mit dem Wetter?«

»Es wird etwas rauher als erwartet, aber mach dir keine Sorgen. Ich hab' schon Schlimmeres erlebt.«

Plötzlich flackerte die Deckenlampe einen Moment, und Saarinen blickte hoch. »Mist, sieht aus als würde der Generator ausfallen. Ich muß dir noch etwas Wichtiges erklären, Jake.«

Saarinen hatte Massey schon nachmittags gezeigt, wie dieser den Generator anlassen konnte. Jetzt ging er zu dem kleinen Tisch in der Ecke des Zimmers und zog die Segeltuchdecke weg. Sie verbarg etwas, das wie ein großes, schwarzes Radio aussah. Es hatte eine Wählscheibe und einige Schalter.

»Was ist das?« Massey kam neugierig näher.

»Ein Funkgerät. Genauer gesagt ein Funkfeuer. Es hilft mir bei der Landung, wenn ich zurückkomme. Die Antenne steht neben dem Hangar.«

»Was tut dieses Funkfeuer?«

Saarinen lächelte. »Es führt mich nach Hause, Jake. Dieses Gerät gibt mir eine Richtungsanzeige und ein Morsezeichen bis zu fünfzig Meilen Entfernung. Bevor ich starte, schalte ich es ein. Siehst du, so.« Er drückte einen Schalter auf dem Sender, und ein grünes Licht an der Schalttafel flammte auf. »Die Batterie ist aufgeladen und verläßlicher als der Generator, also dürfte es eigentlich keine Probleme geben. Falls aber dieses grüne Licht ausgeht, bedeutet es, daß die Batterie leer ist. Eigentlich sollte das nicht passieren, wenn aber doch, dann kannst du den Sender damit an den Generator anschließen.«

Er deutete auf ein elektrisches Kabel mit einem Stecker, das zu einer Steckdose in der Wand führte. »Das wichtigste aber ist, daß du versuchst, den Generator am Laufen zu halten. Wenn ich das Signal für die Landung verliere, komme ich in Schwierigkeiten. Außerdem brauche ich den Generator noch aus einem anderen Grund. Ich habe einige provisorische Landelichter auf dem Eis aufgebaut.«

»Und wenn ein anderes Flugzeug diese Gegend überfliegt? Richtet es sich dann nicht nach deinem Funkfeuer?«

»Ich kann mir nicht vorstellen, daß heute nacht viel da oben los ist. Außerdem müßte der Pilot auf meiner Frequenz sein, aber die liegt nicht auf der Bandbreite eines zivilen oder militärischen Flughafens im Gebiet von Helsinki.«

Massey nickte. Saarinen trat wieder an den Tisch, nahm die Wodkaflasche, füllte allen großzügig die Gläser und schenkte sich selbst einen winzigen Schluck ein.

Slanski und Anna hatten die grünen Springeroveralls, die Helme und die Schutzbrillen angelegt, warteten aber noch mit den Handschuhen.

Saarinen lächelte und hob das Glas. »Sieht aus, als würde ich hier mit einer lebenslangen Gewohnheit brechen. Nur ein Schluck, um die Lippen zu befeuchten. *Kipis*s.«

Er kippte den Wodka mit einem Schluck herunter, und die anderen folgten seinem Beispiel.

Massey konnte die wachsende Spannung im Raum fast körperlich spüren. Er stellte das Glas ab und schaute erst Anna und Slanski an, dann Saarinen.

»Sind wir soweit?«

Saarinen nickte und grinste. »Los geht's.«

Er nahm die Taschenlampe und seinen Fallschirm, und die anderen folgten ihm hinaus.

In dem kleinen Büro, das als Einsatzraum der finnischen Luftwaffeneinheit diente, war es bitterkalt. Hier war die Verbindungseinheit der Luftwaffe auf dem Flughafen Malmi in Helsinki stationiert. Auch der kleine Kachelofen, der in der Ecke auf Hochtouren heizte, vermochte die Temperaturen nicht in die Höhe zu treiben. Der Geschwaderkommandeur war von einer Dinnerparty im Palace-Hotel gerufen worden. Die Verärgerung war deutlich auf seinem länglichen Gesicht abzulesen, als er den diensthabenden Offizier anschaute, der vor seinem Schreibtisch Haltung angenommen hatte.

»Das meinen die doch nicht ernst, Matti, oder?«

Der Diensthabende war Ende Zwanzig, groß und schlank. Er trug den Militärmantel der Luftwaffe, Schal, Handschuhe und unvorschriftsmäßige Ohrenschützer unter seiner Mütze, mit denen er zwar lächerlich aussah, die aber seine Ohren warm hielten.

»Bedauerlicherweise doch, Herr Oberstleutnant. Der Befehl hat absolute Priorität. Wenn das Flugzeug startet, soll es unter allen Umständen aufgehalten werden, bevor es russischen Luftraum erreicht.«

»Im Verteidigungsministerium müssen alle übergeschnappt sein, wenn sie wirklich verlangen, daß wir bei einem solchen Wetter starten. Was ist da los? Wo ist die Unterschrift und der ganze Papierkram?«

Der diensthabende Offizier zuckte mit den Schultern. »Ich

wünschte, ich wüßte es, Herr Oberstleutnant. Aber Sie kennen ja diese Bonzen aus dem Ministerium. Die behandeln uns wie Pilze. Lassen uns im Dunkeln stehen und füttern uns mit Mist. Angeblich ist das alles höchst geheim. Es soll keine schriftliche Bestätigung der Befehle geben.«

Der Geschwaderkommandeur schüttelte ungläubig den Kopf. »Es ist jedenfalls verdammt ungewöhnlich. Ich will, daß diese Befehle bestätigt werden.«

»Dafür habe ich schon gesorgt. Ich habe den Leitenden Kommandeur angerufen. Die Befehle haben Gültigkeit.«

»Ist ihm denn nicht klar, daß meine Jungs ihr Leben aufs Spiel setzen? Bei so einem Wetter würde ich nicht mal einen Wetterballon hochschicken!«

Der Diensthabende zuckte mit den Schultern. »Die Befehle sind leider sehr präzise, Herr Oberstleutnant. Das Flugzeug muß unter allen Umständen aufgehalten werden.«

»Um was für eine Maschine handelt es sich?«

»Wahrscheinlich eine Norseman C-64, obwohl wir nicht ganz sicher sein können. Es dürfte aber das einzige Leichttransportflugzeug sein, das heute nacht unterwegs ist. Ich habe die wahrscheinliche Flugrichtung hier.«

Der Geschwaderkommandeur schaute sich die Unterlagen an, die der Offizier ihm reichte, stand auf und trat ans Fenster. Dicke Schneeflocken glitzerten im Licht der Klieglampen auf dem Vorfeld. Das Einsatzzimmer befand sich am Ende des riesigen hölzernen Hangars, in dem die Focke-Wulfs standen.

Die betagten Maschinen waren vor acht Jahren zurückgelassen worden, ein Abschiedsgeschenk der abrückenden deutschen Luftwaffe, die sie wegen mangelnder Ersatzteile nicht aus Helsinki hatte hinausfliegen können. Die Maschinen verfügten nur über ein sehr primitives Radar, das bei einem Wetter wie heute nutzlos war. Die Focke-Wulf war nicht gerade die beste Maschine für das Gewitter, das sich draußen zusammenbraute. Es stürmte bereits heftig, und in den Wolken war es mit Sicherheit noch schlimmer.

Der Oberstleutnant drehte sich um und seufzte. «Tja, wir müssen diese Befehle befolgen. Trotzdem werde ich selbst noch einmal im Ministerium nachfragen, nur um ganz sicher zu gehen. Sie wissen genau, daß wir diesen Vogel runterholen sollen?«

»Jawohl, Herr Oberstleutnant.«

Der Kommandeur kratzte sich das Kinn und knurrte: »Wahrscheinlich handelt es sich um einen russischen Spion, der sich Hals über Kopf aus dem Staub machen will. Das ist so ziemlich der einzige halbwegs sinnvolle Grund, in solch einer Nacht aufzusteigen. Hoffentlich ist dieser Mistkerl das Risiko wert, mehr kann ich dazu nicht sagen.«

Er nickte dem Diensthabenden zu und griff nach dem Hörer. »Also dann, Matti: Gib Befehl, den Laden anzukurbeln. Wir sollten den Jungs einschärfen, besonders vorsichtig zu sein. Da oben dürfte es verdammt rauh zugehen.«

Die beiden Ford bogen von der Straße aus Espo links auf die schmale Landstraße nach Bylandet ab.

Branigan knirschte vor Enttäuschung mit den Zähnen. Es war 20.10 Uhr. Die Fahrt zu dem Piloten nach Spjutsund hatte sich als reine Zeitverschwendung erwiesen. Der Mann lag mit einem gebrochenen Bein im Bett, das Ergebnis eines Sturzes nach einem wilden Saufgelage. Er war seit Wochen nicht geflogen. Die Straßenverhältnisse waren miserabel. Sie waren vereist, und überall lag Schnee. Sie hatten eine ganze Stunde vergeudet.

Branigan blickte den SUPO-Offizier ungeduldig an. »Was ist mit der örtlichen Polizei in der Nähe der Insel? Könnten wir nicht mit der Verbindung aufnehmen?«

Stenlund lächelte nachsichtig. »Daran habe ich auch schon gedacht, Mr. Branigan. Aber Sie wollten die Angelegenheit doch diskret erledigen und sagten, die Leute, nach denen Sie suchten, wären möglicherweise bewaffnet und sehr gefährlich. Der nächste Polizeiposten ist eine halbe Stunde Autofahrt von Bylandet entfernt. Die Polizisten sind aber nur mit Fahrrädern ausgestattet. Bei diesem Wetter würden wir sie wahrscheinlich unterwegs überholen.«

Branigan beugte sich vor und tippte dem Fahrer auf die Schulter. »Geht's nicht schneller?«

Der Botschaftsangehörige warf einen nervösen Blick nach

hinten. »Wenn wir schneller fahren, landen wir in einem Graben. Die Straßen sind tückisch.«

»Geben Sie Gas, verdammt noch mal!«

Der Fahrer zögerte; dann trat er das Gaspedal weiter durch.

Branigan blickte Stenlund an. »Wie lange noch?«

Der Finne zuckte mit den Schultern. »Das hängt offensichtlich von der Straße ab. Vielleicht zehn Minuten.«

Als der Ford beschleunigte, begann er plötzlich zu rutschen, dann brach das Heck aus. Der Fahrer lenkte hastig gegen, um den Wagen auf der Straße zu halten und einer Schneewehe auszuweichen. Der Fahrer des Autos hinter ihnen bremste scharf und rutschte mit blockierenden Reifen über die Straße, bis er zum Stehen kam. Branigan und Stenlund beobachteten, wie der Mann es gerade noch schaffte, den Wagen auf der Straße zu halten.

Ihr Fahrer stieß einen Seufzer der Erleichterung aus.

Stenlund zog ein Taschentuch aus der Hosentasche, wischte sich den Schweiß von der Stirn und blickte Branigan an.

»Wie gesagt: zehn Minuten. Vorausgesetzt, wir bleiben am Leben.«

Branigan warf dem Finnen einen finsteren Blick zu, antwortete jedoch nicht.

Die Dunkelheit schien das Meer verschluckt zu haben, und der Himmel war pechschwarz.

Der Wind schnitt in die Haut der vier zitternden Gestalten, die sich dem Hangar näherten. Saarinen ging mit der Taschenlampe voran.

Ein langes Kabel führte vom Generator hinaus aufs Eis. Massey und Slanski halfen dem Finnen, die Tore des Hangars aufzuschieben, und Saarinen legte einen Schalter um. Eine einzelne Reihe gelber Lampen flammte hell auf dem Eis auf. Sie reichte etwa hundert Meter in die Dunkelheit hinein.

»Unsere Landebahnbeleuchtung. Einfach, aber wirkungsvoll«, erklärte Saarinen Massey. Er zog die Decke von der Maschine und löste die Bremsklötze von den Skiern.

»Gut, schieben wir das Baby raus«, meinte er.

Alle packten mit an und wuchteten die Norseman über die Rampe aufs Eis. Sie rutschte noch ein paar Meter weiter und kam dann zum Stehen. Saarinen befahl den anderen, zurückzutreten, bis er den Motor gestartet hatte. Dann öffnete er die Cockpittür und zog sich hinein.

Augenblicke später erwachte der Motor der Norseman röhrend zum Leben. Dann drehte sich der Propeller. Die Maschine hörte sich an wie eine große, wütende Wespe. Während Saarinen wie üblich vor einem Flug die Instrumente checkte und die Tragflächenruder bewegte, blickte Massey zum Himmel.

Der Sturm wurde offensichtlich heftiger. Das dichte Schneetreiben nahm einem fast die Sicht. Anna und Slanski legten ihre Fallschirme an. In ihren Springeroveralls, den Helmen und Schutzbrillen und den mitgenommenen Koffern sehen sie fremd und eigenartig aus.

Massey schaute zurück, als Saarinen über den Motorenlärm hinweg rief: »Wir können jederzeit starten!« Dann warf er wieder einen Blick zum Himmel.

Massey ging zur offenen Cockpittür und steckte den Kopf hinein. »Scheißwetter.«

Saarinen nickte. »Sieht aus, als würde sich da oben richtig was zusammenbrauen.«

»Kannst du trotzdem starten?«

Saarinen grinste. »Kein Problem. Ich mache mir eher Sorgen um den Rückweg. Bis dahin dürfte es richtig schlimm geworden sein. Sorg dafür, daß das grüne Licht am Sender ständig brennt.«

Als Massey zurücktrat, winkte der finnische Pilot Slanski und Anna herbei. »Wir müssen starten!« rief er. »Ich will nicht länger warten.«

Slanski schaute zu der bedrohlichen Wolkendecke hinauf. Das Schneetreiben war noch heftiger geworden. »Sind Sie sicher, daß überhaupt Sinn hat, bei diesem Sauwetter zu starten?« fragte er ihn.

»Na klar.« Saarinen lächelte Anna an. »Alles einsteigen. Bringen wir die Kiste in die Luft.«

Die Spannung war allen anzumerken. »Ich glaube, jetzt ist es soweit«, sagte Massey zu Slanski und Anna.

Er schüttelte Slanski die Hand, dann Anna. »Viel Glück.«
Mehr gab es nicht zu sagen. Anna zögerte einen Moment; dann beugte sie sich vor und küßte Massey auf den Mund.

»*Do swidanija*, Jake.«

Massey blickte ihr lange in die Augen, doch bevor er etwas erwidern konnte, war Anna bereits in die Norseman geklettert. Slanski folgte ihr und schloß die Tür des Cockpits, während Massey zurücktrat.

Sofort ließ Saarinen den Motor aufheulen, und der Schnee stob um Massey herum wie bei einem Blizzard. Während die Maschine sich dröhnend in Bewegung setzte, blickte er auf die drei Gesichter im Cockpit. Saarinen beugte sich über das Armaturenbrett, und Anna und Slanski nahmen hinter ihm Platz. Er gab ihnen ein aufmunterndes Zeichen mit dem erhobenen Daumen, das Slanski erwiderte.

Es knirschte, als die Skier langsam auf das Eis glitten und die Maschine rechts von den Lichtern an Fahrt gewann. Der Motor brüllte heiser auf, als Saarinen den Schub erhöhte. Einen Augenblick tat sich nichts, bis der Propeller Luft faßte und die Norseman an Geschwindigkeit gewann.

Sie brauchte nur ein paar Sekunden, bis die Maschine rumpelnd und knirschend über das Eis glitt.

Dann nahm das Motorengeräusch langsam ab, die Maschine stieg auf und wurde von dem Schneesturm und der Finsternis verschluckt.

Leutnant Arkadi Barsenko flog in fünfzehntausend Fuß Höhe über die Wolken durch die Dunkelheit. Durch das Cockpitglas seiner Mig 15P der russischen Luftwaffe blickte er auf die leuchtenden Sterne. Der Anblick schläferte den einundzwanzigjährigen Piloten beinahe ein, und er gähnte. Das Klimow-Düsentriebwerk dröhnte in seinen Ohren, und er rieb sich müde mit den fellgefütterten Handschuhen die Nase.

Er wäre lieber in der Offiziersmesse in Tallinn gewesen und hätte sich die Füße am Ofen gewärmt. Es war verrückt, bei diesem Schneesturm aufzusteigen. Eigentlich sollte man nicht mal einen Hund vor die Tür jagen, doch der Kommandeur des Leningrader Luftwaffenstützpunkts hatte darauf bestanden, daß die Patrouillen weitergeflogen wurden und hatte den Mannschaften eingeschärft, besonders wachsam zu sein.

Verrückt.

Barsenko strich mit einem behandschuhten Finger über die Instrumententafel und grinste.

Dieses neueste Modell der Mig war eine wunderbare Maschine. Sie flog mit tausend Stundenkilometern und klang wie ein Rudel wilder Jaguare, die im Heck einen heißen Kampf lieferten.

Barsenko liebte die Mig.

Er bedauerte nur, daß er zu jung für den Krieg gewesen war. Mensch und Maschine in vollkommener Harmonie in einem Luftkampf am eisigen baltischen Himmel. Mit einem Flugzeug wie diesem hier hätten sie die Deutschen im Handumdrehen fertig gemacht, soviel war klar. Sein Daumen liebkoste vorsichtig die glatte rote Kappe oben auf dem Steuerknüppel. Wenn man sie zurückklappte, sah man die roten Feuerknöpfe für die beiden 23-mm-Maschinengewehre und die 37-mm-Schnellfeuerkanone.

Der Gedanke, eine feindliche Maschine wegzupusten, gefiel Barsenko. Er stellte sich vor, wie sie in Flammen gehüllt abstürzte. Statt dessen mußte er diese nächtlichen Patrouillenflüge absolvieren, in denen absolut nichts passierte. Dennoch hatte es Spaß gemacht, zu starten und schneller als ein Geschoß die Wolkendecke zu durchstoßen. Das Flugzeug vibrierte heftig, als es durch die weiße Leere jagte, bevor es in den nachtklaren Himmel schoß. Es war ein majestätisches Erlebnis, von dem Barsenko nie genug bekommen konnte.

Und was die Finnen anging ... Pah!

Diese rentierfressenden Idioten verletzten so gut wie nie den sowjetischen Luftraum. Dennoch hatten sie die Rote Armee 1940 vor Karelien wacker in Schach gehalten, das mußte er ihnen lassen. Sein Vater war dort gefallen. Das war einer der Gründe, weshalb Arkadi unbedingt hier Dienst tun wollte. Sollte sich jemals ein Finne in seinen Luftraum verirren, würde er die Gelegenheit nutzen und dem Kerl das Fell versengen.

Die Mig schüttelte sich kurz in einer Turbulenz, beruhigte sich aber sofort wieder. Barsenko überprüfte die Instrumente. Alles in Ordnung. Die weißen Zeiger standen genau so, wie es sein sollte.

Noch sechs Minuten, dann konnte er wieder Kurs auf Tallinn und seinen Stützpunkt nehmen. Ein paar mehrstöckige Wodka in der Offiziersmesse und dann eine Nummer mit Magda. Barsenkos estnische Freundin konnte ihr Höschen schneller als der Schall ausziehen. Er grinste, als er an die Freuden dachte, die ihn heute abend erwarteten.

Er hatte das neue Radar aktiviert und drehte an den Knöpfen, bis der Zeiger in Richtung der großen Wolke unter ihm zeigte. Barsenko starrte auf den grünschimmernden Bildschirm. Nichts als Störungen.

Plötzlich sah er einen hellen weißen Punkt. Er war etwa zwanzig Meilen vor ihm und tiefer. Dann leuchtete er noch einmal auf. Und noch einmal. Drei Punkte.

Sie verschwanden.

Scheiße!

Barsenko war mit einem Schlag hellwach und rieb sich die Augen. Hatte er wirklich etwas gesehen? Manchmal rief der Schnee bei schlechtem Wetter Phantombilder hervor. Oder irgend etwas anderes hielt das Radar zum Narren.

Aber drei starke Signale?

Drei schnelle Flugzeuge da draußen in dem heftigen Sturm aus Richtung elf Uhr. Es war zwar noch finnischer Luftraum, aber sie flogen in seine Richtung.

Was ging hier vor, verdammt noch mal ...?

Wahrscheinlich spielte das Radar verrückt.

Ja, vermutlich waren es Störungen. Barsenko könnte das Radar aus Tallinn zu Hilfe rufen, aber diese faulen Kerle antworteten bei dem schlechten Wetter so gut wie nie, und wenn doch, war der Empfang meistens so schlecht, daß man die Burschen nicht verstand.

Was soll's? dachte Barsenko. Kann nicht schaden, einen Blick nach unten zu werfen. Die Wolkendecke war teilweise aufgerissen, und vielleicht würde er ja irgend etwas erkennen. Er nahm den Gashebel etwas zurück, und das Dröhnen des Düsentriebwerks wurde zu einem sanften Schnurren, während sich die Nase der Mig senkte.

Barsenko ließ das Radar nicht aus den Augen und befingerte nervös die rote Kappe auf dem Steuerknüppel.

Jeden, der versuchte, in dieses Territorium einzudringen, würde er gnadenlos vom Himmel putzen ...

Massey stand am Ofen und zündete sich nervös eine Zigarette an.

Seine Hände zitterten, als er sie ausstreckte, um sie zu wärmen. Sie waren taub von der Kälte draußen. Er schenkte sich ein Glas Wodka ein, damit das Zittern endlich aufhörte, und überprüfte, ob das Funkgerät noch in Betrieb war. Die rote Betriebsanzeige glomm auf dem Instrumentenbrett, und die grüne Batterielampe leuchtete ebenfalls. Gut. Ein heftiger Windstoß fegte um das Haus, und Massey blickte hoch, als er hörte, wie der Schnee gegen die Fensterläden peitschte. Meine Güte, was für eine Nacht!

Er trank den Wodka, füllte das Glas nach und stellte einen Stuhl neben den Ofen. Plötzlich flackerte die Deckenlampe, und mit einem Schlag wurde es finster im Zimmer. Mist!

Der Generator machte Zicken. Er mußte ihn wieder anwerfen, weil Saarinen ohne Lichter bestimmt nicht landen konnte. Massey schlug den Kragen hoch und ging rasch zur Tür. Er wollte sie gerade öffnen, als ein eiskalter Windstoß ihn mitten ins Gesicht traf, da die Tür mit voller Wucht aus den Angeln flog.

Gestalten stürmten aus dem Dunkel ins Zimmer und stürzten sich auf ihn. Massey wurde rücklings zu Boden geschleudert und warf dabei einen Stuhl um.

»Was soll ...?«

Als Massey sich aufrappeln wollte, traf ihn etwas Stahlhartes am Kopf.

29. KAPITEL

Janne Saarinen spürte die Gefahr schon eine Weile. Schweißtropfen liefen ihm übers Gesicht.

Sie waren vor zwanzig Minuten gestartet, und die Norseman schüttelte sich heftig. Das kleine Flugzeug pflügte sich in fünfzehnhundert Fuß Höhe durch die dichte Masse aus blendendem Weiß und wurde wie ein Ballon in einem Hurrikan herumgewirbelt. Saarinen mußte seine ganze Kraft aufbieten, um die Maschine unter Kontrolle zu halten, und sein Fliegerinstinkt sagte ihm, daß es noch schlimmer werden würde.

Er warf einen kurzen Blick auf seine Passagiere. Die Frau war kalkweiß und sah aus, als müßte sie sich gleich übergeben. Der Amerikaner wirkte gefaßt, klammerte sich aber am Sitz fest, damit er nicht umhergeschleudert wurde. Glücklicherweise waren beide angeschnallt.

Als die Norseman erneut heftig durchgeschüttelt wurde, blickte Saarinen rasch wieder nach vorn. Ein Lichtblitz ließ das Cockpitglas aufflammen. Dicke Adern von Elektrizität huschten wie Fangarme über die Scheiben. Sie glühten in einem dunklen Grün und bedeckten schnell die gesamte Vorderscheibe. Es war ein unheimlicher Anblick.

»Sankt-Elms-Feuer!« rief Saarinen seinen Passagieren zu. »Bei solchem Wetter hat man das oft. Keine Sorge, ist ziemlich harmlos.«

»Wie lange dauert es noch bis zum Absprung?« wollte Slanski wissen.

»In einer Viertelstunde müßte es soweit sein. Wir können nicht mehr lange in dieser Wolke bleiben. Aber es ist schlimmer, als ich dachte. Sie sollten besser Ihre Ausrüstung kontrollieren und sich fertigmachen. Ich sage Ihnen kurz vor dem Absprung Bescheid.«

Er drehte sich wieder um, überprüfte seine Instrumente und drehte an einem Knopf, während Slanski und Anna den Sitz ihrer Fallschirme überprüften.

»Okay?« Slanski blickte Anna an.

Ihr Gesicht hatte eine grünliche Farbe. »Du hast mir nicht gesagt, daß es so schlimm werden würde.«

Er lächelte. »Manchmal ist es besser, wenn man vorher nichts weiß. Keine Sorge, wir werden noch früh genug rauskommen.«

Plötzlich donnerte es ohrenbetäubend, und die Norseman machte einen heftigen Satz. Dann knallte es wieder, und Saarinen rührte wie wild mit seinem Steuerknüppel, um die Maschine auf Kurs zu halten, als sie nach links wegkippte. Anna grub ihre Finger in Slanskis Arm.

»Was ist los?« brüllte Slanski dem Finnen zu.

»Blitzschläge. Himmel, diese Turbulenzen sind zu stark. Wenn sie nicht bald aufhören, könnten sie ernste Schäden ...«

Plötzlich ratterte etwas wie Maschinengewehrfeuer, und das Flugzeug wurde brutal durchgeschüttelt, bis die gesamte Maschine zu vibrieren schien.

»Herr im Himmel!« schrie Saarinen über den Lärm.

»Was ist das für ein Geräusch?«

Saarinen tropfte der Schweiß von der Stirn. »Hagelkörner. Groß wie Tennisbälle. Wir müssen hier raus. Versuchen wir unser Glück außerhalb der Wolke.«

»Sagten Sie nicht, daß Ihre Kiste alles aushält?«

»Ich hab' nicht damit gerechnet, daß es so schlimm wird. Halten Sie sich fest.«

Er drückte den Steuerknüppel nach vorn und nahm das Gas zurück. Die Norseman tauchte nach unten ab. Ein paar Augenblicke wurden der Hagel und das Schütteln noch schlimmer, dann brachen sie bei zwölfhundert Fuß durch neblige Luftschichten in klare Sicht. Die Geräusche verstummten. Wolkenfetzen und Schneeflocken huschten draußen vorüber, und unter ihnen sahen sie die gefrorene Ostsee. Saarinen deutete auf einen schwachen Lichtschimmer, der weit entfernt links von ihnen lag.

»Das ist Tallinn. Der Absprungpunkt liegt etwa acht Minuten in östlicher Richtung.«

Plötzlich schaukelte die Maschine heftig, und Saarinen blickte hoch, als ein grauer Schatten an ihrer Backbordseite vorüberschoß.

»Ach du Scheiße!«

»Was war das?« schrie Anna.

Bevor Saarinen antworten konnte, sahen sie eine Garbe

Leuchtspurgeschosse rechts von sich, und ein weiterer grauer Schatten fegte aus dem Nichts an ihnen vorbei.

»Scheiße ... Das ist wirklich nicht unsere Nacht. Wir haben Gesellschaft. Mal sehen, was wir da machen können.«

Er schob den Gashebel vor, zog den Steuerknüppel zurück und stellte die Klappen auf. Die Norseman flog wieder hinauf in die Wolke. Die Turbulenzen wurden wieder heftiger, und die Maschine wurde durchgeschüttelt.

»Was ist da los?« wollte Slanski wissen.

»Das müssen Sie mir sagen«, erwiderte Saarinen gepreßt. »Das waren Focke-Wulfs der finnischen Luftwaffe. Ich verstehe das nicht. Die Jungs dürften bei einem solchen Wetter gar nicht unterwegs sein. Außerdem befinden sie sich in sowjetischem Hoheitsgebiet. Anscheinend hat uns das finnische Militärradar von Helsinki aufgespürt und beschlossen, einzugreifen. Wahrscheinlich glauben sie, daß wir ein russischer Aufklärer sind und versuchen wollen, aus dem schlechten Wetter Kapital zu schlagen. Deshalb schießen sie. Aber verstehen kann ich das nicht.«

»Was können wir tun?«

»Uns bleibt nur eins: Wir müssen in der Wolke weiterfliegen. Es ist ungemütlich, aber immer noch sicherer, als das Risiko einzugehen, daß einer meiner Landsleute uns vom Himmel schießt.«

Saarinen fuhr die Klappen wieder ein und überprüfte die Instrumente. Sein Gesicht war in Schweiß gebadet, und das Armaturenbrett vibrierte heftig unter den Turbulenzen. Man hatte das Gefühl, als holpere die kleine Norseman über unebenes Kopfsteinpflaster. Das Rütteln und Schütteln wurde schwächer, als der Finne die Klappen ausfuhr, hörte aber nicht ganz auf.

»In dreißig Sekunden sind wir über estnischem Gebiet. Wenn die Piloten in den Focke-Wulfs auch nur ein Gramm Hirn haben, folgen sie uns nicht. Ich schätze, daß Sie in sieben Minuten abspringen können. Wenn ich es sage, öffnen Sie die Tür und machen sich bereit. Und fackeln Sie nicht lange.«

Er wandte sich wieder seinen Instrumenten zu. Das Warten kam ihnen wie eine Ewigkeit vor, während die Norseman heftig von einer Seite zur anderen geschleudert wurde.

Schließlich rief Saarinen: »Ich flieg' jetzt aus der Wolke raus. Machen Sie die Seitentür auf. Ich versuche, Ihren Absprungpunkt zu finden.« Slanski und Anna gingen neben der Tür in Bereitschaft. Saarinen nahm das Gas zurück und drückte den Knüppel nach vorn. Sekunden später durchbrachen sie die Wolkendecke. Sie befanden sich in zwölfhundert Fuß Höhe in einer fast vollkommen ruhigen Luftschicht. Es war immer noch diesig, und vereinzelt schneite es, aber sie konnten die Lichter von Tallinn in einiger Entfernung sehen. Saarinen hatte den Kopfhörer aufgesetzt und drehte an einem Knopf an seinem Empfangsgerät. Gleichzeitig beobachtete er seine Instrumente und den Kompaß.

»Mist!«

»Was ist denn jetzt los?«

Der Pilot warf Slanski einen kurzen Blick zu. »Ich bekomme an der Stelle, wo das russische Funkfeuer sein sollte, nur Knistern rein. Es liegt an diesem verdammten Wetter!«

Er starrte aus dem Seitenfenster in die neblige Dunkelheit und versuchte, die Umrisse der Landschaft unter ihnen zu erkennen. Der Schweiß tropfte ihm von den Schläfen. Anna und Slanski konnten sich nicht vorstellen, daß Saarinen etwas erkennen konnte. Das Land wirkte wie eine einförmige weiße Fläche unter der Schwärze des Himmels, unterbrochen nur von vereinzelten Lichtpunkten. Doch plötzlich straffte sich der Finne, während er angestrengt in den Kopfhörer lauschte. Er drehte an einem Knopf am Armaturenbrett und rief: »Ich hab' das Funkfeuer! Absprung in zwanzig Sekunden! Öffnen Sie die Tür!«

Slanski drückte die Tür spaltweit auf. Eiskalte Luft peitschte in die Kabine. Es kostete gewaltige Kraft, die Tür zu öffnen, weil die Luft scheinbar tonnenschwer dagegen drückte, aber schließlich gab sie nach, und Slanski hakte sie in die Halterung ein. Er packte Annas Arm, zog sie dichter an sich heran und gab ein Handzeichen, daß sie zuerst springen sollte.

Sie trat an ihn vorbei zur Tür, als Saarinen schrie: »Go! Go! Go!«

Eine Sekunde schien Anna zu zögern; dann schubste

Slanski sie hinaus, zählte bis drei, sprang hinterher und wurde von der eiskalten Luft und der Finsternis verschluckt.

Im Cockpit steuerte Saarinen mit einer Hand, griff nach hinten und löste den Verschluß der Tür, die mit einem dröhnenden Knall zuflog. Er verschloß sie und drehte sich dann wieder herum, als die Norseman heftig vibrierte, sich dann aber wieder beruhigte.

Er seufzte erleichtert, wischte sich den Schweiß von der Stirn und flog einen perfekten Bogen. Er konnte nur hoffen, daß die Focke-Wulfs nicht noch irgendwo auf ihn lauerten, sonst steckte er in ernsten Schwierigkeiten. Dann nämlich würde er trotz des Risikos in der Wolke bleiben müssen.

Er biß die Zähne zusammen und seufzte erneut. »Na gut, meine Süße, versuchen wir, dich in einem Stück nach Hause zu kutschieren.«

Das Blut rann wie flüssiges Feuer durch Arkadi Barsenkos Adern, als die Mig in fünftausend Fuß Höhe durch die Wolke jagte. Der Geschwindigkeitsmesser zeigte vierhundert Knoten an.

Vor einer Minute hatte er noch einen Punkt auf dem Radar gesehen. Langsamer und kleiner. Vermutlich ein Leichtflugzeug. Sekunden später war es in einer Störung auf dem Bildschirm verschwunden. Barsenko runzelte die Stirn. Er hatte den Punkt eindeutig gesehen. Die Maschine mußte sich rechts von ihm befinden, vielleicht fünf Meilen entfernt. Sie flog langsamer. Daran gab es nichts zu rütteln.

Die anderen drei Punkte, die er vorher gesehen hatte, waren in unregelmäßigen Abständen auf dem Bildschirm erschienen. Er konnte sie nicht genauer bestimmen. Bei diesem verdammten Wetter spielte das Radar verrückt, aber sie waren eindeutig da. Drei schnelle Flugzeuge und ein langsames Leichtflugzeug, da draußen in dem wirbelnden, weißen Sturm.

Bei diesen Bedingungen war das unerklärlich. Genauso gut konnte man russisches Roulette spielen. Bei dem Leichtflugzeug konnte es sich um eine Aufklärungsmaschine handeln, aber auch das wäre bei diesem Unwetter fehl am Platze.

Und wenn er sich nicht irrte, jagten die drei schnelleren Maschinen die leichtere.

War das Leichtflugzeug vielleicht eine russische Maschine?

Ein Aufklärer von der Leningrader Basis, der in feindlichen Luftraum abgedriftet war und jetzt von den Finnen gesucht wurde. Das war die einzige Erklärung. Barsenko kratzte sich das Kinn und blickte aufs Radar. Sekunden später tauchten die drei schnellen Punkte wieder auf. Sie waren fünf Meilen entfernt und näherten sich ihm rasch. Diesmal blieben sie auf dem Schirm. Doch vom leichten Flugzeug gab es keine Spur. Hatten die Finnen es schon abgeschossen?

Barsenko verzog bei diesem Gedanken wütend das Gesicht. »Bleibt da, wo ich euch im Auge behalten kann, ihr Mistkerle«, sagte er zu den drei Punkten.

Er beschloß, aus der Wolke herauszufliegen und zu versuchen, Sichtkontakt herzustellen. Wenn es ihm gelang, würde er die Finnen vom Himmel putzen. Darüber streiten konnte er anschließend. Die Flugzeuge waren sehr nahe an sowjetischem Gebiet, und ihrer Geschwindigkeit und ihren Manövern nach zu urteilen, konnten es Militärmaschinen sein. Barsenko grinste, als er den Autopiloten abschaltete, den Steuerknüppel nach vorn drückte und das Gas zurücknahm. Die Mig wurde langsamer und sank in die Wolke. Sie schüttelte sich fürchterlich; es schien nicht enden zu wollen. Doch als Barsenko zehn Sekunden später in ein Luftloch jagte, hörte das Rütteln auf. Barsenko zog den Steuerknüppel zurück – und riß vor Entsetzen die Augen auf.

Er sah die kleine Maschine direkt vor sich. Sie näherte sich ihm rasend schnell auf Kollisionskurs. Arkadi Barsenko riß den Knüppel bis zum Anschlag nach Steuerbord.

Wenn es eine Hölle gibt, ist sie das hier, dachte Janne Saarinen.

Statische Entladungen knisterten über die Cockpitscheiben, und vor seinen Augen schienen elektrische Kraken zu tanzen. Die kleine Norseman buckelte wie ein Rodeopferd und schüttelte sich, als große Hagelklumpen wie Geschosse gegen den Rumpf schlugen.

Er war schon oft in schlechtem Wetter geflogen, aber so schlimm wie diesmal war es noch nie gewesen. Außerdem ging man für gewöhnlich einer Unwetterwolke aus dem Weg, wenn es möglich war.

Diesmal aber war es nicht möglich. Als Saarinen eine Sekunde später seine Instrumente ablas, sog ihn ein unvermittelter Fallwind nach unten aus der Wolke. Die Maschine wurde in einen Flecken klaren Himmel ausgespuckt – und in diesem Augenblick hörte Barsenko ein schwaches Heulen.

»Himmel!«

Er sah die Lichter der Mig auf sich zurasen.

»Jesus ... NEIN!«

Saarinen riß den Steuerknüppel so kräftig nach rechts, daß er sich den Schädel mit voller Wucht an der Cockpittür stieß.

Die Mig zertrümmerte die linke Tragfläche der Norseman. Mit einem schrecklichen, durchdringenden Knall riß sie ab, und ein nervenzerreißendes metallisches Kreischen zerfetzte Saarinen beinahe das Trommelfell, während die Norseman wie ein Papierflugzeug nach links geschleudert wurde.

Saarinen fühlte sich plötzlich seltsam, wie schwerelos. Dann ertönte ein zweiter Knall hinter ihm, als die Mig in einer gewaltigen, grellen Lichtkugel zerbarst.

Die dritte Explosion erfolgte nur Sekundenbruchteile später. Sie zerriß Saarinens Cockpit wie ein Donnerschlag, als der Benzintank der Norseman in die Luft flog. Er spürte den Bruchteil eines Augenblicks das unglaublich intensive Gefühl verzehrender Hitze, bevor er in einem orangefarbenen Feuerball verglühte.

Slanski schwebte am Fallschirm durch die eiskalte Luft. Die brutale Kälte schnitt ihm bis auf die Knochen, und der eisige Wind rauschte in seinen Ohren.

Die funkelnden Lichter Tallinns glühten links von ihm in der Ferne. Er hatte bis zehn gezählt und dann an der Reißleine gezerrt. Ein ohrenbetäubendes Knallen, und er war schlagartig hochgerissen worden. Ihm blieb die Luft weg, als der Fallschirm sich aufblähte.

Während er nun in die Tiefe schwebte, sah er die weißen

Felder und die dunklen Flecken des Waldes unter sich. Er versuchte sich zu orientieren und erblickte das Band einer Straße in einiger Entfernung rechts von sich. Die Straßenlaternen auf beiden Seiten unterbrachen mit ihren Lichtkegeln das Dunkel. Ein Konvoi, vermutlich Militärfahrzeuge, kroch die Straße entlang. Wahrscheinlich war es eine Schnellstraße. Slanski verrenkte sich fast den Hals und schaukelte in seinem Fallschirmgurt, um Annas Schirm ausfindig zu machen.

Nichts.

Dann sah er, wie die verschneiten Felder ihm rasend schnell entgegenzukommen schienen. Als er sich auf die Landung vorbereitete, traf ihn eine Windbö und wehte ihn nach rechts. Er sah die dunklen Umrisse einer Baumreihe näher kommen und versuchte mit aller Kraft gegenzusteuern. Er strampelte mit den Beinen und schrammte knapp an den Bäumen vorbei. Er hielt sich bis zuletzt an den Gurten fest, entspannte seinen Körper, landete hart auf dem Schnee und rollte sich ab. Nachdem er sich erhoben hatte, öffnete er hastig die Gurte, raffte seinen Fallschirm zusammen und schaute sich um. Hinter ihm erhob sich ein Birkenwäldchen auf einem kleinen Damm. Voraus sah er in einiger Entfernung die eisiggraue Fläche der Ostsee schimmern. Er mußte ein paar hundert Meter vom Landepunkt entfernt sein.

Aber wo war Anna?

Er brauchte einige Zeit, sich aus dem Overall zu schälen und Fallschirm sowie Ausrüstung zu vergraben. Er beschloß, die Uniform aus dem Koffer zu nehmen und vergrub sie ein paar Meter entfernt in einem Loch im Unterholz. Dann setzte er seine Stoffmütze auf und lief mit dem Koffer in der Hand zu der Birkenreihe.

Als er auf der anderen Seite des Damms hinunterstieg, erblickte er eine schmale Straße und blieb wie angewurzelt stehen, als er einen Sis-Armeelastwagen mit einem roten Stern am Rand parken sah.

In dem Moment, als Slanski nach der Tokarew griff, hörte er, wie jemand hinter ihm eine Waffe durchlud. Er wirbelte herum.

Irgendwo zwischen den Bäumen flammte plötzlich ein

Licht auf, das ihn augenblicklich blendete. »Keine Bewegung, oder ich schieße!« befahl eine Stimme auf russisch.

Slanski blinzelte. Der Lichtkegel glitt von seinem Gesicht über seinen Körper. Dann bewegte er sich, und Slanski konnte zwei Männer in Uniform erkennen, die zwischen den Bäumen hervortraten. Einer hielt eine Tokarew-Pistole in der Hand, der andere die Taschenlampe.

»Kommen Sie her, aber schön langsam.«

Slanski trat näher. Er sah, daß der eine ein junger KGB-Hauptmann war. Er war höchstens Mitte Zwanzig. Der andere war ein kräftiger Armee-Unteroffizier. Dann jedoch traf es ihn wie ein Schock.

Anna stand zwischen den beiden Männern. Sie hatte Helm und Schutzbrille abgelegt. Ihr Haar war zerzaust und ihr Overall zerrissen. Ihr Gesicht war schmerzverzerrt, während der Unteroffizier mit eisernem Griff ihren Arm gepackt hielt.

Der Hauptmann mit der Tokarew im Anschlag blickte Slanski an und grinste.

»Willkommen in Estland, Genosse.«

FÜNFTER TEIL

25. BIS 27. FEBRUAR 1953

30. KAPITEL

Moskau
25. Februar

Der schwarze Sis kam geräuschlos vor dem Hof des Kremlarsenals zum Stehen. Es war genau drei Minuten vor Mitternacht.

Major Juri Lukin stieg aus und stand in dichtem Schneetreiben. Ein junger Hauptmann wartete am Fuß der Treppe. Er trug die makellose Uniform der Kremlwache und trat vor. »Hier entlang, Major. Bitte folgen Sie mir.«

Der Hauptmann stieg eine Treppe zu einem Durchgang hoch, und Lukin folgte ihm. Die beiden uniformierten Wachen rechts und links nahmen zackig Haltung an. Der Hof, der unter ihnen lag, war von Lampen taghell erleuchtet, welche die senffarbenen Wände des Palastes anstrahlten. An einem Ende des Platzes stand eine Reihe schwerer Militärlastwagen, auf deren Ladefläche die Elitesoldaten der Kremlwache mit ihren blauen Bändern an den Mützen saßen. Sie waren mit Maschinenpistolen bewaffnet.

Lukins Nacken war naß vor Schweiß, und er fragte sich, was hier vorging.

Vor einer halben Stunde hatte jemand bei ihm zu Hause angerufen. Er sollte sich innerhalb von zehn Minuten für ein wichtiges Treffen im Kreml fertigmachen. Die schlanke schwarze Sis-Limousine war noch während des Telefonats draußen vorgefahren. Drei Minuten später trug Lukin seine beste Uniform, hatte sich mit einem Kuß von der ängstlichen Nadja verabschiedet und war hinunter zum wartenden Wagen gegangen.

Auch wenn er jetzt neben dem jungen Offizier der Kremlwache ging, spürte er immer noch eine dunkle Vorahnung, und auch seine Verwirrung hatte sich noch nicht gelegt. Er vermutete, daß es Ärger bedeutete, zu so später Stunde in den Kreml gerufen zu werden.

Auf dem oberen Treppenabsatz versperrte eine zweiflügelige massive Eichentür in einem Bogen den Durchgang. Zwei weitere Uniformierte nahmen Haltung an, bevor der Hauptmann eine Tür aufmachte. »Da hinein, Herr Major. Passen Sie auf, wohin Sie gehen.«

Lukin betrat den langen Flur. Der Hauptmann folgte ihm und zog die Tür hinter sich zu. Ein warmer Luftzug wehte Lukin ins Gesicht. Es roch nach Wachspolitur und Moder. Die Wände waren pastellblau, und weiche rote Teppiche lagen auf dem Boden. Ein funkelnder Kronleuchter hing an der Decke, und am Ende des Korridors befand sich eine glänzende Doppeltür, die bis zur Decke reichte und ebenfalls von zwei Posten bewacht wurde. Die Sicherheitsmaßnahmen des Kreml waren immer schon sehr scharf gewesen, doch heute abend kamen sie Lukin besonders streng vor. Er fragte sich, was geschehen sein mochte. Das Gesicht des Hauptmanns war vollkommen ausdruckslos. Während sie weitergingen, fragte Lukin ruhig: »Sie wissen sicherlich, warum ich hier bin?«

Der junge Mann schüttelte den Kopf und lächelte kurz. »Ich habe keine Ahnung, Genosse Major. Meine Befehle lauten, Sie an Ihren Bestimmungsort zu bringen.«

»Heute nacht sind die Sicherheitsvorkehrungen aber ziemlich streng, was?«

»Das geht mich nichts an, Major. Ich habe nur dafür zu sorgen, daß Sie Ihr Ziel erreichen.«

Bevor Lukin etwas erwidern konnte, erreichten sie das Ende des Korridors. Einer der beiden Wachposten prüfte sorgfältig den Paß des Hauptmannes, bevor er den beiden Männern den Durchgang gewährte. Sie betraten ein großes, luxuriös eingerichtetes Vorzimmer mit einem weichen, roten Läufer, wundervollen Gobelins aus der Zarenzeit und kostbaren Buchara-Teppichen. Hinter einer eichenen Doppeltür direkt gegenüber erklang gedämpfte Musik.

Ein fetter, käsig wirkender Oberst saß an einem Mahagonischreibtisch und blätterte gelangweilt irgendwelche Dokumente durch. Sein Doppelkinn quoll ihm über den Uniformkragen. Rechts und links neben ihm standen je zwei bewaffnete Kremloffiziere. Beide hatten die Hände an den Pistolengriffen. Hinter dem gegenüberliegenden Schreibtisch saß eine streng aussehende Frau mittleren Alters. Sie trug ebenfalls Uniform. Ihr großer Busen wogte unter dem Uniformrock. Als sie aufsah, erhob der Oberst sich hinter seinem Schreibtisch und trat vor.

Der Hauptmann zeigte ihm seinen Paß, salutierte und verließ den Raum.

Der Oberst lächelte Lukin an. »Genosse Major, nehmen Sie bitte Platz.«

Er führte Lukin zu einem Sessel. »Möchten Sie Tee oder Kaffee? Oder vielleicht Mineralwasser?«

Lukin schüttelte den Kopf. Er warf einen kurzen Blick auf die anderen Offiziere. Sie beobachteten ihn aufmerksam, und er konzentrierte sich wieder auf den Oberst.

»Darf ich erfahren, warum man mich hierher gebracht hat, Genosse?«

Der Oberst warf der Frau einen vielsagenden Blick zu und grinste dann Lukin an.

»Immer mit der Ruhe. Das erfahren Sie noch früh genug.«

Lukin setzte sich und versuchte sich zu entspannen. Aber das war unmöglich. Sein Magen brannte vor Aufregung. Sein Armstummel schmerzte, und die Metallprothese fühlte sich wie ein Eisblock an. Hinten in dem Sis war es eiskalt gewesen, und die Temperaturen draußen lagen noch fünfzehn Grad darunter. In der Ferne hörte er den Glockenturm des Kreml Mitternacht schlagen. Genau in diesem Augenblick flog eine Eichentür auf.

Ein Oberst in der Uniform des KGB stand auf der Schwelle. Hinter ihm flackerte blaues Licht in der Dunkelheit.

Lukin erkannte ihn nicht, aber der Mann wirkte energiegeladen, war groß und breitschultrig, und sein muskulöser Körper spannte die makellose Uniform.

Die kalten blauen Augen funkelten in einem pockennarbigen, brutal aussehenden Gesicht. Lukin bemerkte, daß dem Mann ein Stück des linken Ohrs fehlte. Schwarze Lederhandschuhe steckten unter dem Gürtel seiner Uniformjacke, und er hatte einen kleinen Pappordner unter dem Arm. Es schaute den fetten Oberst an, der mit dem Daumen auf Lukin zeigte.

Der KGB-Oberst richtete den Blick auf Lukin, musterte ihn und winkte ihm dann mit dem Finger. »Hier entlang.«

Lukin stand auf und ging zur Tür.

Das bunte Licht und der starke Tabakgeruch umhüllten ihn sofort. Als die Tür hinter ihm geschlossen wurde, sah Lukin, daß er sich in einem großen, privaten Kino befand. Ein paar Reihen weicher, roter Ledersessel standen vorn, und die Köpfe der Männer, die in den Sesseln saßen, hoben sich scharf gegen die Dunkelheit ab. Lukin sah, daß ein Farbfilm gezeigt wurde.

Er kannte die Schauspieler nicht, vermutete aber, daß es ein amerikanischer Film war. Mädchen in gefransten Kleidern tanzten auf einer Bar, während ein Mann mit einem Cowboyhut sang und dabei Gitarre spielte. Die Szene wirkte lächerlich.

Der Oberst stieß Lukin einen Finger wie einen Schürhaken ins Kreuz.

»Hier rein, Lukin. Und verhalten Sie sich ruhig.« Er deutete auf einen Stuhl in der allerletzten Reihe. »Die Show ist noch nicht vorbei, und der Kreml schätzt es nicht, wenn er bei der Unterhaltung gestört wird.«

Es dauerte eine Weile, bis Lukins Augen sich auf das Halbdunkel eingestellt hatten. In der ersten Reihe saß vielleicht ein halbes Dutzend Männer. Dichter Zigarettenrauch quoll zur Decke, und an der rechten Wand war ein Tisch aufgebaut, auf dem eine Lampe stand, deren gelbliches Licht durch den Schirm auf den Boden gelenkt wurde.

Zwei uniformierte Ordonnanzen standen daneben. Lukin sah die Silbertabletts mit Wodka, Brandy und Mineralwasser. Eine große Schachtel Pralinen stand offen neben einem der Tabletts; daneben war ein riesiger Fruchtkorb zu sehen. Pralle Weintrauben, Orangen, Birnen und rote Äpfel lagen darin. Solche Früchte bekam man im Winter in Moskau selten zu sehen, aber offensichtlich hatte der Kreml keine Probleme mit dem Nachschub dieser teuren Köstlichkeiten.

Ab und zu hob jemand eine Hand, deren schwarze Umrisse sich gegen die Leinwand abzeichneten, und Augenblicke später trat einer der Ordonnanzen an den Tisch, schenkte Erfrischungen ein und legte Pralinen oder Früchte auf ein Tablett.

Zehn Minuten später war der Film zu Ende, und irgend jemand hustete schrecklich. Doch keiner rührte sich, und das Licht blieb ausgeschaltet. Lukin blieb verwirrt sitzen. Er sah, wie der Vorführer, ein uniformierter Hauptmann, eine kleine Lampe anknipste und hastig eine neue Filmrolle einspannte. Dann flackerte es auf der Leinwand.

Diesmal war es ein Stummfilm in Schwarzweiß. Vor einem schwarzen Hintergrund verkündeten weiße Buchstaben: SCHULDIG DER VERBRECHEN GEGEN DAS SOWJETISCHE VOLK UND DEN STAAT.

Die Schrift verblaßte.

Auf der Leinwand erschien ein gepflasterter, verschneiter Hof. Ein halbes Dutzend verängstigter Männer und Frauen wurde im Gänsemarsch herausgeführt und in einer Reihe an der Wand aufgestellt. Lukin fiel ein magerer Junge von höchstens vierzehn Jahren auf. Sein Gesicht war verzerrt und gezeichnet von Kälte und Furcht. Er schien zu weinen.

Ein Erschießungskommando stellte sich auf. Es handelte sich um KGB-Soldaten, die ihre Gewehre durchluden.

Lukin sah, wie der verantwortliche Offizier die Hand hob und einen Befehl brüllte. Rauchwolken stiegen von den Gewehren auf. Männer, Frauen und der Junge wurden gegen die Wand geschleudert und sanken zusammen.

Der Junge zuckte, als er dalag. Der Offizier trat vor, zog seine Pistole, zielte auf den Kopf des Jungen und drückte ab. Der Körper des Jungen zuckte heftig und blieb dann regungslos liegen. Der Offizier ging die Reihe der Menschen entlang und schoß jedem Opfer einmal in den Kopf. Lukin drehte sich angewidert um.

Der Oberst neben ihm schien sich prächtig zu amüsieren. Sein Gesicht war zu einem grausamen Grinsen verzogen.

Der brutale Film lief weitere zehn Minuten. Es handelte sich ausschließlich um Exekutionen; immer neue Gruppen von Menschen wurden auf den Hof geführt. Mindestens fünfzig Männer, Frauen und Kinder wurden erschossen. Mitten in diesem Gemetzel winkte eine Hand, und ein Soldat brachte ein Tablett mit Früchten und Schokolade.

Als Lukin schon glaubte, es nicht mehr ertragen zu können, endete der Film, und die Lichter flammten auf.

Lukin blinzelte. Wieder hustete jemand heftig, und fette, schlaffe Körper wuchteten sich mühsam aus den luxuriösen Stühlen.

Lukin erstarrte vor Schreck.

Die Gestalt Josef Stalins erhob sich aus einem der Sessel. Die lahme linke Hand, die buschigen Augenbrauen und der dichte Schnurrbart waren unverwechselbar.

Er trug einen schlichten grauen Uniformrock und wirkte gebrechlicher, als Lukin erwartet hatte. Seine Haut war blaß und wächsern, aber er lächelte, als er sich die Pfeife anzündete und sich zu einer Gruppe korpulenter Männer gesellte. Sie lachten, als hätte jemand einen Witz gemacht.

Lukin erkannte auch die anderen sofort.

Nikolai Bulganin, der streng blickende, ehemalige Verteidigungsminister. Neben ihm stand grinsend Georgi Malenkow, das fette, ranghohe Präsidiumsmitglied der Kommunistischen Partei in einer weiten, schlaffen Hose.

Noch jemand fiel in dieser Gruppe auf. Ein kahlköpfiger, verkümmerter, gedrungener Mann in einem schwarzen, unförmigen Anzug. Sein kürbisförmiger Kopf schien keinen Hals zu haben, und hinter seiner metallgefaßten Brille glühten drohend dunkle, aufmerksame Augen. Sein Porträt zierte jede Wand im KGB-Hauptquartier am Dsershinski-Platz.

Dieser Mann war Lawrenti Berija, der Chef der Staatssicherheit.

Lukin richtete sich auf seinem Sitz gerade auf. Ihm brach der kalte Schweiß aus. Warum hatte man ihn hierher bestellt?

Der Oberst neben ihm stand auf. Er überragte Lukin wie ein Turm.

»Warten Sie hier.«

Mit diesen Worten ging er zu den Männern in der ersten Reihe.

Der Raum leerte sich.

Lukin sah, wie ein Offizier eine Tür zur Rechten öffnete. Molotow und Malenkow gingen hinaus. Augenblicke später schlurfte Josef Stalin hinterher, zögerte dann aber und sah sich um. Mit zusammengekniffenen Augen starrte er Lukin an.

Lukin fühlte, wie sein Puls raste. Er wußte nicht genau, ob Stalin ihn anlächelte oder böse anstarrte; auf jeden Fall schaute der Mann in seine Richtung. Und sein Blick verriet Abneigung. Lukin, dem das Herz bis zum Hals schlug, wollte aufstehen, doch in diesem Augenblick drehte Stalin sich um und ging zur Tür hinaus.

Lukin stieß den Atem aus. Er wurde aus alldem nicht schlau. Besorgt schaute er sich im Saal um. Nur der hochgewachsene Oberst, der ihn hierher geführt hatte, der Vorführer und Berija waren noch anwesend.

Plötzlich winkte ihm der Oberst, nach vorn zu kommen. Lukin erhob sich und ging in die erste Reihe.

»Major Lukin, Genosse Berija«, sagte der Oberst barsch.

Berija war aufgestanden. Seine verkümmerte Gestalt wirkte neben dem hünenhaften Mann winzig.

Die reptilienartigen, braunschwarzen Augen hinter der Brille bohrten sich in die Lukins. Das teigige Gesicht verzog sich zu einem verschlagenen Lächeln. »Das ist also Major Lukin«, sagte er mit seidenweicher Stimme. »Ich bin sicher, das Vergnügen liegt ganz auf meiner Seite.«

»Genosse Berija.«

Berija reichte ihm nicht die Hand, sondern ließ sich in einen Ledersessel sinken. Auf einem Klapptisch neben ihm standen ein Silbertablett mit Pralinen, eine silberne Schüssel mit rotem Kaviar und eine Flasche Krimsekt in einem Eiskühler. Berija steckte sich eine Praline in den Mund und kaute.

Der Mann wirkte angsteinflößend und grotesk zugleich. In dem roten Ledersessel sah er aus wie ein Zwerg im Zirkus. Seine Füße baumelten über dem Boden; sie waren groß und wirkten seltsam unproportioniert im Vergleich zum Rest seines Körpers. Auf der grauen Seidenkrawatte funkelte ein Brillant.

»Setzen Sie sich, Lukin.« Berija deutete mit seinen Wurstfingern auf einen Sessel.

Als Lukin Platz genommen hatte, wandte Berija sich an den Vorführer. »Legen Sie den letzten Film ein und gehen Sie.«

Der Mann tat wie befohlen, salutierte und ging eilig hinaus. Die Tür zog er hinter sich zu. »Na, Lukin, fanden Sie unseren letzten Film unterhaltend?« wollte Berija wissen. »Sprechen Sie offen, Major.«

»Er war nicht besonders erfreulich, Genosse Berija.«

Berija lächelte gepreßt. »Trotzdem sind solche Strafmaßnahmen notwendig. Was Sie da gesehen haben, waren verurteilte Schwerverbrecher, Vagabunden, Diebe und gewöhnliche Kriminelle. Also verdienen sie den Tod, finden Sie nicht?«

»Ich bin sicher, daß der Genosse das besser zu beurteilen vermag.«

»Sie sind diplomatisch, Lukin. Das enttäuscht mich. Ich ziehe Aufrichtigkeit vor.«

Berija schnippte mit den Fingern. »Die Akte, Romulka.«

Der Oberst trat vor und reichte dem Mann den Ordner. Berija schlug ihn gelassen auf.

»Ich habe Ihre Akte gelesen, Lukin. Eine sehr interessante Geschichte. Von einem ehemals berühmten Offizier, der in Ungnade gefallen ist.« Er grinste verschlagen und warf einen Blick auf Lukins Hand. »Hätten Sie sich 1944 nicht geirrt, wären Sie heute mit Sicherheit Oberst und hätten Ihre Hand noch.«

»Ich nehme an, es gibt einen Grund für meinen Besuch hier, Genosse Berija?« fragte Lukin unbehaglich.

»Ich bin noch nicht fertig. Alle Berichte bezeichnen Sie als einen der besten Gegenspionage-Offiziere, die wir im Krieg gehabt haben. Sie hatten ein besonderes Talent, feindliche Agenten aufzuspüren, die uns die Deutschen ins Land geschmuggelt hatten.«

»Das ist schon lange her, Genosse Berija.«

»So lange nun auch wieder nicht. Abgesehen davon werden wir mit einigen Talenten geboren. Ich habe gehört, daß die besten Leute in Ihrer Einheit – diejenigen, die die Deutschen aufgespürt haben – ausnahmslos Waisenkinder waren. Stimmt das, Lukin?«

»Das weiß ich wirklich nicht, Genosse.«

»Aber es ist doch ein merkwürdiger Zufall. Zweifellos könnte ein Psychologe etwas Kluges darüber erzählen. Vielleicht eine Leidenschaft nach Suche, das Verlangen, etwas zu finden. Als müßten diese Leute ihre eigene Wahrheit entdecken. Aber Sie, Lukin, waren ihnen himmelhoch überlegen.«

»Diese Zeit liegt lange hinter mir, Genosse Berija. Der Krieg ist vorbei, und ich bin nur noch einfacher Polizist. Solche Dinge gehen mich nichts mehr an.«

»Stellen Sie Ihr Licht nicht unter den Scheffel, Lukin. Sie sind alles andere als einfach, und der KGB verpflichtet keine Idioten.«

»Ich meinte ...«

»Vergessen Sie, was Sie gemeint haben«, unterbrach Berija ihn grob und lehnte sich zurück. »Wenn ich Ihnen nun mitteile, daß jemand das Leben unseres glorreichen Genossen Stalin bedroht? Geht Sie das etwas an?«

Lukin starrte erst Berija, dann den Oberst an, der ihnen gegenüberstand. »Ich fürchte, ich verstehe Sie nicht«, sagte der Major schließlich zum Chef der Staatssicherheit.

Berija deutete auf den KGB-Oberst. »Das ist Oberst Romulka. Er gehört zu meinen persönlichen Untergebenen. Klären Sie Lukin über die Lage auf.«

Romulka verschränkte die Hände hinter dem Rücken und streckte die Brust heraus.

»Vor zwei Stunden ist einer unserer Mig-Abfangjäger auf einem Patrouillenflug von den Radarschirmen des Kontrollturms in Tallinn verschwunden. Wir vermuten, daß der Pilot einen Eindringling in den sowjetischen Luftraum entdeckt hatte. Wir haben drei weitere Migs in den Abschnitt geschickt, in dem die Maschine vermißt wird. Vor einer Stunde wurde das Wrack der Mig auf der vereisten Ostsee gesichtet. Außerdem scheint dort auch das Wrack eines Leichtflugzeuges zu liegen, mit dem die Mig zusammengestoßen ist. Eine Sonderpatrouille ist auf dem Weg dorthin, um den Unfallort zu inspizieren.«

Berija schaute Lukin an. »Nicht so schrecklich interessant, werden Sie vielleicht sagen. Doch nach den Erkenntnissen unseres Geheimdienstes beabsichtigten die Amerikaner, zwei Agenten, einen Mann und eine Frau, nach Moskau einzuschleusen. Sie haben das erklärte Ziel, den Genossen Stalin zu töten. Wir glauben, daß diese Leute in der Nähe von Tallinn bereits mit dem Fallschirm abgesprungen sind und nehmen weiter an, daß dieses Leichtflugzeug ihr Transportmittel war. Trotz der Irrtümer in Ihrer Vergangenheit halten gewisse hohe Offiziere immer noch große Stücke auf Ihre Fähigkeiten,

Lukin. Und jetzt brauche ich diese Fähigkeiten. Ich will, daß Sie den Mann und die Frau aufspüren und zu mir bringen. Wenn möglich lebend.«

Lukin war bestürzt. »Ich verstehe nicht ...«

Berija reichte ihm einen Ordner. »Werfen Sie einen Blick hier hinein. Darin finden Sie alles, was wir über den Mann und die Frau wissen, die unserer Meinung nach von den Amerikanern geschickt wurden. Vor allem der Mann dürfte sich als interessante Beute erweisen. Außerdem glaube ich, daß Sie und dieser Mann gewisse ... sagen wir, Charaktereigenschaften gemein haben. Und auch in etwas das gleiche Alter, die gleiche Intelligenz und Geschicklichkeit. Sie passen ziemlich gut zusammen. Haben Sie das Rezept nicht auch während des Krieges benutzt? Suche einen Mann mit ähnlichen Eigenschaften, um den Feind zu jagen und zu töten. Der Vorschlag irgendeines faselnden Psychologen, aber erstaunlicherweise hat es manchmal funktioniert.«

»Wer sind diese Frau und der Mann?«

»Alles was wir wissen, steht in den Unterlagen. Einschließlich der Gründe für unsere Vermutungen, was die Absichten der Amerikaner betrifft. Die Fotos dürften Ihnen weiterhelfen. Der Mann ist ein ernstzunehmender Gegner, also seien Sie vorsichtig, Lukin. Und noch etwas. Sie haben absolute Vollmacht, alles zu tun, was Sie tun müssen, um diese beiden Agenten zu schnappen.«

Berija zog einen Brief aus der Tasche und reichte ihn Lukin mit einer gespielten höfischen Verbeugung.

Lukin las ihn, und Berija sagte: »Sollte jemand Ihre Autorität in Zweifel ziehen, bestätigt dieser Brief, daß Sie direkt für mich arbeiten. Er sorgt dafür, daß Ihnen ohne weitere Diskussionen jede erdenkliche Hilfe gewährt wird. Sie berichten nur mir persönlich. Suchen Sie sich von Ihren Leuten aus, wen Sie wollen. Oberst Romulka wird in dieser Angelegenheit als mein persönlicher Repräsentant fungieren. Er hat zwar einen höheren Rang, aber Sie haben Befehlsgewalt. Natürlich wird Romulka Ihnen jede Unterstützung geben. Sie wirken überrascht, Lukin.«

»Ich weiß nicht, was ich sagen soll, Genosse.«

»Dann sagen Sie nichts. Eine Mig steht auf dem Flughafen Wnukowo bereit und wird Sie nach Tallinn bringen, sobald das Wetter es zuläßt. Es wird noch einige Stunden dauern. Der örtliche KGB und das Militär haben bereits motorisierte Patrouillen losgeschickt, um das Pärchen zu suchen, und erwarten Sie. Die örtlichen Kommandeure sind von der Jagd auf die Agenten informiert worden, aber nicht über das Ziel Ihrer Mission. Es bleibt vorläufig geheime Verschlußsache. Oberst Romulka wird später zu Ihnen stoßen. Sollte es neue Entwicklungen geben, wird der diensthabende Offizier sich mit Ihrem Büro in Verbindung setzen.«

Berija schnippte mit den Fingern. Romulka ging an den Projektor und schaltete ihn an. Dann drehte sich Berija wieder zu Lukin um. Seine Augen glühten dunkel, und seine Miene verfinsterte sich bedrohlich.

»Es steht viel auf dem Spiel, Lukin. Also enttäuschen Sie mich nicht. Der Gedanke, daß Sie irgendwann auf dieser Leinwand vor einem Erschießungskommando stehen, behagt mir nicht. Finden Sie diesen Mann und diese Frau. Bringen Sie die beiden zu mir, und Stalin wird Sie zum Oberst befördern. Doch sollten Sie versagen, werde ich Ihnen das niemals verzeihen. Sie haben Ihre Befehle. Führen Sie die aus.«

Berija winkte mit der Hand und schenkte sich Krimsekt ein. Augenblicke später drückte Romulka einen Knopf, und es wurde dunkel, bevor Sekunden später die Leinwand aufflackerte.

Romulka ging zu Lukin und führte ihn hinaus.

An der Tür drehte Lukin sich noch einmal um. Dieser Film war ebenfalls in Schwarzweiß und ohne Ton. Nur das leise Klicken der Projektorspule war zu hören, als eine Reihe entsetzlicher Bilder über die Leinwand huschten. Was Lukin sah, ließ ihm das Blut in den Adern gefrieren.

Ein nacktes Mädchen war auf einen langen Metalltisch gefesselt. Sie hatte dunkles Haar und war noch sehr jung. Arme und Beine waren weit gespreizt und mit Lederbändern gefesselt. Ihre Augen waren vor Entsetzen weit aufgerissen. Sie hatte Schaum vor dem Mund, als hätte sie einen Anfall, und wand sich verzweifelt auf dem Tisch. Ihr Mund war weit geöffnet, aber man konnte ihre Schreie nicht hören. Ihr Kopf schlug gegen das Metall, als sie vergeblich versuchte, sich loszureißen.

Ein Mann trat ins Bild. Über seiner KGB-Uniform trug er eine dicke Gummischürze. Brutal griff er mit den Fingern zwischen die Beine des Mädchens und führte eine dicke Sonde in ihre Vagina ein. An der Sonde war ein Stromkabel befestigt.

Lukin sah den Ausdruck schmerzverzerrten Entsetzens auf dem vor Angst entstellten Gesicht des Mädchens und wandte sich ungläubig und angewidert ab. Er konnte es nicht ertragen, den Film noch eine Minute länger anzusehen, während Berija ruhig dasaß, Sekt trank und auf die Leinwand starrte.

Romulka grinste, als er einen schwarzen Lederhandschuh anzog. »Was ist mit Ihnen, Lukin? Können Sie nicht zusehen, wie eine Frau gefoltert wird?« Er warf einen kurzen Blick auf Lukins Prothese. »Kein Wunder, daß diese deutsche Nutte Sie zum Krüppel gemacht hat. Ich hätte ihr zwischen die Augen geschossen.«

Romulka schlug klatschend den anderen Handschuh in die Hand und ging grinsend hinaus. Lukin riß sich zusammen und folgte ihm dann. Am liebsten hätte er auf den roten Teppich gekotzt.

Eine halbe Stunde später blätterte Lukin rauchend den Ordner durch, den Berija ihm gegeben hatte, als Pascha hereinkam.

Der mongolische Leutnant klopfte sich den Schnee vom Mantel. »Hier draußen schneit es dicke Brocken. Was, zum Teufel, liegt an, daß du mich morgens um eins aus dem Bett holen läßt?« Er blickte Lukin prüfend an. »He, du siehst aus, als wäre dir ein Gespenst über den Weg gelaufen.«

»Schlimmer noch. Aber eins nach dem anderen. Hast du noch was von dem sibirischen Wodka hier?«

Pascha grinste. »Ich habe immer einen kleinen Vorrat für den Notfall, damit ich bloß nicht nüchtern werde. Aber Vorsicht. Das Zeug fühlt sich an, als würdest du eine brennende Kerze runterschlucken.«

»Gieß mir einen großen Schluck ein.«

»Im Dienst? Das sieht dir gar nicht ähnlich. Ich bin überrascht, Major.«

»Nicht halb so überrascht, wie du gleich erst sein wirst.«

Pascha schloß die Tür des Büros ab und holte eine Flasche und zwei Gläser aus seinem Schreibtisch. Eins reichte er Lukin und schenkte es voll.

»Es treibt den Teufel aus und bringt ein bißchen Sonne in deinen Magen. *Sa sdorowje*. Was ist los?«

Lukin schluckte. »Spar dir den Trinkspruch lieber für ein anderes Mal auf. Du arbeitest mit mir an einem Fall.«

»Wer sagt das?«

»Ich. Mir wurde eben die zweifelhafte Ehre einer Einladung in den Kreml zuteil.«

Pascha runzelte die Stirn, und seine Augen in dem gelben Gesicht wurden zu schmalen Schlitzen. »Meinst du das ernst?«

»Über einen Besuch im Kreml scherze ich nicht, Pascha.«

»Was war der Grund?«

Lukin erzählte ihm alles und reichte ihm anschließend den Ordner. Pascha las ihn, pfiff leise und ging zu seinem Schreibtisch. Dort schälte er sich aus seinen Mantel, setzte sich, legte die Füße auf die Tischplatte und trank einen Schluck Wodka.

»Viel steht ja nicht drin, aber selbst das wenige ist eine sehr interessante Lektüre.«

»Über den Amerikaner, Slanski, gab es noch weniger. Man nennt ihn den Wolf. Wie dir wahrscheinlich aufgefallen ist, fehlen zwei Seiten in dem Bericht, falls die fortlaufende Seitennumerierung korrekt ist.«

»Warum wohl?«

»Vermutlich stehen geheime Informationen drin.«

»Aber normalerweise werden einem Ermittler alle Unterlagen über den Fall gegeben, an dem er arbeitet. Warum haben sie zwei Seiten herausgenommen?«

»Seit wann ist Berija dafür bekannt, daß er seine Karten auf den Tisch legt? Er hat uns nur gesagt, was wir wissen müssen. Aber trotzdem, du hast recht. Ich finde es auch seltsam.«

»Um die Frau ist es schade«, stellte Pascha fest. »Sie hat offensichtlich eine schlimme Zeit hinter sich. Muß ganz schön verzweifelt gewesen sein, wenn sie aus dem Gulag geflohen ist. Mit den Fotos können wir nicht viel anfangen. Anscheinend hat man sie unmittelbar nach der Verhaftung aufgenommen. Sie ist ziemlich dürr, und ihr Haar ist kurz geschoren. Und das Foto von Slanski ist aus ziemlich großer Entfernung geschossen und zu unscharf, um etwas Genaues erkennen zu können. Außerdem versteht es ein Mann wie er, sein Äußeres zu verändern. Die zwei dürften genug falsche Ausweise dabei haben, daß sie eine Wand damit tapezieren könnten.«

Lukin nickte. »Das Erste Direktorat hat eine Akte über Slanski. Seine Herkunft scheint ein Geheimnis zu sein. Aber sie wissen, daß er fließend Russisch spricht und vermuten, daß er eine militärische Ausbildung hat. Angeblich war er für den Tod von mindestens einem halben Dutzend ranghoher KGB- und Militäroffiziere verantwortlich, einschließlich Oberst Grenadi Kraskin in Berlin vor ein paar Monaten.«

Pascha lächelte einen Moment. »Klingt umwerfend. Aber Kraskin war ein mieser Bastard, dem ich keine Träne nachweine.«

»Paß auf, was du sagst, Pascha. Vor allem, wenn Berija mit der Sache zu tun hat.«

»Glaubst du, daß Berija recht hat? Daß die beiden unseren Herrn und Meister umlegen wollen? Würden die Amerikaner wirklich diesen Wolf schicken, um Stalin zu ermorden?«

»Möglich ist es schon.« Lukin dachte nach. »Hast du jemals etwas von einem Oberst Romulka gehört? Er ist aus Berijas Stab.«

Pascha hob die Brauen. »Oberst Nikita Romulka?«

»Seinen Vornamen kenne ich nicht.«

»Dann beschreibe ich ihn dir. Ein großer, häßlicher Mistkerl mit einem halben linken Ohr. Sein Gesicht sieht aus, als hätte es Feuer gefangen und jemand hätte versucht, die Flammen mit einer Schaufel auszuschlagen.«

Lukin lächelte schwach. »Ziemlich treffende Beschreibung.«

»Soweit ich gehört habe, ist er einer von Berijas Henkern. Er ist für die Sicherheit in den Gulags verantwortlich. Warum fragst du?«

»Er ist mit von der Partie. Anscheinend hat er ein besonderes Interesse an diesem Fall. Berija will, daß Romulka mit uns zusammenarbeitet.«

Pascha stand auf. »Auf diese Art Hilfe kannst du verzichten«, sagte er besorgt. »Romulka ist nichts weiter als ein gewalttätiger Verbrecher. Ich habe gehört, daß Berija ihn manchmal für die schmutzigsten Aufgaben einsetzt, zum Beispiel Folterung und Vergewaltigung, um Geständnisse aus Gefangenen herauszupressen. Ich möchte dir einen guten Rat geben, Juri: Leg dich nicht mit Romulka an. Er ist gefährlich, und er vergißt und vergibt nicht. Wenn ihm danach ist, saugt er dir die Augäpfel wie Trauben aus den Höhlen.«

»Ich werde versuchen, es nicht zu vergessen.« Lukin kratzte sich zerstreut den Kopf. »Weißt du, was mir wirklich Kummer macht?«

»Was?«

»Warum hat Berija mich ausgesucht? Es ist schon lange her, seit ich so eine Arbeit gemacht habe.«

Pascha grinste. »Er hat dich ausgesucht, weil du der beste Spürhund warst, den das Direktorat jemals gehabt hat. Du hast jeden Topagenten der Abwehr aufgespürt, den die Nazis uns geschickt haben. Es gab drei Namen, die damals jeder in der Abteilung kannte: Gusowski, Makorow und Lukin.«

Lukin schüttelte abwehrend den Kopf. »Das ist schon lange her, Pascha. Jedenfalls kommt es mir so vor. Jetzt bin ich bloß noch Polizist. Und offen gesagt, ich würde es auch lieber bleiben.«

»Sieht so aus, als hättest du keine Wahl. Außerdem bist du zu bescheiden, und das weißt du auch.«

Lukin blickte auf seine Prothese. »Vielleicht habe ich mir das Recht verdient.«

»Weil ein deutsches Mädchen dir mit einer Maschinenpistole die Hand abgeschossen hat?«

»Ich habe es einfach geschehen lassen.«

»Eine vorübergehende Trübung des Urteilsvermögens. Du hättest zuerst schießen müssen, aber du konntest es nicht. Ich habe zwar noch nie eine Frau erschossen, nicht einmal im Krieg, und ich glaube auch nicht, daß ich es könnte. Aber bei dir hieß es: du oder sie. Du hast gezögert, weil sie eine Frau war, und das hat dich deine Hand gekostet. Wenn nicht jemand anders sie erschossen hätte, wärst du jetzt vielleicht tot.«

»Vielleicht. Aber warum hat Berija nicht Gusowski oder Makorow ausgesucht?«

Pascha schenkte sich noch einen Wodka ein und füllte Lukin nach.

»Gusowski ist zu alt. Er wird vierundsechzig und ist so blind wie eine Natter. Und er trinkt so viel, daß er nicht mal einen Elefanten im Schnee finden könnte. Und Makorow ist so träge und schlampig geworden, daß ich ihn nicht mal allein zum Einkaufen schicken würde.«

Lukin lächelte. »Aber es gibt noch mehr fähige Leute. Außerdem ist es auch nicht ungefährlich, für Berija zu arbeiten. Wenn ich versage, kann er mich an die Wand stellen und erschießen lassen. Außerdem traue ich ihm nicht.«

»Wer tut das schon? Nicht mal Stalin, hab' ich gehört. Dieser kleine knopfäugige Mistkerl würde selbst dem Teufel Angst einjagen. Aber du kannst nicht ablehnen. Wenn du mich fragst – Berija hat sich einfach den besten Mann herausgepickt. Und was jetzt?«

Lukin dachte einen Moment nach. »Du mußt erst einmal in Moskau bleiben und einen Einsatzraum organisieren. Ich brauche Telefone, jede Menge Telefone. Und ein Telex. Tische, Stühle, ein paar Betten. Landkarten im großen und kleinen Maßstab. Ein paar Emkas für den Transport. Alles, was wir vielleicht brauchen können. Berijas Befehle sind eindeutig. Dieser Wolf muß gefunden werden. Und die Frau auch. Wenn wir Glück haben, werden sie von Patrouillen gefaßt, die das Gebiet absuchen. Wenn nicht, bleibt es an uns hängen.«

»Wenn Berija und Romulka sie in die Hände kriegen, dann gnade Gott den armen Teufeln«, sagte Pascha. »Mehr will ich dazu nicht sagen.« Er schaute Lukin an und lächelte. »Und was macht der Herr Major, während ich bis zum Hals in Arbeit wate?«

»Eine Mig steht abflugbereit. Der diensthabende Offizier ruft mich an, wenn sich das Wetter bessert oder sich was Neues ergibt, das ich erfahren sollte.«

Lukin leerte sein Glas, als das Telefon klingelte.

31. KAPITEL

Bylandet

Massey erwachte mit rasenden Kopfschmerzen. Er lag auf dem Rücken.

An der Decke brannte eine Lampe, die ihn blendete. Die grelle Helligkeit verursachte ihm Übelkeit. Sein Hinterkopf tat höllisch weh. Massey zwang sich mit letzter Kraft, sich aufzurichten, als ein stechender Schmerz durch seinen Rücken und seinen Hals peitschte und Sterne vor seinen Augen flimmerten.

Er schloß die Lider und holte tief Luft. Als er seinen Hinterkopf betastete, schoß ein scharfer Stich durch seinen Schädel, und ihm wurde schwindlig.

Um Himmels willen! dachte er.

Allmählich ließen der Schmerz und die Benommenheit nach. Massey schlug die Augen auf und schaute sich um. Er befand sich in einem der Schlafzimmer in dem Haus auf der Insel. Die Decken lagen achtlos auf seinem Bett. Jemand hatte den Generator wieder angeworfen. Er hörte das Pfeifen des Windes, und in dem hell erleuchteten Raum war es bitterkalt. Dunkel erinnerte er sich an die finsteren Gestalten, die durch die Haustür gestürmt waren, und an den Schlag auf den Kopf. Was danach geschehen war, wußte er nicht.

Wer hatte ihn niedergeschlagen?

Plötzlich erinnerte er sich an das Funkfeuer und die Lichter, ohne die Saarinen nicht landen konnte. Er mußte überprüfen, ob das Funkgerät und die Lampen noch funktionierten. In panischer Hast stand Massey auf und taumelte ans Fenster, ohne auf die Schmerzen und das Schwindelgefühl zu achten. Vorsichtig zog er die Vorhänge zurück.

Schneeflocken wirbelten gegen die Fensterscheibe. Massey sah im hellen Licht draußen zwei schwarze amerikanische Ford-Limousinen vor dem Haus. Ein halbes Dutzend Männer stand darum herum. Sie traten von einem Fuß auf den anderen und schlugen sich in die Hände, um die Kälte zu vertreiben, obwohl sie Handschuhe trugen. Massey erkannte keinen von ihnen.

Plötzlich hörte er Schritte die Treppe hinaufkommen und drehte sich um.

Die Schritte verstummten vor der Tür. Masseys Herz klopfte wild, als die Tür geöffnet wurde.

Branigan betrat mit grimmigem Gesicht das Zimmer. Er trug einen Mantel, einen Schal und Handschuhe.

»Sie weilen also wieder im Land der Lebenden.«

»Was geht hier vor, Sie Mistkerl?« verlangte Massey heiser zu wissen. »Sie hätten mich fast umgebracht.«

»Ich könnte Ihnen dieselbe Frage stellen.«

Massey wollte an ihm vorbei, doch Branigan verstellte ihm den Weg. »Wohin wollen Sie?«

»Nach unten. Da ist ein Funkfeuer ... und Landelichter auf dem Eis ...«

»Ihren Freund Saarinen können Sie getrost vergessen.«

»Was soll das heißen?«

»Er ist tot.«

Massey wurde blaß.

Branigan blickte ihn kalt an. »Wir haben einiges zu bereden.«

Tallinn
Estland

Der Sis-Armeelastwagen hielt mit einem Ruck. Slanski richtete sich ein wenig auf und spähte durch die Lücke zwischen Leinwand und Metall nach draußen.

Sie hatten in einer schmalen Gasse neben einer vorsintflutlich wirkenden Schenke gehalten. Dahinter lag ein verlassener, gepflasterter Platz, um den herum schäbige, buntbemalte, mittelalterlich aussehende Häuser standen. Ein Stück weiter entfernt stand eine sehr alte Kirche mit einem kupfernen Kirchturm. Dicht daneben ragten die Reste eines verfallenen Wachturms auf, mit dicken Wällen rechts und links, die im Schneetreiben verschwanden. Vermutlich befanden sie sich in der Altstadt von Tallinn.

Anna saß neben Massey. Als sie sich in die Höhe zog, hörten sie beide, wie die Türen des Fahrerhauses geöffnet wurden, jemand heraussprang und mit knirschenden Schritten über den Schnee ging. Einen Augenblick später schlug jemand die Segeltuchplane zurück. Der KGB-Offizier grinste sie an.

»Gut, nehmt eure Sachen und kommt mit.«

Slanski sprang herunter und half zusammen mit einem Unteroffizier Anna von der Pritsche. Sie folgten dem KGB-Offizier durch eine stinkende Gasse zu einer Tür an der Seite der Schenke. Es roch nach abgestandenem Bier, und in einer Ecke stapelten sich leere Flaschen und hölzerne Bierkisten.

Der Offizier wischte sich den Schnee vom Gesicht und klopfte an die Tür. Sie hörten das Geräusch von Metallriegeln; dann tauchte ein großer derber Kerl mit einem buschigen roten Bart in der Tür auf. Er trug eine schmutzige, weiße Schürze und hatte eine Zigarette zwischen den Lippen.

Der Offizier lächelte und sagte auf russisch: »Deine Gäste sind pünktlich angekommen, Toomas. Sie haben einen schönen Schreck gekriegt, als sie die Uniformen gesehen haben. Gut daß wir sie gefunden haben, bevor die Armee sie entdeckt hat. Es wimmelt hier von diesen Mistkerlen.« Der Offizier deutete mit dem Daumen auf Slanski. »Einen Augenblick habe ich unseren Freund für einen von ihnen gehalten.«

Der Schankwirt wischte sich die Hände an der Schürze ab und grinste. Seine Zähne waren gelb und fleckig, und sein roter Bart bedeckte sein halbes Gesicht.

»Du solltest dich lieber nicht zu lange hier aufhalten, Erik. Bring den Lastwagen schnellstens in die Kaserne zurück.«

Der Offizier nickte und verschwand. Sie hörten, wie er den Sis anließ und wegfuhr.

Der Wirt scheuchte sie beide in einen Flur. Nachdem er die Tür zugemacht und abgeschlossen hatte, schüttelte er ihnen die Hände.

»Ich heiße Toomas Gorew. Willkommen in Estland, meine Freunde. Anscheinend hat der Absprung trotz des Wetters gut geklappt, stimmt's?«

»Abgesehen von dem Schock, daß der KGB auf uns gewartet hat, ist es einigermaßen gut gelaufen.«

Der Wirt lächelte. »Diese kurzfristige Änderung war leider notwendig. Irgend so ein beschissener russischer General hat in letzter Sekunde beschlossen, ein Manöver zu veranstalten. In den nächsten beiden Nächten rücken zwei Divisionen an der Küste nach Süden vor. Das Gebiet, in dem Sie gelandet sind, liegt mitten auf ihrer Marschroute. Unsere Leute konnten Sie nur mit dem Armeelastwagen abholen. Das war die einzige Möglichkeit. Aber machen Sie sich keine Sorgen, jetzt sind Sie in Sicherheit.«

»Ich habe da noch ein Problem. Ich hab' einige Habseligkeiten im Wald vergraben.«

Gorew schüttelte den Kopf. »Dann müssen Sie sie dort lassen. In den nächsten Tagen macht das Militär hier zuviel Zinnober. Das Risiko wäre zu groß.«

Er deutete auf eine offene Tür am Ende des Flurs, hinter der eine schäbige Küche lag. Sie war bis oben hin vollgestelllt mit Bierkästen und Lebensmitteldosen. Trockener Fisch und schimmelig aussehende Fleischstücke hingen an Haken von der Decke.

»In Estland haben wir ein Sprichwort. Wir heißen einen Gast niemals willkommen, ohne ihm eine flüssige Erfrischung anzubieten. Kommen Sie mit, ich habe eine Flasche Wodka aufgemacht. Sie können nach diesem verdammten Sturm sicher einen wärmenden Tropfen vertragen.«

Der Emka-Mannschaftswagen bog kurz nach drei Uhr früh auf den Exerzierplatz der Tondy-Kaserne ein und hielt.

Lukin stieg müde aus, schaute sich um und schüttelte sich. Es schneite nicht mehr so heftig, doch die Morgenluft war eiskalt. Die alten Kasernengebäude hatten einst der Kavallerie des Zaren als Unterkünfte gedient. Ihre roten Ziegel waren verblaßt und bröckelten; trotzdem diente es jetzt der Roten Armee als Hauptquartier in Tallinn. Ein Hauptmann wartete an einer Barackentür.

Er salutierte. »Hauptmann Oleg Kaman. Ich bin Ihnen überstellt, Genosse Major.«

»Gehen Sie vor.«

Der Hauptmann führte Lukin eine Steintreppe hinauf in

ein Büro im dritten Stock. Von dem Raum aus konnte man den großen Platz überblicken. Das Zimmer war spärlich möbliert. Nur ein Schreibtisch und zwei Hartholzstühle standen da, und ein rostiger Aktenschrank nahm eine halbe Wand ein. Eine Karte der Ostsee und eine von Estland hingen an einer anderen Wand. Ein roter Aktenordner lag auf dem Schreibtisch. Als der Hauptmann Lukin den Mantel abgenommen hatte, fragte er: »Möchten Sie Kaffee oder Tee, Major?«

Lukin schüttelte den Kopf. »Später vielleicht. Kennen Sie sich in Tallinn aus, Hauptmann?«

»Mein Vater stammt von hier, und ich bin seit fünf Jahren hier stationiert. Mein befehlshabender Offizier wurde abkommandiert, um die Wintermanöver zu überwachen, und läßt Ihnen seine Entschuldigung ausrichten. Er meinte, daß Sie jemand mit Ortskenntnissen brauchen könnten. Deshalb hat er mich Ihnen zugeteilt.«

»Gut. Haben Sie einen Lagebericht für mich?«

»Ja, Genosse.«

»Dann fahren Sie fort.«

Lukin setzte sich müde auf einen Stuhl. In Moskau hatte er nur kurz mit seiner Frau telefonieren können, bevor ein Wagen ihn in rasender Fahrt zum Flughafen gebracht hatte. Die Mig war während einer kleinen Pause gestartet, die der Schneesturm eingelegt hatte, aber der Flug hatte eine halbe Stunde länger gedauert als geplant, weil der Pilot dem schlimmsten Wetter ausgewichen war. Trotzdem hatte Lukin sich an seinen Sitz in der Maschine geklammert. Die Sicht am Flughafen in Tallinn war gefährlich schlecht gewesen, und die Landung war höchst riskant, weil man die Lichter der Rollbahn nur auf den letzten hundert Metern hatte sehen können.

Lukin blickte hoch und sah Kaman abwartend dastehen.

»Also?« fragte er den Hauptmann.

»Entschuldigen Sie, Major. Ich hatte den Eindruck, Sie wollten erst ein bißchen zur Ruhe kommen.«

Lukins Armstumpf juckte vor Kälte, und er kratzte seinen Arm. »Es war eine anstrengende Nacht. Geben Sie mir den Bericht.«

Der Hauptmann nahm den Ordner vom Tisch, öffnete ihn und räusperte sich. »Wir wissen bis jetzt, daß gegen einundzwanzig Uhr örtlicher Zeit ein Mig-15P-Allwetterjäger auf einem Küstenpatrouillenflug verschwunden ist. Das Flugzeug wurde hier von Tallinn aus vom Funkturm in der St.-Olaus-Kirche in der Nähe der Pikkstraße überwacht. Aber wegen des schlechten Wetters gab es nur zeitweiligen Funkkontakt.«

Der Hauptmann deutete auf ein Gebiet auf der Karte. »Wir glauben, daß die Mig hier irgendwo verschwunden ist. Als der Alarm ausgelöst wurde, wurden zwei Migs, die nördlich von Leningrad auf Patrouille flogen, dorthin geschickt, um die Gegend abzusuchen. Sie haben zwei Flugzeugwracks auf dem Eis entdeckt. Eines davon war die Mig. Das andere scheint der Rest eines Leichtfrachtflugzeugs gewesen zu sein.«

Als der Hauptmann zögerte, fragte Lukin: »Sind Sie sich ganz sicher, was die zweite Maschine angeht?«

»Absolut. Jedenfalls haben die Mig-Piloten das gemeldet. Sie vermuten, daß es in der Luft einen Zusammenstoß gegeben hat. Das Wetter über dem Golf von Finnland hat sich ein bißchen verbessert, aber es ist immer noch sehr schlecht. Wir haben eine Patrouille zu Fuß auf das Eis geschickt, aber es könnte sehr gefährlich sein, zu dicht an die Wracks heranzugehen. Nach dem Aufprall dürfte das Eis aufgeweicht sein. Trotzdem müßten die Männer einen genaueren Blick darauf werfen können, wenn sie da sind. Wir haben bereits das örtliche Militär alarmiert, daß möglicherweise feindliche Agenten mit dem Fallschirm abgesprungen sind. Der Befehlshaber hat ein Dutzend Patrouillen losgeschickt, die die Küste und das Inland absuchen. Aber bist jetzt haben wir nichts gefunden.« Der Hauptmann machte eine Pause. »Das ist im wesentlichen alles.«

»Wie lange dauert es noch, bis die Patrouille die Absturzstellen erreicht?«

Der Hauptmann blickte auf die Uhr. »Ein paar Stunden. Aber es hängt von den Wetterbedingungen ab. Die Leute stehen mit uns in Funkkontakt.«

Lukin rieb sich die Augen. »Glauben Sie, daß die kleine Maschine diese Leute noch vor dem Zusammenstoß abgesetzt hat?«

»Schwer zu sagen, Genosse. Aber es ist anzunehmen.«

»Warum?«

Kaman deutete auf die Landkarte. »Das örtliche Radar hat einige Flugbewegungen westlich von Tallinn aufgezeichnet, ungefähr entlang dieser Route.« Er fuhr mit dem Finger über die Landkarte. »Drei schnelle und eine langsame. Wenn wir annehmen, die langsame war das Leichtfrachtflugzeug, läßt seine geänderte Route darauf schließen, daß der Absprung bereits stattgefunden hatte und daß die Maschine sich auf dem Rückflug befand. Die Leute vom Radar vermuten, daß sie Richtung Finnland unterwegs war. Also müssen wir davon ausgehen, daß der Absprung bereits erfolgt ist, und den Mann und die Frau auf russischem Boden suchen.«

Lukin erhob sich. In dem Ordner, den Berija ihm gegeben hatte, befand sich ein Foto von der Frau, Anna Chorjowa. Trotz ihre Magerkeit war sie ausgesprochen schön, was Lukin eine Hilfe war. Für die Miliz war es immer einfacher, eine schöne Frau aufzuspüren. Eine durchschnittliche Frau tauchte in der Menge unter.

In dem Ordner standen auch Einzelheiten darüber, warum die Frau verhaftet und in den Gulag geschickt worden war, sowie Informationen über ihre Flucht. Die Vergangenheit der Frau war keine angenehme Lektüre. Sie war die Tochter eines in Ungnade gefallenen hohen Armeeoffiziers. Ihr Ehemann war in einem Lager ums Leben gekommen, und ihre Tochter befand sich in einem Moskauer Waisenhaus.

Die Akte über den Mann war längst nicht so ausführlich. Alexander Slanski, gebürtiger Russe, naturalisierter amerikanischer Staatsbürger. Lukin hatte die kurze Charakterstudie, die das Erste Direktorat des KGB zusammengestellt hatte, mit Interesse gelesen, doch über Slanskis Kindheit in Rußland gab es keinerlei Informationen. Was Lukin wunderte, weil es ihm hätte helfen können.

»Eine Frage, Hauptmann. Wenn Sie ein feindlicher Agent mit Ziel Moskau wären und mit einem Fallschirm abspringen müßten, wie würden Sie dann vorgehen?«

»Ich verstehe die Frage nicht.«

»Welche Route würden Sie einschlagen? Welche Verkleidungen würden Sie benutzen? Wie würden Sie versuchen, dem Feind auszuweichen?«

Der Hauptmann dachte einen Moment nach. »Das kommt darauf an.«

»Worauf?«

»Ob der Feind von meiner Ankunft wüßte.«

»Sprechen Sie weiter.«

»Wenn der Feind es nicht weiß, würde ich die direkte Route nehmen und Vorsichtsmaßnahmen treffen. Ich würde einen Zug auf einer vielbefahrenen Strecke besteigen oder vielleicht ein anderes öffentliches Verkehrsmittel, Bus oder Flugzeug. Ich würde vermutlich nicht in Uniform reisen, weil an solchen Haltestellen Militärangehörige unregelmäßig überprüft werden.«

»Und wenn der Feind von Ihrer Ankunft wüßte?«

Wieder dachte der Hauptmann einen Augenblick nach. »Dann würde ich ein paar Tage abwarten und mit einem öffentlichen Verkehrsmittel eine weniger direkte Route benutzen. Aber ich würde mich verkleiden und versuchen, mich wie ein Ortsansässiger zu verhalten, damit ich keinen Verdacht errege. Sowohl was die Kleidung angeht, als auch das Auftreten und örtliche Gepflogenheiten. Ich würde mich so geben wie die anderen und auch so sprechen.«

Lukin nickte. »Gut. Natürlich können diese Leute nicht wissen, daß ihr Flugzeug abgestürzt ist. Aber wir wollen beide Möglichkeiten in Betracht ziehen. Ich will Kontrollpunkte auf allen größeren und kleineren Straßen, Kontrollen an jedem Bahnhof und Busbahnhof sowie an Flughäfen. An sämtlichen Punkten werden Paßkontrollen durchgeführt. Setzen Sie jeden verfügbaren Mann darauf an. Gesucht wird eine siebenundzwanzigjährige Frau. Aber decken Sie auch die Altersstufen zwischen achtzehn und vierzig ab. Die Beschreibung des Mannes ist weniger hilfreich. Wir wissen nur, daß er Mitte Dreißig ist. Kontrollieren Sie alle Männer zwischen fünfundzwanzig und sechzig. Achten Sie besonders auf die Ausweispapiere. Und denken Sie daran, wie sehr Make-up oder eine Verkleidung das Äußere verändern kann. Die Leute sollen Zivil tragen, keine Uniform. Das erregt nur Aufsehen. Ich will stündliche Berichte. Informieren Sie die örtliche Miliz, daß ich sofort benachrichtigt werde, wenn sich jemand seltsam benimmt oder Fallschirme und andere Ausrüstungsgegenstände gefunden werden. Sollte das nichts bringen, beginnen wir mit der systematischen Suche in Abschnitten. Gebiet um Gebiet, Straße um Straße, Haus um Haus.« Lukin reichte dem Hauptmann die Fotos. »Machen Sie Kopien davon, und geben Sie sie den betreffenden Offizieren. Die Bilder sind leider nicht die besten, aber ich habe keine anderen.«

»Jawohl, Genosse Major.«

Der Offizier deutete auf eine Tür zu einem Nebenraum. »Ich habe mir die Freiheit erlaubt, nebenan ein Feldbett für Sie aufzustellen.«

»Danke, Hauptmann. Machen Sie weiter.«

Kaman salutierte und verließ das Zimmer.

Lukin zündete sich eine Zigarette an und ging ans Fenster. Mit dem Finger rieb er einen freien Fleck auf das beschlagene Glas. Einen Moment später sah er den Hauptmann zielstrebig über das verschneite Gelände gehen.

Lukin legte die Stirn ans Glas. Es war so kalt wie Stahl. Hinter der Kaserne sah er die dunklen Wälle der mittelalterlichen Festungsstadt Tallinn, die sich in den dunklen Himmel erhoben. Und durch den weißen Schleier aus Schnee funkelten verstreute Lichter.

Das Treffen mit Berija und die versteckte Drohung beunruhigten ihn. Eines war klar: Er durfte nicht versagen. Was in diesem Fall passierte, konnte er sich lebhaft vorstellen. So wie er Berija einschätzte, verlor er nicht nur sein eigenes Leben, sondern gefährdete vielleicht auch noch das von Nadja. Der Mann war gnadenlos.

Die Exekutionen und das Bild des Mädchens, das so brutal gefoltert worden war, gingen ihm nicht aus dem Kopf. Es war wie ein Alptraum. Männern wie Berija und Romulka bereiteten Folter und Tod Vergnügen.

Aber ihm nicht.

Er erinnerte sich an einen Frühlingstag in einem Wald in der Nähe von Kursk. An das junge deutsche Mädchen, das er in die Enge getrieben hatte. Sie war höchstens achtzehn gewesen und mit dem Fallschirm abgesprungen. Die Abwehr hatte sie in einer letzten, verzweifelten Offensive der Deutschen zur Aufklärung geschickt.

Er hatte sie mit zwei seiner Männer in einem verlassenen

Haus im Wald aufgespürt. Sie war verwundet, hilflos und hatte Angst. Lukin war mit gezogener Waffe durch die Hintertür ins Haus eingedrungen, doch beim Anblick ihres kindlichen Gesichts hatte er die Waffe sinken lassen und war unvorsichtig geworden. Die junge Frau hatte erstarrt vor Angst unter ihrem Mantel in einer Ecke gekauert. Sie hatte Lukin an jemanden erinnert, an ein unschuldiges Gesicht von früher. Seine jüngere, vierjährige Schwester hatte denselben ängstlichen Gesichtsausdruck gehabt, als sie mit ihrer zerrissenen Puppe auf der Schwelle gehockt hatte. Die Ähnlichkeit war zwar nicht sehr groß, doch Lukins Zögern kostete ihn beinahe das Leben. Der Feuerstoß aus der Maschinenpistole, die das Mädchen unter dem Mantel versteckt hatte, hätte ihm fast den Arm abgerissen.

Einer seiner Leute hatte das Mädchen erschossen. Zwei Monate, nachdem Lukin sich erholt hatte, war er nach Moskau zurückversetzt worden.

Seit damals war er nicht mehr mit ganzem Herzen bei der Sache.

Aber dieser Auftrag hier war anders. Jetzt hieß es: Finde den Mann und die Frau oder stirb. Mit der Beschreibung und den Informationen, die er besaß, und der Geschwindigkeit, mit der Moskau reagierte, ging Lukin davon aus, daß die ganze Sache schnell vorbei sein würde. Hoffentlich schon bis zur Morgendämmerung. Estland war ein kleines Land und Tallinn eine kleine Stadt. Die Zahl der Orte, wo ein Paar sich verstecken konnte, war sehr klein.

Diesmal durfte er keine Fehler machen.

Töten oder getötet werden, lautete die Devise.

Lukin erschauerte. Ihn erwartete eine lange, kalte Nacht.

32. KAPITEL

Tallinn
25. Februar

In der Küche im hinteren Teil der Schenke war es warm und gemütlich. Der Tisch war gedeckt: Teller mit kaltem, fettigem Fleisch und öligem, gesalzenem Fisch, Ziegenkäse und dunkles Brot. Trotz Gorews Gastfreundschaft wirkte das Essen jedoch wenig appetitlich.

Die Küche sah aus, als hätte sie früher zum Schankraum gehört. Die Wände waren krumm und schief, und unter der Decke verliefen schwere Eichenbalken. Dazwischen hatte jemand Jagdszenen gemalt, und der Putz verschwand unter einer dicken Rußschicht. An der Wand hing ein Foto. Es zeigte Gorew und eine Frau; zwischen ihnen stand ein junger Mann. Gorew schenkte drei Wodka in große Gläser ein, bevor er sich eine Zigarette anzündete.

»Eßt. Die Fische schmecken gut zum Wodka. Genauer gesagt, schmecken sie nur mit Wodka. Der Alkohol tötet den Geschmack. Seit die Russen hier das Sagen haben, ist das Essen saumäßig.«

Er griff auf seinen Teller, nahm ein paar Fische, steckte sie sich mitsamt Kopf und Schwanz in den Mund und spülte sie mit einem Schluck Wodka herunter.

Slanski trank den Wodka, doch weder Anna noch er rührten das Essen an. »Wo haben Ihre Freunde den Wagen und die Uniformen her?«

Gorew lachte. »Der Laster ist aus dem Versorgungsdepot der Roten Armee in Tallinn. Der estnische Widerstand, die Brüder des Waldes, haben die KGB-Uniformen geliefert. Der Offizier und der Unteroffizier, die euch hergebracht haben, sind Wehrpflichtige in der Roten Armee.«

Er sah ihre Mienen und grinste. »Keine Sorge, sie sind auch im Widerstand und absolut vertrauenswürdig. Außerdem versteht Erik sich gut mit dem Quartiermeister. Er hat ihm gesagt, er hätte gern einen Lastwagen, um zu einer Verabredung mit seiner Freundin nach Parnu zu fahren. Für eine

Kiste gutes estnisches Bier hat der Quartiermeister sich bestechen lassen.«

»Vertrauen Sie ihm?«

»Dem Quartiermeister?«

»Nein. Erik.«

Der Wirt wirkte beleidigt. »Machen Sie sich wegen der Einheimischen hier in der Gegend keine Sorgen, mein Freund. Sie hassen die Russen aus ganzem Herzen. Das halbe Land trauert um Familienangehörige, die von den Mistkerlen erschossen oder nach Sibirien verschleppt worden sind.«

»Und Sie?«

Gorew deutete auf das Familienfoto an der Wand. »Meine Frau ist während des Krieges gestorben. Der Junge ist unser einziger Sohn, ein Priester. Erik und er waren wie Brüder. Als die Roten nach Tallinn gekommen sind, haben sie meinen Sohn mitgenommen. Ich habe ihn seitdem nicht mehr gesehen.« Er spuckte verächtlich auf den Boden und schaute dann seine Gäste an. »Sie sollten mir lieber erzählen, welche Rolle Sie spielen wollen, solange Sie hierbleiben.«

»Ich bin Ihre Nichte aus Leningrad«, sagte Anna. »Und mit meinem frischgebackenen Ehemann auf Hochzeitsreise.«

Gorew lächelte, zog an seiner Zigarette und blies den Rauch in die Luft. »Das ist glaubwürdig genug, denke ich. Wir haben eine Menge Russen hier, die die alte Stadt besuchen. Morgen abend setze ich Sie beide in einen Zug nach Leningrad. Danach bin ich nicht mehr für Sie verantwortlich. Zeigen Sie mir Ihre Papiere, damit ich Ihre Namen richtig ausspreche, wenn man mich fragt.«

Slanski und Anna zeigten Gorew die Ausweise. Er betrachtete sie, als ein rumpelndes Geräusch von Fahrzeugen auf der Straße ertönte. Sie standen auf, und Gorew spähte durch einen Riß in der Gardine nach draußen. Dann drehte er sich wieder zu Anna und Slanski um.

»Es sind russische Armeelastwagen, die an die Küste fahren. Diese verdammten Manöver halten die halbe Stadt wach.«

Er sah Annas beunruhigte Miene. »Keine Sorge, Mädchen, die werden uns nicht belästigen. Nicht mal Berijas KGB-Freunde werden uns behelligen.«

»Wie können Sie so sicher sein?«

»Weil zwei KGB-Agenten sich in meiner Schenke einquartiert haben.«

Slanski und Anna starrten ihn schockiert an. Gorew grinste. »Sind beide harmlos. Sie sind hier, um zu saufen und zu vögeln. KGB-Offiziere als Gäste zu haben ist immer ein Vorteil. Dann läßt mich die örtliche Miliz in Ruhe.«

»Wer sind diese Offiziere?« wollte Slanski wissen.

»Ein Oberst und ein junger Hauptmann. Es sind alte Bekannte, die zwei Flittchen besuchen wollen, die sie kennengelernt hatten, als sie vor einiger Zeit hier stationiert waren. Sie übernachten lieber in der Schenke als in der Tondy-Kaserne. Hier ist es diskreter und das Essen ist besser, ob Sie es glauben oder nicht. Außerdem kommen unsere Jungs ab und zu aus dem Wald und beschießen die Kaserne. So bleibt der Iwan vorsichtig und weiß, daß wir noch im Geschäft sind.«

Er gab ihnen die Papiere zurück, leerte sein Glas und knallte es auf den Tisch. »Gut, ich zeige Ihnen jetzt Ihr Zimmer. Sie schlafen oben. Meine beiden Gäste sind noch mit den Mädchen in der Stadt. Sie kommen bestimmt völlig betrunken zurück, so daß sie uns nicht stören werden.«

Gorew führte sie durch den Flur am Tresen und dem Eßzimmer der Schenke vorbei zu einer knarrenden Treppe, die bis in den zweiten Stock führte. Oben nahm Gorew einen Schlüssel von dem Ring an seinem fettigen Gürtel, schloß eine Tür auf und knipste das Licht an.

Sie standen in einem kleinen, schäbigen Schlafzimmer mit Eichentäfelung an der Decke.

»Es ist nicht besonders luxuriös, aber warm und gemütlich, und Sie haben Ihr eigenes Badezimmer.« Er grinste. »Da Sie ja in den Flitterwochen sind, haben Sie doch bestimmt nichts dagegen, sich ein Bett zu teilen. Ich habe saubere Laken und Handtücher hingelegt. Um acht gibt es Frühstück im Eßzimmer neben dem Tresen. Wenn Sie runterkommen, spielen Sie die Frischvermählten.«

»Danke, Toomas.«

»Es ist mir ein Vergnügen. Wie lautet das alte Sprichwort doch gleich? Der Feind meines Feindes ist mein Freund. Schlaft gut.«

Er verabschiedete sich und machte die Tür zu. Slanski schloß ab, setzte sich auf einen Stuhl und beobachtete, wie Anna das Bett machte. Er betrachtete ihr Gesicht, während er sich eine Zigarette anzündete.

»Was starrst du denn so?«

»Ich schaue dich an. Hat dir schon mal jemand gesagt, wie schön du bist, Anna Chorjowa?«

Sie mußte unwillkürlich lächeln. »Du hörst dich an wie ein schlechter Schauspieler, der ein noch schlechteres Drehbuch einstudiert. Und vergiß nicht, ich heiße Anna Bodkina. Willst du nicht schlafen gehen?«

»Ich möchte lieber hier sitzenbleiben und dich ansehen.«

Sie warf ihm einen scharfen Blick zu. »Eins solltest du wissen«, sagte sie, und ihre Stimme klang plötzlich sehr entschieden. »Was gestern nacht passiert ist, wird nicht wieder geschehen. Ich war sehr hilflos, verzweifelt und anlehnungsbedürftig. Wenn du darauf wartest, daß ich mich ausziehe, verschwendest du nur deine Zeit. Ich werde vorher das Licht löschen.«

»Darf ich dich etwas fragen?«

»Was?«

»Liebst du Jake?«

Die Frage überraschte Anna, und sie dachte einen Moment nach, bevor sie antwortete. »Was ich für Jake empfinde, geht dich nichts an. Aber wenn es dich interessiert: Jake ist einer der besten Männer, die ich je kennengelernt habe.«

»Weißt du, was ich glaube?«

»Was denn?«

»Ich glaube, daß er in dich verliebt ist, und das mehr als nur ein bißchen. Und weißt du, was wirklich merkwürdig ist? Ich bin irgendwie nicht besonders glücklich darüber.«

Anna erwiderte nichts. Sie saß nur da und dachte über seine Worte nach.

Slanski legte die Zigarette in den Aschenbecher, stand auf und zog Anna an sich. Sie spürte seine Kraft, widersetzte sich aber. Dann preßte er seinen Mund auf ihre Lippen und küßte sie innig.

Sie wich zurück. »Nein! Bitte, Alex, nicht. Und mach die Zigarette aus, sonst brennst du noch diese Bude ab. Das erspart den Russen die Mühe, uns umzubringen.«

»Interessant.«

»Was ist interessant?«

»Du hast gesagt ... ›die Russen‹. Als wärst du selbst keine Russin mehr.«

»Mach die Zigarette aus und geh schlafen.«

Slanski drückte die Zigarette aus. Als Anna das Licht ausgemacht hatte, griff er nach ihrer Hand.

»Ich sagte nein ...!«

Doch Alex hielt sie fest, während er mit der anderen Hand langsam ihre Bluse aufknöpfte. Sie wollte ihn daran hindern, aber er schob sanft ihre Hand weg und legte den Finger auf ihre Lippen. »Sag nichts.«

Sie sah den entschlossenen Ausdruck auf seinem Gesicht. Sie wollte protestieren, doch ein anderer Teil von ihr wollte ihm nahe sein, wollte, daß er sie hielt und beschützte.

Er öffnete ihren Büstenhalter und löste das Haarband, und Annas Haar fiel bis auf die Schultern. Dann schaute er ihr in die Augen. »Anna, ich möchte, daß du weißt, wie schön es war, was zwischen uns passiert ist. Ich habe mich noch nie einer Frau so nahe gefühlt.«

»Bestimmt erzählst du das jeder Frau, mit der du schläfst.«

»Das ist nicht wahr. Aber vielleicht hattest du damals recht. Vielleicht habe ich keiner Frau genug vertraut. Vielleicht habe ich keine nahe genug an mich herangelassen.«

Sie blickte ihm ins Gesicht und sah, daß er es ehrlich meinte. Sie spürte einen Anflug von schlechtem Gewissen, doch er verebbte rasch. Dann regte sich ein anderes Gefühl in ihr. Eine Lust, die sie schier überwältigte. Sie küßte ihn im Dunkeln leidenschaftlich auf den Mund. Mit den Händen strich er über ihren Körper und liebkoste ihre Brüste, zog ihr den Rock über den Po und streichelte sie zwischen den Beinen. Sie fühlte seine Erektion an ihrem Schoß, bevor er Anna hochhob und aufs Bett legte.

Helsinki

Ein Holzfeuer loderte im Kamin in der Ecke eines Zimmers im zweiten Stock der amerikanischen Botschaft in Helsinki. Branigan trat ein und blickte grimmig zu Massey hinüber, der dicht am Kamin saß.

»Die Ärzte sagen, Sie haben eine leichte Gehirnerschütterung, aber Sie werden es überleben.«

Massey rieb sich den Nacken. »Woher wissen Sie so genau, daß Saarinen tot ist?«

»Die finnische Luftwaffe hat auf unsere Bitte hin versucht, ihn aufzuhalten. Sie haben den Zusammenstoß auf ihrem Radar gesehen, weil sie Saarinen verfolgt haben, als er schon wieder auf dem Heimweg war. Plötzlich war der Schirm leer. Den Berichten zufolge sieht es aus, als wäre er mit der patrouillierenden Mig zusammengestoßen.«

Massey verzog gequält das Gesicht. »Warum haben sie versucht, ihn abzufangen?«

Branigan blickte ihm in die Augen. »Ich dachte eigentlich, das wäre klar. Sie haben einen Riesenhaufen Scheiße gebaut, Jake. Dafür wird man Sie gnadenlos zur Rechenschaft ziehen.« Branigan schlug mit der Faust auf den Tisch. »Und tun Sie nicht so dumm und unschuldig, Kumpel. Ich bin nicht den ganzen Weg hierhergeflogen, um ein Plauderstündchen am Kamin zu machen. Ich spreche von den Leichen im Wald. Ich rede von Braun – und von Arkaschin.«

Massey wurde sichtlich blaß und fragte dann ruhig: »Wie haben Sie das herausgefunden?«

»Nachdem wir von Arkaschins und Popows Tod informiert wurden, haben wir dem Blockhaus einen Besuch abgestattet.« Branigan machte eine bedeutungsschwere Pause und fuhr dann wütend fort: »Sie hätten mich sofort benachrichtigen müssen, als diese Probleme auftraten. Warum haben Sie es nicht getan?«

»Die Männer, die zum Blockhaus gekommen sind, waren auf Ärger aus. Aber ich dachte, Sie wollten nur Anna. Nachdem alles vorbei war, haben wir sie begraben. Slanski wollte die Operation weiter durchziehen und ließ sich auch nicht davon abbringen, nachdem Wasili getötet worden war. Ich habe ihm nachgegeben. Vielleicht habe ich mich geirrt, aber wir hatten sehr viel Zeit und Kraft für die Planung investiert, und ich wollte, daß wir Erfolg hatten. Ich wußte, daß Sie die Operation neu ansetzen oder sogar abblasen würden, wenn Sie von den Vorfällen erfuhren. Das hielt ich für einen Fehler. Ich habe mir gedacht, daß es nichts schaden könnte, wenn wir weitermachen. Arkaschin und die Männer, die gekommen waren, um Anna zu ermorden, konnten nichts von der Operation gewußt haben, und außerdem waren sie tot. Ich bin davon ausgegangen, daß wir genug Zeit hatten, den Plan durchzuführen, bevor sie davon erfahren würden.«

Branigan beugte sich näher heran. »Sie haben die Spielregeln verletzt, Massey. Und es hat Schaden angerichtet. Wollen Sie wissen, wieviel Schaden?« Branigan berichtete Massey von der Akte über Stalin, die man an Brauns Leichnam gefunden hatte, und von dem Verdacht, daß ein sowjetisches Team vor den Amerikanern an der Blockhütte gewesen war.

Massey blieb lange Zeit stumm. »Slanski dachte, der Ordner wäre in dem Feuer vernichtet worden«, erklärte er schließlich.

»Tja, das war wohl ein Irrtum. Und wenn Ihre beiden Kumpel sicher landen, dann dürften Sie sich mitten in einem Hornissennest wiederfinden. Kislow und seine Spießgesellen in Moskau zählen gerade zwei und zwei zusammen. Und sie hoffen natürlich, daß wir mit unserem Plan weitermachen, weil sie dann nur die Frau und den Mann fangen müssen, wenn sie landen, und die Sache ist gegessen. Deshalb haben sie den Ordner nicht mitgenommen. Daß diese Mig mit Saarinens Flugzeug zusammengerasselt ist, war unserer Ansicht nach kein Zufall. Zwei Stunden nach Kislows Ankunft in Moskau ist jeder russische Grenzposten, jeder Marine- und Luftwaffenstützpunkt in Alarmbereitschaft versetzt worden. Einschließlich der Basis in Porkkula. Kislows Leute wissen vielleicht nicht, wann Slanski hereinschwebt, aber sie können sich die Wahrscheinlichkeit ausrechnen. Schließlich machen wir es nicht das erste Mal. Und dann werden sie den beiden auflauern.«

Der Schock war Massey deutlich ins Gesicht geschrieben. Branigan setzte sich.

»Ist Ihnen klar, was passiert, wenn Moskau die beiden

lebend erwischt? O Mann, diese Sache ist heiß genug, daß sich der Dritte Weltkrieg daran entzünden könnte. Zuerst gibt's einen pompösen Schauprozeß, und wenn dann die Beweise vor Gericht ans Licht der Öffentlichkeit gezerrt werden, wird jedes Land der Welt anklagend auf Onkel Sam zeigen. Danach kann Moskau so ziemlich machen, was es will. Und dabei auch noch selbstgerecht dreinschauen, weil wir bis zu den Knien in unserer eigenen schmutzigen Wäsche stehen. Schließlich waren wir es, die einen Meuchelmörder beauftragt haben, den Regierungschef einer Weltmacht umzulegen, auch wenn der Kerl ein Diktator ist. Und solch ein Verhalten ist nach allen moralischen Wertmaßstäben ziemlich mies.«

»Slanski würde sich niemals lebend erwischen lassen.«

»Das können Sie nicht garantieren, Massey. Keiner kann das. Im Moment ist das Spiel offen, und alles scheint möglich. Tatsache ist: Moskau hängt ihnen wahrscheinlich schon auf den Fersen, und das ist nicht gut. Deshalb müssen wir die Sache stoppen, bevor sie ganz außer Kontrolle gerät. Ich will jetzt genau wissen, wie Ihr Plan funktionieren sollte und wie Sie die beiden nach Moskau hineinschmuggeln wollten. Ich will die Namen der Kontaktpersonen, die sicheren Häuser, die Routen. Ich will sämtliche Einzelheiten. Ich will Antworten, Massey, und zwar schnellstens. Denn eines ist klar, mein alter Freund: Wir werden diese Operation abbrechen, ganz gleich, um welchen Preis.«

Branigan starrte in Masseys besorgtes Gesicht.

»Sie sollten lieber reden, Jake, und zwar schnell. Bevor es für uns alle zu spät ist.«

33. KAPITEL

Tallinn
26. Februar

Die beiden KGB-Offiziere saßen bereits im Eßzimmer, als Slanski und Anna am nächsten Morgen herunterkamen, um zu frühstücken. Beide erhoben sich höflich, als Anna das Zimmer betrat. Die Augen der Männer waren gerötet von zu wenig Schlaf und zu viel Alkohol.

Der ältere war etwa vierzig, hatte ein frisches, rosiges Gesicht, einen dicken Bauch und einen buschigen Schnurrbart. Seine Augen glänzten liebenswürdig, als er sich als Oberst Sinow vorstellte.

Der andere war ein jungenhaft wirkender Offizier, dessen Blick anerkennend über Annas Körper glitt, als er sich vorstellte.

»Hauptmann Bukarin, zu Ihren Diensten, Madame.« Er lächelte liebenswürdig. »Ihr Onkel hat uns schon von Ihnen erzählt. Das muß Ihr Ehemann sein.« Er schüttelte Slanski die Hand. Dann war der Oberst wieder an der Reihe.

»Freut uns, Sie beide kennenzulernen. Sie haben sich eine schlechte Zeit ausgesucht, ausgerechnet im Winter Tallinn zu besuchen. Aber ich hoffe, daß Ihre Flitterwochen erfreulich verlaufen. Bleiben Sie lange?«

»Ein paar Tage. Wir möchten Verwandte besuchen und uns die alte Stadt anschauen«, erwiderte Slanski.

Der Hauptmann lächelte Anna an. »Vielleicht haben Sie ja Lust, heute abend etwas mit uns zu trinken?«

»Leider haben wir bereits andere Pläne, aber trotzdem vielen Dank für die Einladung.«

Bukarin lächelte charmant und schlug klackend die Absätze zusammen. »Natürlich. Vielleicht ein andermal. Genießen Sie Ihr Frühstück.«

Das Frühstück bestand aus noch mehr fettem Fleisch, Brocken Schafskäse und einem Teller mit öligen Fischen, aber wenigstens gab es frisches Weißbrot und Butter. Als Slanski Anna zu einem Tisch am Fenster führte, bemerkte er, wie weiß ihr Gesicht war.

»Was hast du?« flüsterte er, während sie sich setzten.

»Ich bekomme Schüttelfrost, wenn ich sehe, wie die beiden mich mit Blicken verschlingen.«

Slanski strich ihr über den Arm und lächelte. »Ich würde sagen, die zwei haben einen guten Geschmack, was Frauen angeht. Denk dran, sie glauben, daß wir in den Flitterwochen sind. Also Kopf hoch und strahlen!«

Der Himmel war klar und blau. Auf dem gepflasterten

Platz waren Marktstände aufgebaut. Bauern mit Stoffmützen schauten sich Pferde an.

Gorew trat einen Augenblick später ins Zimmer. Er trug zwei Krüge mit dampfendem Tee und Kaffee in den Händen. Er plauderte einen Augenblick mit den beiden Offizieren, bevor sie ihr Frühstück beendeten und das Zimmer verließen.

Dann trat er zu Anna und Slanski an den Tisch. »Sieht aus, als hätten Sie den Test mit Glanz und Gloria bestanden.« Er zwinkerte Anna zu. »Der junge Bursche, dieser Bukarin, ist scharf auf Sie, das kann man sehen.«

»Dabei bin ich eine verheiratete Frau.«

»Das hat die beiden noch nie gestört.«

Slanski stand auf und ging ans Fenster. Pferdehufe klapperten auf dem Kopfsteinpflaster, und der kleine Platz barst förmlich vor Menschen. »Was ist da draußen los?«

»Pferdemarkt«, erklärte Gorew. »Die Pferdefleischhändler treffen sich hier einmal im Monat.«

Draußen parkte ein Emka, und Augenblicke später hörten sie schnelle Schritte im Flur und das Geräusch der Haustür, die geöffnet und zugeschlagen wurde. Dann verließen die beiden Offiziere das Haus und stiegen in den Wagen, der kurz darauf geräuschvoll über die Pflastersteine rumpelte, wodurch die Pferde aufgescheucht wurden. Die Händler blickten dem Fahrzeug wütend hinterher.

»Wohin wollen Ihre Gäste?«

Gorew schenkte ihnen Kaffee ein und sagte verächtlich: »Sie holen ihre Freundinnen ab und saufen und poussieren weiter. Diese dreisten Mistkerle haben sogar von mir verlangt, daß ich ihnen ein Picknick mache. Hoffentlich ersticken sie dran. Ich ...«

Als Gorew verstummte, fragte Slanski: »Was ist los?«

Der Wirt wischte sich beunruhigt die Hände an der Schürze ab. »Es ist vielleicht nicht wichtig, aber einer der Zulieferer hat mir heute morgen erzählt, daß Milizionäre in Zivil am Bahnhof stehen und Paßkontrollen vornehmen. Sie scheinen sehr gründlich zu sein. Merkwürdig fand er nur, daß sie sowohl Männer als auch Frauen kontrollieren.«

»Was ist daran so seltsam?«

Gorew strich sich über den Bart. »Normalerweise trägt die

Miliz Uniform, wenn sie den Bahnhof nach Deserteuren absucht. Diesmal aber scheinen sie genauso scharf nach Frauen zu suchen. Ich muß Kontakt mit Erik aufnehmen und ihn fragen, was da vorgeht. Aber das kann ein paar Stunden dauern. Ich würde vorschlagen, daß Sie inzwischen hier in der Gaststätte bleiben.«

Slanski trat vom Fenster zurück, trank den Kaffee aus und warf Anna einen kurzen Seitenblick zu. »Ich weiß nicht, wie es dir geht, aber ich brauche frische Luft.«

Anna schaute Gorew an, worauf der mit den Schultern zuckte. »Ich würde es lieber sehen, wenn Sie hier warten, bis ich von Erik gehört habe. Wer weiß? Es gibt vielleicht Ärger.«

»Was für Ärger?«

»Keine Ahnung. Aber wenn die Miliz überall herumschwirrt, heißt das, irgendwas ist im Busch. Vielleicht ist es unklug, sein Glück herauszufordern.«

Slanski zog die Brieftasche heraus und untersuchte seine Papiere und Essensmarken. »Vielleicht bietet sich uns hier die Chance herauszufinden, ob unsere Papiere was taugen. Ich würde sagen, es ist ein so guter Zeitpunkt wie jeder andere.« Er lächelte Anna an. »Was hältst du davon?«

»Vielleicht hat Toomas recht. Es ist vielleicht sicherer, hierzubleiben. Aber wenn du glaubst, wir sollten es versuchen ...«

Slanski grinste. »Du spielst die gehorsame Frau sehr gut. Sie überläßt die Entscheidung brav dem geliebten Gatten.«

»Dann können wir nur hoffen, mein Liebling, daß du die richtige Entscheidung getroffen hast.«

Slanski steckte die Brieftasche wieder ein. Er sah Gorews besorgte Miene. »Machen Sie sich keine Sorgen. Wir sind im Nu wieder da. Haben Sie einen Stadtplan?«

Wieder wischte Gorew sich nervös die Hände an der Schürze ab. »Im Hinterzimmer. Hoffentlich wissen Sie, was Sie tun. Und wenn Sie schon weggehen müssen, dann bleiben Sie nur eine Stunde fort, nicht länger. Sonst komme ich noch um vor Sorge.«

Lukin erwachte um kurz nach acht. Sein Kopf tat weh und sein Mund war trocken. Er hatte nur drei Stunden geschlafen, und unter seinen Augen lagen tiefe Schatten.

Nachdem er sich rasiert hatte, brachte ihm eine Ordonnanz ein Tablett mit einem Samowar. Der Tee schmeckte scheußlich, doch Lukin trank durstig die heiße Flüssigkeit und ließ die verbrannte Scheibe Toast unberührt auf dem Teller liegen.

Fünf Minuten später zog er sich an, als es an der Tür klopfte und Kaman eintrat.

»Entschuldigen Sie, daß ich Sie störe, Genosse Major, aber es gibt Neuigkeiten.«

Lukin nahm seine Handprothese, die neben ihm auf dem Bett lag, und legte sie an. Er sah, wie der Hauptmann beim Anblick seines Armstumpfes zusammenzuckte.

»Was haben Sie denn? Sehen Sie zum ersten Mal eine Kriegsverletzung?«

Kaman errötete. »Ich habe mich nur gerade gefragt, wie Sie sich rasieren.«

»Sehr umständlich. Ihr Bericht, Kaman.«

»Die Patrouille ist zu Fuß bis auf zwanzig Meter an die Absturzstelle herangekommen. Bei der einen Maschine handelt es sich eindeutig um die vermißte Mig.«

»Und die andere?«

»Ist ein Leichttransportflugzeug unbekannten Typs. Aber es ist auf keinen Fall eines von uns.«

»Wie viele Leichen?«

»Zwei. Der Mig-Pilot und der Pilot der anderen Maschine. Die Patrouille ist nicht nahe genug herangekommen, um die Toten zu bergen. Offenbar war sowieso nicht mehr viel von ihnen übrig. Beide scheinen bis zur Unkenntlichkeit verbrannt zu sein.«

Lukin trat vor die Landkarte. »Jedenfalls können sie uns nicht weiterhelfen. Haben die Kontrollpunkte schon etwas gemeldet?«

»Nichts, außer einem halben Dutzend Deserteure und einem Schwarzhändler. Einer der Deserteure hat einen Fluchtversuch unternommen und wurde dabei verwundet.«

»Hervorragend. Wenigstens haben wir dem Staat einen Dienst erwiesen.«

»Genosse?«

»Ein kleiner Scherz am Rande, Kaman. Glauben Sie, daß die estnischen Widerständler unserer Beute helfen?«

»Das ist möglich, aber normalerweise beschränkt sich ihr Operationsgebiet auf den Wald. Die nächstgelegene Gruppe, von der wir wissen, lagert etwa hundert Kilometer östlich von hier.«

Lukin ging ans Fenster und blickte auf den Kasernenhof hinunter. Ein paar Dutzend Soldaten marschierten in Doppelreihen vorbei. Es war immer noch dunkel.

»Haben Sie schon mal Turgenjew gelesen, Hauptmann?« fragte er, ohne sich umzudrehen.

Kaman zuckte mit den Schultern. »Ich stamme aus einer einfachen Bauernfamilie, Genosse Major. Bücherlesen war bei uns nicht so wichtig wie Kühe melken.«

Lukin lächelte. »Schon möglich, aber dennoch ... Turgenjew hat ein interessantes Wort geprägt. Er pflegte zu sagen: ›Wenn du etwas suchst, vergiß nicht, auch hinter deinen Ohren nachzuschauen.‹«

»Das verstehe ich nicht.«

»Wenn Sie ein feindliches Agentenpärchen in einer Stadt wie Tallinn verstecken müßten, wo würden Sie sie verbergen?«

Kaman kratzte sich das Kinn. »Es gibt viele Möglichkeiten. Ein Teil der Altstadt reicht bis ins vierzehnte Jahrhundert zurück, und die Stadt ist verschachtelt wie ein Kaninchenbau. Es gibt unterirdische Gewölbe und Durchgänge aus der Zeit der Schmuggler und Piraten. Ich bin sicher, daß wir von vielen Kellern und Tunnels gar nichts wissen.«

»Genau das meine ich.« Lukin dachte kurz nach. »Und die Außenbezirke der Stadt?«

Kaman zögerte und schüttelte dann den Kopf. »Dort leben zu wenig Menschen. Die Landbevölkerung würde einen Fremden auf eine Meile Entfernung erkennen.« Er lächelte. »In diesem Teil der Welt merken die Leute schon, wenn man seine Stiefel besohlt. Außerdem besteht die Hälfte der estnischen Landbevölkerung aus russischen Bauern. Sie würden die Miliz sofort informieren, wenn sie verdächtige Fremde sehen.«

Lukin nickte. »Gut, dann lassen wir die ländlichen Gegenden erst einmal außer acht.« Er deutete auf den Stadtplan. »Konzentrieren wir uns auf die Stadt und die Altstadt. Zunächst einmal errichten Sie Straßensperren und Kontrollpunkte an allen Hauptstraßen und den Eingangstoren der alten Zitadelle. Stellen Sie Funkverbindung zur Kaserne her, und informieren Sie das KGB-Hauptquartier in der Pikkstraße über unser Vorhaben. Diese Agenten könnten überall innerhalb eines Radius von zwanzig Meilen gelandet sein. Ich vermute jedoch, daß sie sich hier versteckt halten, wo neue Gesichter nicht so sehr auffallen. Jede Person, die dem Alter und der Beschreibung entspricht, soll angehalten und gründlichst überprüft worden. Und ich meine gründlichst.«

»Jawohl, Genosse Major.«

Lukin zog seinen Uniformrock an. »Besorgen Sie mir einen Emka mit Fahrer. Und ein mobiles Funkgerät sowie Landkarten. Ich werde die Kontrollpunkte selbst in Abständen abfahren.«

»Jawohl, Genosse.« Kaman nahm Haltung an.

Als der Hauptmann sich umdrehte und gehen wollte, fiel Lukins Blick auf den Samowar und den Teller mit dem verbrannten Toast.

»Und noch was, Kaman ... Ich hätte nichts gegen ein vernünftiges Frühstück. Sie erwarten doch wohl nicht, daß ein erwachsener Mann den ganzen Morgen mit so einem Fraß im Magen übersteht.«

Kaman errötete. »Ich sage dem Koch, er soll sich etwas einfallen lassen.«

Die Zitadelle von Tallinn war eine alte Handelsfestung und hatte mit ihrem uralten Hafen einst zur mittelalterlichen Hanse gehört. Sie hatte wohlhabende Kaufleute und Handwerker beherbergt, bis der russische Zar sich selbst in die Stadt einlud und sie zu einer Kolonie seines Reiches machte. Danach kam Stalin, dann die Deutschen, und jetzt hieß der Herr wieder Stalin.

Trotz einer langen Geschichte als besetzte Stadt sah es in den engen, mit mittelalterlichem Pflaster ausgebauten Straßen so aus, als wäre die Zeit stehengeblieben. Die Sonne schien auf pastellgelbe und -blaue Wände, und überall gab es eichenholzgetäfelte Schänken und Fachwerkhäuser und vergoldete Zwiebeltürme von Kirchen.

Als sie die Pikkstraße entlanggingen, die durch die ganze Stadt führte, betrachte Slanski die trostlosen Schaufenster.

Im Fenster eines Schlachters baumelte ein mageres Stück Rindfleisch an einem einzelnen Haken. In einem anderen Schaufenster stellte eine gelangweilt wirkende Frau ein Paar billige Gummischuhe aus, und als Slanski in einem anderen Geschäft in einer Seitenstraße eine Flasche Wodka kaufte, nahm das Mädchen hinter dem Tresen seine Wertmarken und das Geld, ohne eine Miene zu verziehen.

Schließlich gelangten sie an den Lossi-Platz, auf dem Dutzende von attraktiven Mädchen auf den Parkbänken saßen und die Beine übereinanderschlugen. Sie lächelten den vorübergehenden russischen Seeleuten der Sowjetischen Baltischen Flotte zu. Slanski sah, daß die Mädchen mit Kreide Zahlen auf die Sohlen ihrer Schuhe gemalt hatten.

»Das sind Prostituierte aus Moskau«, erklärte Anna lächelnd. »Sie warten auf die Matrosen. Prostitution ist ungesetzlich. Sie wird sogar mit Einweisung in einen Gulag bestraft. Aber die Miliz darf die Mädchen erst verhaften, wenn sie sich anbieten und einen Preis verlangen. Deshalb schreiben die Mädchen ihr Honorar auf die Sohlen ihrer Schuhe und verstoßen deshalb nicht gegen das Gesetz.«

»Sehr zivilisiert und clever«, gab Slanski zu. »Glaubst du, daß sie auch Wertmarken nehmen?«

Anna lachte. »Slanski, du bist verrückt.«

»Ich heiße Bodkin, vergiß das nicht.«

»Der Name paßt wenigstens zu der Hose.«

Sie gelangten in einen Park auf einem Hügel in der Stadt, von dem man einen Blick auf die See hatte. Trotz des klaren blauen Himmels war es eiskalt. Hinter dem Park lag eine größere, offizielle Residenz, und zwei Uniformierte bewachten das Tor. Der Park war bis auf zwei ältere Damen, die ihre Hunde Gassi führten, und einen Soldaten, der seine Freundin im Arm hielt, verlassen.

Sie gingen zu einer Bank, und Slanski machte die Wodkaflasche auf. Er trank einen Schluck und reichte die Flasche dann Anna. »Hier, laß ein bißchen Sonne in dein Herz.«

Sie nippte an der Flasche. Slanski beobachtete sie und sagte dann unvermittelt: »Erzähl mir von Stalingrad.«

»Warum willst du das wissen?«

»Nur so, aus reiner Neugier.«

Sie richtete den Blick auf die Wipfel der Bäume. »Es war schrecklich. Unvorstellbar grausam. Die Haus-zu-Haus-Kämpfe. Die endlosen Tage und Nächte ohne Schlaf. Die beißende Kälte. Und immer dachte man nur daran, ob man am nächsten Tag etwas zu essen bekam oder ob man starb. Das Bombardement war das Schlimmste. Der Lärm dauerte Monate und hielt Tag und Nacht an. Es war so schlimm, daß die Hunde sich in der Wolga ertränkten, weil sie es nicht mehr aushielten.« Sie zögerte. »Aber es hat mich gelehrt, zu überleben. Nach Stalingrad gibt es nicht mehr viel, was dir Angst einjagen könnte.«

»Woran glaubst du, Anna?« fragte Slanksi ruhig.

Sie schüttelte den Kopf. »Ich habe aufgehört, an irgend etwas zu glauben, nachdem man mir meine Tochter weggenommen hat.«

»Du hast mir nie gesagt, wie Massey sie herausholen will.«

»Auf demselben Weg, auf dem er mich rausschmuggeln will, wie immer das gehen soll. Aber erst mal muß er das Waisenhaus finden, in dem meine Tochter ist. Stalin hat sehr, sehr viele Kinder zu Waisen gemacht; deshalb gibt es unzählige Waisenhäuser in Moskau. Jake meinte, es würde einige Zeit kosten, Sascha zu finden. Einigen dieser Kinder gibt man oft neue Namen, damit sie ihre Herkunft und ihre Eltern vergessen. Aber er hat mir versprochen, daß er nicht versagen wird.« Sie hielt inne. »Und du? Woran glaubst du?«

Slanski ließ den Blick liebkosend über Annas Figur schweifen und lächelte schwach.

»Davon mal abgesehen«, meinte Anna. »Oder glaubst du an nichts? Aber wenn das so ist, was würde dich dann erfreuen?«

Er dachte lange nach, und seine Miene wurde ernst. »Was mich erfreuen würde? Wieder durch den Garten meines Vaters gehen zu können, den Duft der Apfelbäume und der

Kirschblüten zu riechen. Wieder mit meinen Eltern, meinem Bruder und meiner Schwester zusammenzusein.«

»Du bist ein merkwürdiger Mensch, Alex.«

»Inwiefern?«

»Du bist ein Killer. Und doch sprichst du vom Duft der Apfelbäume und der Gärten. Vielleicht bist du bloß ein typischer Russe und wirst sentimental, wenn du Wodka trinkst und über eine Erinnerung redest, die nie mehr zum Leben erweckt werden kann.«

Er lachte. »Vielleicht traue ich dir auch nur genug, um dich näher an mich heranzulassen.«

Jetzt erst bemerkte sie die Weichheit in seinem Blick, und als er ihr die Flasche hinhielt, schüttelte sie den Kopf.

»Ich habe schon genug getrunken. Noch ein Schluck mehr, und du mußt mich zurücktragen.«

Als Slanski den Blick über die Stadt schweifen ließ, musterte Anna verstohlen sein Gesicht. Seine Worte hatten ihn offenbar berührt. Er weinte zwar nicht, doch sein Mund war verkniffen und sein Blick abwesend, als wäre das, was er über seine Vergangenheit gesagt hatte, zu schmerzhaft, um sich daran zu erinnern.

Sie wickelte sich den Schal straffer um den Hals und stand auf. »Ich glaube, wir müssen zurück. Gorew wird sich Sorgen machen.«

»Anna …« Slanski blickte zu ihr hoch.

»Was?«

»Bereust du, was gestern nacht passiert ist?«

Sie dachte einen Moment nach und schüttelte dann den Kopf. »Nein, ich bereue nichts.« Sie strich ihm sanft mit dem Finger über den Mund. »Es ist schon lange her, seit jemand mich in den Armen gehalten hat. Seit ich mich sicher und begehrenswert gefühlt habe.«

»Hast du mich denn auch begehrt?«

»Vielleicht wollte ich dich schon von dem Tag an, als ich dich das erste Mal gesehen habe. Ich wollte es nur nicht zugeben.«

Sie lächelte. »Frauen sind manchmal so, weißt du. Es ist eine Art närrischer Stolz.«

Er stand auf und küßte sie. »Also hältst du mich wirklich für verrückt, ja?«

In dieser Frage lag eine kindliche Unschuld, was ein sehr zärtliches Gefühl in Anna erweckte. Sie lächelte schwach.

»Vielleicht ein kleines bißchen. Aber letztlich sind wir Russen alle ein bißchen verrückt.«

34. KAPITEL

Gorew blickte von Slanski zu Anna, als er mit bleichem Gesicht in ihrem Schlafzimmer saß. Der Wirt hatte sie sofort nach ihrer Rückkehr nach oben geschleust.

»Ich habe schlechte Nachrichten. Ich hatte Besuch vom örtlichen Milizsergeanten.«

»Was wollte er?« fragte Slanski beunruhigt.

»Er wollte das Gästebuch der Schenke sehen. Glücklicherweise hatte ich Ihre Namen noch nicht eingetragen. Als er den Dienstgrad der beiden KGB-Offiziere gesehen hat, ist er wieder abgezogen. Im Augenblick gibt es keine weiteren Probleme, aber insgesamt sieht die Lage alles andere als rosig aus.«

Gorew wischte sich aufgeregt die Hände an der speckigen Schürze ab und schenkte sich dann einen Wodka aus der Flasche ein, die Slanski auf dem Hocker neben dem Bett hatte stehen lassen.

»Nehmen Sie ruhig auch einen Schluck, Sie werden ihn brauchen. Es kommt nämlich noch schlimmer.«

»Raus damit.«

Gorew stürzte den Wodka in einem Zug hinunter und wischte sich den Mund mit der Hand ab. »Erik zufolge errichten Armee und Miliz überall Straßensperren. Bus- und Zugbahnhöfe sowie der Flughafen werden schärfstens kontrolliert. Es scheint, als würden sämtliche Ausweise überprüft. Offenbar ist gestern abend ein KGB-Major aus Moskau hier eingetroffen, der die ganze Operation leitet. Er heißt Lukin. Man munkelt, daß er unmittelbar Berija unterstellt ist. Erik sagt, er hat alles und jeden in Alarmbereitschaft versetzt. Die Miliz hat angeblich bereits einen Mann am Bahnhof erschossen. Der arme Kerl war Deserteur.«

»Weiß Erik genau, warum dieser Major Lukin in Tallinn ist?«

»Das ist der dickste Hund. Erik hat gehört, daß Lukin nach zwei Agenten sucht, die gestern abend mit dem Fallschirm abgesprungen sind. Offenbar ist eine Mig verschwunden und an der Küste abgestürzt. Noch gestern abend wurde eine Patrouille zu Fuß auf das vereiste Meer rausgeschickt. Heute morgen haben sie das Wrack gefunden, und noch eins von einer anderen Maschine, die mit der Mig in der Luft zusammengestoßen ist. Es handelt sich zweifellos um das Flugzeug, das Sie abgesetzt hat. Das erklärt, warum es in Tallinn von Armee und Miliz wimmelt wie von Fliegen auf dem Mist.«

Slanski wurde immer blasser. Er warf Anna einen Blick zu. Sie war ebenfalls schockiert. Er drehte sich wieder zu Gorew um.

»Aber woher konnte dieser Lukin von uns wissen?«

»Da fragen Sie mich zuviel. Vielleicht hat irgendein Ochse eure vergrabenen Fallschirme gefunden. Jedenfalls weiß er es, und das bedeutet Ärger für uns alle.«

Slanski sah, wie Anna sich auf die Lippe biß.

»Tja, Sie können leider nicht hierbleiben«, erklärte Gorew schnell, »soviel steht fest. Wenn man euch hier findet, wandere ich im besten Fall ins Gulag. Wenn ich Pech habe, kriege ich eine Kugel in den Hinterkopf. Beides keine besonders erfreulichen Aussichten. Eigentlich war vorgesehen, Sie in den Zug nach Leningrad zu setzen. Aber davon kann jetzt keine Rede mehr sein, weil der Bahnhof scharf bewacht wird. Selbst die Busse werden angehalten und die Fahrgäste kontrolliert. Und die Sicherheitsmaßnahmen am Flughafen sind so schlimm wie am Kreml.«

»Welche Möglichkeit bleibt uns dann noch?« fragte Anna ängstlich.

Gorew strich sich nervös über den Bart. »Das weiß Gott allein. Normalerweise würden unsere Widerstandsgruppen euch im Wald verstecken. Aber es ist zu schwierig, euch durch die Straßensperren zu schleusen, und ihr nächstes Lager ist zu weit weg. Ich glaube kaum, daß Erik sich noch einmal den Lastwagen ausleihen kann. Das hieße, sein Glück herauszufordern. Außerdem scheint dieser Lukin sämtliche verfügbaren Fahrzeuge und Soldaten in der Kaserne abkommandiert zu haben. Und selbst wenn Sie bis zu unseren Widerstandsgruppen durchkommen würden, gibt es da einige Risiken. Den Widerständlern kommt Ihre Gesellschaft im Augenblick bestimmt nicht gelegen, weil ihnen die Roten auch so schon genug Feuer unterm Hintern machen.«

Slanski schlug voller hilfloser Enttäuschung mit der Faust auf den Tisch.

»Verfluchter Mist!«

»Erik hat erzählt, daß sie ein Haus nach dem anderen auf den Kopf stellen werden, wenn sie euch nicht bis morgen gefunden haben.«

Anna blickte Slanski unentschlossen an. »Was tun wir jetzt?«

»Ich werde die Sache bis zum Ende durchziehen, so oder so. Aber wenn du dein Glück allein versuchen und dich bei den Partisanen verstecken willst, werde ich dich bei Gott nicht aufhalten.«

Sie dachte einen Moment nach und schüttelte dann den Kopf. »Nein, ich bleibe bei dir.«

»Dann haben wir keine Wahl. Wir müssen weg. Hier haben wir nicht den Hauch einer Chance.«

»Aber das ist unmöglich! Wie sollen wir aus Tallinn rauskommen?«

Gorew schenkte sich noch einen Wodka ein. »Ich würde ja Selbstmord vorschlagen, aber ich will Sie nicht beleidigen.«

Slanski blickte ihn strafend an. »Sie sind ja ein schöner Optimist, Toomas.«

»Ich bin nur Realist. Natürlich gibt es Abwasserkanäle unter der Stadt, aber die Dämpfe würden Sie ersticken, bevor Sie auch nur zehn Meter weit gekommen sind.«

»Wohin führen diese Kanäle?«

»An den Rand der Altstadt. Aber wohin wollen Sie dann gehen? Erik hat gesagt, daß die Roten überall sind.«

»Es wäre einen Versuch wert.«

Gorew schüttelte entschieden den Kopf. »Vergessen Sie's. Wir haben die Abwasserkanäle damals benutzt, um unsere Waffen vor den Deutschen zu verstecken. Die Gase haben zwei unserer Männer sofort getötet. Ein anderer ist an Blutvergiftung gestorben. Ein paar Atemzüge in dieser abscheulichen Luft reichen, und Sie finden sich im Leichenschauhaus wieder. Selbst wenn Sie bei Bewußtsein bleiben ... Die meisten Tunnel führen unter das KGB-Hauptquartier. Eine falsche Abzweigung, und Sie ersparen Major Lukin die Mühe, Sie noch länger suchen zu müssen.«

»Trotzdem sieht es so aus, als müßten wir unser Glück versuchen. Könnte Erik uns ein paar Gasmasken aus der Kaserne besorgen?«

Gorew zuckte mit den Schultern. »Ich kann ihn fragen. Aber dann besteht immer noch das Risiko, daß Sie in dem Abwasser ersaufen. Andererseits sind Sie es ja, die Ihren Hals riskieren.«

Auf den Pflastersteinen unten vor dem Haus hielt mit quietschenden Reifen ein Wagen. Sie schauten beunruhigt aus dem Fenster. Es war ein Emka. Die beiden KGB-Offiziere, Sinow und Bukarin, stiegen aus. Zwei junge Frauen begleiteten sie. Sie sahen ziemlich betrunken aus, und die beiden Frauen lachten, als der junge Hauptmann auf die Schenke zuwankte.

Gorew schnitt eine verächtliche Grimasse. »Besoffene Mistkerle. Sie sind zurückgekommen, um noch mehr zu saufen und es dann mit diesen Flittchen aus der Stadt zu treiben.«

Slanski dachte einen Moment nach. »Haben Sie Ihren Gästen erzählt, wer wir sind?«

»Nur, daß Sie meine Nichte und ihr Mann auf Hochzeitsreise sind. Warum?«

»Nichts weiter? Keine Namen?«

Gorew zuckte mit den Schultern. »Es war nicht nötig. Außerdem wirkten sie nicht besonders interessiert.«

»Wann reisen Ihre beiden Freunde ab?«

»Sinow fährt morgen früh nach Leningrad zurück, vorausgesetzt, er ist nüchtern genug. Bukarin, der jüngere der beiden, hat mir gesteckt, seine Freundin möchte, daß er noch ein paar Tage länger bleibt. Warum?«

»Vielleicht gibt es ja noch einen anderen Weg aus dieser Rattenfalle.« Slanski lächelte. »Glauben Sie, daß Sie mir die Uniform eines Armeeoffiziers besorgen könnten?«

Sinow saß am Tresen, als Slanski hereinkam. Eine der beiden Frauen, ein blondes Mädchen mit großem Busen, saß neben ihm und knabberte an seinem Ohr. Vor ihnen standen eine Flasche Krimsekt und zwei eingeschenkte Gläser. Von dem jungen Hauptmann und dessen Freundin war nichts zu sehen.

»Ah, mein Freund«, begrüßte ihn Sinow, »Sie kommen gerade recht für einen Schluck Sekt. Leider mußten wir uns selbst bedienen. Gorew ist verschwunden.«

Die Augen des Oberst waren glasig vom Alkohol, und als Slanski sich setzte, sagte er: »Ihre Frau leistet Ihnen keine Gesellschaft?«

»Sie ist müde. Macht ein Nickerchen.«

Sinow grinste verschlagen. «Der Hauptmann und sein Schatz hatten das gleiche Problem, mein Freund. Eine Schande. Dieser Krimsekt ist wirklich ausgezeichnet. Maria ist voll wie eine Haubitze.«

Die junge Frau kicherte und wäre fast vom Barhocker gefallen, hätte Sinow sie nicht im letzten Moment am Arm gehalten. »He, langsam, altes Mädchen. Wir haben noch die ganze Nacht vor uns.«

Das Mädchen trug ihr blondes Haar kurz. Sie war sehr hübsch, aber sie hatte zuviel Make-up aufgelegt. Die oberen Knöpfe ihrer Bluse waren geöffnet und enthüllten einen ausladenden Busen, und ihr Kleid war halb die Schenkel hinaufgerutscht. Sie versuchte, Slanski anzuschauen, während sie auf den Hocker neben sich klopfte. Eine Zigarette baumelte lässig in ihrer Hand.

»Komm, setz dich neben mich.«

Sinow trank einen Schluck Krimsekt und grinste. »Du redest mit einem frisch verheirateten Mann, altes Mädchen. Im Moment widersteht er jeder Versuchung. Gib ihm ein paar Jahre Eheleben, und versuch es dann noch einmal.«

»Ich finde ihn trotzdem nett«, lallte die Blondine undeutlich.

»Wir sind alle nett, bis ihr uns heiratet.« Sinow tätschelte den Schenkel der Frau und zwinkerte Slanski zu. »Vielleicht ist es auch ganz gut, daß Ihre Frau nicht hier ist, alter Knabe. Sie würde das wahrscheinlich nicht billigen. Meiner Alten jedenfalls würde es ganz bestimmt nicht gefallen.« Der Oberst lachte laut über seinen müden Scherz.

»Jedem das Seine, Oberst.«

»Das sage ich auch immer. Stehen Sie nicht mit trockenem Mund herum. Nehmen Sie einen Schluck.«

Sinow schenkte ein Glas Sekt ein; dann füllte er sein eigenes Glas und das des Mädchens nach. »Eigentlich bin ich gekommen, weil ich Sie um einen Gefallen bitten wollte«, sagte Slanski rasch.

»Ach. Und was für einer soll das sein?«

»Ich habe einen dringenden Anruf erhalten, mich bei meiner Einheit in Leningrad zurückzumelden. Sie rückt morgen abend ins Wintermanöver aus.«

»Merkwürdig. Ich fand ja gleich, daß Sie nach Militär aussehen. Aber warum hat Gorew nicht gesagt, daß Sie Soldat sind? Dienstgrad und Division?«

»Hauptmann bei der siebzehnten Panzerdivision. Ich habe meine Uniform mitgebracht, weil ich mit einem Anruf gerechnet habe. Ich dachte nur nicht, daß er so früh kommen würde.«

»Wie schade. Das hat Ihre Pläne für Ihre Flitterwochen ziemlich über den Haufen geworfen, was? Ich kenne ein paar Jungs weiter oben auf der militärischen Leiter in Leningrad. Soll ich ein paar Ohren kneifen, damit Sie noch länger bleiben können?«

»Danke für das Angebot, Genosse Oberst, aber ich möchte unbedingt zurück. Ich habe meiner Frau schon versprochen, sie für die unterbrochenen Flitterwochen mit einer Fahrt nach Odessa zu entschädigen.«

»Meine Anerkennung. Die Pflicht geht vor, stimmt's?«

»Ich hatte gehofft, daß Sie uns vielleicht mitnehmen könnten. Der letzte Zug nach Leningrad ist vor einer halben Stunde gefahren, und der erste morgen früh fährt zu spät. Toomas hat erwähnt, daß Sie nach Leningrad fahren. Das hat mich auf die Idee gebracht, ob Sie vielleicht noch zwei freie Plätze in ihrem Emka haben. Aber verzeihen Sie mir, wenn ich unbescheiden sein sollte.«

Sinow lächelte trunken. »Unsinn. Es ist mir ein Vergnügen, und ich bin froh über die Gesellschaft. Ich werde allerdings früh aufbrechen. Um sieben Uhr. Paßt Ihnen das?«

»Das wäre perfekt.« Slanski leerte das Glas und stellte es auf den Tresen. »Danke für den feinen Saft, Oberst.«

»Gehen Sie schon?«

»Ich muß leider noch packen. Und ich sollte es wohl meiner Frau erzählen.«

»Richtig. Gut, dann bis sieben.«

Das Mädchen rieb Sinows Brust, und der Oberst schlug ihr auf den Schenkel. »Vorausgesetzt allerdings, daß diese kleine Tigerin hier mich nicht vor Leidenschaft umbringt, bevor die Nacht zu Ende ist.«

Es war fast Mitternacht. Slanski saß am Schlafzimmerfenster und rauchte eine Zigarette. Anna stellte sich neben ihn und schaute ihn an.

»Glaubst du, es klappt?«

Er zuckte mit den Schultern. »Außer den Abwässerkanälen wüßte ich nichts anderes. Und hierbleiben können wir nicht. Es besteht die Möglichkeit, daß die Wachposten an den Straßensperren einen Wagen mit zwei uniformierten Offizieren nicht allzu genau untersuchen. Und eine Offiziersgattin, die mit ihrem Mann reist, dürfte eigentlich keinen Verdacht erregen.«

»Und wenn wir angehalten werden?«

»Du darfst deine Angst nicht zeigen. Der KGB wittert Angst wie Hunde einen Knochen.«

»Glaubst du, daß sie durch Jannes Flugzeug alarmiert worden sind?«

»Wahrscheinlich.«

Jemand klopfte an die Tür. Slanski öffnete und ließ Gorew herein. Er trug die Uniform eines Armeehauptmanns über dem Arm, komplett mit brauner Koppel, Halfter, Mantel, Mütze und Stiefeln.

»Etwas Besseres konnte ich in der Eile nicht auftreiben. Erik hat alles aus dem Armeeladen besorgt. Die Größe müßte hinkommen, aber wir haben leider nicht die richtigen Divisionsabzeichen bekommen. Sie hatten nur Abzeichen der vierzehnten Panzerdivision.«

»Ich muß einfach darauf setzen, daß Sinow zu betrunken

war, um sich daran zu erinnern, daß ich ihm etwas anderes erzählt habe. Wo steckt er?«

»Mit dem Mädchen in seinem Schlafzimmer. Er säuft und strapaziert meine Matratze.«

Slanski lächelte. »Danke, Toomas.«

Gorew nickte. »Viel Glück, ihr beiden«, sagte er besorgt. »Bis morgen früh.«

Nachdem er gegangen war, probierte Slanski die Uniform an. Er befestigte das Halfter mit der Tokarew-Pistole am Gürtel, schlang ihn über den taillierten Offiziersrock und richtete dann die Kappe im Spiegel.

Anna kam aus dem Badezimmer, wo sie sich angezogen hatte. »Was meinst du?« fragte Slanski. »Gehe ich als Offizier der Roten Armee durch?«

Sie betrachtete ihn. Seine stechenden blauen Augen wirkten arrogant unter der breiten Offiziersmütze, und mit seinen blankpolierten Stiefeln, den steifen Schulterstücken eines Hauptmanns und dem enganliegenden Uniformrock sah er ziemlich echt aus.

»Ich muß zugeben, daß sie dir steht. Aber versuch, nicht ganz so bedrohlich dreinzublicken.«

»Ich bin russischer Offizier. Das gehört sich so. Gut, laß mich sehen, was du trägst.«

Anna hatte die Kleider angelegt, die sie am Morgen tragen wollte. Es war ein dunkler, plissierter Rock und eine Bluse, die sie am Hals offengelassen hatte. Ihr Haar trug sie offen, und ihr Make-up betonte ihr hübsches Gesicht. Slanski schüttelte den Kopf. »Eine Offiziersfrau sollte zwar attraktiv sein, aber so attraktiv nun auch wieder nicht. Du mußt deine Bluse bis zum Hals zuknöpfen und dein Haar aufstecken. Versuch ein bißchen schlichter auszusehen.«

»Danke.«

Er hielt ihr Haar hoch und band es mit einer Haarschleife zurück.

»Das ist besser. Jeder Milizionär wird sich ein hübsches Gesicht genauer ansehen. Schmink dich so, daß du nicht ganz so umwerfend aussiehst, und wickel dir den Schal um den Hals. Trägst du Unterwäsche?«

»Wie bitte?«

Er lächelte kurz. »Du hast mich verstanden. Trägst du Unterwäsche? Die reizvolle Variante oder etwas Robusteres und Wärmeres, worauf meine alte Babuschka geschworen hat?«

»Draußen sind es zehn Grad unter Null! Was glaubst du wohl, was ich da anziehe?«

Slanski lächelte. »Gut. Versteck das hier morgen in deiner Unterwäsche.« Er reichte ihr seine falschen Papiere. »Du solltest dasselbe mit deinen Dokumenten tun. Nur für den Fall, daß sie an den Kontrollpunkten Leibesvisitationen vornehmen. Normalerweise würde ein Polizist einer Frau nicht zwischen die Beine fassen, es sei denn, er ist ein Vieh. Falls es doch passiert, mußt du improvisieren.«

Anna nahm ihm die Papiere aus der Hand.

Slanski erhob sich. »Deine Pistole solltest du besser bei Toomas lassen, bevor wir gehen. Wenn wir angehalten und durchsucht werden, würde es alles nur verkomplizieren, wenn sie die Waffe bei dir finden.«

»Und was ist mit dir?«

»Ich trage eine Uniform.«

»Wie würdest du den Nagant mit Schalldämpfer erklären?«

Er lächelte. »Das laß ruhig meine Sorge sein.« Dann wurde seine Miene wieder ernst, und er schaute ihr in die Augen. »Von nun an wird es ernst, Anna. Ist dir das klar?«

»Ja, das weiß ich.«

»Und du weißt auch, was du tun mußt, wenn wir getrennt werden und das Risiko besteht, daß du gefangengenommen wirst?«

Sie nickte feierlich.

Helsinki

Branigan stand am Fenster des zweiten Stocks der amerikanischen Botschaft und trank schon seine dritte Tasse Kaffee. Massey saß in einem Sessel und starrte grimmig auf die Lichter der Inseln in der Bucht von Helsinki.

Jemand klopfte an die Tür, und Douglas Canning trat herein. Er hielt ein kleines Stück Papier in der Hand.

Massey stand besorgt auf.

»Ich fürchte, es gibt schlechte Nachrichten. Ich habe getan, was Sie verlangt haben. Nach Auskunft unserer Funküberwachung hier in der Botschaft ist in Tallinn die Hölle los. Jede Menge Funkverkehr. Hört sich so an, als würde jemand gesucht. Unsere Jungs haben rausgehört, daß die Russen nach zwei Personen fahnden, einer Frau und einem Mann. Sieht aus, als würden Ihre beiden Freunde in ernsten Schwierigkeiten stecken.«

Massey wurde leichenblaß.

Branigan stellte die Tasse hin und riß Canning den Papierstreifen aus der Hand, warf einen kurzen Blick darauf, knüllte ihn dann wütend zusammen und schleuderte ihn an die Wand.

»Verdammt ...«

»Will mir denn niemand sagen, was hier eigentlich los ist?«

Massey antwortete nicht, und Branigan starrte Canning finster an. »Ich habe Ihnen doch schon gesagt, daß Sie keine Fragen stellen sollen. Die Angelegenheit ist Top secret. Bewahren Sie Stillschweigen, wie ich es Ihnen befohlen habe, sonst stopfe ich Ihnen das Maul!«

Der CIA-Mann lief vor Wut rot an. »Also wirklich! Auch wenn es mich einen feuchten Dreck angeht, was Sie sagen, und auch wenn ich nicht weiß, was hier los ist – die Frage, was hier vor sich geht, ist trotzdem erlaubt. Wollen Sie und Ihre Leute hierbleiben?«

Branigan seufzte und schüttelte den Kopf. »Wir spielen einfach zwei völlig verschiedene Sportarten.« Er warf Massey einen Blick zu. »Ich hatte recht. Sie haben es gründlich vermasselt, Jake. Und zwar gewaltig.«

»Was ist denn jetzt schon wieder passiert?« Massey war beunruhigt.

Branigan ignorierte die Frage. »Ich muß ein dringendes Telefongespräch führen. Gibt es hier eine abhörsichere Telefonleitung, die ich benutzen kann?«

Canning lächelte. »Klar. Aber ich würde Ihnen davon abraten, den Botschafter so spät noch anzurufen. Der alte Knabe regt sich mächtig auf, wenn man ihn mitten in der Nacht zu Hause stört.«

Branigan bedachte den Mann mit einem Blick eisiger Verachtung. »Sie armer Irrer. Ich will nicht mit diesem schwachsinnigen Botschafter sprechen, sondern mit dem Präsidenten der Vereinigten Staaten.«

35. KAPITEL

Tallinn
27. Februar

Sinow saß allein an seinem Tisch, als Anna und Slanski kurz vor sieben das Eßzimmer betraten. Seinen blutunterlaufenen Augen, den unrasierten Wangen und der gefurchten Stirn nach zu urteilen, mußte er einen gewaltigen Kater haben.

Er winkte ihnen schweigend zu und widmete sich dann wieder seinem Frühstück. Als Gorew hereinkam und ihnen Kaffee einschenkte, bemerkte Slanski, daß dem Schankwirt die Hände zitterten.

»Was ist los?« fragte er leise.

Gorew beugte sich vor, als er den Kaffee einschenkte und flüsterte: »Ich bin um sechs zum Markt gegangen. In der Stadt wimmelt es von Miliz und KGB. Sie haben überall Kontrollpunkte eingerichtet. Ich will ja nicht unken, aber sobald ihr verschwunden seid, werde ich mich sofort bei meinen Freunden im Wald verstecken und solange dableiben, bis ich glaube, daß es wieder sicher ist. Was möglicherweise nie der Fall sein wird.«

Am anderen Ende des Raums stand Sinow plötzlich auf, wischte sich den Mund mit der Serviette ab und kam zu ihnen herüber. Er lächelte Gorew verkrampft an. »Ihr Krimsekt kann einen umbringen. Mein Kopf fühlt sich an, als hätte jemand die ganze Nacht mit einem Gummiknüppel darauf herumgehämmert.«

»Jedes Laster hat seinen Preis, Oberst.«

»Allerdings«, erwiderte Sinow gelassen. Er schaute Anna an und lächelte erneut gequält. »Darf ich mir erlauben zu sagen, daß Sie heute morgen bezaubernd aussehen, meine Teure.«

Anna hatte sich grell geschminkt, was alles andere als gut aussah, und sie vermutete, daß Sinow einfach nur höflich war. »Danke, Oberst. Mein Ehemann hat mir gesagt, daß Sie uns bis Leningrad mitnehmen. Dafür bin ich Ihnen sehr dankbar.«

»Unsinn. Wir müssen uns doch um unsere Helden in Uniform kümmern. Es tut mir nur leid, daß die Pflicht Ihre Flitterwochen ruiniert hat.« Sinow blickte auf die Uhr. »Ich fahre in zehn Minuten, also sollten Sie nicht trödeln. Man erwartet mich um eins in Leningrad zu einem Stabsessen.«

Er wollte gehen, überlegte es sich dann aber anders und wandte sich an Slanski. »Wir fahren übrigens über den Ostturm. Das ist der kürzeste Weg zur Küstenstraße. Und damit Sie informiert sind: Ich habe gestern abend erfahren, daß die Behörden nach einem feindlichen Agentenpärchen suchen, das vor kurzem mit dem Fallschirm abgesprungen ist. Also wird es wahrscheinlich Verzögerungen an den Kontrollpunkten geben, aber ich hoffe, daß sie uns nicht behelligen.«

Slanski spielte den Überraschten. »Wirklich? Feindliche Agenten? Aus welchem Land?«

»Wissen Sie, danach habe ich nicht gefragt. Ein Mann und eine Frau. Mehr weiß ich auch nicht.«

Lukin wachte um sechs auf. Er hatte schlecht geschlafen und fühlte sich immer noch erschöpft. Er rasierte sich und kleidete sich an, bevor er am Tisch den Bericht las, den Kaman ihm gebracht hatte.

Kaman hatte auch ein Tablett mit einer Tasse Tee und frische Brötchen mitgebracht, dazu Pflaumenmus, das muffig roch. Lukin hatte den Hauptmann weggeschickt und ihm gesagt, er würde ihn rufen, sobald er ihn brauche.

Jetzt hatte er die Berichte vor sich ausgebreitet und blätterte die Seiten durch. Die Buchstaben schienen auf dem Papier zu tanzen, und ihm schmerzten die Augen von zu wenig Schlaf.

Viel Interessantes gab es nicht zu lesen. Jedes Hotel und jede Schenke in der Stadt waren durchsucht und alle Gäste kontrolliert worden. Man hatte ihre Papiere untersucht und deren Echtheit im KGB-Hauptquartier in der Pikkstraße überprüft.

Die Zahl der verhafteten Deserteure war auf einundzwanzig gestiegen.

Es gab einen Witz in der Armee. Wollte man desertieren, sollte man ins Baltikum fliehen. Dort waren die Frauen schön und der Alkohol kräftig, und wenigstens konnte man sich noch ein bißchen amüsieren, bevor man wegen Desertion in ein Straflager nach Sibirien verfrachtet wurde.

Lukin warf einen kurzen Blick aus dem Fenster. Der Winter war in dieser Gegend des Baltikums trostlos und finster. Meistens schien die Sonne nur drei Stunden am Tag. Lukin fand diese Jahreszeit äußerst deprimierend. Er sehnte sich nach der warmen Sonne auf der Krim, nach dem Duft der Orangenblüten und dem wilden Jasmin und nach dem warmen Wind auf seinem Gesicht. Er hatte Nadja versprochen, mit ihr diesen Sommer auf der Krim zu verbringen. Und jetzt fragte er sich, ob er überhaupt so lange leben würde, damit er dieses Versprechen halten konnte.

Er dachte an seine Frau und malte sich aus, was aus ihr würde, falls er versagte. Er durfte nicht scheitern. Lukin seufzte resigniert auf und konzentrierte sich wieder auf die Berichte. Er fühlte sich vor Enttäuschung und Nervosität so gespannt wie eine Stahlfeder.

Einundzwanzig Deserteure, ein Schwarzhändler und ein Junge von fünfzehn mit einer rostigen, illegalen deutschen Luger. Allerdings hatte er keine Munition bei sich gehabt. Man hatte den Jungen über den Fallschirmabsprung befragt, aber es war offensichtlich, daß er nichts wußte. Wenn man zwischen den Zeilen des Berichtes las, den der örtliche KGB verfaßt hatte, erkannte man, daß der Junge beim Verhör gefoltert worden war. Dabei war es eher unwahrscheinlich, daß er zu den Partisanen zählte. Sie versteckten sich in den Wäldern. Es waren mutige estnische Frauen und Männer, deren Unternehmungen allerdings aussichtslos waren. Ihre Bewaffnung bestand aus altersschwachen deutschen Waffen, aber immerhin setzten sie der Roten Armee zu, seit der Krieg vor acht Jahren zu Ende gegangen war.

Lukin schüttelte sich, als er den Bericht weglegte. Der arme Junge wurde vermutlich erschossen. Illegaler Waffenbesitz in den besetzten Gebieten bedeutete unweigerlich Exekution, ungeachtet des Alters.

Er schob den Stuhl zurück, zündete sich eine Zigarette an und inhalierte den starken marokkanischen Tabak bis tief in seine Lungenspitzen. In diesem Augenblick klopfte jemand an die Tür. Kaman trat ein und salutierte.

»Der Wagen steht für die Inspektionsfahrt bereit, Genosse Major. Der erste Kontrollpunkt ist der Ostturm, glaube ich.«

Lukin drückte seine Zigarette aus. »Gut, Kaman, dann auf zum Ostturm.«

Es war stockfinster und eiskalt, als der Emka über die schmale Kopfsteinpflasterstraße der Altstadt rumpelte.

Wie die meisten russischen Autos war auch dieses Fahrzeug spartanisch ausgestattet und hatte keine Heizung. Sinow trug eine dicke Schaffelljacke, damit er nicht fror. Er hatte Anna und Slanski geraten, sich nach hinten zu setzen und die dicke Wolldecke zu benutzen, die sich die Mitfahrer über die Beine legen konnten. Als er auf eine schmale Straße abbog, die zu einem der uralten Granittürme führte, sahen sie den Kontrollpunkt vor sich.

Eine Gruppe von Männern in Zivilkleidung und Uniformierte der Miliz standen an einer provisorischen roten Schranke, die zwischen zwei Ölfässern auf der Straße errichtet worden war. Die Barriere befand sich unmittelbar vor dem Turm. Drei Fahrzeuge warteten davor auf ihre Abfertigung, zwei Lieferwagen und ein Personenwagen. Die Milizionäre schienen mit dem ersten Lastwagen fertig zu sein. Er fuhr weiter, nachdem sie die Sperre beseitigt hatten.

Sinow bremste und stellte sich hinten an die Schlange. Ungeduldig tippte er mit dem Finger auf das Lenkrad.

»Mist. Ich fürchte, wir können nicht viel mehr tun als abwarten, bis wir dran sind.« Er drehte sich zu Slanski und Anna um, während er eine Zigarette aus einer Schachtel schüttelte. »Möchte jemand rauchen? Schwarzer Krim. Husten wird garantiert.«

Slanski nahm an, doch Anna lehnte ab. Er gab Sinow Feuer und blickte dann Anna an. Sie preßte angespannt die Lippen zusammen und erwiderte seinen Blick.

Sie hörten das Rumpeln eines Fahrzeugs auf dem Pflaster. Slanski blickte nach vorn. Ein grüner Sis der Armee fuhr von der anderen Seite bis zum Kontrollpunkt und hielt. Ein Mann stieg aus. Er trug die schwarze Uniform des KGB, eine Offiziersmütze, einen dicken Wintermantel und schwere Stiefel. Slanski bemerkte den schwarzen Lederhandschuh an seiner linken Hand, die steif wirkte. Slanski vermutete, daß es eine Prothese war.

Der KGB-Mann ging schnurstracks zu einem uniformierten Offizier und redete mit ihm. Er wirkte aufgebracht. Sekunden später drehte der Offizier sich um und brüllte Befehle. Die Milizionäre am Kontrollpunkt machten sich sofort daran, genauer zu kontrollieren.

Lampen flammten auf und tauchten die Straße in grelles Licht. Weitere Milizionäre erschienen. Sie wirkten, als hätte jemand sie aus ihrem Nickerchen auf dem Rücksitz ihrer Wagen gerissen. Der KGB-Offizier hatte offenbar Eindruck gemacht, denn der zweite Lastwagen wurde wesentlich gründlicher durchsucht. Plötzlich herrschte aufgeregte Betriebsamkeit, und die Dunkelheit war erfüllt von lautstarken Befehlen und Antworten.

Der Fahrer des Lastwagens war ausgestiegen, und ein Milizionär überprüfte seine Papiere. Mit Hilfe einer Taschenlampe verglich er das Foto im Ausweis mit dem Gesicht des Mannes, während andere Soldaten mit starken Lampen die Fahrerkabine durchsuchten. Die Plane des Lastwagens wurde hochgeklappt, und weitere Soldaten kletterten auf die Pritsche, während ihre Kameraden das Fahrgestell mit Spiegeln an langen Stangen und hellen Lampen absuchten.

Slanski fühlte, wie Anna seine Hand krampfhaft festhielt, während sie die Szene beobachtete. Er zählte zwölf Milizionäre und Soldaten, dazu den KGB-Offizier mit dem Lederhandschuh und dessen Fahrer. Fünf angsterfüllte Minuten verstrichen, ohne daß man Anstalten machte, den Lastwagen weiterfahren zu lassen. Hinter ihnen war die Schlange noch länger geworden.

Sinow hieb mit der Faust auf das Steuerrad. »Verdammter Mist! Wenn das so weitergeht, können wir von Glück reden, wenn wir es bis Mitternacht nach Leningrad schaffen.«

Plötzlich wurde der Laster weitergewinkt, und der Wagen vor ihnen fuhr vor. Er wurde genauso gründlich durchsucht und die Papiere des Fahrers penibel überprüft, während der KGB-Mann alles interessiert beobachtete. Er lehnte an einer Wand und rauchte eine Zigarette. Slanski fluchte leise. Ihm brach am ganzen Körper der Schweiß aus.

Er knüpfte unauffällig die Klappe seines Pistolenhalfters auf und schob mit dem Finger den Sicherungshebel der Tokarew auf ›Frei‹. Dann beugte er sich zu Anna, deren wachsende Angst er spürte.

»Mach dich bereit, falls wir weglaufen müssen«, flüsterte er. »Versuch, zur Schenke zurückzukommen.«

Sinow drehte sich plötzlich um. »Haben Sie etwas gesagt?«

Slanski lächelte. »Vielleicht hätten wir den Zug nehmen sollen, Oberst.«

»Verzeihen Sie bitte. Das alles ist vollkommen lächerlich.«

»Es ist ja nicht Ihre Schuld.«

»Natürlich nicht, aber ich glaube, ich muß mal ein Wörtchen mit dem verantwortlichen Offizier sprechen. Wir können doch nicht den ganzen Tag hier vertrödeln. Sonst kommen wir beide zu spät.«

Dann aber kamen sie an die Reihe, als der Wagen vor ihnen durchgewinkt wurde. Die Schranke wurde wieder herabgelassen, während der Oberst den Emka bis zur Sperre rollen ließ und hielt. Er kurbelte das Fenster herunter. Das Licht der Neonröhre tauchte das Wageninnere in gleißende Helligkeit. Ein Milizionär trat an den Wagen.

»Steigen Sie aus, und halten Sie Ihre Papiere bereit.«

Sinow lief vor Wut über die Grobheit des Milizionärs rot an. Er hielt ihm seinen Ausweis vor die Nase. »Sie sprechen mit einem Oberst des KGB. Nehmen Sie sich gefälligst zusammen.« Er deutete auf die Barriere. »Und lassen Sie uns schleunigst durch!«

Der Milizionär warf einen Blick auf Sinows Ausweis und schüttelte den Kopf. »Alle werden überprüft, und sämtliche Fahrzeuge müssen durchsucht werden. Also tun Sie, was man Ihnen befohlen hat, dann können Sie rasch weiter.«

Sinow konnte seine Wut über die Unverfrorenheit des Milizionärs kaum zügeln. »Das werden wir ja sehen. Wer ist hier verantwortlich?«

»Das spielt zwar keine Rolle, Genosse Oberst, aber der Mann heißt Major Lukin, KGB Moskau. Steigen Sie bitte aus.«

Slanski und Anna zuckten bei dem Namen zusammen, doch Sinow verlor nun völlig die Beherrschung.

»Halt's Maul, du Schwachkopf, und sag dem befehlshabenden Offizier, daß ich ihn sprechen will! Sofort!«

Der Mann fuhr zusammen, als Sinow ihn anbrüllte, drehte sich um und hob die Hand. Der KGB-Mann namens Lukin hatte die Szene beobachtet.

Er stieß sich von der Wand ab und kam herüber. »Gibt es ein Problem?«

»Hören Sie, Lukin, oder wie immer Sie heißen«, fuhr Sinow ihn an. »Sie sprechen mit einem Oberst des KGB. Meine Freunde und ich haben es eilig. Wir werden dringend in Leningrad erwartet.«

»Leider darf niemand passieren, ohne daß er überprüft und durchsucht worden ist.«

»Auf wessen Befehl?«

Lukin holte seinen Dienstausweis hervor und hielt ihn Sinow hin. »Auf meinen. Wir suchen feindliche Agenten.«

Sinow betrachtete Lukins Ausweis. »Das ist ja alles sehr schön, aber wie Sie sich denken können, halten Sie uns auf.«

»Ich halte alle auf, Oberst. Aber Ihnen ist sicher klar, daß ich nur meine Pflicht tue. Würden Sie jetzt bitte aussteigen und Ihre Papiere vorzeigen?«

Sinow lief dunkelrot an, stieg jedoch aus und knallte die Tür hinter sich zu. Der Milizionär überprüfte seine Papiere, während zwei andere Männer den Wagen durchsuchten. Als Slanski und Anna ausstiegen, kniff Lukin interessiert seine Augen zusammen.

Er trat vor. »Ihre Papiere bitte, Hauptmann.«

Slanski reichte sie ihm. Der Major musterte eingehend Slanskis Gesicht und dann die Papiere, bevor er den Blick hob. »Und wer ist die Dame?« fragte er.

»Meine Frau, Genosse Major. Wir haben in Tallinn einen kurzen Besuch gemacht.«

»Aus welchem Grund, Hauptmann ... Petrowski?

Slanski lächelte und deutete mit einem Nicken auf Anna. »Unsere Hochzeitsreise, Genosse.«

»Wo haben Sie übernachtet?«

»Bei einem meiner Verwandten in der Altstadt. Gibt es ein Problem, Genosse Major?«

Lukin musterte Slanskis Gesicht. »Allerdings. Wir suchen eine Frau und einen Mann. Es handelt sich um feindliche Agenten, die vorgestern nacht mit dem Fallschirm abgesprungen sind. Zufällig entspricht das Alter der Gesuchten dem Ihren und dem Ihrer Frau.« Er blickte Anna an. »Diese Dame ist also Ihre Gattin?«

»Allerdings, Genosse«, sagte Slanski stolz. »Wir haben vor drei Tagen geheiratet.« Er lächelte. »Und ich kann Ihnen versichern, Genosse Major, daß sie keine feindliche Agentin ist.«

Einer der Milizionäre, der in der Nähe stand, lachte, Lukin jedoch verzog keine Miene.

»Ich beglückwünsche Sie beide. Darf ich auch Ihren Ausweis sehen, Madame?«

»Selbstverständlich.«

Anna wühlte in ihrer Handtasche und zog dann ihre Papiere heraus. Lukin überprüfte sie eingehend im Licht der Taschenlampe, befühlte sie und rieb mit dem Daumen über das Papier. Er reichte sie Anna aber nicht zurück, sondern blickte Slanski an. Dann überprüfte er dessen Papiere auf dieselbe Weise.

»Ihr Ziel, Hauptmann Petrowski?«

»Leningrad.«

»Was wollen Sie dort?«

»Ich muß mich bei meiner Division zurückmelden.«

»Um welche Division handelt es sich?«

»Die vierzehnte Panzerdivision. Im Gebiet um Nowgorod stehen Wintermanöver bevor, und ich muß daran teilnehmen.«

Der Major warf einen kurzen Blick auf Slanskis Schulterstücke. »Dürfen wir Ihr Gepäck durchsuchen?«

»Selbstverständlich, Genosse Major«, erwiderte Slanski ergeben.

Lukin schnippte mit den Fingern, und ein Milizionär trat neben ihn. »Durchsuchen Sie das Gepäck des Hauptmanns und das seiner Frau. Gründlich.« Während er Slanski betrachtete, traten zwei Milizionäre mit ihren Tokarew-Maschinenpistolen im Anschlag vor, als witterten sie plötzlich Ärger.

Sinow mischte sich ein. »Hören Sie, Major, ist das wirklich nötig? Wir haben es sehr eilig. Und dieser Offizier ist mir persönlich bekannt. Ebenso die junge Dame. Zufällig übernachte ich häufig bei ihrem Onkel hier in Tallinn.«

»Leider ja. Ich weiß, daß Sie es eilig haben. Aber das ist bei uns nicht anders. Es wird nicht lange dauern.«

Sinow errötete vor Zorn. Der Milizionär holte das gesamte Gepäck aus dem Kofferraum. »Bitte zeigen Sie mir Ihr Gepäck«, befahl Lukin Slanski.

Slanski deutete auf zwei Koffer. Lukin inspizierte sie zuerst sorgfältig von außen und strich mit den Fingern über die Nähte. Slanski spürte, wie ihm der Schweiß ausbrach und fragte sich, wie viele Schüsse er rasch abfeuern könnte. Er würde Lukin als ersten erschießen.

Der Major hob den Blick. »Machen Sie bitte die Koffer auf, Hauptmann.«

Slanski gehorchte. Lukin kniete sich hin und inspizierte den Inhalt im Licht einer Taschenlampe. Er prüfte die Etiketten der Kleidung und betastete den Stoff jedes einzelnen Kleidungsstückes. Schließlich stand er auf und musterte Slanski erneut. Offenbar war der Major unschlüssig; irgend etwas schien ihn zu beunruhigen.

»Sie kommen mir bekannt vor, Hauptmann. Sind wir uns schon mal begegnet?«

»Ich glaube nicht, Major.«

»Haben Sie während des Krieges gedient?«

»Bei der Fünften in Kursk.«

»Infanterie?«

»Jawohl, Genosse.«

»Wirklich? Kannten Sie Oberst Kinjatin?«

Slanski tat so, als müßte er einen Augenblick nachdenken. Dann schüttelte er den Kopf. »Ich war nur drei Monate in Kursk, bevor ich versetzt wurde. Von diesem Mann habe ich leider nie gehört.«

Sinow zitterte vor Kälte und mischte sich erneut ein. »Also wirklich, Major, der arme Kerl und seine Frau mußten schon auf ihre Flitterwochen verzichten. Sie sehen doch, daß er ein richtiger Offizier ist. Wollen Sie sich zum Narren machen und ihn verhaften, oder sollen wir alle hier stehenbleiben und erfrieren?«

Der Major warf Sinow einen verächtlichen Blick zu und schaute dann wieder Anna und Slanski an, als könnte er sich nicht entscheiden.

»Eine Frage noch, Hauptmann: Wann hat Ihre Frau Geburtstag?«

»Wie bitte, Genosse?«

»Ihr Geburtsmonat. Eine einfache Frage.«

Slanski lächelte gequält. »Im Juli. Das vergißt ein Mann nicht, vor allem, wenn er gerade erst geheiratet hat, Genosse.«

»Sind Sie nicht ein bißchen alt für einen frischgebackenen Ehemann, Hauptmann?«

»Genosse?«

»Ist das Ihre erste Ehe?«

Slanski schüttelte betrübt den Kopf. »Nein, Genosse. Meine erste Frau ist im Krieg gestorben. Wirklich, Genosse Major, ist das alles nötig?«

Lukin zögerte lange; dann reichte er den beiden die Pässe zurück. »Entschuldigen Sie die Verzögerung. Sie können weiter. Eine angenehme Fahrt, Hauptmann. Ihnen auch, Madam. Und selbstverständlich Ihnen, Oberst.«

»Das wurde auch langsam Zeit«, schnaubte Sinow und stieß den Atem aus, der in der kalten Luft eine große Wolke bildete.

Sie stiegen wieder in den Wagen. Als Slanski neben Anna auf den Rücksitz glitt und ihr die Wolldecke über die Beine warf, griff sie nach seiner Hand und drückte sie so fest, daß ihre Nägel sich schmerzhaft in seine Haut gruben. Er spürte, wie sie zitterte, und trotz der Kälte schwitzte er. Sein Herz hämmerte laut in seinen Ohren.

Als der Emka weiterfuhr und über das Kopfsteinpflaster holperte, fluchte Sinow hinter dem Steuer halblaut vor sich hin. »Diese Moskauer Arschlöcher glauben, sie könnten überall die Puppen tanzen lassen.« Er knurrte wütend. »Na warte,

Major Lukin, du kleiner Scheißer von einem Emporkömmling. Um dich kümmere ich mich, wenn ich in Leningrad angekommen bin. Du hast kein bißchen Respekt vor einem höheren Dienstgrad.«

Während er weiterfluchte, warf Slanski einen Blick durch die Rückscheibe.

Der KGB-Major stand immer noch da und blickte dem Wagen hinterher. Seine Miene wirkte nach wie vor unschlüssig.

Slanski drehte sich wieder um. Der Major war verdammt clever gewesen. Seine harmlosen Fragen hätten ihm eine Menge verraten können. Und seine Miene hatte nur allzudeutlich verraten, daß er immer noch nicht überzeugt war. Slanski schüttelte sich vor Anspannung, als der Emka um die nächste Ecke fuhr.

»Was ist?« flüsterte Anna in dem dunklen Wagen.

»Ich glaube, da ist gerade jemand über mein Grab getreten.«

Lukin kehrte kurz vor neun in die Tondy-Kaserne zurück.

Kaman wartete mit einem Stapel Papieren auf ihn. Er wirkte erschöpft.

»Neue Berichte für Sie, Major. Es gibt leider immer noch keine Spur von den beiden.« Er legte die Papiere auf den Schreibtisch. »Glauben Sie, daß wir hier nur noch unsere Zeit verschwenden?«

Lukin starrte ihn an. »Im Gegenteil. Ich will, daß die Operation weiterläuft und ausgedehnt wird.«

Kaman seufzte. »Haben Sie schon in Betracht gezogen, daß diese Leute beim Absprung über Estland vielleicht ums Leben gekommen sind? Manchmal versagen Fallschirme ja auch. Vielleicht sollten wir auf dem Land nach Leichen suchen?«

»Einen defekten Fallschirm akzeptiere ich, aber keine zwei. Mein Befehl steht fest: Dehnen Sie das Netz auf fünfzehn Kilometer außerhalb des Stadtkerns aus! Ich will, daß jedes Haus, jede Schenke und jeder Laden in dieser Stadt gründlich durchsucht werden.«

»Aber das wird Tage dauern!«
»Sie haben zwölf Stunden.«
»Major, dann müssen wir ein Viertel der Bevölkerung Estlands überprüfen.«
»Das interessiert mich nicht«, knurrte Lukin wütend. »Befolgen Sie meine Befehle. Und zwar schnell, Mann!«
»Jawohl, Herr Major!« Kaman salutierte, verließ das Zimmer und schlug die Tür hinter sich zu.

Lukin fuhr sich verzweifelt mit der Hand durchs Haar. Er hatte den Hauptmann angefahren, obwohl der Mann vermutlich genauso erschöpft war wie er selbst, aber es stand einfach zuviel auf dem Spiel. Mittlerweile hätte bei all den Straßensperren, Kontrollstellen und Überprüfungen der Hotelregister irgend etwas herauskommen müssen.

Aber das Ergebnis war gleich Null. Nicht einmal der Verdacht, daß dieses Pärchen überhaupt in Tallinn war, erhärtete sich.

Lukin warf einen Blick aus dem Fenster. Weiter entfernt in der Dunkelheit sah er die schwachen Umrisse der alten Stadtmauern, über die sich die vergoldeten Zwiebeltürme der lutherischen Kirche erhoben, die seit dem fünfzehnten Jahrhundert stand und viele Besetzer hatte kommen und untergehen sehen.

Irgendwo da draußen mußten der Mann und diese Frau stecken. Es war einfach albern. Bei so vielen Straßensperren hätte irgend etwas herauskommen müssen.

Er dachte an den Hauptmann und dessen junge Frau am Ostturm. Der Mann hatte etwas Merkwürdiges an sich gehabt, das Lukin nicht aus dem Kopf ging. Er war sicher, das Gesicht dieses Mannes schon einmal gesehen zu haben. Aber woher kannte er ihn?

Die Frau des Hauptmanns war zwar attraktiv, aber keineswegs hübsch. Das Make-up hatte ihr Gesicht eher unansehnlich gemacht. Vielleicht mit Absicht? Der Hauptmann hatte behauptet, sie wären auf ihrer Hochzeitsreise. Also hätte seine junge Frau glücklich sein müssen. Sie hatte aber nicht glücklich ausgesehen, sondern eher verängstigt. Oder spielte ihm seine Einbildung einen Streich?

Der Mann hatte kein Anzeichen von Angst gezeigt. Eher

hatte er einen verwirrten Eindruck gemacht. Lukin wurde einfach nicht schlau aus dem Burschen.

Die Frage nach dem Geburtsdatum seiner Frau hatte seine Einschätzung beeinflußt, wenn auch nur geringfügig. Er hatte einmal in Kiew ein deutsches Agentenpaar erwischt, die ebenfalls als Frau und Mann gereist waren. Ein Ehemann erinnert sich stets an den Geburtstag seiner Frau, und der Deutsche hatte zu lange gezögert. Schließlich war er geflohen und erwischt worden. Aber dieser Hauptmann hatte das Datum gewußt.

Dennoch war das Paar ein Grenzfall, und Lukin hätte ihre Geschichte überprüfen sollen. Die Intervention des Oberst, daß er das Paar persönlich kannte, hatte letztlich den Ausschlag gegeben.

Vor allem das Gesicht des Mannes hatte Lukin beunruhigt. Er war sicher, daß er ihn von irgendwoher kannte. Etwas an seiner Erscheinung war ihm seltsam vertraut vorgekommen. Aber er war zu besorgt und angespannt gewesen. Die Erinnerung funktioniert am besten, wenn man ruhig und konzentriert ist, nicht in Aufregung, wenn einem alles mögliche durch den Kopf geht. Es würde ihm sicher wieder einfallen, wo er den Mann schon einmal gesehen hatte. Aber im Moment konnte Lukin sich beim besten Willen nicht erinnern.

Pascha hatte recht. Es war üblich, dem Ermittler Zugang zu allen Informationen zu geben, die einen Fall betrafen.

Das Foto der Frau zeigte sie ohne Make-up. Ihr Haar war kurzgeschoren und ihr Gesicht ausgemergelt. Die dunklen Schatten unter ihren Augen waren nicht zu übersehen. Sie waren auf Verzweiflung oder einen Mangel an Schlaf zurückzuführen. Oder auf beides.

Lukin versuchte sich vorzustellen, wie die Frau mit längerem Haar und geschminkt aussah, und wenn ihr Gesicht ein bißchen voller war. Doch es gelang ihm nicht. Eine Frau konnte ihre Erscheinungsbild mit geschickt aufgetragener Schminke fast vollkommen verändern. Trotzdem: Irgendeine Ahnung sagte dem Major, daß hier etwas nicht stimmte. Und an den Kontrollpunkten hatte man kein weiteres verdächtiges Paar gefunden.

Er nahm den Hörer ab und wählte Kamans Nummer.

»Hier Lukin. Ich möchte, daß Sie sofort Hauptmann Oleg Petrowski überprüfen. Finden Sie heraus, ob er bei der vierzehnten Panzerdivision in Leningrad dient. Lassen Sie sich zu seinem unmittelbaren Vorgesetzten durchstellen oder zu dem Mann, der als nächster Vorgesetzter in Frage kommt. Ich will Informationen aus seiner Personalakte. Herkunft, Eheschließung und so weiter. Und lassen Sie sich bestätigen, ob die Division ein Wintermanöver in Nowgorod plant. Sie sollen mich anrufen.«

»Wer ist dieser Petrowski?« wollte Kaman wissen.

»Führen Sie meinen Befehl aus. Und dann rufen Sie den örtlichen Luftwaffenkommandeur an und lassen einen Hubschrauber bereitstellen, falls ich ihn brauche. Wenn der Mann Schwierigkeiten macht, stellen Sie ihn zu mir durch. Und überprüfen Sie, wo ein KGB-Oberst namens Sinow in Tallinn übernachtet hat.«

Lukin legte auf. Er hatte noch genug Zeit, den Emka aufzuhalten, bevor er Leningrad erreichte. Die Fahrt dauerte fünf Stunden, also blieben Lukin noch gute drei Stunden für die Verfolgung.

Er warf einen Blick auf die Uhr. Es war neun Uhr früh.

Mit etwas Glück würde das Divisionshauptquartier in Leningrad innerhalb von zehn Minuten Rückmeldung erstatten.

SECHSTER TEIL

27. FEBRUAR 1953

9.15 BIS 18.30 UHR

36. KAPITEL

Estland
27. Februar

Sie nahmen die Hauptverkehrsstraße nach Kivioli und bogen dann hinter der Stadt auf die Küstenstraße nach Leningrad ein.

Buntbemalte Fischerboote verrotteten am Ufersaum, und die verlassenen Netze sahen wie gewaltige, gefrorene Spinnweben aus. Der Himmel war wolkenlos, doch im Westen zog über der vereisten Ostsee eine unheilverkündende Schneewolke auf.

Es waren noch über dreihundert Kilometer bis Leningrad, also etwa fünf Stunden Fahrt auf der Hauptstraße, doch kaum hatten sie Kivioli verlassen, waren die Straßen mit Militärfahrzeugen verstopft. Eine lange Kolonne Panzer und Lastwagen sprühten auf ihrem Weg nach Westen Matschfontänen hinter sich auf, und Sinow mußte langsam fahren, bis sie die Küste erreicht hatten.

»Schön zu sehen, daß Stalin immer noch daran liegt, die Balten wissen zu lassen, wer hier das Sagen hat«, bemerkte Sinow. »Möchte jemand eine Zigarette?«

Slanski nahm eine. Als Sinow sein Feuerzeug nach hinten reichte, sagte er beiläufig: »Dieser Major in Tallinn schien mir Ihretwegen ziemlich unsicher zu sein.«

Slanski lächelte. »Das muß an meinem Galgenvogelgesicht liegen, Genosse Oberst.«

Sinow lachte. »Na ja, wenn Sie wirklich Agenten wären, hätten Sie sich wohl kaum einen KGB-Oberst als Mitfahrgelegenheit ausgesucht.«

Nach einer Stunde herrschte kaum noch Verkehr auf den Straßen, abgesehen von einigen Bauern auf Pferden und mit Eselskarren. Sinow holte ein bißchen von der verlorenen Zeit auf.

Sie fuhren durch armselige estnische Städte und Dörfer, und hier und da verschandelte die Ruine eines Hauses die Landschaft. Die Häuser waren seit dem Krieg verlassen. Sie kamen an verkohlten Gebäuden und verlassenen Gehöften mit eingefallenen Dächern vorbei. Rostige, ausgeschlachtete deutsche Panzer und Reste von Artilleriegerät standen auf den Feldern und verrotteten.

Als sie durch ein völlig verlassenes Dorf fuhren, sahen Slanski und Anna, daß die Holzhäuser erst vor kurzem abgerissen worden waren und von der Kirche nur noch die Grundmauern standen. Mit zwei schwarzen Strichen hatte man den Namen des Dorfes ausradiert.

»Vor ein paar Monaten war das noch ein blühendes Dorf«, erklärte Sinow. »Bis einige Partisanen auf die Idee kamen, ein Munitionsdepot in einer Kaserne hier in der Nähe in die Luft zu jagen. Der örtliche Kommandeur hat alle Männer erschossen und die Frauen und Kinder nach Sibirien geschickt. Drastisch, nicht wahr? Aber manchmal sind drastische Maßnahmen erforderlich, nicht wahr, Hauptmann?«

»Selbstverständlich.«

Sinow drehte sich lächelnd um. »Diese dämlichen Partisanen glauben tatsächlich, sie könnten uns besiegen. Wie Hitler, dieser Verrückte, und der Narr Napoleon. Kennen Sie das berühmte Denkmal in Riga? Auf der einen Seite steht: ›1812 kam Napoleon auf dem Weg nach Moskau mit 200 000 Soldaten vorbei.‹ Auf der anderen Seite steht: ›1813 kam Napoleon hier aus Moskau mit 20 000 Soldaten vorbei.‹« Sinow lachte.

Eine halbe Stunde später fuhren sie an Narwa vorüber. Sinow schlug vor, sich kurz die Beine zu vertreten, bevor sie nach Leningrad weiterfuhren.

»Wir essen etwas und trinken einen Schluck Wodka. Nichts macht einem den Kopf wieder so klar wie eine kleine Stärkung und ein bißchen frische Luft.«

Slanski blickte Anna an. Das Mißtrauen des Majors am Kontrollpunkt in Tallinn hatte sie beide tief beunruhigt. Es paßte ihnen gar nicht, die Ankunft in Leningrad noch weiter hinauszuzögern.

»Vielleicht sollten wir uns lieber beeilen und weiterfahren?« meinte Slanski.

»Unsinn, wir haben Zeit genug. In weniger als zwei Stunden sind wir in Leningrad. Ein Stück weiter gibt's eine perfekte Stelle für eine Rast. Ich mache dort öfters Pause, wenn ich diese Straße fahre.«

Es herrschte finsteres, graues Zwielicht, und der Mond war immer noch zu sehen, als Sinow Minuten später von der Hauptstraße in einen kleinen Waldweg abbog. Rechts und links von der Straße führten kleine Pfade in den Wald. Nach hundert Metern fuhren sie über eine Bodenerhebung, gelangten auf eine Lichtung und blieben neben einem kleinen, zugefrorenen See stehen.

Der Blick über den See war wunderschön. Die hohen Birken rechts und links waren vom Schnee wie mit Puderzucker bestäubt. Nach der eintönigen, grauen Straße war es ein Bild der idyllischen Abgeschiedenheit.

Sinow stieg aus und sagte zu Slanski: »Herrlich, hab' ich nicht recht? Holen Sie den Wodka und das Essen aus dem Kofferraum, Hauptmann. Ich habe ein bißchen geräucherten Aal und Brot in Tallinn gekauft. Ihre Frau ist sicher auch hungrig.«

Slanski trat hinter den Wagen, öffnete den Kofferraum und nahm einen Picknickkorb heraus. Als er sich umdrehte, hörte er Anna aufschreien und sah, wie Sinow sie grob am Haar zog. Mit seiner Pistole zielte er auf ihren Kopf.

»Nehmen Sie die Hände hoch«, befahl er Slanski. Sinows Gesicht wirkte streng, und er war plötzlich vollkommen sachlich. »Binden Sie langsam Ihren Pistolengurt ab. Schön langsam. Dann werfen Sie ihn zu mir. Tun Sie, was ich sage! Sonst jage ich Ihrer Frau eine Kugel in den Schädel.«

»Was soll das?« fragte Slanski.

»Spielen Sie mir nicht das Unschuldslamm vor. Tun Sie, was ich sage!«

Slanski gehorchte. Der Oberst trat das Halfter und den Gurt zur Seite, stieß Anna von sich weg auf Slanski zu und zielte dann auf sie beide.

In seinen Augen loderte Mißtrauen. »Mit Ihnen beiden stimmt was nicht. Der Major in Tallinn hatte recht: Sie sind feindliche Agenten.«

»Das ist doch Unsinn, Oberst«, erwiderte Slanski einlenkend. »Unsere Papiere waren in Ordnung. Nehmen Sie die Waffe runter. Meine Frau und ich ...«

»Halten Sie den Mund!« befahl Sinow scharf. »Ich habe Ihnen zugehört. Von Ihnen beiden kommt keiner aus Leningrad. Ich war dort mein Leben lang zu Hause und kenne den Akzent. Ihre Frau kommt aus Moskau, soviel steht fest, aber Sie – aus Ihnen werde ich nicht schlau. Und eben ist mir noch etwas eingefallen. Gestern abend haben Sie mir erzählt, Sie wären bei der 17. Panzerdivision. Aber dem Major am Kontrollpunkt haben Sie gesagt, daß Sie bei der vierzehnten Division sind. Vielleicht würden Sie mir das mal erklären.«

»Habe ich das wirklich gesagt? Dann war es ein Versprecher, Oberst. Und ich habe niemals behauptet, daß meine Frau aus Leningrad kommt.«

»Ein Versprecher? Heiliger Strohsack.«

Slanski verlagerte sein Gewicht und machte sich bereit, den Mann anzuspringen, doch er stand zu weit entfernt, um unauffällig näher an den Oberst heranzukommen.

Sinow ruckte mit der Pistole. »Ich würde es gar nicht erst versuchen. Ich bin ein hervorragender Schütze.« Er zielte mit der Waffe auf Slanski. »Und jetzt sagen Sie mir, wer Sie wirklich sind, sonst drücke ich ab.«

Lukin saß in der eiskalten Kanzel des MIL-Hubschraubers und konzentrierte sich auf die Straße, deren Band sich unter dem Plexiglas entlangschlängelte.

Vor einer Stunde waren sie im Dunkeln in der Tondy-Kaserne gestartet und flogen in kaum fünfzig Meter Höhe über der Straße nach Leningrad. Endlose Birkenwälder erstreckten sich zu beiden Seiten der Fahrbahn. Die Bäume sahen aus wie weiß gepudert. Die Lichter von Dörfern und Gehöften leuchteten vor ihnen in der grauen winterlichen Finsternis.

Der Hubschrauberpilot drehte sich um und rief über den Lärm in der Kanzel hinweg: »Viel weiter kommen wir nicht, Major. Voraus bewegt sich eine Wolkenbank aus Schneewolken von Westen auf uns zu. Es ist gegen die Vorschrift, bei Dunkelheit und schlechtem Wetter zu fliegen.«

Lukin hatte schon Schwierigkeiten gehabt, den Kommandeur des Piloten zu überreden, den Hubschrauberflug bei Dunkelheit zu erlauben. Erst Berijas Brief hatte geholfen. Der Mann hatte mürrisch nachgegeben und Lukin vor den Gefahren eines Fluges bei schlechter Sicht gewarnt. Der MIL war dafür nicht ausgerüstet, und der Pilot mußte sich dicht am Boden halten.

Jetzt schüttelte Lukin den Kopf. »Vergessen Sie die Vorschriften. Sie kehren erst um, wenn ich es Ihnen sage. Haben Sie noch genug Sprit?«

»Es reicht für zweihundert Kilometer, aber ...«

»Fliegen Sie weiter und sagen Sie mir, wenn Sie etwas sehen.«

Der Pilot wollte protestieren; dann aber sah er Lukins grimmige Miene und wandte sich wieder den Armaturen zu.

Lukin blickte auf die Landkarte, die er auf den Knien ausgebreitet hatte. Er hielt eine kleine Taschenlampe in der Hand und beleuchtete damit die Karte, während er gleichzeitig die Straße im Auge behielt. Eine Panzerkolonne kam ihnen aus südlicher Richtung entgegen. Ihre massigen, grauen Konturen wirkten im Zwielicht wie riesige Metallschnecken.

Zehn Minuten nach Kamans Anruf hatte sich das Leningrader Hauptquartier gemeldet. Bei der vierzehnten Panzerdivision gab es keinen Hauptmann Oleg Petrowski, und es waren auch keine Wintermanöver in Nowgorod geplant. Lukins Instinkt war richtig gewesen. Er ärgerte sich nur, daß er nicht schon am Kontrollpunkt auf seine innere Stimme gehört hatte.

Der KGB hatte die Schenke durchsucht, in der Sinow übernachtet hatte. Doch der Laden war verschlossen und der Eigentümer nirgends zu finden. Die Männer waren kurzerhand in die Schänke eingebrochen und hatten alles durchsucht, aber nichts Interessantes gefunden. Im Gästebuch befand sich nur noch ein weiterer Name, der eines gewissen Hauptmann Bukarin. Lukin würde abwarten müssen, ob entweder der Hauptmann oder der Kneipenbesitzer wieder auftauchten.

Nach seiner Schätzung mußte der Emka irgendwo direkt vor ihnen sein. Selbst wenn er mit achtzig Stundenkilometern fuhr, konnte er höchstens zweihundert Kilometer weit gekommen sein. Bei dem Verkehr waren hundertfünfzig Kilometer wahrscheinlicher.

Das hieß, sie hatten noch fünf Minuten Vorsprung.

Lukin hatte überlegt, ob der Oberst, der den Wagen fuhr, vielleicht auf eine Nebenstraße ausgewichen war, aber das war unwahrscheinlich. Es gab keine Baustellen auf der Hauptverkehrsstraße, und die kleineren Straßen waren vom Militärverkehr verstopft. Aus welchem Grund also hätte der Oberst eine Nebenstraße befahren sollen? Der Pilot hatte bereits mehrere Emkas eingeholt und war in der Dunkelheit dicht neben ihnen hinuntergegangen. Die Insassen hatten ungläubig dreingeschaut, als der Hubschrauber fast auf gleicher Höhe neben ihnen geflogen war, so daß Lukin die Insassen besser mustern konnte. Aber bis jetzt hatten sie den Emka des Oberst noch nicht gefunden. Lukin wußte nicht genau, ob er den KGB-Mann als unschuldiges Opfer einer Täuschung betrachten sollte oder ob der Offizier in der Sache mit drinsteckte.

Er blickte wieder auf die Hauptstraße hinunter. Sie war leer. Die letzte Panzerkolonne hatten sie vor einigen Minuten hinter sich gelassen. »Haben Sie ein Suchlicht unter dem Rumpf?« rief er dem Piloten zu.

Der nickte.

»Wenn wir in den nächsten zehn Minuten niemanden sehen, kehren Sie um und suchen die kleineren Straßen ab!« befahl Lukin. »Der Wagen könnte irgendwo angehalten haben.«

Der Befehl schien dem Piloten ganz und gar nicht zu gefallen. Er deutete besorgt auf den düsteren Himmel und schüttelte den Kopf. »Es wird bald schneien«, rief er. »Außerdem gibt es abseits der Hauptstraße Hochspannungsleitungen. Bei diesen Lichtverhältnissen könnten wir gegen so ein Ding fliegen. Es ist zu gefährlich.«

»Tun Sie, was ich sage!« brüllte Lukin.

Der Pilot schüttelte störrisch den Kopf. »Nein, Major. Ich bin für diese Maschine verantwortlich. Es bleibt dabei. Es ist zu gefährlich. Und wenn es noch dazu schneit, ist es glatter Selbstmord. Wir kehren um ...«

Der Pilot zog am Steuerknüppel. Der MIL flog eine Kurve nach rechts, in die Richtung, aus der sie gekommen waren.

Lukin zog die Pistole aus dem Halfter, spannte sie und drückte sie dem Mann an den Kopf.

Der Pilot starrte ihn fassungslos an.

»Verdammt! Sind Sie übergeschnappt?«

»Vielleicht. Auf jeden Fall werden Sie sterben, wenn Sie nicht tun, was ich Ihnen befehle. Schalten Sie den Suchscheinwerfer an, Leutnant, oder ich puste Ihnen das Hirn aus dem Schädel!«

»Oberst, Sie machen einen Fehler!«
Sinow hielt immer noch seine Waffe auf Slanski gerichtet. »Reden Sie, bevor ich Lust bekomme, Sie zu erschießen.«
»Ich habe nichts zu sagen. Nur, daß ich diesen Vorfall melden werde.«
Sinow zeigte einen Augenblick Zeichen von Unsicherheit; dann aber sagte er: »Sie strapazieren meine Geduld.«
»Darf ich einen Vorschlag machen? Wir fahren zur nächsten Kaserne, und Sie rufen meinen Vorgesetzten an. Er wird Ihnen meine Identität bestätigen.«
Sinow lächelte. »Und auf dem Weg dorthin gehen Sie beide stiften. Ich bin kein Idiot! Und ich werde auch den Verdienst einstreichen, Sie zur Strecke gebracht zu haben, nicht dieser aufgeblasene Major in Tallinn. Also sagen Sie mir, wer Sie sind.«
»Hauptmann Oleg Petrowski, vierzehnte Panzerdivision.«
Sinow trat dichter an Slanski heran und zielte mit der Waffe direkt auf seinen Kopf. »Hören Sie auf, mich zu verscheißern, oder ich puste Ihnen die Birne weg ...«
»Oberst, ich glaube, Sie sollten die Wahrheit erfahren«, meldete Anna sich zu Wort.
Slanski wollte etwas sagen, doch sie fiel ihm ins Wort. »Nein. Ich werde es ihm sagen.« Sie blickte Sinow offen in die Augen. »Wir sind nicht verheiratet. Mein Ehemann ist ein hoher Armeeoffizier in Leningrad. Dieser Mann hier ist der, für den er sich ausgibt. Wir sind nach Tallinn gekommen, um ungestört zusammensein zu können.«
Sinow grinste. »Ein Liebespärchen? Netter Versuch, aber Sie müssen sich schon was Besseres einfallen lassen.«
»In meiner Tasche ist ein Foto von meinem Ehemann und mir.«
Sinow zögerte und wirkte plötzlich unsicher. »Holen Sie es raus. Aber schön vorsichtig! Machen Sie keine Zicken, sonst verliert Ihr Freund hier seinen Kopf.«

Anna ging zum Wagen und nahm ihre Tasche vom Rücksitz.

Sinow trat dichter an sie heran. »Werfen Sie sie her.«

Anna warf Sinow die Tasche zu. Als sie im Schnee landete, bückte sich Sinow, um sie aufzuheben.

Mit zwei schneller Schritten war Anna bei ihm. Als Sinow reagierte und in panischer Hast die Waffe hochriß, schlug Anna ihm die Handkante gegen den Hals. Der Oberst schrie vor Schmerz auf, und Slanski hechtete auf ihn zu. Aber er war nicht schnell genug.

Sinow feuerte einen Schuß ab, der Slanskis Uniformrock streifte. Slanski trat dem Oberst die Waffe aus der Hand und schmetterte ihm die Faust ins Gesicht. Sinow fiel auf den Rücken in den Schnee. Blut lief ihm aus dem Mund.

Als Slanski nach der Waffe griff, schaute Sinow ihn flehend an. Sein Blick war furchterfüllt. »Bitte, töten Sie mich nicht, bitte. Ich erzähle es niemandem. Bitte ... «

Slanski schoß ihm zwischen die Augen.

Anna schlug entsetzt die Hand auf den Mund. »Geh zum Wagen zurück«, sagte Slanski.

Doch sie rührte sich nicht, starrte wie gelähmt auf den Leichnam des Oberst. Aus seiner Stirnwunde pumpte das Blut wie eine kleine Fontäne. Einige Sekunden lang stand sie erschüttert da, bis Slanski ihren Arm berührte.

»Anna ...«

»Faß mich nicht an!«

Als sie ihn wegschubste, packte Slanski verärgert ihren Arm und umfaßte dann ihr Gesicht. »Hör mir zu! Du stehst unter Schock. Glaubst du, mir gefällt das? Das ist Krieg, Anna! Es geht um Leben oder Tod. Er hätte uns beide erschossen. Vergiß nicht, daß er zum KGB gehörte, den Leuten, die dich in den Gulag gesteckt haben. Es sind dieselben Mistkerle, die dir dein Kind weggenommen haben. Denk daran!«

Seine Worte brachten sie zur Besinnung.

»Hilf mir lieber, die Leiche zu verscharren. Sieh nach, ob du im Wagen etwas findest, womit wir graben können. Schnell. Ich will nicht den ganzen Tag hierbleiben.«

Anna beobachtete, wie Slanski sich über die Leiche beugte und die Taschen des Oberst durchsuchte. Dann blickte sie in den Himmel, als sie ein leises Knattern hörte, doch es wurde schwächer und verklang schließlich.

»Was ist los?« Slanski schwitzte und starrte sie eindringlich an.

»Nichts. Ich dachte, ich hätte etwas gehört ...« Anna ging zum Wagen.

Sie brauchten fünf Minuten, um den Toten in einem flachen Grab im Schnee zu verscharren. Sie hatten die Erde mit dem Wagenheber und Bremskeil ausgehoben Schließlich waren sie fertig und schweißüberströmt. Ihre Kleidung starrte vor Blut.

»Zieh dich um. Ich hole die Koffer.«

Anna zog sich aus, und nachdem Slanski die Koffer aus dem Wagen geholt hatte, wechselte er ebenfalls die Kleidung. Er zog den Cordanzug an und setzte die Kappe auf. Als Anna fertig war, blickte Slanski sich noch einmal prüfend um. »Gib mir deine blutigen Kleidungstücke«, sagte er.

Anna reichte sie ihm. Slanski ging zu ein paar Büschen, grub ein Loch und warf die Kleider hinein. Dann schob er die Erde darüber und verteilte Schnee darauf, bis es so aussah wie zuvor.

»Gehen wir.«

Als sie den Wagen erreichten, betrachtete Slanski Annas Gesicht. Es war blaß und abgespannt, und er bemerkte die Angst in ihrem Blick.

»Anna, du weißt, daß ich es tun mußte.«

»Ja, ich weiß.« Ein Schauder überlief sie.

»Was hast du? Ist dir kalt?«

»Ich habe Angst.«

»Wir können in weniger als zwei Stunden in Leningrad sein. Wenn wir ein bißchen Glück haben, wird man Sinow einige Zeit nicht vermissen.«

Er strich ihr sanft übers Gesicht, zog dann sein Jackett aus und legte es ihr über die Schultern.

»Du wirst frieren!« protestierte Anna.

»Nimm es.«

Sie blickte ihn an. »Alex ...«

»Was?«

Sie wollte etwas sagen, schien dann aber ihre Meinung zu ändern und schüttelte den Kopf.

»Nichts.«

Sie drehte sich um und betrachtete die Fußabdrücke im Schnee. »Was ist damit?«

»So wie's aussieht, wird es bald wieder schneien. Die Spuren sind schnell zugedeckt. Komm, verschwinden wir. Je schneller wir von hier weg sind, desto besser.«

Sie stiegen in den Wagen, nachdem Slanski ihr Gepäck im Kofferraum verstaut hatte. Er schaltete das Licht an und beleuchtete damit den Weg durch den Wald zurück zur Hauptstraße.

Plötzlich dröhnte es hoch über ihnen, und sie sahen den Lichtkegel eines starken Scheinwerfers zwischen den Bäumen hinter ihnen. Das Geräusch wurde immer lauter, bis es zu einem ohrenbetäubenden Knattern wurde.

Unvermittelt tauchte ein Hubschrauber über den Baumwipfeln auf. Der Scheinwerfer unter seinem Rumpf blendete sie, als er sie in seinem Kegel fing.

Undeutlich sahen sie die Umrisse zweier Männer im Cockpit. Einer von ihnen zielte mit einer Pistole durch das geöffnete Fenster auf sie.

Ein Schuß peitschte, und das Fenster auf der Beifahrerseite des Emka zersplitterte.

Anna schrie auf, als die Kugel an ihr vorbeizischte.

»Halt dich fest!«

Slanski ließ hastig den Motor an. Die Maschine heulte auf, und die Reifen drehten im Schnee durch, bevor sie faßten und den Emka auf den Waldweg katapultierten.

37. KAPITEL

Lukin rieb sich die Augen und starrte in die Tiefe.

Das Dröhnen der Rotorblätter ließ die Kabine vibrieren und machte es ihm schwer, sich zu konzentrieren, während sein Blick ständig zwischen beiden Seiten der Hauptstraße hin und her schoß.

Sie glitten über den ausgedehnten, silbrig schimmernden dichten Birkenwald hinweg. Der längliche Kegel des Suchlichts tastete die Laubdecke vor ihnen ab und glitt nach rechts und links, je nachdem, wie der Pilot den Helikopter schwenkte. Ab und zu blickte der Mann nervös zu Lukin hinüber. Er hielt immer noch die Waffe in der Hand. Wenn sie zu tief gingen, berührten sie möglicherweise die Baumwipfel oder verfingen sich in der elektrischen Hochspannungsleitung, die dicht neben der Straße entlangführte. Sie hatten fast zehn Minuten im Zickzackflug den Wald neben der Hauptstraße abgesucht, aber nichts gefunden. Lukin fluchte.

Dem Piloten stand der Schweiß auf der Stirn, als er Lukin einen Blick zuwarf. »Major, wenn wir jetzt nicht umkehren, kommen wir in verdammte Schwierigkeiten. Dann haben wir nicht mehr genug Treibstoff für den Rückflug nach Tallinn, und das Wetter wird immer schlechter ...«

»Fliegen Sie weiter!«

»Major ... Ich muß protestieren.«

»Ich übernehme die Verantwortung für den Hubschrauber. Tun Sie, was ich sage!«

Der Pilot biß die Zähne zusammen und wandte sich wieder seinen Instrumenten zu. Die Stimme des Mannes hatte einen verzweifelten Unterton.

In diesem Moment passierte es.

Das Suchlicht huschte über einen schmalen Waldweg, auf dem Lukin die Reifenspuren bemerkte.

»Da drüben!« Er streckte die Hand aus, und auch der Pilot sah die Spuren. Vor ihnen lag eine kleine Anhöhe im Wald; dahinter zeichneten sich undeutlich die Umrisse eines zugefrorenen Sees ab.

»Gehen Sie tiefer!«

»Major, wenn wir zu dicht an die Baumwipfel kommen ...«

»Tiefer, Mann!«

Der Pilot schüttelte genervt den Kopf, gehorchte jedoch und brachte den Hubschrauber noch tiefer hinunter. Der Suchscheinwerfer erfaßte die beiden Spuren auf dem Waldweg, die zu einer kleinen Anhöhe vor dem zugefrorenen See führten. Als sie das Ufer des Sees überflogen, sah Lukin plötzlich den schwarzen Emka und konnte einen kurzen Blick auf die beiden Gestalten werfen, die hastig in den Wagen sprangen. Sein Herz schlug schneller.

»Halten Sie die Maschine über dieser Stelle! Nicht weiterfliegen!« rief er dem Piloten zu.

Der Lärm im Cockpit war beinahe überwältigend, als der MIL über dem Emka in der Luft stehenblieb. Die Rotorblätter ließen die gesamte Maschine vibrieren, beugten die Wipfel der Bäume und peitschten den Schnee auf.

Lukin sah durch die Scheibe die verblüfften Gesichter des Pärchens, die einen Augenblick im Licht des Suchscheinwerfers wie angewurzelt verharrten.

Seine Gedanken überschlugen sich vor Anspannung. Einen Augenblick zögerte er unschlüssig, dann riß er das kleine Fenster an der Seite des Helikopters auf, zielte mit seiner Pistole auf den Wagen und feuerte.

Er sah, wie das Glas auf der Beifahrerseite splitterte. Dann schoß der Emka mit einem mächtigen Satz nach vorn und jagte über den Waldweg.

»Hinterher!« brüllte Lukin.

Der Pilot flog einen Bogen und rauschte dröhnend dicht über die Bäume hinter dem Fahrzeug her.

Slanski schwitzte am ganzen Körper, während er das Lenkrad umklammerte und der Wagen über die schmale Straße holperte. Durch das zerschossene Fenster drang eiskalte Luft ins Wageninnere, doch Slanski spürte gar nichts davon, so sehr war seine Aufmerksamkeit auf den Weg vor ihnen gerichtet. Ab und zu sprang der Wagen in die Luft, wenn sie über ein tiefes Schlagloch fuhren. Anna hielt sich mit aller Kraft an der Tür fest.

Sekunden später dröhnte der Motor des Hubschrauberrotors genau über ihnen. Die Maschine überholte sie, drehte sich und blieb dann in der Luft vor ihnen stehen. Das Suchlicht strahlte ihnen genau in die Augen. Slanski fluchte, als er geblendet wurde. Einen Augenblick verlor er die Kontrolle über den Wagen und mußte alles daransetzen, ihn wieder in den Griff zu bekommen.

Der Emka geriet ins Schleudern. Slanski trat aufs Gaspedal,

der Wagen schoß nach vorn – und dann waren sie wieder vor dem Lichtkegel. Slanski riß das Steuer herum, als ein kleiner Weg rechts abzweigte, doch der Helikopter folgte ihnen und setzte sich erneut vor sie. Sie hörten einen metallischen Schlag, als eine Kugel durchs Dach drang. Anna schrie auf, als das Geschoß in die Rückbank einschlug.

»Halt dich fest!«

Slanski hielt das Lenkrad mit einer Hand, kurbelte das Seitenfenster herunter und zerrte seine Tokarew aus dem Halfter. Er bremste leicht. Sekunden später rauschte der Hubschrauber über die Wipfel direkt vor ihnen. Die Maschine schwang für Augenblicke nach rechts und links, bis sie wieder Stabilität gewann.

Plötzlich sah Slanski das Gesicht des Majors im Cockpit.

Er zielte, feuerte dreimal kurz hintereinander und sah die Löcher und Risse im Glas der Kanzel.

Der Helikopter neigte sich leicht, blieb jedoch über ihnen. Slanski sah, daß der Major durch das Seitenfenster zielte. Weiße Wölkchen stiegen links vom Wagen im Schnee auf.

Slanski trat aufs Gaspedal und jagte das Auto voran. Der Helikopter schwang herum und nahm erneut die Verfolgung auf.

Plötzlich stieß der Emka auf einen schmalen Weg. Slanski erkannte, daß sie sich wieder auf der Straße befanden, die von der Hauptstraße zum Waldsee führte.

Er schlug das Lenkrad nach rechts ein. Der Hubschrauber war noch immer hinter ihnen. Sein starker Suchscheinwerfer erfüllte das Wageninnere mit gleißender Helligkeit.

Sekunden später sah Slanski etwa fünfzig Meter weiter die Hauptverkehrsstraße. Links vor ihnen befand sich ein hoher Strommast mit dicken Leitungen, die zu beiden Seiten wegführten.

»Kopf runter!« rief er Anna zu.

Er trat das Gaspedal bis zum Bodenblech herunter und jagte mit dem Wagen auf den Mast zu.

Das Rattern der Rotorblätter war ohrenbetäubend. Lukin schwitzte. Er war der Verzweiflung nahe.

Der Pilot mußte sein ganzes Können aufbieten, um die

Maschine unter Kontrolle zu halten. Ständig schlug er Haken, um den Emka nicht zu verlieren, der im Zickzack durch den Wald jagte.

Lukin ließ den Wagen nicht aus den Augen. Er hielt die Tokarew aus dem Fenster und versuchte, einen genauen Schuß auf den Fahrer abzugeben, aber das war beinahe unmöglich. Jedesmal, wenn der MIL vor dem Wagen lauerte, bog der auf einen anderen Weg ein, und der Hubschrauber schwankte bedrohlich, als er ihm folgte.

»Halt das verdammte Ding ruhig!« brüllte Lukin den Piloten an.

»Was glauben Sie, was ich die ganze Zeit versuche?« erwiderte der Mann gereizt.

Plötzlich wurde der Emka langsamer, und sie überholten ihn erneut. Als der MIL herumschwang und der Pilot versuchte, den Wagen mit dem Suchlicht zu fixieren, ertönten rasch hintereinander drei Schüsse, und in dem Glas über ihren Köpfen splitterten drei Löcher. Der MIL stieg in die Höhe, während Lukin sich unwillkürlich duckte, durchs Fenster zielte und zweimal hintereinander feuerte. Doch beide Kugeln verfehlten ihr Ziel. Der Emka fuhr weiter, bog rechts ab in den Wald und zurück auf die Straße, die zur Hauptstraße führte.

»Hinterher! Lassen Sie sich nicht abhängen, Mann!«

Der Pilot fluchte gereizt, riß den MIL herum und folgte dem Wagen.

Sie waren noch fünfzig Meter von der Straße entfernt, als es Lukin vor Angst plötzlich kalt überlief.

»Um Himmels willen ...!« rief der Pilot.

Entsetzt sah Lukin den Strommast direkt vor sich. Verzweifelt versuchte der Pilot, in letzter Sekunde auszuweichen, aber einen Augenblick später durchschnitten die Rotorblätter die Kabel. Ein gewaltiger, blendender, weißblauer Lichtbogen umhüllte die Kanzel, und vor ihren Gesichtern tanzten Funken wie Feuerwerk.

Ein donnerndes metallisches Kreischen ertönte, als der MIL in den massiven Hochspannungsmast krachte, und das Geräusch der Rotorblätter brach unvermittelt ab, als der Hubschrauber in einem Feuerball zu Boden sank.

38. KAPITEL

Leningrad
27. Februar

Anna und Slanski verließen die Straßenbahn am Newski-Prospekt.

Es war früher Nachmittag. Auf Leningrads breiten Straßen staute sich der Verkehr. Slanski nahm Annas Hand, als sie die lange, überfüllte Allee entlangmarschierten. Es fing an zu schneien, und um sie herum herrschte heilloses Chaos, Lärm und Gedränge.

Weit hinter ihnen erhoben sich die Alexandersäule vor dem Winterpalast und die Kuppel der wunderschönen St.-Isaak-Kathedrale in den Himmel. Die Kanäle, die den Newski-Prospekt kreuzten, säumten zitronengrüne Gebäude aus der Zarenzeit, die aus dem Schneetreiben hervorstachen. Sie brachten ein bißchen Farbe in das vorherrschende Grau. Überall auf den Straßen standen noch Ruinen aus dem Krieg; manche wurden von mächtigen Holzbalken gestützt. Diese Hausruinen zeugten von der fast dreijährigen Belagerung, die fast die halbe Stadt zerstört und mehr als eine halbe Million Einwohner das Leben gekostet hatte.

Über den Newski-Prospekt war ein Banner gespannt, das einen strahlenden Josef Stalin zeigte. Er lächelte auf den Verkehr hinunter, der unter ihm vorbeirollte. Laster und Personenwagen, Busse, Handwagen und Straßenbahnen. Viele deutsche Fahrzeuge waren darunter, BMWs, Volkswagen und Opel, die von den besiegten Nazis erbeutet oder stehengelassen worden waren.

Slanski warf einen kurzen Blick auf das Banner, das Stalin zeigte, und wandte sich dann Anna zu, während sie sich nebeneinander durch die Menge kämpften. Sie war erschöpft und blaß, und ihre Augen verrieten die Anspannung und Anstrengungen der letzten Stunden.

Sie hatten den Emka zehn Kilometer vor Leningrad in einer Seitenstraße der Vorstadt Udelnaja stehenlassen. Mit dem Bus waren sie bis an den Stadtrand gefahren und hatten dann den

Rest des Weges mit einer der gelben Straßenbahnen zurückgelegt. Nach nur einer Stunde hatten sie das Zentrum von Leningrad erreicht.

Die Fahrt vom Wald bis hierher hatte fast drei Stunden gedauert. Sie hatten sich an kleinere Straßen gehalten, waren dafür aber an keinem Kontrollpunkt angehalten worden. Niemand hatte ihnen auch nur die geringste Aufmerksamkeit geschenkt, und auch jetzt achtete keiner auf die beiden, als sie den Newski-Prospekt entlangspazierten.

Als sie den Bahnhof erreichten, von wo aus der Zug nach Moskau ging, suchte Slanski ein Münztelefon und wählte eine Nummer.

Der Mann mit dem hageren Gesicht stellte drei Wodkagläser auf den schäbigen Tisch.

Er kippte das erste auf einen Zug hinunter und musterte die Frau und den Mann, bevor er sich mit dem Ärmel den Mund abwischte.

»Trinken Sie. Sie werden es brauchen.«

Der Mann war um die Vierzig, und in seinem dunklen, schmalen Gesicht war keine Spur von Nervosität zu erkennen.

Er war ein ukrainischer Nationalist, der nach dem Krieg als Flüchtling in Paris gelebt hatte. Dort hatte er als Fotograf gearbeitet, bis die Amerikaner ihn mit einer falschen Identität nach Rußland zurückgeschickt hatten. Jetzt galt er als ein ehemaliger Kriegsgefangener, den die vorrückenden Alliierten in der Nähe von Göttingen befreit hatten. Nachdem er mit Hunderten anderer sowjetischer Soldaten ausgeliefert worden war, hatte der KGB ihn monatelang brutal verhört. Und als der Mann dies alles überstanden hatte, schickte man ihn zwei Jahre in die Gulags, weil er sich von den Deutschen hatte erwischen lassen.

Der Rest war das reinste Kinderspiel.

Er fand Arbeit in einem Fotostudio und machte schmeichelhafte Porträtaufnahmen von den höheren Offizieren der Leningrader Marineakademie. Die Männer waren von seinem Können so begeistert, daß sie sogar mit Freunden und

Familienangehörigen zu ihm kamen. Ab und zu schoß er auch Fotos, die diese Männer und deren Kameraden in ihren Marineuniformen zeigten.

Jeden Monat lieferte er Abzüge und interessante Biographien an einen Agenten der Emigrationsbewegung in Leningrad. Der wiederum reichte sie an das Emigrationsbüro in Paris weiter, und schließlich landeten die Fotos bei den Amerikanern.

Es war ein gefährlicher Job. Doch auf diese Weise konnte er den Kommunisten heimzahlen, was sie seinem Land angetan hatten.

Er hatte sich eine Stunde nach Slanskis Anruf in seinem Studio im Sommergarten in der Nähe des Winterpalastes mit Anna und Slanski getroffen. Nach einer längeren Rundfahrt mit der Straßenbahn – wodurch sie mögliche Verfolger abschütteln wollten –, waren sie schließlich zu dem Mann nach Hause gefahren. Seine Wohnung lag in einem verwahrlosten Gebäude am Moika-Kanal, in der Nähe des Newski-Prospekts.

Es war eine trostlose Wohnung mit abblätternden Tapeten und schäbigem Mobiliar. Sie lag im zweiten Stock eines alten Hauses aus der Zarenzeit, dessen Wohnungen zu Gemeinschaftsquartieren umgebaut worden waren. In der kleinen Küche schnitt der Mann ein paar Scheiben grobkörniges Brot ab und füllte Teller mit Haferbrei und Fleisch.

Seine Gäste rührten das Essen nicht an, tranken aber den Wodka.

»Wo liegt das Problem?« fragte Slanski schließlich.

Der Mann lächelte grimmig, während er sich eine Zigarette anzündete. »Alles, was Sie mir erzählt haben, stinkt geradezu nach Schwierigkeiten. Sie sind beide am Arsch, oder ich will nicht mehr Wladimir Rikow heißen.« Er warf Anna einen kurzen Blick zu und stieß gleichgültig den Rauch aus, während er seinen Gästen die Schachtel Zigaretten hinschob. »Leider kann ich es nicht anders ausdrücken, meine Teure.«

Slanski nahm eine Zigarette, als er plötzlich im Nachbarzimmer ein Pärchen streiten hörte. Sie schrien sich aus voller Kehle an, verfluchten sich, knallten die Türen und brüllten herum. Irgend jemand schrie, und dann hörte es sich an, als würde jemand geschlagen. »Nimm die Pfoten weg, du dreckiges Schwein!«

Wladimir schaute kurz zur Tür und lächelte zynisch. »Ja, ja, die Liebe. Wo wären wir nur ohne sie? Die Russen streiten sich nun mal gern und werfen sich Gegenstände an den Kopf. Was sie sich bei den Behörden verkneifen müssen, lassen sie zu Hause ungehemmt heraus.« Er deutete mit einem Nicken zur Tür. »Machen Sie sich über die beiden keine Gedanken. Das geht Tag und Nacht so. Gleich wird eine Tür zuknallen, der Mann wird seine Frau als ›Miststück‹ beschimpfen, abhauen und sich vollaufen lassen.«

Im gleichen Augenblick schlug eine Tür zu, eine männliche Stimme brüllte: »Miststück!«, und schwere Schritte entfernten sich über den Flur die Treppe hinunter.

Wladimir lachte. »Sehen Sie? Wenn nur auf alles im Leben soviel Verlaß wäre wie auf meine Nachbarn.«

»Sie wollten uns verraten, wieso wir in Schwierigkeiten stecken«, erinnerte ihn Slanski.

Der Mann zog an seiner Zigarette. »Aus zwei Gründen. Erstens: Nach dem, was Sie mir erzählt haben, dürften der KGB und die Miliz bereits nach Ihnen suchen. Zweitens: Ganz gleich, für welche Route Sie sich entscheiden – sie wird schwierig.«

»Wir können verschwinden, wenn Sie sich Sorgen machen«, bot Slanski an. »Wir wissen allerdings nicht, wohin wir gehen sollen.«

Wladimir schüttelte fatalistisch den Kopf. »Machen Sie sich um mich keine Gedanken. Der Krieg hat alle meine Probleme gelöst. Meine Frau und meine Familie sind umgekommen. Ich bin als einziger übrig geblieben. Worüber sollte ich mir groß den Kopf zerbrechen?« Er stand auf und griff nach der Wodkaflasche. »Sollen die Schweine mich doch erschießen, wenn sie wollen.«

Er schenkte sich nach, während Slanski sich nun ebenfalls erhob und zum Fenster ging. Er blickte auf den kleinen Hof hinunter, von dem ein Weg durch einen Bogengang zur Straße führte. An einer Wand am Ende des Hofs befand sich eine Reihe von Holztüren mit Vorhängeschlössern. Offenbar handelte es sich um Vorratsräume für die winzigen Wohnungen.

Der Hof starrte vor Abfall und wurde von einer ganzen Schar magerer, hungriger Katzen belagert.

Slanski hatte den Vorfall mit dem KGB-Major Lukin erwähnt. Er hatte sich dazu verpflichtet gefühlt, weil alles, was von nun an geschah, ihre Weiterreise beeinflussen und möglicherweise auch Wladimir gefährden konnte. Doch den Ukrainer hatte diese Nachricht sonderbarerweise kalt gelassen.

»Wir müssen uns irgendwie nach Moskau durchschlagen«, sagte Slanski und trat vom Fenster zurück.

Wladimir drückte die Zigarette aus, brach ein Stück Brot ab und kaute. Er spülte es mit einem Schluck Wodka hinunter und wischte sich den Mund ab.

»Leichter gesagt als getan. Es gibt den Roten-Stern-Expreß. Der Zug fährt nachts von Leningrad nach Moskau und braucht zwölf Stunden. Aber ich vermute, daß die Bahnhöfe beobachtet werden. Fliegen wäre natürlich am schnellsten. Die Aeroflot fliegt alle zwei Stunden Moskau an. Aber man kommt nur schwer an Tickets und muß meistens mehrere Tage warten, und das auch nur, wenn man Glück hat. Außerdem werden KGB und Miliz den Flughafen scharf bewachen, ebenso die Bahnhöfe. Sie könnten natürlich einen Wagen stehlen und fahren, aber das dauert anderthalb Tage, einschließlich der Pausen. Außerdem gehen Sie ein unnötiges Risiko ein, wenn Sie mit einem gestohlenen Wagen an einem Kontrollpunkt erwischt werden.«

»Und was ist mit den Bussen?«

Wladimir schüttelte den Kopf. »Es gibt natürlich Überlandbusse, aber keine Linie, die direkt nach Moskau fährt. Sie müßten so oft umsteigen, daß die Fahrt einige Tage dauern könnte. Es ist ziemlich umständlich, wenn man sich nicht auskennt.«

Slanski warf Anna einen resignierten Blick zu und seufzte. Sie erwiderte den Blick und fragte dann Wladimir: »Gibt es denn keinen anderen Weg?«

Wladimir grinste und spuckte einen Tabakkrümel auf den Boden. »Vielleicht doch.« Er dachte kurz nach und schaute die beiden dann an. »Ich hab' eine Idee. Vielleicht klappt es ja. Kommen Sie mit, ich zeige es Ihnen.«

Anna und Slanski folgten ihm zur Tür.

Estland

Es war ein Alptraum.

Lukin erwachte in der eiskalten Finsternis und zitterte am ganzen Körper. Seine Gliedmaßen waren steif vor Kälte, und das Blut rann wie flüssiges Eis durch seine Adern.

Er war starr, schweißgebadet und fühlte sich, als hätte er Fieber.

Kleidung und Gesicht waren mit einer Eisschicht bedeckt, und er hatte das Gefühl, als hätte jemand ihn in einen Eisblock gesteckt. Die Kälte brannte wie Feuer auf seiner Haut und in seinen Knochen.

Als er im Schnee lag und gegen die Ohnmacht ankämpfte, nahm er den unverkennbaren Geruch von Kerosin wahr, vermischt mit einem anderen, einem beißenden, süßlichen Gestank.

Diesen Gestank kannte Lukin. Keiner, der einmal in die Nähe eines Schlachtfeldes gekommen war, würde ihn je vergessen. Es stank wie ein Tierkadaver.

Es war brennendes menschliches Fleisch.

Er drehte den Kopf, schaute sich um. Ein scharfer Schmerz schoß durch seinen linken Arm, und er schrie auf.

Langsam schloß er die Augen und öffnete sie wieder. Er blickte an seinem Körper hinab, auch wenn er im spärlichen Licht kaum etwas erkennen konnte.

Er lag im Schnee, und sein Hinterkopf berührte irgend etwas Hartes. Lukin erkannte, daß er sich an einen umgestürzten Baumstumpf lehnte. In seinem Hinterkopf pochte ein dumpfer Schmerz, und er fühlte ein stechendes Pochen im ganzen Leib. Seine Kleidung war bei der Explosion zerfetzt worden. Der Stoff war versengt, und er roch brennendes Material und Kerosin.

Und noch etwas. Zu seinem Entsetzen sah er, daß seine Prothese abgerissen worden war und der Stumpf aus dem linken Ärmel lugte. Am Ende war die Haut schwarz angesengt.

Lukin starrte beunruhigt auf die Wunde. Er versuchte, den Arm zu bewegen, doch es ging nicht. Sein ganzer Körper war steif. Lukin wußte nicht, ob die Kälte oder der Schock schuld daran waren.

Vielleicht war er gelähmt, weil die Explosion sein Rückgrat zerschmettert hatte?

Er konnte sich nicht daran erinnern, aber er mußte mit Benzin übergossen worden sein, als der Tank des Hubschraubers explodiert war. Er erinnerte sich nur noch an das schreckliche Getöse, als der MIL auf dem Boden aufgeschlagen war, und an die Explosion der Flammen einen Augenblick zuvor. Vage stand ihm noch vor Augen, wie die Tür auf seiner Seite durch die Wucht des Aufpralls aufgeflogen war. Er war hinausgeschleudert worden und mit dem Kopf gegen irgend etwas Hartes geprallt.

Was anschließend geschehen war, wußte er nicht.

Er war im Schnee gelandet, der die Flammen auf seiner Kleidung und an seinem Arm offenbar erstickt hatte. Dennoch schmerzte der Armstumpf höllisch.

Da kam ihm ein Gedanke: Wenn er sich das Rückgrat gebrochen hätte, würde er doch keinen Schmerz mehr empfinden, oder?

Vielleicht nicht. Und wenn doch?

Er spürte die Hitze in der Nähe.

Lukin brauchte einige Sekunden, bis er sich wieder besann, wo er war. Dann wurde sein Blick von den prasselnden Flammen rechts von ihm angezogen.

Es war ein Gewirr aus zischendem Metall und Dampf, der vom Wrack des MIL aufstieg. Der Wald brannte nicht, doch in den Resten des Cockpits, das am Fuße eines großen eisernen Strommastes lag, prasselte das Feuer. Abgerissene Stahlkabel schwangen im Wind. Jedesmal, wenn sie gegen den Mast stießen, stoben die Funken durch die Dunkelheit.

In der Mitte des Metallhaufens züngelten noch Flammen. Lukin sah den Leichnam des Piloten aus dem zertrümmerten Wrack hängen. Der Mann war halb verbrannt, und Ascheflocken lagen auf seinen Beinen und Füßen, wo die Flammen sich schon bis zu den Knochen vorgearbeitet hatten. Kleine Rauchwolken stiegen vom Körper auf. Der linke Arm des Mannes baumelte über einem Stück zerfetzten Metalls. Der Unterarm war unter dem verletzten Ellbogen fast verkohlt. Der Knochen war glatt durchgebrochen, und der Arm wurde nur noch durch Sehnen gehalten und schwang im Wind – groteskerweise sah es aus, als winkte der Pilot.

Lukin schüttelte sich.

Der Mann war tot, und es war seine, Lukins Schuld. Er hatte sich zu sehr darauf versteift, Slanski und die Frau zu fassen. Er hatte sie unbedingt vor Leningrad aufhalten wollen. Und jetzt war ihnen doch die Flucht geglückt, und er hatte sie aus den Augen verloren.

So nahe dran ... Er war so nahe dran gewesen.

Lukin wußte nicht, wieviel Zeit verstrichen war, aber er vermutete, daß es nicht viel sein konnte, da das Wrack noch brannte. Es fing an zu schneien; die Schneeflocken schmolzen zischend in den Flammen.

Lukin war kaum noch bei Bewußtsein, doch er wußte, daß er bei diesen Temperaturen draußen nicht lange überleben würde. Sein Körper kühlte rasch aus. Nicht mehr lange, und er würde erfrieren. Er versuchte sich zu bewegen, war aber immer noch zu steif.

Plötzlich bemerkte er einen Lichtschein zwischen den Bäumen und hörte das Brummen eines Motors. Die Schnellstraße! Vielleicht war jemand abgebogen, um sich anzuschauen, was der Grund für die Explosion und den zerstörten Strommast war.

»Hilfe!« rief Lukin heiser.

Es war ein schwacher Schrei, ein verzweifelter Hilferuf. Niemand reagierte darauf.

Sekunden später verschwanden die Motorengeräusche und das Licht hinter den Bäumen.

Es war sinnlos. Sein Arm schmerzte höllisch, und bleierne Müdigkeit breitete sich in ihm aus.

Am liebsten hätte er die Augen geschlossen und geschlafen und sein ganzes Leid vergessen.

Nicht schlafen! befahl er sich. Sonst stirbst du!

Für einen Augenblick sah er in seinem Fieberwahn Nadjas Gesicht. Sie lächelte ihn an.

Dann schloß er die Augen und ergab sich dem Schmerz und der eisigen Finsternis.

Leningrad

Der Vorratsraum am Ende des Hofes lag in völliger Dunkelheit. Wladimir öffnete die beiden schweren Schlösser und schaltete das Licht an.

Schlagartig wurde es hell in dem Raum. Wladimir winkte die beiden hinein und schloß dann die Tür hinter ihnen. Früher, zur Zeit des Zaren, war der große Raum ein Stall gewesen, der zum Haus gehört hatte und den man über den Hof betreten konnte. Wladimirs Vorratsraum war vollgepackt mit uralten, verrotteten Möbeln und einer kleinen Werkbank, auf der Motorteile lagen. In einer Ecke lag eine staubige Decke mit Farbklecksen über einem großen, unförmigen Gebilde.

Wladimir zog die Decke herunter. Eine deutsche Armee-BMW kam zum Vorschein, die Maschine eines Kradmelders. Sie hatte zwei Ledertaschen über dem Hinterrad. Die ursprünglich graue Farbe des Motorrades war dunkelgrün übermalt worden, und die Maschine besaß zwei dicke, schwere Reifen mit grobem Profil. Genau das richtige für schwieriges Gelände. Wladimir lächelte und strich mit der Hand liebevoll über den Ledersattel.

»Es gibt eine Menge gegen die Deutschen zu sagen, aber sie bauen immer noch die besten Motorräder. Von diesem Modell fährt noch eine Menge, und sie sind viel besser als die sowjetischen Maschinen. Sogar die Armee benutzt sie. Ich habe erst letzte Woche eine Spritztour damit unternommen. Der Motor läuft wie geschmiert.« Er schob die Maschine mitten in den Raum. »Sind Sie schon mal Motorrad gefahren?«

»Nein.«

»Meine Güte! Dann sind Sie angeschissen, mein Freund.«

»Ich könnte es schnell lernen.«

»Auf russischen Straßen? Genausogut können Sie sich eine Pistole an die Schläfe setzen und abdrücken. Hier, starten Sie die Maschine. Probieren Sie sie aus. Und machen Sie sich keine Sorgen wegen der Nachbarn. Die sind daran gewöhnt, daß ich mit dem Ding herumfahre.«

Slanski hielt das Motorrad an den Lenkgriffen fest und stieg auf. Sie fühlte sich schwer und klobig an.

»Es ist natürlich verdammt kalt auf der Maschine«,

bemerkte Wladimir. »Sie müssen sich warm anziehen, sonst frieren Ihnen die Eier ab.«

»Ich werde daran denken.«

Wladimir lächelte Anna aufmunternd an. »Steigen Sie hinten auf, meine Teure. Gewöhnen Sie sich daran.«

Anna setzte sich hinter Slanski und schlang ihren Arm um seine Taille.

»Gut, jetzt starten Sie den Motor«, sagte Wladimir. »Der Kickstarter ist auf der rechten Seite. Dieser Metallhebel, der sich herausklappen läßt.«

Slanski fand den Kickstarter, klappte ihn herunter und trat einmal mit dem Fuß zu. Die Maschine sprang sofort an. Ein gleichmäßiges, beruhigendes Blubbern erfüllte den Vorratsraum.

Wladimir lächelte. »Sehen Sie? Es funktioniert gleich beim ersten Mal. Na, was halten Sie davon?«

»In Anbetracht der Tatsache, daß wir kaum Alternativen haben, wäre es wohl einen Versuch wert.«

Wladimir schenkte ihnen noch einen Wodka ein, als sie wieder in der Küche saßen, und breitete eine Landkarte auf dem Tisch aus.

»Nicht schlecht für einen Anfänger. Sie haben sich gut gehalten.«

Slanski war fast eine Stunde lang auf dem Hof herumgefahren, um sich an die Maschine zu gewöhnen. Es war gar nicht so einfach gewesen, doch unter Wladimirs Anleitungen gelang es ihm, das Ungetüm einigermaßen unter Kontrolle zu halten. Er lernte, die Gänge zu wechseln und die verschiedenen Schalter am Lenker zu bedienen. Außerdem übten sie, was man tun mußte, wenn der Motor absoff. Ein paar neugierige, magere Kinder waren aus den Wohnungen gekommen und hatten Wladimir angebettelt, mit ihnen eine Runde zu drehen, bis er sie schließlich wegscheuchte und die Maschine in den Vorratsraum zurückschob.

»Sagen Sie uns, was Sie vorhaben«, meinte Slanski in der Küche und musterte den Mann.

»Der KGB und die Miliz überwachen wahrscheinlich die

Bahnhöfe, Busbahnhöfe und die Flughäfen. Möglicherweise machen sie sogar Stichproben in der Metro.« Er deutete auf den Stadtplan. Ein Netz von Straßen führte in alle Himmelsrichtungen aus Leningrad hinaus. »Vielleicht errichten sie sogar Straßensperren auf sämtlichen Hauptstraßen, die aus der Stadt herausführen, falls sie nicht schon den Wagen gefunden haben, den Sie stehengelassen haben. Sobald sie den finden, machen Sie Ernst mit der Suche nach Ihnen, verlassen Sie sich drauf. Es sind noch mehr als sechshundert Kilometer bis Moskau. Mit dem Motorrad müßten Sie eigentlich die Hauptstraßen aus Leningrad meiden können. Und vor allem: Eine Straße werden sie bestimmt nicht kontrollieren: die Straße zurück nach Tallinn.«

»Das verstehe ich nicht«, sagte Anna.

Wladimir grinste. »Ganz einfach. Sie fahren die Ostseestraße zurück bis hinter Puschkin. Das ist hier.« Er zeigte erneut auf die Karte. »Das Städtchen heißt Gatschina und liegt ungefähr achtzig Kilometer von Leningrad entfernt. Von hier aus können Sie die Landstraßen nehmen, die sich südöstlich von Nowgorod gabeln. Dann sind es noch fünfhundert Kilometer bis Moskau. Aber sobald Sie Gatschina hinter sich gelassen haben, gibt es so viele kleine Straßen durch hügeliges, unbewohntes Waldgebiet, daß man die halbe Armee brauchen würde, um sie alle zu kontrollieren. Sie müßten es eigentlich ohne große Schwierigkeiten bis Moskau schaffen, jedenfalls solange Ihr Transportmittel Sie nicht im Stich läßt.

Das Motorrad ist für schwergängiges Gelände ausgelegt und bewältigt Feldwege ohne Probleme. Diese Strecke ist zwar ein Umweg, aber in Anbetracht der Umstände wahrscheinlich die sicherste. Und verirren werden Sie sich auch nicht. Sie können die Karte behalten, und ich gebe Ihnen auch noch einen Kompaß mit. Mit ein wenig Glück sollten Sie es in zwölf Stunden bis nach Moskau schaffen. Auf dieser Route fahren auch einige Züge von Kleinstädten in Richtung Moskau. Ich gebe Ihnen den Tip nur für den Fall, daß Sie das Motorrad stehenlassen müssen. Natürlich müssen Sie dann häufig umsteigen, aber dagegen kann man nichts machen. Es ist jedenfalls die beste Strecke, die mir einfällt. Sie brauchen die Nummernschilder nicht vom Motorrad zu schrauben, wenn Sie es stehenlassen. Wie die meisten deutschen Maschinen ist sie nicht angemeldet.« Er blickte die beiden grinsend an. »Na, wie hört sich das an?«

Slanski lächelte. »Wann brechen wir auf?«

»Keiner weiß, wie lange es dauert, bis die Stadt von Kontrollpunkten eingeschlossen ist. Je früher, desto besser, würde ich sagen.«

Slanski schaute auf die Uhr. »Also heute abend. Sobald der Verkehr auf den Hauptstraßen stärker wird. Um so weniger fallen wir auf.«

Estland

Lukin hörte den Schrei eines Tieres und war mit einem Schlag hellwach.

Inzwischen war es heller geworden, doch das blasse Tageslicht des Winters wurde vom Schneetreiben gedämpft.

Der Schmerz in seinem Armstumpf hatte nicht nachgelassen, und sein Körper zitterte vor Qual.

Wie lange lag er hier schon?

Er bewegte vorsichtig die Finger seiner rechten Hand. Es machte Mühe, aber wenigstens taten sie nicht weh und ließen sich überhaupt bewegen. Dann drehte er das Handgelenk so weit, daß er die Zeit von seiner Armbanduhr ablesen konnte.

Viertel nach eins.

Er hatte über drei Stunden im bitterkalten Wald gelegen.

Der Wind pfiff um die Bäume. Lukins Gliedmaßen schienen aus Eis zu sein, und seine Knochen schmerzten in der furchtbaren Kälte. Ihm klapperten die Zähne, und er fuhr sich mit der Zunge über die Lippen. Sie fühlten sich an, als wären sie mit Eissplittern gespickt. Er atmete tief ein, und die eiskalte Luft ließ ihn husten.

Dann hörte er wieder den Schrei.

Es klang wie der eines Hundes.

Aber es war kein Hund.

Er hatte diesen Ruf schon einmal gehört, in seiner Kindheit. Eine Erinnerung schoß ihm durch den Kopf. Sein Bruder und er, als kleine Kinder. Sie spielten an einem Winterabend auf einem Feld in der Nähe des elterlichen Hauses. Sein Vater war ein Stück entfernt und hackte Holz. Er blickte auf und winkte ihnen zu.

Und dann erklang dieses Geräusch, das sie bis ins Mark erschreckte. Als sie sich umdrehten, sahen sie zwei Paar gelbe Augen, die sie aus dem Wald anstarrten. Bis diese Lichter sich bewegten und zwischen den Bäumen hervorkamen. Es waren zwei weiße Wölfe.

Schneewölfe.

Ihre Felle waren so hell, daß sie beinahe zu leuchten schienen. Lukin hatte vor Angst aufgeschrien und war zu seinem Vater gerannt, der bereits auf ihn zukam. Er hob ihn in die Arme, und Lukin konnte sich immer noch an den beruhigenden Geruch erinnern, an die Mischung aus Desinfektionsmittel, Seife und Schweiß.

»Wölfe, Papa!« rief Lukin.

»Ha! Der macht sich gleich in die Hose!« rief sein Bruder Mischa und lachte.

Lukin blickte seinen Bruder vorwurfsvoll an. »Ach, ja? Und warum bis du dann auch gerannt?«

Mischa lächelte. »Deinetwegen, Brüderchen. Ich konnte dich nicht aufhalten.«

»Wölfe greifen keine Menschen an«, erklärte der Vater. »Es sei denn, sie werden bedroht. Vergeßt das nicht. Und jetzt kommt, Mutter hat das Abendessen fertig.«

Sein Vater trug die Jungen in das warme, heimelige Haus. Das Brot stand auf dem Tisch neben der Schüssel mit der heißen, dampfenden Suppe, die ihre Mutter gekocht hatte. Ein Holzfeuer brannte knackend im Herd und tauchte den großen, alten Raum in flackerndes Licht. Lukins Mutter umarmte die Jungen und schalt sie, daß sie ja nie wieder allein in den Wald gehen sollten. Ihr Leib war prall, denn sie erwartete ihr drittes Kind.

Und danach? fragte sich Lukin. Was war danach geschehen? Lukin versuchte sich zu erinnern, doch alles war wie unter einem Nebel verborgen. Es war schon zu lange her. Gesichter und Erinnerungen verschwanden in einem Dunst, den die Jahre verdichtet hatten. Er erinnerte sich nur an wenige Erlebnisse aus dieser Zeit, bevor Mischa gestorben war. Der stolze, tapfere Mischa.

Vielleicht erinnerte er sich jetzt nur deshalb an diese Dinge, weil er dem Tod so nahe war. Man sagte ja, daß in der Sekunde des Todes die Erinnerungen in Windeseile vor dem inneren Auge ablaufen. Lukin blinzelte und schob diese Gedanken beiseite. Die Gegenwart war wichtig, nicht die Vergangenheit.

Er konzentrierte sich auf das Wrack und den halbverbrannten Leichnam des Piloten. Vielleicht hatten die Wölfe das verbrannte menschliche Fleisch gerochen.

Er versuchte, diese schreckliche Vorstellung zu vergessen. Das Feuer war immer noch nicht erloschen. Die Glut schwelte noch. Wenn er näher ans Feuer kriechen konnte, taute die Wärme seine halb erfrorenen Glieder vielleicht wieder auf.

Unter Aufbietung aller Willenskraft bewegte er nacheinander Finger, Arme und Beine. Es fiel ihm schwer, doch er spürte nur einen dumpfen Schmerz. Nichts schien ernsthaft verletzt zu sein. Vielleicht war sein Rückgrat ja gar nicht gebrochen. Vielleicht kam die Taubheit von der Kälte.

Auf allen vieren kroch Lukin zum Feuer. Er brauchte lange, fast eine Ewigkeit, und versuchte, den stechenden Schmerz in seinem Armstumpf zu ignorieren. Schließlich hatte er es geschafft. Die Hitze der Glut wirkte wie Balsam, als sie allmählich seinen Körper durchdrang.

Was für ein wundervolles Gefühl.

Lukin betrachtete das Wrack. Der Leichnam des Piloten schwelte nicht mehr, aber der abgerissene Arm des Mannes baumelte immer noch über den Rand des Metalls.

Neben dem Schrotthaufen des Helikopters hingen die beiden funkensprühenden Hochspannungskabel. Lukin konnte nicht begreifen, wieso sich niemand um den beschädigten Hochspannungsmast kümmerte. Dann sah er, daß noch ein halbes Dutzend oder mehr Kabel intakt waren. Sicher, das Reparaturteam würde kommen, aber wann? Bis dahin konnte er erfroren sein. Das Funkgerät im Hubschrauber wäre vielleicht von Nutzen, falls es noch funktionierte, doch ein Blick auf das Wrack zeigte Lukin, daß allein der Gedanke daran reine Zeitverschwendung war.

Nach fünf Minuten versuchte er aufzustehen, doch seine Beine waren kraftlos, wie aus Gummi.

Lukin fluchte. Er brauchte mehr Wärme. Er drehte sich herum, bis seine Beine dichter an der Glut lagen.

Der Schock war abgeklungen und wurde von Zorn verdrängt. Irgendwie mußte er sich bis zur Schnellstraße schleppen. Wenn er die Miliz in der nächsten Stadt benachrichtigen konnte, bestand vielleicht noch eine Chance, die beiden zu erwischen. Natürlich wußte Lukin, daß der Mann und die Frau mittlerweile schon in Leningrad oder an irgendeinem anderen Punkt sein konnten. Er würde alle Kasernen entlang ihrer Fluchtroute benachrichtigen und überall auf der Schnellstraße Straßensperren errichten lassen.

Er fühlte, daß seine Beine warm wurden, und versuchte noch einmal, sich zu erheben. In diesem Moment hörte er ein Rascheln im Unterholz und ein tiefes, grollendes Knurren.

Instinktiv griff er nach seiner Pistole. Gurt und Halfter waren verschwunden. Das Rascheln kam näher.

Ein wunderschöner weißer Wolf tauchte zwischen den Bäumen auf.

Lukin blieb fast das Herz stehen. Er rührte sich nicht.

Das Tier starrte auf das Wrack. Seine Augen waren kleine gelbe Lichtkegel in den Schatten. Lukin verharrte regungslos, während der Wolf sich vorsichtig vom Waldrand zum Wrack bewegte, die Nase dicht am Boden. Es schien Lukin kaum zu beachten. Als das Tier den toten Piloten erreichte, schnüffelte es an dem halb abgerissenen Arm und leckte das Fleisch. Dann schlug der Wolf seine Reißzähne in den Arm, riß ihn mit einer kurzen Bewegung des Kopfes aus dem Gelenk und schleuderte ihn auf den Boden.

Hungrig fraß der Wolf das Fleisch vom Knochen.

Lukin hämmerte das Herz in der Brust.

Wölfe griffen angeblich keine lebenden Menschen an, außer wenn sie provoziert wurden, doch Lukin vermutete, daß jedes hungrige Tier Grund genug hatte, einen Menschen anzufallen. Und dieser Wolf sah mager und sehr hungrig aus.

Erneut raschelte irgend etwas in den Büschen. Ein zweiter Wolf tauchte auf, und Lukin bemerkte, daß das Tier mit seinen gelben Lichtern diesmal ihn fixierte.

Er hielt den Kopf so ruhig wie möglich, während er sich verzweifelt nach irgend etwas umschaute, womit er sich verteidigen konnte. Er sah den Gurt mit dem leeren Halfter im Wrack liegen. Er mußte abgerissen sein, als er durch die Tür des MIL geschleudert worden war. Entsetzt sah er, daß die Pistole nicht im Halfter steckte.

Dann fiel ihm ein, daß er die Waffe ja in der Hand gehalten und damit durchs Fenster des Helikopters geschossen hatte. Im gleichen Moment sah er ein metallisches Glänzen rechts von sich. Der Handgriff einer Pistole.

Der Wolf rannte aus dem Wald auf ihn zu.

Lukin schrie, drehte sich, rollte herum und packte die Waffe.

Der Wolf zog die Lefzen zurück und entblößte seine Reißzähne. Der andere Wolf schreckte zusammen, hörte zu fressen auf und knurrte den Mann heiser an.

Lukin hantierte mit seinen halb erfrorenen Fingern an der Waffe, zielte auf das Tier, das ihm am nächsten war, und drückte ab.

Klick.

Das Magazin war leer.

Hastig zog er den Gurt mit dem Halfter zu sich heran. Am Lederhalfter befand sich eine schmale Tasche für ein Extramagazin. Lukin öffnete sie, nahm das Magazin heraus und lud mit zitternden Fingern die Waffe nach.

Die Wölfe waren nur noch zwei Meter entfernt. Er konnte sie riechen. Sie zogen erneut die Lefzen zurück und knurrten grollend, wobei sie sich duckten, um ihn anzuspringen.

Lukin hob die Waffe und feuerte in die Luft. Die Wölfe jaulten erschreckt auf.

Er schoß noch einmal, und noch einmal.

Die Tiere hetzten in den Wald zurück.

Lukin wischte sich den kalten Schweiß vom Gesicht. Die Wölfe würden nicht lange wegbleiben. Sie waren bedroht worden und hatten ganz offenbar Hunger. Es war nur eine Frage der Zeit, wann sie es erneut riskieren würden, zum Fressen herauszukommen.

Lukin richtete sich mühsam auf und ignorierte den Schmerz, der in seinem Arm wie Feuer brannte. Er schaute zur Straße hinüber. Scheinwerfer blitzten auf, als ein Fahrzeugkonvoi vorbeirollte.

Die Straße war seine einzige Hoffnung.

Er stolperte auf schwachen Beinen durch den Wald. Seine Lungen brannten vor Anstrengung. Für die fünfzig Meter bis zur Schnellstraße brauchte der Major über zehn Minuten.

Die Straße war leer, doch er sah die Reifenspuren auf der weißen Fläche.

Lukin fluchte atemlos.

Plötzlich tauchten Scheinwerfer vor ihm auf: Ein Lastwagen bog um die Kurve und fuhr aus dem Schneetreiben auf ihn zu.

Lukin stolperte zur Mitte der Fahrbahn und winkte mit seiner Waffe.

39. KAPITEL

Leningrad

Es war kurz nach vier und schon dunkel, als Wladimir aus der Küche trat und Anna ein Päckchen in die Hand drückte. Es war in braunes Packpapier eingewickelt.

»Ein bißchen zu essen für die Reise. Es ist nicht viel. Nur Brot, Käse und etwas Wodka. Aber es sollte eure Mägen eine Zeitlang füllen und euch vor der Kälte schützen.«

»Danke.« Anna nahm das Päckchen, und Slanski trat vom Fenster zurück.

Wladimir reichte ihm einen zusammengerollten Lederbeutel, dicke wollene Handschuhe, einen uralten Helm und einen verschlissenen schwarzen Mantel, der stank, als hätte ein Hund darauf geschlafen.

»Der Mantel riecht zwar wie eingeschlafene Füße, aber er wird Sie auf dem Motorrad warm halten. Ich hab' leider keine anderen Sachen, die dick genug wären, um die Kälte abzuhalten. In dem Beutel sind ein paar Werkzeuge für einfache Reparaturen. Aber wenn Sie einen Platten kriegen, sieht's schlecht aus. Schließlich gib's keinen Reservereifen.«

»Ist genug Sprit im Tank?«

»Der Tank ist voll.« Wladimir reichte Slanski ein paar Wertmarken. »Wenn Sie tanken, werden Sie die brauchen. Aber nach Einbruch der Dunkelheit ist es nicht mehr so einfach, eine Tankstelle zu finden. Vor allem nicht auf entlegenen Landstraßen. Die Tankfüllung reicht für vierhundert Kilometer, wenn Sie nicht rasen. Und in einer der Satteltaschen ist ein voller Kanister, der noch einmal zweihundert Kilometer reicht. Das müßte für die Strecke eigentlich genügen. Leider habe ich nur einen Helm und eine Schutzbrille für den Fahrer. Setzen Sie die Brille bloß auf. Sonst schneidet der eisige Wind Ihnen die Augäpfel aus den Höhlen, sobald Sie schneller fahren.«

Slanski überprüfte noch einmal seine und Annas Papiere und schaute dann unruhig auf die Uhr. »Wie lange müssen wir noch warten, bis wir aufbrechen können?«

Wladimir warf einen Blick aus dem Fenster und kratzte sich das Kinn.

»Eine Stunde müßte reichen. Dann dürfte der Verkehr dicht genug sein.« Er breitete noch einmal die Karte auf dem Tisch aus. »Bis dahin können wir ja noch mal die Route durchgehen.«

»Was wollen Sie?«

Lukin stand vor dem Schreibtisch des Oberst, dessen Gesicht knallrot angelaufen war. »Ich will jeden verfügbaren Mann, den Sie haben. Sämtliche Bahnhöfe, Busse und Metrostationen sowie der Flughafen müssen kontrolliert werden. Wir müssen jeden Passagier eingehend überprüfen. Und jedes Hotelregister in der Stadt muß durchgesehen und die Identität der Gäste bestätigt werden. Und das ist erst der Anfang. Da kommt noch mehr, das versichere ich Ihnen.«

»Sie sind völlig übergeschnappt, Genosse!«

»Soll ich den Minister für Staatssicherheit anrufen, damit Sie das Genosse Berija persönlich sagen können?«

Das Gesicht des Oberst lief noch dunkler an. »Das dürfte kaum nötig sein.«

»Das glaube ich auch«, erwiderte Lukin. »Sie haben meine

Beglaubigung gesehen. Tun Sie sich den Gefallen, und gehorchen Sie den Befehlen.«

Er steckte den Brief wieder in die Tasche, während der Oberst sich erhob und resigniert seufzte. Er sah aus, als hätte er Lukin am liebsten verprügelt.

Der Oberst war ein großer, stämmiger Mann mit kurzem, rostrotem Haar. Sie befanden sich in seinem großen Büro im sechsten Stock des roten Backsteingebäudes am Liteini-Prospekt in Leningrad, in dem das KGB-Hauptquartier untergebracht war. Durch das breite Panoramafenster, hinter dem draußen Schneeflocken wirbelten, sah man schemenhaft die erleuchtete Stadt.

An den Wänden hingen gerahmte Fotos. Eines zeigte einen lächelnden Berija. Die anderen waren persönlicher Natur und in Berlin, Warschau und Wien aufgenommen worden: Gruppenbilder von lächelnden Soldaten, die in den Ruinen von Schlachtfeldern standen. Lukin erkannte auf sämtlichen Fotos den Oberst, der die Hände in die Hüften gestützt hatte und Kinn und Brust prahlerisch vorstreckte.

Neben dem Tisch des Oberst stand sein Adjutant, ein junger Hauptmann in Uniform.

»Sie verlangen sehr viel von uns, Major«, bemerkte der Adjutant. »Wir haben bereits die Militärpatrouillen wegen des Wagens alarmiert. Haben Sie eine Ahnung vom Umfang der Operation, die Sie verlangen?«

Lukin nickte. »Allerdings. Und ich weiß auch, daß Genosse Berija Ihren Kopf fordern wird, wenn Sie mir nicht jede erdenkliche Hilfe gewähren.« Lukin stand auf und starrte die beiden Männer an. »Ich bin überzeugt, daß Sie lieber mit mir als mit ihm zu tun haben.« Er blickte nachdrücklich auf seine Uhr. »Ich kann also auf Ihre Hilfe zählen?«

Der Adjutant blickte nervös zum Oberst hinüber. Der stand auf, nickte Lukin zu und seufzte.

«In Ordnung, Major«, sagte er zögernd. »Ich will Ihnen kurz die Lage schildern, dann machen wir weiter.«

Der Oberst ging zu einer Landkarte an der Wand neben dem Fenster. Lukin folgte ihm. In seinem Armstumpf fühlte er einen pochenden Schmerz. Er stank immer noch nach Kerosin und Rauch. Er sehnte sich nach einer Dusche oder einem Bad. Unten auf der Straße sah er, wie eine ältere Frau in dicken Stiefeln, die mehrere Röcke übereinander trug, den Bürgersteig vor dem Gebäude vom Schnee reinigte. Hinter den Dächern der einstigen Hauptstadt des Zarenreiches erstreckte sich das breite Band der zugefrorenen Newa. Das Schlachtschiff Aurora, dessen Kanonen einst den Sturm auf den Winterpalast unternommen und die russische Revolution eingeleitet hatten, lag im Eis vor Anker. Nicht weit davon entfernt erhob sich die prächtige Inselfestung Peter und Paul, hell erleuchtet von einem Meer aus Bogenlampen.

Lukin drehte sich um, als der Oberst einen schlanken, hölzernen Zeigestock nahm und auf die farbige Karte von Leningrad tippte. Rote Fahnen markierten militärische Einrichtungen und Kasernen.

»Kennen Sie sich in Leningrad aus, Major?«

»Leider nicht.«

»Wir reden von einer Stadt mit fast zwei Millionen Einwohnern. Es gibt zehn Bahnhöfe, einen zivilen und drei militärische Flughäfen und ein öffentliches Transportsystem, das Straßenbahnen, Busse und eine U-Bahn umfaßt. Vielleicht haben wir es mit insgesamt achtzig Bahnhöfen zu tun. Größere Schnellstraßen und Hauptstraßen befinden sich hier ...«, er deutete mit dem Stock auf eine Stelle der Karte, »... hier, und hier.« Er lächelte kurz. »Und dies ist die Ostseestraße, auf der Sie nach Ihrem bedauerlichen Absturz den Lastwagen angehalten haben. Wir haben eine Patrouille losgeschickt, die den Leichnam des Piloten bergen und nach dem vermißten Oberst suchen soll.«

Lukin ignorierte den Seitenhieb. »Was ist mit den Hotels?«

»Es gibt etwa vierzig in der Stadt«, erwiderte der Oberst gleichgültig. »Große und kleine. Ich kann meine Männer anweisen, die Neuankünfte in den letzten sechs Stunden telefonisch abzufragen. Das ist kein Problem. Aber es wird schwierig, wenn wir die kleineren Straßen abriegeln wollen – Hunderte von Straßen, die aus die Stadt hinausführen. Haben Sie eine Ahnung, was für ein Verkehrsaufkommen das ist? Etwa eine Viertelmillion Menschen ist ständig unterwegs, und während der Hauptverkehrszeiten erhöht sich diese Zahl beträchtlich. Wenn Sie das alles abdecken wollen, müssen wir sämtliche verfügbaren Mittel einsetzen.«

»Wie viele Männer können Sie aufbringen?«

»Sofort? Vielleicht tausend, einschließlich der Miliz. Werden mehr gebraucht, dauert es entsprechend länger.«

»Gut«, sagte Lukin. »Wenn die Gesuchten bereits bei einer Kontaktperson in der Stadt Unterschlupf gefunden haben – was ich vermute –, erschwert das unsere Aufgabe. Deshalb sollten Sie Ihre Informanten und Blockwarte anweisen, Augen und Ohren offenzuhalten und auf Fremde zu achten, die diesem Paar ähneln, von dem sie die Beschreibung haben. Besser noch, sie sollen auf alle Fremden achten. Und alarmieren Sie sämtliche Stellen der Miliz- und Verkehrspolizei. Außerdem soll jedes zivile und militärische Fahrzeug angehalten und überprüft werden.«

»Militärfahrzeuge?« Der Oberst starrte Lukin düster an. »Das ist doch lächerlich … !«

»Ganz und gar nicht. Der Mann hat sich als Armeeoffizier getarnt und ist damit durchgekommen. Er ist vielleicht immer noch in dieser Verkleidung unterwegs, und er und diese Frau benutzen die entsprechenden Namen, obwohl ich das bezweifle. Aber ich kann es mir nicht leisten, dieses Risiko einzugehen.«

Der Oberst seufzte. »Gibt es überhaupt eine Gruppe, die wir aussparen können, um Zeit zu gewinnen?«

»Tiere und Kinder. Bei allen anderen werden die Papiere kontrolliert. Ich nehme an, daß die beiden Agenten sich verkleidet haben. Und vergessen Sie nicht: Die Verdächtigten haben bereits einen hohen Offizier ermordet. Sie sind bewaffnet und sehr gefährlich. Wenn es den leisesten Zweifel an der Identität oder den Ausweisen einer Person gibt, ist sie entweder aufzuhalten oder unter Beachtung der entsprechenden Vorsichtsmaßnahmen zu verhaften.«

»Dann werden wohl jedes Gefängnis und sämtliche Kasernen der Stadt aus den Nähten platzen«, erwiderte der Oberst gereizt. »Wahrscheinlich müssen wir die Hälfte der Bevölkerung Leningrads überprüfen, ist Ihnen das klar, Major?«

»Ich würde meine Meinung nicht ändern, wenn es um die gesamte Bevölkerung Leningrads ginge. Die feindlichen Agenten müssen gefunden werden. Ist das klar?«

Dem Oberst trat der Speichel auf die Lippen. Er schien kurz vor einem Wutanfall zu stehen. Es schmeckte ihm überhaupt nicht, von einem niedrigeren Dienstgrad Befehle entgegennehmen zu müssen, doch mühsam bezähmte er seine Wut. »Verstanden«, erwiderte er finster.

Lukin humpelte zur Tür. »Bitte veranlassen Sie das alles sofort. Sobald Sie mehr Leute bekommen, lassen Sie auch die kleineren Straßen bewachen, die aus Leningrad heraus führen. Sie haben eine Stunde Zeit. Ich brauche ein Büro mit so vielen Telefonen wie möglich. Außerdem Funkverbindung zu allen Kontrollpunkten, über die wir gesprochen haben. Sorgen Sie dafür, daß die mobilen Einheiten Funkgeräte haben. Außerdem möchte ich einen schnellen Wagen mit Fahrer zu meiner Verfügung. Einen Mann, der sich in der Stadt gut auskennt. Und zwei Motorradpolizisten als Eskorte. Falls es Neuigkeiten gibt, will ich sofort verständigt werden.«

Der Oberst warf verärgert den Zeigestock auf den Tisch. »Können wir sonst noch etwas für Sie tun, Major?«

Lukin beachtete den Sarkasmus nicht. »Ja. Haben Sie einen Arzt hier im Haus?«

Der Mann warf einen Blick auf Lukins Armstumpf in dem verkohlten und zerrissenen Uniformärmel und verzog das Gesicht, als er den Geruch des verkohlten Fleisches wahrnahm. Dieser Major schien ein harter Bursche zu sein. Offensichtlich hatte er Schmerzen, aber er hatte zuvor einen Arzt abgelehnt und erst mit dem kommandierenden Offizier sprechen wollen.

»Nein. Aber ich kann einen Arzt holen lassen.«

»Tun Sie das. Außerdem brauche ich eine neue Uniform.«

Der Oberst nahm den Zeigestock wieder auf. »Übrigens, Lukin, zu Ihrer Information: Wir haben Moskau bereits aus reiner Höflichkeit über Ihren Unfall informiert. Ein Oberst Romulka hat zurückgerufen. Er läßt Ihnen ausrichten, daß er mit einem Luftwaffenjet hierher unterwegs ist. Er müßte innerhalb der nächsten Stunde eintreffen.« Der Oberst lächelte kaum merklich. »Wenn es der Oberst Romulka ist, den ich kenne, dürfte er sich sehr für Ihre Fortschritte interessieren. Ich konnte ihm leider nichts sagen, weil wir noch nicht miteinander geredet hatten.«

»Danke«, erwiderte Lukin grimmig und ging hinaus.
Die Tür fiel ins Schloß.
Der Oberst wartete, bis Lukins Schritte sich entfernt hatten; dann warf er wütend seinen Stock gegen die Wand. Er prallte von Berijas Bild ab und fiel zu Boden.
»Dieses überhebliche Stück Scheiße! Für wen hält sich dieser Emporkömmling, daß er so mit mir redet?«
Der Adjutant blickte angemessen wütend drein. »Wer ist dieser Romulka, Genosse?«
Das Telefon klingelte. Der Oberst riß den Hörer von der Gabel. »Was ist?« fauchte er in die Muschel.
Er hörte einige Augenblicke zu. »Schaffen Sie ihn sofort ins Hauptquartier!« befahl er und knallte den Hörer auf die Gabel.
»Noch mehr Probleme?« fragte der Hauptmann.
»Ein Milizionär hat den Emka gefunden. Er stand verlassen in Udelnaja. Sie bringen ihn her.«
Der Adjutant lächelte. »Dann haben wir ja doch Fortschritte gemacht.«
»Wohl kaum, Sie Schwachkopf. Die Insassen können mittlerweile überall sein. Und wenn sie den Wagen nicht mehr benutzen, wird es noch schwieriger, sie aufzuspüren. Gehen Sie zu Lukin, und sagen Sie es ihm. Und veranlassen Sie alles, was er will, und zwar schnellstens. Es fehlte gerade noch, daß dieser Zwerg Berija mir die Hölle heiß macht.«

Slanski schob das Motorrad in die Mitte des Vorratsraumes und stieg auf. Inzwischen trug er Helm und Schutzbrille sowie den stinkenden Wintermantel, den Wladimir ihm gegeben hatte. Anna trug eine zweite Kleidungsschicht unter ihrem Mantel, um sich gegen die Kälte zu schützen. Ihre kleinen Koffer waren auf dem Gepäckträger hinten am Motorrad befestigt.
Sie saß auf und schlang die Arme um Slanskis Taille.
»Hast du den Stadtplan?« fragte Slanski.
»In meinem Büstenhalter.«
Er lachte. »Was immer du tust, verlier ihn ja nicht, sonst stecken wir in der Klemme.«

Slanski nickte Wladimir zu, der neben der Tür stand. »Wir sind soweit.«

»Vergessen Sie nicht, die Strecke durch die Stadt zu nehmen, die ich Ihnen erklärt habe. Und bleiben Sie ganz ruhig, bis Sie zur Schnellstraße an der Ostsee kommen. Es wäre nicht klug, die Geschwindigkeitsbegrenzung zu überschreiten. Das hilft Ihnen nicht weiter. Es fehlte gerade noch, daß Sie von einer Milizpatrouille mit heulender Sirene gejagt werden.«

Slanski nickte. »Wünschen Sie uns Glück.« Er trat den Kickstarter, und die BMW sprang an. Der Motor brummte beruhigend.

Wladimir öffnete die Türen. Slanski gab Gas und legte den Gang ein, ließ aber die Kupplung noch nicht kommen.

Wladimir trat hinaus und schaute sich um, ob Miliz in der Nähe war. Als er nichts sah, gab er den beiden das Zeichen, loszufahren. Slanski lenkte die Maschine langsam durch den Torbogen.

Wladimir gab Anna einen Klaps auf die Schulter. »Viel Glück. Möge der Teufel Ihnen beistehen.«

Dann brausten sie davon. Die Gänge knirschten, als Slanski bremste, herunterschaltete und langsamer über den Moika-Kanal fuhr.

Wladimir schaute ihnen besorgt nach, bis das rote Rücklicht in Richtung Newski-Prospekt verschwand. Dann ging er zurück, schaltete das Licht im Vorratsraum aus und legte die Kette mit dem Vorhängeschloß wieder vor, bevor er hinauf in seine Wohnung ging.

Als er oben war, öffnete er die Wodkaflasche und genehmigte sich ein großes Glas.

Was die beiden wohl in Moskau vorhatten?

Aber letztendlich war das egal.

Nach dem, was sie ihm erzählt hatten, und aufgrund der mangelnden Erfahrung des Mannes im Umgang mit Motorrädern bezweifelte Wladimir ohnehin, daß sie es schafften. Hauptsache, sie verrieten ihn nicht.

Bei dieser Vorstellung schüttelte er sich.

Er hob das Glas zum Toast und sagte: »Viel Glück, ihr armen Schweine.« Dann legte er den Kopf in den Nacken und stürzte den Wodka mit einem Schluck hinunter.

Eine Ärztin behandelte Lukins Arm.

Sie saßen in einem großen Raum im zweiten Stock, den der Adjutant organisiert hatte. Uniformierte waren bereits damit beschäftigt, Telefone und ein leistungsstarkes Funkgerät anzuschließen.

Die Ärztin gab Lukin eine Spritze mit einer kleinen Dosis Morphium. Lukin hatte darauf bestanden, daß die Injektion nicht zu stark war, damit seine Konzentration nicht beeinträchtigt wurde. Die Frau rieb ihm eine faulig riechende Salbe auf den Stumpf, die den Schmerz zusätzlich mildern sollte. Nachdem sie die Wunde verbunden hatte, klappte sie den Ärmel der sauberen Uniform zurück, die eine Ordonnanz gebracht hatte, und befestigte ihn mit einer Nadel.

Die Ärztin war jung und hübsch und hatte sanfte Hände.

Sie lächelte. »Sie sind so gut wie neu, Major. Die Wunde ist nicht so schlimm, aber trotzdem sollte sich ein Chirurg den Stumpf ansehen. Das Morphium und der Verband sind nur ein Provisorium. Wahrscheinlich müssen später Teile der verbrannten Haut entfernt werden. Sie haben Glück gehabt. Abgesehen von Prellungen und einer großen Beule am Hinterkopf haben Sie keine ernsten Verletzungen davongetragen. Dennoch möchte ich Sie sicherheitshalber noch röntgen.«

Lukin zuckte zusammen, als die Frau vorsichtig seinen Hinterkopf untersuchte.

»Ein andermal, aber trotzdem danke, Doktor.«

Die Frau seufzte und blickte auf, als ein Mann mehrere Telefone und eine Kabelrolle vorbeitrug.

»Wie Sie wollen. Sie sind ja ziemlich beschäftigt, wie es aussieht. Würden Sie mir verraten, was hier los ist?«

Lukin antwortete nicht, sondern betrachtete seinen Arm und den zurückgebundenen Ärmel. Die Prothese war schon schlimm genug gewesen, aber jetzt sah er wirklich aus wie ein Krüppel. Er hatte eine Ersatzprothese in seinem Schreibtisch, ein primitives Ding mit einem Metallhaken am Ende. Das er in den ersten Monaten nach der Verletzung getragen hatte, als sein Stumpf noch nicht ausreichend geheilt war, damit man ihm später eine richtige Prothese anpassen konnte.

Plötzlich flog die Tür auf, und Romulka platzte herein. Er hatte seinen Mantel locker über die Schultern gehängt und trug einen Spazierstock in der behandschuhten Hand.

»Da sind Sie ja, Lukin. Der Adjutant hat mir gesagt, daß ich Sie hier finde. Wie ich sehe, haben Sie Ihr kleines Mißgeschick überlebt.« Er deutete mit dem Daumen auf die Ärztin und sagte grob: »Du – verschwinde.«

Der Frau reichte ein Blick auf Romulkas angsteinflößende Gestalt in der schwarzen Uniform. Sie packte schweigend den Arztkoffer zusammen und eilte hinaus. Der Mann, der die Geräte installierte, begriff den kleinen Wink ebenfalls und folgte der Ärztin eilig.

Romulka zog sich einen Stuhl heran und setzte sich. Nachdem er sich eine Zigarette angezündet hatte, schaute er sich im Zimmer um.

»Wie es aussieht, kümmert man sich gut um Sie. Ich habe mit dem kommandierenden Oberst gesprochen. Ich glaube, man hat den Wagen gefunden.« Er betrachtete Lukins Arm. »Erzählen Sie mir, was passiert ist.«

Lukin erstattete Bericht. Als er geendet hatte, grinste Romulka boshaft. »Kein sehr vielversprechender Anfang, was, Lukin? Das Pärchen ist Ihnen durch die Lappen gegangen. Das wird Genosse Berija gar nicht gefallen.«

»Warum sind Sie hier?« erkundigte Lukin sich knapp.

»Diese Sache fällt auch unter meine Zuständigkeit, haben Sie das vergessen? Ich bin hier, um Ihnen zu helfen und mich davon zu überzeugen, daß Ihre Gesundheit es Ihnen erlaubt, weiterzumachen.«

»Ich habe gerade erst angefangen. Und wenn Sie sich darüber amüsieren, was mir passiert ist – auf solche Hilfe kann ich verzichten.«

Romulka trat einen Schritt näher und beugte sich über den sitzenden Lukin. »Lassen wir die Spiegelfechtereien. Vielleicht bin ich auf Berijas Befehl hier, aber ich will Ihnen noch etwas klarmachen: Ich habe persönliches Interesse an diesem Fall. Vor allen Dingen an diesem Weib.« Er tippte mit dem Spazierstock an Lukins Brust. »Sobald die Frau gefaßt wird, will ich sie verhören. Ich. Haben Sie verstanden?«

»Falls Sie es vergessen haben: Ich habe hier die Befehlsgewalt. Erwischen wir diese Frau lebend, verhöre ich sie.«

Romulkas Blick wurde eisig. »Ich rate Ihnen, mir nicht in die Quere zu kommen, Lukin. Sie würden sich Ihres Lebens nicht mehr freuen.«

Lukin warf einen Blick auf den Berg Ausrüstung und deutete mit einem Nicken zur Tür. »Ich habe zu tun, Romulka. Auf mich wartet eine Menge Arbeit. Haben Sie mir noch etwas zu sagen, bevor Sie gehen?«

Romulka grinste. »Allerdings. Es gibt noch einen anderen Aspekt bei dieser Ermittlung, über den Sie informiert sein sollten. Bedauerlicherweise kann ich nicht in Leningrad bleiben. Ich überlasse Ihnen die weitere Verfolgung der feindlichen Agenten. Schließlich ist das ja Ihr Spezialgebiet, obwohl Ihre bisherigen Ergebnisse mich nicht sonderlich beeindrucken. Ich muß mich noch um andere dringende Angelegenheiten kümmern.«

»Worum geht es?«

»Für den Fall, daß es Ihnen entgangen sein sollte, Lukin: Mir ist klargeworden, daß die Amerikaner jemanden in Moskau brauchen, der ihnen hilft. Wahrscheinlich eine Person oder mehrere Personen, die ihnen nach getaner Arbeit die Flucht ermöglichen. Wozu es ja nicht kommt, wenn Sie Ihre Aufgabe erledigen.«

»Das habe ich nicht übersehen.«

Romulka zog ein Blatt Papier aus der Tasche und reichte es dem Major.

»Was ist das?«

»Eine Liste mit Namen. Ausländer, die aufgrund wichtiger Geschäfte quasi unbeobachtet nach Moskau ein- und ausreisen und sich dort frei bewegen können.«

Lukin überflog die Liste. Es handelte sich fast ausschließlich um europäische Geschäftsleute, mit Ausnahme von zwei türkischen Goldhändlern und einem japanischen Ölaufkäufer.

Er hob den Blick. »Was soll das bedeuten?«

»Ein Name auf der Liste interessiert mich besonders. Der Mann namens Henri Lebel. Ein französischer Pelzhändler.«

»Ich habe von ihm gehört.«

»Dann wissen Sie vielleicht auch, daß er während des Krieges Mitglied der französischen kommunistischen Résistance in Paris gewesen ist.«

»Das wußte ich nicht, aber fahren Sie fort.«

»Wegen seines Handelsstatus und der Geldzuwendungen an die französische kommunistische Partei genießt der Mann in Moskau beträchtliche Freiheiten. Aber das wird sich bald ändern.«

»Was haben Sie vor?«

Romulka verzog das Gesicht. »Ich habe so ein Gefühl, was Lebel angeht. Er wird zwar erst in drei Tagen in Moskau erwartet, aber in Anbetracht der Dringlichkeit des Falles können wir die Sache etwas beschleunigen.«

»Wie?«

»Unsere Freunde in Paris werden das arrangieren. Wir befragen Lebel, diskret natürlich. Wenn er nichts weiß, lassen wir ihn einreisen.«

»Doch hoffentlich unverletzt? Der Mann ist nur ein Verdächtiger, kein Verurteilter.«

Romulka grinste. »Das hängt davon ab, wie kooperativ er ist. Falls er unschuldig ist, hat er nichts zu befürchten. Aber es gibt da noch etwas.«

»Und das wäre?«

»Wir wissen, daß Lebel durch die Résistance Kontakt mit diesem Massey hatte, der an der Organisation der amerikanischen Mission beteiligt war.«

Lukin dachte einen Augenblick nach und nickte dann. »Sehr gut. Ich würde vorschlagen, daß Sie vorsichtig weitermachen. Zweifellos hat Lebel hochkarätige Kontakte in Moskau, und wir wollen uns nicht kompromittieren.«

Romulka steckte die Liste wieder ein. »Ob es Ihnen paßt oder nicht, Lukin, um diesen Franzosen kümmere ich mich. Berija hat bereits zugestimmt. Außerdem habe ich bei Lebel ein seltsames Gefühl. Und das hat mich noch nie getäuscht.«

Romulka ging zur Tür und warf Lukin einen drohenden Blick zu. »Noch eins, Lukin. Was ich über die Frau gesagt habe, gilt. Vergessen Sie das nicht. Und machen Sie Ihre Arbeit weiterhin so gut.«

Er lachte im Hinausgehen und hätte beinahe den Adjutanten über den Haufen gerannt, der ihm entgegenkam.

Sichtlich erschrocken wandte der junge Mann sich an den Major. »War das ein Freund von Ihnen, Genosse?«

»Als Freund kann man ihn wohl kaum bezeichnen. Und? Gibt es was Neues?«

»Die Kontrollpunkte haben nichts gemeldet. Wir suchen in der Gegend, wo man den Wagen gefunden hat, und alarmieren die Blockwarte. Außerdem befragen wir die Leute, die in dem Viertel wohnen, ob sie ein Paar gesehen haben, das den Gesuchten ähnelt. Aber bis jetzt hat niemand etwas gemeldet. Der Wagen wurde vor zehn Minuten hierher gebracht, aber es gab nichts an dem Fahrzeug, das Rückschlüsse auf das gesuchte Paar erlauben würde. Und es gibt auch kein Blut auf den Sitzen. Also haben Sie, Major Lukin, mit Ihren Schüssen wahrscheinlich keinen der beiden getroffen. Unsere Patrouillen haben den Leichnam des Hubschrauberpiloten aus dem Wald geborgen und auch den verschwundenen Oberst gefunden. Er ist in der Nähe verscharrt worden. Man hat dem Unglücksraben in den Kopf geschossen.«

Lukin seufzte. »Und die Hotels?«

»Die meisten sind bereits überprüft worden. Bis jetzt wurden alle Personen, die Ähnlichkeit mit dem gesuchten Paar haben, genauestens überprüft.«

»Und?«

Der Adjutant lächelte kurz. »Leider haben wir nur einen Major erwischt, der mit der Frau seines Adjutanten im Kremski Hotel geschlafen hat, sowie ein homosexuelles Pärchen ... Armeeoffiziere in einer sehr kompromittierenden Situation in einer verlausten Absteige in einem Hotel in der Nähe des Bahnhofs am Lenin-Platz. Ich könnte weitermachen, aber ich will Ihnen diese unwichtigen Details ersparen.«

Lukin überhörte diese flapsige Bemerkung und trat an eine Landkarte an der Wand. Der Adjutant folgte ihm.

»Wir haben außerdem zweitausend Männer einberufen, einschließlich der Armeeangehörigen, und auch sonst alles getan, was Sie verlangt haben, Major. Funkgeräte wurden installiert und auf die Frequenz des Senders eingestellt, den wir hier aufgestellt haben. Einen weiteren Sender halten wir im Keller in Reserve. Ich habe Funkgeräte und Telefone mit Leuten besetzt. Die Nadeln auf dem Plan zeigen, wo wir Kontrollpunkte eingerichtet haben. Jetzt müssen wir nur noch warten, bis jemand in die Falle geht.«

Lukin starrte einen Moment auf die Karte.

»Ist irgend etwas nicht in Ordnung, Genosse Major?«

Lukin schaute ihn nachdenklich an. »Mir ist da gerade etwas aufgefallen. Die Straßen, an denen Sie Kontrollpunkte errichtet haben, führen alle nach Norden, Süden oder Osten aus der Stadt.«

»So ist es, Major.«

»Aber nicht nach Westen, zum Baltikum. Gehen Sie davon aus, daß die Leute nicht zurückfahren?«

Der Adjutant erlaubte sich ein überlegenes Lächeln. »Wenn sie zurückfahren, brauchen Sie sich vielleicht keine Sorgen mehr zu machen.«

»Wir haben die Absicht, diese Leute zu ergreifen«, sagte Lukin scharf. »Die Straßen in Richtung Baltikum sind nicht besetzt. Der Verkehr in beiden Richtungen muß kontrolliert werden.« Lukin starrte den Mann an und wartete auf eine Antwort.

»Selbstverständlich. Aber die zur Verfügung stehenden Solda…«

»Veranlassen Sie es!«

Es herrschte ziemlich dichter Verkehr, als sie nach links auf die Straße nach Puschkin abbogen. Slanski fuhr langsam, weil er sich immer noch an das PS-starke Gefährt gewöhnen mußte. Als er vor einer Ampel am Friedensplatz hielt, redete er über die Schulter zu Anna.

»Alles klar da hinten?«

»Abgesehen davon, daß ich erfriere, ja.«

Slanski lächelte. »Rück dichter an mich heran, das hilft vielleicht.«

»Dein Mantel stinkt, als käme er aus dem Schweinestall.«

Slanski lachte, und Anna umfaßte ihn enger, als die Ampel auf Grün umsprang. Er wollte gerade den Gang einlegen, als sie beide eine Trillerpfeife hörten. Ein junger Polizist stand neben einer Verkehrsinsel in der Mitte des Platzes, starrte sie an und winkte sie zu sich.

»Um Himmels willen!« stieß Anna hervor.

»Ganz ruhig. Laß mich reden.«

»Können wir nicht einfach weiterfahren?«

»Dann stecken wir erst recht in Schwierigkeiten.«

Der Verkehrspolizist blies wieder auf der Trillerpfeife, und Slanski fuhr durch den Verkehr langsam zu ihm. Der Mann musterte prüfend das Motorrad, wobei er mit einem schwarzen Gummiknüppel rhythmisch in seine Handfläche schlug.

»Was sind Sie, Genosse?«

»Wie bitte?«

»Sind Sie Motorradfahrer, oder spielen Sie Himmelfahrtskommando?« Der Mann blickte Slanski aus zusammengekniffenen Augen an und tippte mit dem Gummiknüppel auf den Scheinwerfer des Motorrades. »Sie fahren ohne Licht.«

Slanski beugte sich vor und warf einen Blick auf den Scheinwerfer. Er mußte ihn versehentlich ausgeschaltet haben; er hatte sich noch nicht gut genug an die Maschine gewöhnt, offenbar vergessen, das Licht wieder einzuschalten. Er lächelte den Polizisten unschuldig an und fummelte an den Handgriffen, während er nach dem Schalter suchte. Als er ihn nicht fand, fragte der Polizist: »Ist das Ihre Maschine, Freundchen?«

»Ja.«

»Trotzdem wissen Sie nicht, wo der Lichtschalter ist?«

Slanski tastete weiter nach dem Schalter, doch der Polizist beugte sich vor, betätigte einen Knopf am Lenker, und das Licht ging an.

»Also, Genosse? Was ist los? Sind Sie dumm, blind oder beides?«

Slanski versuchte so zu tun, als wäre er von der Autorität des Mannes eingeschüchtert. »Danke, Genosse. Es tut mir leid. Ich habe die Maschine heute erst gekauft. Ich bin noch nicht ganz mit den Schaltern vertraut.«

»Warum fahren Sie das Ungetüm dann mitten durch die Stadt? Zeigen Sie mir Ihre Papiere.«

Slanski bat Anna, abzusteigen, bockte die Maschine auf und suchte seine Papiere. Der zweite Polizist, ein Unteroffizier, kam neugierig von der Verkehrsinsel zu ihnen herüber.

»Probleme?«

»Dieser Gimpel hier glaubt, daß man ohne Licht fahren kann.«

Der Unteroffizier lächelte unmerklich. »Wenn Sie unbedingt Selbstmord begehen wollen, tun Sie's bitte in Ihrer Wohnung, wo Sie keinen anderen verletzen.« Er betrachtete die Maschine. »Ein schönes Motorrad«, sagte er. »Wie sind Sie daran gekommen, Genosse?«

»Ein Freund hat es mir verkauft.«

»Wie heißt er?«

»Ist das wichtig?«

»Wenn ich frage, ist es wichtig.« Er blickte Slanski durchdringend an. »Der Name Ihres Freundes?«

»Grenadi Iwanow. Aus Puschkin.«

»Und das hier ist ...?« Er deutete auf Anna.

»Meine Frau.«

Der Unteroffizier blickte Anna an. »Ist Ihr Ehemann immer so leichtsinnig?«

»Deshalb habe ich ihn geheiratet. Aber so langsam glaube ich, daß es es ein Fehler war.«

Der Uniformierte lachte und drehte sich zu seinem Kameraden um. »Wenigstens hat das Mädchen was im Kopf. Laß den Mann diesmal mit einer Verwarnung davonkommen, Boris. Die Frau ist vernünftiger als er.«

Er blickte Slanski wieder an. »Hören Sie auf Ihre Frau, Genosse. Dann leben Sie länger.«

»Sie ist wirklich ein Schatz, Brüderchen.«

»Ja. Und wenn Sie wollen, daß sie noch lange lebt, dann lernen Sie, wie man das Licht einschaltet.«

»Das werde ich, Genosse, danke.«

»Und jetzt fahrt los, ihr zwei.«

Slanski saß auf, und Anna stieg hinter ihm auf den Sattel. Er legte den Gang ein und fuhr ruckelnd weiter.

Die beiden Polizisten gingen wieder zur Verkehrsinsel.

»Die Frau hatte einen tollen Hintern, Unteroffizier.«

»Ja. Der Kerl sollte lieber sie besteigen als das Motorrad.«

Die Polizisten kicherten. Kurz darauf klingelte das Telefon. Der Sergeant hob ab.

»Verkehrsposten vierzehn, Friedensplatz.«

Er hörte der scharfen Stimme am anderen Ende eine Weile zu und sagte schließlich: »Jawohl, wir halten die Augen offen.«

Langsam legte er den Hörer wieder auf die Gabel und schaute auf die Lichter des Verkehrs, die sie wie einen Ring umgaben. Der andere Mann musterte ihn forschend.

»Gibt es ein Problem?«

Der Polizist war ein wenig blaß, als er sich das Kinn kratzte. »Ich weiß nicht genau. Das war die Zentrale. Das KGB-Hauptquartier will, daß wir nach einer Frau und einem Mann suchen. Ihre Beschreibung paßte auf die beiden mit der BMW.«

»Haben die gesagt, warum sie die zwei suchen?«

»Der Mann ist bewaffnet und gefährlich. Ein feindlicher Agent. Die Frau ist Russin und gibt sich wahrscheinlich als Ehefrau des Mannes aus. Es hat absoluten Vorrang, die beiden anzuhalten und zu verhaften. Sie haben bereits einen Armeeoffizier getötet.«

Der jüngere Polizist stieß einen leisen Pfiff aus. »Glauben Sie, daß es dieser Bursche auf dem Motorrad gewesen ist?«

»Sehr unwahrscheinlich. Dieser Trottel kann nicht mal seinen Arsch von seinem Ellbogen unterscheiden. Ich kenne solche Typen. Wenn du vierzehn Jahre dabei bist, sind die Gesichter wie ein offenes Buch für dich, Boris. Der Gimpel war harmlos. Sogar meine Alte sieht viel gefährlicher aus, wenn sie einen Liter Wodka intus hat.«

»Aber es könnte trotzdem das gesuchte Paar sein. Soll ich es melden?«

Der Polizist schaute seinen Kameraden an, als wäre dieser völlig übergeschnappt.

»Hol dir lieber einen runter, Boris. Sollen uns die Kerle aus der Zentrale die Hölle heiß machen und uns mit Fragen zuscheißen?« Er schüttelte den Kopf. »Außerdem ist laut Zentrale die halbe Armee, der KGB und die Miliz hinter den beiden her. Alle Straßen aus der Stadt sind gesperrt. Glaub mir: Wer immer die Gesuchten sind, sie kommen nicht weit.«

40. KAPITEL

*Leningrad
Ostseeschnellstraße*

Als sie um eine Kurve der Schnellstraße bogen, sah Slanski vor sich eine Reihe von roten Rücklichtern. Er fuhr an die Seite und löschte das Licht.

»Was ist los?« fragte Anna beunruhigt.

»Sieh selbst.«

Während die Fahrzeuge an ihnen vorübersausten, blickte Anna über Slanskis Schulter. Sie konnte einige Militärfahrzeuge sehen, welche die Schnellstraße ein paar hundert Meter weiter vorn blockierten; die Rücklichter der Fahrzeugschlange glühten in der Dunkelheit. Überall standen Uniformierte, kontrollierten die Papiere der Fahrer und durchsuchten die Fahrzeuge. Selbst beim Gegenverkehr schienen sie dieselbe Gründlichkeit an den Tag zu legen.

»Wenn ich mißtrauisch werde, bekomme ich Kopfschmerzen«, sagte Slanski. »Und jetzt habe ich fast einen ausgewachsenen Migräneanfall. Ich wette um einen Rubel, daß sie hinter uns her sind.«

»Was können wir tun?«

»Ein paar Kilometer von hier ist doch eine kleinere Straße abgebogen. Laß uns dort unser Glück versuchen.«

Er legte den Gang ein und wendete. Das Licht schaltete er erst an, nachdem sie einige hundert Meter gefahren waren.

Kurz darauf bog er auf die schmalere Straße ab. Auf der Abzweigung lag Schneematsch, und Anna klammerte sich fest an Slanski, während der kalte Wind ihr schneidend ins Gesicht pfiff. Sie waren etwa fünf Kilometer gefahren, als Slanski um eine scharfe Kurve bog und weiter vorn auf der Straße helle Scheinwerfer sah. Es war zu spät.

Zwei Geländewagen mit zugezogenem Verdeck blockierten die Straße. Ein Armee-Unteroffizier mit einer Kalaschnikow und ein Milizionär mit einem Gewehr standen neben einem der Geländewagen. Ein junger Polizist saß auf dem Vordersitz am Funkgerät, sein Gewehr über den Knien.

Der befehlshabende Offizier stand daneben und rauchte gelassen eine Zigarette.

Slanski fühlte, wie Annas Griff um seine Taille sich unwillkürlich verstärkte. Er fuhr langsamer, während der Offizier, ein Leutnant, ihnen mit erhobener Hand das Zeichen gab, anzuhalten.

Er trat vor. »Machen Sie das Licht aus, und stellen Sie den Motor ab«, sagte er laut.

Slanski gehorchte. Der Leutnant leuchtete ihnen mit einer Taschenlampe ins Gesicht. »Na, wen haben wir denn da? Zwei Verliebte auf einer Spritztour ins Gelände?«

Die Männer und der Leutnant lachten. Slanski versuchte, die Lage einzuschätzen. Von den vier Leuten wirkten der Leutnant und der Unteroffizier wie fähige Soldaten. Die beiden Milizionäre dagegen waren harmlose Milchgesichter. Sie befingerten nervös ihre Gewehre.

Der Offizier warf die Zigarette achtlos zu Boden und starrte Anna und Slanski mißtrauisch an.

»Was ist denn los, Genosse?« wollte Slanski wissen. »Sie haben mich zu Tode erschreckt. Ich wäre fast gegen euren Geländewagen geknallt.«

Der Leutnant betrachtete das Motorrad; dann musterte er Anna und Slanski.

»Ihre Papiere«, befahl er Slanski.

Slanski reichte ihm seinen Ausweis, ebenso Anna. Der Leutnant leuchtete mit der Taschenlampe zwischen den Papieren und ihren Gesichtern hin und her. Er gab sie ihnen nicht zurück, sondern fragte: »Wohin wollen Sie?«

»Nowgorod«, erwiderte Slanski.

»Das ist in einer so kalten Nacht eine ziemlich lange Fahrt. Was wollen Sie da?«

Slanski deutete mit dem Daumen auf Anna. »Der Mutter meiner Frau geht es nicht gut. Die Ärzte glauben, daß sie diese Nacht nicht übersteht. Sie wissen ja, wie das ist, Leutnant. Meine Frau will sie unbedingt noch sehen, bevor es vielleicht zu spät ist.«

»Woher kommen Sie?«

»Leningrad. Was ist eigentlich los? Das ist schon das zweite Mal, daß wir auf dieser Straße angehalten werden.«

Der Leutnant zögerte. Slanskis Antwort schien ihn ein wenig zu beruhigen. Langsam reichte er die Papiere zurück. »Wir suchen zwei feindliche Agenten. Einen Mann und eine Frau. Sie haben einen KGB-Offizier getötet.«

Slanski pfiff und tat, als wäre er besorgt. »Ist die Straße von hier aus denn frei? Nicht, daß wir in Gefahr geraten, wenn wir weiterfahren, Genosse. Wegen ihrer Mutter hat meine Frau schon Sorgen genug.«

Der Offizier lächelte. »Ich glaube nicht, daß man Sie belästigen wird. Aber wenn Sie etwas Verdächtiges bemerken, informieren Sie den nächsten Milizposten. Sie können weiterfahren.«

»Danke, Genosse.« Slanski blickte über die Schulter. »Komm, Anna.«

Sie saßen auf, als der Leutnant plötzlich sagte: »Moment noch.«

Er trat dichter an die beiden heran und leuchtete mit der Taschenlampe Slanski ins Gesicht. Dann ließ er den Lichtkegel über Anna gleiten und musterte sie eingehend.

»Wo war dieser letzte Kontrollpunkt, an dem Sie und Ihr Mann angehalten wurden?« fragte er mißtrauisch.

Die Frage hing wie eine Drohung in der Luft. Als Anna zögerte, fühlte sie, wie sich Slanski anspannte und bemerkte, daß die beiden Milizionäre ihre Gewehre bereithielten, während der Unteroffizier seine Kalaschnikow durchlud.

Der Leutnant starrte Anna an. »Ich habe Ihnen eine Frage gestellt.«

»Drei Kilometer weiter zurück. Ein Wagen und zwei Polizisten.«

Der Offizier blickte sie erstaunt an. »Wir sind vor einer knappen halben Stunde dort entlanggefahren. Da war kein Kontrollpunkt.« Er drehte sich um und rief dem jungen Polizisten im Geländewagen zu: »Kaschinski, ruf die Zentrale an und frag nach, ob sie diesen Kontrollpunkt eingerichtet haben, von dem die Frau redet.«

Der Milizionär nahm das Mikrofon und sprach hinein.

»Meine Frau ist ziemlich aufgeregt, Genosse«, sagte Slanski zu dem Leutnant, doch der fiel ihm ins Wort.

»Immer mit der Ruhe, es wird nicht lange dauern. Wenn es

einen Kontrollpunkt auf der Straße gibt, verschwenden wir hier nur unsere Zeit.«

Der Polizist im Geländewagen sprach immer noch ins Mikrofon, doch Slanski konnte nicht verstehen, was er sagte. Er hörte nur statisches Rauschen und undeutliche Wortfetzen.

Schließlich kletterte der junge Milizionär aus dem Fahrzeug. Er hatte sein Gewehr erhoben und machte einen besorgten Eindruck. Noch bevor er den Leutnant erreichte, rief er:

»Das Weib lügt! Es gibt auf dieser Straße keinen weiteren Kontrollpunkt!«

Dann geschah alles sehr schnell. Als der Offizier nach seiner Pistole griff und die anderen Männer die Waffen hoben, schaltete Slanski den Scheinwerfer des Motorrades an. Das helle Licht blendete die Männer einen Moment.

Er riß die Tokarew aus der Manteltasche und schoß dem Offizier in die Brust. Auf den Unteroffizier feuerte er zweimal und traf ihn in den Hals und ins Gesicht. Der Mann wurde zurückgeschleudert. Die beiden jungen Polizisten gingen hinter dem Geländewagen in Deckung, als Slanski zwei hastige Schüsse auf sie abfeuerte. »Halt dich fest!« rief er Anna zu.

Er trat den Kickstarter. Der Motor brüllte laut auf, und die Maschine schoß nach vorn. Slanski gab so viel Gas, daß das Vorderrad hochstieg. Dann raste er durch die enge Lücke zwischen den beiden Geländewagen.

Lukin saß an einem Tisch in der Kantine der Kaserne. Vor ihm stand ein Teller mit Kohl, gepökeltem Fleisch und Kartoffeln. Obwohl er Hunger hatte, rührte er das Essen kaum an. Ein knappes Dutzend Offiziere und Mannschaften saßen herum, aßen und rauchten in ihrer Pause.

Lukin hatte gerade ein paar Bissen zu sich genommen, als der Adjutant durch die Schwingtüren stürmte. Der Major ließ die Gabel sinken und wischte sich den Mund mit der Serviette ab, während der Offizier mit einer Karte in der Hand auf ihn zukam.

»Es ist gerade eine Nachricht reingekommen. Eine motorisierte Patrouille hat einen Mann und eine Frau auf einem Motorrad angehalten. Sie ähneln dem Paar, das wir suchen.

Die beiden haben vor etwa drei Minuten eine kleine Straße Richtung Puschkin passiert, in der Nähe der Ostseeschnellstraße. Als sie angehalten wurden, hat der Mann eine Waffe gezogen und einen Leutnant und einen Unteroffizier getötet. Die beiden anderen Milizionäre konnten Alarm geben. Jetzt verfolgen sie die beiden mit einem Geländewagen.«

Lukin sprang auf, griff nach der Landkarte und breitete sie auf dem Tisch aus. »Zeigen Sie mir, wo das ist.«

Der Adjutant wies auf die Karte. »Hier. Etwa dreißig Kilometer entfernt. Mit einem schnellen Wagen brauchen Sie eine halbe Stunde, falls die Straßen nicht in zu schlechtem Zustand sind. Aber es ist schwierig, ein Motorrad einzuholen, vor allem, weil der Fahrer einen Vorsprung hat. Ich habe der Zentrale die Einzelheiten durchgegeben und angeordnet, daß sechs andere Patrouillen in dem betreffenden Gebiet alarmiert werden. Im Augenblick wird die Gegend abgeriegelt. Vielleicht haben wir ja eine Chance, wenn wir die Flüchtigen einkreisen, bis wir sie wie Ratten in die Enge getrieben haben.«

Lukin schnappte sich Karte und Pistolengurt. »Holen Sie meinen Wagen. Ist die Motorradstreife bereit?«

»Sie sind fertig und warten in der Tiefgarage bei Ihrem Fahrer ...«

Lukin stürmte bereits zur Tür. »Besetzen Sie die Funkgeräte!« rief er über die Schulter. »Ich will ständig auf dem laufenden gehalten werden!«

Slanski fluchte, während Anna sich an ihm festklammerte und die BMW über die dunkle, enge Landstraße holperte.

Er fuhr sechzig Stundenkilometer und nahm die Kurven mit vollem Risiko. Die Maschine schleuderte jedesmal gefährlich, wenn sie einen Bogen fuhren.

»Fahr langsamer, oder du bringst uns beide um!« rief Anna.

»Die zwei Milizionäre haben bestimmt über Funk Meldung erstattet!« rief Slanski zurück. »Wir müssen schleunigst von hier verschwinden!«

In der nächsten Kurve achtete er nicht auf Annas Warnung

und spürte, wie das Motorrad unter ihm wegrutschte, als er sich in die scharfe Kurve legte. Plötzlich gerieten die Räder auf einen Streifen Schneematsch. Gummi quietschte, und sie rasten quer über die Straße in einen Graben. Slanski landete auf der Maschine, während Anna in dichte Sträucher geschleudert wurde.

Slanski fluchte und rappelte sich auf. Der Motor lief noch. »Mist!« Er stellte die Maschine ab und half Anna hoch.

»Bist du verletzt?«

Sie packte seine Hand und ließ sich aus den Büschen ziehen. »Ich ... Ich glaube nicht ... Ich weiß nicht.«

Die Lampe der BMW brannte noch, und Slanski sah in ihrem Licht die tiefe Wunde auf Annas Stirn. Ihre Kleidung war verrutscht, ihre Hände aufgescheuert. Er wischte ihr das Blut mit ihrem Kopftuch weg und band es ihr dann um die Stirn.

»Das muß leider fürs erste reichen.«

»Was ist mit dem Motorrad?«

»Darum kümmere ich mich sofort.«

Als er sich bückte, um die Maschine aufzuheben, sah er von weitem Scheinwerfer auf sich zukommen.

»Verdammt. Die Miliz muß uns gefolgt sein, oder sie haben andere Patrouillen alarmiert.«

Er richtete die BMW rasch auf und überprüfte sie so schnell er konnte. Die Maschine schien keinen großen Schaden erlitten zu haben, doch im Vorderrad hatten sich Gras und Gebüsch verfangen.

Slanski riß das Gestrüpp hastig ab, stieg auf und trat den Kickstarter herunter.

Die Maschine gab ein kurzes Blubbern von sich und erstarb sofort wieder.

»Um Himmels willen ...!«

»Versuch es noch mal!«

Er tat es. Mit dem gleichen Ergebnis.

Sie sahen sich gehetzt um. Die Scheinwerfer kamen rasch näher. Slanski zog die Pistole und reichte sie Anna.

»Versuch ihre Scheinwerfer zu zerschießen, wenn sie näher kommen.«

Er bemühte sich weiter, die Maschine anzulassen, doch der Motor erstarb immer wieder.

»Verdammte Scheiße!«

Plötzlich streckte Anna die Hand aus und schrie: »Sieh mal da!«

Aus der anderen Richtung näherte sich ein Konvoi aus Scheinwerfern. Es waren mindestens drei Fahrzeuge, die einen Kilometer oder weniger entfernt waren. Slanski drehte sich um. Sein Gesicht war schweißnaß.

Etwas weiter die Straße hinauf, ungefähr zwanzig Meter entfernt, führte ein Tor auf ein schneebedecktes Feld und in einer langgezogenen Senke in die Finsternis.

Er deutete auf das Tor. »Mach es auf!« rief er Anna zu.

»Was?«

»Das Tor! Mach's auf! Schnell!«

Anna rannte über die Straße und drückte gegen das Tor. Es gab nicht nach. Sie versuchte es noch einmal, aber es rührte sich keinen Zentimeter.

Slanski rannte zu ihr und trat gegen das Tor, bis es aufsprang. »Warte hier!« schrie er.

Er lief wieder zur BMW, stieg auf und stellte sich auf den Kickstarter, bevor er ihn mit seinem ganzen Körpergewicht heruntertrat. Endlich sprang der Motor mit einem Aufbrüllen an.

Der Konvoi hatte sie fast erreicht, und im gleichen Augenblick hörten sie das Heulen eines Motors aus der anderen Richtung. Der Geländewagen bog in voller Fahrt um die Ecke und kam rutschend zum Stehen.

Slanski fuhr zu Anna herüber, als sie beide plötzlich vom Licht der Scheinwerfer erfaßt wurden.

Aus beiden Richtungen ertönten Gewehrschüsse, und die Kugeln ließen Schneefontänen aufsteigen und jaulten über die Straße, während Stimmen scharfe Befehle riefen, Fahrzeuge rutschend anhielten und Männer aus Wagen und von Lastwagen sprangen.

Slanski packte Annas Arm und zog sie auf die BMW. Er ließ den Motor aufheulen; dann schossen sie durch das offene Gatter auf das Feld und den Abhang hinunter, während hinter ihnen Gewehr- und Maschinenpistolenfeuer prasselte.

Lukin hämmerte das Herz in der Brust.

Das Jaulen der Sirene durchdrang die Nacht, während der Sis die Straße entlangraste. Der Fahrer mußte sein Bestes geben, damit der schwere Wagen nicht ins Schleudern geriet.

Sie hatten dreißig Kilometer in zwanzig Minuten hinter sich gebracht. Die beiden Motorradfahrer fuhren ab und zu voraus, um den Verkehr vor ihnen aus dem Weg zu schaffen. Als sie durch eine Ortschaft rasten, erwachte das Funkgerät knisternd zum Leben. Lukin nahm das Mikrofon.

»Lukin.«

Die Stimme des Adjutanten meldete sich. »Hier ist die Basis, Genosse. Wir haben sie wiedergefunden. Sie sind noch auf derselben Straße. Sechs Kilometer östlich vom Kontrollpunkt.«

»Was ist passiert?« fragte Lukin gepreßt.

»Sie fahren immer noch mit dem Motorrad. Als die Patrouille sie aufgebracht hat, sind sie in ein Feld abgebogen und verschwunden.«

»Verlieren Sie sie bloß nicht!« brüllte Lukin. »Schneiden Sie Ihnen den Weg ab!«

»Das machen wir bereits, Genosse. Die Patrouillen verfolgen sie zu Fuß. Laut Aussage eines Milizionärs führt das Feld in ein Tal und ein Waldstück. Von dort gehen vier kleine Straßen ab. Ich lasse sie im Moment alle besetzen.«

»Tun Sie, was Sie wollen, aber lassen Sie die beiden nicht entwischen! Ich bin gleich da!« Lukin hängte das Mikrofon auf einen Haken. »Sie haben ihn gehört«, sagte er zum Fahrer. »Auf dieser Straße. Geben Sie Gas. Wir haben nicht den ganzen Tag Zeit.«

Die BMW jagte den Abhang hinunter. Als sie unten ankamen, bremste Slanski. Sie standen vor einem schmalen, gefrorenen Flußlauf, hinter dem sich ein dunkler Wald erhob.

Anna blickte über die Schulter. Sie sah schwankende Lichter von Taschenlampen und Gestalten, die den Abhang herunterliefen. Rechts und links von ihnen schlugen Kugeln in die Bäume ein.

»Halt dich fest!« rief Slanski. »Jetzt wird's ungemütlich!«

Hinter dem zugefrorenen Fluß tauchte im Licht des Scheinwerfers ein schroffer Pfad auf, der durch das dichte Unterholz führte, das sich wie eine Kuppel über ihnen wölbte.

Die Räder knirschten, als sie über den Pfad rumpelten, und der Duft der Kiefern war fast betäubend intensiv. Minuten später stießen sie auf einen breiteren, stark ausgefahrenen Weg, der offensichtlich von Forstfahrzeugen benutzt worden war. Stöße frisch gefällter Bäume lagen neben dem Weg.

»Folgt uns jemand?« fragte Slanski.

»Ich habe keinen mehr gesehen, seit wir das Feld verlassen haben.«

Er hielt das Motorrad an und schob die Brille hoch. Sein Gesicht war schlammverkrustet, und nur die Augen waren weiß.

»Gib mir die Karte.«

Anna zog sie aus ihrer Bluse. Slanski zündete ein Streichholz an und versuchte, in dem flackernden Licht die Karte zu lesen.

»Wo sind wir?«

»Wie es aussieht, heißt die Gegend hier Bärentalwald. Aber wie wir hier rauskommen, weiß Gott allein. Auf der Karte sind keine Straßen eingezeichnet.«

Slanski blickte Anna an. Sie war blaß und fror, und er konnte die Spuren der Anstrengung und der Angst in ihrem Gesicht erkennen. »Anna, falls wir in ernste Schwierigkeiten kommen ... denk dran, daß du die Pille bereithältst, hast du verstanden?«

»Ich habe den Eindruck, daß wir schon in verdammten Schwierigkeiten stecken.«

Slanski lächelte finster. »Dann laß uns hoffen, daß es nicht noch schlimmer wird. Jetzt müssen wir erst mal versuchen, einen Weg hier raus zu finden.«

Er gab Gas und bog nach rechts auf den Waldweg ein.

Lukins Fahrer hielt den Wagen an, und der Major sah die Lichter und das geschäftige Treiben vor sich. Ein halbes Dutzend Fahrzeuge verstopfte die schmale Straße; überall liefen Uniformierte herum.

Lukin stieg aus, eilte zu einem Hauptmann, der offensichtlich das Kommando hatte, und hielt ihm seinen Dienstausweis vor.

»Major Lukin, KGB Moskau. Ich leite die Verfolgung. Was ist hier los?«

Der Hauptmann salutierte. »Sie sind entkommen, Genosse Major. Diese Verrückten sind in den Wald weiter unten gefahren. Ich habe ein Dutzend Männer hinterhergeschickt, aber wir haben keine geeigneten Fahrzeuge für eine Verfolgung.«

Lukin bemerkte, daß ein Gatter in dem Zaun, der das Feld umschloß, weit offenstand, und eine einzelne Reifenspur zeichnete sich dunkel auf dem Schnee ab. Am Fuß des Abhangs liefen Gestalten mit Taschenlampen umher und leuchteten zwischen die Bäume. Die lauten Stimmen der Männer drangen aus der Dunkelheit bis zu ihm hinauf.

Lukin drehte sich um. »Setzen Sie sich ans Funkgerät«, sagte er drängend zu dem Hauptmann, »und sorgen Sie dafür, daß alle Straßen aus dem Wald gesperrt werden. Sämtliche verfügbaren Männer sollen den Wald umstellen. Los!«

»Es ist bereits angeordnet, Genosse!«

»Dann setzen Sie sich noch mal ans Funkgerät und vergewissern Sie sich, ob der Befehl ausgeführt wurde. Ich mache Sie persönlich dafür verantwortlich. Und benachrichtigen Sie die Patrouillen in dem Gebiet, daß ich unterwegs bin.« Lukin wußte genau, was er wollte, und schaute sich hastig um. Sein Blick fiel auf einen Unteroffizier mit einer Kalaschnikow. »Holen Sie mir die Waffe von dem Mann«, befahl er dem Hauptmann.

»Genosse Major?«

»Die Kalaschnikow. Holen Sie sie!«

Während der Hauptmann zum Unteroffizier lief, ging Lukin zu den beiden Motorradfahrern, die abgestiegen waren. Er schnappte sich eine Maschine, saß auf und ließ den Motor an.

Als der verblüffte Fahrer protestieren wollte, pflaumte Lukin ihn an: »Bahn frei!«

Er fuhr dem Hauptmann entgegen, riß ihm die Kalaschnikow aus der Hand und hängte sie sich um den Hals.

Der Hauptmann betrachtete zweifelnd Lukins Haken an dessen amputierter Hand und trat vor die Maschine. »Genosse, vielleicht sollten Sie lieber warten. Wenn Sie die beiden allein verfolgen, gehen Sie nur ein unnötiges Risiko ein. Abgesehen davon ...«

»Was? Abgesehen davon, daß ich ein Krüppel bin? Der Vorteil, wenn man nur einen gesunden Arm hat, Hauptmann, ist der, daß er schnell doppelt so stark wird wie normal. Und jetzt machen Sie mir den Weg frei!«

Er ließ den Motor aufheulen. Der Hauptmann sprang im letzten Moment zur Seite, und Lukin raste an ihm vorbei durch das Tor und den Abhang hinunter.

Slanski hatte sich verirrt.

Der Wald war ein Labyrinth aus schmalen Pfaden, und es war unmöglich, mit Gewißheit zu erkennen, wohin sie führten. Es gab keine Wegweiser, und Slanski mußte mehrmals anhalten und Karte und Kompaß zu Hilfe nehmen.

Der Schweiß tropfte ihm ins Gesicht, und jedesmal, wenn er sich zu Anna umdrehte, sah er die nackte Angst in ihrem Blick.

Plötzlich wurde der Weg breiter, und ein Holzschild vor einer Kurve verkündete: ›ACHTUNG – AUSFAHRT ZUR KOLIMKA-STRASSE. VERKEHR BEACHTEN‹.

Als er um die Kurve bog, bremste er und kam rutschend zum Stehen.

Ein halbes Dutzend Gelände- und Lastwagen sowie eine große Gruppe Soldaten und Milizionäre versperrten die Straße. Die Männer warteten ruhig und mit schußbereiten Waffen in der Dunkelheit.

Eine Stimme rief: »Halt! Steigen Sie ab, und werfen Sie die Waffen weg!«

Slanski gab Gas und drehte die BMW hastig herum.

Die Hölle brach los, als die Soldaten eine Salve feuerten. Die Kugeln sirrten durch die Luft und schlugen in die Bäume. Slanski jagte denselben Weg zurück, den sie gekommen waren.

Es war fast unmöglich.

Lukin mußte die Füße benutzen, um die Balance zu halten. In dem Gelände konnte er die Maschine mit einer Hand kaum kontrollieren.

Er stoppte auf einem holprigen Weg, der durch den Wald führte, und hielt die Griffe am Lenker der Maschine so fest, daß sein unversehrter Arm von der Anstrengung schmerzte. Er war am ganzen Körper in Schweiß gebadet. Bisher war er den Reifenspuren durch den Wald gefolgt. Jetzt aber stellte er den Motor ab und lauschte auf Geräusche und den Klang der BMW. Doch er hörte nur seinen Herzschlag in den Ohren.

Aber da ...

Eine knatternde Salve Gewehrfeuer ertönte irgendwo in der Nähe. Sein Herz tat ein paar unregelmäßige Schläge.

Lukin ließ das Motorrad wieder an und fuhr auf die Quelle des Lärms zu. Er war etwa fünfzig Meter weit gekommen, als er auf einen breiteren Weg stieß.

Er sah das Licht eines einzelnen Scheinwerfers zwischen den Bäumen rechts von ihm. Es kam auf ihn zu – und diesmal setzte sein Herz beinahe aus.

Er schob die Maschine zurück auf den Pfad in Deckung der Bäume und hob die Kalaschnikow, die er sich um den Hals geschlungen hatte.

Die BMW raste vorbei, und Lukin erkannte den Mann und die Frau.

Er legte den Gang ein und jagte hinter ihnen her.

Lukin war noch etwa zwanzig Meter hinter der BMW, als die Frau sich umdrehte. Im Licht des Scheinwerfers sah er ihren geöffneten Mund und den Ausdruck des Entsetzens und der Überraschung auf ihrem Gesicht.

Sie drehte sich nach vorn, klopfte dem Mann auf die Schulter und schrie ihm etwas zu.

Der warf kurz einen Blick nach hinten. Sein Gesicht war durch den Helm und die Schutzbrille verhüllt.

Plötzlich legte die BMW an Tempo zu und raste mit halsbrecherischer Geschwindigkeit über den Waldweg.

Lukin konnte seine Maschine kaum noch beherrschen. Um das Gleichgewicht zu wahren, ließ er die Füße über den Waldboden rutschen. Wenn er doch nur mit der Kalaschnikow auf den Hinterreifen des Motorrads vor sich schießen könnte! Dann würde er sie aufhalten. Aber mit einer Hand war das unmöglich, und er konnte auch so kaum die Geschwindigkeit mithalten, die die beiden vorlegten.

Das Paar vergrößerte den Abstand immer mehr.

Als die BMW um eine Ecke bog, sah Lukin einen Wall aus Lichtern vor sich. Armeelastwagen und Geländewagen bildeten etwa hundert Meter vor ihnen eine weitere Straßensperre.

Die BMW wurde langsamer und schlug einen scharfen Haken nach rechts, um der Blockade auszuweichen. Lukin begriff, daß Slanski die Sperre umfahren wollte.

Die BMW schoß eine Böschung hinauf, und Lukin machte sich wieder an die Verfolgung.

Nach einigen Metern fing die Maschine unter ihm bedenklich an zu schwanken und schaukelte sich so heftig auf, daß er hinunterstürzte und auf dem eisharten Boden aufschlug.

Er sah, wie die BMW mit einem dunklen Grollen beschleunigte und den Hügel erklomm, doch kurz bevor sie den Kamm erreichte, stotterte plötzlich der Motor. Das schwere Motorrad bockte und schien die letzten Meter nicht mehr zu schaffen.

Die Frau fiel vom Sattel, schlug hart auf den Boden und rollte die Böschung hinunter.

Lukin rappelte sich auf und rannte auf sie zu.

Auf dem Kamm bemühte sich der Mann inzwischen, die Maschine im Griff zu behalten. Schließlich senkte sich das Vorderrad wieder, die Räder faßten, und Sekunden später stand die Maschine auf sicherem Grund. Lukin sah, wie der Fahrer entsetzt beobachtete, wie die Frau am Fuß der Böschung liegenblieb.

Einen Augenblick wirkte er unschlüssig; dann schrie er verzweifelt auf: »Anna ...!«

Lukin hob die Kalschnikow und feuerte eine Salve ab. Die Kugeln rissen Splitter aus den Bäumen, doch der Mann riß die Maschine herum und fuhr in die Dunkelheit davon.

Die Besatzungen der Lastwagen liefen los, feuerten blindlings in den Wald und kletterten hinter der BMW her.

Lukin warf die Maschinenpistole fort und stürzte sich auf die Frau, gerade als sie versuchte, sich irgend etwas in den Mund zu stecken. Sie schrie vor Schmerz, als er mit voller Wucht auf ihr landete. Lukin zwang ihr den Mund auf und schob ihr rücksichtslos die Finger in den Hals.

SIEBTER TEIL

27. FEBRUAR BIS 2. MÄRZ 1953

41. KAPITEL

Paris

Am selben Abend hielt in Paris kurz vor zweiundzwanzig Uhr ein eleganter, schwarzer Citroën am Boulevard Montmartre. Henri Lebel stieg aus. Es regnete in Strömen. Nachdem der Chauffeur ihm einen Schirm gereicht hatte, sagte Lebel: »Sie brauchen nicht zu warten, Charles. Holen Sie mich um Mitternacht im Maxime's ab.«

»Selbstverständlich, Monsieur.«

Lebel sah dem Citroën nach, bis der Wagen hinter den grauen Regenschleiern verschwunden war, überquerte dann den Boulevard und bog in eine enge Nebenstraße ein, die von Müll übersät war. Eine Katze lief an ihm vorbei, und als Lebel das Ende der schmutzigen Gasse erreicht hatte, stand er vor einer blau angestrichenen Tür. Ein Leuchtschild darüber verkündete: ›Club Malakow. Nur für Mitglieder‹.

Lebel klopfte an die Tür. Ein Fensterchen in der Tür wurde geöffnet, und ein Mann streckte sein unrasiertes Gesicht heraus.

»Oui?«

»Monsieur Clichy. Ich werde erwartet.«

Es klapperte, als der Mann einige Riegel zurückschob und die Tür öffnete. Er warf einen mißtrauischen Blick in die regnerische Gasse, bevor er seinen Besucher hereinbat.

Lebel stieg über eine Wendeltreppe aus Metall in einen vollen, rauchigen Raum hinunter, in dem rauh wirkende Arbeiter vor Gläsern mit Bier und billigem Wein saßen. Ein älterer Mann mit einer Schürze polierte hinter einem verzinkten Tresen Gläser. Er lächelte, als er Lebel sah, und ging auf ihn zu. »Hier entlang, Monsieur«, sagte er. »Folgen Sie mir bitte.«

Lebel folgte ihm durch einen Vorhang hinter dem Tresen, stieg eine kleine Treppe hinauf und gelangte über einen schäbigen Flur zu einer Tür.

Der Alte klopfte.

»Kommen Sie herein, wenn Sie gut aussehen«, antwortete eine Stimme.

»Ich bin's, Claude. Ihr Besuch ist da«, sagte der Mann und öffnete Lebel die Tür.

Lebel betrat das winzige, rauchgeschwängerte Zimmer, von dessen Decke eine nackte Glühbirne an einem Kabel baumelte. Der Rest des Zimmers lag im Dunkeln. Ein uralter, zerkratzter Spiegel hing an einer Wand. Ein Mann von etwa fünfunddreißig Jahren saß an einem Tisch mitten im Zimmer. Er war klein, drahtig und hatte einen Buckel. Ihm fehlten zwei Vorderzähne, und sein abgetragener schwarzer Anzug war mit Zigarettenasche beschmutzt. Vor ihm standen eine Flasche Pastis und zwei Gläser.

Er zündete sich eine Gaulloise an und winkte dem Barkeeper. »Laß uns allein, Claude.«

Nachdem die Tür sich geschlossen hatte, deutete der Mann auf einen Stuhl vor seinem Schreibtisch. »Henri, mein altes Pflänzchen, schön Sie zu sehen.«

Lebel setzte sich und zog seine sündhaft teuren Lederhandschuhe aus. »Ich wünschte, ich könnte dasselbe von Ihnen sagen, Bastien.«

»Der geborene Diplomat, wie immer. Möchten Sie etwas trinken?«

»Sie wissen, daß ich nur Champagner trinke. Alles andere verträgt mein Magen nicht.«

Bastien grinste. »Das ist hart. Ich habe leider nur billigen Pastis da. Nicht mal der Parteivorsitzende kann sich die schöneren Dinge im Leben leisten, Henri.«

»Dann muß ich leider ablehnen.«

Bastien zuckte gleichgültig mit den Schultern und schenkte sich einen Drink ein. Er betrachtete Lebel, der einen teuren Anzug mit Seidenkrawatte und einer brillantenbesetzten Nadel trug. Der Kragen seines schönen, maßgeschneiderten Kamelhaarmantels war mit einem Zobelpelz besetzt.

Bastien lächelte, und seine fehlenden Schneidezähne hinterließen eine dunkle Lücke in seinem Gebiß. »Sie sehen blendend aus, Henri, wie immer. Gehen die Geschäfte gut?«

»Ich nehme nicht an, daß Sie mich hergebeten haben, um über ein so verabscheuungswürdiges Thema wie Geldverdienen zu plaudern. Kommen Sie bitte zur Sache. Worum geht es diesmal? Eine weitere Zuwendung an die Partei?«

Pierre Bastien stand auf. Lebel fand, daß der Mann gut in den Glockenturm von Notre-Dame gepaßt hätte.

»Eigentlich wollte ich nur ein nettes Gespräch führen, Lebel. Sie müssen nicht gleich bissig werden, Genosse.«

»Ich bin nicht Ihr Genosse!«

»Was denn? Zählen zwei Jahre gemeinsamer Kampf gegen die Deutschen nichts mehr?«

»Wir wollen doch mal klarstellen, wer gekämpft hat. Sie erzählen den Leuten zwar gern, daß die Gestapo Ihnen die Zähne ausgeschlagen und Ihren Rücken verletzt hat, aber wir beide wissen genau, daß es eigentlich ihre Exfrau war. Sie hat Sie die Treppe hinuntergeworfen, weil Sie sie und Ihre Kinder im Stich gelassen haben, als die Gestapo Ihr Haus durchsuchte. Das ist widerlich, Bastien, vor allem, weil wir alle wirkliche Gefahren und Foltern ertragen mußten, während Sie sich von einem sicheren Haus zum nächsten geschlichen haben und nie einen Schuß gegen die Deutschen abgefeuert haben, bis die Alliierten Paris befreiten. Und trotzdem haben Sie das Croix de la Guerre von De Gaulle angenommen. Außerdem sollten Sie wirklich etwas gegen die fehlenden Zähne unternehmen. Als Ehrenzeichen hat diese Zahnlücke allmählich ausgedient.«

Bastien warf ihm einen verächtlichen Blick zu. »Setzen Sie mich nicht herab, Lebel. Ich habe so viel getan wie alle anderen. Außerdem war es im Interesse der Partei wichtig, daß ich nicht gefangengenommen wurde. Schließlich brauchte die Partei jemand, der sie im Kampf nach dem Krieg anführen kann.«

»Natürlich. Vergessen Sie nicht, daß Sie gegen den Abschaum kämpfen, der so großzügig für Ihre Sache spendet. Kommen Sie zur Sache. Ich habe eine Verabredung im Maxime's.«

»Zweifellos mit einem ihrer Models?« Bastien schnaubte verächtlich.

Lebel seufzte. »Der Neid wird Ihnen nichts nützen. Die Zeit in der Hölle des Konzentrationslagers, wo einem ständig der Tod im Nacken saß, hat mich zwei Dinge gelehrt: Erstens: Traue nur dir selbst. Zweitens: Genieße das Leben, so gut du kannst. Ich halte mich jeden Tag an beide Grundsätze. Außerdem geht Sie mein Privatleben nichts an. Also: Worüber wollen wir reden?«

Bastien grinste boshaft. »Über eine sehr heikle Angelegenheit. Deshalb habe ich Sie auch persönlich herbestellt. Haben Sie die üblichen Vorsichtsmaßnahmen getroffen?«

»Natürlich. Ihrem Gesichtsausdruck entnehme ich, daß Sie einige sehr unerfreuliche Nachrichten für mich haben.«

Bastien trank sein Glas aus und stellte es auf den Tisch. »Es geht um einen gewissen Jake Massey. Kennen Sie ihn?«

Lebels Blick flackerte. Die Frage hatte ihn überrascht, und er versuchte, seine Bestürzung zu verbergen.

»Wie meinen Sie das?«

»Ich habe Ihnen eine einfache Frage gestellt. Kennen Sie diesen Massey?«

»Der Name kommt mir bekannt vor. Ja, er war ein amerikanischer OSS-Offizier und hat während des Krieges mit der Résistance zusammengearbeitet. Warum?«

»Haben Sie ihn kürzlich getroffen?«

Lebel sah, daß Bastien grinste, was immer ein gefährliches Zeichen war. Er beschloß, die Wahrheit zu sagen.

»Ja. Er war vor kurzem in Paris und ist bei mir vorbeigekommen, um guten Tag zu sagen. Aber was hat das damit zu tun? Wollen Sie meinen Terminkalender durchhecheln, Bastien?«

»Aha, ein Freundschaftsbesuch, ja, Henri?«

»Genau. Was soll das alles? Ich habe eine Verabredung!«

»Was wollte Massey von Ihnen?«

»Nichts Besonderes. Ich habe Ihnen doch gesagt, daß er mich bloß besucht hat. Wir haben über alte Zeiten geplaudert. Ich wollte ihn zum Essen einladen, aber er hatte schon eine andere Einladung.«

»Das ist alles?«

»Ja. Und jetzt würde ich gern gehen, Bastien, wenn Sie nichts mehr ...«

Als Lebel aufstehen wollte, legte Bastien rasch die Hand auf seine Schulter. »Bleiben Sie sitzen. Ich bin noch nicht fertig. Einige sehr wichtige Leute haben mir Fragen über Sie gestellt.«

»Wer?«

»Das geht Sie nichts an. Aber weil wir alte Kameraden aus der Résistance sind, habe ich Sie hergebeten, um Sie zu warnen. Ich möchte auf keinen Fall, daß man Ihnen weh tut. Wo kämen wir da hin? Ihre Spenden sind immer sehr großzügig, Henri.«

Lebel zuckte mit den Schultern. »Ich tue, was ich kann. Aber wer sollte mir weh tun? Und was für eine Warnung wollen Sie mir erteilen?«

»Seien Sie vorsichtig, was Ihren Umgang betrifft. Und den anderen Mist können Sie sich sparen. Sie spenden, weil Sie spenden müssen. Damit erkaufen Sie sich Moskaus Wohlwollen, was Ihre Geschäfte angeht.«

»Sie haben meine Frage nicht beantwortet. Wie sollte man mir weh tun? Und wer? Aus welchem Grund?«

»Fragen Sie lieber nicht. Aber tun Sie sich einen Gefallen. Wenn Massey das nächste Mal Kontakt mit Ihnen aufnimmt, sagen Sie es mir. Er war beim OSS. Jetzt ist er bei der CIA. Ihr Privatleben mag mich nichts angehen, aber es interessiert Moskau. Wenn Sie sich mit einer solchen Person einlassen, könnte man dort einen falschen Eindruck gewinnen.«

Lebel tat, als wäre er beunruhigt. »Massey ist bei der CIA? Davon hatte ich keine Ahnung ...«

»Jetzt wissen Sie es, klar?«

Lebel nickte. »Wenn Sie es sagen.«

»Verlassen Sie sich darauf.«

»War das alles?« fragte Lebel.

Bastien nickte. »Das war's. Vergessen Sie nicht, was ich gesagt habe.«

Als Lebel aufstand, grinste Bastien hinterhältig. »Ach, übrigens, da wartet noch jemand, der Sie kennenlernen möchte.« Er warf einen Blick in den Spiegel. »Sie können reinkommen, Oberst.«

Irgendwo im Schatten öffnete sich eine Tür, und ein Mann tauchte auf. Er war groß und sah brutal aus. Sein Gesicht war von Narben entstellt, und ein Stück des linken Ohres fehlte. »Darf ich vorstellen?« sagte Bastien. »Oberst Romulka, KGB Moskau. Henri Lebel. Oberst Romulka hat mir erzählt, daß Sie in zwei Tagen in Moskau erwartet werden. Er möchte Ihre

Reisepläne ein wenig umstellen und dafür sorgen, daß Sie früher dorthin kommen.«

Lebel wurde blaß. »Was hat das zu bedeuten?«

Romulka schnippte mit den Fingern, und zwei Männer stürmten in das Zimmer. Sie ergriffen Lebel und rollten einen seiner Ärmel hoch. Romulka trat vor und stach eine Spritze in Lebels Unterarm.

Washington
27. Februar, 20.30 Uhr

Der Regen prasselte gegen die Balkontüren des Oval Office im Weißen Haus, und ein Lichtblitz erhellte zuckend den Himmel über dem Washington-Denkmal.

Eisenhower seufzte, ließ sich schwerfällig auf seinen Schreibtischstuhl sinken und blickte die drei Männer in dem Zimmer nacheinander an.

»Ich möchte das noch einmal klarstellen: Sie behaupten, man kann ihn nicht mehr aufhalten?«

Allen Dulles, der Chef der CIA, saß neben dem Präsidenten, Karl Branigan und Jake Massey hatten ihren Platz vor dem Walnußschreibtisch.

Unter den Augen des Präsidenten zeichneten sich dunkle Schatten ab, und das berühmte Grinsen war ihm vergangen. Selbst das Wetter schien sich seiner finsteren Laune anzupassen.

Branigan beugte sich im Sessel vor. »Ich fürchte, es sieht schlecht aus, Mr. President. Wie Massey erklärt hat, führt der einzige Weg, an Slanski heranzukommen, über Lebel. Aber der ist verschwunden.«

»Berichten Sie, was passiert ist«, forderte Eisenhower ihn mürrisch auf.

»Wie Sie wissen, Sir, sollte Lebel in zwei Tagen nach Moskau fliegen. Wir haben versucht, über unsere Niederlassung in Paris Kontakt mit ihm aufzunehmen, aber Lebel konnte nicht ausfindig gemacht werden. Sein Chauffeur behauptet, er hätte ihn um Mitternacht Pariser Zeit vom Maxime's abholen sollen, wo Lebel einen Geschäftstermin hatte. Unsere

Leute haben im Restaurant auf ihn gewartet, aber Lebel ist nicht gekommen. Dafür haben wir etwas anderes herausgefunden.«

»Was?«

»Unser Pariser Büro hat einen außerplanmäßigen diplomatischen Flug der Sowjets vom Flughafen Le Bourget gemeldet. Ziel Moskau. Und zwar kurz nachdem Lebel von seinem Chauffeur am Montmartre abgesetzt worden ist. Es gibt einen Club in der Nähe des Boulevards, den Club Malakow. Er wird hauptsächlich von bekannten Mitgliedern der französischen kommunistischen Partei besucht. Wir haben über unsere Kontakte bei der französischen Gegenspionage erfahren, daß Lebel gelegentlich dabei beobachtet wurde, wie er den Club besuchte. Sein Chauffeur sagt aus, daß sein Chef am Abend einen Anruf bekommen und behauptet habe, er hätte noch ein privates Treffen. Aber er hat nicht gesagt, wo dieses Treffen stattfand, sondern sich einfach zum Boulevard Montmartre fahren lassen.

Es gibt noch ein paar weitere beunruhigende Fakten. Kurz vor dem Abflug wurden einige Passagiere an Bord der russischen Maschine gebracht, einer davon auf einer Liege mit einem Arzt an seiner Seite. Nach Auskunft der Franzosen haben die Sowjets behauptet, es handele sich um einen Angehörigen der sowjetischen Botschaft, der wegen einer dringenden medizinischen Behandlung nach Moskau geflogen werden mußte. Daraufhin haben wir mit den französischen Behörden gesprochen, die die Maschine abgefertigt und die Passagierliste kontrolliert haben. Nach der Beschreibung der Personen, die sich an Bord befanden, gehen wir mittlerweile davon aus, daß es sich bei dem Mann auf der Trage um Lebel gehandelt haben könnte.«

»Meine Güte!«

»Was mich zu der Überzeugung bringt, daß Moskau Lebels Kontakte mit Massey herausgefunden hat und ihn nun verhören will.«

Eisenhower rieb sich mit der Hand die Augen. »Es wird mit jeder Stunde schlimmer.«

»Mr. President, daß Moskau Lebel entführt, bedeutet, er hat noch nicht kooperiert. Aber meiner Meinung nach wird

Slanski ab sofort alle Befehle mißachten, die wir ihm erteilt haben.«

Eisenhower blickte auf. »Selbst einen direkten Befehl von mir?«

»Selbst eine direkte Anweisung vom Präsidenten, Sir. Wenn es überhaupt möglich wäre, ihm eine solche Anweisung zu überbringen.«

Eisenhower seufzte wieder. »Mr. Massey, möchten Sie etwas zu dem Gespräch beitragen?«

Massey blickte auf. Unter seinen Augen waren dunkle Schatten, und seiner Miene konnte man entnehmen, wie besorgt er war. Er hatte in den letzten achtundvierzig Stunden kaum geschlafen, und dem langen Flug von Helsinki nach Washington war eine zähe, vierstündige Befragung durch Branigan, Wallace und Allen Dulles gefolgt. Sie hatten jede Einzelheit der Operation durchgekaut. Ein verhängnisvolles Gefühl nagte die ganze Zeit in Masseys Innerem, und ihm war übel. Die Nachricht von Lebels Entführung kam jetzt noch dazu, und im Raum breitete sich allmählich eine hoffnungslose Atmosphäre aus.

Er richtete den Blick auf Eisenhower, der ihn forschend anschaute. »Ich weiß nicht, was ich sagen soll, Mr. President.«

Eisenhower lief vor Zorn rot an. »Wenn man bedenkt, daß Sie für diese Situation mitverantwortlich sind, sollten Sie lieber an diesem Gespräch teilnehmen. Sie haben die letzten zehn Minuten wie ein Mann dagesessen, der nicht mehr weiß, wo er wohnt. Haben Sie keine Vorschläge?«

»Wenn Lebel entführt und nach Moskau verschleppt worden ist, haben wir keine Möglichkeit mehr, Slanski aufzuhalten, es sei denn, wir schicken jemanden hinterher, der ihn zur Vernunft bringt. Auf Lebels Entführung gibt es keine Antwort. Sie könnten allenfalls die Maschine abschießen, in der er sitzt.«

»So ein Unsinn«, erwiderte Eisenhower scharf. »Mittlerweile dürfte das Flugzeug sich bereits über russischem Territorium befinden. Und was Ihren ersten Vorschlag angeht: Sie haben ja gehört, was Branigan gesagt hat. Slanski würde nicht zuhören. Was halten Sie von Lebel? Glauben Sie, daß er bei dem Verhör zusammenbricht?«

»Lebel war in einem Konzentrationslager, nachdem er von der Gestapo gefangengenommen und gefoltert wurde. Diese Tortur hat er schon einmal durchgemacht. Er wird sich vielleicht weigern zu reden und seine Beteiligung leugnen, wobei es darauf ankommt, mit welchen Beweisen Moskau ihn konfrontiert. Sie haben sicher welche, und sie scheinen es auch eilig zu haben, sonst hätten sie den Mann nicht entführt. Vor allem, da er in zwei Tagen sowieso nach Moskau geflogen wäre. Genausogut könnte Lebel aber auch auspacken. Mit Sicherheit kann das niemand sagen.«

»Aber Sie kennen den Mann, stimmt's? Ich will Ihre ehrliche Meinung hören. Wird er reden?«

Massey dachte nach. »Ich würde sagen, daß Lebel so lange aushalten wird, wie er kann. Er ist kein Narr, und er wird vermutlich zuerst versuchen, alles abzustreiten. Aber wenn man in Rechnung stellt, wie weit der KGB die Kunst des Folterns verfeinert hat, glaube ich nicht, daß er mehr als zwei, höchstens drei Tage durchhält.«

Allen Dulles putzte seine Brillengläser und blickte auf. »Mir scheint, daß wir ein bißchen Zeit haben, falls man ein paar Tage auf Lebel setzen kann. Vielleicht bietet uns das einen Ausweg aus der verfahrenen Situation.«

»Und welchen?« fragte Eisenhower.

»Wir töten Slanski und Chorjowa. Das klingt zwar herzlos, aber es ist die einzige Lösung, die ich mir vorstellen kann.«

Im Raum herrschte düsteres Schweigen. Massey blickte Dulles an und sagte betroffen: »Wir reden hier über zwei Menschen, die ihr Leben für uns aufs Spiel setzen. Zwei Menschen, die den Mumm hatten, diese Operation auszuführen. Und Sie wollen sie einfach töten?«

Dulles nagelte Massey mit seinem Blick beinahe auf dem Stuhl fest. »Wir leben nicht in einer perfekten Welt, Massey. Es ist die einzige Lösung, die mir einfällt, und die einzige Chance, die uns bleibt.« Er richtete den Blick wieder auf den Präsidenten. »Branigan und ich haben unsere Hausaufgaben gemacht und versucht, die Sache zu planen.«

Er nahm einen kleinen Aktenordner aus der Tasche hinter sich. »Wir haben im Moment vier Agenten in Moskau. Jedem schicken wir alle vier Wochen kurze, verschlüsselte Nachrichten, damit wir Verbindung mit ihnen halten und die Leute wissen, daß wir sie nicht vergessen haben. Die Übertragung erfolgt über die regulären Radioprogramme der Stimme Amerikas, zu vorher festgelegten Zeiten. Für jeden gewöhnlichen Rundfunkhörer sind diese Nachrichten völlig harmlos, aber unsere Agenten bekommen die Nachricht von uns, sobald sie die eine bestimmte Passage zu einer bestimmten Zeit entschlüsseln.«

Er beugte sich vor und reichte Eisenhower den Ordner. »Diese beiden Agenten in Moskau könnten nützlich sein.«

Als der Präsident den Ordner aufschlug, fügte Dulles hinzu: »Es sind Freibeuter. Ehemalige ukrainische SS. Massey selbst hat sie vor sechs Wochen mit dem Fallschirm über der Ukraine abspringen lassen. Eine Woche später waren sie in Moskau.«

Eisenhower überflog rasch den Ordner und legte ihn dann auf den Schreibtisch.

»Was schlagen Sie vor?«

»Wir müßten den Männern planmäßig morgen abend eine Nachricht schicken. Aber statt des normalen Textes berichten wir ihnen von dem Mann und der Frau, deren Aufenthaltsort wir herausfinden wollen. Massey hat uns von Lebels Freundin berichtet, die Slanski in Moskau treffen soll. Sie hat eine Datscha, die als Stützpunkt dient. Wenn wir davon ausgehen können, daß Slanski und die Frau sich dort einfinden, dann ... Na ja, den Rest können Sie sich denken. Aber wir werden jemanden nach Moskau schicken müssen, der dafür sorgt, daß der Plan auch durchgeführt wird. Es darf keine Panne geben. Und wir müssen schnell handeln. Wie Massey schon gesagt hat: Unser Freund Lebel wird irgendwann doch reden. Und dann erfährt der KGB von der Datscha.«

»Gibt es eine Chance, daß Moskau unsere Radiosendungen entschlüsseln kann?«

Dulles schüttelte den Kopf. »Das ist sehr unwahrscheinlich, Mr. President. Die Nachricht wird nach einem Muster verschlüsselt, das nur einmal benutzt wird. Man kann den Kode unmöglich knacken.«

»Sie übersehen etwas Entscheidendes. Wie sollen wir jemanden nach Moskau einschmuggeln?«

»Daran arbeiten wir noch, Mr. President. Der Mossad ist die beste Möglichkeit. Sie haben durch ihre jüdischen Verbände die besten Kontakte in Rußland und Osteuropa, und wir wissen, daß sie eine Anzahl Agenten und hochrangige Informanten in Moskau, beim KGB und im sowjetischen Militär haben. Wenn Sie uns Ihr Okay geben, können wir die Hilfe des Mossad in Anspruch nehmen, ohne unsere wahren Gründe zu enthüllen. Ich glaube, sie werden mitmachen. Wie Sie wissen, haben wir eine offizielle Vereinbarung mit den Israelis getroffen, was gegenseitige Sicherheitsfragen angeht.«

»Glauben Sie wirklich, daß es klappt?«

»Es wird schwierig und gefährlich, Sir«, erwiderte Dulles. »Und es muß sehr schnell und trotzdem mit äußerster Sorgfalt durchgeführt werden. Wir dürfen uns keinen Fehler leisten. Aber ich glaube, daß es eine echte Chance ist. Eigentlich kann Massey diese Frage besser beantworten. Er hat alle diese Leute rübergeschickt.«

Alle blickten Massey an, und schließlich richtete Eisenhower das Wort an ihn: »Also, Mr. Massey, sagen Sie mir, ob es möglich ist. Könnte es funktionieren?«

Massey dachte kurz nach und antwortete tonlos: »Das weiß ich nicht.«

Eisenhower lief rot an. »Beantworten Sie die Frage!«

Massey richtete den Blick auf den Präsidenten, der den Zorn in der Stimme des Agenten hörte, als dieser bekannte: »Ich will damit nichts zu tun haben.«

Eisenhower brauste auf. »Die Frage lautet: Kann es klappen? Und wir sollten nicht vergessen, warum wir hier sind, Massey. Sie sind zum Teil für die Pannen verantwortlich, die geschehen sind. Beantworten Sie die Frage.«

Massey wollte sich wütend erheben, doch der Präsident fuhr ihn an: »Bleiben Sie sitzen!«

Er blickte Dulles und Branigan an: »Gehen Sie einen Moment raus, Gentlemen, und lassen Sie uns allein.«

Sie standen beide auf und verließen das Oval Office.

Eisenhower zündete sich mit vor Wut zitternden Fingern eine Zigarette an, während Massey sitzen blieb. Dann stand der Präsident auf, ging zu den Balkontüren, öffnete sie und trat hinaus. Kühle Luft drang in den Raum, und der Regen plätscherte auf die Steine. »Kommen Sie her, Jake«, sagte Eisenhower über die Schulter.

Massey trat auf den Balkon hinaus. Es regnete in Strömen. Eisenhower starrte in die Dunkelheit. »Haben Sie Familie?« fragte er.

»Einen Sohn.«

»Keine Frau?«

»Wir sind geschieden.«

Eisenhower blickte Massey an. »Würden Sie sich als Patrioten bezeichnen, Jake?«

»Mr. President, ich liebe mein Land. Sonst könnte ich diesen Job nicht tun. Aber was Sie verlangen ... Ich kann es nicht. Alex Slanski ist ein mutiger Mann. Er wagt Dinge, die kein anderer sich zutrauen würde. Und Anna Chorjowa ist nur mitgegangen, weil sie ihr Kind wiederhaben wollte. Aber sie ist trotzdem eine couragierte Frau. Wir durften sie vielleicht benutzen. Aber sie töten ... nein, das dürfen wir nicht. Das wäre unmoralisch.«

Eisenhower seufzte und warf die Zigarette über die Balkonbrüstung. »Ich möchte Ihnen eine Geschichte erzählen, die ich schon lange niemandem mehr erzählt habe. Als junger Offizier habe ich in Panama gedient. In meiner Einheit war ein junger Bursche, den ich aus meiner Heimatstadt kannte. Er war ein freundlicher, rothaariger Kerl, ein guter Kumpel, mit dem man sich besaufen konnte und der immer ein Lied auf den Lippen hatte. Er hatte eine Freundin zu Hause, die er wahnsinnig liebte.

Eines Nachts wurde unsere Kompanie in den Dschungel befohlen, wo die Guerillas Artilleriestellungen errichtet hatten, die unserem Bataillon das Leben zur Hölle machten. Unser Befehl lautete, diese Stellungen einzunehmen. Auf halber Strecke gerieten wir unter Maschinengewehrfeuer. Der Junge, von dem ich geredet habe, bekam einen Bauchschuß. Er kroch mit heraushängenden Gedärmen durch den Dschungel zurück zu uns und schrie sich die Lunge aus dem Leib, daß ihm jemand helfen sollte. Das Problem war, daß er unsere Position preisgab.

Ich war vermutlich der beste Gewehrschütze in der Kompanie. Mein Vorgesetzter befahl mir, den Jungen zu erschießen. Ich brachte es nicht über mich, sondern zielte weit daneben. Jemand anders versuchte es und schoß ebenfalls vorbei. Fünf Minuten später stürmten die Guerillas unsere Stellung und töteten zehn unserer Leute.«

Eisenhowers Gesicht verriet seine Gewissensbisse. »Hätte ich den Mumm gehabt, diesen Jungen zu erschießen, wären diese Männer vielleicht nicht gestorben. Und es kam noch schlimmer. Nachdem wir uns zurückzogen, schossen die feindlichen Kanonen weiter und dezimierten unser Bataillon. Ich hatte meinen Kommandeur und meine Kameraden im Stich gelassen. Ich habe sogar mein Land im Stich gelassen.«

Finster starrte er hinaus in den Regen. »Jetzt geht es nicht mehr um einen Dschungel in Panama, in dem das Leben von zehn Männern auf dem Spiel steht. Oder das Leben der Männer eines Bataillons. Wir sprechen hier von einem möglichen Krieg. Nicht zwanzig Leben stehen auf dem Spiel, sondern zwanzig Millionen. Wenn ich damals in dieser Nacht im Dschungel eins gelernt habe, dann folgendes: Man muß seine Verluste abschreiben, wenn nötig, und den Schmerz auf sich nehmen. Natürlich, es ist eine harte Entscheidung, aber wir sprechen auch über harte Tatsachen. Zwei Leben gegen eine Vielzahl anderer Leben. Einschließlich vielleicht dem Ihres Sohnes. Denn eines muß Ihnen klar sein: Falls wir diese Operation nicht stoppen, gibt es einen Krieg. Wenn Slanski und die Frau lebendig gefangen werden, hat Moskau ausreichend Beweise und Gründe, einen gottverfluchten Krieg anzuzetteln ... einen Krieg, auf den Amerika nicht vorbereitet ist. Einen Krieg, den wir nicht gewinnen können. Die Sowjets sind uns bei der Entwicklung der Wasserstoffbombe sechs Monate voraus, und Stalin wartet nur auf einen Vorwand, diese Waffe einzusetzen. Und mit der Macht, die ihm diese Bombe verleiht, kann er uns vom Angesicht der Erde fegen.«

Massey betrachtete aufmerksam das Gesicht des Präsidenten. Die blauen Augen hatten einen harten und entschlossenen Ausdruck, und um seinen Mund lag ein grimmiger Zug, den Massey noch auf keinem Foto Eisenhowers gesehen hatte.

Der Präsident erwiderte Masseys Blick. »Die Frage war:

Kann der Plan funktionieren, den Dulles entwickelt hat? Ich würde gern Ihre Antwort darauf hören.«

Massey seufzte. »Vielleicht. Aber es besteht nur eine minimale Chance. Slanski ist kein Narr, und er ist der beste Killer, den wir jemals ausgebildet haben. Ihn umzubringen wird nicht einfach.«

»Selbst wenn es nur eine winzige Chance gibt, müssen wir sie wahrnehmen. Und ich kenne nur einen Mann, der Slanski und die Frau identifizieren und aufhalten kann: Sie. Ich weiß, daß Sie die beiden nicht umbringen wollen, aber wir wissen beide, warum Sie es tun müssen. Wiederholen Sie nicht den Fehler, den ich damals gemacht habe. Retten Sie nicht zwei Leben, wenn Sie dadurch Millionen aufs Spiel setzen.«

Eisenhower blickte Massey fest in die Augen. »Ich bitte Sie, Jake, lassen Sie Ihr Land und mich jetzt nicht im Stich.«

42. KAPITEL

Moskau
Dsershinski-Platz

Anna erwachte von einem gellenden Schrei. Sie war schweißgebadet.

Eine einzelne Glühbirne leuchtete an der Decke und blendete sie.

Sie lag auf einer Holzpritsche in einer winzigen, fensterlosen Zelle. Über die feucht glänzenden Granitwände lief Wasser, und es stank nach Moder und Urin. Am anderen Ende des Raumes befand sich eine Metalltür; dahinter hörte Anna gedämpfte Geräusche von Türen, die geöffnet und zugeschlagen wurden.

Sie vermutete, daß sie sich in irgendeinem Gefängnis befand, hatte aber keine Ahnung, wo und wie sie hierher gekommen war, ja nicht einmal, ob es Tag oder Nacht war.

Eben noch hatte sie geglaubt, von dem KGB-Mann erwürgt zu werden, und im nächsten Augenblick wachte sie hier auf.

Aber alles, was dazwischen war, erschien ihr wie ein undurchdringlicher Nebel. Wo war Slanski? War er tot? Oder lebte er noch? Befand er sich in einer anderen Zelle?

Ihre Unruhe wuchs. Sie erinnerte sich an den Schrei, der aus einer anderen Zelle gekommen sein mußte. Konnte das Slanski gewesen sein? Anna fühlte sich verwirrt und hilflos, und eine furchtbare Angst lag ihr wie ein schwerer Stein im Magen. Ihr war schlecht.

Ihre linke Schulter fühlte sich steif an, ihr Mund war trocken, und sie war schwach und zu Tode erschöpft. Sie betrachtete ihre Schulter.

Man hatte ihr einen Verband angelegt, der so fest war, daß er ihr ins Fleisch schnitt. Sie versuchte, den Arm zu bewegen, doch ein stechender Schmerz schoß durch ihren Körper bis hinunter zum Steißbein.

Sie schrie laut auf.

Vermutlich hatte der KGB-Major ihr die Schulter ausgerenkt, als er sich im Wald auf sie geworfen hatte. Sie erinnerte sich an den durchdringenden Schmerz, als der Mann auf sie geprallt war. Dann bemerkte Anna den kleinen roten Fleck auf ihrem Unterarm. Anscheinend hatte man ihr eine Spritze mit einem Schlafmittel verpaßt.

Als sie die Beine über den Rand der Koje schwingen und sich hinsetzen wollte, hörte sie wieder den schrecklichen Schrei durch den Korridor hallen, gefolgt von einem gequälten Weinen.

Sie schüttelte sich, und wieder schoß der stechende Schmerz durch ihren Körper.

Wo war sie? Was ging hier vor? Wer schrie da?

Sie hörte Schritte und das Klappern eines Schlüssels; dann öffnete sich quietschend die Metalltür.

Zwei Männer in schwarzen KGB-Uniformen standen vor der Zelle. Sie kamen zu Anna, packten grob ihre Arme und rissen sie hoch. Anna konnte den Schmerz in der Schulter kaum ertragen.

Als die Männer sie aus der Zelle zerrten, verlor sie das Bewußtsein.

Anna schlug die Augen auf. Sie saß auf einem Stuhl in einem Zimmer mit schwarzen Stahlstäben vor den Fenstern.

Der Raum war spärlich und funktionell eingerichtet. Die Wände waren grün, und es gab zwei Stühle, die sich gegenüberstanden. Der Tisch dazwischen war mit Stahlwinkeln am Boden festgeschraubt. Die Metalltür hatte ein kleines Klappfenster und ein winziges Guckloch.

Anna fühlte sich elend, und ihre Schulter schmerzte immer noch.

Weißliches Sonnenlicht schien durch die Scheiben in den Raum. Hinter dem Glas hörte sie Motorengeräusche, die schwächer wurden, das Knirschen von Getrieben und weiter entfernt Verkehrslärm.

Sie stieß sich mühsam vom Stuhl hoch und trat ans Fenster.

Unten lag ein großer, gepflasterter Hof. An der gegenüberliegenden Seite des Gebäudes zählte sie sieben Stockwerke; sämtliche Fenster waren vergittert. Eine Lastwagenkolonne und Personenfahrzeuge parkten auf dem Hof, und ein halbes Dutzend Motorräder stand unter einem Wellblechdach. Männer liefen eilig umher. Einige trugen Zivil und hatten Aktenordner unter dem Arm, andere waren in der schwarzen Uniform des KGB.

Anna wurde von einem Gefühl der Hoffnungslosigkeit gepackt. Als sie sich vom Fenster abwandte, öffnete sich plötzlich die Tür.

Es war der KGB-Mann. Er trug seine schwarze Uniform und einen Pappordner unter dem Arm. Die Schulterstücke wiesen ihn als Major aus. Diesmal jedoch war irgend etwas anders an ihm. Statt des Lederhandschuhs zierte jetzt ein Stahlhaken seinen Armstumpf. Der Major schloß die Tür von innen ab und legte den Ordner auf den Tisch.

»Wie geht es Ihnen?«

Seine Stimme war leise und forschend. Als Anna nicht antwortete, zog Lukin eine Schachtel Zigaretten und ein Feuerzeug aus der Tasche seiner Uniformjacke und legte beides auf den Tisch. Dann zog er den anderen Stuhl vor und setzte sich.

»Nehmen Sie bitte Platz. Zigarette?«

Anna antwortete immer noch nicht. Lukin zündete sich eine Zigarette an und blickte vielsagend auf Annas Schulter. »Ich fürchte, das war meine Schuld«, sagte er. »Die Schulter war ausgerenkt, und ein Orthopäde mußte sie einrenken. Es ist zwar nichts gebrochen, aber es wird ein paar Tage dauern, bis der Schmerz nachläßt.« Die Andeutung eines Lächelns zeigte sich auf seinem Gesicht, als er auf seinen Arm tippte. »Wir sind ein schönes Pärchen wandelnder Versehrter, nicht wahr, Anna?«

Als sie den Mann aus der Nähe betrachtete, fiel Anna auf, wie erschöpft er wirkte. Seine Augen waren dunkel umrandet und geschwollen, und die Anspannung und Müdigkeit ließen ihn älter aussehen, als er vermutlich war.

»Setzen Sie sich, bitte.«

Anna gehorchte.

»Obwohl wir uns schon einmal getroffen haben, möchte ich mich trotzdem vorstellen. Ich bin Major Juri Lukin. Es tut mir leid, daß Sie verletzt wurden. Ich hatte gehofft, daß es nicht dazu kommt. Kann ich Ihnen etwas anbieten? Tee? Kaffee? Wasser? Etwas zu essen?«

»Ich bin weder hungrig noch durstig.«

»Das ist ausgeschlossen. Sie haben seit fast zwölf Stunden weder etwas gegessen noch getrunken. Es wäre albern zu glauben, daß es ein Zeichen von Schwäche ist, mein Angebot anzunehmen, das versichere ich Ihnen.«

Anna antwortete immer noch nicht.

»Wie Sie wollen«, sagte Lukin.

Von irgendwoher drang ein Schrei und ein dumpfer Schlag, als hätte man einen menschlichen Schädel gegen eine Wand gehämmert. Lukin blickte angeekelt zur Tür, seufzte und stand auf. »Ich weiß, was Sie empfinden, Anna. Angst, Sorge, Verwirrung.« Er blickte auf ihre Schulter, dann wieder in ihr Gesicht. »Schmerz ist das Wenigste. Wissen Sie, wo Sie sind? Am Dsershinski-Platz in Moskau. Sie sind ohnmächtig geworden, als ich Ihnen das hier aus dem Mund genommen habe.« Er holte die kleine Zyankali-Pille aus der Tasche und hielt sie in die Höhe. »Ich konnte Sie gerade noch daran hindern, sie zu zerbeißen.«

Anna streifte die tödliche Pille mit einem kurzen Blick und wandte dann das Gesicht ab. »Wie lange bin ich hier?«

»Sie wurden gestern abend mit einem Militärtransport eingeliefert. Es ist leider kein sehr angenehmer Ort, und er hat sich seinen schlechten Ruf redlich verdient.« Lukin zögerte kurz; dann fuhr er ohne jede Belustigung in der Stimme fort. »Einige nennen es den Vorhof der Hölle, und vielleicht haben sie damit recht.«

Er ließ die Zigarette zu Boden fallen und trat sie mit dem Absatz aus. Dann öffnete er den Aktenordner und blätterte kurz die Seiten durch.

»Ich habe Ihre Akte eingehend gelesen. Sie haben ein schweres Leben hinter sich, Anna Chorjowa. So viel Schmerz. So viel Leid. So viel Tragik. Der Tod Ihrer Eltern. Der Prozeß gegen Ihren Ehemann.« Er hielt inne. »Ganz zu schweigen von dem, was danach passierte. Und jetzt das.«

Anna blickte Lukin verblüfft an. »Woher ... woher wissen Sie, wer ich bin?« fragte sie dann plötzlich.

»Wir wußten schon lange, daß Sie mit dieser Sache zu tun hatten. Noch bevor Sie auf sowjetischem Boden gelandet sind. Sie und Slanski.«

Anna wollte etwas sagen, war aber so schockiert, daß kein Wort über ihre Lippen drang.

»Anna«, sagte Lukin, »wenn Sie mir helfen und alles erzählen, was Sie wissen, ist es für uns beide einfacher.«

Sie schaute ihn fest an. »Ich habe nichts zu sagen.«

»Anna, es gibt hier Leute, die Sie zum Reden bringen können. Leute, denen es Spaß macht, Ihnen weh zu tun. Denen Ihre Schreie gefallen. Die Sie vergewaltigen, Sie foltern. Ich bin keiner von denen. Aber ich habe diese Leute bei ... bei der Arbeit gesehen, und es ist kein sehr erfreulicher Anblick. Wenn Sie nicht mit mir reden, werden diese Leute Sie zum Sprechen bringen. Glauben Sie mir.«

Anna schwieg.

»Ich weiß, daß Slanski hier ist, weil er Stalin töten will.«

Annas Kopf ruckte hoch, und ihr Gesicht war kreidebleich.

Lukin ließ sie nicht aus den Augen. »Ich glaube, daß die Amerikaner Sie nur benutzt haben, damit Slanski es bis nach Moskau schafft. Sie haben sich als seine Frau ausgegeben, so daß er nicht so schnell Verdacht erregt. Aber Slanskis Auftrag ist bereits gescheitert. Gestern abend konnte er zwar entkommen, aber es ist mehr als wahrscheinlich, daß eine unserer Patrouillen ihn stellt. In der Zwischenzeit könnten Sie mir helfen, indem Sie mir alles erzählen, was Sie wissen. Wer Ihre

Kontaktpersonen waren, als Sie in Estland gelandet sind. Wer Ihre Kontaktpersonen in Moskau und auch unterwegs gewesen sind. Ich möchte wissen, wer Sie ausgebildet hat, wo und wie. Und dann sollten Sie mir alles über Slanskis Plan verraten, wie er Stalin umbringen will. Wenn Sie mir helfen, indem Sie diese Fragen beantworten, werde auch ich Ihnen helfen, so gut ich kann.«

Anna starrte Lukin lange Zeit schweigend an. Die Ungeheuerlichkeit seiner Worte klangen ihr immer noch in den Ohren. ›Ich weiß, daß Slanski hier ist, weil er Stalin töten will.‹

»Ich kann Ihr Gnadengesuch unterstützen, wenn Ihr Fall vor Gericht kommt.«

Auf Annas Gesicht zeichnete sich Resignation ab. Sie antwortete nicht.

»Anna, Sie sind entweder sehr mutig oder sehr halsstarrig«, fuhr Lukin leise fort. »Aber ich muß meine Arbeit erledigen. Und das heißt, Alex Slanski zu finden, tot oder lebendig, und jeden zu verhaften, der mit dieser Operation zu tun hat.«

Er nahm den Ordner vom Tisch und klemmte ihn sich unter den Arm. »Ich gebe Ihnen ein wenig Zeit, über meinen Vorschlag nachzudenken. Ich hoffe um Ihretwillen, daß Sie mit mir über diese Sache reden, statt mit den anderen. Ich möchte nicht, daß man Ihnen noch mehr Leid zufügt, als Sie schon ertragen mußten.«

Er nahm die Zigaretten und das Feuerzeug vom Tisch und blieb noch einen Augenblick stehen. Anna hob den Blick. In Lukins sanften braunen Augen schien so etwas wie Mitleid zu liegen. Doch Anna verdrängte diesen Gedanken rasch wieder. Hier gab es kein Mitleid.

Lukin ging zur Tür und schloß sie auf. Bevor er hinausging, drehte er sich noch einmal um.

»Ich habe Ihnen Essen und etwas zu trinken in die Zelle schicken lassen. Wir haben noch viel zu besprechen, und ich möchte Sie bei Kräften halten.« Er zögerte. »Darf ich Ihnen eine persönliche Frage stellen, Anna?«

»Welche?«

»Lieben Sie Slanski?«

Sie antwortete nicht.

Lukin blickte sie eindringlich an, drehte sich dann um und

verließ den Raum. Die Tür fiel mit einem metallischen Knall zu.

Als Anna hörte, wie seine Schritte sich über den Gang entfernten, schlug sie die Hände vors Gesicht.

In seinem Büro fand Lukin eine Nachricht auf seinem Schreibtisch: Berija wollte, daß er ihn sofort anrief. Lukin schob den Zettel beiseite.

Er hatte heute morgen einen Bericht in den Kreml geschickt, und zweifellos würde Berija einige scharfe Bemerkungen darüber loslassen, warum ihm, Lukin, der Wolf schon wieder durch die Lappen gegangen war. Aber jetzt war er zu erschöpft, um sich Gedanken darüber zu machen.

Sein Armstumpf schmerzte immer noch. Er starrte auf den primitiven Metallhaken. Der mußte fürs erste genügen. Nachdem er den Hörer abgenommen hatte, wählte er die Nummer des Einsatzraums. Pascha nahm ab.

»Wie ist das Verhör gelaufen?« Der Mongole klang erschöpft. Er war die ganze Nacht an den Telefonen und Funkgeräten in der Einsatzzentrale geblieben.

»Nicht besonders. Kannst du rüberkommen, Pascha?«

»Bin schon unterwegs.«

Lukin legte auf. Er rieb sich die Augen und spürte die Müdigkeit in seinen Knochen. Die Frau war auf dem Transport nach Moskau bewußtlos gewesen, obwohl die Iljuschin der Luftwaffe bei dem schlechten Wetter gerüttelt und vibriert hatte. Doch das starke Beruhigungsmittel hatte gewirkt. Lukin selbst jedoch hatte in drei Tagen weniger als zehn Stunden geschlafen. Er war erschöpft, und die Buchstaben verschwammen vor seinen Augen, als er den Ordner aufschlug und hineinschaute. Auf dem Schreibtisch stand ein Becher mit dampfendem heißem Kaffee. Er nahm ihn und trank einen Schluck.

Die Verhaftung der Frau war ein kleiner Sieg gewesen, aber insgesamt war der Einsatz fehlgeschlagen. Der Wolf war entkommen. Und Lukin gefiel Annas Miene nicht, die sie während des Verhörs gezeigt hatte. Er kannte aus Erfahrung den Typ Mensch, der bei einem Verhör redete, und Anna gehörte nicht dazu. Sie hatte einen Ausdruck entschlossener Verzweiflung zur Schau getragen, der fast schon einer Todessehnsucht nahekam.

Selbstverständlich fürchtete sie sich, aber Angst hatte jeder, der in der Lubjanka einsaß. Lukin spürte, daß es nicht klappen würde, wenn er versuchte, sie zu belügen, um sie zum Reden zu bringen. Bei einer Frau wie Anna war Offenheit das beste Mittel. Es gab allerdings noch einen Weg, wie er sie weichklopfen konnte. Lukin schüttelte sich bei der Vorstellung.

Aber er mußte den Wolf zu fassen kriegen.

Wo steckte er? Irgendwo da draußen. Aber wo? An die Kommandeure der Armee, des Militärs und des KGB im Umkreis von zweihundert Kilometern um den Wald war Befehl ergangen, motorisierte Patrouillen loszuschicken und Kontrollpunkte einzurichten, für den Fall, daß Slanski durch das Netz geschlüpft war. Aber bis jetzt war nichts herausgekommen, obwohl die Suche die ganze Nacht gedauert hatte. Wenn der Wolf entkommen und jetzt Richtung Moskau unterwegs war, machte das Lukins Job noch schwieriger. In einer dichtbesiedelten Stadt gab es zu viele Orte, an denen sich ein Mann verstecken konnte.

Während Lukin an seinem Schreibtisch saß, dachte er an die beiden fehlenden Seiten in der Akte des Wolfes. Warum wollte Berija nicht, daß er, Lukin, sie zu Gesicht bekam? Was konnte so geheim daran sein? Ihm kam ein Gedanke. Es war ein offenes Geheimnis, daß Berija insgeheim Stalin verachtete und ihn letztendlich verdrängen wollte. Sollte der Wolf sein Ziel erreichen, spielte dies Berija möglicherweise in die Hände. Vielleicht torpedierte er Lukins Bemühungen vorsätzlich! Sollte auf den beiden fehlenden Seiten tatsächlich ein Hinweis zu finden sein, der Lukin weiterhelfen könnte, befand sich der Major mitten in einem sehr gefährlichen Spiel. Das einfachste wäre, Berija nach den fehlenden Seiten zu fragen und abzuwarten, was geschah, aber selbst damit konnte er sich schlimmen Ärger einhandeln.

Die Tür ging auf, und Pascha trat ein. Seine Uniform war zerknittert und seine Augen blutunterlaufen.

»Du siehst aus, als hättest du in einem Graben geschlafen.«

Pascha rieb sich den Hals und grinste. »Nein, bloß auf einer dieser Kojen, mit denen uns die Verteiler beliefern. In einem Graben wäre es wahrscheinlich gemütlicher gewesen.«

»Neuigkeiten von den Patrouillen und den Kontrollpunkten?«

»Sie haben ihn immer noch nicht gefunden. Aber irgendwas muß sich ja ergeben. Er kann schließlich nicht einfach von der Bildfläche verschwinden. Die Frau hat nicht geredet?«

»Noch nicht. Ich möchte, daß du etwas für mich erledigst.« Lukin schrieb eine Telefonnummer auf einen Zettel und reichte ihn dem Leutnant, während er ihm erklärte, was er tun sollte.

Pascha wirkte nicht sehr erfreut. »Bist du sicher, Juri?«

»Leider ja. Berija will mich sehen, und er will Ergebnisse.«

Pascha zuckte mit den Schultern und ging. Das Telefon klingelte, und Lukin nahm ab.

»Lukin.«

»Juri?« Es war Nadjas Stimme. »Ist alles in Ordnung?«

Lukin wünschte sich sofort, in den Armen seiner Frau zu liegen, zu schlafen und die Erschöpfung zu vergessen. Er war seit drei Tagen unterwegs. Drei Tage, die ihm wie Stunden vorkamen, die jedoch für Nadja wie Wochen wirken mußten, weil er sie nicht angerufen hatte.

»Ja, alles in Ordnung, Liebste.«

»Ich habe gestern angerufen. Sie wollten mir nichts sagen. Weder wo du bist, noch wann du nach Hause kommst.«

»Der Fall, an dem ich arbeite, dauert länger, als ich gedacht habe. Wie geht es dir?«

»Ich vermisse dich. Komm heute abend zum Essen nach Hause. Ich kenne dich, wenn du so bist. Du bist so aufgewühlt. Bitte, Juri. Ich helfe dir, ein bißchen abzuschalten.«

»Das kann ich nicht versprechen, Nadja. Du solltest lieber nicht mit mir rechnen.«

Längere Zeit herrschte Stille, bevor Nadja sagte: »Ich liebe dich, Juri.«

»Ich liebe dich auch.«

Dann brach die Verbindung mit einem Klicken ab.

Es war fast zwei Uhr, als Lukin durch den Haupteingang des Kremls fuhr und auf dem Hof der Garnison parkte.

Fünf Minuten später wurde er von einem Hauptmann der Wache in Berijas luxuriöses Arbeitszimmer im dritten Stock geführt. An den Wänden prangten Seidentapeten. Buchara-Teppiche zierten den Fußboden, und die Möbel bestanden aus teurer finnischer Eiche. Berija saß hinter seinem Schreibtisch und schaute von einigen Dokumenten auf, als Lukin hereinkam.

»Setzen Sie sich, Major.«

Lukin zog einen Stuhl zurück.

Berija musterte ihn. »Ich glaube, so etwas wie ein Glückwunsch ist angebracht.«

»Danke, Genosse.«

Berija griff nach einer kleinen Kiste auf dem Tisch und nahm eine Zigarre heraus. »Aber den Mann haben Sie durch die Lappen gehen lassen«, sagte er mit düsterer Miene. »Das ist nicht gut. Sie enttäuschen mich, Lukin. Hat die Frau geredet?«

»Noch nicht, Genosse.«

Berija hob die Brauen, während er die Zigarre anzündete. »Aber Sie haben sie verhört?«

»Heute morgen.«

»Wenn man den Ernst der Lage bedenkt, hätte ich eigentlich erwartet, daß bis jetzt wenigstens ein kleiner Fortschritt erzielt worden wäre. Früher hatten wir Möglichkeiten, Frauen innerhalb von Stunden körperlich und geistig zu zerbrechen. Sie sind viel anfälliger, was Folter angeht, vor allem, wenn man mit Vergewaltigung droht.«

Lukin konnte seinen Ekel nur mühsam unterdrücken. »Es wird etwas dauern. Die Frau war verletzt, wie ich in meinem Bericht ...«

»Ich habe Ihren Bericht gelesen«, unterbrach Berija ihn scharf. »Sie haben den Amerikaner nicht einmal, nicht zweimal, sondern dreimal entwischen lassen! Ich habe mehr von Ihnen erwartet, Lukin.«

»Ich versichere Ihnen, daß ich ihn finden werde, Genosse Berija.«

»Um das zu schaffen, sollten Sie eine Ahnung haben, wo er sich aufhält. Haben Sie eine?«

Lukin zögerte. »Ich glaube, daß er sich immer noch in dem

Waldgebiet versteckt und abwartet. Bei diesem Wetter und dem widrigen Gelände kann er nicht weit gekommen sein. In diesem Moment durchsuchen mehr als tausend Mann das Gebiet. Ich habe außerdem die örtlichen KGB-Kommandeure alarmiert und Sperren für alle größeren und kleineren Straßen befohlen. Sämtliche öffentlichen und privaten Transportmittel werden kontrolliert. Es ist nur eine Frage der Zeit, wann wir den Wolf schnappen. Tot oder lebendig.«

»Das hoffe ich, Lukin. Um Ihretwillen.« Berija spielte mit einem Füller auf seiner Schreibtischplatte. »Aber bisher haben Sie uns wenig Anlaß zur Zuversicht gegeben. Vielleicht sollte ich die Frau selbst verhören? Es wird langsam Zeit, die Samthandschuhe auszuziehen, finden Sie nicht? Ein bißchen ... Nachdruck wird helfen, sie weichzuklopfen. Mir ist klar, daß Sie Fliegen lieber mit Honig als mit Essig fangen, aber die alte Garde hat auch ein bißchen Ahnung von so etwas, wissen Sie?«

Lukin blickte ihn an. Er sah das Funkeln in Berijas Augen und das Grinsen auf seinen Lippen. Lukin schossen die Bilder durch den Kopf, die er auf der Leinwand gesehen hatte, und ihm wurde beinahe schlecht.

»Mit allem gebotenem Respekt, Genosse, ich glaube nicht, daß Folter in ihrem Fall viel bringt. Ich brauche nur noch ein bißchen Zeit, um ihr Vertrauen und ihre Zuversicht zu gewinnen. Und das kann ich am besten allein. Nur die Frau und ich.«

»Wird sie dann reden?«

»Davon bin ich überzeugt.«

Berija drehte den Füller in seinen schlanken Fingern, während er überlegte. Dann seufzte er. »Na gut. Wir spielen es nach Ihren Regeln. Aber nur noch achtundvierzig Stunden. Binnen achtundvierzig Stunden bringen Sie die Frau zum Sprechen und finden den Mann. Sollten Sie nach Ablauf dieser Frist keinen Erfolg vorweisen können, überlassen Sie mir die Frau. Romulka wird sich dann ihrer annehmen und auch die Suche nach diesem Mistkerl leiten. Das ist alles. Sie können gehen.«

Als Lukin zögerte, starrte Berija ihn an. »Was ist, Lukin? Haben Sie noch etwas zu sagen?«

»Ich würde gern ein Gesuch an Sie richten.«

»Was für ein Gesuch?«

»Mir ist aufgefallen, daß zwei Seiten aus der Akte des Wolfs fehlen. Ich bin sicher, daß Genosse Berija einen guten Grund hat, diese Papiere nicht mitsamt den anderen für eine Akte zu kopieren. Aber mir ist der Gedanke gekommen, daß alle Informationen, die den Wolf angehen, von Bedeutung für mich sein könnten. Die fehlenden Seiten könnten helfen, ihn zu fassen.«

Berija lächelte unmerklich. »Sie haben ganz recht, was diese Seiten angeht, Lukin. Aber Sie hatten die Möglichkeit, den Wolf zu ergreifen, und sind gescheitert. Dreimal! Und das, ohne diese Seiten zu kennen, von denen Sie sprechen. Glauben Sie mir, Sie haben alle Informationen, die für Ihren Auftrag erforderlich sind. Ihr Gesuch ist abgelehnt. Sie können gehen.«

Lukin erhob sich und ging zur Tür.

»Lukin ...« Die seidenweiche Stimme hielt ihn auf.

Er drehte sich um und sah die schwarzen, runden Augen Berijas auf sich gerichtet.

»Wenn ich richtig informiert bin, hatten Sie und Romulka gestern abend eine kleine Meinungsverschiedenheit. Vergessen Sie bitte nicht, daß Sie mit ihm zusammenarbeiten und daß Sie keine Gegner sind. Sorgen Sie dafür, daß so etwas nicht wieder geschieht. Und Sie sollten noch etwas wissen: Romulka bringt den Franzosen nach Moskau, diesen Lebel. Er trifft heute nachmittag ein. Das beste wird sein, wenn sich Romulka allein um ihn kümmert. Er hat erheblich mehr Erfahrung in ... diesen Dingen.« Er unterbrach sich und paffte an seiner Zigarre. »Achtundvierzig Stunden. Keine Sekunde mehr. Enttäuschen Sie mich nicht, Lukin.«

43. KAPITEL

Moskau
28. Februar, 8.30 Uhr

Dröhnend fuhr die Untergrundbahn in die Station ein und kam kreischend zum Stehen. Als die Türen sich öffneten, trat Slanski auf den Bahnsteig.

Wie die meisten Metrostationen in Moskau war auch die Kiewer Station prachtvoll. Sie wirkte wie ein unterirdischer Palast mit glitzernden Kronleuchtern und Marmorwänden, Bronzereliefs und roten Fahnen, die von der Decke hingen.

In der Station drängten sich die morgendlichen Pendler, und die Luft stank nach altem Essen, Tabak und Schweiß. Während Slanski sich orientierte, tippte ihm jemand auf die Schulter. Er wirbelte herum.

Ein junger Tatar mit dem blauen Mantel der Miliz über der Uniform hielt eine Zigarette hoch und blickte Slanski aus seinen geschlitzten Augen an.

»Hast du Feuer, Genosse?«

Slanski zögerte und schüttelte dann den Kopf. »Nein.«

Der Tatar knurrte und verschwand in der Menge.

Der Milizionär hatte Slanski erschreckt. Er schwitzte, blieb eine Zeitlang stehen und versuchte, seine Fassung wiederzugewinnen, während um ihn herum die Menschen vorüberströmten. Lukin befand sich auf unbekanntem Gebiet, und der Lärm und die Menschenmenge waren ihm unheimlich. Er sah die steilen Rolltreppen am Ende des Bahnsteigs und fuhr mit einer hinauf.

Die Menge wurde noch dichter, als Lukin oben ankam. Am Eingang wimmelte es von Menschen. Slanski sah zahlreiche Uniformen darunter. Zumeist handelte es sich um Armeeoffiziere mit Aktentaschen. Sie achteten nicht auf ihn.

Am anderen Ende der Halle befand sich eine öffentliche Toilette, und Lukin ging hinein. Der Raum war schmutzig, und es stank bestialisch, doch es gab ein Waschbecken und einen gesprungenen Spiegel an der Wand. Slanski betrachtete sein Gesicht.

Er sah schrecklich aus.

Seine Augen waren vor Müdigkeit geschwollen, und er trug immer noch den Mantel, den Wladimir ihm gegeben hatte. Zudem war er unrasiert, zerzaust und dreckig. Das Motorrad hatte er in einem abgelegenen Waldgebiet in Tatarowo zurückgelassen, einer Vorstadt von Moskau. Die beiden Koffer hatte er vergraben, und ein Stück weiter weg auch den Helm und die Schutzbrille. Er hatte mit Händen und Zweigen den hartgefrorenen Boden aufscharren müssen. Auf der Fahrt hatte er seine Ersatzkleidung unter den Mantel gezogen, um die Kälte abzuhalten, und jetzt hatte er sie durchgeschwitzt. Er war fast einen Kilometer bis zum nächsten Bahnhof in Tatarowo gelaufen und dann in die Metro umgestiegen. Er sehnte sich danach, endlich schlafen zu können. Er war fast fünfzehn Stunden durch Wälder und über kleine Straßen gefahren und hatte allein in den ersten zwei Stunden mehr als fünfzehn Kontrollpunkten ausweichen müssen.

Ich sehe schrecklich aus, dachte er, während das Wasser lief.

Die Angst um Anna deprimierte ihn, und er versuchte verzweifelt, die gedrückte Stimmung zu vertreiben, die ihn in ihren Klauen hielt. Doch es gelang ihm nicht. Lebte sie noch? Hatte Lukin sie gefangen? Er hoffte um ihretwillen, daß sie die Zyankalipille geschluckt hatte, obwohl dieser Gedanke ihn noch mutloser machte. Aber er hatte die Szene noch vor Augen, als er einen letzten Blick auf Anna geworfen hatte. Er hatte Lukin erkannt und gesehen, wie der Major sich auf Anna stürzte. Irgendwie hatte der Mann den Hubschrauberabsturz überlebt. Wie, spielte keine Rolle. Es war nur eines wichtig: Der Mann lebte und war entschlossen, sie zu schnappen.

Slanski wagte nicht sich auszumalen, was Lukin Anna wohl antun würde, falls sie noch lebte. Plötzlich stieg der blanke Haß in ihm hoch. Er wollte Major Lukin töten. Vergeltung.

Die Tür ging auf. Ein Unteroffizier der Armee kam herein und pinkelte ins Becken. Kurz darauf blickte der Mann gleichgültig zu Slanski hinüber.

Slanski beendete seine Wäsche und kehrte wieder in die Halle zurück. Er schaute sich um, doch der Unteroffizier war ihm nicht gefolgt. Er bemerkte zahlreiche Polizisten und Soldaten in der Menge, doch keiner schien auch nur im geringsten an ihm interessiert.

Rasch verließ er die Metro und ging zwei Querstraßen weiter zum Kutusowski-Prospekt. Der Verkehr und die Menschen zu dieser morgendlichen Hauptverkehrszeit waren beinahe überwältigend.

Slanski brauchte fast zehn Minuten, um die richtige Bushaltestelle zu finden, und er blickte sich forschend um, bevor er einstieg. Doch niemand schien ihn zu beobachten oder ihm zu folgen.

Auf dem Schild über den schmiedeeisernen Toren stand: ›Staatliches Waisenhaus Nummer 57. Bezirk Saburowo‹.

Lukin zeigte dem Angestellten im Pförtnerhäuschen seinen Ausweis und fuhr durchs Tor. Pascha saß auf dem Beifahrersitz. Ihm schien die Sache nicht geheuer zu sein.

»Gehst du allein, Juri? An solchen Orten ist mir immer unheimlich.«

»Mir auch. Aber wenn du nicht willst, mußt du nicht.«

Lukin hielt vor dem finsteren, vierstöckigen Gebäude aus roten Ziegeln und stieg aus. Die massive Haustür wurde geöffnet. Eine Frau um die Vierzig in einem weißen Arztkittel schritt langsam die Treppe herunter. Ihr Gesicht wirkte streng und strahlte Autorität aus, und sie musterte Lukin mit kalten Augen, bevor sie ihm schlaff die Hand reichte.

»Major Lukin? Ich bin die Leiterin des Waisenhauses.«

Lukin ignorierte die Hand und zeigte ihr seinen Ausweis. An ihrem harten Blick sah er, daß sie diesen Affront sehr wohl registriert hatte. Sie musterte seinen Ausweis genau, bevor sie Lukin wieder anschaute.

»Ich muß sagen, daß das Ersuchen des Genossen Leutnant höchst ungewöhnlich war. Sie haben doch hoffentlich die schriftliche Berechtigung, die ich verlangt habe?«

»Ich denke, das hier sollte genügen.«

Lukin reichte ihr den Brief mit Berijas Unterschrift. Der Tonfall der Frau änderte sich schlagartig.

»Was ... Natürlich, Genosse Major.«

»Meine Zeit ist sehr knapp. Das Kind, wenn ich bitten darf.«

»Folgen Sie mir.«

Die Leiterin stieg die Treppe hinauf, öffnete eine der massiven Türen und betrat das Gebäude. Der Geruch von Kohlsuppe und abgestandenem Essen schlug Lukin entgegen.

Als er der Frau folgte, ließ ein Instinkt ihn nach oben blicken.

Von einem Fenster im zweiten Stock starrten zwei ausgemergelte Jungsgesichter mit großen Augen auf den grünen BMW und den Mongolen auf dem Beifahrersitz. Ihre Gesichter hatten den Ausdruck gefangener, verängstigter Tiere. Als sie bemerkten, daß sie Lukin aufgefallen waren, verschwanden sie blitzartig.

Lukin lief es eiskalt über den Rücken, während er hinter der Matrone herging.

Die Datscha lag im Bezirk Ramenki, acht Kilometer vor Moskau.

Slanski verließ den Bus zwei Haltestellen früher und ging die letzten fünf Minuten eine birkengesäumte Straße bis zu der ihm angegebenen Adresse.

Das zweistöckige, grün angestrichene Holzhaus lag auf einem großen Grundstück, das von hohen Birken umgeben war. In der Nähe der Straße standen einige weitere Datschas, aber nach den geschlossenen Fensterläden zu urteilen, wohnte dort im Augenblick niemand.

Ein schmaler Pfad führte zur Haustür, und über die Länge der rechten Hauswand erstreckte sich ein Holzschuppen.

Slanski beobachtete das Haus fünf Minuten und schlenderte dabei die leere Straße auf und ab. Nach seiner wilden Flucht war er zwei Tage zu früh erschienen und wußte nicht, ob die Frau zu Hause war. Die Fensterläden waren geöffnet, doch hinter den Gardinen sah er keine Bewegung. Schließlich nahm er das Risiko auf sich, ging den Gartenpfad entlang und klopfte an die Tür.

Sekunden später wurde ihm von einer Frau geöffnet. Er erkannte sie nach Masseys Beschreibung.

Sie blickte ihn abschätzend an. »Ja, bitte?«

»Madame Dezowa?«

»Ja ...«

»Ich bin ein Freund von Henri. Sie erwarten mich.«

Die Frau wurde sichtlich blaß. Sie musterte Slanski einige Augenblicke; dann blickte sie nervös auf die Straße.

»Kommen Sie herein.«

Sie führte ihn in die große Küche im hinteren Teil des Hauses. In einer Ecke heizte ein Ofen, und durch das Küchenfenster sah Slanski einen langen, breiten Garten mit verwitterten Obstbäumen und kahlen Gemüsebeeten.

»Sie sind zwei Tage zu früh«, sagte die Frau nervös. »Und sollten Sie nicht zu zweit sein? Ich habe einen Mann und eine Frau erwartet.«

Slanski schaute sie an. Man konnte nicht leugnen, daß sie gut aussah. Sie hatte eine weibliche Figur, breite Hüften und volle Brüste. Sie trug Nagellack, und ihre langen Fingernägel waren perfekt manikürt. Ihre Augenbrauen waren gezupft und nachgezeichnet. Sie trug keinen Ehering.

»Leider gab es ein Problem. Meine Freundin hat es nicht geschafft.«

»Was ist passiert?« fragte die Frau zögernd.

Slanski erzählte es ihr, ging aber nicht ins Detail und erwähnte auch Lukin nicht. Er sah die Angst auf dem Gesicht der Frau und sagte: »Machen Sie sich keine Sorgen. Von Ihnen wissen sie nichts.«

»Sind Sie sicher?«

»Absolut. Ich gebe Ihnen mein Wort darauf, daß Ihnen keine Gefahr droht.«

Während er die Frau beobachtete, bemerkte er, daß sie nervöser war, als er erwartet hätte, und das machte ihn mißtrauisch. Er sah die blaue Tätowierung mit der Nummer aus dem Konzentrationslager an ihrem Handgelenk; dann entdeckte er das Foto an der Wand. Es zeigte einen Mann in der Uniform eines Oberst. Der Mann besaß ein hartes, häßliches Gesicht, das aussah, als hätte man mit Gewehrkolben auf ihn eingeschlagen.

»Wer ist das?«

»Mein Ehemann, Viktor. Er ist im Krieg gefallen.«

»Mein Beileid.«

Die Frau lachte und warf einen verächtlichen Blick auf das Foto. »Sparen Sie sich das. Der Kerl war ein Schwein. Ich hätte ihn nicht mal vom Seil geschnitten, wenn sie ihn gehängt hätten. Nach seinem Tod habe ich nur eine Witwenrente und diese Datscha bekommen. Das Bild hängt nur da, damit ich nicht vergesse, wie gut es mir ohne ihn geht. An jedem Hochzeitstag betrinke ich mich und spucke auf das Foto. Sind Sie hungrig?«

»Ich sterbe fast vor Hunger.«

»Setzen Sie sich. Ich mache Ihnen etwas.«

Die Frau schnitt mehrere Scheiben Brot ab und stellte einen Teller mit feuchtem Schafskäse auf den Tisch. Während Slanski heißhungrig aß, erhitzte sie einen Topf Suppe auf dem Ofen und setzte sich dann mit zwei Gläsern Wodka zu ihm an den Tisch.

»Sie sehen aus, als wären Sie durch die Hölle gefahren.«

»Das kommt meinen Erlebnissen ziemlich nahe.«

»Greifen Sie nach Herzenslust zu. Ich mache Wasser warm, damit Sie sich waschen und rasieren können.« Die Frau rümpfte die Nase. »Sie stinken schlimmer als ein Viehtransport. Geben Sie mir zuerst mal Ihre Jacke und ihr Hemd. Irgendwo habe ich noch ein paar alte Sachen von Viktor. Die könnten Ihnen passen.«

»Wenn der KGB meine Freundin nach Moskau gebracht hat, wo könnte er sie da festhalten?«

Die Frau zuckte mit den Schultern. »Im Lubjanka-Gefängnis. Oder man hat sie nach Lefortowo gebracht. Aber das Lubjanka ist wahrscheinlicher, weil es zum KGB-Hauptquartier gehört. Warum?«

Slanski antwortete nicht, als er Jacke und Hemd auszog und mit nackter Brust vor der Frau stand.

»Wissen Sie genau, daß ich hier sicher bin? Was ist mit den Nachbarn?«

»Sie sind hier so sicher wie in Abrahams Schoß. Die meisten Datschas hier in der Gegend werden im Winter nicht benutzt. Sie gehören Armeeoffizieren und Parteimitgliedern.«

Die Frau lächelte. »Und wenn jemand fragt, sind Sie mein Vetter, der mich besucht. Ob die Leute uns glauben oder nicht, ist eine andere Geschichte, aber das soll uns nicht stören.«

»Ich brauche ein Transportmittel.«

Die Frau ging zum Ofen, füllte die dicke Soljanka-Suppe in einen tiefen Teller und stellte ihn vor Slanski auf den Tisch. Sie schnitt noch ein paar Scheiben Brot ab und schenkte Wodka nach.

»Unter einer Plane im Holzschuppen steht ein alter Skoda. Viktor hat ihn '41 aus Polen mitgebracht, zusammen mit einer Geliebten und einer saftigen Syphilis. Der Wagen läuft großartig, und der Tank ist voll.«

»Können Sie fahren?«

Die Frau nickte. »Ich war im Krieg Fahrerin in der Armee. Manchmal nehme ich den Skoda, wenn ich in die Stadt muß.«

»Können Sie mir Moskau zeigen?«

»Wird das gefährlich?«

»Das bezweifle ich. Nur eine Spazierfahrt, damit ich mich besser orientieren kann. Haben Sie einen Stadtplan?«

»Einen alten aus der Zeit vor dem Krieg.«

»Der reicht vollkommen.«

Die Frau stand auf. »Ich hole den Plan. Essen Sie Ihre Suppe, bevor sie kalt wird.«

»Eins noch.«

Die Frau blickte ihm fest ins Gesicht. »Wie soll ich Sie nennen? Madame Dezowa?«

Ihr Blick glitt über seine nackte Brust, als sie lachte.

»Wie Sie wollen. Aber für den Moment genügt Irina.«

44. KAPITEL

Moskau
27. Februar, 14.00 Uhr

Der kleine Park in der Nähe des Marx-Prospekts war an diesem Nachmittag menschenleer.

Mit seinen Teichen, den künstlich angelegten Gärten und hölzernen Pavillons war der Park einst der bevorzugte Zufluchtsort von Zar Nikolaus gewesen. Jetzt hatte der KGB ihn für seine Zwecke requiriert. Hohe Birken schützten ihn vor neugierigen Blicken der Passanten, und das schmiedeeiserne Tor wurde rund um die Uhr von einem bewaffneten Milizionär bewacht.

Lukin wartete gegenüber in seinem BMW, als der Emka um die Ecke bog und vor dem Tor hielt.

Zwei KGB-Männer in Zivil stiegen aus. Anna Chorjowa war mit Handschellen an einen von ihnen gekettet. Jemand hatte ihr einen Herrenmantel gegeben, den sie locker über die Schultern geworfen hatte.

Lukin stieg aus dem Wagen und ging zu den Männern hinüber. »Sie können der Frau die Handschellen abnehmen. Das ist alles. Ich brauche Sie jetzt nicht mehr.«

Die beiden Männer nahmen Anna die Handschellen ab und entfernten sich.

Aus Annas Miene sprach grenzenlose Verwirrung. In dem übergroßen Mantel sah sie sehr verletzlich aus. Lukin nickte dem Milizionär zu und wandte sich an Anna: »Kommen Sie, lassen Sie uns ein Stück zu Fuß gehen.«

Sibirische Silberbirken säumten die schmalen Wege. Der Park war eine friedliche Oase abseits vom dröhnenden Verkehr. Sie näherten sich einem Weiher, und Lukin deutete auf eine Holzbank.

»Wollen wir uns setzen?«

Er wischte die dünne Schneeschicht weg und blickte Anna an, nachdem sie Platz genommen hatten. »Wie geht es Ihnen?«

»Warum haben Sie mich hergebracht?«

»Anna, ich habe Ihnen schon erzählt, daß meine Aufgabe darin besteht, Slanski zu finden, tot oder lebendig. Ich will ehrlich zu Ihnen sein: Unsere Suche hat bisher noch nichts ergeben. Slanski könnte tot sein, aber ich glaube, er lebt noch. Er ist ein sehr einfallsreicher Bursche. Mittlerweile könnte er sogar schon in Moskau sein. Sie sind die einzige, die mir helfen könnte, ihn zu finden. Ich habe Sie gebeten, Ihre Lage zu überdenken. Anna, meine Vorgesetzten werden allmählich ungeduldig. Sie wollen Antworten, und zwar schnell. Wenn ich Sie nicht zum Reden bringen kann, werden sie jemand anderen finden – und der kann es. Und zwar diesen Schläger, von dem ich Ihnen erzählt habe.«

»Sie verschwenden nur Ihre Zeit. Ich sagte schon, daß ich Ihnen nicht helfen kann.«

»Können Sie nicht, oder wollen Sie nicht? Sie kennen die Leute, die Ihnen geholfen haben, nach Moskau zu kommen. Und Sie wissen sicher auch noch andere Dinge, die mir einen Hinweis darauf geben könnten, wie ich Slanski finde.«

»Ich habe nichts zu sagen.«

»Anna, ich bitte Sie noch einmal, darüber nachzudenken. Selbst wenn Slanski noch lebt und in Moskau ist, wird er unmöglich Erfolg haben. Der Kreml und Stalins Villa sind uneinnehmbar. Und bilden Sie sich nichts ein: Früher oder später wird Slanski erwischt. Es wäre besser für Sie, wenn Sie mir dabei helfen würden. Mir ist klar, daß Sie auch unter Druck nicht so leicht nachgeben. Dafür haben Sie schon zu viel ertragen und besitzen vermutlich Nerven aus Stahl. Aber in den Kellern der Lubjanka haben auch die stärksten Frauen am Ende immer geredet. Diese Leute benutzen Drogen und Folterwerkzeuge. Sie haben schon mutigere Menschen als Sie dazu gebracht, Verbrechen zu gestehen, die sie gar nicht begangen hatten.« Er zögerte und schüttelte den Kopf. »Ich möchte nicht, daß Sie so etwas erleiden müssen. Es ist die Sache nicht wert, Anna. Nicht für jemanden, der schließlich doch erwischt wird.«

Irgend etwas in Lukins Stimme brachte Anna dazu, ihn anzuschauen. Es war derselbe Ausdruck des Mitgefühls, den sie schon einmal in seinen freundlichen braunen Augen gesehen hatte.

»Meinen Sie Ihre Worte ernst, daß Sie nicht wollen, daß man mir weh tut?«

»Natürlich. Ich bin kein Ungeheuer, Anna. Aber wenn ich keinen Erfolg habe, wird man Sie foltern. Schlimmer, als Sie sich vorstellen können.«

»Wenn ich Sie bitte, mich zu töten, um mir den Schmerz zu ersparen? Würden Sie das tun?«

»Das kann ich nicht.«

»Wissen Sie, was ich vermute? Sie wollen mich nur glauben machen, daß Sie beinahe menschlich sind. Und Sie rechnen damit, daß Sie mich auf diese Weise zum Reden bringen.«

Lukin seufzte und stand auf. Er atmete tief durch, bevor er den Blick wieder auf Anna richtete. »Wissen Sie, was mein Vater immer sagte? ›Fang mit der Wahrheit an.‹ Er war ein Mann mit Prinzipien. Vielleicht hatte er zu viele Prinzipien für diese Welt. Ich habe es mit der Wahrheit versucht. Ich habe Ihnen erzählt, was Ihnen passiert, wenn Sie nicht reden. Sie wissen, daß Ihre Lage aussichtslos ist. Aber vielleicht haben Sie eine Zukunft, wenn Sie mir helfen.«

»Sie wissen, daß man mich niemals freilassen würde.«

»Das stimmt, aber jede Alternative ist besser als der Tod.«

«Was für eine Alternative?«

»Wenn Sie mir helfen, werde ich den Staatsanwalt bitten, Sie zum Strafdienst im Gulag zu verurteilen und nicht die Todesstrafe zu verhängen, wenn Ihr Fall vor Gericht kommt.«

Anna schwieg lange. Sie betrachtete die Bäume und den Schnee auf dem Boden; dann richtete sie den Blick wieder auf Lukin.

»Waren Sie schon mal in einem Gulag, Major Lukin?«

»Nein.«

»Dann haben Sie nie gesehen, was da geschieht. Wenn Sie es wüßten, würden Sie den Tod als die bessere Lösung betrachten. Im Gulag gibt es nichts als Brutalität, Hunger und ein langsames Verrecken. Man wird schlimmer behandelt als ein Tier. Ich kann Ihnen nicht sagen, was Sie wissen wollen, weil ich wirklich nicht weiß, wo Slanski ist, falls er noch lebt. Ob Sie es mir glauben oder nicht, das ist die Wahrheit. Und selbst wenn ich es wüßte, würde ich es Ihnen nicht sagen. Ihre Freunde in den Kellern können tun, was Sie wollen, aber die Antwort wird immer dieselbe sein. Und diejenigen, die uns geholfen haben, wußten nichts von Slanskis Plänen. Wenn ich Ihnen ihre Namen gebe, werden Sie Slanski trotzdem nicht finden. Aber ich würde die Menschen der Folter und dem Tod überantworten.«

»Aber Sie können mir verraten, was Sie tun wollten, nachdem Sie Moskau erreicht hatten. Sie könnten mir ihre Namen geben.«

»Ich sage Ihnen nur eins: Gehen Sie zum Teufel!«

Lukin sah den Zorn auf ihrem Gesicht, als sie sich abwandte.

»Es tut mir leid, daß es so gekommen ist. Ich bewundere Ihren Mut, aber ich glaube, Sie machen einen Fehler. Und zwar deshalb, weil Ihr Mut unnötig und närrisch ist. Noch haben Sie eine Wahl, Anna. Ich werde versuchen, Ihnen zu helfen. Eine lebenslängliche Freiheitsstrafe in einem Lager ist nicht besonders erfreulich, das stimmt. Aber es ist auf jeden Fall besser als die Alternative.« Er hielt inne. »Ganz gleich, wie Sie sich entscheiden, ich möchte trotzdem, daß Sie diesen Moment erleben können.«

Anna blickte verwirrt auf. »Was meinen Sie damit?«

Lukin nickte dem Milizionär am Tor zu. Einen Augenblick später tauchte Pascha auf. Ein kleines Mädchen umklammerte seine Hand. Sie war sehr hübsch, trug einen roten Wintermantel, eine Wollmütze, Handschuhe und kleine braune Schuhe. Unsicher blickte die Kleine sich um.

Als Lukin sich umdrehte, bemerkte er den Schock auf Anna Chorjowas Gesicht. Ungläubigkeit und Verwirrung zeichneten sich darauf ab, dann Freude und Schmerz. Ihr Schrei zerriß die Stille im Park.

»Sascha!«

Das kleine Mädchen erschrak, als jemand seinen Namen rief. Die Kleine war vollkommen verwirrt. Unsicher beobachtete sie ihre Mutter; dann begannen ihre Lippen zu zittern, und sie weinte.

Pascha ließ sie los. Anna rannte zu ihrer Tochter und riß sie in die Arme. Sie bedeckte sie mit Küssen, streichelte ihr Gesicht und ihr Haar und fegte alle Angst und Verwirrung des Mädchens hinweg, das schließlich zu weinen aufhörte, während die Mutter es fest in den Armen hielt.

Lange stand Lukin schweigend da und beobachtete die Szene, bis er es nicht mehr ertragen konnte.

Er betrachtete Anna, und sie erwiderte den Blick mit tränenüberströmten Augen.

»Sie haben eine Stunde«, sagte er. »Dann unterhalten wir uns noch einmal.«

Slanski faltete den Stadtplan auseinander und blickte aus dem Fenster des Skoda, den Irina steuerte.

Gelbe Oberleitungsbusse und Lastwagen, die schwarze Abgaswolken in die Luft bliesen, verstopften die breiten Prachtstraßen Moskaus. Kleine Emka-Taxis fegten an ihnen vorbei, und ein paar glänzende schwarze Sis-Limousinen glitten vorüber. Hohe sowjetische Beamte saßen mit strengen Gesichtern neben ihren Fahrern.

Irina lenkte den kleinen Skoda rücksichtslos durch den chaotischen Verkehr, ohne auf den Schneematsch auf den Straßen zu achten. Es war alles andere als eine gemütliche Spazierfahrt, doch Slanski fiel auf, daß die anderen Fahrer ebenso rücksichtslos fuhren.

Irina erklärte, daß die meisten Fahrer Wodka tranken, um sich vor der Kälte zu schützen, weil fast kein Auto eine Heizung hatte.

Auf den Bürgersteigen drängelten sich Millionen verschiedene Gesichter und fast ebenso viele Rassen. Russen, Slawen, dunkeläugige Georgier, gelbhäutige, flachgesichtige Tataren und Mongolen. Als sie das Arbat erreichten, das alte Handelsviertel der Stadt, sah Slanski in einiger Entfernung die goldenen Dome und Kuppeln des Kreml. Dahinter, in den Vorstädten an beiden Ufern der Moskwa, standen grob verputzte Mietskasernen.

Sie fuhren noch eine halbe Stunde kreuz und quer durch die Stadt. Slanski las laut die Namen der Straßen vor, bis Irina ihn schließlich fragte: »Was soll ich jetzt tun?«

»Fahren Sie zum KGB-Hauptquartier am Dsershinski-Platz, und setzen Sie mich da ab.«

Irina blickte ihn ungläubig an. »Sind Sie verrückt geworden?«

»Holen Sie mich in einer Stunde am Bolschoi-Theater ab.«

Irina schüttelte entsetzt den Kopf. »Sie sind wohl nicht bei Trost! Der KGB sucht nach Ihnen und Sie wollen, daß ich Sie vor seiner Haustür absetze?«

»Das ist der letzte Ort, an dem sie nach mir suchen.«.

Ein Fahrer hupte wütend, als Irina ihm einfach den Weg abschnitt. Sie hupte ebenfalls und machte mit dem Arm eine eindeutige Geste.

»Blödmann!«

»Was haben Sie im Krieg gefahren, Irina? Einen Panzer?«

Sie lächelte ihn an. »Einen Sis-Laster. Lachen Sie nicht, ich war eine gute Fahrerin. Wie gesagt, die meisten Verrückten hier auf den Straßen sind betrunken. Ich bin wenigstens nüchtern.«

»Der Krieg ist vorbei, also drücken Sie nicht zu sehr auf die Tube. Was wir jetzt am wenigsten gebrauchen können ist ein Polizist, der uns wegen Geschwindigkeitsübertretung Ärger macht.«

»Pah! Sie haben es nötig, von Ärger zu reden! Schließlich wollen Sie am Dsershinski-Platz aussteigen.«

Der Skoda ließ das Arbat hinter sich, und jetzt sah Slanski die roten Wände und die senffarbenen Gebäude des Kreml. Auf der breiten, gepflasterten Straße vor ihnen erhoben sich die bonbonfarbenen Türme von St. Basil in den Himmel. Minuten später lenkte Irina den Wagen durch ein Gewirr enger Straßen in der Nähe des Bolschoi-Theaters und gelangte schließlich auf einen großen Platz.

Ein riesiger Metallspringbrunnen stand in der Mitte. Das Wasser war wegen der niedrigen Temperaturen abgestellt, damit es nicht fror und das Metall zum Bersten brachte. Der Verkehr und die Oberleitungsbusse kurvten um den Brunnen herum. Am Rand des Platzes stand ein siebenstöckiges, gelbes Gebäude aus Sandstein.

Irina wies mit der Hand darauf. »Dsershinski-Platz. Das KGB-Hauptquartier. Das Gebäude gehörte einmal einer Versicherungsgesellschaft, bevor Felix Dsershinski, der Chef der Geheimpolizei, es übernahm.«

Slanski sah das massive braune Eichenportal des Eingangs. Auf dem Dach befanden sich Suchscheinwerfer, und uniformierte Polizisten patrouillierten auf dem Bürgersteig um das Gebäude herum.

»Der Eingang zur Lubjanka ist auf der Rückseite, die schwarzen Eisentüren. Die Sicherheitsmaßnahmen sind sehr streng. Keiner hat es je geschafft, hier rauszukommen, das wird Ihnen jeder in Moskau gern erzählen.« Sie betrachtete Slanskis Gesicht, während er das Gebäude beobachtete. »Selbst wenn Ihre Freundin sich da drin befindet, verschwenden Sie nur Ihre Zeit, wenn Sie glauben, Sie könnten sie befreien. Sie würden Selbstmord begehen, wenn Sie es nur versuchten.«

»Lassen Sie mich da vorn raus.«

Er deutete auf einen großen Durchgang mit einem schmiedeeisernen Tor gegenüber vom KGB-Gebäude. Ein Straßenschild verkündete: »Lubjanka-Arkaden«. Der Bürgersteig wimmelte von Passanten. Slanski sah eine Reihe düsterer Geschäfte auf beiden Seiten des Arkadenganges.

Irina fuhr rechts ran und ließ den Motor laufen. »Nur der KGB konnte auf die Idee kommen, neben einer Folterkammer eine Einkaufsstraße zu bauen.«

Slanski öffnete die Beifahrertür. »In einer Stunde am Bolschoi-Theater.«

Irina berührte kurz seinen Arm. »Seien Sie vorsichtig.«

Er lächelte ihr zu, als er ausstieg, die Tür zuschlug und auf den belebten Bürgersteig trat.

Lukin betrachtete Annas Gesicht, als sie wieder nebeneinander auf der Parkbank saßen.

Sie sah elend aus, und ihre Augen waren rot und verweint.

Der Park war verlassen. Pascha hatte das kleine Mädchen weggebracht. Lukin hatte den Schmerz in Annas Miene gesehen, als sie sich geweigert hatte, ihre Tochter gehenzulassen. Sie hatte das Kind festgehalten, als würde ihr Leben daran hängen. Das kleine Mädchen war verwirrt und aufgeregt gewesen und hatte wieder zu weinen angefangen. Der Polizist vom Parktor hatte Lukin helfen müssen, Anna festzuhalten, als Pascha das Kind zum Wagen gebracht hatte.

Anna Chorjowa hatte jämmerlich geschluchzt, als sie dem Fahrzeug hinterher geblickt hatte. Dann war sie verzweifelt auf die Bank gesunken und wollte sich nicht trösten lassen.

Lukin hatte ein schrecklich schlechtes Gewissen. Er hatte Anna in ein furchtbares Trauma gestürzt. Seit über einem Jahr hatte sie ihre Tochter nicht mehr gesehen. Er hatte ihr das Kind gegeben und es ihr sofort wieder genommen. Er stellte sich vor, daß Nadja ein solches Erlebnis durchmachen müßte, und ihm wurde hundeelend.

Er verstand Annas Schmerz und hätte es ihr gern gesagt, doch er wußte, daß sie es ihm nicht glauben würde. Es war zwecklos. Außerdem wurde er sentimental, und das war nicht gut. Er nahm ein Taschentuch aus der Hosentasche und tupfte damit ihr Gesicht ab.

Sie stieß ihn fort.

Er berührte ihren Arm.

»Fassen Sie mich nicht an!«

Sie weinte nicht mehr, schien aber noch unter Schock zu stehen. Ihre Augen glänzten, und Lukin fragte sich, ob er es zu weit getrieben hatte. Ihr Gesichtsausdruck hatte etwas sehr Beunruhigendes, und er überlegte, ob er sie zu einem Arzt bringen sollte.

»Anna, sehen Sie mich an.«

Sie hielt den Blick ihrer geröteten Augen starr nach vorn gerichtet. »Warum haben Sie mir das angetan?« Ihre Stimme klang erstickt vor Schmerz. »Warum?«

»Ganz gleich was passiert, ich dachte, Sie wollten Ihre Tochter sehen.«

»Weil ich sterben werde?«

»Ich habe Ihnen die Alternative erklärt. Wenn Sie mir helfen, werde ich alles tun, was ich kann, damit Sie Ihre Tochter mitnehmen können.«

Sie blickte ihn schmerzerfüllt an. »Und was für ein Leben hätte sie da? In der Hölle eines Straflagers in irgendeiner eisigen Einöde? Glauben Sie, die Kleine würde das überleben?«

»Wenigstens wären Sie mit ihr zusammen.«

»Im Waisenhaus wird sie überleben. Im Lager wäre sie spätestens in einem Jahr tot.«

Lukin seufzte, weil er nicht wußte, was er erwidern sollte. »Anna, wenn Sie nicht reden, werden nicht nur Sie sterben, sondern vielleicht auch Sascha.«

Sie starrte ihn an. Ihr Gesicht war leichenblaß. »Nein ... Das können Sie nicht tun. Sie ... Sie ist doch nur ein Kind ...«

Lukin stand auf und blickte Anna eindringlich an.

»Ich habe so etwas auch nicht vor, Anna. Aber ich kenne Berija. Und auch Romulka, den Mann, der Sie verhören wird, falls ich versage. Diese Leute werden es tun, wenn Sie sie damit zum Reden bringen. Ich will ehrlich zu Ihnen sein.

Berija hat mir eine Frist bis morgen abend gesetzt. Habe ich bis dahin keinen Erfolg, muß ich Sie ihm übergeben. Er wird Sie zerbrechen, Anna, glauben Sie mir. Und wenn Sie mir erst einmal weggenommen wurden, habe ich in dieser Angelegenheit nichts mehr zu sagen.«

Er blickte ihr in die tränenüberströmten Augen. »Helfen Sie mir, Anna. Um Saschas Willen, helfen Sie mir, Slanski zu finden.«

Slanski ging durch die belebten Lubjanka-Arkaden. Die Menschen stießen ihn an, drängten sich an ihm vorbei und quetschten sich in die kleinen, düsteren Läden.

Als er am anderen Ende der Arkaden hervorkam, stand er auf einer schmalen Kopfsteinpflasterstraße. Er bog rechts ab und kam auf einer Straße heraus, die gegenüber dem Westflügel des KGB-Hauptquartiers lag. Er sah ein anderes massives Eichenportal wie das vom Haupteingang, aber hier stand keine Wache. Zwanzig Meter weiter bemerkte er eine gepflasterte Straße, die an der Rückseite des KGB-Hauptquartiers entlangführte. Hier parkten Militärlastwagen und einige Zivilfahrzeuge.

In die Steinmauer war ein schweres, zweiflügeliges Eisentor eingelassen, vermutlich der Eingang zum Lubjanka-Gefängnis. Zwei uniformierte Posten standen mit geschulterten Gewehren in einem Wachhäuschen. Starke Suchscheinwerfer waren über die ganze Länge des Daches montiert, und sämtliche Fenster auf dieser Seite hatten Stahlgitter.

Es wirkte uneinnehmbar.

Plötzlich traten die Wachen zurück, und die Gatter schwangen nach innen. Ein Lastwagen mit Verdeck fuhr heraus und fädelte sich nach links in den Verkehr ein.

Slanski erhaschte einen Blick auf einen Hinterhof und einige Reihen geparkter Laster und Personenwagen, bevor die Gatter wieder zuschwangen.

Plötzlich wurde einer der Posten auf ihn aufmerksam. Slanski drehte sich schnell um und ging wieder zum Platz zurück.

Eine ganze Seite des Platzes schien nur aus kleinen Cafés und Restaurants zu bestehen. Als er am Fenster eines Cafés vorüberging, sah er zahlreiche Männer in dunkelblauen Uniformen drinnen sitzen, offenbar Soldaten vom Wachpersonal, die Pause machten.

Er betrat das Café, stellte sich in eine Reihe, um sein Glas Tee zu bezahlen, und gab dann einer dicken Frau hinter dem Tresen die Quittung. Sie reichte ihm ein Glas in einer Metallfassung, und Lukin setzte sich an einen Tisch in die Nähe der Gefängniswärter.

Er merkte sich die Rangabzeichen und die Uniform der Wachen. Es waren harte Männer, die sich flüsternd unterhielten. Slanski fragte sich, ob einer von ihnen vielleicht Anna bewachte, falls sie noch am Leben war.

Hinter ihm brandete lautes Gelächter auf.

Als Slanski sich umdrehte, sah er ein halbes Dutzend Usbeken in ihren bunten Trachten. Es waren kleine, drahtige Männer mit braunen, runzligen Gesichtern, die aufstanden und zur Tür gingen. Sie hatten lange, dünne Bärte, und ihre kurzgeschorenen Schädel zierten farbenfrohe Mützen. Einige trugen bunte Seiden- oder Baumwollumhänge, und sie unterhielten sich in einem Dialekt, den Slanski nicht verstand. In dieser trostlosen Umgebung stachen sie hervor wie ein Schwarm exotischer Vögel.

Er starrte wieder auf das KGB-Gebäude auf der anderen Straßenseite. Plötzlich hörte er aufgeregte Stimmen. Zwei Usbeken bahnten sich einen Weg ans Fenster und schauten neugierig hinaus. Ein auffälliger olivgrüner BMW hielt vor einer Ampel vorm Café. Die Usbeken deuteten aufgeregt darauf und plapperten miteinander.

Slanski betrachtete den Mann und die Frau in dem BMW. Sein Blut stockte ihm in den Adern.

Hinter dem Steuer saß Lukin. Und die Frau auf dem Beifahrersitz war Anna.

Slanski traute seinen Augen nicht. Es war eindeutig Lukin. Die falsche Hand war unverwechselbar, auch wenn er jetzt keinen Handschuh, sondern einen Metallhaken trug. Und Annas Gesicht konnte er durch die Windschutzscheibe klar und deutlich erkennen.

Die Ampel sprang auf Grün um, und der BMW fuhr an. Slanski sprang auf und drängte sich an den Usbeken vorbei. Dabei stieß er einen der Männer um.

Als er auf die Straße trat, fuhr der BMW bereits in Richtung der Rückseite des KGB-Gebäudes auf den Eingang der Lubjanka zu.

Slanski rannte los. Er kümmerte sich nicht darum, daß die Passanten ihn anstarrten. Wie ein Besessener stürmte er hinter dem BMW her. Er wollte Lukin herauszerren, ihn erschießen, sich Anna schnappen und flüchten.

Vor ihm hielt der BMW in der Mitte der Straße und blinkte links, während er auf eine Lücke im entgegenkommenden Verkehr wartete, um in die Kopfsteinpflasterstraße einzubiegen, die zur Lubjanka führte.

Slanski rannte über den Bürgersteig, drängte sich rücksichtslos durch die Menge und ließ den Wagen nicht aus den Augen.

Noch fünfzig Meter.

Vierzig.

Er sah, wie Lukin ungeduldig mit den Fingern auf das Steuerrad klopfte.

Tipp, Tipp, Tapp.

Tipp. Tapp, Tapp.

Noch dreißig Meter.

Zwanzig. Er lief auf die Straße und ließ Lukin nicht aus den Augen. Er beobachtete die Finger, die immer noch auf das Steuerrad tippten, während der Major darauf wartete, daß jemand sie abbiegen ließ.

Zehn Meter.

Nahe genug für einen gezielten Schuß.

Slanski zog die Tokarew aus der Innentasche.

Er konnte nur Annas Hinterkopf sehen, Lukins Gesicht jedoch sah er ganz deutlich. Der Haß wütete mit infernalischer Gewalt in ihm.

Fünf Meter.

Lukin hatte sich immer noch nicht umgedreht.

Slanski hob die Tokarew und zielte.

Plötzlich bremste ein Lastwagen in der Schlange der entgegenkommenden Fahrzeuge und kam mit quietschenden Reifen zum Stehen. Der Fahrer starrte ungläubig auf Slanskis Waffe.

Gerade als er den BMW erreichte, gab Lukin Gas, weil er glaubte, der Lastwagen hätte seinetwegen gehalten. Der BMW fuhr quietschend an und bog nach links ab, in Richtung der massiven schwarzen Eisentüren des Gefängnisses.

Einer der Wächter schlug gegen das Tor, und es schwang auf, verschluckte den Wagen und schloß sich wieder.

Slanski konnte einen kurzen Blick auf Annas Gesicht werfen, bevor die Posten das Tor geschlossen hatten.

Fluchend steckte er die Waffe wieder ein.

Zu spät.

Die Tore der Hölle hatten sich aufgetan und Anna verschlungen.

45. KAPITEL

Henri Lebel schlug die Augen auf.

Es blieb dunkel um ihn herum. Eine Zeitlang lag er bewegungslos da, ohne sich zu rühren. Sein Körper war so steif, daß er nicht einmal spürte, daß die Holzpritsche, auf der er lag, keine Matratze hatte. Was auch in der Spritze gewesen sein mochte: Das Gift hatte ihn für längere Zeit außer Gefecht gesetzt. In diesem Augenblick begriff Lebel seine Lage, und ein unheilvolles Gefühl durchrieselte ihn.

Er stand zitternd auf, machte in der Dunkelheit vorsichtig einen Schritt nach vorn und stieß gegen eine Steinwand. Er trat zurück, drehte sich um und ging mit ausgestreckter Hand drei Schritte, bevor er wieder gegen eine Steinwand stieß. Vier zögernde Schritte nach links brachten ihn zu einer eisernen Tür.

Er war in einer Zelle.

Stolpernd tastete er sich den Weg zurück zur hölzernen Pritsche und setzte sich. Ein Gefühl der Hoffnungslosigkeit legte sich bleiern über ihn. Das finstere Brüten, das ihn in Auschwitz befallen hatte, war zurückgekehrt.

Jetzt erinnerte er sich an die Ereignisse im Club. Was hatte dieser Oberst Romulka gewollt? Dann fiel es Lebel wieder ein, und der Gedanke machte ihm noch mehr angst. Er hätte sich niemals in diese Angelegenheit hineinziehen lassen sollen. Niemals! Er hatte sein eigenes Todesurteil unterschrieben. Oder noch etwas Schlimmeres als das – strenge Haft in einem Straflager.

Lebel zitterte vor Furcht und hörte, wie sich auf dem Korridor Stimmen näherten. Plötzlich flammte an der Decke eine Lampe auf, deren Licht ihn beinah blendete, und die Zellentür wurde geöffnet.

Er blinzelte und sah Romulka, der die Zelle betrat.

»Aha, unsere schlafende Schönheit ist erwacht.«

»Wo bin ich? Was bedeutet dieser Wahnsinn?« verlangte Lebel zu wissen.

»Sie befinden sich im Lubjanka-Gefängnis, um die erste Frage zu beantworten.«

Lebel warf Romulka einen ungläubigen Blick zu.

»Und zu der zweiten: Der Grund für Ihre Anwesenheit sollte Ihnen eigentlich klar sein.«

Lebel schüttelte den Kopf. »Ich ... ich weiß nicht, wovon Sie reden.«

»Also wirklich, Lebel, Sie verschwenden meine Zeit. Ich weiß alles über Ihre Verbindung zu Massey. Also lassen wir die Spielchen und kommen zur Sache, ja? Meine Zeit ist kostbar.« Er trat dichter an Lebel heran und drückte die Reitpeitsche, die er in der Hand hielt, dem Franzosen unter das Kinn.

»Sie wollten nach Moskau kommen, um einem bestimmten Paar zu helfen. Ich will wissen, wie Sie das machen wollten, wo Sie sie treffen sollten und wer Ihre Komplizen sind.«

»Sie sind ja verrückt geworden!«

»Meine Untersuchungen haben noch etwas ergeben, was mich beunruhigt. Der Mann namens Braun, der für uns gearbeitet hat, ist jetzt leider tot. Sie hatten über einen Angehörigen der sowjetischen Botschaft in Paris Erkundigungen über Braun eingezogen, und zwar als Gegenleistung für eine beträchtliche Geldsumme. Wollen Sie das abstreiten?«

Obwohl er versuchte, sich zusammenzureißen, wurde

Lebel sichtlich blaß. »Ich weiß wirklich nicht, wovon Sie sprechen. Das ist eine Verschwörung ...«

Romulka schlug Lebel ansatzlos mit der Reitpeitsche ins Gesicht. Der Franzose schrie auf und preßte die Hand auf die Wange. Zwischen den Fingern drang Blut hervor.

»Wie können Sie es wagen! Sie haben nicht das Recht, mich so zu behandeln! Ich habe hochrangige Beziehungen in Moskau! Und ich verlange sofort den französischen Botschafter zu sprechen!«

Romulka stieß ihm die Gerte gegen die Brust. »Halt's Maul, du mieser kleiner Jude, und hör mir zu! Du kannst verlangen, was du willst, aber ich will Antworten hören, und zwar schnell! Sprich, und du sitzt schneller wieder in einem Flugzeug nach Paris als du adieu sagen kannst. Weigere dich, und ich zertrete dich wie einen Wurm! Kapiert? Also, wirst du sprechen?«

»Ich sagte doch schon, daß ich nicht weiß, wovon Sie sprechen ... Sie machen einen furchtbaren Fehler.«

»Wie Sie wollen, spielen wir es nach Ihren Regeln.« Romulka drehte sich herum und schnappte mit den Fingern. »Reinkommen!«

Zwei brutal aussehende Männer in schwarzen KGB-Uniformen stürmten in die Zelle. Sie packten jeder einen Arm von Lebel.

»Ab in den Keller mit ihm. Eine kleine Behandlung in der Krankenstation der Lubjanka wird ihn schon weichmachen.«

»So hören Sie doch: Das ist ein Mißverständnis!«

Romulka hob die Faust und schlug Lebel hart ins Gesicht, während er noch protestierte. Dann schleiften die beiden Männer ihn aus Zelle.

Lukin stand am Fenster seiner Wohnung.

Auf der anderen Seite des Flusses sah er die Lichter des nächtlichen Verkehrs, der die Kalinin-Brücke überquerte. Die Scheinwerfer der Fahrzeuge tasteten sich suchend den Weg durch den dünnen Nebel, der sich über Moskau gelegt hatte.

Es war einundzwanzig Uhr.

Er war vor einer Stunde nach Hause gekomen, weil er

dem Hauptquartier den Rücken kehren mußte und vor allem der Hoffnungslosigkeit, die ihn dort mit eiserner Faust umklammerte.

Außerdem mußte er Nadja sehen.

Sie hatte Abendessen bereitet: Suppe und kalte Würstchen. Dazu gab es eine Flasche georgischen Wein, der Lukins Stimmung kurzfristig etwas gehoben hatte. Jetzt aber fühlte er sich wieder elend.

Noch schlimmer war, daß er beim Essen kaum hatte mit Nadja sprechen können.

Er sah ihr Spiegelbild im Fenster, als sie den Tisch abräumte. Sie warf ihm einen kurzen Blick zu und brachte dann das Geschirr in die Küche. Als sie zurückkam, stand er immer noch am Fenster.

»Juri.«

Er drehte sich um, in Gedanken versunken. Nadja betrachtete ihn. Sie strich sich eine Haarsträhne aus der Stirn. »Du hast dein Essen kaum angerührt.«

Lukin lächelte schwach. »Die Suppe war hervorragend. Ich war einfach nicht hungrig. Tut mir leid, Liebling.«

»Komm, setz dich zu mir.«

Sie setzten sich auf die Couch. Nadja runzelte besorgt die Stirn, und ihre Mundwinkel waren vor Anspannung heruntergezogen. Lukin hatte ihre Stimmung nicht gerade aufgehellt. Er fühlte sich verloren und verzweifelt.

Anna Chorjowa hatte immer noch nicht geredet. Und jetzt konnte er sie nicht mehr retten. Diese Vorstellung quälte ihn.

Weder den Straßensperren noch den Suchtrupps war der Wolf ins Netz gegangen. Falls der Mann noch am Leben war, befand er sich in Moskau, davon war Lukin überzeugt. Nur wo? Und wie sollte man ihn in einer Stadt mit fünf Millionen Einwohnern aufspüren?

Nadjas Stimme riß ihn aus seinen Gedanken. »Setz dich neben mich, Juri.«

Lukin rückte neben sie auf die Couch. Sie legte ihm die Hand auf den Arm. »Ich sehe dich heute zum ersten Mal seit vier Tagen wieder, aber du scheinst gar nicht richtig da zu sein, Juri. Möchtest du über irgend etwas sprechen?«

Lukin griff nach ihrer Hand und küßte sie. Er sprach mit

seiner Frau nie über seine Arbeit – eine Regel, die er sich selbst auferlegt hatte. Doch heute verspürte er ein beinahe übermächtiges Verlangen, ihr alles zu erzählen und ein wenig von der schweren Last zu nehmen, die auf seinen Schultern lag und ihn zu erdrücken drohte.

»Tut mir leid, Liebling, aber ich darf darüber nicht reden.«
»Das verstehe ich, Juri. Aber es macht mir Sorgen.«
»Warum?«
»Weil deine Probleme dir schrecklich zu schaffen machen, was es auch sein mag. Ich habe dich noch nie so erlebt. Du bist zerstreut, eigenbrötlerisch, niedergeschlagen. Du bist ein vollkommen anderer Mann.«

Er seufzte und erhob sich. Ihm schmerzte jeder Knochen im Leib, und er hatte seit drei Tagen kaum geschlafen. Er blickte seine Frau an und schüttelte den Kopf.

»Bitte, nicht jetzt, Nadja.«
»Wann mußt du morgen früh aufbrechen?«
»Um sechs.«

Sie stand auf, streichelte sanft sein Gesicht und ließ dann ihre Hand sinken. »Du bist erschöpft und brauchst Schlaf. Laß uns zu Bett gehen.«

Lukin ging ins Schlafzimmer, zog sich aus und stieg ins Bett.

Als Nadja kam, entkleidete sie sich ebenfalls und legte sich neben ihn. Er fühlte ihren warmen Körper, als sie sich dicht an ihn schmiegte, und spürte ihre kleinen, harten Knospen an seiner nackten Brust.

»Das Baby bewegt sich. Kannst du es fühlen, Juri?«

Er legte die Hand auf den Leib seiner Frau und spürte die Stöße der kleinen Füße und Hände. Ein intensives Gefühl durchzuckte ihn. Er legte den Kopf auf Nadjas Bauch und küßte ihn.

Lange lagen sie schweigend beieinander. Nadja streichelte sein Haar, und Lukin dachte an den Nachmittag mit Anna Chorjowa im Park zurück. An ihre Schreie, als er ihr die Tochter wieder weggenommen hatte. Diese Bilder liefen unablässig vor seinem inneren Auge ab, bis ihn das schlechte Gewissen beinahe erdrückte. Er seufzte tief.

»Erzähl es mir, Juri«, flüsterte Nadja. »Um Himmels willen, erzähl mir, was dich bedrückt, bevor es dich zerreißt.«

Nach langem Schweigen sagte er »Es geht nicht. Bitte, frag mich nicht.«

Sie hörte die Anspannung in seiner Stimme, umarmte ihn und drückte ihn fest an sich.

Mit einem Mal schien ein Damm in seinem Inneren zu brechen; sein ganzer Körper bebte, und seine Schultern zuckten.

In der Dunkelheit weinte er um Anna Chorjowa, um Nadja, um sein ungeborenes Kind und um sich selbst.

Slanski saß in der Küche im hinteren Teil der Datscha. Irina hatte sich ihm gegenüber auf den Stuhl fallen lassen. Vor ein paar Minuten war sie mit einer großen Einkaufstasche aus Moskau zurückgekommen. Sie wirkte erschöpft.

»Also, was haben Sie alles bekommen?« wollte Slanski neugierig wissen.

Sie zog einen Zettel aus der Tasche und legte ihn auf den Tisch. »Das Wichtigste zuerst. Sehen Sie selbst.«

Er nahm den Zettel in die Hand, las ihn und lächelte. »Gab es Probleme?«

»Im Telefonbuch der Post in der Gorki-Straße waren über ein Dutzend Juri Lukins eingetragen. Ich habe sie vorsichtshalber alle angerufen, aber erst bei dem letzten war ich sicher, den richtigen gefunden zu haben.«

»Wieso?«

»Eine Frau war am Apparat. Ich habe nach Major Juri Lukin gefragt, und sie wollte wissen, wer ich war. Also habe ich ihr erzählt, ich sei vom Pensionsfond der Armee und daß wir einige Akten verlegt hätten. Ich würde versuchen, einen Major Juri Lukin ausfindig zu machen, der während des Krieges bei der Kavallerie der Dritten Wachdivision gedient hätte. Die Frau meinte, daß es sich dann nicht um ihren Ehemann handeln könne. Er sei zwar Major, habe aber nicht in der Armee gedient. Ich habe mich für die Störung entschuldigt und aufgelegt. Unter den anderen Nummern war nur noch ein weiterer Major Lukin. Aber er diente bei einem Artilleriebataillon in Moskau.«

»Was ist dann passiert?«

»Ich bin zu der Adresse gefahren, die im Telefonbuch stand. Die Wohnung liegt am Kutusowksi-Prospekt. Ich habe mit den Kindern eines der Nachbarn gesprochen. Es muß sich um diesen Lukin handeln. Er fährt einen grünen BMW. Kurz und gut, er ist verheiratet und hat keine Kinder. Die Wohnung liegt im zweiten Stock.«

»Gut. Haben Sie seine Frau gesehen?«

»Soll das ein Witz sein? Ich werde doch nicht anklopfen und ihr mein Gesicht zeigen. Das Glück soll man nicht herausfordern.« Sie zögerte. »Sie sind sehr mutig, aber irgend etwas sagt mir, daß wir beide bei dieser Sache unser Leben verlieren.«

Slanski schüttelte den Kopf. »Immer mit der Ruhe, Irina. Sie sind nicht in Gefahr.«

»Was Sie vorhaben, ist verrückt. Sie spielen mit dem Feuer. Sie haben doch selbst gesagt, daß Ihre Freundin in der Lubjanka nichts weiß. Warum wollen Sie sie dann dort rausholen?«

»Weil der Plan einfach ist und mit ein bißchen Glück auch funktioniert. Leeren Sie einfach die Tasche, Irina. Haben Sie alles bekommen, was ich wollte?«

Sie legte die Sachen aus dem Beutel auf den Tisch. »Es war nicht leicht. Aber auf dem schwarzen Markt bekommt man alles, was man will, wenn man genug Geld hat.«

»Lassen Sie mich sehen.«

Er untersuchte alles sehr sorgfältig. Die schwere Armeetaschenlampe mit zwei Paketen Batterien, verschiedene dünne Seile und ein Armeetaschenmesser. Dazu eine Spritze und zwei Ampullen, eine aus transparentem Glas und eine braune. Slanski nahm beide in die Hand. Sie enthielten eine klare Flüssigkeit. Er betrachtete die Etiketten und legte die Spritzen dann wieder auf den Tisch.

»Das hat ja besser geklappt, als ich dachte. Hatten Sie Probleme, das alles zu besorgen?«

»Das Adrenalin und die Spritze waren einfach.« Sie nahm die braune Ampulle hoch. »Aber das hier war schwierig. Äther ist nicht leicht zu bekommen. Die Ampulle hat zweihundert Rubel gekostet. Davon könnte ich einen Monat leben.«

Slanski lächelte. »Ich werde Sie in meinem Testament bedenken. Hat jemand gefragt, wofür Sie das Zeug brauchen?«

Sie lachte. »Ist das Ihr Ernst? Die Gangster auf dem Moskauer Schwarzmarkt würden mit dem Teufel persönlich Geschäfte machen, wenn er eine dicke Brieftasche hätte. Und sie sind verschwiegen. Eine lockere Zunge bedeutet Gulag oder Erschießungskommando.«

»Was ist mit den anderen Sachen?«

»Viktors alte Uniform habe ich enger gemacht. Sie müßte passen. Die Divisionsabzeichen sind veraltet, und damals war er noch Major, aber damit müssen Sie leben. Bei dem, was Sie vorhaben, dürfte Viktor sich wahrscheinlich im Grab umdrehen. Geschieht dem alten Mistkerl recht.«

»Der Mann hatte Sie wirklich nicht verdient. Danke, Irina.«

»Ich muß verrückt sein, daß ich dabei mitmache.«

Slanski hatte Irina am Nachmittag alles erklärt, weil er ihre Hilfe brauchte. Nachdem er Anna nicht hatte retten können, blieb ihm wenigstens noch sein Plan. Es war ein einfacher Plan, doch als er ihn Irina dargelegt hatte, war sie kreidebleich geworden.

»Was? Sie müssen verrückt sein!« Sie hatte entschieden den Kopf geschüttelt. »Da mache ich nicht mit. Wenn Sie Ihr Leben wegwerfen wollen – nur zu. Aber ich gehe auch so schon genug Risiken ein. Noch mehr Ärger verkrafte ich nicht.«

»Es wird keinen Ärger geben, wenn Sie tun, was ich Ihnen sage.«

Als sie sich trotzdem weigerte, sagte Slanski: »Die Frau ist Ihre Fahrkarte nach draußen. Glauben Sie, daß es Lebel gefällt, wenn Sie ohne sie aufkreuzen?«

Irina zögerte. Die Zweifel waren ihr deutlich anzusehen. Es hatte Slanski eine weitere halbe Stunde gekostet, sie zu überzeugen und die Einzelheiten des Plans mit ihr durchzusprechen. Aber er gefiel Irina immer noch nicht, und sie hatte nur zögernd zugestimmt.

»Unter einer Bedingung«, meinte sie schließlich. »Wenn der Plan fehlschlägt, vergessen Sie Anna, und ich verlasse Moskau allein.«

»Einverstanden.«

Der Plan hatte in Slanskis Kopf Gestalt angenommen, als er zum Bolschoi-Theater zurückgegangen war. Er hatte an Lukin denken müssen, wie er in seinem Wagen saß und ungeduldig mit dem Finger auf das Lenkrad klopfte. Dabei war Slanski der Ring aufgefallen. Ein schmaler, goldener Ehering an Lukins Hand. Major Juri Lukin war verheiratet. Das bedeutete, er hatte einen schwachen Punkt, den Slanski nutzen konnte. Wenn der Plan funktionierte, kam Anna frei und Lukin würde sterben.

Falls der Plan funktionierte.

Slanski schaute auf die Uhr und blickte dann Irina an.

»Gehen Sie lieber schlafen. Morgen haben wir einen anstrengenden Tag.« Er sah die Angst auf ihrem Gesicht. »Danke, daß Sie mir helfen.«

»Wissen Sie, was ich glaube?«

»Was?«

»Ich glaube, daß Sie diese Frau lieben.«

46. KAPITEL

Moskau
1. März

Lukin traf am nächsten Morgen um sechs am Dsershinski-Platz ein.

Während er seinen ersten Kaffee trank, breitete er den Stadtplan von Moskau aus und legte einige Papiere auf seinen Schreibtisch. Nachdenklich betrachtete er den Plan. Falls der Wolf in Moskau war, was Lukin vermutete, mußte er Helfer haben. Vielleicht hatte Romulka recht, was diesen Franzosen Lebel betraf. Lukin hatte gestern abend Romulkas Büro angerufen, bis jetzt aber noch keinen Rückruf erhalten. Doch darum würde er sich später kümmern. Im Augenblick hatte er andere Dinge zu erledigen.

Die Dokumente auf dem Tisch waren Namenslisten: Dissidenten, meist Juden, von denen man wußte, daß sie die Emigrantengruppen unterstützten. Wenn eine Gruppe verdächtig schien und in diese Sache verwickelt sein konnte, dann diese. Auf den acht Seiten befanden sich dreihundertzwölf Namen und Adressen. Sie alle zu überprüfen und die Leute zu einer Vernehmung ins KGB-Hauptquartier zu bringen, bedeutete einen ungeheuren Aufwand, aber es mußte sein. Einige der Leute, deren Namen auf den Listen standen, hatten bereits drakonische Gefängnisstrafen abgesessen. Die anderen durften zwar weiter frei herumlaufen, wurden aber heimlich von KGB-Spitzeln beobachtet.

Es gab natürlich die Möglichkeit, daß Slanskis Helfer überhaupt nicht auf der Liste waren. Bei diesem Gedanken seufzte Lukin. Sämtliche Hotels in der Stadt mußten überprüft werden, aber er konnte sich nicht vorstellen, daß Slanski so dumm war, in einem Hotel zu übernachten. Ein Hotel war ein zu öffentlicher Ort; außerdem mußte sich jeder Gast eintragen. Außerdem gab es nicht viele Hotels in Moskau, in denen man sich verstecken konnte. Dennoch mußte man auch diese Möglichkeit in Betracht ziehen. Lukin spielte kurz mit dem Gedanken, der Frau in ihrer Zelle einen weiteren Besuch abzustatten, aber er wußte, daß es sinnlos sein würde. Jedenfalls mußte er etwas unternehmen, egal was.

Er brauchte mindestens fünfzig Männer, um die Hotels abzusuchen und die Leute auf der Liste einzusammeln.

Als er zum Telefon griff und das Büro anrufen wollte, das die Dienstpläne erstellte, wurde die Tür geöffnet, und Pascha kam herein. Er wirkte müde, weil er die ganze Nacht hier auf Nachrichten aus Leningrad gewartet hatte. Lukin legte auf, als Pascha sich auf den Stuhl vor dem Schreibtisch setzte, die Füße auf die Platte legte, seine Kappe abnahm und zur Seite schleuderte und gähnte.

»Gibt's was Neues?« wollte Lukin wissen.

Pascha schüttelte den Kopf und fuhr sich mit der Hand durchs Gesicht. »Nicht mal ein Flüstern. Es ist so ruhig wie im Grab. Das heißt, abgesehen von einem Besuch Romulkas.«

Lukin richtete sich auf. »Was ist passiert?«

»Er ist gestern abend hier aufgekreuzt. Ich soll dir sagen, daß er einen Franzosen namens Lebel hat. Wer, zum Teufel, ist das?«

Lukin erklärte es ihm. »Wer weiß?« sagte Pascha. »Vielleicht liegt Romulka ja richtig. Außerdem wollte er die Frau sehen.«

»Und?«

»Ich habe ihn nicht zu ihr gelassen, sondern ihm gesagt, daß er das erst mit dir besprechen soll. Er hat mir gedroht, mich vor Gericht zu stellen, aber ich hab' mir gedacht, daß er in seiner miesen Laune der Frau sicher weh getan hätte. Soll Romulka doch zu Berija kriechen und sich bei ihm ausweinen. Was können sie schon tun? Mich in ein Arbeitslager stecken? Da, wo ich herkomme, ist es viel kälter, und das Essen ist auch nicht schlechter.«

»Danke, Pascha.« Lukin konnte sich ausrechnen, daß Romulka vermutlich wegen Paschas Weigerung Lukins Anruf ignoriert hatte. »Wie geht es der Frau?«

»Als ich das letzte Mal nachgesehen habe, war sie wach.«

»Wie ist ihr Zustand?«

»Als hätte jemand das Licht in ihrem Herzen ausgeknipst.«

»Hast du versucht, mit ihr zu sprechen?«

Pascha nickte. »Klar. Wie du gesagt hast. Ich habe ihr gestern abend und heute morgen Essen und Kaffee gebracht. Aber sie sitzt nur da, schweigt und starrt die Wände an.« Er seufzte. »Glaubst du wirklich, daß sie reden wird?«

»Das weiß ich nicht, aber ich bezweifle es. Und die Zeit wird knapp. Die entscheidende Frage ist: Kann sie uns wirklich helfen? Irgendwie kann ich nicht daran glauben. Ich werde das Gefühl nicht los, daß es stimmt, was sie behauptet, und daß sie gar nicht weiß, wo Slanski steckt. Das Problem ist nur, daß wir die Frau in diesem Fall Berija übergeben müssen. Er wird nicht davor zurückschrecken, das Kind zu foltern, um die Frau zum Reden zu bringen. Wir müssen Slanski finden, und sei es nur, um das Kind zu retten.«

Pascha stand auf. »Was auch immer passiert, die Frau wird auf jeden Fall sterben. Das weißt du, Juri. Berija wird sie niemals in ein Lager stecken. Er wird sie höchstpersönlich umbringen.«

»Ich weiß«, erwiderte Lukin ernst.

»Was geschieht weiter?«

Lukin unterrichtete ihn über seine Absichten. »Vielleicht

kommt ja was dabei raus, aber ich würde mich nicht darauf verlassen.«

»Mir gehen diese fehlenden Seiten in der Akte des Wolfs nicht aus dem Kopf. Wenn wir die Originalakten einsehen könnten, finden wir vielleicht etwas, was uns weiterhilft. Verwandte, die er in Moskau hat, oder Freunde der Familie, zu denen er Kontakt aufnimmt, wenn er nicht mehr weiter weiß.«

»Ich habe Berija schon nach den fehlenden Seiten gefragt. Er hat abgelehnt. Wenn Berija nicht will, daß man irgend was aus einer Akte zu Gesicht bekommt, hat man keine Chance.«

Pascha grinste. »Stimmt. Aber es gibt viele Möglichkeiten, Nüsse zu knacken.«

»Welche denn? Zum Archiv bekommt man ohne spezielle Genehmigung keinen Zugang. Dort lagern brisante Akten der höchsten Geheimhaltungsstufe. Wenn man dabei erwischt wird, daß man sich illegal Zutritt verschafft, kann einen das den Kopf kosten.«

»Der Chef des Archivs ist Mongole. Er säuft wie ein Kamel, das einen Monat ohne Wasser auskommen mußte. Ich könnte ihn besoffen machen, mir die Schlüssel borgen und einen Blick in die Originalakte des Wolfs werfen.«

»Vergiß es, Pascha. Es ist zu riskant. Außerdem ist es eher unwahrscheinlich, daß der Wolf solche Leute in Moskau als Helfer benutzen würde. Er war zu lange fort.«

»Und wenn ich den Chef einfach frage?«

Lukin schüttelte den Kopf. »Ich habe dir doch gesagt, was Berija angeordnet hat. Sein Wort ist Gesetz. Und vermutlich sind diese beiden Seiten auch gar nicht weiter wichtig. Auf keinen Fall lohnt es sich, daß du dich der Gefahr aussetzt, erwischt zu werden, während du ohne Genehmigung im Archiv herumstöberst. Vergiß es.«

Pascha zuckte mit den Schultern. »Wie du meinst.«

Es war noch dunkel, als der Skoda um kurz vor sieben an diesem Morgen am Kutusowksi-Prospekt hielt.

Slanski stieg aus. Er trug die Uniform eines Majors. »Sie wissen, was zu tun ist«, sagte er zu Irina. »Ich beeile mich.«

»Viel Glück.«

Er schaute dem Wagen hinterher, als Irina davonfuhr, und ging dann die Straße entlang. Es herrschte kaum Verkehr, doch die Oberleitungsbusse fuhren bereits, und blaue Funken stoben ihnen in der morgendlichen Dämmerung hinterher. Lukin sah die Nummern der alten Mietshäuser in den Lampen an den Eingängen und zählte sie ab, während er daran vorbeiging.

Nummer siebenundzwanzig sah genauso aus wie das Nachbarhaus. Es war ein großes, altes, vierstöckiges Gebäude aus der Zarenzeit, das früher offenbar einer wohlhabenden Familie gehört hatte. Jetzt aber hatte man es zu einem Wohnhaus umgebaut. Von dem olivgrünen BMW war nichts zu sehen.

Slanski sah, daß die blau angestrichene Haustür offenstand, und ging durch den kleinen Vorgarten zum Haus. Die Namen der Bewohner standen auf kleinen Zetteln an den Briefkästen, die am Eingang hingen.

Der Name Lukin stand über dem Briefkasten von Wohnung vierzehn. Slanski stieß die angelehnte Haustür auf und ging den langen, dunklen Flur entlang.

Eine Treppe am Ende des Flurs führte in die oberen Stockwerke. Von einem der höher gelegenen Treppenabsätze drang gedämpftes Licht nach unten. Der Flur roch nach Bohnerwachs. An einer Wand standen zwei Fahrräder, und Slanski hörte gedämpfte Stimmen irgendwo tief im Inneren des Gebäudes.

Slanski stieg die Treppe in den zweiten Stock hinauf. Das Licht auf dem Treppenabsatz war eingeschaltet, so daß er die mit Bleistift geschriebene Vierzehn an der Tür sah. Er musterte die Schlösser. Es gab zwei, eins oben und eins unten. Er legte das Ohr an die Tür, hörte jedoch keine Geräusche. Vermutlich schlief Lukins Frau noch.

Er stieg die Treppe wieder hinunter und ging zum hinteren Ende des Wohnhauses. Der Pfad war kürzlich vom Schnee geräumt worden. Hinter dem Haus befand sich ein großer Gemeinschaftsgarten, der aber noch unter einer weißen Schneedecke lag. Eine einzelne Laterne beleuchtete einen gepflasterten Weg, an dem schmiedeeiserne Sommerbänke unter kahlen Kirschbäumen standen. Ein paar Melonenbeete waren unter einem kleinen, teilweise mit Schnee bedeckten Gewächshaus angelegt.

Slanski blickte die Rückseite des Gebäudes hinauf. Hinter einigen Fenstern brannte Licht, aber die Vorhänge waren noch zugezogen. Am Ende des Gartens befand sich eine Holztür in einer verfallenen Granitmauer. Vermutlich führte sie auf eine Gasse. Er ging dorthin und stellte fest, daß die Tür fast schon verrottet war. Als er dagegen drückte, ließ sie sich nur unter Schwierigkeiten bewegen, und Slanski mußte den Schnee am unteren Ende der Tür wegtreten, bevor es ihm gelang, sie zu öffnen. Wie erwartet, führte die Tür auf eine Gasse, die dunkel und verlassen war, doch an den beiden Enden sah er Straßenlaternen. Vermutlich führte die Gasse zu den Straßen, die vom Kutusowski-Prospekt abgingen.

Slanski drehte sich um und ging wieder in den Garten.

Er zählte die Fenster im zweiten Stock ab und gelangte zu dem Schluß, daß Wohnung Nummer vierzehn rechts von der Mitte sein mußte. Hinter den Vorhängen war es dunkel. Slanski ging wieder zur Vorderseite des Hauses.

Als er den Weg durch den Vorgarten nahm, sprach ihn plötzlich jemand an. »Kann ich Ihnen helfen, Genosse?«

Slanski fuhr erschrocken herum. Im Hauseingang stand ein alter Mann. Er trug eine speckige Bauernmütze und einen geflickten Mantel, den er mit einer Schnur um den Bauch zusammenhielt. Um den Hals hatte er sich einen dicken Wollschal geschlungen. Er sah aus, als wäre er noch nicht lange wach. Seine Augen waren gerötet und entzündet, und in der Hand hielt er einen Gartenbesen, ein paar Zweige und trockenes Laub.

Slanski lächelte. »Ich suche einen alten Freund.«

»Ach, wirklich? Und wer ist das?«

Vermutlich war der Mann der Hausmeister. Jedenfalls nach dem mißtrauischen Blick zu urteilen, mit dem der Alte ihn musterte.

»Major Lukin. Ich glaube, er wohnt in Wohnung Vierzehn.«

»Und der soll ein Freund von Ihnen sein?« Der Alte musterte die Schulterstücke der Uniform.

»Ich kenne ihn aus dem Krieg, Genosse. Ich habe ihn seit Jahren nicht gesehen. Und jetzt bin ich auf Urlaub in Moskau. Ich bin heute morgen mit dem Nachtzug aus Kiew eingetroffen. Ist der Major zu Hause?«

»Er dürfte früh weggegangen sein, denn sein Wagen steht nicht da. Sie finden ihn am Dsershinksi-Platz. Aber seine Frau müßte bald wieder da sein. Sie geht samstags morgens immer früh auf den Gemüsemarkt einkaufen und kommt bestimmt noch vor acht zurück.«

»Ach ja, Juris Frau. Leider habe ich ihren Namen vergessen.«

Der Alte lachte meckernd auf, während er sich auf den Besen stützte. »Nadja. Eine Rothaarige. Sieht verteufelt gut aus.«

Slanski lächelte. »Ja. Lukin hat es gut getroffen.« Er blickte auf die Uhr. »Ich komme später wieder vorbei. Tun Sie mir einen Gefallen? Wenn Sie Nadja sehen, sagen Sie ihr nicht, daß ich hier war. Ich möchte sie gern überraschen.«

Der Alte griff sich grüßend an die Mütze und blinzelte ihm zu. »Wie der Genosse Major befiehlt.«

Slanski klopfte ihm auf die Schulter und warf einen anerkennenden Blick auf den gefegten Weg. »Sie machen Ihre Arbeit wirklich gut, Genosse. Weiter so.«

Slanski ging auf die andere Straßenseite und betrat ein Café fünfzig Meter weiter, das schon geöffnet hatte.

Der Laden wirkte trostlos; trotzdem drängten sich hier schon die Frühaufsteher. Taxi- und Straßenbahnfahrer und verschlafene Verkäuferinnen aus den Geschäften am Kutusowski-Prospekt tranken Kaffee oder frühstückten. Es roch nach ranzigem Essen und kaltem Zigarettenrauch. Die Gäste sahen gelangweilt aus, und die meisten machten den Eindruck, als schliefen sie noch halb.

Es dauerte zehn Minuten, bis Slanski sein Glas Tee bekam. Er setzte sich ans Fenster.

Während er sich eine Zigarette anzündete, blickte er hinaus. Die Straßenlaternen spendeten ausreichend Licht, so daß er einen guten Blick auf das Mietshaus auf der anderen Straßenseite hatte. Der alte Hausmeister säuberte immer noch den Vorgarten vom Müll. Aber nach zehn Minuten verschwand er im Gebäude.

Eine Viertelstunde später sah Slanski eine Frau die Straße entlangkommen. Zuerst bemerkte er ihr rotes Haar nicht, weil sie eine Pelzmütze trug. Erst als sie auf den Pfad einbog, sah er an ihrem Nacken die flammendrote Farbe aufleuchten. Sie schleppte einen schweren Einkaufskorb und trug einen Mantel mit Pelzkragen und schwere Kniestiefel. Auch wenn Slanski ihr Gesicht nur kurz gesehen hatte, war ihm aufgefallen, wie hübsch sie war. Er beobachtete, wie die Frau durch die Haustür verschwand.

Slanski blieb noch fünf Minuten im Café sitzen und wartete darauf, daß der Hausmeister wieder erschien. Als der Mann sich jedoch nicht blicken ließ, drückte Slanski seine Zigarette aus und stand auf.

Rasch überquerte er die Straße. Als er um die Ecke des nächsten Wohnblocks bog, sah er den Skoda mit Irina hinter dem Steuer. Sie hatte ihr Gesicht bis über die Ohren in den Wollschal gewickelt, so daß man sie kaum erkennen konnte. Die Nummernschilder des Skoda waren schlammbedeckt und unleserlich.

Slanski klopfte ans Fenster auf der Beifahrerseite und sah, wie Irina zusammenzuckte und herumfuhr. Dann machte sie ihm die Tür auf, und er stieg ein.

Irina schien zu frieren. »Was hat Sie aufgehalten? Ich hab' schon befürchtet, daß Sie gar nicht mehr zurückkommen.«

»Lukins Frau war einkaufen. Ich glaube, sie ist gerade zurückgekommen. Soweit ich sehen konnte, ist sie allein.«

»Und wenn nicht?«

»Das lassen Sie ruhig meine Sorge sein. Dann muß ich improvisieren. Von der nächsten Seitenstraße geht eine Gasse ab, die zur Rückseite des Wohnblocks führt.«

Irina nickte. »Die habe ich gesehen.«

»Ungefähr in der Mitte ist eine Tür, die in den Garten führt. Warten Sie auf dieser Seite der Gasse auf mich.«

»Was ist, wenn jemand mich fragt, was ich hier tue?«

»Sagen Sie einfach, daß der Wagen eine Panne hat und daß Sie auf einen Freund warten. Und verstecken Sie weiter Ihr Gesicht hinter dem Schal.«

Er sah ihren zweifelnden Blick und lächelte. »Vertrauen Sie mir.«

»Sie sind verrückt, aber ich traue Ihnen trotzdem, auch wenn ich nicht weiß warum.«

»Bis gleich.«

Slanski stieg aus und ging zum Wohnblock mit der Nummer 27.

Als er durch den Vorgarten ging, war immer noch nichts vom Hausmeister zu sehen. Rasch stieg Slanski die Treppe in den zweiten Stock hinauf.

Dort nahm er die Flasche Äther aus der Tasche, entkorkte sie und goß ein wenig von der Flüssigkeit in ein Taschentuch. Der stechende Geruch war widerlich. Rasch steckte Slanski Flasche und Taschentuch ein. Er vergewisserte sich, daß die Klappe des Halfters geöffnet war und entsicherte die Waffe. Dann klopfte er an die Tür.

Die Frau öffnete fast augenblicklich. Es war tatsächlich die Frau, die er schon gesehen hatte, als sie das Mietshaus betrat. Sie war rothaarig und hübsch. Den Mantel hatte sie ausgezogen und trug jetzt ein Kleid mit einer Weste darüber und eine Küchenschürze. Beim Anblick des Mannes in Uniform runzelte sie leicht die Stirn. Doch als Slanski lächelte, erwiderte sie sein Lächeln und wischte sich die Hände an der Schürze ab.

»Ja, bitte?«

Slanski blickte sich um. Der Flur war leer.

»Frau Lukin? Nadja Lukin?«

»Ja.«

Im gleichen Moment drückte Slanski die Tür auf und stürzte sich auf die Frau.

Sie wollte schreien, doch er preßte ihr die Hand auf den Mund und trat die Tür mit dem Fuß hinter sich zu.

Lukin stand kurz vor Mittag am Fenster seines Büros, rauchte eine Zigarette und beobachtete, wie unten im Hof die Tore geöffnet wurden. Zwei Sis-Lastwagen rollten auf den Hof und hielten. KGB-Männer in Zivil und uniformierte Milizionäre sprangen aus dem Laster und trieben eine Gruppe von

Zivilisten von den Pritschen, wobei sie mit den Gewehrkolben nach den Leuten schlugen.

Während Lukin beobachtete, klopfte es an der Tür.

Pascha kam herein. Er wirkte übernächtigt. »Ich habe nachgeforscht, was die Männer bei der Überprüfung der Hotels herausgefunden haben.«

»Und? Hatten wir Glück?«

»Sie haben bis jetzt die Hälfte durch, aber noch nichts gefunden.«

Lukin deutete mit einem Kopfnicken in den Hof hinunter und auf die Lastwagen. »Was geht da unten vor?«

Pascha trat ans Fenster und blickte hinunter. »Wie's aussieht, gibt's noch mehr Arbeit für die Schläger im Keller. Das sind die Dissidenten von den Listen, die zum Verhör gebracht werden. Der Rest wird noch zusammengetrieben. Die Verhörteams benachrichtigen uns, wenn sich was ergibt. Bis heute abend müßten wir eigentlich jeden auf der Liste gefunden haben. Die Männer arbeiten auf Hochtouren.«

Lukin seufzte und nickte. »Das wird nicht reichen. Mach mit den Hotels weiter. Wenn du fertig bist, sollen die Leute alle Pensionen innerhalb eines Umkreises von zwanzig Kilometern um Moskau überprüfen.«

»Juri, das müssen Hunderte sein ...«

»Sie werden überprüft, Pascha. Alle. Und noch eins ...« Lukin deutete auf den Hof. »Sag demjenigen, der da unten das Sagen hat, daß er vorsichtiger mit den Leuten umspringen soll. Es sind Bürger, kein Schlachtvieh.«

»Wie du willst.« Pascha nickte und ging hinaus.

Lukin schaute auf die Uhr. In zwölf Stunden war Anna Chorjowas Frist abgelaufen. Wenn sie nicht bald redete, mußte er sie Berija ausliefern und sich dem Mann selbst stellen. Er würde sie noch einmal verhören müssen.

Die Tür flog auf, ohne daß jemand geklopft hätte.

Romulka stand da und grinste. »Dachte ich mir, daß ich Sie hier finde. Na, Lukin, irgendwelche Fortschritte?«

»Noch nicht. Was wollen Sie?«

»Nur ein bißchen plaudern. Unter Freunden.«

»Wo ist dieser Lebel?«

»Merkwürdiger Zufall, aber genau darüber wollte ich mit

Ihnen sprechen. Im Augenblick befindet er sich gerade zur Auflockerung in unserem Keller.«

»Ich habe Ihnen doch gesagt, Sie sollen vorsichtig sein, Romulka. Der Mann hat Beziehungen. Ich möchte ihn sehen.«

»Das geht leider nicht, Lukin. Der Franzose gehört mir. Das wird Berija Ihnen bestätigen.«

»Als verantwortlicher Offizier verlange ich es.«

Romulka trat dichter an ihn heran und ließ die Reitgerte rhythmisch in seine Handfläche klatschen. »Verlangen Sie, was Sie wollen. Wir könnten natürlich eine kleine Vereinbarung treffen. Wenn Sie mich die Frau verhören lassen, kriegen Sie Zugang zu Lebel.«

»Zum Teufel mit Ihnen.«

Romulka grinste. »Wie schade. Ich hätte mich gern ein bißchen mit der Frau amüsiert. Na ja, in zwölf Stunden gehört sie sowieso mir.«

»Sie sind wirklich der letzte Abschaum, Romulka.«

»Das ist wohl Ansichtssache, oder? Denken Sie über das Angebot nach, Lukin. Und vergessen Sie nicht: Nicht mein Leben steht auf dem Spiel, sondern Ihres.«

Er lachte und verschwand. Lukin trat ans Fenster und unterdrückte seinen Ärger.

Er hörte, wie sich Fahrzeuge näherten. Augenblicke später fuhren zwei weitere Sis-Lastwagen auf den Hof. Diesmal banden zwei Milizionäre die Planen zurück und sprangen herunter. Sie nahmen ihre Gewehre von der Schulter, und eine Gruppe verängstigter Frauen und Männer kletterte aus den Lastern. Eine der Frauen fiel auf die Knie, und ein Milizionär schlug ihr den Gewehrkolben ins Gesicht.

Noch bevor Lukin sich angewidert abwandte, sah er, wie Pascha zu dem verantwortlichen Unteroffizier ging und mit ihm redete.

So viele Menschen mußten wegen des Wolfes unnötig leiden. Einige würden im Gefängnis oder in Gulags enden, und manche von ihnen würden sterben.

Lukin schüttelte den Kopf und rieb sich die Augen. Er hatte gestern schlecht geschlafen und sich stundenlang unruhig herumgewälzt. Seine Stimmung hatte Nadja verstört. Er wollte vergessen, daß er jemals an dieser Jagd teilgenommen hatte, aber er mußte Anna Chorjowa zum Reden bringen. Irgendwie.

Als er gerade nach seiner Mütze greifen wollte, klingelte das Telefon. Er nahm den Hörer ab.

»Major Lukin?« sagte eine Männerstimme.

»Ja, am Apparat.«

Es gab eine Pause, dann redete die Stimme weiter. »Major, wir müssen uns unterhalten.«

47. KAPITEL

Im Scheinwerferlicht des BMW sah Lukin die weißen Gipswände des Klosters Nowodewitschi. Als er in die kleine Einfahrt einbog und hielt, klopfte sein Herz in seiner Brust.

Er stellte den Motor ab, löschte das Licht und stieg aus.

Die vergoldeten Zwiebeltürme des verlassenen Klosters ragten im Zwielicht vor ihm auf. Hinter dem Kloster führte ein zugefrorener Fluß entlang, und Lukin ging darauf zu. Das Blut pochte ihm in den Schläfen, und sein Körper war schweißgebadet.

Als er den Fluß erreichte, entdeckte er die Bank am Ufer und setzte sich. Hinter ihm befand sich ein kleines Birkenwäldchen, und er blickte beunruhigt über die Schulter, sah aber nichts außer den dunklen Umrissen der Bäume und Büsche.

Seine Gedanken überschlugen sich.

›Kloster Nowodewitschi. An der Ostmauer, auf der zweiten Bank am Fluß um drei Uhr. Kommen Sie allein und unbewaffnet, sonst sehen Sie Ihre Frau nicht lebend wieder.‹

Der Zettel war zwar nicht unterschrieben gewesen, aber er mußte von Slanski stammen.

Zwei Minuten nach dem Anruf war Lukin nach Hause gerast, während ihm die Stimme am Telefon nicht aus dem Kopf ging.

Der Mann hatte gesagt: »Major, wir müssen uns unterhalten.«

»Wer spricht da?«

»Ein Bekannter aus Tallinn, Major Lukin. Ich habe eine Nachricht für Sie in Ihrer Wohnung hinterlegt.«

Dann war die Verbindung mit einem Klicken abgebrochen.

Erst war Lukin verwirrt, dann aber dämmerte ihm die schreckliche Bedeutung dieser Worte, und ein eisiger Schauder lief ihm über den Rücken. Das mußte Slanski gewesen sein! Furcht und kalte Wut durchströmten ihn.

Nein, das konnte nicht sein!

Nadja!

Wenn Slanski Nadja etwas angetan hatte ...

Lukin war aus seinem Büro gestürmt und rannte zehn Minuten später die Treppe zu seiner Wohnung hinauf. Als er die Tür öffnete, bemerkte er den stechenden Geruch im Flur. Auf dem Boden lagen ein Taschentuch und daneben ein kleines, braunes Fläschchen.

Er rief Nadjas Namen. Als niemand antwortete, packte ihn schwarze Verzweiflung.

Er hob das Taschentuch auf und durchsuchte die Wohnung. Ein Blumentopf war umgekippt. Lukin fand weitere eindeutige Anzeichen eines Kampfes. Er zitterte vor Wut und Angst, und die Sorge um Nadja verzehrte ihn fast.

Mein Gott, dachte er, laß ihr nichts zustoßen!

Er roch an dem Taschentuch.

Äther!

Das Schlafzimmer war ebenfalls leer, doch auf dem Tisch in der Küche fand Lukin die Nachricht. Er las sie und wurde noch blasser, zitterte am ganzen Körper. Er rannte die Treppe hinunter und suchte den Hausmeister. Der Alte saß im Heizungskeller und trank Wodka.

Ja, ein Mann sei gekommen, früh am Morgen. Groß, blond und sehr freundlich. Sagte, er kenne den Major. Alter Kriegskamerad. Da die Ehefrau nicht dagewesen wäre, habe er noch mal vorbeikommen und sie überraschen wollen. Warum er fragte? Alles in Ordnung, Major Lukin? Sie sehen so blaß aus.

Lukin hatte den alten Mann abwesend angeschaut. »Ja ... Ja, danke, alles in Ordnung«, log er. »Danke. Ich kann mir denken, wo die beiden sind.«

Lukin ging wieder nach oben und blieb fast eine Stunde am Küchentisch sitzen. Was sollte er als nächstes unternehmen?

Nichts.

Er konnte gar nichts tun, bis Slanski sich mit ihm in Verbindung gesetzt hatte.

Das Verlangen, den Mann zu töten, war übermächtig. Wenn er Nadja auch nur ein Haar gekrümmt hatte, würde Lukin den Kerl in Stücke reißen.

Und wenn sie verletzt war? Wenn Slanski ihr ein Leid zugefügt hatte?

Gott, dachte Lukin, laß ihr nichts geschehen! Sie ist alles, was ich habe!

Dann kam ihm ein anderer Gedanke. Woher wußte Slanski überhaupt, wo er wohnte? Hatte er ihn beobachtet? Oder hatte er seine Adresse einfach aus dem Telefonbuch? Lukin war zu verwirrt, um klar zu denken, und stellte die Frage zurück. Jetzt ging es nur um Nadjas Sicherheit.

Quälende Bilder schossen ihm durch den Kopf: Nadja verletzt, Nadja krank, Nadja verängstigt und irgendwo eingesperrt ... Der Kummer und die Sorge um seine Frau brachten ihn beinahe um den Verstand.

Er mußte mit dem Grübeln aufhören. Er mußte handeln. Lukin ging ins Bad und spritzte sich eiskaltes Wasser ins Gesicht. Aber die Stimmung wollte nicht weichen. Er konnte nur an eines denken: Slanski zu vernichten!

Warum hatte der Wolf Nadja entführt?

Warum nur?

Und dann fiel es ihm wie Schuppen von den Augen.

Slanski wollte einen Tauschhandel machen. Nadja gegen Anna Chorjowa. In seiner Aufregung hatte Lukin diese offensichtliche Erklärung übersehen.

Nur war das natürlich unmöglich.

Zwei Stunden später verließ Lukin die Wohnung. Slanski hatte den Treffpunkt gut gewählt. Das Kloster Nowodewitschi war schon lange aufgegeben worden. Die Nonnen hatte man allesamt erschossen oder in Straflager deportiert.

Als Lukin auf der Bank saß, versuchte er, sich so gut wie möglich zu beherrschen. Würde der Wolf selbst kommen oder jemanden schicken?

Er hörte ein Rascheln hinter sich und drehte sich um.

Ein Mann trat aus einem Gebüsch. Er trug einen langen

Mantel, und sein Gesicht war im Zwielicht deutlich zu erkennen. Es war Slanski. In der rechten Hand hielt er eine Tokarew.

Lukin zitterte vor Wut. Er spürte das übermächtige Verlangen, sich auf Slanski zu stürzen und ihm die Waffe aus der Hand zu reißen.

»Wo ist meine Frau?«

»Bleiben Sie, wo Sie sind. Bewegen Sie sich nicht und halten Sie den Mund.«

Slanski tastete Lukin nach Waffen ab.

»Ich bin unbewaffnet.«

»Halten Sie den Mund.«

Als Slanski fertig war, trat er zurück. »Wo ist meine Frau?« fragte Lukin noch einmal.

»In Sicherheit. Vorläufig. Ihr Leben hängt allein von Ihnen ab.«

»Was wollen Sie?«

»Ich will Anna Chorjowa. Noch heute abend.«

Lukin spürte, wie ihm der Schweiß über den Rücken lief. Er schüttelte den Kopf. »Das ist völlig ausgeschlossen. Ich kann sie nicht freilassen. Ich habe keine Vollmacht. Das muß Ihnen doch klar sein.«

»Lügen Sie mich nicht an, Lukin. Sie können tun, was Sie wollen.«

»Ich kann die Frau nicht ohne Genehmigung höherer Stellen freilassen. Das ist unmöglich.«

»Unmöglich oder nicht, Sie bringen mir Anna heute abend. Punkt acht. Nur Sie und Anna. Und sagen Sie niemandem, was Sie vorhaben. Meine Leute beobachten jeden Ihrer Schritte. Wir haben gesehen, daß Sie Anna heute nachmittag ins Lubjanka-Gefängnis gebracht haben. Und nun die Spielregeln: Wenn Sie mich enttäuschen oder irgendeinen Trick versuchen, sehen Sie Ihre Frau nie wieder. Ist das klar?«

Lukin war betäubt vor Schreck. Slanski hatte ihn beobachtet? Mitten in Moskau hatte der Amerikaner ihn beobachtet? Wieder fühlte er Wut in sich aufsteigen und biß die Zähne zusammen.

»Ich habe eine Bedingung.«

»Keine Bedingungen.«

»Sie bringen meine Frau mit. Wir tauschen die Gefangenen aus. Entweder willigen Sie ein, oder ich bringe Ihnen das Mädchen nicht.«

»Ich denke darüber nach.«

Lukin schüttelte den Kopf. »Nein, Sie denken nicht darüber nach. Sie stimmen zu oder nicht. Ich traue Ihnen nicht.«

»Einverstanden. Aber vergessen Sie die Regeln nicht. Wenn Sie versuchen, mich reinzulegen, bekommen Sie keine zweite Chance.«

»Und Sie sollten sich eins merken: Wenn das hier vorbei ist, werde ich Sie suchen und töten.«

Slanski lächelte. »Da müßten Sie mich erst mal erwischen.« Er hielt Lukin die Tokarew ins Gesicht. »Machen Sie die Augen zu, und zählen Sie bis zwanzig. Schön langsam.«

Lukin gehorchte und schloß die Augen. Stille und Kälte umhüllten ihn, doch er spürte den eisigen Wind nicht, der in den Zweigen der Bäume flüsterte. Er kochte innerlich vor Wut.

Er zählte bis zwanzig. Als er die Augen wieder öffnete, war der Wolf verschwunden.

Die Worobjowije Gory, die sogenannten Spatzenhügel, waren von einer weißen Schneedecke überzogen, als Lukin den BMW auf dem Hang eines Hügels parkte und ausstieg. Den Rest des Weges bis zum Hügelkamm ging er zu Fuß.

In dem Tal, das sich seinem Blick darbot, funkelten die Millionen Lichter Moskaus. Lukin kniete sich keuchend in den Schnee. Er bebte am ganzen Körper. So nahe war er Slanski gewesen! So nahe, und doch hatte er ihn nicht töten können. Er verlor die Beherrschung, und die Bilder in seinem Verstand wirbelten durcheinander, als er an Nadja dachte.

Er war vollkommen verzweifelt.

Der Wolf war gerissen, sehr, sehr gerissen.

Lukin schlug mit der Faust in den Schnee. Am liebsten hätte er seine Wut laut hinausgeschrien; statt dessen schloß er die Augen, schlug sie wieder auf und blinzelte ein paarmal.

Wie er es auch drehte und wendete, er war so gut wie tot.

Wenn er Anna Chorjowa freiließ, unterschrieb er sein eigenes Todesurteil. Vielleicht sogar das von Nadja.

Wie sollte er das Berija erklären? *Wie?*

Der Mann würde ihm nicht einmal zuhören.

Es mußte einen Ausweg geben, es mußte einfach einen geben. Er sah ihn nur nicht.

Woher wußte Slanski, wo er wohnte? Woher wußte er, daß er heute morgen die Frau aus dem Lubjanka-Gefängnis gefahren hatte?

Slanski mußte Helfer in Moskau haben. Und der Mann war fähiger, als Lukin sich jemals hätte träumen lassen.

Lukin holte tief Luft und stieß den Atem dann scharf aus. Er versuchte krampfhaft nachzudenken, doch sein Kopf fühlte sich an wie ein Eisblock. Er konnte sich einfach nicht konzentrieren.

Denk nach!

Denk nach, verdammt!

Er zwang sich zur Konzentration, bis ihm der Kopf vor Anstrengung schmerzte. Ein Windstoß peitschte über den Hügel, und die eisige Luft schnitt ihm in die Augen. Doch sein Verstand arbeitete auf Hochtouren, als ein Plan Gestalt annahm.

Es war gefährlich, sehr gefährlich, aber es war seine einzige Hoffnung. Wenn es schiefging, waren Nadja und er tot. Doch wenn er die Frau freiließ, waren sie es sowieso.

So hatten sie wenigstens eine Chance. Er mußte es riskieren.

Er schaute auf die Uhr. Sechzehn Uhr. Ihm blieb noch genug Zeit, um alles vorzubereiten, bis er Anna Chorjowa vom Lubjanka-Gefängnis in das Kloster brachte.

Er drehte sich um und rannte den Hügel hinunter.

Österreich

Die hügeligen Straßen der alten Weinstadt Grinzing in den Wiener Bergen waren an diesem Sonntagnachmittag sehr belebt. In den gemütlichen Restaurants und Tavernen drängten sich Soldaten der Alliierten Besatzungstruppen, die dienstfrei hatten, und Wiener Pärchen, die ihr erstes Frühlingswochenende genossen.

Gratschow verließ die Straßenbahn der Linie 38 und überquerte die Straße. Es lag nur ein wenig Schnee, und die Luft war klar und trocken. Er spazierte ein paar Minuten, bis er die Schenke erreichte, die fast am Ende der Stadt lag. Nachdem er sich überzeugt hatte, daß niemand ihm gefolgt war, betrat er das Wirtshaus.

Es war voll, und eine dreiköpfige Trachtengruppe spielte auf Akkordeons und einer Zither österreichische Volksmusik, wobei die Musiker langsam durch die lärmenden Gaststube gingen. Gratschow verzog das Gesicht. Er haßte diese Musik, und sie hob nicht gerade seine Stimmung.

Er erkannte die gutaussehende, dunkelhaarige Frau sofort. Sie saß allein in einer kleinen Nische. Es war schon mehr als ein Jahr her, daß sie sich zuletzt begegnet waren, und der Anblick ihres schlanken Körpers rief sofort die Lust in ihm wach. Die Frau lächelte, als sie ihn sah, doch Gratschow erwiderte das Lächeln nicht.

Er ging zu ihr und setzte sich der Frau gegenüber. Gratschow war klein und untersetzt, hatte buschige Augenbrauen und fühlte sich in der Zivilkleidung unwohl, wie viele Männer, die meist Uniform trugen.

»Schön, dich zu sehen, Wolodja.«

Gratschow knurrte: »Ich wünschte, ich könnte dasselbe sagen.«

»Was trinkst du? Wodka?«

»Zur Zeit bevorzuge ich amerikanischen Bourbon. Mit Eis und Soda.«

Die Frau winkte einen Kellner heran und bestellte die Getränke. Nachdem der Mann gegangen war, zündete sie sich eine Zigarette an und hielt Gratschow die Schachtel hin.

Er nahm eine. »Warum hast du ausgerechnet dieses Lokal ausgesucht?«

Die Frau lächelte. »Weil die Leute hier zu sehr mit Trinken beschäftigt sind, als daß sie darauf achten würden, wenn sich zwei alte Freunde unterhalten. Außerdem stolpert man in Wien nur über deine Leute.«

»Da hast du wohl recht. Also, worum geht es?«

Der Kellner brachte ihre Drinks, und als die Frau dem Russen Feuer gab, schaute sie ihn forschend an. Er hatte ein verlebtes Gesicht mit tiefen Falten um Kinn und auf der Stirn, die fast wie Narben wirkten. Seine dunklen, eng zusammenstehenden slawischen Augen strahlten etwas Unberechenbares aus. Es war ein derbes Gesicht, tiefgründig und brütend, aber nicht ohne Humor. Um die Mundwinkel des Mannes sah man tiefe Lachfalten. Aber jetzt lächelte er nicht.

»Hast du die Nachricht erhalten?« fragte sie.

»Wäre ich sonst hier?« Er blickte abwesend auf die Uhr. »Du bist sicher nicht hier, um Nettigkeiten auszutauschen, Eva. Ich bin angeblich auf einer Opernmatinée. Sie ist um fünf zu Ende, und ich werde gegen sechs in der Kaserne erwartet. Ich habe meinem Fahrer erzählt, daß ich einen Damenbesuch mache. Es hat mich eine Flasche Wodka gekostet, damit er den Mund hält. Aber selbst das ist kompromittierend. Also, was willst du?«

Die Frau beugte sich vor. »Ich möchte, daß du mir einen Gefallen tust, Wolodja.«

»Das hab' ich mir schon gedacht.« Der Russe stellte sein Glas Bourbon verärgert auf den Tisch. »Werdet ihr Juden mich denn niemals in Ruhe lassen?«

»Der Mossad hat bisher wenig von dir verlangt, Wolodja. Aber wenn du uns diesen Gefallen tust, sind wir quitt, und ich werde dich nie wieder behelligen. Nie mehr.«

Gratschow blickte sie abschätzend an. »Ist das ein Versprechen?«

»Du hast mein Wort.«

Der Russe seufzte. »Dann muß es wohl wichtig sein. Sag mir, was du willst. Sollen noch mehr von deinen Freunden nach Wien eingeflogen werden?«

Die Frau schaute sich im Schankraum um. Die Leute unterhielten sich, und die Musiker gingen immer noch von Tisch zu Tisch. Niemand achtete auf Eva und ihren Gesprächspartner. Sie blickte wieder den Russen an.

»Diesmal nicht. Wir müssen einen Mann nach Moskau hineinschmuggeln ... und auch hinaus, falls nötig. Du sollst ihm die nötigen Reisepapiere verschaffen.«

Gratschow starrte sie ungläubig an. »Moskau? Das ist unmöglich!«

»Wohl kaum. Du bist Oberst der sowjetischen Luftwaffe. So etwas ist durchaus im Bereich deiner Möglichkeiten.«

»Ich bin vielleicht Oberst, aber was du verlangst, ist gefährlich und undurchführbar. Wer ist der Mann?«

»Einer unserer Leute.«

»Vom Mossad?«

»Ja. Und es muß noch heute abend sein.«

Der Russe lehnte sich zurück und lachte. »Meine liebe Eva, du solltest deinen hübschen Kopf abkühlen. Er hat zu lange unter der Sonne des Mittleren Ostens gekocht.«

»Ich mache keine Witze, Wolodja.«

Der Russe spielte nervös mit seinem Glas. »Dann bist du verrückt geworden.«

Die Frau zögerte. »Wenn du nicht mitmachst, wird deine Akte noch heute abend der sowjetischen Botschaft in Tel Aviv zugespielt.«

Gratschow lief rot an und umklammerte das Glas so fest, daß die Frau glaubte, es müßte jeden Augenblick zerspringen.

»Du kleines Miststück! Wenn ich mir vorstelle, daß ich dich mal geliebt habe!«

»Immer mit der Ruhe, Wolodja. Ich bin nur die Botin.«

Die drei Musiker waren mittlerweile an ihren Tisch gekommen und spielten, während sie die beiden anlächelten.

Gratschow starrte sie eisig an. »Warum verpißt ihr euch nicht und belästigt jemand anders?«

Die drei Musiker setzten eine beleidigte Miene auf und verzogen sich.

»Wie ich sehe, hast du nichts von deinem Charme und deinem Taktgefühl verloren«, stellte die Frau lachend fest.

Gratschow schnaubte verächtlich. »Weißt du nicht mehr, wie die verdammten Deutschen diese Musik an der Front gespielt haben? Sie macht mich immer noch verrückt.«

Gratschows Ärger verflog, als seine Gedanken fast zehn Jahre in die Vergangenheit schweiften. 1943 war er als Fliegerhauptmann über Polen abgeschossen und von der Gestapo gefangen worden. Vier Tage und Nächte hatte er in Einzelhaft verbracht, während die Gestapo ihn verhört und dabei fast totgeschlagen hatte. Am fünften Tag hatte eine Gruppe von Partisanen die kleine Kaserne gestürmt, um einen ihrer Leute zu befreien.

Die Juden, von denen die meisten aus dem Warschauer Ghetto entkommen waren, kannten keine Gnade mit den

Gestapoleuten, sondern exekutierten sie auf der Stelle. Eva Bronski hatte das Kommando. Sie fragte Gratschow, ob er bei ihnen mitmachen wolle, und er hatte nicht lange überlegt, so dankbar war er. Fast ein Jahr hatten sie gemeinsam die Deutschen bekämpft, und Gratschow hatte Eva für ihren Mut und ihre Schönheit geliebt wie keine andere Frau zuvor, nicht einmal seine Ehefrau.

Als die Russen schließlich die letzten deutschen Verteidigungslinien vor Berlin überrannten, begleitete Eva ihn zum Bezirkskommissar der Roten Armee und behauptete, Gratschow sei über Partisanengebiet abgeschossen worden. Sie erzählte dem Kommissar, daß Gratschow dabei geholfen hätte, die Partisanen zu führen und zu organisieren – und so, wie Eva es schilderte, war er ein Held, der mutigste Mann, den sie jemals kennengelernt hatte. Sie erwähnte weder die Gefangennahme noch das Verhör durch die Gestapo, weil es Gratschow eine Gefängnisstrafe eingebracht hätte. Es hätte ihn seinen Rang, sogar das Leben kosten können.

Sie verabschiedeten sich voller Zärtlichkeit an jenem Tag. Nach Kriegsende wurde Gratschow zum Oberstleutnant befördert und von Stalin höchstpersönlich ausgezeichnet. Zwei Jahre später wurde er Oberst.

Den ersten Monat in seinem neuen Rang verbrachte er in der sowjetischen Luftwaffenbasis in Wien. Als er drei Monate später gedankenverloren in einem Kaffeehaus saß, setzte sich eine Frau auf den Stuhl ihm gegenüber. Gratschow traute seinen Augen nicht.

»Hallo, Wolodja«, sagte Eva.

Noch bevor er etwas erwidern konnte, schob sie einen Umschlag über den Tisch und befahl ihm, ihn zu öffnen. In dem Umschlag steckten Kopien mit den Verhaftungsdokumenten und die Vernehmungsprotokolle mit seinen Antworten, die gereicht hätten, Gratschow zu vernichten.

Es war schlichtweg Erpressung. Die Frau hatte ihn gerettet, um ihn zu benutzen. Man zwang ihn, Juden mit Maschinen der sowjetischen Luftwaffe aus Rußland nach Wien zu schmuggeln, von wo aus sie anschließend in den neuen Staat Israel weiterflogen. Oft genug hatte es Gratschow schlaflose Nächte bereitet.

Seine Gedanken kehrten wieder in die Gegenwart zurück. Er stand auf und seufzte. »Gehen wir spazieren.«

»Wo?«

»Draußen.«

Gratschow warf ein paar Geldscheine auf den Tisch, und sie verließen die Taverne. Sie spazierten, bis sie einen Platz fanden, von dem aus sie auf die Lichter Wiens hinunterschauen konnten. Gratschow blieb stehen.

»War das dein Ernst? Daß ihr mich dann in Ruhe laßt?«

»Wenn du das für uns tust, ist es endgültig der letzte Auftrag.«

»Euer Mann spricht Russisch?«

»Fließend.«

Gratschow seufzte und dachte nach. »Heute abend um sechs fliegt ein Militärtransporter von Wien nach Moskau. Im Haus in der Mahlerstraße vier habe ich eine Geliebte. Dein Mann soll um fünf da sein. Nicht später.«

Er blickte die Frau forschend an. »Also treffen wir uns jetzt zum letzten Mal?«

»Du hast mein Wort.«

Er schaute sie beinah sehnsüchtig an und beugte sich vor, um sie zu küssen. Im letzten Augenblick überlegte er es sich anders und strich nur leicht mit den Fingern über ihre Wange. »Shalom, Eva. Denk ab und zu an mich.«

»Shalom, Wolodja.«

Gratschow drehte sich um und ging in Richtung Stadt und Straßenbahnhaltestelle.

Augenblicke später hielt ein schwarzer Opel an der Bordsteinkante, und die Frau stieg ein. Der Mann neben dem Fahrer drehte sich um.

»Na, wie ist es gelaufen?« fragte Branigan.

Die Frau deutete mit einem knappen Nicken auf Massey, der neben ihr saß. »Ihr Freund fliegt heute abend.«

Branigan blickte Massey erleichtert an.

»Sie sind offenbar ein Glückspilz, Jake.«

Massey antwortete nicht. Branigan tippte dem Fahrer auf die Schulter, und der Wagen fuhr an.

48. KAPITEL

Moskau

Der Wachposten sperrte die Tür auf.

Anna Chorjowa blickte kaum auf. Sie saß auf dem Rand der Holzpritsche. »Anna?« sagte Lukin, als die Tür sich hinter ihm mit einem metallischen Knall schloß. Jetzt hob sie langsam den Blick, sagte aber nichts. Ihre Augen waren vom Weinen gerötet, und ihr Gesicht war abgespannt und blaß. Sie sieht aus, als wäre sie in Trance, dachte Lukin. Offenbar hatten die Ereignisse im Park sie in ein tiefes Trauma gestürzt.

»Anna, Sie müssen mir zuhören. Ich lasse Sie frei.«

Sie blickte ihn verwirrt an.

»Es ist kein Trick. Es ist etwas passiert, das Sie wissen sollten.«

Er erzählte ihr, was mit seiner Frau geschehen war, und als er geendet hatte, bemerkte er, wie entsetzt sie war. Aber sie sagte immer noch nichts.

»Ich tausche Ihr Leben gegen Nadjas. Das ist Slanskis Bedingung. Wenn ich nicht darauf eingehe, tötet er meine Frau.«

Anna schien es immer noch nicht zu begreifen.

»Anna«, sagte Lukin eindringlich, »das ist kein Trick! Sie müssen mir glauben. Wir haben nicht viel Zeit. Kommen Sie mit, bitte!«

»Wohin bringen Sie mich?«

»Zu einem Treffpunkt in der Nähe von Moskau. Ins Kloster Nowodewitschi. Der Gefängnisleiter glaubt, daß Sie ins Frauengefängnis Lefortowo verlegt werden. Aber ich brauche Ihre Mitarbeit. Bitte tun Sie nichts Unüberlegtes, wenn wir das Gefängnis verlassen. Sprechen Sie mit niemandem außer mir. Und wenn wir Slanski treffen, möchte ich, daß Sie etwas für mich tun.«

»Was?«

»Überreden Sie ihn, meiner Frau keine Gewalt anzutun. Sie ist schwanger. Slanski kann mit mir machen, was er will, aber wenn er meiner Frau auch nur ein Härchen krümmt, werde ich ihn töten. Nadja hat mit der Sache zwischen Slanski und mir nichts zu tun. Werden Sie ihn darum bitten?«

Anna Chorjowa schien nicht glauben zu können, was geschah. Sie musterte Lukins Gesicht.

Seine Stimme klang tonlos vor Verzweiflung. Sie bemerkte die dunklen Ringe unter seinen Augen, seine Angst und Anspannung. Lukin erkannte plötzlich, wie absurd die Situation war. Er war nicht länger derjenige, der die Fragen stellte, sondern er war der Bittsteller. Lukin wußte nicht, ob Anna ihn haßte oder Genugtuung empfand. Dann aber nickte sie.

»Ja.«

»Danke.« Der Major schritt zur Tür. »Wir müssen gehen.«

»Was wird mit Ihnen geschehen?«

»Spielt das noch eine Rolle? Irgendwann müssen wir alle sterben. Sie und Slanski, weil ich bezweifle, daß Sie lebend aus Moskau herauskommen, wenn Berija davon erfährt. Meine Frau und ich, weil wir das nicht verhindert haben.«

»Und was wird aus meiner Tochter?«

»Anna ...«

»Sagen Sie es mir!«

Lukin sah den Schmerz in ihrem Blick. Sie war den Tränen nahe, aber sie weinte nicht. Er schüttelte den Kopf. »Das kann ich nicht beantworten, Anna, wirklich nicht.«

Er sah ihre schmerzerfüllte Miene, und trotz seiner eigenen Verzweiflung rührte es ihn tief in seinem Inneren.

Sanft berührte er ihre Schulter. »Wir müssen gehen. Viel Zeit bleibt uns nicht.«

Anna starrte durch die Fensterscheibe auf die Lichter Moskaus, während Lukin den Wagen durch die Straßen lenkte.

Er hatte die Entlassungs- und Verlegungspapiere vor einem Wachposten unterschrieben, bevor er Anna die Handschellen anlegte. Fünf Minuten später hatten sie Lubjanka verlassen, und Lukin war an den Bürgersteig gefahren, um Anna die Handschellen wieder abzunehmen.

Seitdem hatte er geschwiegen. Anna war es gleich, ob Lukin etwas sagte oder nicht. Sie dachte nur an Sascha. Das Wiedersehen hatte ihr beinahe das Herz gebrochen. Als sie ihre Tochter in den Armen gehalten hatte, war eine Flut von Erinnerungen über sie hereingebrochen, bis sie glaubte, vor Qual wahnsinnig zu werden. Es war ein Gefühl, als hätte jemand ihr einen Dolch ins Herz gestoßen.

Ihre Tochter hatte sich verändert, und doch war es immer noch Sascha. Anna erinnerte sich an ihren Geruch und daran, wie ihre Haut sich anfühlte. Beinahe hätte der Schmerz sie überwältigt, als sie erkannte, welches Glück sie beide versäumt hatten, weil sie getrennt worden waren.

Dann hatte Lukin ihr Sascha wieder weggenommen. Anna wußte, sie würde ihre Tochter nie wiedersehen.

In diesem Augenblick der endgültigen Trennung im Park wäre sie am liebsten gestorben, weil nur der Tod ihre Leiden beenden konnte. Und nun verzehrte sie sich vor Kummer. Was würde mit ihrer Tochter geschehen?

Ihr eigenes Schicksal kümmerte sie im Augenblick nicht, trotz allem, was Slanski zu ihrer Rettung unternommen hatte. Sie schaute Lukin an. Sie haßte den Mann, haßte ihn für das, was er war und für das, was er ihr angetan hatte.

Sie wollte ihn umbringen.

Als sie sein Gesicht betrachtet hatte, war ihr klar geworden, daß auch er tiefen Schmerz verspürte. In der Zelle hatte sie für einen Augenblick Mitleid mit ihm gehabt, doch jetzt dachte sie an Sascha, und ihre Wut flammte wieder auf.

Schließlich konnte sie das Schweigen nicht mehr ertragen.

»Geben Sie mir eine Zigarette.«

Er fuhr an den Straßenrand und suchte in seinen Taschen nach der Schachtel. Er reichte sie ihr, dann das Feuerzeug, und fuhr weiter. Anna zündete sich eine Zigarette an und bemerkte, daß ihre Hände zitterten.

»Stecken Sie mir auch eine an?«

Anna zündete eine zweite Zigarette an und reichte sie ihm. Lukin warf ihr einen raschen Blick zu. »Slanski muß Sie lieben.«

»Warum?«

»Sonst würde er das nicht tun. Entweder ist er ausgesprochen mutig, oder er liebt Sie so sehr, daß er leichtsinnig wird.«

Anna antwortete nicht, und Lukin fuhr fort: »Liebt er Sie?«

»Er tut das nicht aus Liebe.«

»Warum dann?«

»Weil er nicht will, daß ich von Mistkerlen wie Ihnen verletzt oder getötet werde.«

Lukin blickte ihr offen ins Gesicht. »Eines möchte ich Ihnen sagen, Anna: Ich habe noch nie eine Frau verletzt oder gar getötet. Und ich habe mich nicht um die Aufgabe gerissen, Slanski zu jagen. Es wurde mir aufgetragen. Aber das eine versichere ich Ihnen: Falls er Nadja etwas angetan hat, töte ich ihn.«

Lukin stellte den Motor ab und schaltete das Licht aus. Als er ausstieg, sagte er zu Anna: »Warten Sie bitte hier im Wagen.«

Er schritt auf das verlassene Kloster zu. Auf halber Strecke schaute er sich nach dem BMW um. Anna Chorjowa saß immer noch auf dem Beifahrersitz. Lukin hörte eine Eule schreien.

Er blieb vor dem Bogengang stehen, der den Haupteingang des Klosters bildete. Ein rostiges Spaliergitter versperrte ihm den Weg. Er betrachtete es genauer. Es war mit einer schweren Kette und einem Vorhängeschloß gesichert. Einige baufällige Gebäude umgaben den Hof, in dessen Mitte ein Brunnen stand.

»Drehen Sie sich langsam um«, befahl plötzlich eine Stimme hinter ihm.

Lukin gehorchte. Sein Puls raste. Slanski trat aus dem Schatten und richtete eine Tokarew auf ihn.

»Stellen Sie sich an die Wand, und spreizen Sie die Beine.«

Lukin unterdrückte seine Wut und tat, was ihm befohlen wurde.

Als Slanski mit der Durchsuchung fertig war, fragte er: »Wo ist Anna?«

»Im Wagen.«

»Sind Sie allein gekommen?«

»Nur mit ihr. Wo ist meine Frau …?«

»Später.«

Slanski drehte Lukin herum und stieß ihn voran. »Gehen Sie zum Wagen.«

»Meine Frau … wir hatten eine Abmachung, Slanski.«

Lukin drehte sich um und spürte plötzlich den Lauf der Pistole im Nacken.

»Woher kennen Sie meinen Namen?«

»Wir wußten alles über Sie, noch bevor Sie auf sowjetischem Boden gelandet sind.«

»Was wissen Sie sonst noch?«

»Daß Sie Stalin töten wollen.«

Slanski schwieg. Dann spürte Lukin, wie der Mann ihm die Pistole fester gegen den Hals drückte. »Schauen Sie geradeaus, und gehen Sie weiter. Wenn Sie irgendwas versuchen, schieße ich.«

»Sie sind entweder tollkühn oder verrückt. Nach heute abend haben Sie nicht mehr den Hauch einer Chance, auch nur in die Nähe von Stalin zu kommen. Die gesamte Armee wird Moskau nach Ihnen absuchen. Nehmen Sie meinen Rat an und vergessen Sie, was Sie hier in Moskau vorhatten. Sie werfen nur Ihr Leben weg ... und das von Anna.«

Slanski schlug ihm die Pistole an den Hinterkopf, und ein stechender Schmerz durchzuckte ihn.

»Halten Sie den Mund, und gehen Sie weiter.«

Sie erreichten den BMW, und Slanski leuchtete mit der Taschenlampe in Annas Gesicht. »Bist du allein?«

»Ja.«

»Ist man euch gefolgt?«

»Ich ... Ich habe niemanden gesehen.«

Slanski ließ den Lichtkegel der Taschenlampe durchs Innere des Wagens kreisen.

»Gut, steig langsam aus.«

Während Anna ausstieg, sagte Slanski: »Auf der Rückseite des Klosters führt eine Straße den Fluß entlang. Dort steht ein Wagen. Auf dem Fahrersitz wartet jemand. Los, beweg dich, schnell!«

Slanski feuerte in das rechte Vorderrad des BMW, und die Luft strömte zischend aus. Dann zerschoß er auch den linken Reifen.

Schließlich zielte er mit der Tokarew auf Lukins Kopf. »Worauf wartest du?« fuhr er Anna an. »Geh endlich!«

Anna rührte sich nicht und blickte Slanski an. »Was ist mit seiner Frau?«

»Geh los und überlaß das mir.«

»Bring ihn nicht um.«

»Tu was ich sage! Geh! Sofort!«

»Nein. Erst läßt du die Frau frei und versprichst mir, daß du ihnen nichts tun wirst. Vorher gehe ich nicht.«

Slanski starrte sie ungläubig an. »Auf wessen Seite stehst du eigentlich, verdammt? Beweg dich endlich!«

Anna zuckte nicht mit der Wimper. »Ich meine es ernst. Ich gehe erst, wenn seine Frau in Sicherheit ist und du ihm nichts tust.«

Slanski blickte sie wütend an, und einen Augenblick glaubte Anna, er würde sie und Lukin töten.

»Bitte, Alex«, flehte sie ihn an.

»Geh zum Wagen!« befahl Slanski mit vor Wut erstickter Stimme. »Die Frau sitzt drin. Bring sie her. Aber schnell, ich habe nicht den ganzen Abend Zeit.«

»Du wirst ihn nicht töten?«

»Nein. Und jetzt GEH! Hol seine Frau!«

Anna drehte sich um und rannte auf das Kloster zu.

Slanski winkte Lukin mit der Waffe. »Knien Sie sich hin. Dann legen Sie sich flach auf den Boden. Los.«

Lukin wurde blaß. »Werden Sie mich töten?«

»Tun Sie, was ich sage, sonst schieße ich Ihnen auf der Stelle den Kopf weg.«

Lukin gehorchte und ließ sich auf den Bauch in den Schnee fallen. »Wenn Sie mich töten wollen, tun Sie es jetzt, bevor meine Frau kommt. Ich will nicht, daß sie es mit ansehen muß.«

Slanski hielt Lukin den Lauf der Waffe an den Kopf und spannte den Hammer.

Er zögerte lange und sagte dann: »Es ist sehr verlockend, aber diesmal nicht, Lukin. Ich glaube, Ihr Leben wurde soeben gerettet. Ich weiß nicht, warum. Aber eins sage ich Ihnen: Wenn ich Sie noch einmal sehe, sind Sie tot.«

Slanski hörte Geräusche und drehte sich um. Anna kam zurück. Sie hatte Lukins Frau am Arm.

Sie hatten die halbe Strecke zurückgelegt, als Slanski sie anschrie: »Das ist weit genug! Den Rest soll sie allein gehen!«

Anna ließ die Frau los. Slanski ging bereits rückwärts auf

das Kloster zu, während er mit der Tokarew immer noch auf Lukin zielte. Er ging an Lukins Frau vorbei und rief Anna zu: »Geh zum Wagen zurück!«

Sie zögerte eine Sekunde, als wollte sie wirklich sichergehen, daß Lukin und seiner Frau nichts passierte; dann drehte sie sich um und lief los. Slanski folgte ihr rückwärts und zielte immer noch auf Lukin. Schließlich drehte auch er sich um und stampfte auf das Kloster zu.

Als Slanski zwanzig Meter entfernt war, sprang Lukin auf und packte Nadja.

»Steig in den Wagen!«

Er sah die nackte Angst auf dem Gesicht seiner Frau, als er sie in den BMW schob.

»Juri, bitte, was ist hier los?«

»Laß den Wagen an, fahr ans Ende der Straße und warte da. Fahr vorsichtig, die Vorderreifen sind zerschossen. Aber mach endlich, daß du hier wegkommst, und zwar schnell, Nadja. Und stell keine Fragen!«

Er schlug die Wagentür zu und griff unter den linken Kotflügel.

Ungeduldig tastete er herum, bis er die geknotete Schnur fand und daran zog. Er fühlte, wie der Tokarew-Revolver herunterglitt, als der Knoten sich öffnete. Hastig legte er die Waffe auf die Motorhaube und griff erneut unter den Kotflügel, zog an der zweiten Schnur, und die großkalibrige Negew-Signalpistole fiel in den Schnee.

Lukin hantierte wie ein Besessener. Der Schweiß lief ihm übers Gesicht. Er klemmte sich die Tokarew unter den Arm und packte die Signalpistole. Als er sich umdrehte, sah er durch die Windschutzscheibe, wie Nadja entsetzt auf die Waffen starrte.

»Fahr, Nadja! Verschwinde hier!«

Einen Augenblick zögerte sie; dann aber schlug Lukin mit dem Knauf der Negew auf die Haube und schrie seine Frau an:

»Schnell, Weib, verschwinde!«

Der Motor des BMW sprang mit einem lauten Dröhnen an.

Nadja fuhr los, zuerst langsam, bis die platten Reifen im Schnee faßten; dann schoß der Wagen vorwärts.

Als der BMW sich entfernte, schaute Lukin zum Kloster. Er konnte Slanskis dunkle Gestalt immer noch sehen. Der Mann war etwa sechzig Meter entfernt und lief auf den Fluß zu.

Einen Moment schien Slanski sich umzudrehen, als er den Motor des BMW hörte. Lukin ließ die Tokarew in den Schnee fallen, hob die Negew-Signalpistole über den Kopf und feuerte.

Ein ohrenbetäubender Knall ertönte, und eine gleißend helle Lichtkugel explodierte in der Finsternis und verwandelte die Nacht in hellen Tag.

Im grellen Licht sah Lukin, wie Slanski stehenblieb. Er war deutlich zu erkennen.

Im gleichen Moment schoß ein schwarzer Emka wie aus dem Nichts heran. Sein Motor heulte wie ein wildes Tier. Als der Wagen schlitternd vor Lukin zum Stehen kam, sprang Pascha mit einer Maschinenpistole bewaffnet aus der Fahrertür.

Lukin ließ die Signalpistole fallen und schnappte sich die Tokarew. In einer flüssigen Bewegung kniete er sich hin, stützte den Ellbogen auf ein Knie und zielte. Er hatte Slanski genau im Visier und drückte ab.

Der Schuß ging fehl und prallte von der Klostermauer ab. Als Lukin erneut zielte, eröffnete Pascha das Feuer mit der Maschinenpistole. Flammen schlugen aus der Mündung, während die Bleigeschosse den Schnee um Slanski herum aufspritzen ließen und Querschläger jaulend von der Mauer abprallten. Was dann passierte, konnte Lukin kaum glauben.

Slanski kniete sich ruhig hin, zielte und schoß zweimal.

Der erste Schuß ließ nur Schnee aufspritzen, doch der zweite traf Pascha, der aufschrie und zu Boden fiel.

Noch bevor Lukin wieder zielen konnte, begann das orangefarbene Licht der Leuchtkugel zu flackern und sank zu Boden, wobei sie eine Rauchfahne hinter sich herzog. Schließlich erlosch die Flamme und fiel zischend in den Schnee. Lukin hörte, wie ein Motor ansprang.

Er rappelte sich auf und rannte los, so schnell er konnte, ohne auf Pascha zu achten, der reglos im Schnee lag. Blindlings feuerte er mit der Tokarew hinter Slanski her.

Als er die Straße am Fluß erreichte, hörte er nur noch, wie ein Wagen davonraste.

49. KAPITEL

Moskau
Ramenki-Bezirk

Der Skoda hielt vor der Datscha, und Slanski, Anna und Irina stiegen aus.

Irina stapfte voran. Nachdem sie den Holzofen und die Öllampen angezündet hatte, verschwand sie in der Küche und kam mit einer Flasche Wodka und drei Gläsern wieder. Mit zitternden Händen schenkte sie alle Gläser voll und trank ihres auf einen Zug aus.

Ihr Gesicht war weiß vor Wut, als sie Slanski anstarrte.

»Wir hätten heute abend alle ums Leben kommen können. Sagten Sie nicht, es gäbe keinen Ärger?«

Slanski legte ihr eine Hand auf die Schulter. »Bleiben Sie ruhig, Irina. Es ist alles vorbei, und Sie sind in Sicherheit.«

»In Sicherheit? Als ich das Licht am Himmel sah und die Schüsse hörte, dachte ich, daß ich erledigt wäre. Wir können von Glück sagen, daß wir nicht die halbe Armee auf dem Hals haben. Und vorbei ist es bestimmt nicht. Sehen Sie mich an! Ich zittere immer noch.«

Slanski nahm sein Glas. »Aber Sie leben noch, Anna ist frei, und niemand ist uns gefolgt. Alles in allem kein schlechtes Ende, würde ich sagen.«

Irina sah das Lächeln auf Slanskis Gesicht und schüttelte verärgert den Kopf. »Wenn das komisch sein soll, vergeuden Sie Ihren Humor. Ich bin mit den Nerven am Ende.«

Sie schenkte sich einen zweiten Wodka ein und leerte das Glas, bevor sie sich an Anna wandte. »Ich weiß nicht, wem ich mich lieber stellen würde: Ihrem verrückten Freund oder dem KGB. Der Mann ist genauso wahnsinnig wie Rasputin.« Sie stellte das Glas auf den Tisch und berührte Annas Arm. »Was ist mit Ihnen? Geht es Ihnen gut?«

»Ja.«

»Sie sehen aber nicht so aus. Eher wie eine lebende Leiche. Trinken Sie einen Schluck, das beruhigt die Nerven. Ich für meinen Teil werde so viel trinken, bis ich nicht mehr laufen kann. Sie brauchen bestimmt ein Bad und frische Kleidung. Da sind noch Sachen im Hinterzimmer. Ich hole sie und mach schon mal Wasser heiß.«

Nachdem Irina hinausgegangen war, sagte Slanski zu Anna: »Trink. Irina hat recht. Du siehst aus, als könntest du es brauchen.«

Anna beachtete den Wodka nicht. »Wo sind wir hier?«

Slanski erklärte es ihr. Er hatte ihr Irina bereits vorgestellt, doch während der Fahrt war die Atmosphäre im Wagen gereizt und angespannt gewesen, als erwarteten sie jeden Augenblick eine Straßensperre oder eine Polizeisirene. Sie hatten kaum gesprochen.

Jetzt sagte Slanski: »Irgendwas stimmt nicht, habe ich recht?«

»Ich habe dir doch gesagt, daß alles in Ordnung ist.«

»Warum habe ich dann das Gefühl, daß du irgendwie ... anders bist? Ich hätte gedacht, deine Befreiung aus der Lubjanka wäre ein Grund zum Feiern. Statt dessen siehst du aus, als hätte dir jemand den Abend verdorben.«

Anna antwortete nicht, und jetzt sah Slanski den leblosen Blick ihrer Augen. »Erzähl mir, was los ist.«

»Lukin hat mir gesagt, daß du nach Moskau gekommen bist, um Stalin umzubringen. Ist das wahr?«

Slanski antwortete nicht. Anna schaute ihn eine Zeitlang stumm an. »Wenn das stimmt, bist du verrückt«, sagte sie schließlich.

»Falsch«, erwiderte er. »Nicht ich bin verrückt, sondern Stalin. Und um deine Frage zu beantworten: Ja, ich bin hier, um ihn zu töten.«

»Das schaffst du niemals. Es ist unmöglich. Du wirfst dein Leben weg.«

»Überlaß das Urteil darüber mir.«

Anna wollte weiterreden, zögerte jedoch.

»Da ist noch etwas, stimmt's?« fragte Slanski. »Hat Lukin dir weh getan? Ist es das?«

»Er hat mich nicht angerührt.«

»Weißt du, daß du uns heute abend fast umgebracht hättest? Man kann Lukin nicht trauen. Wie konntest du nur so eine Närrin sein. Ich hätte ihn erschießen sollen, als ich die Möglichkeit hatte.«

»Er hat es nicht verdient, so zu sterben.«

Slanski schaute sie an und lachte bitter. »Ich kann es nicht glauben, daß ausgerechnet du so etwas sagst. Der Mann hat versucht, uns zu töten, und du verteidigst ihn noch!«

»Lukin hat es mir möglich gemacht, Sascha zu sehen.«

Slanski sah ihr schmerzerfülltes Gesicht und setzte sein Glas ab. »Erzähl mir davon.«

Anna berichtete ihm alles, was geschehen war, seit sie sich im Wald aus den Augen verloren hatten.

Als sie geendet hatte, sagte Slanski: »Also deshalb warst du in seinem Wagen. Hör zu, Anna, es gibt nur einen Grund, daß Lukin dir erlaubt hat, deine Tochter zu sehen. Um dich zum Reden zu bringen.«

»Ich konnte ihm nichts sagen, was ihm geholfen hätte, dich zu finden. Und das wußte Lukin, bevor er mich zu Sascha brachte. So wie er heute abend hätte jeder Mann in seiner Lage gehandelt, der seine Frau liebt. Lukin glaubt, daß sie für sein Versagen mit bestraft wird. Er mußte einfach versuchen, dich aufzuhalten.«

»Hör mir zu, Anna. Lukin ist genauso wie all die anderen Mistkerle vom KGB. Er hat versucht, dich mit einer rührseligen Geschichte einzuwickeln, und gehofft, daß du darauf hereinfällst, was ja auch geschehen ist. Du hättest mich nicht daran hindern sollen, ihn zu erschießen, solange ich die Chance hatte.« Er schüttelte den Kopf. »Er hat ein Spielchen mit dir gespielt, Anna. Und damit erreicht, daß du ihm vertraust. Und selbst, wenn er sein Angebot ernst gemeint hat, dich vor dem Erschießungskommando zu retten: Was wäre das für ein Leben für deine Tochter, eingesperrt in einem Lager?«

Er sah, wie Anna versuchte, die Tränen zurückzuhalten. Er streckte die Hand aus und streichelte ihr Gesicht.

»Wenn ich etwas tun könnte, um Sascha aus dem Waisenhaus zu holen, würde ich es tun. Aber es ist zu spät, und es ist zu gefährlich. Selbst wenn ich wüßte, wo sie sich aufhält, können wir davon ausgehen, daß Lukin sie nach dem heutigen Abend scharf bewachen läßt. Ich kann das Risiko nicht eingehen, sie zu retten. Es würde die Pläne gefährden, deretwegen ich hier bin. Und wir sind schon zu weit gekommen, um das zu riskieren.«

Anna wandte sich mit gequälter Miene ab. Slanski wollte sie noch einmal streicheln, doch sie stieß seine Hand weg. Er sah die Tränen in ihren Augen.

»Ich kann jetzt nicht aufgeben, Anna. Ich bin zu dicht vor dem Ziel. Und wenn Lukin glaubt, daß ich erledigt bin, habe ich noch eine Überraschung für ihn parat.«

Er lächelte, doch seine Augen blieben hart. »Es ist zu spät, Anna. Irina wird dich zu einem Bahnhof fahren, sobald es hell wird. Da ist ein Güterzug, der nach Finnland fährt, und ihr beide werdet in diesem Zug sein. Ein Mann namens Lebel wird sich um euch kümmern. Irina wird dir alles erzählen, wenn es soweit ist. Es tut mir wirklich leid um Sascha.«

Er blickte ihr ins Gesicht, und sie wußte, daß er es ernst meinte. Dann ging er zur Küchentür.

»Wohin willst du?«

»Ein bißchen frische Luft schnappen. Du möchtest vielleicht allein sein.«

Als er die Tür öffnete, sagte Anna: »Du weißt, daß du so gut wie tot bist, wenn du in Moskau bleibst?«

Slanski schlug den Kragen hoch. »Wie man so sagt: Die Saat von allem, was wir tun, ist von Anfang an in uns eingepflanzt. Vielleicht ist das mein Schicksal. Ich pflege zu beenden, was ich angefangen habe. Und jetzt hält mich niemand mehr auf. Keiner. Und Lukin schon gar nicht.«

Damit drehte er sich um und ging hinaus.

Der Mann war mit seinem Lieferwagen die Hälfte der unbeleuchteten Straße abgefahren und parkte jetzt unter einem Baum. Die Straße war verlassen, und die Datschen auf beiden Seiten lagen im Dunkeln.

Der Mann holte einen Feldstecher unter dem Beifahrersitz hervor und stieg aus.

Er brauchte fast zehn Minuten, um in der Finsternis das gesuchte Haus zu finden. Fünf Minuten später hatte er einen

Weg um das Grundstück herum gefunden und kam auf der Rückseite unter einigen Bäumen zum Vorschein. Er sah das gelbliche Licht einer Öllampe hinter den zugezogenen Fenstern und lächelte.

Dann machte der Mann es sich unter den kalten Bäumen bequem. Der Feldstecher nützte in der Dunkelheit nur wenig, und er schaute immer wieder zur Datscha, um seine Augen an die Lichtverhältnisse zu gewöhnen. Er ließ die Vorhänge nicht aus den Augen, falls dahinter eine Bewegung zu sehen war.

Plötzlich wurde die Hintertür geöffnet. In dem hellen Licht trat eine Gestalt auf die Terrasse und schloß die Tür hinter sich.

Der Mann setzte den Feldstecher an die Augen. Doch es war zu dunkel, um das Gesicht der Person deutlich zu erkennen. Plötzlich flammte in der Dunkelheit ein Licht auf. Die Gestalt zündete sich am Schuppen eine Zigarette an. Der lautlose Beobachter sah einen Augenblick ganz deutlich das Gesicht und erstarrte.

Er setzte den Feldstecher ab und schlich sich langsam durch den Wald zum Lieferwagen zurück. Fünf Minuten später erreichte er die nächste Kleinstadt und hielt an einem öffentlichen Telefon.

Er stellte sich unter das rostige Vordach, warf eine Münze ein und wählte eine Nummer. Es dauerte lange, bis der Hörer am anderen Ende abgenommen wurde.

»Boris?«

»Ja.«

»Ich bin's, Sergei. Ich glaube, wir haben sie gefunden.«

50. KAPITEL

Moskau

Nadja kam aus der Küche. Sie hielt eine Flasche Wodka und zwei Gläser in den Händen, die wie Espenlaub zitterten.

»Hältst du es für eine gute Idee zu trinken?« fragte Lukin.

»Ich brauche einen Schluck. Und du auch.«

»Vielleicht sollte ich lieber einen Arzt rufen.«

Sie schüttelte den Kopf. »Ein Patient am Abend ist genug. Setz dich hin, Juri.«

Ihre Stimme hatte einen entschlossenen Unterton, den Lukin noch nie bei ihr gehört hatte. Er ließ sich auf die Couch sinken, während Nadja zwei Gläser vollschenkte und sich neben ihn setzte.

Lukin fühlte sich innerlich vollkommen abgestorben. Was geschehen war, glich einem Alptraum. Sie hatten Pascha in der Praxis eines mongolischen Arztes gelassen, den der Leutnant kannte. Eine Kugel hatte seine Schulterknochen zersplittert, aber die Wunde war nicht lebensgefährlich. Der Arzt hatte Pascha eine Morphiumspritze gegeben und die Wunde gesäubert. Dann hatte Pascha Lukin beiseite genommen.

»Geh nach Hause, Juri. Ich rufe dich an, wenn ich hier fertig bin. Kümmere dich um Nadja. Sie ist völlig fertig.«

»Bist du sicher, daß es dir gutgeht?«

Pascha hob den Arm und verzog schmerzerfüllt das Gesicht. »Ich muß wohl lernen, mit links zu trinken.« Lukin wußte, daß dieser Humor aufgesetzt war, und fragte noch einmal den Arzt.

»Er hat viel Blut verloren«, meinte der Doktor. »Aber ich kenne diesen Verrückten. Den bringt so schnell nichts um. Was ist mit Ihnen und Ihrer Frau? Sie sehen beide ziemlich mitgenommen aus.«

Lukin wollte die Angelegenheit nicht noch komplizierter machen. Je weniger der Arzt wußte, desto besser. Doch er ließ zu, daß der Doktor Nadja im Nebenzimmer untersuchte.

Kurz darauf kam der Arzt wieder herein. »Ihre Frau ist mit

den Nerven am Ende. Weil sie schwanger ist, habe ich ihr nur ein mildes Beruhigungsmittel gegeben, damit sie sich ein wenig entspannt. Sorgen Sie dafür, daß sie das Mittel nimmt. Können Sie mir erzählen, was passiert ist?«

Lukin hatte den Kopf geschüttelt. »Sie ist nicht verletzt?«

»Es gibt keinerlei Anzeichen einer körperlichen Verletzung. Sie braucht einfach nur Ruhe. Was ist mit Ihnen?«

»Kümmern Sie sich lieber um Pascha. Wenn jemand fragt, dann sagen Sie, daß seine Verletzung von einem Unfall herrührt.«

Jetzt, in seiner Wohnung, stützte Lukin den Kopf in die Hände, als er auf der Couch saß. Er war erschöpft und konnte kaum noch klar denken.

»Trink das.«

Er blickte auf. Nadja hielt ihm ein Glas mit Wodka hin.

Als er einen Schluck nahm, setzte sie sich neben ihn. »Sag mir, was los ist. Und erklär mir, warum dieser Mann mich entführt hat.« Sie schaute Lukin an. »Was ist mit deiner Hand passiert?«

Lukin hörte den Zorn in ihrer Stimme, als sie ihn anschaute.

»Du solltest mir lieber alles erzählen, Juri. Tust du's nicht, packe ich meine Sachen und verschwinde. Mein Leben hing an einem seidenen Faden. Und das Leben unseres Kindes auch.«

»Nadja ...« Er wollte sie berühren, doch sie stieß ihn zurück.

Er konnte sie verstehen. Zuerst war sie schockiert und verängstigt gewesen, und jetzt war sie wütend, weil er ihr Leben und das ihres Kindes in Gefahr gebracht hatte.

Hilflos schüttelte er den Kopf. »Nadja ... Die Vorschriften erlauben mir nicht ...«

»Ich meine es ernst, Juri. Nach den Vorfällen heute abend bist du mir eine ausführliche Erklärung schuldig. Ich pfeife auf deine Vorschriften. Was wäre passiert, wenn dieser Verrückte mich nicht freigelassen hätte?«

»Pascha sollte ihm folgen.«

»Trotzdem wäre mein Leben in Gefahr gewesen.«

»Nadja, es gab keinen anderen Weg ...«

»Erzähl mir die ganze Wahrheit, Juri, oder ich verlasse dich, so wahr ich dich liebe. Wer war dieser Mann?«

Lukin sah ihren Gesichtsausdruck und wußte, daß sie es ernst meinte. Umständlich stellte er das Glas hin, holte tief Luft und stieß sie langsam aus.

»Er ist Amerikaner. Ein Killer. Ein gedungener Mörder. Sein Name ist Alex Slanski. Man nennt ihn auch den Wolf. Er ist in Moskau, um Josef Stalin zu töten.«

Nadja wurde kreidebleich. Sie stellte ihr Glas ab und starrte ihren Mann ungläubig an.

Lukin erzählte ihr die ganze Geschichte. Als er fertig war, stand Nadja auf. »Um Himmels willen«, flüsterte sie.

»Nach heute abend ist die Lage völlig hoffnungslos. Wenn Berija erfährt, daß ich die Frau freigelassen habe, wird er mich verhaften und erschießen lassen. Daß ich es getan habe, um dein Leben zu retten, zählt nicht. Für Berija ist das keine Entschuldigung. Erst kommt die Pflicht. Und er wird dich als Mitschuldige betrachten, die ebenfalls bestraft werden muß.«

Er sah die besorgte Miene auf dem Gesicht seiner Frau. »Nadja«, sagte er, »du wolltest die Wahrheit hören, und ich habe sie dir erzählt.«

»Ich kann es einfach nicht glauben.«

Er spürte, wie ihm am ganzen Körper der Schweiß ausbrach. »Hör mir zu, Nadja. Ganz gleich, wie man es dreht und wendet: Ich bin ein toter Mann, und du schwebst in Lebensgefahr. Es wird nicht mehr lange dauern, bis Berija die Wahrheit erfährt. Spätestens morgen. Ich möchte, daß du Moskau verläßt. Geh irgendwo hin, wo du eine Chance hast, daß er dich nicht findet. Weit weg von hier. In den Ural. Oder den Kaukasus. Ich besorge dir falsche Papiere. Nimm alles Geld, was wir haben. Es ist deine einzige Chance. Wenn du bleibst, wirst du erschossen oder in ein Lager gesteckt. So hast du wenigstens den Hauch einer Chance.«

»Ich lasse dich hier nicht allein.«

»Das mußt du aber, schon für unser Kind.«

»Und was machst du?«

»Ich werde in Moskau bleiben. Wenn wir zusammen fliehen, wird es keine Gnade geben. Aber wenn ich bleibe, besteht die Chance, daß Berija sich nicht um dich kümmert.«

Nadja stand kurz vor dem Zusammenbruch. Lukin sah ihre Tränen, bevor sie ihn umarmte. Er zog sie an sich.

»Keine Tränen, Nadja, bitte.«

»Ich gehe nicht ohne dich.«

»Denk an unser Kind.«

Sie löste sich von ihm und schluchzte. Lukin stand auf. Er konnte es nicht ertragen, sie weinen zu sehen.

»Erzähl mir, was heute morgen passiert ist. Was hat Slanski dir angetan?«

Nadja wischte sich die Augen. »Er kam an die Tür und ist in die Wohnung eingedrungen. Dann hat er mir etwas auf Nase und Mund gedrückt, und ich bin ohnmächtig geworden. Als ich zu mir kam, hat er mir eine Waffe an den Kopf gehalten. Er sagte, er würde uns beide töten, wenn ich nicht tue, was er sagt. Ich dachte, er wäre ein entflohener Verrückter.«

»Hat er dir weh getan?«

»Nein.«

»Was ist passiert, nachdem er dich rausgebracht hatte?«

Sie erzählte es ihm. »War Slanski allein, als er dich in den Wagen gezerrt hat?« wollte Lukin wissen.

»Nein, da saß jemand hinter dem Steuer.«

»Wer?«

»Das konnte ich nicht erkennen. Ich war immer noch benommen. Und ich saß kaum auf dem Rücksitz, da hat der Mann mir auch schon die Augen verbunden. Dann bin ich einem Raum aufgewacht. An mehr erinnere ich mich nicht.«

»Weißt du noch, was für ein Wagen es war?«

»Ich ... ich weiß es nicht genau.«

»Denk nach, Nadja. Was für ein Typ? Welche Farbe?«

»Es ging alles so schnell. Ich kann mich wirklich nicht erinnern.«

»Erinnerst du dich wenigstens an die Farbe des Autos?«

»Grau, vielleicht, oder grün. Genau kann ich es nicht sagen.«

»Und die Nummernschilder? Hast du die Nummernschilder nicht gesehen?«

»Nein.«

Lukin seufzte. »Kannst du etwas über den Fahrer sagen?«

»Er saß mit dem Rücken zu mir.«

»Denk nach, Nadja, bitte!«

»Als der Gestank dieser Droge verflog, konnte ich etwas anderes riechen..«

»Was?«

»Ein sauberer Duft … Wie Parfüm … aber genau weiß ich es nicht.«

»Könnte der Fahrer eine Frau gewesen sein?«

Nadja schüttelte den Kopf. »Ich weiß nicht genau. Vermutlich schon, aber ich kann es wirklich nicht sagen. Können wir damit aufhören, Juri, bitte …«

Lukin sah an ihrem Gesicht, daß sie völlig erschöpft war, aber er brauchte einen Hinweis, irgend etwas, das ihm weiterhalf.

»Was war das für ein Raum, in dem sie dich gefangen hielten?«

»Ich sagte doch schon, daß sie mir die Augen verbunden haben.«

Lukin legte ihr die Hand über die Augen. Nadja wollte ausweichen, aber er hielt sie sanft fest. »Nadja, das ist sehr wichtig. Stell dir vor, daß du wieder in dem Raum bist. Stell dir vor, du hättest eine Binde über den Augen. Wie roch es da? Welche Geräusche hast du gehört?«

»Es gab keine … Verkehrsgeräusche. Ich habe Vögel zwitschern hören, aber ansonsten war es sehr still. Es schien irgendwo auf dem Land gewesen zu sein, aber ich bin sicher, daß es noch in Moskau war.«

»Wieso?«

»Als man mich zu dem Kloster gefahren hat, haben sie mir auch die Augen verbunden, aber die Fahrt kann nicht länger als eine halbe Stunde gedauert haben. Nur der Ort, von dem aus wir hinfuhren … Das weiß ich nicht … Es könnte überall gewesen sein.«

»Denk nach! Was fällt dir sonst noch ein?«

Nadja wollte seine Hand wegschieben, doch er hinderte sie daran.

»Juri, bitte … Ich kann es nicht mehr ertragen, bitte …«

Lukin nahm die Hand fort. Nadja weinte, und die Tränen strömten ihr übers Gesicht. Er zog sie an sich und hielt sie fest.

»Es ist schon gut, Liebste. Schon gut. Versuch zu schlafen. Ich bringe dich ins Schlafzimmer.«

Sie wischte sich das Gesicht ab und stieß Lukin wieder von sich. »Wie soll ich schlafen können nach all dem, was du mir erzählt hast?«

»Du mußt schlafen. Nimm eine von den Tabletten, die der Arzt dir gegeben hat.« Er stand auf und sah ihre beunruhigte Miene.

»Wohin gehst du?«

»Ich muß versuchen, Slanski zu finden. Er wird es nicht mehr riskieren, hierherzukommen. Aber wenn es dich beruhigt, schicke ich einen Mann her, der hier Posten bezieht. Aber erzähl ihm nichts und schließ die Tür ab, solange ich weg bin.«

Er nahm die braune Flasche hoch. »Damit hat Slanski dich betäubt. Äther. Es ist eine Substanz, die unter staatlicher Kontrolle steht. Ein Betäubungsmittel. Sehr teuer. Das heißt, man kann es nur über legale Kanäle erwerben. Ich muß überprüfen, ob auf dieser Dissidentenliste Chemiker oder Ärzte stehen oder Leute, die in Krankenhäusern arbeiten, wo sie Zugang zu solchen Präparaten haben. Vielleicht hat jemand ja einen Diebstahl gemeldet. Es ist nicht viel, aber mehr fällt mir nicht ein. Wenn Pascha anruft, sag ihm, wo ich bin. Sobald ich im Büro bin, schicke ich dir einen meiner Leute.«

»Juri, sei bitte vorsichtig.«

Er küßte ihre Stirn. »Natürlich. Und jetzt versuch, ein bißchen zu schlafen.«

Lukin schaute ihr nach, wie sie ins Schlafzimmer ging. Nadja sah sich nach ihm um. Ihre verängstigte Miene brach ihm fast das Herz. Dann schloß sie die Schlafzimmertür hinter sich.

Er blieb sitzen und legte eine Hand an die Stirn. In seinem Kopf herrschte heilloser Aufruhr. Alles war schiefgegangen. Die Sache mit dem Äther war nur ein Strohhalm, an den er sich klammerte, doch er mußte Nadja ein bißchen Hoffnung machen. Und er mußte Slanski finden – und zwar schnell, bevor Berija entdeckte, daß die Frau verschwunden war. Es fiel Lukin schwer sich zu konzentrieren, als er sich das Hirn nach irgendwelchen Hinweisen zermarterte.

Mit Nadjas Informationen konnte er nicht viel anfangen. Möglicherweise versteckte sich Slanski in einem Haus in den Außenbezirken Moskaus. Ein ruhiges Haus in einer Gegend ohne viel Verkehr. Vielleicht eine Datscha? Und möglicherweise war noch eine Frau darin verwickelt.

Vielleicht. Vielleicht. Vielleicht.

Er brauchte konkrete Hinweise. Sein Blick fiel auf die Ätherflasche. Sie war im Moment alles, was er an Hinweisen hatte.

Der Tupolew-4-Militärtransporter aus Wien landete gegen zweiundzwanzig Uhr auf der verschneiten Landebahn des Moskauer Flughafen Wnukowo.

Unter den Passagieren – ausschließlich Militärs – befand sich an diesem Abend ein großer Mann Anfang Vierzig mit kurzem grauem Haar. Er trug die Uniform eines Majors der Luftwaffe und hatte während des unruhigen Fluges fast kein Wort gesagt, sondern so getan, als schliefe er auf seinem Sitz im hinteren Teil der Maschine. Die anderen Passagiere tranken, spielten Karten oder schlenderten den Gang auf und ab, um ihre Langeweile zu vertreiben.

Als der Mann jetzt seinen Kleidersack die Metallstufen hinuntertrug, hielt ein glänzender schwarzer Sis neben der Tupolew. Ein junger Leutnant der Luftwaffe stieg aus, stellte sich vor und führte den Major zum wartenden Fahrzeug.

Es dauerte fast zehn Minuten, bis sie den Flughafen verlassen hatten. Die Papiere, die der Leutnant dem Major gebracht hatte, wurden an dem Ausgang, der Militärangehörigen vorbehalten war, sorgfältig überprüft. Die Dokumente waren alle in Ordnung, und der Sis wurde durchgewinkt.

Eine halbe Stunde später hielt der Wagen auf einer dunklen Landstraße in den Außenbezirken Moskaus. Der junge Offizier blickte sich um und lächelte.

»Hier soll ich Sie absetzen, Genosse.«

Der Major schaute aus dem Fenster. Es schneite. »Sind Sie sicher, daß es hier ist?«

»Ganz sicher, Genosse Major.«

Massey stieg schweigend aus und zog den Kleidersack hinter sich her. Der Leutnant schaute ihm nach, wie er in der Dunkelheit verschwand, während die Schneeflocken sacht auf die Fensterscheibe rieselten.

51. KAPITEL

Lukin hielt gegenüber vom Eingang des kleinen Parks in der Nähe der Metrostation Kiew. Als er ausstieg, bemerkte er, daß die Laternen im Park eingeschaltet waren. Er sah ein Dutzend oder mehr harte Burschen, die ungefähr zwanzig Meter weiter unter den kahlen Bäumen hockten. Die meisten hatten den dunklen Teint der Südrussen: Usbeken, Turkmenen, Georgier, Zigeuner von der Krim mit Tätowierungen auf Händen und Armen. Es waren abgebrühte Kleinkriminelle, die den Moskauer Schwarzmarkt leiteten und wegen illegalen Handels fünf Jahre Sibirien riskierten.

Der rostige Emka parkte auf der anderen Straßenseite, doch von Rysow war nichts zu sehen.

Einige Männer unter den Bäumen schlossen gerade ihre Koffer und Segeltuchtaschen, verstauten sie auf Fahrrädern oder trugen sie in die Kofferräume rostiger Wagen und Lieferwagen, die vor dem Park standen. In zehn Minuten war es hier menschenleer. Zwischen den kahlen Bäumen sah Lukin einen Händler mit einem dichten, schwarzen Bart. Es war ein fetter Mann mit einer gewölbten Brust, dessen Beine unterschiedlich lang waren. Oleg Rysow. Rysow, der Bär.

Er stritt mit einer Frau, die eine Einkaufstasche trug. Die Frau hielt eine verbeulte Dose Pfirsiche in der Hand und versuchte zu handeln. Rysow lächelte, daß seine Goldzähne blitzten, schüttelte dabei aber den Kopf. Schließlich warf die Frau die Dose gereizt ins Gebüsch und beschimpfte den

Händler, bevor sie auf dem Absatz kehrt machte. Die anderen Männer unter den Bäumen lachten, und Rysow warf ihnen einen finsteren Blick zu. Dann humpelte er zu dem Gebüsch, hob die Dose auf und schickte der Frau einige Flüche hinterher.

Lukin beobachtete, wie Rysow kurz darauf zwei abgeschabte Koffer in die Hand nahm und durch das Tor des Parks auf den rostigen Emka zuging. Er watschelte wie ein Pinguin. Rysow verstaute das Gepäck im Kofferraum seines Fahrzeugs und ging nach vorn. Dann nahm er zwei Scheibenwischer aus der Manteltasche und steckte sie auf die Wischerarme. Anschließend stieg er in den Wagen.

Der Emka stieß eine blaue Abgaswolke aus, als er ansprang und losfuhr. Lukin machte sich an die Verfolgung.

Das Miethaus am südlichen Ende des Lenin-Prospekts war kurz nach dem Krieg erbaut worden. Obwohl es relativ neu war, sah es bereits schäbig aus. Es bestand aus unverputzten Ytongsteinen; Wäscheleinen mit steifgefrorenen Kleidungsstücken hingen auf den Balkonen.

Der Emka hielt, und Lukin beobachtete, wie Rysow ausstieg, die beiden Koffer aus dem Wagen nahm und die Scheibenwischerblätter abmontierte, bevor er den Wagen abschloß. Er ging über ein paar Holzplanken, die man über große Pfützen vor dem Eingang gelegt hatte, und verschwand im Haus. Lukin schloß den BMW ab und folgte ihm.

Er stieg in den dritten Stock hinauf und klopfte an Rysows Tür. Klappernd öffnete Rysow Schlösser und Riegel und öffnete. Er war nicht gerade begeistert, als er Lukin sah.

»Major ... War für eine Überraschung ...«

Lukin trat an ihm vorbei in die Wohnung.

Im Zimmer war es schmutzig und unordentlich, doch es war ein Lagerhaus des Überflusses. Rysow hatte die beiden Koffer geöffnet und den Inhalt auf dem Bett verstreut. Es gab Gläser mit holländischer Marmelade und ein paar Dosen Pfirsiche und roten Kaviar. An Haken an der Decke hingen geräucherter Lachs und Bündel mit getrocknetem und gesalzenem Hering. Auf dem Tisch standen mehrere Flaschen ukrainischer Krimsekt und ein paar Kilogläser mit gepökeltem Störrogen.

»Gibst du eine Party, Oleg? Oder habe ich dich nur beim Abendessen gestört?«

Rysow schloß die Tür und leckte sich nervös die Lippen. »Was soll ich darauf erwidern, Genosse Major?«

»Auf frischer Tat ertappt, würde ich sagen. Für diese Kleinigkeit kannst du fünf Jahre kassieren.« Lukin durchwühlte den Koffer und hielt einen roten Spitzenbody in die Höhe.

»Deiner?«

»Ich habe ihn für eine Freundin zurückgelegt.«

»Zweifellos für die Frau des französischen Botschafters?«

Rysow lächelte nervös. »Betrachten Sie es als Geschenk.«

Lukin ließ das Kleidungsstück fallen. »Setz dich, Rysow.«

Rysow schob achtlos ein paar schmutzige Wäschestücke vom Bett. »Wenn der Genosse Major mir sagen würde, welchem Grund ich die Ehre seines Besuches verdanke? Kann ich dem Herrn Major etwas zu trinken anbieten?«

»Eines verblüfft mich immer wieder, Rysow.«

»Und das wäre?«

»Wir haben so ziemlich die schärfsten Grenzkontrollen und Kontrollen der Häfen der Welt, und trotzdem schaffen es Leute wie du, so gut wie alles einzuschmuggeln.«

Rysow zuckte mit den Schultern. »Der Major weiß«, sagte er liebenswürdig, »daß es mich immer freut, wenn ich den braven Bürgern von Moskau einen Dienst erweisen kann. Ich betrachte das als Sozialarbeit, nicht als Verbrechen.«

»Ich bin davon überzeugt, daß jeder Richter das anders sieht. Du würdest deine eigene Großmutter verkaufen, wenn es Profit brächte, Rysow. Du bist ein unverbesserlicher Halunke.« Er holte eine kleine braune Flasche aus seiner Tasche und stellte sie auf den Tisch.

»Was ist das?«

»Äther. Du kennst doch Äther, Rysow. Es ist eine chemische Substanz, die man als Betäubungsmittel benutzt.«

»Ich weiß, was Äther ist.« Rysow deutete auf die Flasche. »Aber was hat das mit mir zu tun?«

»Weißt du auch, wie man in Moskau an Äther herankommt?«

»Noch nicht, aber ich habe das Gefühl, als wollte der Genosse Major es mir gleich verraten.«

»Wenn man kein Arzt oder Krankenhausangestellter ist oder in bestimmten Industriebetrieben arbeitet, ist das Zeug unmöglich zu beschaffen. Der Verkauf wird strengstens kontrolliert und überwacht.«

Rysow zuckte mit den Schultern. »Man lernt jeden Tag etwas dazu. Aber was habe ich damit zu tun?«

»Wenn jemand eine kleine Menge Äther möchte, und zwar schnell, würden deine Freunde vom Schwarzmarkt es doch sicherlich für einen angemessenen Preis liefern können.«

Rysow spitzte die Lippen und deutete mit einem Nicken auf die Flasche. »Stammt die vom Schwarzmarkt?«

»Vielleicht. Möglicherweise ist sie aber auch aus einem Krankenhaus oder einer Praxis gestohlen worden.«

Rysow zuckte mit den Schultern. »Ich habe gehört, daß einige illegale Abtreibungskliniken so was auf dem Schwarzmarkt kaufen.«

»Wer von deinen Freunden hätte Mumm genug, das Zeug zu stehlen?«

Rysow schüttelte den Kopf. »Wirklich, Herr Major, von solchen Dingen weiß ich nicht viel. Mein Fachgebiet ist Essen und Trinken. Aber Krankenhauszeug ... Nie im Leben! Fünf Jahre im Lager ist eine Sache, aber eine Kugel im Kopf, weil man ein verbotenes Medikament gestohlen hat, ist eine ganz andere.«

»Beantworte meine Frage, Rysow. Ich bin nicht in der Stimmung, Spielchen zu spielen. Die Angelegenheit ist wichtig. Wer wäre dreist genug, Äther zu stehlen?«

Rysow seufzte, legte eine Hand an die Stirn und dachte nach. »Vielleicht die Zigeuner von der Krim oder die Turkmenen. Sie sind rücksichtslose Kerle, die mit Drogen und dergleichen handeln. Sie würden sogar einem Polizisten das Essen vom Teller klauen, wenn sie damit Geld verdienen könnten.«

»Sag mir Namen.«

Rysow schüttelte den Kopf und lachte. »Major, so wahr Stalin mein Richter ist, mit diesen Leuten habe ich nichts zu tun.

Sie sind nicht nur verrückt, sie sind auch sehr gefährlich. Man kann sie nicht mal damit abschrecken, sie in Lager zu stecken. Sie gedeihen auch auf Scheiße, wie Unkraut.«

Lukin schlug die Faust auf den Tisch. »Namen, Rysow. Ich will Namen. Es sind deine Bekannten. Ihr arbeitet zusammen auf dem schwarzen Markt.«

»Beim Grab meiner toten Mutter, ich kenne keine Namen. Und selbst wenn ... Sollte ich Sie Ihnen nennen, würden diese Kerle aus meinen Eiern Betperlen machen.«

Lukin packte den kleinen Mann am Kragen. »Du lügst wie gedruckt, Rysow. Und deine Mutter lebt noch und wohnt in Kiew.«

»Ich habe mit diesen Leuten nichts zu tun, Major. Drogen und dergleichen sind eine zu riskante Angelegenheit. Ich halte mich an Essen und Kleidung.«

Lukin schaute sich im Zimmer um. »Gefällt es dir hier?«

Rysow ließ seinen Blick durch das schmutzige, unordentliche Zimmer gleiten. »Klar, ich liebe es«, erwiderte er schnippisch. Er sah Lukins Miene, und sein Tonfall wurde sofort respektvoller. »Es könnte schlimmer sein.«

»Schlimmer als eine Blockhütte in irgendeiner eisigen Ecke Sibiriens?«

»Hier ist es genauso kalt, glauben Sie mir. Die Heizung funktioniert so gut wie nie. Ich will mich nicht beschweren, aber im Winter friert einem der Sack zu einem Eisklumpen.«

»Rysow, hämmer dir das in deinen Schädel: Ich spiele keine Spielchen.«

»Sie würden mich nicht nach Sibirien schicken, Major Lukin. Dafür sind Sie ein zu guter Mensch. Außerdem ... was habe ich schon getan?«

Lukin deutete auf die Koffer. »Das gibt fünf Jahre, wenn ich dich melde. Zehn, wenn der Ankläger schlecht gelaunt ist. Und noch länger, wenn ich es empfehle. Und glaub mir, Rysow, ich werde es empfehlen, wenn du nicht mit mir zusammenarbeitest.«

Das Blut wich aus Rysows Gesicht. »Major ...«

»Denk darüber nach. Bei einem alten Schlitzohr wie dir ist die harte Tour doch gar nicht nötig. Sprich mit deinen Freunden vom Schwarzmarkt. Geh mit aller List und Tücke vor.

Wenn jemand in den letzten drei Tagen Äther gekauft hat, will ich es wissen.«

Er sah Rysows verwirrten Gesichtsausdruck. »Jemand hat ein schweres Verbrechen damit begangen. Laß mich nicht im Stich, sonst garantiere ich dir, daß du morgen in einem Sonderzug in ein Gefangenenlager am Ende der Welt sitzt.«

Lukin stellte die leere Flasche auf den Tisch. »Das lasse ich dir hier. Vielleicht hilft es dem Gedächtnis deiner turkmenischen Freunde ja auf die Sprünge. Erzähl ihnen noch was. Wenn die Burschen nicht mit einer Antwort rauskommen, werden sie dir auf der Zugfahrt Gesellschaft leisten.«

Er nahm einen Zettel aus der Tasche und knallte ihn mit der flachen Hand auf den Tisch. »Du hast eine Stunde, nicht mehr. Ruf mich unter dieser Nummer an.«

Er ging zur Tür, drehte sich um und warf Rysow einen stählernen Blick zu.

»Ich meine es ernst. Eine Stunde. Es geht um Leben und Tod.«

Der Raum stank wie ein Abwasserkanal, und Lebel roch auch nicht besser.

Das Licht an der Decke blendete ihn, und er war schweißgebadet.

Nachdem er in der schmutzigen Zelle zu sich gekommen war, hatte er aufzustehen versucht, aber es ging nicht. Er lag auf einem Metalltisch und war mit Lederbändern festgeschnürt.

Gedämpfte Schreie hatten ihn geweckt und keinen Zweifel daran gelassen, wo er sich befand.

In den Gewölben der Gefängnisse Lubjanka.

Sein Körper schmerzte, und sein Mund war geschwollen. Er schmeckte Blut auf den Lippen, als er mit der Zunge darüberfuhr. Die beiden Männer hatten ihn bis zur Bewußtlosigkeit geschlagen, ihn geprügelt, ihm in Nieren und Bauch getreten, bis der Schmerz unerträglich geworden war und er sich übergeben mußte.

Dann hatten sie sein Gesicht malträtiert. Bei den Schlägen verschwamm alles vor seinen Augen, und schließlich verlor er das Bewußtsein. Als er wieder zu sich kam, fingen sie von vorn an. Diesmal prügelten sie mit Gummischläuchen auf ihn ein, bis er erneut ohnmächtig geworden war.

Jetzt stöhnte er und schaute an seinem Körper hinunter. Hemd und Unterhemd hatten sie ihm ausgezogen. Schuhe und Socken ebenfalls. Allerdings trug er noch seine Hose. Nach den schmerzhaften Schlägen in die Nieren hatte er sich vollgepinkelt.

Er ließ sich auf den Tisch zurücksinken.

Das alles hatte er bei der Gestapo schon einmal durchgemacht. Was ihm Angst bereitete, war das Wissen, daß die eigentliche Folter noch gar nicht angefangen hatte. Die Männer hatten ihn nur weichgeklopft. Das Schlimmste kam noch. Während er voller Todesangst dalag, erwog er seine Möglichkeiten. Er hatte keine, außer der einen, Romulka alles zu erzählen. Und dann? Der Mann würde ihn vermutlich umbringen. Lebel spekulierte, was Romulka schon wußte. Wahrscheinlich sehr wenig. Sonst hätten sie ihn kaum hierher geholt. Der Kerl klopfte auf den Busch und versuchte, Antworten aufzuscheuchen.

Lebel könnte natürlich damit weitermachen, den Dummkopf zu spielen, und darauf hoffen, daß Romulka irgendwann das Verhör satt hatte und ihn gehenließ. Doch Romulka war nicht der Typ, der schnell müde wurde. Außerdem schien es dieser Bestie Spaß zu machen, anderen Menschen Schmerzen zuzufügen.

Lebel hatte Beziehungen in Moskau. Irgend jemand würde dieser Sache Einhalt gebieten. Aber wann? Wahrscheinlich war es dann zu spät. Ein Geständnis würde Massey nicht helfen. Und seinen Freunden auch nicht. Und Irina schon gar nicht.

Der Gedanke beunruhigte ihn. Er war eingesperrt und hatte keine Möglichkeit, sie zu warnen.

Aber reden würde er trotzdem nicht. Niemals würde er sie verraten. Außerdem konnte Romulka ihn nicht umbringen. Nein, er mußte einfach durchhalten und alles abstreiten.

Mit einem metallenen Knall flog die Tür auf. Romulka betrat den Raum mit den beiden Männern, die Lebel zusammengeschlagen hatten.

»Haben Sie es sich überlegt, Lebel?«

Lebels Gesicht war schweißnaß. »Ich habe Ihnen doch schon gesagt, daß Sie einen schrecklichen Fehler machen«, erwiderte er heiser. »Ich bin unschuldig ... Und Ihre Vorgesetzten werden davon erfahren ...«

Romulka trat näher und packte Lebels Gesicht. »Hör zu, du kleiner Jude. Ich habe weder die Geduld noch die Zeit für Spielchen. Entweder redest du, oder das, was die Gestapo dir angetan hat, wird dir im Vergleich zu dem, was ich auf Lager habe, wie eine liebevolle Behandlung vorkommen. Ich verspreche dir, Lebel, daß du nie wieder das Tageslicht siehst!«

»Bei meinem Leben ... Ich weiß wirklich nicht, wovon Sie sprechen!«

»Na schön, dann werden wir jetzt versuchen, das zu ändern.«

Romulka trat an einen kleinen Tisch in die Ecke. Lebel verdrehte den Hals und sah mit Entsetzen die Auswahl der Folterinstrumente. Das Blut in seinen Adern schien zu gefrieren.

»Ich finde, es ist immer am wirkungsvollsten, wenn man sich auf die Schwäche eines Mannes konzentriert.«

Romulka nahm ein merkwürdiges Instrument von dem Tablett. Es hatte zwei schmale, löffelförmige Schalen an dem einen Ende, die mit Leder gefüttert waren, und ein Gewinde mit einem Handgriff am anderen Ende.

»Das haben wir von der Geheimpolizei des Zaren übernommen. Sie hielten es für sehr effektiv. Es ist eine Genitalklammer. Wissen Sie, was man damit machen kann? Wenn man den Handgriff weit genug dreht, zerquetscht man einem Mann damit die Eier. Sie zerreißen der Länge nach. Aber natürlich langsam, sehr langsam. Und es ist sehr, sehr schmerzhaft. Wollen wir es mal ausprobieren?«

Romulka drehte sich zu einem der Männer um und nickte. Der Mann knebelte Lebel, während der andere ihm die nasse Hose und die Unterhose auszog.

Romulka trat vor, und Lebel sah entsetzt, wie er das Instrument unter seinen Hodensack ansetzte und einen Hoden einklemmte.

Lebel preßte hinter seinem Knebel die Zähne zusammen, als er sich verzweifelt wand.

Romulka drehte an dem Handgriff, und die beiden Becken preßten Lebels rechten Hoden zusammen.

Ein schrecklicher, unbeschreiblicher Schmerz durchfuhr seinen ganzen Körper. Lebel hatte das Gefühl, als hätte man ihm einen Stromstoß durch die Wirbelsäule gejagt. Sein Hirn schien unter dem Schmerz zu explodieren, und er fühlte den Ekel bis hinunter in die Magengrube.

Er schrie hinter dem Knebel und wurde ohnmächtig.

Das große Haus im Degunino-Bezirk nördlich von Moskau war aus Holz und Ziegeln gebaut und war einst das Heim eines hohen zaristischen Offiziers gewesen. Jetzt war es baufällig, und das Dach leckte.

Massey saß im Wohnzimmer einer schäbigen Wohnung im zweiten Stock. Die spärliche Möblierung bestand aus einem Tisch und zwei Stühlen. Ein eisernes Bett und eine Garderobe in dem kleinen Schlafzimmer nebenan waren die einzigen weiteren Möbelstücke, doch auf einer Kiste neben dem Bett stand ein neues Röhrenradio. Im Zimmer stank es nach Moder und Feuchtigkeit, und trotz des Holzfeuers im Ofen in der Ecke war es eiskalt.

Massey hatte die Uniform ausgezogen und trug jetzt einen groben, verschlissenen Anzug unter dem Mantel, dazu eine Stoffkappe. Auf dem Tisch vor ihm stand eine Schüssel Kohlsuppe, daneben lag frisches Brot, doch er beachtete das Essen nicht und konzentrierte sich auf den Stadtplan von Moskau, der daneben lag.

Der Mann ihm gegenüber füllte zwei Wodkagläser. »Wollen Sie mir nicht sagen, was, zum Teufel, hier eigentlich vorgeht, Amerikaner?« sagte er auf russisch.

Massey musterte ihn. Der Bursche war groß und rothaarig und kräftig gebaut. Er trug einen schmutzigen Wollschal um den Hals, und sein schwarzer Anzug war abgetragen und glänzte.

Der Mann war der ehemalige ukrainische SS-Hauptmann, den Massey vor sechs Wochen aus München losgeschickt hatte. Es lag für Massey schon so lange zurück, daß er sich kaum noch an das Gesicht des Mannes erinnern konnte, als er ihn in die Wohnung gezogen hatte. Er wirkte älter, war unrasiert und hatte den nervösen Blick eines Mannes, der unter Streß stand.

»Sie haben doch das Signal mit den Instruktionen bekommen, oder?«

»Über ›Die Stimme Amerikas‹. Danach soll ich Sie in jeder Hinsicht unterstützen und die Sache als oberste Priorität behandeln …«

»Mehr müssen Sie nicht wissen. Was ist mit dieser Datscha?«

Der Krieg in der SS-Uniform hatte den Ukrainer gelehrt, nicht mit Vorgesetzten zu diskutieren. Er nickte und deutete auf die Landkarte.

»Sergei ist noch da und bewacht das Haus. Bis jetzt scheinen sich die Bewohner nicht gerührt zu haben.«

»Wie viele Leute halten sich da auf?«

»Sergei hat zwei gezählt. Er glaubt, es handelt sich um den Mann und die Frau, hinter denen Sie her sind. Aber angeblich soll noch eine zweite Frau dabeisein. Er hat sie zwar nicht gesehen, aber sie könnte sich im Haus aufhalten.«

»Können wir Sergei über Telefon erreichen?«

Der Ukrainer lachte. »Wir sind hier in Moskau, nicht in München. Ich kann von Glück reden, daß ich vor einem Monat diese Hütte gefunden habe, nachdem ich Arbeit bekommen habe. Sie hat nicht mal ein Badezimmer, und ich muß in die Spüle pinkeln, was aber immer noch besser ist, als auf die Toilette unten zu gehen. Sergei und ich können nur über einen öffentlichen Münzfernsprecher im Flur in Verbindung bleiben. Er muß zu einem Kiosk ins nächste Dorf fahren, wenn er mit mir reden will. Es ist fünf Minuten von hier.« Der Mann zuckte mit den Schultern. »Eine unpraktische Situation, vor allem, wenn man jemanden überwacht, aber so ist es nun mal.«

Massey sah die Anspannung im Gesicht des Mannes. Er war mit den Nerven am Ende und in ständiger Furcht, erwischt zu werden.

»Wie ist es Ihnen ergangen?«

Der Ukrainer schnitt eine Grimasse. »München scheint schon eine Ewigkeit her zu sein. Aber wir haben Glück gehabt, daß wir soweit gekommen sind. Der verkrüppelte finnische Pilot hat uns zwei Meilen vor unserem Ziel abgesetzt, über einem Sumpf. Wie haben die halbe Nacht gebraucht, um uns herauszuarbeiten. Ich glaube, der Mistkerl hat das absichtlich getan.« Er zuckte mit den Schultern. »Aber wir leben, und das will schon was heißen. Wir haben sogar einen Job gefunden. Zu Ihrem Glück ist Sergei Fahrer, deshalb konnte er sich den Lieferwagen ausborgen. Bis jetzt hat es mit den Papieren geklappt, die Ihre Leute uns gemacht haben. Niemand hat uns belästigt.«

Massey studierte wieder die Landkarte. »Beschreiben Sie mir diese Datscha.«

Der Mann schilderte die Lage und das Grundstück. »Wie weit ist es von hier?« wollte Massey wissen.

»Mit dem Taxi über eine halbe Stunde. Aber ich würde vorschlagen, öffentliche Verkehrsmittel zu nehmen. Sie sind verläßlicher und nicht so verdächtig. Eine Stunde müßte reichen. Sergei kann uns mit zurücknehmen.«

»Und wenn er anruft, während wir unterwegs sind?«

Der Ukrainer zuckte mit den Schultern. »Dagegen kann man leider nichts machen. Wir müssen das Risiko eingehen und hoffen, daß unser Freund sich ruhig verhält. Sollten sie sich rühren, hat Sergei Befehl, ihnen zu folgen.« Er zögerte. »Sie haben mir immer noch nicht gesagt, warum wir diese Leute beobachten.«

Massey stand auf und ging zu seinem Kleidersack. Er holte ein großes, schweres Paket heraus, das in Segeltuch eingewickelt war, legte es auf den Tisch und schlug das Tuch zurück. Darin lagen zwei Tokarew-Pistolen mit Schalldämpfern und zusätzlichen Magazinen. Daneben befand sich ein auseinandergenommenes Kalaschnikow-AK47-Sturmgewehr mit zusammenlegbarem Schaft.

Der Ukrainer blickte von den Waffen zu Massey und grinste. »Legen wir sie um?«

»Sie beide sind an diesen Waffen ausgebildet worden, also brauche ich Ihnen nicht zu zeigen, wie sie funktionieren.«

Der Ukrainer nahm die Kalaschnikow in die Hand und setzte sie geschickt zusammen. Er überprüfte das Magazin und schob es mit einem Klicken in den Schlitz.

»Genau meine Waffe – absolut tödlich. Sie haben meine Frage nicht beantwortet, Amerikaner. Werden wir die Leute aus der Datscha umbringen?«

»Ja.«

»Das scheint Ihnen nicht sonderlich zu gefallen.«

Massey ignorierte die Bemerkung und nahm sich eine Tokarew mit Schalldämpfer. Als er die Waffe und das zusätzliche Magazin in die Tasche steckte, blickte der Ukrainer ihn an.

»Ich brauche vielleicht nicht zu erfahren, warum die Leute erledigt werden sollen, aber das hier ist Moskau. Was passiert, wenn wir in Schwierigkeiten kommen und erwischt werden?«

Massey erwiderte ungerührt den Blick des Mannes. »Die Datscha ist so abgelegen, daß es sehr unwahrscheinlich ist, daß die Miliz auftaucht. Wir können die Sache erledigen und sind in ein paar Stunden wieder hier. Auch wenn es Probleme mit der Miliz gibt, führen wir diesen Auftrag zu Ende. Ganz gleich, was es kostet. Dann verschwinden wir, so schnell es geht. Ich werde herausgeflogen und nehme Sie und Ihren Freund mit. Nach diesem Job sind Sie beide freie Männer.«

Der Ukrainer grinste. »Das hört sich schon besser an. Könnte interessant werden. Ein bißchen Aktion kann nichts schaden, nachdem ich mir fast einen Monat in dieser Bude den Arsch platt gesessen habe. Für Sergei und mich ist das fast wie in alten Zeiten: Russen killen.«

Massey antwortete nicht, blickte den Mann nur finster an. Schließlich griff er nach der Tokarew, den Schalldämpfern und dem Magazin auf dem Tisch und reichte sie dem Ukrainer.

»Hier, für Ihren Freund. Wir sollten keine Zeit mehr verschwenden.«

Das Telefon auf Lukins Schreibtisch klingelte.

Er hob den Hörer ab. Rysow meldete sich.

»Major Lukin?«

»Am Apparat.«

»Ich habe getan, was Sie wollten. Einer der Turkmenen

behauptet, er hätte vor zwei Tagen auf dem Kasan-Markt eine Flasche Äther an eine Frau verkauft.«

Lukin nahm einen Bleistift und griff nach dem Block auf seinem Tisch. »Hast du eine Beschreibung der Frau?«

»Ende Dreißig, tolle Figur, gutaussehend, dunkles Haar und einigermaßen gut gekleidet. Der Mann, mit dem ich geredet habe, verkauft manchmal Betäubungsmittel und andere Medikamente an illegale Abtreibungskliniken, aber bei dieser Frau handelte es sich nicht um eine seiner üblichen Kundinnen. Sie schien gut bei Kasse zu sein.«

»Wie hieß die Frau?«

»Wollen Sie mich veräppeln?«

Lukin seufzte. »Komm schon, Rysow, das war doch nicht alles! Diese Beschreibung trifft auf ein Viertel der weiblichen Bevölkerung von Moskau zu.«

»Der Mann hatte die Frau nie zuvor gesehen, deshalb hat er sich an sie erinnert. Und er weiß noch, daß sie in einen Skoda gestiegen ist, der auf der Straße geparkt hat. Außerdem hat die Frau noch ein Medikament gekauft. Adrenalin. Und eine einzelne Spritze. Das fand er merkwürdig. Mehr weiß ich nicht.«

Lukin dachte einen Augenblick nach. Er wußte, daß man mit einem Schuß Adrenalin einem Menschen einen Energieschub geben konnte, um Erschöpfung zu überwinden. Er hatte gesehen, wie manche Leute es während des Krieges benutzt hatten. Jemand in Slanskis Lage könnte eine solche Droge gebrauchen, um die Müdigkeit vertreiben. Sein Herzschlag beschleunigte sich.

»War noch jemand in dem Skoda?«

»Der Mann hat es nicht bemerkt.«

»Die Farbe des Wagens?«

»Grau.«

»Nummernschild?«

Rysow schnaubte verächtlich. »Major, diese Turkmenen auf dem Schwarzmarkt können kaufen und verkaufen wie kein anderer, aber sie können kaum lesen und schreiben. Und für Nummernschilder interessieren sie sich überhaupt nicht.«

»Erinnert sich dein Freund an nichts anderes?«

»An nichts, ich schwöre es.«

Lukin riß das Blatt von dem Block. Er wußte, daß Rysow die Wahrheit sagte, aber viel konnte Lukin nicht damit anfangen. Vielleicht war es ja nicht einmal die Verbindung, nach der er suchte, aber er mußte ihr nachgehen, und zwar schnell. Er seufzte müde und resigniert.

»Es ist nicht viel, aber ich schulde dir einen Gefallen, Rysow.«

»Ein Ausreisevisum wäre wohl zuviel verlangt?«

»Reiß keine blöden Witze, Rysow. Dafür bin ich nicht in Stimmung.«

Lukin knallte den Hörer auf die Gabel und war schon fast an der Tür, als das Telefon wieder klingelte. Er ging zum Schreibtisch zurück und nahm den Hörer ab. Diesmal war Pascha dran.

»Wir müssen uns unterhalten, Juri.«

»Das muß warten. Ich dachte, du ruhst dich aus.«

»Nein, es kann nicht warten. Es ist sehr wichtig.« Nach einer kurzen Pause fuhr Pascha drängend fort: »Es geht um den Wolf, um diesen Slanski.«

»Was meinst du damit? Was ist mit ihm?«

Wieder zögerte Pascha. »Wir treffen uns in zehn Minuten im Sandunow-Bad. Frag an der Tür nach mir.«

»Kannst du nicht herkommen?«

Doch Pascha ignorierte die Frage, und die Verbindung brach mit einem Klicken ab.

52. KAPITEL

Auf dem verblichenen Holzschild an dem schwarzen Granitgebäude stand ›Öffentliches Badehaus Sandunow‹.

Die zweiflügeligen Eichentüren waren geschlossen und versperrt, doch Lukin sah einen Lichtschimmer unter der Tür. Er klopfte vernehmlich, wartete und schaute sich derweil um.

Die gepflasterte Straße, an der das Bad lag, war verlassen.

Seinen Wagen hatte er vor dem Hotel Berlin um die Ecke stehen lassen und war den Weg zu Fuß gegangen.

Was hatte Pascha vor?

Und warum wollte er sich hier mit ihm treffen, um diese Zeit? Sandunow war eines der ältesten Badehäuser Moskaus. Pascha ging seit fast zwanzig Jahren abends hierher, wenn in den Dampfräumen weniger Betrieb herrschte.

Lukin hörte, wie die Riegel hinter der Tür zurückgeschoben wurden, und drehte sich um.

Eine Frau um die Fünfzig in einem blauen Kittel stand in der Tür. Sie hatte ihr Haar hochgebunden, und ihre großen Brüste schienen sie fast vornüberzuziehen. »Wir haben geschlossen. Kommen Sie morgen wieder.«

»Ich glaube, Pawel Kokunko erwartet mich.«

Die Frau zögerte und musterte ihn forschend. Dann warf sie einen Blick auf die Straße, bevor sie Lukin bedeutete, hereinzukommen.

Er trat in die warme, gefliese Eingangshalle. Die Frau schloß die Tür und schob die Riegel vor.

Die meisten Lichter waren ausgeschaltet, doch am anderen Ende der Eingangshalle sah Lukin Steinstufen, die ins Badehaus und die Schwitzräume führten.

Die Frau ging zu einer Glaskabine in der Eingangshalle und kam mit einem dicken, weißen Baumwollhandschuh und einem Bündel Birkenzweige zurück, die mit einem Stück Schnur zusammengebunden waren. »Gehen Sie die Treppe hinunter, und nehmen Sie die erste Tür rechts. Pawel Kokunko ist im Dampfraum.«

Lukin nahm Handtücher und Zweige. Die Frau setzte sich wieder in die Glaskabine und zählte Kopeken, die sie säuberlich zu Stapeln aufschichtete.

Lukin stieg die Treppe hinunter, deren alte Steinstufen gesprungen waren.

Auf halber Strecke blieb er stehen und holte tief Luft. Der warme Dampf war mit einem scharfen Minzaroma angereichert, das tief bis in seine Lungenspitzen drang und sofort seine Nerven beruhigte. Am Fuß der Treppe sah er auf der rechten Seite eine halbgeöffnete Glastür.

Er ging hindurch.

Dahinter lag ein Umkleideraum mit Metallspinden. In der Mitte waren Holzbänke zu einem Geviert aufgebaut. Auf der linken Seite befand sich eine weiße Glastür, die mit Dampf beschlagen war. Dahinter sah er eine Bewegung und hörte ein schwaches Zischen.

In den Badehäusern gab es drei Stufen der rituellen Reinigung.

Erst kam der Dampfraum, in dem man schwitzte und seinen Körper mit Birkenzweigen traktierte, bis er rot war und die Poren sich öffneten. Anschließend wusch man seinen Körper mit heißen Schwämmen, um die Haut zu reinigen. Und wenn es zu heiß wurde, sprang man in die eiskalten Wasserbecken. Schließlich entspannte man sich in den Erfrischungshallen.

Lukin spürte die Hitze im nächsten Raum. Nach der Eiseskälte auf den Straßen draußen war es sehr angenehm. Auf einer der Holzbänke lagen Paschas Kleidungsstücke. Auf einer anderen Bank stand ein Emaillebassin mit heißem Wasser. Es war offenbar für Lukin gedacht.

Er zog sich aus, legte seine Kleidung ordentlich auf eine der Bänke und ließ den Metallhaken an seinem Arm. Er sah häßlich und seltsam aus. Er legte sich das Baumwollhandtuch auf den Kopf und tauchte die Birkenzweige ins heiße Wasser.

Dann öffnete er die Glastür und tauchte in den duftenden Nebel ein.

Pascha lag nackt auf einer Steinbank. Er wirkte schrecklich blaß und hatte ein weißes Handtuch um die Schultern. Sein Verband zeigte einen roten Fleck.

Ein bärtiger, alter Usbeke mit einem Handtuch um die Hüften beugte sich über ihn. Er schlug Paschas schweißnasse Beine und seine Pobacken mit einem Bündel dampfender Birkenzweige.

Auf dem Boden stand eine kleine Emaillewanne mit heißem Wasser, und ein kleiner Haufen Minzblätter lag auf einem Holztablett. Daneben standen eine Flasche Wodka, zwei Gläser und Paschas abgeschabte Aktentasche. Der Usbeke hielt mit der Massage inne und warf Lukin einen mißtrauischen Blick zu.

Pascha regte sich und hob mühsam den Kopf von der Bank. Er sah Lukin und drehte sich zu dem Usbeken um.

»Laß uns allein, Itzkhan.«

Der Mann nickte und ging hinaus. Pascha wartete, bis er hörte, wie die äußere Tür zufiel; dann deutete er auf eine Bank.

»Setz dich, Juri.«

Sein Tonfall war irgendwie merkwürdig, doch Lukin nahm das Handtuch von seinem Kopf, wickelte es sich um die Taille und setzte sich auf die Bank seinem Freund gegenüber. Der Dampf im Raum war heiß. Lukin legte die Birkenzweige zur Seite, weil er zu müde war, um seine Haut zu massieren. Er beobachtete, wie Pascha einen der Schwämme nahm, ihn in dem heißen Wasser tränkte und sich abrieb. Sein Gesicht war schmerzverzerrt, obwohl er sich nicht sonderlich beeilte.

»Du hast gesagt, es wäre wichtig, Pascha«, begann Lukin ungeduldig.

»Du siehst aus, als hättest du eine Woche nicht geschlafen«, stellte Pascha nach einem kurzen Blick in Lukins Gesicht fest.

Lukin fühlte sich am Rande eines Zusammenbruchs, aber er zwang sich zu einem gequälten Lächeln. »Ich glaube, ein ausgiebiger Schlaf würde mir ganz gut tun. Wie fühlst du dich?«

»Es könnte schlimmer sein. Die Wirkung des Morphiums, das der Arzt mir gegeben hat, läßt nach. Aber hier kann ich mich entspannen.«

Er hörte auf, sich abzureiben, erhob sich und ging zu einem Heißwasser-Hahn in der Ecke. Dann füllte er ein Emaillebecken mit heißem Wasser und warf eine Handvoll Minzblätter hinein. Er trat vor Lukin, umfaßte dessen Gesicht mit der Hand und musterte ihn mit einem eigenartig forschenden Blick, als wäre er Arzt. Schließlich reichte er ihm das Becken und einen frischen Schwamm.

»Dein Adrenalin strömt wie der Schweiß. Hier, mach dich naß und inhaliere den Dampf. Du weißt ja, was wir alten Badegänger sagen: ›Das Dampfbad läßt dich schwitzen und macht dich hart und dünn, es säubert den Körper von den Teufeln darin.‹« Er grinste über diesen alten Moskauer

Spruch; dann wurde er wieder ernst. »Du siehst aus, als hättest du den Teufel in der Seele, Juri.«

Lukin hob das Becken hoch und inhalierte. Das Aroma des heißen, duftenden Wassers wirkte wie ein Beruhigungsmittel. Er tauchte einen Schwamm in das dampfende Becken, schloß die Augen und fuhr dann mit dem Schwamm langsam über sein Gesicht. Der Duft der Minze stieg ihm in die Nase, und die wohlriechende Flüssigkeit linderte das Brennen auf seiner Haut. Er hörte zu wischen auf, öffnete die Augen und sah, daß Pascha ihn anstarrte.

»Hilft die Minze?«

»Ein bißchen. Erzähl mir, was das soll. Was ist so wichtig?«

Pascha stand auf und nahm seine Aktentasche. Mit einem Nicken deutete er auf die Tür zum Umkleideraum. »Komm mit, ich muß dir etwas zeigen.«

Als sie in den Umkleideraum traten, schloß Pascha die Tür auf. Er ging zu der Holzbank, öffnete die Aktentasche, nahm einen roten Aktenordner heraus und schaute Lukin wieder an.

»Ist dir an dem Wolf irgend etwas merkwürdig vorgekommen?«

Lukin runzelte die Stirn. »Was verstehst du unter merkwürdig?«

»Erstens wissen wir, daß einige Seiten in unserem Exemplar seiner Akte fehlen. Wie ich schon sagte, ist es üblich, daß der Ermittler Zugang zu allen Informationen des Falles bekommt, an dem er gerade arbeitet.«

»Worauf willst du hinaus, Pascha?«

»Ich kenne dich schon lange, Juri«, erwiderte Pascha zögernd. »Ich mag dich und habe dich immer bewundert. Wir haben gute und schlechte Zeiten miteinander durchlebt.«

»Willst du mir jetzt endlich sagen, was du vorhast?« fragte Lukin mit einem Anflug von Zorn.

Pascha ließ den Blick lange über Lukins Gesicht schweifen, bevor er antwortete: »Du hattest recht, Berija nicht zu trauen. Und du hast dich auch zu Recht gefragt, warum er ausgerechnet dich ausgesucht hat. Heute abend habe ich den Grund dafür herausgefunden.«

»Ich verstehe nicht ...«

»Du bist ein guter Mensch, Juri Lukin. Und ein guter Ermittler. Aber sie haben dich zum Narren gehalten.«

»Wer?«

»Stalin und Berija.«

Lukin schwieg verwirrt.

Pascha setzte sich neben ihn auf die Bank. Er wandte einen Moment den Blick ab und schaute dann wieder Lukin an.

Lukin sah Angst in Paschas Gesicht. Der Mongole zögerte nicht, weil er es ihm nicht sagen wollte; er schien wirklich Angst zu haben. Als er Lukin den Ordner reichte, zitterten ihm die Hände.

»Ich möchte, daß du dir das ansiehst.«

»Was ist das?«

»Es stammt aus Slanskis Originalakte.«

»Pascha, du bist ein Narr.«

»Belehr mich nicht, Juri. Wir sind in einer verzweifelten Lage und befinden uns in einer Sackgasse. Also bin ich ins Archiv gegangen, habe einen Schlüssel gestohlen und einen Blick in die Originalakte geworfen. Ich wurde zwar von einem der Angestellten gesehen, der hereingekommen ist, aber erst, nachdem ich die Akte an mich genommen hatte.«

»Pascha ...«

»Hör mir zu. Wenn sie mich erwischen, macht das auch keinen Unterschied mehr. Für uns beide kann es nicht schlimmer kommen. Wir stecken bis zum Hals in der Scheiße. Und ich kann nur einmal gehenkt werden. Ob für ein oder zwei Vergehen ist egal.«

»Pascha, du hast dich in ziemliche Gefahr gebracht.«

»Sie ist nicht größer als die Gefahr, in der ich schon stecke.« Pascha zögerte. »Juri, in dieser Akte befindet sich etwas, das man dir absichtlich vorenthalten hat. Und da ist noch mehr, aber erst solltest du dir ansehen, was ich dir gegeben habe.«

Pascha stand auf, ging zur Tür und öffnete sie leise. Er schaute mit einem merkwürdigen Gesichtsausdruck zu Lukin zurück.

»Ich laß dich jetzt allein, Juri. Lies die Akte sorgfältig durch. Danach reden wir.«

Pascha verschwand, und die Tür fiel ins Schloß.

Lukin schlug den Ordner auf.

Darin befand sich ein Foto und eine einzelne, dünne, verblichene Seite Papier.

Lukin betrachtete zuerst die Fotografie. Sie war alt und vergilbt und an den Ecken ausgefranst. Sie zeigte eine Frau und einen Mann, die in die Kamera lachten. Der Mann war gut aussehend, glatt rasiert, besaß ein fein gezeichnetes Gesicht und dunkle, freundlich blickende Augen. Die Frau war blond und sehr schön, mit hohen Wangenknochen und einem entschlossenen Gesicht. Sie saß auf den Knien des Mannes und umschlang seinen Hals. Sie wirkten glücklich und sehr verliebt.

Dem Stil und dem Schnitt der Kleidung nach zu urteilen mußte das Foto irgendwann in den späten Zwanzigern oder Anfang der dreißiger Jahre aufgenommen worden sein.

Lukin drehte es um. Auf der Rückseite befand sich ein Stempel mit dem Namen eines Fotostudios auf dem Marx-Prospekt. Irgend etwas an den Gesichtszügen des Paares kam Lukin bekannt vor, und er vermutete, daß es Slanskis Eltern waren. Er hatte das merkwürdige Gefühl, als hätte er die Frau und den Mann schon einmal gesehen. Vielleicht waren sie bekannte Parteimitglieder.

Er legte das Foto zur Seite.

Auf dem Blatt Papier standen kurze Stichworte zu Slanskis Herkunft. Sein eigentlicher Familienname war Tarakanow; sein Vater war Landarzt in Smolensk gewesen. In dem Bericht stand, daß die OGPU, der Vorläufer des KGB, verlangt hatte, ihn und seine Familie zu verhaften. Aber es wurden keine Gründe genannt.

Dem Bericht zufolge hatte der Arzt sich der Verhaftung widersetzt und war bei einem Fluchtversuch erschossen worden. Seine Frau hatte ihm bei der Flucht geholfen, und man hatte sie ebenfalls erschossen. Die drei Kinder waren verhaftet worden – mit dem Befehl, auch sie zu erschießen. Die Todesurteile für den Mann und die Frau waren von Josef Stalin persönlich unterschrieben worden.

Das ergab keinen Sinn. Wie hatte Slanski überlebt, wenn er eines der Kinder gewesen war?

Lukin las den Bericht noch einmal sorgfältig. Die Informationen waren zum größten Teil unwichtig. Die Tragödie jedenfalls war eine Erklärung für Slanskis Wunsch nach Rache. Doch nichts in der Akte konnte Lukin bei seinen Ermittlungen helfen oder ihm einen Weg weisen.

Es gab weder Namen von Freunden der Familie, zu denen Slanski in Moskau möglicherweise Kontakt aufnehmen würde, und die Akte erklärte auch nicht, wieso Slanski überlebt hatte, obwohl alle anderen Familienangehörigen getötet worden waren.

Das verwirrte Lukin. Er blieb lange Zeit nachdenklich sitzen, zündete sich eine Zigarette an und blickte dem Rauch hinterher.

Es mußte irgend etwas auf diesem Blatt geben, das er nicht sah. Es mußte so sein.

Aber was?

Und warum? Das war die entscheidende Frage.

Warum hatte Pascha ihm dieses Blatt gegeben?

Eine Weile später ging leise die Tür auf.

Pascha hielt die Wodkaflasche und die beiden Gläser in der Hand. Er schenkte sich und Lukin großzügig ein, bevor er die Flasche auf den Boden stellte, und reichte Lukin das Glas.

»Trink.«

»Willst du mich besoffen machen?«

»Nein, aber ich glaube, du wirst einen Schluck brauchen.«

»Wieso?«

Pascha betrachtete forschend Lukins Gesicht. »Kommt dir denn nichts bekannt vor? Ich meine, von dem, was du gerade gelesen und gesehen hast?«

»Inwiefern bekannt?«

Pascha erwiderte Lukins Blick ohne mit der Wimper zu zucken. »Die Art und Weise, wie die Informationen in der Akte zusammengestellt wurden. Wie in einem Puzzle.«

Lukin schüttelte verwirrt den Kopf. »Ich verstehe nicht, was du meinst.«

Pascha setzte sich auf die Bank gegenüber, stellte das Glas neben sich und seufzte. »Dir ist an der Akte von Slanskis

Eltern nichts aufgefallen? Wer sie waren? Was ihnen zugestoßen ist?«

»So etwas ist während der Säuberungsaktionen vielen Familien passiert. Ich verstehe nur nicht, wie Slanski überlebt hat. In der Akte steht, daß die ganze Familie getötet wurde.«

Pascha schüttelte langsam den Kopf. »Das habe ich nicht gemeint, Juri. Ich möchte dich an einen Wesenszug von Stalin erinnern, den alle im KGB kennen. Er hat Freude an einer sehr persönlichen Form der Bestrafung. Das war vor allem während der Säuberungsaktionen in den Dreißigern so. Wenn Stalins Opfer Kinder hatten, wurden diese Kinder ebenfalls getötet, wenn sie über zwölf Jahre alt waren. Die jüngeren wurden in Waisenhäuser gesteckt, die vom KGB kontrolliert wurden. Viele Jungen wurden später in den KGB aufgenommen, wenn sie alt genug waren. Und so wurde aus ihnen genau das, was ihre Eltern vermutlich nie aus ihnen machen wollten. Sie wurden ergebene Anhänger Stalins, waren Schwert und Schild der Partei, Mitglieder der Geheimpolizei. Sie wurden vermutlich genau zu dem Typ Mensch erzogen wie der, der ihre Eltern verhaftet und ermordet hatte. So etwas Perverses findet Stalin amüsant.« Er hielt inne. »Weißt du, es gibt noch einen anderen Grund, daß du ausgewählt wurdest, diesen Amerikaner zu suchen und zu töten. Aber bis jetzt bist du noch nicht darauf gekommen. Es ist der Grund dafür, daß diese Seite und das Foto nicht in der Akte des Wolfs waren.«

»Warum?«

Pascha wirkte besorgt. »Stalin hat vermutlich Berija befohlen, dafür zu sorgen, daß du das nicht zu Gesicht bekommst. Denn wenn du es sehen würdest, hättest du ihren perversen kleinen Witz durchschaut. Es war zweifellos Stalins Idee, dich für die Jagd auf Slanski auszuwählen. Denk zurück, Juri. Du warst ein Waisenkind, wie ich auch. Was meinen Eltern passiert ist, könnte auch Slanskis Eltern zugestoßen sein. Denk an dein eigenes Leben, bevor du ins Waisenhaus gesteckt worden bist. Denk an deine Familie.«

»Ich ... Ich kann mich nicht erinnern.«

»Doch, du kannst. Aber du willst nicht. Du hast versucht, alles aus deiner Vergangenheit aus deiner Erinnerung zu streichen. Das hat man dir im Waisenhaus beigebracht. Genau wie mir, stimmt's?«

Pascha zog eine weitere Seite und ein Foto aus seinem Uniformrock und reichte Lukin das Bild.

»Das war auch in Slanskis Akte. Es ist ein Foto von den Kindern des Paares.« Er hielt die Seite in die Höhe. »Genau wie das hier – die zweite fehlende Seite. Darauf steht, daß der Befehl, die Kinder zu erschießen, in letzter Sekunde widerrufen wurde. Statt dessen wurden sie in ein Waisenhaus in Moskau gesteckt. Zwei Kindern, einem Jungen und einem Mädchen, wurden später verschiedene Namen gegeben. Einen der Namen kennst du sehr gut. Sieh dir das Foto genau an, Juri. Sieh es dir ganz genau an.«

Lukin betrachtete die Fotografie. Sie zeigte zwei kleine Jungen und ein sehr junges Mädchen mit blondem Haar. Sie standen nebeneinander in einem Weizenfeld und lachten in die Kamera. Das älteste der drei Kinder, das in der Mitte, war ganz offensichtlich Slanski. Er hatte beschützend die Arme um seine beiden Geschwister gelegt.

Plötzlich rüttelten die Gesichter der beiden anderen Kinder Lukin auf. Das Mädchen war höchstens vier oder fünf Jahre alt. Ihr blasses Gesicht hatte etwas Engelhaftes. Und das Gesicht des zweiten Jungen kam ihm plötzlich erschreckend vertraut vor.

Lukin durchfuhr der Schock wie ein Stromstoß.

»Der Name des Mädchens war Katja«, sagte Pascha. »Sie war deine Schwester. Das Paar auf dem Foto sind deine Eltern. Der Junge rechts bist du, Petr Tarakanow, bevor man dir den Namen Juri Lukin gab. Damals warst du sieben Jahre alt.«

Lukin wurde leichenblaß. Kein Muskel bewegte sich in seinem Gesicht, als er Pascha anstarrte. Er fühlte sich wie betäubt.

Pascha sprach es laut aus. »Alex Slanski ist dein Bruder.«

53. KAPITEL

Lukin trug sich in der Eingangshalle des Offiziersclubs am Dsershinski-Platz ins Gästebuch ein und stieg die gewundene Marmortreppe in den zweiten Stock hinauf.

Der große Saal, in den er gelangte, sah mit seinen Marmorsäulen, den vergoldeten Kronleuchtern und den roten Teppichen wie ein Miniaturpalast aus. Die Luft war zum Schneiden dick von Zigarettenrauch, und Stimmengewirr erfüllte den Raum. Lukin schob sich durch die dichte Traube von Offizieren an die Bar und bestellte einen großen Wodka. Als die weißbefrackte Ordonnanz das Glas einschenkte, sagte Lukin: »Ich habe es mir anders überlegt. Geben Sie mir bitte die ganze Flasche.«

Er nahm Flasche und Glas mit an einen freien Tisch ans Fenster.

Er achtete nicht auf den Lärm an der Bar hinter ihm, während er das Glas bis zum Rand füllte und austrank. Er hatte drei Gläser getrunken und füllte sich gerade ein viertes, als ihm auffiel, wie sehr er zitterte.

Ihm war eiskalt, und seine Schläfen waren schweißnaß. In seinem Inneren tobten Wut und eine furchtbare Verwirrung. Er empfand ...

Ihm fehlten die Worte, das Gefühl zu beschreiben.

Während er dasaß, starrte er aus dem Fenster. Das massive Gebäude des KGB-Hauptquartiers erhob sich auf der anderen Seite des Platzes und wurde vom milden Licht der Sicherheitsbogenlampen angestrahlt. Lange Zeit blickte Lukin wie benommen dieses Bauwerk an.

Plötzlich merkte er, wie ihm Tränen in die Augen stiegen und ein quälendes Gefühl sich in seinem Inneren breitmachte. Er konnte kaum glauben, was Pascha ihm erzählt hatte.

Der Mann und die Frau auf dem Foto waren seine Eltern.
Das kleine Mädchen war seine Schwester.
Und Alex Slanski war sein Bruder Mischa.
Lukins richtiger Name lautete Petr Tarakanow.

Doch nachdem er die zweite fehlende Seite aus der Akte gelesen hatte, wußte er, daß es stimmte. Es schüttelte ihn, und die Wut, die in ihm aufstieg, war beinahe unerträglich. Er stürzte das vierte Glas Wodka in einem Zug herunter und schenkte sich das nächste ein.

Sein Verstand trübte sich, und dann fiel es ihm plötzlich wie Schuppen von den Augen. Er forschte in seinem Gedächtnis nach Erinnerungen aus seiner Vergangenheit; Erinnerungen, die er in dem Moskauer Waisenhaus hatte begraben müssen. Er zermarterte sich das Hirn, bis er Kopfschmerzen bekam. Früher hatte er stets zu vergessen versucht; jetzt konnte er nichts anderes tun, als sich zu erinnern.

An dem Tag, als er Anna Chorjowas Tochter aus dem Waisenhaus holen wollte und die Gesichter der jungen Bengel an dem Fenster sah, war es ihm kalt über den Rücken gelaufen. Und zwar deshalb, weil er seine eigene Vergangenheit gesehen hatte. Er erinnerte sich daran, wie er selbst immer sehnsüchtig aus dem Fenster geschaut hatte, nachdem sein Bruder weggelaufen war. Er hatte die Hoffnung nie aufgegeben. Er hatte gehofft, daß Mischa zurückkommen würde. Gehofft, daß Mischa noch am Leben war. Aber man hatte ihm erzählt, daß Mischa tot sei.

Er war nicht tot.

Er lebte.

Man hatte ihn angelogen. Und Katja auch.

Lukin wurde von seinen Erinnerungen dermaßen überwältigt, daß er das Gefühl hatte, in seinem Hirn müßte ein Blutgefäß platzen.

Er hatte nur noch eine vage Erinnerung an den Mann, der sein Vater gewesen war. An seine Mutter konnte er sich besser erinnern. Lukin war damals noch ein kleiner Junge gewesen. Mutter ging mit ihm durch einen Wald. Es war Sommer. Sie pflückten Blumen. Mit der einen Hand hielt sie ihn fest, die andere hielt seinen Bruder. Die Frau lächelte ihn an ...

Denk nach!

Erinnere dich!

Dann sah er das Gesicht seines Bruders ganz deutlich vor sich, als hätte sich in seinem Inneren ein Vorhang gehoben. Es war dasselbe Gesicht wie auf dem Foto.

Slanski.

Er wußte, daß ihm an Slanskis Gesicht schon am Kontrollpunkt in Tallinn irgend etwas merkwürdig vertraut vorgekommen war.

Ein Nebel lichtete sich. Er erinnerte sich an den Tag, als er vor den Wölfen fortgelaufen war und sich in die Arme seines Vaters geflüchtet hatte.

»Wölfe, Papa!« hatte Lukin gerufen.

»Pah! Der macht sich gleich in die Hose!« sagte sein Bruder Mischa lachend.

»Ach ja? Und warum bist du dann auch gerannt?«

Mischa lächelte. »Deinetwegen, Brüderchen. Ich konnte dich nicht aufhalten.«

Sein Vater brachte sie in das warme, sichere Haus, und ihre Mutter schimpfte mit ihnen. Anschließend, in derselben Nacht, lag er im Bett, und der Sturm kam, und er hörte wieder die Wölfe, die im Wald heulten. Mischas Stimme ertönte im dunklen Zimmer. »Hast du Angst?«

Blitze zuckten, und Donner grollte draußen vor dem Haus. Da hatte Lukin angefangen zu weinen, aus Angst vor dem Lärm und dem grellen Licht und den wilden Tieren da draußen in den Wäldern, die dem Sturm trotzten.

»Hab keine Angst, Brüderchen. Mischa wird dich beschützen. Komm, schlaf bei mir.«

Immer noch weinend, hatte er sich neben seinen Bruder gekuschelt, und Mischa hatte ihn in die Arme genommen und an sich gezogen.

»Nicht weinen, Petja. Mischa wird dich immer beschützen. Wenn jemand dir weh tun will, mach' ich ihn tot. Hörst du, Brüderchen? Und wenn Mama ihr Baby bekommt, wird Mischa das Baby auch beschützen.«

Und die ganze Nacht hatte Mischa ihn festgehalten, ihn gewärmt, ihm Sicherheit gegeben und ihn getröstet.

Mischa ...

»Es überrascht mich, daß Sie die Muße finden, sich zu entspannen. Genießen Sie es, solange Sie können, Lukin.«

Er zuckte zusammen, als die Stimme hinter ihm ertönte, und fuhr herum. Lukin war sich nicht einmal der Tränen in seinen Augen bewußt, als er Romulka anstarrte, der mit einem spöttischen Grinsen auf dem Gesicht und einem Glas Brandy in der Hand hinter ihm stand.

Lukin wischte sich das Gesicht ab und drehte sich wieder um. »Gehen Sie zum Teufel.«

Romulka verzog das Gesicht. »Na, na, so spricht man aber nicht mit einem Kameraden. Sie sollten etwas respektvoller sein. Was ist denn los, Lukin? Machen Sie sich Sorgen, was Ihnen und Ihrer Frau passiert, wenn Berija erfährt, daß Sie ihn im Stich gelassen haben? Ich dachte, Sie würden vielleicht gern erfahren, daß der Franzose immer noch nicht geredet hat. Er hält sich bemerkenswert gut.« Er hielt sein Glas hoch und grinste. »Diese Arbeit macht durstig, und ich brauchte eine kleine Erfrischung, bevor ich richtig zur Sache komme. Und wenn Folter nichts nützt, habe ich noch etwas auf Lager, das Lebels Zunge ganz bestimmt löst. Und das bedeutet nur eins, Lukin: Sobald ich den Amerikaner gefunden habe, sind Sie erledigt. Dann fällt die Frau in meine Zuständigkeit.«

»Ich sagte, fahren Sie zur Hölle.«

»Nur eines bereitet mir noch Kopfzerbrechen. Wie ich höre, haben Sie die Frau heute abend nach Lefortowo verlegt. Wissen Sie, was daran merkwürdig ist? Das Gefängnis hat keine Unterlagen darüber, daß sie angekommen ist. Wie finden wir denn das?«

Als Lukin nicht antwortete, beugte Romulka sich tiefer zu ihm hinunter und sagte drohend: »Wenn Sie versuchen, das Weib vor mir zu verstecken, mache ich Sie einen Kopf kürzer. Wo ist diese Frau, Lukin? Wo steckt sie?«

Als Lukin dem Mann ins Gesicht starrte, wurde er von seiner Wut überwältigt.

»Wissen Sie, was Ihr Problem ist, Romulka? Sie und Ihresgleichen sind der Abschaum des KGB. Ihr seid blutrünstige Bestien und Feiglinge. Und wie alle Feiglinge genießen Sie es, anderen Schmerzen zuzufügen. Sie sind ein Mistkerl ohne jeden Funken Mitleid im Leib. Sie wollen wissen, wo die Frau ist? Hier haben Sie Ihre Antwort.«

Er schüttete Romulka den Wodka ins Gesicht.

Romulka warf wutentbrannt sein Glas fort, packte Lukin am Kragen, hob ihn hoch und schlug ihm mit der Faust ins Gesicht, Lukin wurde zurückgeschleudert.

Als er zu Boden fiel, stürzte Romulka sich auf ihn, um ihn

endgültig fertigzumachen. Für einen so großen Mann bewegte er sich schnell. Aber nicht schnell genug.

Lukin war schon wieder auf den Beinen und wich Romulkas Faust aus, die durch die Luft zischte. Das war seine Chance. Er riß den Arm hoch, und der Stahlhaken seiner Prothese drang in Romulkas Arm.

Der Oberst riß die Augen auf und schrie vor Schmerz.

Lukin zog ihn wie einen Fisch an der Angel auf sich zu und rammte ihm das Knie in die Lenden. Romulka kreischte, als Lukin den Haken aus seinem Fleisch riß und das Blut auf den Teppich spritzte.

Immer noch schreiend, stürzte Romulka zu Boden. Zwei Hauptmänner der Armee stürmten auf die beiden zu, um den Streit zu beenden.

»Lassen Sie ihn liegen!« fuhr Lukin sie an.

Die Männer warfen einen Blick auf Lukins wutentbranntes Gesicht und blieben wie angewurzelt stehen.

Romulka starrte Lukin mit schmerzverzerrter Miene und mordlüsternem Blick an. »Eines muß Ihnen klar sein, Lukin: Ich bin es, der den Wolf findet, verstanden? Ich werde Erfolg haben, und Sie werden scheitern. Und dann sind Sie erledigt, Lukin. Mausetot!«

Lukin holte ein Taschentuch aus der Hosentasche und polierte seinen Metallhaken, bis er wieder sauber war. «Kommen Sie mir noch einmal näher als zwei Schritte, Romulka, töte ich Sie, so wahr ich hier stehe.«

Er bemerkte, daß es totenstill geworden war. Die Leute starrten ihn fassungslos an, und einige strenge, ältere Offiziere zeigten deutlich ihre Ablehnung. Aber keiner rührte sich. Ihre Mienen machten klar, daß sie Lukin für verrückt hielten.

Lukin wandte sich an die beiden Offiziere. »Ich schlage vor, Sie verständigen einen Arzt, bevor der gute Oberst den Teppich versaut.«

Damit drehte er sich um und ging zur Tür hinaus.

Als Lebel wieder zu sich kam, fing er sofort an zu schreien.

Der Schmerz in seinen Hoden war unerträglich, und das ekelhafte Gefühl von Übelkeit war noch immer nicht verschwunden.

Plötzlich schüttete jemand ihm einen Eimer Wasser ins Gesicht. »Wach auf, Jude!« brüllte Romulka. »Wach auf!«

Lebel stotterte hinter seinem Knebel, als Romulka sich über den Tisch beugte. Er sah blaß aus und schien in einer mörderischen Stimmung zu sein. Lebel bemerkte den blutigen Verband an seinem Unterarm.

»Du bist ein dämliches Arschloch, Lebel, findest du nicht? Du brauchst nur eine einfache Frage zu beantworten. Wer hilft deinen Freunden in Moskau? Sag mir, wie ich sie finde, dann bist du frei. Und ich lasse dich nicht nur frei, ich tue dir sogar einen Gefallen. Ich verspreche dir, daß deinen Freunden nichts passiert. Ich bin nur hinter dem Amerikaner her. Hinter dem Amerikaner und seiner Nutte. Alle anderen interessieren mich nicht.«

Schweiß und Wasser vermischten sich auf Lebels Gesicht, und er murmelte etwas hinter seinem Knebel.

»Hast du was zu sagen?«

»Sie Mistkerl ... Sie machen ... einen Fehler ...«

Romulkas Miene nahm einen mörderischen Ausdruck an. »Wie Sie wünschen.«

Lebel fühlte, wie das Werkzeug wieder an seinem Hodensack befestigt wurde. Erneut schoß der Schmerz durch seinen Körper, nur war er diesmal noch viel schlimmer. Seine Schreie hallten von den Wänden wider, und Tränen schossen ihm aus den Augen. Es war einfach zuviel ...

Niemand konnte das ertragen. Sein gepeinigter Schrei erfüllte die Zelle.

»NEIN ...!«

»Hol mir das Skopolamin!« fuhr Romulka einen seiner Leute an.

Der Mann ging zum Tisch und kam mit einer Spritze zurück, die mit einer gelblichen Flüssigkeit gefüllt war. »Die Wahrheitsdroge«, sagte Romulka zu Lebel. »Sie werden so oder so reden, Lebel, aber wir wollen doch mal sehen, wieviel Schmerzen Sie noch aushalten können, ja?«

Romulka drehte die Schraube noch enger, und der Schmerz verstärkte sich, bis jede Faser von Lebels Körper zu brennen schien.

Er schrie wie am Spieß.

Es war zuviel.

Er konnte es nicht mehr ertragen. Es war ein Gefühl, als würde der Hoden gleich platzen. Er versuchte, Romulka zu sagen, daß er reden wollte, daß er ihm alles erzählen, alles tun würde, damit der Schmerz endlich aufhörte, doch vorher wurde er von einer Ohnmacht erlöst.

Sie erreichten ihr Ziel um 23.30 Uhr.

Es gab keine Straßenbeleuchtung, und Massey mußte sich anstrengen, um den Lieferwagen zu erkennen, der am Ende der Straße parkte. Die Scheiben waren zugefroren, doch er sah, daß der Fahrer ein paar Stellen freigekratzt hatte, damit er hinausschauen konnte. Der Ukrainer klopfte gegen die Seitenscheibe.

»Ich bin's. Sergei. Mach auf.«

Die Fahrertür wurde geöffnet, und ein junger Mann blickte hinaus. Sein Atem bildete Wolken in der eisigen Luft. Er wirkte durchgefroren, obwohl er einen dicken Mantel, eine Mütze und einen Schal trug, der die Hälfte seines Gesichts bedeckte.

»Das wurde aber auch Zeit, *Kapitän*.«

Massey und der Ukrainer stiegen in das eiskalte Fahrerhäuschen. »Was, zum Teufel …?« entfuhr es dem jungen Mann, als er Massey erkannte.

Nachdem er sich von dem Schock erholt hatte, fragte er Massey: »Wollen Sie mir erzählen, was hier eigentlich vorgeht?«

»Später. Wie ist die Lage?«

»Sie sind noch drin. Soweit ich es beurteilen kann, haben sie sich nicht gerührt. Es ist die dritte Datscha auf der linken Seite.«

Massey rieb eine Stelle an dem vereisten Fenster frei. Er sah die dunklen Umrisse der Häuser an der Straße und zählte das dritte ab. Ein paar Bäume standen davor. Dann erklärte er dem Fahrer alles, was er auch dessen Gefährten erklärt hatte. Zuerst würde Massey allein gehen. Wenn er nicht in einer halben Stunde wieder draußen war oder die Männer einen Schußwechsel hörten, sollten sie das Haus von vorn und von hinten stürmen.

Als der Fahrer seine Waffe überprüfte und den Schalldämpfer aufschraubte, sagte Massey: »Übernehmen Sie die Rückseite.«

Der junge Bursche grinste. »Kein Problem. Ich mache alles, wenn ich dafür aus Moskau rauskomme.«

Massey schaute den rothaarigen Mann an. »Sie bleiben vorn und gehen im Garten in Deckung. Wenn jemand anders als ich das Haus verläßt, wissen Sie, was Sie zu tun haben.«

»Sind Sie sicher, daß Sie drinnen keine Hilfe brauchen?«

Massey schüttelte den Kopf. »Eines muß Ihnen klar sein. Der Mann ist bewaffnet und gefährlich. Äußerst gefährlich. Also seien Sie vorsichtig.«

Der rothaarige Mann grinste. »Wie Sie meinen, Amerikaner. Aber wir waren bei der SS, schon vergessen? Wir können auf uns aufpassen. Stimmt's, Sergei?«

»Wie der *Kapitän* sagt.«

»Ich kann für Sie nur hoffen, daß Sie recht haben«, sagte Massey.

Er blickte zur Datscha hinüber. Slanski hatte keine Fluchtmöglichkeit mehr. Und wenn Massey versagte, würden die beiden Männer den Job zu Ende bringen.

Er überprüfte die Tokarew. Seine Hände zitterten, und ihm war dermaßen übel, daß er sich beinahe übergeben hätte.

»He, alles in Ordnung, Amerikaner?« fragte der Fahrer.

Massey nickte und holte tief Luft.

Sie machten einen Uhrenvergleich. »Gut, los geht's«, sagte Massey, und die drei Männer stiegen aus.

Lukin saß im Einsatzraum und blätterte die Liste mit den Fahrzeughaltern durch. Was er sich Romulka gegenüber geleistet hatte, war töricht gewesen. Doch seine Wut hatte ihn einfach überwältigt; er hatte nichts dagegen tun können. Jetzt versuchte er, sich auf die Papiere zu konzentrieren.

Laut Gesetz – und aus Gründen der inneren Sicherheit – waren alle öffentlichen und privaten Fahrzeuge in der Sowjetunion bei der Miliz und dem Zweiten Direktorat des KGB gemeldet. Nummernschilder und Fahrzeugscheine wurden streng kontrolliert und jedem verweigert, der wegen schwerer Verbrechen oder politischer Vergehen verurteilt worden war. Also hatte Lukin die Liste mit den Dissidenten weggeworfen.

Statt dessen war er ins Meldebüro gegangen und hatte dem diensthabenden Offizier Berijas Brief gezeigt. Zehn Minuten später war der Mann mit einer zehnseitigen Liste von eingetragenen Skodabesitzern in Moskau zurückgekommen.

Lukin hatte eine weitere Viertelstunde gebraucht, um zwei mögliche Verdächtige herauszufiltern. Es war nur ein Dutzend graue Skodas auf weibliche Halter eingetragen. Er stellte natürlich auch in Rechnung, daß der Wagen sehr wahrscheinlich auf den Namen des Ehemannes angemeldet sein würde, wenn die verdächtige Frau verheiratet war. Aber zwei Frauen stachen auf der Liste hervor.

Die eine hieß Olga Prinatin. Lukin kannte sie. Die Frau war eine berühmte Primaballerina am Bolschoi-Theater und ähnelte in nichts der Frau, die Rysow ihm beschrieben hatte.

Die andere Halterin eines grauen Skoda hieß Irina Dezowa. Sie wohnte im Ramenki-Bezirk südwestlich von Moskau. Lukin kannte die Gegend. Dort hatten viele hohe Armeeoffiziere ihre Wochenenddatschas. Nadja könnte an so einem Ort gefangengehalten worden sein. Als Lukin die weiteren Einzelheiten über Irina Dezowa las, ging sein Puls schneller. Die Frau war Witwe, achtunddreißig Jahre alt, und der Akte lag die Kopie eines Fotos bei, das eine attraktive, dunkelhaarige Frau zeigte. Lukin konnte weiter in den Archiven des Zweiten Direktorats nach Informationen graben und versuchen, etwas aufzustöbern, das ihr ein Motiv gab. Doch der Instinkt des Jägers sagte ihm, daß er auf der richtigen Fährte war.

Als er sich erhob, flog die Tür auf.

Pascha kam herein. Sein Gesicht wirkte immer noch ausgemergelt, und er war bleich.

»Warum bist du nicht zu Hause?« wollte Lukin wissen. »Ich will dich aus der Angelegenheit raushalten. Du steckst schon in genug Schwierigkeiten.«

»Ich wollte nur sehen, ob es dir gutgeht.« Der Mongole zögerte. »Und ich muß mit dir reden. Irgendwas braut sich zusammen.« Er sah den Notizblock in Lukins Hand. »Hast du was rausgekriegt?«

Als Lukin ihm von Irina Dezowa berichtete, lächelte Pascha. »Vielleicht bist du da auf eine Goldmine gestoßen. Glaubst du, daß Alex Slanski ihre Datscha als sicheres Versteck benutzt?«

»Mehr habe ich nicht, Pascha.«

»Aber ich habe was für dich. Eben ist Romulka in einem Sis vom Hof gebraust. Er schien es verdammt eilig zu haben, und ein weiterer Wagen mit bis an die Zähne bewaffneten Kerlen ist ihm gefolgt. Ich habe in der Gruft angerufen. Anscheinend geht es dem Franzosen ziemlich schlecht. Der Gefängnisarzt hat ihm eine Morphiumspritze gegeben.«

Lukin wurde kalkweiß.

»Sieht aus, als hätte Romulka recht behalten. Der Franzose ist offenbar zusammengebrochen. Vielleicht hat Romulka ihn auch nur bis zu den Haarwurzeln mit Skopolamin vollgespritzt, damit der arme Hund endlich redet. Was tust du jetzt?«

Lukin griff nach seinem Gürtel mit dem Halfter und legte es schnell an. »Ich werde ihnen folgen und herausfinden, welche Richtung sie einschlagen. Fahren sie nach Ramenki, was ich vermute, muß ich versuchen, Romulka zuvorzukommen. Wenn nicht, stecke ich in Schwierigkeiten. Ich habe keine Zeit mehr, Dezowa weiter zu untersuchen. Gib mir die Autoschlüssel, Mann, schnell.«

»Fährst du allein?«

»Ich nehme mir unterwegs ein paar Leute mit«, sagte Lukin.

»Und was passiert, wenn er Anna Chorjowa dort antrifft? Wie willst du ihm das erklären?«

»Das ist mein Problem. Aber du hältst dich da raus, Pascha. Das ist ein Befehl.«

»Ich bin krankgeschrieben, das hast du wohl vergessen.

Also brauche ich keine Befehle auszuführen.« Pascha zögerte, und seine Miene verfinsterte sich. »Was tun wir, wenn wir auf Slanski stoßen?«

»Das weiß der Himmel.«

»Wenn die Frau und der Mann Romulka in die Hände fallen, sind sie genauso erledigt wie wir.«

In Lukin stiegen plötzlich Panik und Verwirrung auf. Die ganze Angelegenheit war völlig aus den Fugen geraten, und er wußte nicht einmal genau, was er tun wollte, wenn er die Datscha erreichte. Falls es sich überhaupt um die richtige Adresse handelte! Er wollte nicht, daß Pascha mitkam, wußte aber, daß es sinnlos war, mit ihm zu streiten. Außerdem hatte er keine Zeit dafür. Der Mongole mißachtete seinen Befehl eher aus Loyalität als aus Mangel an Respekt.

»Ich habe eine bessere Idee«, sagte Lukin plötzlich. »Wo ist dieser Lebel?«

»In der Gefängnisklinik. Der Arzt flickt ihn immer noch zusammen.«

»Hol Lebel und bring ihn auf den Hof. Wir nehmen ihn mit. Ich könnte mich irren, was Irina Dezowa angeht. Vielleicht erzählt er uns auch, was er Romulka gestanden hat.«

»Der Wachposten meinte, er hätte kaum gehen können.«

»Laß dir vom Arzt Morphium geben. Tu, was nötig ist, aber schaff mir diesen Franzosen her!« Er gab Pascha Berijas Brief. »Wenn einer fragt, zeig ihm einfach das hier.«

Er nahm den Autoschlüssel vom Tisch und ging zur Tür. »Wir müssen uns beeilen. Romulka hat einen ziemlichen Vorsprung.«

54. KAPITEL

Massey brauchte fünf Minuten, um sich einen Weg durch den Wald zur Rückseite der Datscha zu bahnen. Als er unter den Bäumen heraustrat, stand er vor einem Garten mit verwitterten, schneebedeckten Obstbäumen.

Die Jalousien auf der Rückseite der Datscha waren offen,

aber die Fenster waren alle geschlossen, und durch die Vorhänge drang kein einziger Lichtschimmer. Links von ihm stand ein Gebäude, das wie ein großer Holzschuppen aussah. Ein Wagen parkte davor.

Massey hielt sich im Schatten, als er weiterging und schließlich die kleine, gepflasterte Veranda erreichte. Vorsichtig drehte er den Griff der Hintertür. Sie war nicht verschlossen, und er drückte leicht dagegen. Die Tür knarrte ein wenig und schwang dann schnell auf.

Im Inneren des Hauses war es stockfinster. Massey blieb einige Sekunden stehen und wartete auf eine Reaktion. Er spürte den Schweiß auf seinem Gesicht, während er angestrengt lauschte und wartete.

Nichts geschah.

Die Stille war quälend.

Schließlich trat er über die Schwelle. Drinnen stank es nach ranzigem Essen. Dem Geruch nach zu urteilen, mußte er sich in der Küche befinden.

Er knipste die Taschenlampe an. Der Raum war groß und schlicht eingerichtet. Massey sah einen Tisch, ein paar Stühle. Töpfe und Haushaltsgeräte. Vor ihm war der Flur und auf halber Höhe eine Tür, unter der ein Lichtschein schimmerte. Er ging vorsichtig auf das Licht zu. Sein Herz hämmerte gegen die Rippen.

Als er die Tür erreichte, zögerte er und lauschte erneut. Schweigen. Er hob die Tokarew.

Klick.

In der Stille kam ihm das schwache Geräusch wie eine Explosion vor. Himmel!

Wieder wartete er auf eine Reaktion.

Nichts.

Er holte tief Luft, öffnete die Tür und trat rasch ins Zimmer. Noch während er vergeblich ein Ziel suchte, spürte er die kalte Mündung einer Waffe am Hals.

Er erstarrte und wollte sich umdrehen, als die Person hinter der Tür hervortrat.

»Versuchen Sie's lieber nicht, Jake.« Es war Slanskis Stimme. »Und lassen Sie die Waffe fallen. Wir müssen uns unterhalten.«

Als der BMW über die Lushnikowski-Brücke in Richtung Oktoberplatz fuhr, wischte sich Lukin den Schweiß von der Stirn und schaute auf die Uhr.

Halb zwölf.

Lebel stöhnte laut auf. Der Franzose saß auf dem Rücksitz und hatte die Augen geschlossen. Lukin hatte ihm Handschellen angelegt, doch wie es aussah, war es vollkommen überflüssig. Der Mann war immer noch benommen von den Drogen. Die Kombination aus Skopolamin und Morphium wirkte nach Auskunft des Arztes wie ein starkes Schmerzmittel, verursachte aber Benommenheit. Vielleicht war es ja Zeitverschwendung, daß sie den Franzosen überhaupt mitgenommen hatten.

Pascha schaute nach vorn. »Wenn das so weitergeht, können wir von Glück reden, wenn wir vor Sonnenuntergang in Ramenki ankommen.«

Aus irgendeinem Grund staute sich der abendliche Verkehr auf der Brücke.

»Irgendwas stimmt da vorn nicht.«

Der Platz der Oktoberrevolution lag am anderen Ende der Brücke. Dort stand der Verkehr ebenfalls, und die Fahrer stiegen aus ihren Wagen. Lukin hatte keine Sirene, und Romulka hatte bereits fünf Minuten Vorsprung.

Er bremste, und Pascha wollte aussteigen, aber Lukin kam ihm zuvor.

»Bleib hier. Ich finde raus, was da los ist.«

Lukin lief zu dem Stau. Weiter vorn sah er, daß ein Lastwagen über die Brücke geschleudert war und den Verkehr zum Oktoberplatz blockierte. Es sah chaotisch aus. Lukin fluchte. Er hielt einen Fußgänger an, der mit gesenktem Kopf aus Richtung der Unfallstelle kam. »Was ist da hinten los?«

Der Mann zuckte mit den Schultern. »Ein Lastwagen blockiert die Fahrbahn. Zwei Wagen sind zu schnell über die Brücke gerast, und der Lastwagen mußte ausweichen, sonst wären sie zusammengestoßen.«

Lukin konnte Romulkas Sis nirgends sehen. Die Mistkerle hatten anscheinend den Unfall verursacht und waren einfach weitergefahren. Er lief zum Wagen zurück, stieg ein und schlug frustriert auf das Lenkrad.

»Was ist los?« fragte Pascha.

Lukin erzählte es ihm.

»Das hat uns gerade noch gefehlt«, meinte der Mongole. »Jetzt holen wir Romulka nie mehr ein.«

Lukin fuhr sich mit der Hand über das Gesicht und dachte krampfhaft nach. Unter der Auffahrt zur Brücke lag die Einfahrt zum Gorki-Park, der sich an der zugefrorenen Moskwa erstreckte. Weiter entfernt sah er die Umrisse des Hotels Warschau, von dem ein kleiner Weg zum Lenin-Prospekt führte. Es war zwar die falsche Richtung, aber nur so konnten sie diesen Stau umgehen.

»Halt deinen Hut fest«, sagte er zu Pascha. »Jetzt wird's richtig spannend.«

Er legte den Gang ein, scherte aus der Reihe aus und fuhr auf den Bürgersteig, wo er mit Lichthupe und Signalhorn die Fußgänger verscheuchte, als er in Richtung Park fuhr.

Massey saß auf einem Stuhl, und seine Tokarew war auf ihn selbst gerichtet.

Er blickte Slanski unbewegt an. »Es ist vorbei, Alex, ganz gleich, wie Sie es auch drehen und wenden. Lebel ist vom KGB entführt worden, und es kann nicht lange dauern, bis er redet. Das kann nur eins bedeuten: Die Jungs in Schwarz werden dieser Datscha sehr bald einen Besuch abstatten.«

»Wenn Sie glauben, daß ich jetzt aufgebe, dann sind Sie schief gewickelt, Jake.«

»Ich habe doch gesagt, es ist vorbei. Warum benehmen Sie sich wie ein Idiot?«

Slanski lächelte, aber seine Stimme klang überhaupt nicht belustigt. »Instinkt, wenn Sie so wollen. Lebenslang eingeübte schlechte Gewohnheiten. Außerdem wäre es eine ungeheure Verschwendung, diese Gelegenheit nicht zu nutzen.«

Massey schüttelte den Kopf. »Sie werfen nicht nur Ihr Leben weg, sondern auch das von Anna und Irina.«

»Washington hat Sie doch nicht den weiten Weg hergeschickt, nur um mit mir zu plaudern. Sie sind hier, um mir eine Kugel in den Kopf zu jagen, stimmt's nicht, Jake?«

Massey schwieg, doch Slanski konnte an seiner Miene die Antwort ablesen. »Würden Sie das fertigbringen, Jake? Könnten Sie Anna und mich töten?«

»Wenn es sein muß«, erwiderte Massey tonlos.

»Ihr Blick spricht aber eine ganz andere Sprache. Eigentlich wollen Sie es nicht tun, Jake.«

»Es steht mehr auf dem Spiel, nicht nur euer Leben. Moskau will euch lebend fangen. Und sobald man euch als Beweis vorzeigen kann, haben die Russen Grund genug, einen Krieg anzuzetteln.«

»Was bedeutet, daß in Washington Köpfe rollen, wenn das hier schiefgeht.« Slanski stand auf. »Sie sind nicht allein hergekommen, stimmt's?«

»Die Datscha ist vorn und hinten gedeckt«, erwiderte Massey ruhig. »Es gibt keinen Ausweg.«

Slanski dachte einen Augenblick nach. »Welche Beweise hat Moskau, daß ich hier bin, um Stalin zu töten?«

»Sie haben Beweise, das habe ich Ihnen doch gesagt. Und man wird sie auch benutzen, sobald man Sie gefunden hat.«

»Da wäre ich mir nicht so sicher, mal ganz abgesehen davon, daß ich mich nie lebend erwischen lassen würde. Glauben Sie tatsächlich, daß Moskau vor aller Welt zugeben würde, jemand wäre nahe genug an Stalin herangekommen, um ihn zu töten? Da irren Sie sich. Es wäre der größte Gesichtsverlust, den der Kreml jemals erlebt hätte. Sie werden schön den Mund halten und so tun, als wäre nichts passiert. Und wenn ich Erfolg habe, werden einige Leute vielleicht sogar erleichtert sein.«

Massey wollte aufstehen.

»Bleiben Sie, wo Sie sind«, befahl Slanski.

»Darf ich rauchen?«

»Bewegen Sie sich schön langsam. Und wenn Sie gerade dabei sind, können Sie mir auch eine anzünden.«

Als Massey ihm die Zigarette reichte, setzte Slanski sich wieder. »Ich hätte nie gedacht, daß es einmal dazu kommen würde, Jake. Sie und ich. Es ist wie in dem Western ›Zwölf Uhr mittags‹.«

»So muß es nicht laufen. Geben Sie mir Ihr Wort, daß Sie die Operation abbrechen, und ich nehme Sie und die Frau mit zurück. Es ist zwar gegen meine Befehle, aber auf das Risiko habe ich mich eingestellt. Sie haben ganz richtig vermutet: Ich will nicht, daß einer von Ihnen draufgeht.«

»Wie umsichtig von Ihnen, Jake. Aber wie wollen Sie uns rausbringen, jetzt, wo Lebel aus dem Spiel ist?«

»Morgen mittag fliegt eine Transportmaschine nach Wien. Ich kann für uns alle Papiere beschaffen.«

»Und wenn ich nicht mitmache?«

»Dann kommen Sie hier nicht lebend raus. Weder Sie noch Anna noch Irina.«

»Würden Sie Anna auch töten?«

Als Massey schwieg, fragte Slanski: »Wie wäre es, wenn Sie Anna und Irina mitnehmen und mich die Sache zu Ende führen lassen?«

Massey schüttelte den Kopf. »Wir können nicht verhandeln, Alex. Alles oder nichts heißt die Devise. Ihr Leben liegt also in Ihren eigenen Händen. Wie lautet Ihre Entscheidung?«

Slanski lächelte dünn. »Was für eine schreckliche Welt ist das nur, Jake? Wir sind Freunde, und doch sind Sie bereit, mich zu töten. Und auch Anna. Mir blutet das Herz.«

Er hielt zwei Finger hoch und führte die Spitzen ganz dicht aneinander. »Ich bin so dicht dran, dem verrücktesten Kerl, den die Welt je gesehen hat, eine Kugel in den Schädel zu jagen, und nun kommen Sie und wollen mich daran hindern. Sie sind noch verrückter als ich.«

»Ich habe Ihnen die Gründe genannt. Washington kann das Risiko nicht eingehen.«

»Und Sie tun immer, was Washington sagt?«

»Irgendwie habe ich das Gefühl, als verschwende ich hier nur meine Zeit«, sagte Massey zornig.

Er beugte sich vor, um seine Zigarette auszudrücken, und griff plötzlich nach der Pistole.

Doch Slanski war zu schnell. Er schoß und traf Masseys Handgelenk.

Massey fiel zurück und hielt sich mit schmerzverzerrtem Gesicht das Handgelenk.

»Sie sind langsam geworden, Jake. Ich hätte Ihnen das Auge ausschießen können. Vielleicht sollte ich Sie einfach umbringen. Dann wäre die Sache erledigt.«

Er zog ein Taschentuch heraus und warf es Massey zu. Der wickelte es sich um die blutende Wunde.

»Alex, Sie machen einen ... großen Fehler ... Hören Sie mir zu ... um Annas Willen.«

Slanskis Stimme klang scharf, als er antwortete: »Was geht Sie Anna an? Tut mir leid, Massey, aber ich habe genug gehört. Stehen Sie auf.«

Als Massey sich mühsam aufrappelte, kam jemand über den Flur. Augenblicke später betrat Anna das Zimmer.

Als sie Massey sah, wollte sie etwas sagen, doch es kam kein Laut über ihre Lippen. Sie starrte ihn nur schockiert an.

»Ich erkläre es dir später«, meinte Slanski. »Hol Wasser und kümmere dich um Massey. Und weck Irina. Wir müssen hier raus.«

Lukin hatte fünf Minuten bis zum Lenin-Prospekt gebraucht und war jetzt unterwegs zum Ramenki-Bezirk.

Pascha versuchte, Lebel zu wecken, ohrfeigte ihn und schrie ihn an, aber der Franzose war immer noch bewußtlos.

»Mist«, sagte der Mongole schließlich frustriert. »Es war reine Zeitverschwendung, ihn mitzuschleppen.«

»Versuch es noch mal!«

Pascha gehorchte, doch der Franzose stöhnte nur, ohne das Bewußtsein wieder zu erlangen.

Lukin fluchte vor Enttäuschung. »Laß ihn.«

Auf den Landstraßen herrschte wenig Verkehr, und die Straßen waren von einer dichten, festgefahrenen Schneeschicht bedeckt. Als sie die Kreuzung Lomonosow-Prospekt erreichten, bogen sie rechts ab. Plötzlich sah Lukin die roten Rückleuchten eines anderen Wagens gut hundert Meter vor ihnen.

Als er dichter heranfuhr, erkannte er, daß es sich um einen schwarzen Sis handelte und daß ein weiterer großer Wagen vor ihm fuhr.

»Ich glaube, wir haben Glück«, sagte Pascha.

Die beiden Fahrzeuge vor ihnen fuhren trotz des Schnees sehr schnell, doch der BMW hatte Schneeketten und einen starken Motor. Lukin trat das Gaspedal durch und scherte aus, damit er einen besseren Blick auf den ersten Wagen werfen konnte. Es war ebenfalls eindeutig ein Sis.

»Wenn das Romulka ist, und du überholst ihn, wird er den Braten riechen«, meinte Pascha.

»Was soll ich sonst tun?«

Pascha grinste. »Nichts. Aber du möchtest gern das Gesicht von diesem Schwein sehen, wenn er uns erkennt. Los, überhol ihn.«

Lukin trat das Gaspedal wieder durch. Den Bruchteil einer Sekunde schlingerte der schwere Wagen, als die Reifen auf dem Schnee Halt suchten. Dann jedoch griffen die Schneeketten, und der Motor brüllte heiser auf, während Lukin erneut nach links ausscherte. Er überholte den hinteren Wagen. Vier stämmige Zivilisten saßen darin, die dem BMW finster hinterherblickten, als dieser vorbeischoß.

Dann war Lukin auf einer Höhe mit dem ersten Sis.

Er schaute nach rechts, genau wie Pascha, erhaschte einen Blick auf den Fahrer und erkannte Romulka auf dem Beifahrersitz. Im nächsten Moment war der BMW an dem Wagen vorbei.

Der Fahrer und Romulka blickten nach links, als Lukin sie einholte.

Für einen Moment wurde das Gesicht des KGB-Oberst von den Straßenlaternen erleuchtet, und sie sahen sein Erstaunen, als er Lukins Wagen erkannte.

Pascha kurbelte sein Fenster herunter, streckte den Arm heraus und zeigte Romulka seinen schlanken Mittelfinger. »Mach's dir darauf bequem, Arschloch!« brüllte er.

Romulkas Gesicht verzerrte sich vor Wut bei dieser Geste; dann war der BMW am Sis vorbei.

Lukin scherte wieder nach rechts ein, ohne die Geschwindigkeit zu verlangsamen.

Pascha lachte.

»Mußt du immer so diplomatisch sein?« wollte Lukin wissen.

»Scheiß drauf. Mit den Konsequenzen befasse ich mich später.«

»Ihr Mongolen seid unverbesserlich.«

»Das liegt uns im Blut. Was erwartest du von jemandem,

der einen Kerl wie Dschingis Khan in der Ahnenreihe hat?«

Auf dem Rücksitz stöhnte Lebel. Er schien zu sich zu kommen. Dann aber verstummte er wieder. Lukin schaute in den Rückspiegel.

Die Wagen hinter ihnen schienen zu beschleunigen und blieben ihnen auf den Fersen. Lukin tropfte der Schweiß von der Stirn. »Wie weit noch?« fragte er Pascha.

»Ungefähr vier Kilometer. Wenn du mit dieser Geschwindigkeit weiterfährst, haben wir genug Zeit, in der Datscha alles zu regeln, bevor der Mistkerl dir im Nacken sitzt.«

Slanski blies die Öllampe aus, und es wurde dunkel im Zimmer.

Er schaltete die Taschenlampe ein. Die Tokarew hielt er in der anderen Hand. Er leuchtete in eine Zimmerecke.

Massey saß auf dem Boden, die Hände hinter dem Rücken gefesselt. Anna und Irina kauerten neben ihm. Sie waren angezogen. Irina war kreidebleich vor Angst. »Und wenn Sie die Frauen freilassen und ich mein Glück versuche?«

»Ich habe Ihnen schon gesagt, daß ich das nicht tun kann, Alex«, erwiderte Massey und vermied es, Anna anzusehen.

»Sie sind ein Mistkerl, Massey. Die beiden sind längst aus dem Geschäft. Was kann es schaden?«

»Ich habe meine Befehle ...«

Massey sah, daß Anna ihn entsetzt musterte. Slanski hatte ihr erzählt, warum Massey gekommen war, und er hatte ihre ungläubige Reaktion gesehen.

»Anna, es tut mir leid. Es liegt nicht an mir. Wenn Alex weitermacht, müssen wir sterben. Er muß mit diesem Wahnsinn aufhören.«

Sie wandte ihr Gesicht ab. »Ich glaube nicht, daß es noch wichtig ist, Jake«, erwiderte sie hoffnungslos. »Nichts ist mehr wichtig.«

»Sagen Sie ihm, daß er aufhören soll, weil sonst keiner von uns hier lebend rauskommt ... Sie können nirgendwo mehr hin.«

Bevor Anna antworten konnte, sagte Slanski: »Halten Sie den Mund, Massey. Noch einen Ton, und es war ihr letzter.«

Er knipste die Taschenlampe aus und trat ans Fenster. Er wartete, bis seine Augen sich an die Dunkelheit gewöhnt hatten; dann zog er den Vorhang etwas zurück und spähte hinaus. Der Garten wirkte im Mondlicht geradezu unheimlich ruhig. Slanski glaubte einen Schatten am Gartentor zu sehen, doch dann war er wieder verschwunden. Er ließ den Vorhang wieder zurückfallen, knipste die Taschenlampe ein und leuchtete Massey ins Gesicht.

»Wie viele Leute warten da draußen?«

Massey antwortete nicht. Slanski senkte die Tokarew und zielte auf Masseys Kopf. »Wenn Sie nicht reden, schieße ich Ihnen den Kopf weg. Wie viele?«

»Zwei.«

»Wer?«

»Agenten, die wir vor Monaten hier abgesetzt haben.«

»Erzählen Sie mir mehr von ihnen.«

»Es sind ehemalige ukrainische SS-Leute.«

»Sie treiben sich ja in feiner Gesellschaft herum, Jake. Das überrascht mich.«

»Sie hatten die Wahl zwischen einem Prozeß wegen Kriegsverbrechen oder der Zusammenarbeit mit uns.« Masseys Stimme hatte einen verzweifelten Unterton, als er weitersprach. »Lassen Sie mich mit den Leuten reden, Alex, um Himmels willen ...«

Slanski schüttelte den Kopf. »Sind Sie sicher, was die Zahl angeht? Oder wollen Sie die Leute lieber noch mal durchzählen?«

»Es sind zwei, das habe ich doch gesagt.«

»Ich hoffe in Ihrem Interesse, daß Sie mich nicht anlügen.« Er warf Anna Masseys Waffe zu. »Wenn er sich bewegt, erschieß ihn. Tust du es nicht, wird er dich umbringen.«

Er reichte Irina die Taschenlampe.

»Machen Sie das Ding aus. Und schalten Sie es nicht wieder an, bevor ich zurückgekommen bin. Geben Sie mir die Wagenschlüssel.«

Irina warf ihm einen gehetzten Blick zu. »Hier kommen wir nie lebendig heraus. Wir werden alle sterben ... Mein Gott ...!«

Die Frau zitterte vor Angst. Slanski gab ihr eine Ohrfeige.

»Halten Sie den Mund und tun Sie, was ich sage. Vielleicht überleben Sie dann. Die Schlüssel! Und machen Sie endlich die verdammte Taschenlampe aus!«

Irina nahm mit zitternden Fingern die Schlüssel aus der Tasche, reichte sie Slanski und schaltete dann die Lampe aus. Mit einem Schlag war es dunkel im Raum.

Dann knarrte leise die Tür, und Slanski war verschwunden.

In der Küche war es stockfinster und eiskalt.

Als Slanski hineinging, sah er, daß die Tür nach draußen nur angelehnt war. Er durchquerte lautlos den Raum und hielt die Tokarew schußbereit.

Der verschneite Garten wirkte in dem wäßrigen Mondlicht blaßgrau. Slanski stellte seine Augen lange auf die Dunkelheit ein, indem er den dunklen Schuppen und den Wagen fixierte, und versuchte, eine Bewegung zu erkennen, sah aber nur Schatten und Dunkelheit.

Er wußte nicht, ob Massey die Wahrheit gesagt hatte. Es konnten mehr als zwei Männer hier draußen auf ihn warten, und sie konnten sich überall verstecken. Ihm blieb nur eine Möglichkeit, das herauszufinden.

Er hielt die Tokarew in der Faust, legte sich flach auf den Bauch und kroch aus der Tür. Augenblicke später schlängelte er sich über den eiskalten, gefliesten Boden des Hofes, bis er den Schuppen erreicht hatte, wo der Wagen stand.

Er wartete auf eine Bewegung oder ein Geräusch. Als keines kam, schloß er die Fahrertür auf, steckte den Schlüssel in das Zündschloß, ließ die Wagentür angelehnt und wollte weiterkriechen.

»Lassen Sie die Waffe fallen, und heben Sie die Hände«, befahl die Stimme hinter ihm auf russisch. »Und dann drehen Sie sich langsam um.« Slanski gehorchte, ließ die Tokarew zu Boden fallen und drehte sich um. Er sah den jungen Mann etwa drei Meter entfernt im Schatten stehen.

Der Mann trat vor. Er war kräftig gebaut, hatte eine Pistole in der Hand und grinste. »Eins muß ich Ihnen lassen, Sie bewegen sich verdammt leise. Aber nicht leise genug. Wo ist mein amerikanischer Freund?«

»Im Haus.«

»Ist er tot?«

»Leider lebt er noch.« Slanski deutete mit einem Nicken auf den Garten. »Angeblich seid ihr doch zu zweit. Wo ist Ihr Genosse?«

»Das werden Sie bald feststellen. Drehen Sie sich um und gehen Sie zum Haus. Und versuchen Sie keine Tricks. Ich bin ein hervorragender Schütze.«

»Wenn Sie es sagen. Sie haben nur eins vergessen.«

»Ach ja? Und was?«

»Das.«

Slanski wirbelte herum und riß dabei in einer fließenden Bewegung den Nagantrevolver hoch. Die schallgedämpfte Waffe gab ein leises Husten von sich. Sein Gegner hatte keine Chance. Der Schuß traf ihn über der Nase. Er wurde gegen den Wagen geschleudert und rutschte daran herunter.

Slanski hockte sich hin und wartete auf eine Reaktion auf den Schuß. Als nichts geschah, hob er die Tokarew auf und schleppte den Toten zur Rückseite des Schuppens.

Der zweite Ukrainer hockte sich in die Büsche vor den Garten und lauschte angespannt. Er hatte ganz eindeutig etwas gehört.

Er wußte nur nicht genau, was.

Stimmen? Oder war es der Wind in den Bäumen gewesen? Er stand etwas auf, legte die Kalaschnikow neben sich auf den Boden und rieb sich die Beine, um die Blutzirkulation anzuregen. Was ging hier vor? Der Amerikaner müßte längst herausgekommen sein.

Er schaute auf die Uhr.

Die leuchtenden Zeiger zeigten eine Viertelstunde vor Mitternacht. Er würde noch ein paar Minuten warten; dann wollte er zum Haus schleichen. Bis dahin würde er jeden erschießen, der zur Tür herauskam.

Eigenartig, aber die Situation stieg ihm ein bißchen zu Kopf. Es war fast wie damals, als sie kommunistische Partisanen im Kaukasus verfolgt hatten. Es fehlte nur seine SS-Uniform und eine anständige deutsche MP-40-Maschinenpistole. Er lächelte, nahm seine Waffe wieder in die Hand, hockte sich hin und wartete.

»Machen Sie die Taschenlampe an!«

Irina schaltete die Lampe ein und leuchtete Slanski an. Der stand vor ihnen und betrachtete Massey. »Sieht aus, als hätten Sie vielleicht doch nicht gelogen, was die Zahl der Leute angeht, Jake. Auf jeden Fall ist es jetzt einer weniger. Beschreiben Sie mir den Mann, der vorn wartet.«

Als Massey nicht antwortete, hielt Slanski ihm die Tokarew an den Kopf. »Reden Sie, oder ich komme in Versuchung.«

»Er heißt Boris Kowal. Ein ehemaliger ukrainischer SS-Hauptmann.«

»Hat er was drauf?«

Massey nickte.

»Wie gut ist er?«

»Einer der besten, die wir je ausgebildet haben. Allerdings brauchte er nicht viel Training. Er war schon hervorragend, bevor wir angefangen haben.«

»Welche Waffen hat er?«

Massey zögerte.

»Sie können es mir sagen, oder wir schicken Sie vorn raus und erfahren es auf die harte Tour.«

»Eine Kalaschnikow.«

Slanski pfiff leise. »Dann stecken wir wohl in der Klemme.« Er drehte sich zu Irina und Anna um. »Wir gehen hinten raus. Massey auch. Wenn ich den Befehl gebe, versteckt ihr euch hinten im Wagen und haltet eure Köpfe unten. Den Rest überlaßt ihr mir.«

Als Anna aufstand, schaute Massey sie an. Ihre Blicke begegneten sich einen Moment, und er erkannte an ihrer Miene, daß alles Vertrauen zwischen ihnen zerstört war.

Massey wollte etwas sagen, doch Anna hatte das Zimmer bereits verlassen und ging zur Tür. Irina folgte ihr mit zitternden Knien. Dann zog Slanski Massey auf die Füße und schob ihn hinterher.

Pascha sah auf die Landkarte, während Lukin den Wagen auf der glatten Fahrbahn hielt.

»Wie weit noch?« wollte Lukin wissen.

»Die nächste links, dann sind wir da.«

»Das hast du schon vor einer Minute gesagt.«

»Die Straßen sehen bei dem verdammten Schnee alle gleich aus.« Lukin bog links ab, und sie fuhren eine lange, breite, birkengesäumte Straße entlang, an der rechts und links Datschas standen. Sie hielten an einer Kreuzung mit zwei Straßen. Die Häuser wirkten dunkel und verlassen.

Pascha nahm die Maschinenpistole vom Rücksitz und legte sie schußbereit auf den Schoß.

»Wie gehen wir vor?«

Lukin löschte das Licht. Nur das Mondlicht auf dem Schnee sorgte für Helligkeit, und die Straße wirkte unheimlich ruhig.

»Ich wünschte, ich wüßte es.«

»Verdammt, Juri, Romulka wird gleich hier eintrudeln!«

»Ich muß mit Slanski reden!«

»Hoffentlich hört er dir zu. Wenn nicht, bist du tot!«

»Ich gehe allein. Du wartest draußen.«

»Was hast du vor? Willst du an die Tür klopfen und sagen: ›Hallo, euer Besuch ist da‹? Slanski wird dir den Schädel wegpusten, sobald er dich sieht. Es muß eine andere Möglichkeit geben.«

»Ich habe keine Zeit, lange darüber nachzudenken.«

Plötzlich sah Lukin im Rückspiegel des Wagens am Ende der Straße Scheinwerfer auftauchen.

Pascha drehte sich um. »Die Mistkerle sind schon da. Wenigstens scheinen wir den richtigen Ort gefunden zu haben.«

Lukin beobachtete, wie die Scheinwerfer sich auf sie zu bewegten. »Kannst du sie noch ein bißchen hinhalten?«

»Du meinst, ich soll auf Romulka schießen?«

»In der Dunkelheit werden sie nicht unterscheiden können, was los ist oder wer da schießt. Zerschieß einfach die Reifen, das wird sie aufhalten. Dann komm zur Datscha. Ich warte da.«

»Falls du noch lebst. Na gut, auf geht's.«

»Sei vorsichtig«, riet Lukin.

Pascha verzog das Gesicht, packte seine Maschinenpistole fester, glitt aus dem Wagen und verschwand um die Ecke.

Der Franzose lag immer noch zusammengesunken auf dem Rücksitz.

Lukin legte den Gang ein und fuhr los. Er zählte die Nummern bis zur Datscha von Irina Dezowa ab.

Die Lichter waren ausgeschaltet. Er fuhr fünfzig Meter weiter zur nächsten Datscha auf derselben Straßenseite. Sie wirkte verlassen. Die Auffahrt war leer, die Lichter gelöscht und die Fensterläden vorgelegt. Lukin verlangsamte die Geschwindigkeit, bremste, legte den Rückwärtsgang ein und fuhr mit einem Schwung in die Auffahrt. Als er aus dem Wagen steigen wollte, stöhnte Lebel und schien zu sich zu kommen. Dann aber sank sein Kopf zur Seite, und er verlor erneut das Bewußtsein.

Lukin schloß die Handschellen auf, befestigte eine an der Hintertür und verließ den Wagen.

Er wußte immer noch nicht, was er eigentlich tun sollte. Aber er mußte sich auf jeden Fall beeilen. Romulka würde gleich um die Ecke biegen, und Pascha würde zu schießen anfangen. Wenn Slanski im Haus war, mußte er die Schüsse hören, was die Sache sicher nicht einfacher machte.

Die Akte, die Pascha gestohlen hatte, trug Lukin unter dem Uniformrock.

Er löste die Klappe seines Halfters und entsicherte die Tokarew, zog sie aber nicht heraus. Er hatte nicht vor, die Waffe zu benutzen, wollte aber auch kein unnötiges Risiko eingehen.

Er trat an seinen Kofferraum und kramte in der Werkzeugkiste, bis er die ölverschmierten Reste eines weißen Hemdes fand. Dann nahm er den Wagenheber und band das Hemd an ein Ende.

Es war zwar eine etwas merkwürdige weiße Fahne, aber sie mußte reichen. Wenn er genau über seinen Plan nachdachte, kam er ihm selbst lächerlich vor. Er wollte an die Haustür klopfen, Slanskis Namen rufen und darauf hoffen, daß er eine kooperative Antwort bekam. Es war riskant und bedeutete vielleicht den Tod, doch eine andere Idee hatte er nicht.

Entschlossen klappte Lukin den Kofferraumdeckel zu.

Im gleichen Moment hörte er Gewehrfeuer und das Quietschen von Bremsen am anderen Ende der Straße.

Die Geräusche zerrissen die Stille, und eine Sekunde später hörte er eine zweite Salve. Dann schien die Nacht in einem Hagel von Schüssen zu explodieren.

Pascha hatte das Feuer auf Romulkas kleinen Konvoi eröffnet, und wie es sich anhörte, schossen Romulka und seine Leute zurück.

Lukin lief der Schweiß aus allen Poren, als er fluchend zu der Datscha rannte.

55. KAPITEL

Die Sache stank.

Und das gefiel dem Ukrainer gar nicht. Kein bißchen.

Es war eine halbe Stunde verstrichen, seit der Amerikaner gegangen war, und es gab immer noch kein Lebenszeichen von ihm.

Was war da los? War er tot? Oder schlich er sich immer noch an seine Beute im Haus an?

Der Ukrainer hatte unendliche Geduld und hätte auch die ganze Nacht in dem eiskalten Garten ausgeharrt, aber diesmal hörte er auf seinen Instinkt.

Und der sagte ihm, daß etwas schiefgelaufen war.

Vor ein paar Sekunden war ein Wagen vorgefahren. Kowal hatte gespannt gelauscht. Jeder Muskel seines Körpers war angespannt. Er spähte durch die Büsche und sah, wie der BMW langsam vorbeifuhr. Die Schneeketten knirschten auf der verschneiten Straße.

Dieser Wagen war merkwürdig. Seine dunkle Lackierung glänzte im blassen Mondlicht. Es war ein schönes Fahrzeug, doch der Ukrainer konnte das Gesicht des Fahrers nicht erkennen. Er sah nur, daß er zur Datscha blickte, und er bemerkte auch die zweite Gestalt auf dem Rücksitz.

Was ging hier vor?

Er bereitete sich darauf vor, zu feuern, doch der Wagen fuhr vorbei. Dann sah er, wie der BMW in die Auffahrt der nächsten Datscha einbog und hörte, wie der Motor abgestellt wurde. Eine Tür wurde geöffnet, dann noch eine. Das Geräusch war deutlich zu hören. Dann wurde es wieder still.

Die Datschas waren verlassen. Kowal vermutete, daß sie nur an Wochenenden benutzt wurden. Vielleicht hatte sich einer der Besitzer kurzfristig entschieden, hier die Nacht zu verbringen. Möglicherweise war die Person auf dem Rücksitz ja eine Frau gewesen? Der Ukrainer hatte nicht genug gesehen, um es mit Sicherheit sagen zu können.

Mist!

Er lauschte angestrengt auf jedes weitere Geräusch, hörte aber nichts. Leise stand er auf.

Ob er nachschauen sollte? Ganz gleich, was er tat: Länger warten sollte er jedenfalls nicht mehr. Er hob die Kalaschnikow und wollte gerade auf die Straße treten.

Im gleichen Moment peitschten Schüsse durch die Nacht.

Kowal erstarrte.

Slanski warf einen Blick aus der Küchentür über den mondlichtüberfluteten Garten.

Hinter ihm warteten Anna und Irina. Massey war schon draußen. Seine Hände waren immer noch gefesselt, und Slanski preßte ihm den Lauf der Waffe in den Nacken:

»Sie zuerst, Massey«, flüsterte er und drehte sich zu den beiden Frauen um. »Wir müssen schnell zum Wagen kommen. Seid leise und vergeßt nicht, was ich euch eingeschärft habe!«

Er schob Massey auf den gepflasterten Hof hinaus und ging in die Hocke, weil er mit Gewehrfeuer rechnete. Als sich nichts rührte, liefen sie rasch zum Schuppen und dem Skoda.

Slanski öffnete die hintere Tür und schob Massey hinein. Anna setzte sich neben ihn.

Irina saß schon auf dem Beifahrersitz, als Slanski neben ihr hinter das Steuer glitt. »So weit – so gut.«

Leise kurbelte er das Fenster an der Fahrerseite herunter und tastete nach dem Zündschlüssel. Seine Muskeln spannten sich an, als er den ersten Gang einlegte, jedoch die Kupplung niedergetreten hielt. Er zögerte und schaute auf die verschneite Einfahrt und die Straße.

Sie sah leer aus, und nirgends waren Autos zu sehen.

Es waren ungefähr dreißig Meter bis dorthin. Sie konnten die Strecke in wenigen Sekunden schaffen, wenn er schnell beschleunigte.

Er drehte den Zündschlüssel.

Der Motor stotterte und erstarb. Slanski war verzweifelt.

Im selben Augenblick brach die Hölle los.

In der Dunkelheit prasselte eine Gewehrsalve wie Feuerwerk, gefolgt vom Geräusch quietschender Reifen. Alle im Skoda erstarrten. Auch Slanski rührte sich nicht.

»Was soll denn das ...?«

Wieder fielen Schüsse. Slanski drehte erneut den Zündschlüssel, und diesmal sprang der Motor an.

Er schaltete die Lampen ein, und die Scheinwerfer tauchten die Ausfahrt in helles Licht. Slanski ließ die Kupplung kommen, gab Gas, und der Skoda schoß den schmalen Weg entlang.

Als Lukin die Datscha erreichte, war jeder Muskel in seinem Inneren angespannt.

Das Blut jagte durch seine Adern, als er die Schüsse hörte. Er hatte die weiße Fahne in der Hand, und als er in Richtung Zufahrt rannte, sah er plötzlich eine Gestalt aus den Büschen vor dem Garten treten.

Es war ein großer, massiger Mann mit einer Kalaschnikow in der Hand. Er lief auf die Vorderseite der Datscha zu.

Lukin erstarrte.

Der Mann war von den Schatten verdeckt, und der Major konnte nicht erkennen, ob es sich um Slanski handelte.

Noch bevor er reagieren konnte, heulte plötzlich ein Motor auf, und zwei Scheinwerfer flammten auf. Sie tauchten die Auffahrt in gleißendes Licht. Lukin war völlig verwirrt. Der Mann mit der Kalaschnikow blieb ebenfalls wie angewurzelt stehen. Dann jagte ein Wagen aus der Dunkelheit über die Zufahrt.

Lukin sah verblüfft, wie der Mann im Garten herumwirbelte und eine Salve auf den Skoda feuerte, als der Wagen an ihm vorbeiraste.

Lukin warf sich zu Boden, als die Waffe losratterte. Er hörte, wie die Kugeln in das Metall einschlugen, als der Fahrer mit einigen schnellen Schüssen antwortete.

Der Skoda schlingerte auf die Straße, und der Mann mit der Kalaschnikow rannte wild feuernd hinterher.

Glas splitterte, als der Wagen auf dem Schnee schleuderte. Dann fing der Fahrer ihn ab und bog nach links auf die Straße ein.

Dabei flog eine Tür auf, und eine Gestalt stürzte aus dem Wagen in den Schnee und rollte über die Straße.

Lukin beobachtete ungläubig, wie der Mann mit der Kalaschnikow immer noch auf den davonjagenden Skoda feuerte; dann aber erkannte er plötzlich Slanski hinter dem Steuer.

Der Mann hatte sein Magazin leergeschossen, riß ein neues aus der Tasche, lud hastig durch und hob die Waffe.

Lukin zog seine Pistole, als der Mann sich umdrehte. Entsetzen zeichnete sich auf seinem Gesicht ab, als er Lukin sah.

Als der Mann die Kalaschnikow hob, feuerte Lukin zweimal. Die Schüsse trafen den Mann in Brust und Hals und schleuderten ihn in den Schnee.

Lukin rannte auf die Straße und blickte den Rückleuchten des Skoda hinterher, die sich in rasender Fahrt entfernten.

»NEIN ...!« schrie er.

Hinter ihm ertönte ein schmerzerfülltes Stöhnen. Als Lukin sich umdrehte, sah er die Gestalt, die aus dem Wagen geschleudert worden war. Es war ein Mann, und er wälzte sich im Schnee. Er hatte eine Wunde in der Brust, und sein Gesicht war vor Schmerz verzerrt. Dann erst sah Lukin, daß dem Mann die Hände auf den Rücken gefesselt waren.

»Himmel ... Helfen Sie mir ...«

Der Mann sprach englisch.

Völlig verwirrt stand Lukin einige Augenblicke regungslos da. Dann hörte er plötzlich Schreie, und eine Gruppe von

Männern lief die Straße entlang auf ihn zu. Sie hielten Taschenlampen in den Händen.

Romulka lief voran. Er hatte seine Pistole in der Hand. »Halt!« rief er. »Bleiben Sie stehen, wer immer Sie sind!«

Wo war Pascha?

Lukin drehte sich um und sah, daß die Rücklichter des Skoda verschwunden waren. Er kniete sich hin, packte den Verwundeten am Kragen und zerrte ihn zu seinem BMW.

Nach zehn Sekunden war Lukin beinahe außer Atem. Schüsse peitschten auf, und die Kugeln ließen kleine Schneefontänen vor ihm hochspritzen.

Er blickte zurück. Romulka und seine Leute waren kaum fünfzig Meter entfernt.

»Halt! Stehenbleiben!«

Lukin lief weiter. Der Mann war schwer wie Blei. Als er seinen Wagen erreicht hatte, riß er die Beifahrertür auf, hob den Mann hinein, schlug die Tür zu und hastete hinter das Steuer. Er ließ den Motor an, der donnernd zum Leben erwachte.

Als er auf die Straße fuhr, rannten zwei Männer auf ihn zu und schossen mit ihren Pistolen auf den Wagen.

Die Kugeln schlugen dumpf ins Metall ein, und die Heckscheibe zersplitterte.

Als Lukin nach hinten schaute, kam Lebel zu sich. Lukin hörte, wie der Mann stöhnte. »Wo bin ich …?« fragte er benommen.

»Kopf runter!«

Er überzeugte sich nicht lange davon, ob der Mann gehorchte, sondern gab Gas, duckte sich und jagte davon.

Das Chassis wurde von Kugeln fast durchsiebt, als er über die Straße fegte.

Lukin warf noch einen letzten Blick in den Rückspiegel und sah, wie Romulka mitten auf der Straße hinter ihm herrannte und wild feuerte. Das Gesicht des KGB-Oberst war zu einer haßerfüllten Fratze verzogen.

56. KAPITEL

Lukin fluchte wie ein Rohrspatz.

Er hatte die Scheinwerfer ausgeschaltet, weil er sich nicht verraten wollte, falls er auf den Skoda stieß, doch die Straße war nicht beleuchtet, und es war schwierig, den BMW gerade zu halten. Hin und wieder kam er zu nahe an den Bordstein, und das Vorderrad erhielt einen Schlag. Er mußte das Lenkrad mit aller Kraft festhalten, damit es ihm nicht aus der Hand flog.

Was er getan hatte, war verrückt, aber er mußte Slanski einfach folgen. In der Dunkelheit sah er nur leere, verlassene Straßen.

Der Skoda hatte vielleicht eine Minute Vorsprung, aber der BMW war schneller. Also konnte er noch nicht weit gekommen sein. Außerdem konnte Lukin eine Reifenspur auf dem Schnee erkennen. Das mußte Slanski sein.

Er gelangte an eine Straßengabelung, und die Spuren bogen nach links ab. Lukin fuhr so schnell, wie es ihm in der Finsternis möglich war.

Was war mit Pascha passiert? Lukin vermutete, daß die Schießerei zu gefährlich geworden war und der Mongole versucht hatte, zur Datscha zurückzulaufen.

Und wenn Romulka ihn getötet hatte? Dieser Gedanke ließ Lukin beinahe verzweifeln. Andererseits ... Er kannte Pascha. Er war zwar eigensinnig, aber auch er besaß den Listenreichtum seines Volkes. Lukin glaubte – und hoffte –, daß der Mann irgendwie davongekommen war.

Der Franzose war jetzt bei Bewußtsein. Allmählich ließ die Wirkung der Droge nach. Die Schießerei hatte ihn offensichtlich aufgeschreckt. Als Lebel den verwundeten Mann auf dem Beifahrersitz sah, beugte er sich plötzlich vor und blickte ihn verwundert an.

»Jake ...?«

Lukin wußte nicht, was das Wort bedeutete und ob es Französisch oder Englisch war, weil der Mann so undeutlich sprach. Aber der Verwundete neben ihm war kaum bei Bewußtsein. Sein Kopf war ihm auf die Brust gesunken. Er gab gurgelnde Geräusche von sich und hustete Blut.

Der Franzose beugte sich über den Vordersitz und fühlte den Puls des Mannes. »Was ist los?« fragte er verwirrt, diesmal auf russisch. »Um Himmels willen, sehen Sie denn nicht, daß er stirbt?«

Irgend etwas in seinem Tonfall und seinem Verhalten machte deutlich, daß Lebel den Verwundeten kannte.

Der Wagen fuhr rumpelnd gegen den Bordstein, und Lukin riß das Steuer herum, während er versuchte, den Spuren vor ihm zu folgen. Sein Beifahrer stöhnte, und sein Kopf fiel zur Seite.

»Kennen Sie ihn?« fragte Lukin drängend.

»Ja.«

»Wer ist es?« wollte Lukin wissen.

Lebel schaute ihn verwundert an. »Wer sind Sie? Und wie kommen Sie hierher?«

»Ich bin Major Lukin vom KGB. Ich habe Sie aus der Lubjanka befreit.«

Der Franzose blickte ihn verständnislos an und schwieg. Lukin vermutete, daß er vom Morphium noch zu benommen war, um in ihm den Mann zu erkennen, der ihn im Hotel vernommen hatte. Außerdem schien Lebel beträchtliche Schmerzen zu haben. Noch bevor Lukin antworten konnte, sah er etwa hundert Meter entfernt die roten Rückleuchten eines Wagens. Sein Herz setzte einen Schlag aus. Er hatte fast die Moskwa erreicht und die Brücke, die nach Nowodewitschi führte. Als der Wagen vor ihm über diese Brücke rollte und geradeaus weiterfuhr, wußte Lukin, daß der Wagen auf dem Weg zum alten Kloster war.

Es konnte sich nur um Slanski handeln.

Lukin hatte seit der Datscha nur diese eine Reifenspur im Schnee gesehen. Slanski war offenbar verzweifelt und wußte nicht, wohin er noch gehen konnte. Das verlassene Kloster würde ihm für kurze Zeit Unterschlupf gewähren.

Lukin fuhr langsamer und spähte durch die Windschutzscheibe. In diesem Moment sah er die Mauer des Klosters links von sich. Das Herz hämmerte ihm gegen die Rippen, als er sah, wie der Wagen vor ihm langsamer wurde und links zum Klostereingang abbog. Lukin hatte einen großen Sicherheitsabstand gehalten und immer noch kein Licht angeschaltet. Er vermutete, daß die Insassen des Wagens ihn nicht bemerkt hatten. Und auch aus der Entfernung glaubte er sicher zu sein, daß es sich bei dem Fahrzeug um einen hellen Skoda handelte.

Als er sich der Abzweigung näherte, beschleunigte Lukin, schaltete das Licht an und fuhr daran vorbei. Er drehte sich um und sah, daß der Skoda vor dem Eingang gehalten hatte. Er sah das zerschmetterte Rückfenster und seufzte erleichtert. Hundert Meter weiter schaltete er das Licht wieder aus, wendete und fuhr zum Kloster zurück. Dort stellte er den Motor ab und wartete. Er sah, wie eine Gestalt im Bogengang verschwand. Augenblicke später tauchte sie wieder auf, stieg auf den Fahrersitz, und der Skoda rollte durch den Bogen und verschwand.

Lukin wartete einen Moment, ließ den Motor wieder an und fuhr näher ans Kloster heran. Fünfzig Meter vom Eingang entfernt stellte er den Motor wieder ab und ließ den Wagen bis kurz vor dem Bogengang ausrollen. Das Gittertor stand offen.

Der Mann auf dem Beifahrersitz stöhnte wieder.

»Er stirbt«, sagte der Franzose. »Unternehmen Sie doch etwas, um Himmels willen. Schnell.«

»Hören Sie zu, Lebel. Ich will Ihnen nichts antun. Wenn Sie tun, was ich sage, kommen Sie mit dem Leben davon. Wollen Sie Ihre Freiheit wiederhaben?«

Lebel starrte ihn ungläubig an. »Würde mir vielleicht jemand netterweise mal erklären, was hier eigentlich los ist? Ich werde entführt, verbringe zwei Tage in einer stinkenden Zelle, muß zulassen, daß ein Verrückter mir fast einen Hoden zerquetscht und behauptet, ich würde nie wieder das Sonnenlicht sehen. Und jetzt fragen Sie mich, ob ich meine Freiheit wiederhaben will, als wäre das alles nur ein schrecklicher Irrtum gewesen.«

Lukin reichte ihm die Schlüssel zu den Handschellen. »Hier, machen Sie die Dinger ab.«

Die Geste schien den Franzosen zu verblüffen, und er schloß rasch die Handschellen auf. »Wer ist Ihr Freund hier?«

Lebel zögerte. »Ein Amerikaner«, sagte er dann. »Er heißt Jake Massey. Wenn Sie mehr wissen wollen, fragen Sie Ihren Freund Romulka.«

»Wir haben keine Zeit für lange Erklärungen. Und Romulka ist ganz bestimmt kein Freund. Seien Sie froh, daß ich Sie aus den Kellergewölben befreit habe. Romulka hatte noch Schlimmeres mit Ihnen vor, das versichere ich Ihnen. Aber jetzt möchte ich, daß Sie eine Nachricht ins Kloster bringen.«

»Ich verstehe nicht«, sagte Lebel verwundert und verzog vor Schmerz das Gesicht.

»Ihre Freunde aus der Datscha sind gerade hier hineingefahren. Ein Mann namens Slanski ist dabei. Sagen Sie ihm, daß ich mit ihm reden will. Und sagen Sie ihm auch, daß es wichtig ist und ich ihm nichts Böses will.«

Lukin sah die Verwirrung auf dem Gesicht des Franzosen.

»Er wird Ihnen nicht glauben, Lebel, aber ich versichere ihm, daß es kein Trick ist. Hier, ich möchte, daß Sie ihm das geben.« Er zog den Aktenordner aus seiner Uniformjacke und reichte ihn dem Franzosen. »Sagen Sie ihm, er soll das hier aufmerksam lesen. Erklären Sie ihm, daß Major Juri Lukin herausgefunden hat, warum er ausgewählt wurde, den Wolf zu jagen. Wenn er das gelesen hat, muß ich mit ihm reden.«

Lebel runzelte unsicher die Stirn.

»Bitte, vertrauen Sie mir«, bat Lukin ihn eindringlich. »Niemand ist mir gefolgt, und ich will keinem von Ihnen schaden. Machen Sie das Slanski klar. Und nehmen Sie meine Waffe mit, wenn Sie mir nicht glauben.«

Er zog die Tokarew aus dem Halfter und reichte sie Lebel. Als der Franzose die Waffe nicht nehmen wollte, packte Lukin die Hand des Mannes, drückte ihm die Pistole hinein und schloß die Finger darum.

»Nehmen Sie die Waffe. Können Sie fahren?«

Lebel blickte ihn verstört an und nickte.

»Dann fahren Sie mit meinem Wagen ins Kloster«, sagte Lukin. »Und erklären Sie Slanski, daß ich am Fluß warte. An der Bank, die er kennt. Nehmen Sie Ihren Freund mit. Die anderen können ihm nicht helfen.«

Er stieg aus und half Lebel auf den Fahrersitz. Der Franzose wand sich vor Schmerz.

»Immer langsam«, stöhnte er.

Lukin stopfte Lebel die Tokarew und den Ordner in die Tasche. »Schaffen Sie es?«

»Mon ami, wenn ich dafür nicht in die Lubjanka zurück muß, schaffe ich alles.«

»Wie fühlen Sie sich?«

Lebel knurrte. »Als hätte jemand mein rechtes Ei gebraten.«

Lukin nahm die provisorische weiße Fahne vom Boden des Wagens und kurbelte das Fahrerfenster herunter. »Nehmen Sie das hier und winken Sie, wenn Sie hineinfahren!«

Der Franzose blickte ihn beunruhigt an. »Glauben Sie, daß man auf mich schießen wird?«

»Ich hoffe nicht.«

»Ich glaube, ich sollte mich langsam aus dem Pelzgeschäft mit Rußland zurückziehen. Vielleicht gehe ich irgendwo hin, wo es sicherer ist, zum Beispiel in die Hell's Kitchen nach New York. Drücken Sie mir die Daumen!«

»Fahren Sie, schnell. Und denken Sie daran, was ich Ihnen gesagt habe.«

Lebel fuhr auf den Eingang des Klosters zu. Als Lukin beobachtete, wie er auf dem dunklen Hof verschwand, schlug irgendwo eine Kirchturmuhr halb eins.

Er ging zum Fluß hinunter. Hier war es einsam, und das Eis glänzte silbrig im Mondschein. Er setzte sich auf die Bank, nahm eine Zigarette aus der Packung, zündete sie zitternd an und wartete.

Massey kam wieder zu sich, als er im Wagen saß.

Ein eiskalter Windstoß wehte ihm durchs offene Fenster ins Gesicht. Dann schoß eine Welle von Schmerz durch seinen ganzen Körper. Er stöhnte gequält auf und schmeckte das Blut auf seinen Lippen. Seine Lungen und seine Brust fühlten sich an, als würden sie brennen, aber seine Stirn war eiskalt. Er hustete, und Blut tropfte aus dem Mund auf seinen Mantel.

Mein Gott, ich sterbe! dachte er.

»Ganz ruhig, Jake«, sagte eine Stimme neben ihm. »Wir sind fast da, du alter, gottverdammter Hurensohn. Stirb mir jetzt bloß nicht unter den Händen weg!«

Massey nahm wie aus weiter Ferne ein Licht am Ende eines Ganges wahr, sah die offenen Spaliergitter und einen Hof mit einem Garten. Der Wagen fuhr sehr langsam, blieb schließlich stehen, und der Motor erstarb. Der Mann neben ihm winkte und rief: »He! Ich habe hier einen Schwerverletzten bei mir, um Himmels willen! Helft mir endlich!«

Die Stimme hallte von den Wänden des Klosterhofs wider.

In der eisigen Stille schienen die nächsten Momente sich wie Stunden zu dehnen. Dann hörte Massey eine andere Stimme antworten, doch sie war zu weit weg, als daß er die Worte hätte verstehen können.

»Nicht schießen!« schrie der Mann neben ihm. »Nicht schießen! Ich habe Massey bei mir. Er ist schwer verletzt!«

Slanski erschien aus dem Nichts. Er hielt eine Waffe in der Hand.

Massey versuchte, sich zu bewegen, doch alle seine Sinne schienen plötzlich unscharf zu werden, als ein merkwürdiger Nebel ihn umhüllte und er auf dem Sitz nach vorn sank.

57. KAPITEL

Die Gebäude um den Klosterhof waren schon seit langer Zeit Ruinen; die Sakristei an der Rückseite der alten Kirche machte da keine Ausnahme. Strom gab es nicht. Es stank nach Urin und Exkrementen, und der Putz bröckelte von den Wänden.

Anna hielt die Taschenlampe, während Irina schwitzend Lebel und Slanski dabei half, Massey hereinzutragen. Der Franzose konnte kaum laufen. Doch als das Licht der Lampe auf Massey fiel, schlug sie entsetzt eine Hand vor den Mund. Blut sickerte aus den Wunden unter seiner Kleidung, und sein Gesicht war leichenblaß.

Slanski legte den Verwundeten auf den Boden. »Ziehen Sie ihm so schnell wie möglich den Mantel aus«, sagte er zu Irina.

Irina gehorchte, doch kaum hatte sie ein paar Knöpfe geöffnet und die Wunden gesehen, hielt sie inne. »Sie vergeuden nur Ihre Zeit«, stellte sie fest. »Er wird es nicht schaffen, weil er zuviel Blut verloren hat.« Sie wandte sich an Lebel und warf ihm einen wütenden Blick zu, jetzt, nachdem der erste Schreck über seinen Anblick sich gelegt hatte. »Da hast du mich ja schön reingeritten!«

»Das könnte ich über mich auch sagen.«

»Lebel, ich würde dich am liebsten umbringen, du Mistkerl!«

»Das ist nicht meine Schuld, Liebling. Manchmal laufen die Dinge eben schief. Sei froh, daß wir beide noch am Leben sind.«

Irgend etwas in Irina schien zu zerspringen. Sie hob eine Hand, um Lebel eine Ohrfeige zu geben. Doch er fing den Schlag mitten in der Luft ab.

»Nicht, *cherie*«, sagte er. »Siehst du nicht, daß ich schon genug Schmerzen habe?«

Slanski fühlte Masseys Puls und schrie die beiden an: »Ihr könnt es später ausboxen. Irina, geh raus und sieh zu, daß du Wasser findest! Wir müssen die Wunden reinigen.«

Irina wollte protestieren, doch als sie Slanskis Miene sah, fügte sie sich und verließ schnell den Raum.

»Ich soll Ihnen das hier geben«, sagte Lebel zu Slanski. Er hielt ihm den Ordner und die Tokarew hin. »Mit besten Empfehlungen von einem gewissen Major Lukin. Ich nehme an, Sie kennen sich?«

Slanski erstarrte und preßte die Lippen zusammen.

»Lukin hat uns hergefahren. Er war allein und hat mir aufgetragen, Ihnen auszurichten, daß er Ihnen nicht ans Leder will. Ich soll Ihnen versichern, daß es sich nicht um einen Trick handelt und daß man ihm auch nicht gefolgt ist.« Er sah die Verwirrung auf Slanskis Gesicht und fuhr fort: »Glauben Sie mir: Auf wessen Seite der Major auch stehen mag, es ist nicht die des KGB. Er hat mich vorhin gerettet. Übrigens halten Sie Lukins Waffe in der Hand – er ist unbewaffnet.«

»Würden Sie mir bitte erklären, was das hier eigentlich für ein Zirkus ist?«

»Sie sprechen mir aus dem Herzen. Diese ganze Angelegenheit wird von Minute zu Minute verwirrender. Eben noch bin ich in Paris, im nächsten Moment werde ich in einer stinkenden Zelle in Moskau gefoltert, und einer meiner Hoden wird beinahe zerquetscht. Und dann, als Krönung, werde ich von einem einarmigen, abtrünnigen KGB-Major befreit, der meinen Schutzengel spielt. Das Leben kann einen mit seinen Überraschungen manchmal ganz schön in Atem halten.«

»Wo ist Lukin jetzt?«

»Er wartet draußen am Fluß auf Sie. Er sagt, daß er dringend mit Ihnen reden muß. Es ist angeblich sehr wichtig.« Lebel deutete auf den Aktenordner. »Aber Sie müssen erst das da lesen. Ich soll Ihnen noch etwas ausrichten: Dieser Major Lukin hat herausgefunden, warum er ausgewählt wurde, den Wolf zur Strecke zu bringen. Was auch immer das bedeuten mag.«

Slanski schaltete verwirrt die Taschenlampe an und schlug den Ordner auf.

Lebel drehte sich zu Anna um. »Sie müssen einer meiner Passagiere sein, richtig? Ich fürchte, daß wir von Glück reden können, wenn wir nach dem heutigen Abend aus Moskau herauskommen, ganz zu schweigen davon, wie wir es bis Finnland schaffen sollen. Es sieht ziemlich hoffnungslos aus.«

Bevor Anna etwas sagen konnte, stöhnte Massey auf. Er verlor immer mehr Blut. Anna legte ihm eine Hand auf die fiebrig heiße Stirn, beugte sich über ihn und flüsterte: »Stirb nicht, Jake, laß mich nicht allein.«

Plötzlich zuckten Masseys Lider, und er öffnete die Augen. »Anna ...« Seine Stimme war kaum mehr als ein Flüstern.

»Beweg dich nicht und sprich nicht, Jake. Bleib ganz ruhig.«

»Anna ... Verzeih mir ...«

»Nicht reden, Jake, bitte.«

Massey hustete und spuckte Blut. Es lief ihm das Kinn herunter. Er schloß die Augen, und sein Kopf sank schwer zur Seite. Anna hatte Tränen in den Augen, als sie Slanski anschaute. »Meine Güte, Alex, kannst du denn nichts tun?«

Doch Slanski hörte ihr gar nicht zu. Er stand da und las in dem Ordner. Sein Gesicht hatte einen merkwürdigen Ausdruck, und er wurde immer blasser – blasser, als Anna ihn je gesehen hatte. Und er schwieg, während er ein Foto in der Hand hielt und es wortlos anstarrte.

Anna schrie Lebel an: »So tun Sie doch etwas!«

Lebel kam näher und fühlte Masseys Puls, als Irina hereinkam. Sie trug einen Zinkeimer, in dem Wasser schwappte.

»Das ist alles, was ich gefunden habe. Es ist aus einem Überlauffaß.«

Lebel blickte auf und ließ Masseys schlaffen Arm fallen.

»Ich fürchte, es ist Zeitverschwendung. Massey ist tot.«

Es hatte wieder zu schneien angefangen, und der vereiste Fluß wirkte in der Dunkelheit gespenstisch weiß.

Hinter den Silberbirken am anderen Ufer sah Lukin die Lichter von Moskau. Aus der Ferne blinkte der rote Stern auf dem Kreml wie ein Leuchtfeuer durch den dichten Schneefall. Slanski saß neben ihm. Dieser Moment besaß eine Zeitlosigkeit, die für beide Männer ergreifend war. Slanski wirkte immer noch schockiert und hielt den Ordner in der Hand. Er war zum Ufer gegangen, vorsichtig, bis er Lukins verwirrten Blick bemerkt hatte, als sie sich anschauten. Dieser Blick machte ihm klar, daß er nichts zu befürchten hatte. Lange saßen die beiden Männer schweigend nebeneinander. Schließlich brach Lukin die Spannung und das Schweigen. »Dein Freund ... Wird er es schaffen?«

»Er ist tot.«

»Das tut mir leid.«

»Wir müssen alle sterben. Dagegen kann man nichts ausrichten.«

Lukin blickte Slanski eindringlich an. »Hast du den Ordner gelesen?«

»Ja.«

»Und glaubst du, was du gelesen hast?«

»Ich hatte meine Zweifel, aber jetzt ... Wenn ich dich aus der Nähe anschaue, dann glaube ich es. Und nach dem, was Lebel mir erzählt hat, hast du sein Leben gerettet, und unseres auch. Du hättest all diese Schwierigkeiten nicht auf dich genommen, würdest du es nicht ernst meinen.«

Lukin schaute nach vorn auf den Fluß. »Wer hätte das

gedacht? Jetzt weißt du, warum man mich ausgewählt hat, dich zu jagen und zu töten. Ein perverser Witz Stalins. Hetze Bruder auf Bruder. Blut gegen Blut.« Er holte tief Luft und blies eine Atemwolke in die kalte Nacht. Dann schüttelte er den Kopf. »Ich kann es immer noch nicht glauben.«

»Erzähl mir, was in der Nacht passiert ist, als ich das Waisenhaus verlassen habe«, bat Slanski ihn leise. »Erzähl, was danach geschehen ist.«

Lukin schaute ihn an. Er hatte Tränen in den Augen, und seine Stimme war beinah erstickt von Gefühlen.

»Muß das sein?«

»Ich muß es wissen, Petja.«

»Es ist schon lange her, seit jemand mich so genannt hat. Es kommt mir seltsam vor, wie aus einem anderen Leben. Ich habe sehr viel aus meiner Vergangenheit verdrängt. Es kam mir wie ein schrecklicher Alptraum vor. In dem Augenblick, da ich den Ordner aufschlug, habe ich mir tatsächlich eingebildet, daß ich es erfolgreich begraben hätte.«

»Du mußt es mir erzählen.«

Lukin schüttelte den Kopf. »Es wird nichts nützen. Ich habe über zwanzig Jahre lang versucht, es zu vergessen. Und vielleicht ist es besser, wenn du es nicht weißt.«

Die Gefühle drohten Lukin zu überwältigen. Slanski legte die Hand leicht auf die Schulter seines Bruders. »Nimm es nicht so schwer, Petja.«

Sie blieben einige Augenblicke schweigend sitzen. Dann sagte Slanski: »Das Zusammensein mit dir und Katja kam mir oft wie die einzige Wirklichkeit vor, die ich kannte. Als ich euch beide in dieser Nacht im Waisenhaus zurückgelassen habe, hatte ich das Gefühl, alles verloren zu haben. Ich habe nie erfahren, was aus euch geworden ist. Und dieser Schmerz war schlimmer, als euch tot zu wissen. Es hat mir das Herz herausgeschnitten und nur ein Loch übrig gelassen, wo ihr beide gewesen seid. Ich muß es wissen.«

Lukin schaute zur Seite. In der Nähe der Stadt sah er die Lichter des Verkehrs, die sich durch den Schnee bewegten. Die Szenerie schien so normal, obwohl in seinem Inneren der Aufruhr tobte. Er spürte die Qual wie einen scharfen Stich in der Brust und drehte sich um.

»In der Nacht, in der du geflohen bist, haben Katja und ich dir vom Fenster aus hinterhergeschaut. Es war, als würden wir noch einmal Mutter und Vater verlieren. Dasselbe Leid, derselbe Schmerz. Katja war untröstlich. Sie hat dich geliebt, Mischa. Du warst für sie Vater und Mutter.

Es muß gegen vier Uhr morgens gewesen sein, als du weggelaufen bist. Katja hat es das Herz gebrochen, und sie wurde von Weinkrämpfen geschüttelt. Ich konnte ihr nicht helfen. Eine der Aufseherinnen ist in den Schlafsaal gekommen und hat uns gefunden. Als sie entdeckte, daß du geflüchtet bist, hat sie Alarm gegeben und uns in einen Keller gesperrt. Dann sind zwei Männer von der Geheimpolizei gekommen. Sie wollten von uns wissen, wohin du geflohen bist, und haben gedroht, uns zu töten, wenn wir es ihnen nicht verrieten.« Seine Stimme bebte vor Wut. »Katja war erst fünf Jahre alt, aber die Kerle haben sie geschlagen und gefoltert, genau wie mich. Nach drei oder vier Tagen haben sie uns erzählt, daß du nie wieder zurückkommen würdest. Man hätte deine Leiche auf einem Gleis in der Nähe des Metrobahnhofs Kiew gefunden. Ein Zug hätte dich zermalmt. Diese Nachricht hat Katjas Inneres zerstört, als wäre in ihr ein Licht erloschen. Ihre Augen waren leer, sie aß nichts mehr, trank nichts mehr. Man hat einen Arzt geholt. Aber die Ärzte, die in die Waisenhäuser kamen, interessierten sich nicht dafür, ob man lebte oder starb. Es gab so viele Waisen, da kam es auf eine mehr oder weniger nicht an.«

Er zögerte. »Am nächsten Tag haben sie mich in eine Besserungsanstalt gesteckt. Aus diesen Anstalten schöpft das KGB oft seine Rekruten. Katja wurde in ein Waisenhaus in Minsk geschickt. Ich habe sie nie wiedergesehen.« Er blickte auf. »Es war auch kein richtiges Waisenhaus, sondern ein spezielles Krankenhaus. Für besondere Kinder.«

»Was meinst du damit?«

»Es war ein Heim für geistig zurückgebliebene Kinder. Die wirklich schweren Fälle wurden in verschlossenen Zellen gehalten und waren wie Tiere an ihre Betten gekettet. Aber Katja fehlte eigentlich nichts, außer daß sie ein gebrochenes Herz hatte und niemanden an sich heranließ.« Lukin machte eine Pause. »Als der Krieg kam und die Deutschen näher rückten, ordnete Stalin an, daß sämtliche Insassen von Spezialkrankenhäusern liquidiert werden sollten, um Nahrungsmittel zu sparen. Sie führten die Patienten in Gruppen in die Wälder und erschossen sie. Katja war unter ihnen.«

Nach einer langen Pause sagte Slanski tonlos: »Also ist Katja meinetwegen gestorben?«

»Nein, nicht deinetwegen. Gib nicht dir die Schuld. Du hast getan, was du tun mußtest.«

»Wenn ich geblieben wäre, hätte sie überlebt.«

»Ganz gleich, was du denkst, es war richtig, daß du geflohen bist. Wärst du geblieben, hätte es dich auch zerstört. So, wie es mich zerstört hat. Nicht körperlich, aber geistig. Ich bin zu dem geworden, was unsere Eltern am meisten verabscheut haben.«

Slanski stand auf. Er holte tief Luft und schloß die Augen, als könnte er den Schmerz nicht ertragen. Nach einer Weile schaute er Lukin an.

»Erzähl mir, was dir passiert ist. Wie hast du die Wahrheit erfahren? Woher wußtet ihr von unserer Operation?«

Lukin erzählte es ihm. Slanski hörte zu und unterbrach ihn kein einziges Mal.

»Du mußt wissen, daß es unmöglich ist, Stalin zu töten«, sagte Lukin schließlich.

»Vielleicht gefällt mir das Unmögliche. Außerdem kann ich es immer noch schaffen.«

»Wie?«

»Du mußt mir dein Wort geben, daß du mich nicht hintergehst«, sagte Slanski vorsichtig. »Ich muß wissen, daß ich dir voll und ganz vertrauen kann.«

»Ich würde dich nicht hintergehen, Mischa. Niemals. Du hast mein Wort. Du hast mir getraut, als du hier herausgekommen bist. Vertraue mir auch jetzt.«

Slanski dachte einen Augenblick nach. »Einer der alten Fluchttunnel aus der Zarenzeit führt vom Bolschoi-Theater in den dritten Stock des Kreml. Er endet unmittelbar neben Stalins Quartieren. So komme ich in den Kreml hinein.«

Lukin schüttelte den Kopf. »Du verschwendest nur deine Zeit. Stalin ist wegen dieser Bedrohung gegen sein Leben in seine Datscha in die Nähe von Kunzewo gezogen. Und sie ist noch schärfer bewacht als der Kreml. Außerdem werden sämtliche Tunnel des Kreml überwacht. Du wärst tot, bevor du nur in die Nähe von Stalins Wohnung kämst.«

Slanski lächelte. »Wenn die Karten gegen dich stehen, dann mische sie neu. Es gibt noch einen Alternativplan. Eine geheime Bahn führt vom Kreml zu der Villa nach Kunzewo. Die Linie wird nur benutzt, wenn Stalin es eilig hat oder wenn es sich um einen Notfall handelt. Man kann in der Nähe des Kreml einsteigen und bis unter die Villa fahren.«

»Ich kenne diese Untergrundbahn, aber du kannst sicher sein, daß sie auch scharf bewacht wird, besonders jetzt. Du hast keine Chance, auch nur in die Nähe der Villa zu kommen. Außerdem patrouillieren überall bewaffnete Wachen, und die Wälder sind vermint. Es wäre Selbstmord.«

»Das war von Anfang an klar. Aber dieses Risiko muß ich eingehen.«

»Wie willst du Stalin töten, vorausgesetzt, daß du nahe genug an ihn herankommst?«

»Das kann ich dir leider nicht verraten, Bruder. Aber wenn ich nahe genug an ihn rankomme, werde ich dafür sorgen, daß Stalins Hinrichtung seinen Verbrechen angemessen ist.«

Lukin dachte nach und runzelte vor Konzentration die Stirn. »Vielleicht gibt es einen anderen Weg in die Datscha, der eine Chance bietet. Allerdings verlangt er einen hohen Preis.«

»Welchen Preis?«

»Unser beider Leben.«

Slanski zögerte und schüttelte den Kopf. »Ich habe damit gerechnet, zu sterben. Aber es ist nicht dein Kampf.«

»Da irrst du dich. Es ist dein Kampf so gut wie meiner. Du und ich, wir gleichen zwei Seiten einer Münze. Wir beide können gemeinsam zurückzahlen, was man uns zugefügt hat. Stalin hat eine Verabredung mit dem Tod, und diese Verabredung ist schon lange überfällig. Ich werde dafür sorgen, daß er sie jetzt endlich einhält.«

»Und deine Frau? Dein Kind? Das kannst du nicht tun.«

»Ich muß es tun. Und du kannst den Plan ohne mich nicht ausführen. Deine Freunde könnten es vielleicht mit Lebel bis zur Grenze schaffen. Der Oberst, von dem ich dir erzählt habe, dieser Romulka, wird davon ausgehen, daß Lebels Zug zur Flucht benutzt wird und versuchen, ihn zu stoppen. Aber wenn alles nach meinem Plan läuft, wird der gesamte Moskauer KGB im Chaos versinken, und deine Freunde können in der allgemeinen Verwirrung entkommen. Es ist unsere einzige Chance, so klein sie auch sein mag. Ich werde versuchen, sie sicher in einen Zug zu setzen. Nadja kann mit ihnen gehen. Nach dem, was heute nacht passiert ist, bin ich ohnehin so gut wie tot. Und wenn Nadja in Rußland bleibt, hat sie keine Chance. Wenn sie sich an Lebel hält, schafft sie es vielleicht über die Grenze.«

Slanski blickte ihn eindringlich an. »Bist du dir sicher?«

»Ich war mir noch nie im Leben einer Sache so sicher.« Lukin hielt inne. Seine Stimme klang entschlossen. »Aber ich habe eine Bedingung: Es ist besser, wenn Nadja nicht erfährt, was wir vorhaben. Und auch nicht, zu welchem Zweck. Sie ist auch so schon verwirrt genug. Wir werden ihr sagen, daß ich dich gefaßt habe, aber daß wir eine gegenseitige Abmachung getroffen haben. Ich habe Anna und deinen Freunden die Flucht erlaubt, und du hast im Gegenzug eingewilligt, daß sie mit ihnen geht, weil ihr Leben in Gefahr ist. Sorg dafür, daß deine Freunde ihr erzählen, daß ich später in Finnland zu ihr stoßen werde. Sorg unbedingt dafür, daß sie ihr das sagen. Dann wird sie sich weniger Sorgen machen. Aber erzähl keinem von ihnen etwas über deine Vergangenheit. Sie würden es niemals glauben, und die Dinge sind so schon kompliziert genug.«

»Was soll ich ihnen dann erzählen?«

»Daß ich Berija enttäuscht habe und daß mein Leben auf dem Spiel steht. Und daß wir eine Abmachung getroffen haben ... dafür, daß wir deine Freunde entkommen lassen.«

»Und du meinst, daß sie mir glauben?«

»Warum nicht? Anna und Lebel wissen, daß ich erledigt bin, nachdem ich sie freigelassen habe. Sie wissen, wozu Berija imstande ist und daß auch Nadjas Leben wegen meiner Kehrtwendung in Gefahr ist.« Er zögerte. »Es gibt noch etwas, das ich tun möchte, bevor der Zug losfährt. Etwas sehr Wichtiges.«

»Was?«

Lukin erzählte es ihm. Slanski runzelte die Stirn, während er nachdachte und versuchte, das alles zu verarbeiten.

»Also, Bruder, bist du einverstanden?« fragte Lukin schließlich.

»Weißt du, ich hätte nie geglaubt, daß ich froh sein würde, dich nicht getötet zu haben, als ich die Chance hatte.«

Lukin lächelte, doch es war ein trauriges Lächeln. »Vielleicht war es ja Schicksal.«

Plötzlich schien Slanski in sich zusammenzusinken und ließ die Schultern hängen. Seine stolze Haltung verschwand plötzlich, und es schien, als würde seine Seele nun zum Vorschein treten. »Meine Güte, Petja, wie gut es tut, dich wiederzusehen.«

Lukin legte ihm eine Hand auf die Schulter und umarmte ihn dann.

Während sie nebeneinander saßen, nahm der Schneefall zu. Jenseits des Ufers sahen sie, wie die Lichter Moskaus allmählich erloschen. Die ganze Stadt schien unter der gedämpften Stille immer ruhiger zu werden.

Nach langem Schweigen riß Slanski sich zusammen, wischte sich das Gesicht ab und schaute Lukin an. »Also, Brüderchen, wie wollen wir Stalin töten?«

58. KAPITEL

Henri Lebel saß unruhig am Fenster des stillgelegten Bahnhofs außerhalb Moskaus, rauchte eine Zigarette und blickte in das dichte Schneetreiben hinaus. Der Mann neben Lebel war unglaublich dünn und hatte eine Zigarette im Mundwinkel. Er trug eine speckige Mütze und den Overall eines Lokführers unter einem schmutzigen Mantel, und er wischte sich mit besorgter Miene die Hände an einem öligen Lappen ab.

Ein Zug stand auf den Gleisen. Seine schwarze Farbe war unter einer Schmutzschicht verborgen, und aus dem Schornstein stieg eine dichte Rauchwolke auf.

»Ich habe mir eine Zeitlang Sorgen gemacht, Henri. Als Sie sich gestern nicht wie verabredet bei mir gemeldet haben, habe ich in Ihrem Hotel angerufen. Dort hat man mir gesagt, daß Sie gar nicht angekommen wären. Dann rufen Sie mich in letzter Sekunde an und sagen, daß alles so bleibt wie abgemacht. Und jetzt humpeln Sie herum, als würden Sie Krücken brauchen. Wollen Sie mir nicht erzählen, was los ist?«

Lebel konnte nicht einmal seine erste Zigarette seit drei Tagen genießen. Lukin hatte ihm noch eine Morphiumspritze gegeben. Die Schmerzen in seinen Hoden hatten nachgelassen, doch er fühlte sich wieder wie betäubt. Er konnte kaum laufen und brauchte dringend Ruhe und einen guten Arzt. Doch auf beides würde er noch ein wenig warten müssen. Er wischte die Asche von seinem Zobelmantel und drehte sich zu dem Mann um.

»Vergessen Sie es, Nikolai. Nur soviel: Es war ein ausgesprochen unerfreuliches Erlebnis, aber jetzt bin ich ja hier.« Er betrachtete angewidert die billige Machorka-Zigarette. »Sie hätten mir ruhig eine etwas bessere Marke besorgen können als diesen bolschewistischen Feuerwerkskörper.«

»Für mich sind sie gut genug.«

»Mit dem Geld, das Sie an mir verdienen, sollten Sie sich eigentlich Havannas leisten können. Wie spät ist es?«

Der Mann blickte auf die Uhr. »Fast eins. Ihre Freunde lassen sich reichlich Zeit. Kommen sie denn wirklich? Wenn nicht, würden sie uns viel Mühe ersparen.«

Lebel warf ihm einen scharfen Blick zu. »Sie werden kommen. Vergessen Sie bloß nicht unsere Abmachung.«

»Habe ich Sie jemals im Stich gelassen? Aber ich bekomme mein Geld, ganz gleich, ob sie aufkreuzen oder nicht. Das haben wir vereinbart.«

»Sie bekommen Ihre Belohnung, Nikolai. Sobald Sie die Ware in Helsinki abgeliefert haben.«

In diesem Augenblick tauchten die Scheinwerfer eines Wagens rechts vom Bahnhof auf, und Lebels Herz tat ein paar schnelle Schläge. Slanski stieg aus dem BMW, gefolgt von Lukin, der immer noch seine KGB-Uniform trug.

Als Nikolai die Uniform sah, fiel ihm die Zigarette aus dem

Mund. »Bei Lenins Weib ... Wir sind geliefert. Was für eine Scheiße ist das?« stieß er entsetzt hervor.

»Immer mit der Ruhe, Nikolai. Sie brauchen sich keine Sorgen zu machen. Unsere Passagiere sind angekommen.«

»Immer mit der Ruhe? Falls es Ihnen entgangen sein sollte – unser Freund hier trägt eine KGB-Uniform.«

»Helfen Sie mir«, sagte Lebel erschöpft. Nikolai half ihm hoch, und der Franzose wies ihn an, zu warten.

Er machte die Tür auf und humpelte hinaus. Er war nicht weit gegangen, als Slanski zu ihm auf den Bahnsteig trat. »Alles in Ordnung?«

»Ich habe dem Lokführer noch nichts von unserer neuen Vereinbarung erzählt. Ich dachte, ich warte damit lieber, bis Sie kommen. Irgendwie habe ich das Gefühl, daß es Nikolai nicht gefallen wird. Wie hat die Frau von Major Lukin die Neuigkeiten aufgenommen?«

Slanski blickte zum Wagen zurück, wo Lukin den anderen Insassen beim Aussteigen half. Seine Frau faßte ihn erschüttert unter, während sie zum Bahnhof ging. Sie hatte nur einen einzigen kleinen Koffer dabei und sah vollkommen verloren aus.

»Verwirrt und aufgeregt wäre noch milde ausgedrückt. Aber das war zu erwarten.«

In diesem Moment hörten sie eine Tür schlagen, und der Lokführer marschierte auf Lebel zu.

»Henri, was geht hier vor, verdammt noch mal?«

»Eine kleine Änderung im Fahrplan«, erwiderte Slanski barsch. »Sie haben noch zwei zusätzliche Passagiere.«

Der Lokführer lief rot an und starrte Lebel ins Gesicht. »Das war nicht abgemacht. Zwei waren die Obergrenze. Wollen Sie mich vor ein Erschießungskommando bringen?«

»Ich fürchte, die Lage hat sich ein wenig geändert, Nikolai.«

»Das kann man wohl sagen. Die Abmachung ist geplatzt. Da mache ich nicht mit.«

»Hören Sie zu, Nikolai«, sagte Lebel. »Sie bekommen Ihr Geld nur, wenn Sie die beiden zusätzlichen Leute mitnehmen. Außerdem dürfte ein Bonus für Sie drin sein.«

»Das hatten wir nicht vereinbart. Es ist so schon gefährlich genug. Was soll ich mit dem Geld, wenn ich nie die Gelegenheit bekomme, es auszugeben? Verarschen Sie mich nicht, Henri. Ich habe weder die Zeit noch die Geduld. Der Zug hat jetzt schon Verspätung. Ich nehme zwei Leute mit, mehr nicht. Entweder Sie akzeptieren das, oder die Sache ist geplatzt. Was glauben Sie, was ich hier spazierenfahre? Das trojanische Pferd?«

»Zehntausend Rubel zusätzlich, sobald alle sicher über der Grenze sind. Das verspreche ich Ihnen. Das ist viel Champagner. Und Unterwäsche für Ihre Freundin in Karelien.«

Nikolai zögerte und schaute zu dem grünen BMW, als der uniformierte KGB-Major noch mehr Insassen herausholte. Doch in dem Schneetreiben konnte der Lokführer ihre Gesichter nicht erkennen.

»Wer sind diese Leute?«

»Ihre Passagiere. Mehr brauchen Sie nicht zu wissen. Drei Frauen und ein Kind.«

»Das klingt nach einem Witwen-und Waisen-Ausflug. Kinder bedeuten Ärger. Was ist, wenn die Grenzposten die Ladung kontrollieren und das Kind weint?«

»Wenn Sie Ihre Arbeit erledigen und die Kontrolleure schmieren wie gewöhnlich, dürfte das nicht passieren. Außerdem bekommt das Kind ein Beruhigungsmittel. Es wird die ganze Fahrt über schlafen.«

Nikolai wirkte immer noch nicht überzeugt und schüttelte den Kopf. »Das Risiko ist trotzdem zu groß.« Er deutete mit dem Daumen auf Slanski. »Und wer ist das?«

Slanski zog einen KGB-Ausweis aus der Tasche und zeigte ihn dem Fahrer.

»Ich bin jemand, der soeben Ihr Leben gerettet hat, Genosse.« Er blickte zum BMW hinüber, während Lukin die anderen auf den Bahnsteig führte. »Der Mann da drüben ist ein Kamerad von mir, Major Juri Lukin.« Slanski machte eine Pause, um seine Worte einwirken zu lassen. »Er weiß alles über Ihr kleines Schmuggelgeschäft. Hätten Monsieur Lebel und ich nicht eingegriffen, säßen Sie jetzt schon hinter Gittern.«

Nikolai wurde noch blasser und blickte Lebel beunruhigt an. »Sie Mistkerl. Sie sagten doch, ich müßte mir keine Sorgen machen.«

»Das müssen Sie auch nicht, solange Sie tun, was man Ihnen sagt«, antwortete Slanski. »Einer der Passagiere ist eine Agentin von uns, die wir in den Westen schaffen wollen. Sollten Sie die Frau zurücklassen, garantiere ich Ihnen, daß Sie noch heute abend vor einem Erschießungskommando stehen.«

Nikolais Gesicht verlor alle Farbe, als er Lebel hilflos anschaute.

»Ich fürchte, es ist die Wahrheit«, sagte der Franzose, offenbar tief betrübt.

»Dann erklären Sie mir genau, worum es hier geht.«

»Das geht nur die Staatssicherheit etwas an, nicht Sie. Sie erledigen Ihre Arbeit und fahren diesen Güterzug. Und verkneifen sich wie gewöhnlich jede Andeutung über Ihre versteckte Fracht. Sollten Sie uns enttäuschen, tragen Sie die Konsequenzen. Möchten Sie das?«

Nikolai ließ die Schultern hängen und seufzte. »Ich habe wohl kaum eine Wahl, oder?«

Slanski drehte sich wortlos um und ging zu den anderen auf dem Bahnsteig.

»Immer mit der Ruhe, Nikolai«, sagte Lebel verbindlich. »Betrachten Sie es von der angenehmen Seite.«

»Ach ja? Und welche Seite soll das sein?«

»Sie arbeiten jetzt immerhin für den KGB.«

Slanski stand neben Lebel auf dem Bahnsteig. Die beiden schauten zu, wie Nikolai die Tür eines der Güterwaggons aufschob und mit einem Werkzeugbeutel hineinging.

»Er wird nicht lange brauchen, die Bodenbretter zu lockern. Er hat den Verschlag schon gelüftet, damit wir nicht ersticken. Ihre Freunde können rauskommen, sobald wir freie Fahrt bis zur finnischen Grenze haben. Aber bevor wir die Kontrollstelle passieren, müssen sie sich wieder verstecken. Vorausgesetzt, wir schaffen es überhaupt so weit.«

»Geben Sie mir eine Zigarette.«

Lebel reichte Slanski eine und schaute zu dem Grüppchen hinüber, das sich neben dem offenen Güterwagen auf dem Bahnsteig drängte. Lukin umarmte seine Frau, und Lebel sah, daß sie weinte. Neben ihnen hielt Anna Chorjowa ihre Tochter fest in den Armen, während Irina mit dem Kind sprach.

»Ihre Freundin kenne ich ja«, sagte Lebel, »aber wer ist das kleine Mädchen?«

Slanski zündete mit einem Streichholz seine Zigarette an. »Ihre Tochter. Das Kind war in einem Waisenhaus des KGB. Major Lukin hat Berijas Unterschrift gefälscht, um sie freizubekommen.«

Lebel wurde blaß. »Meine Güte, das wird ja von Minute zu Minute schlimmer.«

»Nach dem, was heute nacht passiert ist, spielt das kaum noch eine große Rolle.«

»Hoffentlich haben Sie recht.«

»Haben Sie mir den Gefallen getan, um den ich Sie gebeten hatte?«

Lebel zog Wagenschlüssel aus der Tasche und reichte sie Slanski. »Ich konnte leider nur einen blauen Emka-Lieferwagen besorgen. Einer meiner Kontaktmänner im Handelsministerium war mir noch einen Gefallen schuldig. Er hat den Wagen da geparkt, wo Sie es wollten. Und er meldet ihn erst morgen früh als gestohlen.«

»Danke. Was ist mit dem Zug? Kriegen Sie das auch hin?«

»Das ist ein bißchen riskanter. Wir halten an einem Bahnhof namens Klin, eine Stunde vor Moskau, und nehmen eine Ladung Kohle für Helsinki auf. Das sollte nicht länger als eine Stunde dauern. Nikolai müßte es schaffen, die Wartezeit auf zwei Stunden auszudehnen, indem er auf Wasser für die Lok wartet und so tut, als müßte er Reparaturen vornehmen. Aber viel länger können wir nicht warten. Andernfalls werden die Eisenbahnbeamten möglicherweise mißtrauisch. Wenn Sie also zu uns stoßen wollen, sollten Sie sich nicht verspäten.«

»Versuchen Sie einfach, den Aufenthalt so lange wie möglich hinauszuzögern.«

»Ich glaube, wir haben die ganze Angelegenheit schon bis an die Grenzen ausgereizt, finden Sie nicht?« fragte Lebel mißmutig.

Slanski warf seine Zigarette weg. »Kopf hoch, Henri. Sie atmen noch. Es könnte viel schlimmer sein.«

»Nach diesen Vorfällen werden ich Moskau nie wiedersehen. Nicht, daß es mich dorthin zieht. Vermutlich gibt es eine Entschädigung, wenn Irina freikommt und wir lange genug leben. Glauben Sie immer noch, wir schaffen es bis nach Helsinki?«

»Jedenfalls sollte man die Chance nützen, wenn man die Alternative bedenkt.«

»Darf ich Ihnen mal was anvertrauen?« fragte Lebel. »Nach vier Jahren Kampf in der französischen Résistance erkenne ich, wenn jemand mir einen Haufen Mist unter die Nase reibt. Und diese ganze Geschichte hier stinkt bis zum Baikalsee. Es hat wohl wenig Sinn, Sie zu fragen, was zwischen Ihnen und Lukin wirklich vorgeht?«

»Allerdings.«

Lebel zuckte mit den Schultern und deutete mit einem Nicken auf den Zug. »Scheint so, als würde da ein Lebewohl auf Sie warten, mein Freund. Ich sehe mal nach, was Nikolai so lange aufhält.«

Anna ließ ihre Tochter bei Irina und ging zu Slanski, während Lebel zum Zug humpelte. Anna legte Slanski die Arme um den Hals und drückte ihn fest an sich.

»Ich weiß nicht, wie ich Lukin danken soll. Er hat so viel für mich getan«, sagte sie.

»Paß auf seine Frau auf, das ist Dank genug.«

Sie musterte sein Gesicht. »Du und Lukin ... Ihr kommt nicht nach Finnland nach, stimmt's?«

»Oh, davon weiß ich nichts.«

Sie betrachtete ihn mit Tränen in den Augen. »Du lügst, Alex, das weißt du genau. Bitte ... Es ist noch nicht zu spät, deine Meinung zu ändern.«

»Es ist viel zu spät. Leider.«

Sie küßte ihn, und er hörte, wie sie schluchzte. Schließlich löste er sich von ihr. Er schaute sie lange an und streichelte ihre Wange. »Paß auf dich auf, Anna Chorjowa. Ich wünsche dir ein langes Leben und viel Glück mit Sascha.«

»Alex ... bitte ... komm mit uns!«

Plötzlich ertönte das Zugsignal, und Lebel erschien. »Noch eine Minute, und ich bin selbst in Tränen aufgelöst. Nikolai ist fertig. Los geht's, meine Freunde, das hier ist nicht der Gare du Nord.«

Die Dampflok zischte laut, Nikolai ließ erneut die Pfeife schrillen, und Slanski führte Anna an der Hand zum Zug.

Lukin half Lebel auf die Lok; dann stiegen die anderen in den Wagen. Sie warfen sich einen letzten Blick zu – Slanski und Anna, Lukin und Nadja –, und dann schloß Irina die Waggontür und schob den Riegel vor.

Lebel winkte ihnen von der Lokomotive zu. »Lebt wohl, Kameraden. Mit etwas Glück werden wir bald in Helsinki eine Flasche Champagner köpfen.«

Slanski bemerkte, wie Lukin verzweifelt auf den Waggon blickte. Die Lokomotive pfiff noch einmal, und der Zug fuhr an. Lukin legte die Hand auf die Waggontür, als zögerte er, den Zug fahren zu lassen. Dann aber beschleunigte die Lok, und der Zug verließ den Bahnhof.

»Hast du auf Wiedersehen gesagt?«

»So gut es unter diesen Umständen ging.«

»Wie hat Nadja es aufgenommen?«

»Ich denke nicht, daß sie mir geglaubt hat, als ich sagte, daß wir uns wiedersehen«, meinte Lukin finster. »Aber sie weiß, daß es so das beste für sie ist. Und für unser Kind. Als ich Annas Tochter abgeholt habe, bin ich noch kurz an dem Bahnhof gewesen, von dem die Züge in Richtung Leningrad fahren. Ich hab' dem Beamten, der für die Strecke nach Helsinki verantwortlich ist, Berijas Brief gezeigt und ihm gesagt, er sollte unbedingt die Strecke für Lebels Zug freihalten und ihn unter keinen Umständen absichtlich anhalten oder verzögern. Andernfalls würde er Berijas Zorn auf sich ziehen, was unweigerlich das Erschießungskommando bedeutet. Hoffentlich tut er, was ich ihm gesagt habe. Wir können nur auf ein Wunder hoffen und beten, daß alle überleben.« Er schaute sich mit gequälter Miene um. »Wir leben in einer schrecklichen Welt, Bruder, aber so ist es nun mal. Und Anna? Irgendwas ist da zwischen euch beiden, nicht wahr?«

Slanski zuckte mit den Schultern. »Zu einer anderen Zeit, an einem anderen Ort und unter anderen Umständen ... Vielleicht. Wer kann schon wissen, was sich ergeben hätte. Aber jetzt ist es zu spät.« Er hielt inne und fuhr dann mit einem Unterton des Bedauerns fort: »Aber für dich nicht. Du kannst deine Meinung noch ändern.«

Lukin schüttelte den Kopf. »Wir tun es für Katja. Für unsere Eltern. Und für uns.«

Slanski berührte seinen Arm. «Dann sollten wir uns beeilen. Viel Zeit bleibt uns nicht.«

59. KAPITEL

Es schneite immer noch, als Lukin vor dem Seiteneingang des KGB-Hauptquartiers hielt.

Er stellte den Motor aus und drehte sich zu Slanski um. »Gib mir eine Viertelstunde. Wenn ich bis dahin nicht wieder aufgetaucht bin, verschwinde so schnell wie möglich von hier, laß den Wagen irgendwo stehen und nimm die nächste Metro. Ich fürchte, du mußt dich dann allein nach Kunzewo durchschlagen, wie du es ursprünglich geplant hast.«

Slanski deutete mit einem Nicken auf das KGB-Gebäude. »Du gehst ein hohes Risiko ein, hierher zurückzukommen. Ist es wirklich nötig?«

»Ich muß wissen, ob Pascha in Sicherheit ist. Ich will, daß er Moskau verläßt. Bei dem, was wir vorhaben, wird er sonst als Mitschuldiger verurteilt und erschossen. In weniger als zwei Stunden geht ein Zug Richtung Ural. Ich will Pascha mit falschen Papieren hineinsetzen. Bei seinen Leuten werden sie ihn niemals finden.«

Lukin warf einen Blick auf das Gebäude. Die Doppeltüren waren geöffnet, und durch eine weitere Glastür dahinter gelangte man in die Eingangshalle. Die Lichter waren angeschaltet, und der uniformierte Wachhabende saß hinter seinem Schreibtisch.

»Abgesehen davon brauchst du eine KGB-Uniform. Und ich muß einen sehr wichtigen Anruf tätigen. Schon vergessen?«

Slanski nickte. »Viel Glück.«

Lukin stieg aus, überquerte die Straße und betrat das Gebäude durch den Seiteneingang. Slanski beobachtete den Wachhabenden, der irgendwelche Papiere sortierte, während Lukin im Aufzug verschwand.

Slanski griff besorgt nach einer Zigarette und zündete sie an. Dann warf er dem Toten auf dem Rücksitz einen Blick zu. Jake Masseys leblose Augen starrten ihn an.

Der vierte Stock war verlassen, und das Büro war dunkel.

Lukin betrat das Zimmer, schloß die Tür und schaltete das Licht an. Gleißende Helligkeit erfüllte den Raum.

»Willkommen, Lukin. Nett von Ihnen, daß Sie uns Gesellschaft leisten.«

Beim Klang der Stimme wirbelte Lukin herum. Romulka stand am Fenster und hielt eine Tokarew in der Hand. Zwei brutal aussehende KGB-Männer in Zivil standen vor Paschas Schreibtisch. Sie hatten Knüppel in der Hand. Pascha war mit Gummibändern an seinen Stuhl gefesselt. Sein Gesicht war eine blutige Masse, die kaum noch zu erkennen war. Einer der Männer hatte ihm den Mund zugehalten, und als er ihn jetzt losließ, gurgelte Pascha schmerzerfüllt und riß die geschwollenen Augen auf.

In Lukin stiegen Zorn und Verzweiflung auf. »Was soll das bedeuten?«

Romulka trat einen Schritt vor. »Verscheißern Sie mich nicht, Lukin. Dafür ist es viel zu spät. Holen Sie Ihre Waffe heraus, und legen Sie sie auf den Schreibtisch. Und schön langsam! Oder ich schieße Ihnen den Kopf weg, bevor Genosse Berija das Vergnügen hat, sich mit Ihnen zu beschäftigen.«

Lukin legte die Tokarew auf den Tisch.

Romulka winkte ihn zu sich. »Kommen Sie näher. Weg von der Tür.«

Als Lukin vortrat, schlug Romulka ihm mit der Faust ins Gesicht. Lukin wurde gegen die Wand geschleudert, und Romulka war sofort bei ihm und rammte ihm das Knie in die Lenden.

Als Lukin zu Boden glitt, stand Romulka über ihm und stemmte die Hände in die Hüften.

»Ich verstehe es nicht, Lukin. Ich dachte, Sie hätten Verstand. Haben Sie wirklich geglaubt, daß Sie mit dem Schwachsinn durchkommen würden, den Sie heute abend da draußen abgezogen haben? Wie konnten sie mich daran hindern, den Amerikaner zu verhaften? Sie haben die Frau freigelassen und das Kind aus dem Waisenhaus geholt. Sie halten mich wohl für einen Narren!«

Lukin lief das Blut aus dem Mund. »Nein. Nur für einen gewissenlosen, brutalen Schweinehund.«

Romulka trat Lukin mit dem Stiefel gegen den Schenkel.

»Steh auf, du Verräter!«

Als Lukin sich nicht rührte, riß Romulka ihn wütend am Haar hoch und zerrte ihn auf einen Stuhl. Er starrte ihm ins Gesicht. »Wissen Sie, was ich nicht verstehe, Lukin? Ihr Motiv. Aber es muß eine Erklärung dafür geben. Die gibt es immer. Und Sie werden sie mir verraten.«

Er schob die Waffe ins Halfter und nahm die Reitgerte in die Hand. Ohne Warnung schlug er Lukin damit ins Gesicht.

Als der vor Schmerz zurückzuckte, packte Romulka ihn wieder am Haar.

»Das ist nur eine Anzahlung auf deine Schulden. Aber es ist nichts im Vergleich zu den Schulden, die du an Berija zurückzahlen wirst! Es ist sehr interessant, daß deine Frau nicht in der Wohnung ist, Lukin. Ich habe meine Männer vor einer halben Stunde auf Hausbesuch geschickt. Zweifellos hast du gedacht, sie wäre irgendwo anders sicher. Aber bilde dir nichts ein. Wir finden das Weib. Und du weißt genau, was ich mit diesem Miststück von deiner Frau anfangen werde, wenn wir sie in eine Zelle gesteckt haben, nicht wahr? Ich werde sie ficken, bis sie nicht mehr gehen kann.« Er lachte. »Natürlich, wenn du kooperierst, bin ich vielleicht ein bißchen nachsichtiger. Was hattest du vor, Lukin?«

»Fahr zur Hölle«, stieß Lukin hervor.

Romulka preßte die Zähne so fest zusammen, daß seine Wangenmuskeln hervortraten. »Dein kleiner gelber Freund hier sollte uns aufhalten, bis du flüchten konntest, richtig? Unglücklicherweise war er bisher keine große Hilfe. Aber vielleicht haben wir noch nicht ernsthaft genug versucht, ihn zum Reden zu bringen.« Er nickte den beiden Männern zu, die vor Pascha standen. »Zeigt Lukin, was er und seine Frau in den Gewölben zu erwarten haben.«

Einer der Männer grinste und klatschte den Gummiknüppel in seine Handfläche. Dann ließ er ihn durch die Luft zischen und hieb damit Pascha ins Gesicht. Der Mongole schrie gepeinigt auf, als der Mann immer und immer wieder zuschlug. Paschas Kopf flog von rechts nach links, bis sein Gesicht völlig entstellt war.

»NEIN!« brüllte Lukin.

Der Schläger machte weiter, bis Romulka sagte: »Genug.«

Er preßte den Lauf von Lukins Waffe gegen Paschas Schläfe.

»Mir ist noch etwas aufgefallen. Dieser gelbe Mistkerl wurde gesehen, als er in den Archiven herumgeschnüffelt hat. Ohne Genehmigung ist der Zugang strengstens verboten.« Er grinste. »Es kann einen das Leben kosten, wenn man seine Nase irgendwo hineinsteckt, wo sie nicht hineingehört. Was wollte er da, hm? Eine letzte Chance gebe ich dir noch, Lukin. Entweder redest du, oder ich puste diesem gelben Schwein hier und jetzt das Hirn aus dem Schädel.«

Pascha schien kaum noch bei Bewußtsein zu sein und hatte seine Augen nicht mehr unter Kontrolle. Um seine Mundwinkel bildete sich blutiger Schaum. Dann plötzlich gurgelte er und kam noch einmal zu sich.

»Erzähl ihm nichts, Juri …« Er drehte sein blutiges Gesicht Romulka zu, und seine Stimme war nur noch ein heiseres Flüstern. »Fick … dich … selbst … Arschloch …«

Romulkas Miene verzerrte sich zu einer Fratze der Wut. Es ging so schnell, daß Lukin nicht reagieren konnte. Romulka, der die Waffe immer noch gegen Paschas Schläfe preßte, spannte den Hammer und drückte ab.

Paschas Kopf flog zur Seite, und sein Körper sank schlaff zusammen. Das Blut spritzte bis an die Wand, als die Kugel in seinen Schädel drang.

»NEIN!« brüllte Lukin.

Als er aufzustehen versuchte, drückten die beiden Männer ihn in den Stuhl zurück.

Romulka schlug ihm mit der Waffe ins Gesicht, und Lukin wurde von der Wucht des Schlages zurückgeschleudert. Dann drückte Romulka ihm die Waffe an die Stirn. »Jetzt bist du dran, Lukin. Du wirst reden, und wenn es das letzte ist, was du tust.« Er legte die Pistole weg und nahm die Reitgerte in die Hand. »Legt ihn auf den Schreibtisch«, befahl er seinen Leuten. »Und zieht ihm die Hose aus.«

Er holte etwas aus der Tasche, das wie eine Zange aussah. »Ein kleines Werkzeug, dem selbst der Franzose nicht widerstehen konnte. Aber in deinem Fall kann ich dir versichern, daß du nie wieder laufen wirst, wenn ich mit dir fertig bin. Und ich kann dir gar nicht sagen, wieviel Spaß mir das macht.«

Die beiden Schläger zerrten Lukin zum Schreibtisch.

»Das würde ich lieber lassen«, sagte plötzlich jemand.

Romulka und die beiden Männer drehten sich zur Tür um. Slanski stand da und hielt den schallgedämpften Nagant-Revolver in der Hand.

Es passierte sehr schnell. Einer der beiden Männer griff nach seiner Waffe, und Slanski schoß ihm ins Auge. Als der Mann zurücktaumelte, traf ihn eine zweite Kugel in den Hals, zerfetzte seine Luftröhre und erstickte den Schrei.

Während der erste Mann hinfiel, stürzte sich der zweite auf Slanski. Der feuerte zweimal und traf den Angreifer in Hals und Brust.

Slanski richtete die Waffe auf Romulka, als dieser nach der Tokarew greifen wollte, aber Lukin schrie auf. »NICHT! Er gehört mir!«

Er sprang Romulka an, als dieser gerade die Waffe berührte, und schleuderte ihn gegen die Wand. Lukins linker Arm schoß hoch, und der Metallhaken grub sich tief in Romulkas Brust. Der Oberst riß vor Schmerz und Entsetzen die Augen weit auf, als Lukin ihm die Hand auf den Mund preßte und seinen Schrei erstickte.

Der Major starrte dem KGB-Mann ins Gesicht. »Viel Vergnügen in der Hölle, du Schlächter!«

Er riß die Klaue heraus und trat zurück, als Romulka an der Wand herunterrutschte. Das Blut sprudelte aus der klaffenden Wunde in seiner Brust.

Lukin blickte Slanski ungläubig an. »Wie in drei Teufels Namen kommst du hier rein?«

»Du warst kaum im Lift verschwunden, als die Wache auch schon den Telefonhörer in der Hand hatte. Da dachte ich mir, daß ich dir vielleicht Gesellschaft leisten sollte.«

»Das war sehr riskant.«

»Zu deinem Glück ist das Gebäude um diese Zeit fast leer.«
»Danke, Mischa.«

Slanski deutete auf Paschas Leichnam. »Aber leider bin ich für deinen Freund zu spät gekommen.«

Lukin betrachtete den Toten. Er schwieg einen Moment, während seine Miene Schmerz und Trauer widerspiegelte.

»Er war ein guter Mann. Ein guter Mann in einer schlechten Uniform.« Einige Momente rang er um Fassung. »Und die Wache?«

»Liegt tot in einem Büro im Flur. Hast du den Anruf erledigt?«

»Dazu hatte ich keine Zeit.«

»Dann ruf jetzt an.«

Lukin trat an den Schreibtisch, während Slanski die Tür bewachte. Er ließ sie angelehnt und spähte mit schußbereitem Revolver durch den Spalt.

Lukin brauchte weniger als eine Minute für den Anruf. Sein Gesicht war schweißüberströmt, als er den Hörer auflegte und Slanski anschaute. »Das war's.«

»Dann nichts wie raus hier, bevor einer Alarm schlägt. Vergiß die Uniform nicht.«

Lukin trat an seinen Spind und holte seine zweite Uniform, Handschuhe, Stiefel und Mütze heraus.

Slanski trat auf den Flur und schaute sich vorsichtig um. Niemand war zu sehen.

Lukin warf einen letzten, schmerzlichen Blick auf Paschas blutiges Gesicht und folgte seinem Bruder nach draußen.

Zehn Minuten später erreichten sie die Straße nach Kunzewo.

Es herrschte nur wenig Verkehr. Kaum hatten sie die Vorstädte Moskaus hinter sich gelassen, bat Slanski seinen Bruder, an den Straßenrand zu fahren. »Ich möchte mir noch einmal den Plan ansehen. Wir dürfen uns keine Fehler leisten, Petja.«

Lukin schüttelte den Kopf. »Dafür haben wir keine Zeit. Es wird nicht lange dauern, bis jemand entdeckt, daß der Wachposten an der Tür nicht mehr da ist. Und wenn sie ihn gefunden haben, bricht die Hölle los.«

»Wieviel Zeit haben wir denn?«

»In einer halben Stunde ist Wachwechsel. Aber es könnte auch vorher jemand merken, daß der Posten verschwunden ist.«

»Wie lange brauchen wir noch bis zu Stalins Datscha?«

»Zehn Minuten Fahrt. Weitere zehn, um reinzukommen, wenn wir Glück haben.«

Slanski blickte nach vorn auf das Schneetreiben. Rechts von ihnen erstrahlten Lampen und tauchten eine Art Fabrikgelände mit Gebäuden aus roten Ziegeln und einem Zaun mit schweren Eisentoren in taghelles Licht. Dann sah Slanski einen Krankenwagen durch das Tor fahren und erkannte, daß es sich um ein Krankenhaus handelte. Auf der linken Straßenseite führte ein schmaler Weg in den Wald. Rechts erhob sich ein klobiges Gebäude mit einem flachen Dach. Es war offenbar aus den gleichen Ziegeln gebaut wie das Krankenhaus.

Slanski deutete durch die Fensterscheibe darauf. »Was ist das?«

»Ein Luftschutzbunker aus dem Krieg.«

»Halt daneben an.«

»Aber ...«

»Wir haben für diese Operation nur eine Chance. Ich möchte den Plan noch einmal durchsprechen, weil ich nicht will, daß etwas schiefgeht. Fahr rechts ran.«

Lukin hielt vor dem Eingang des Bunkers. Das flache Dach war schneebedeckt, und es führten Stufen den dunklen Eingang hinunter. Die Tür hing schief in den Angeln.

Als Lukin den Motor abstellte, sah er die Nagent in der Hand seines Bruders. Bevor er etwas sagen konnte, richtete Slanski die Waffe auf ihn.

»Was hast du vor?« fragte Lukin beunruhigt.

»Hör mir gut zu, Petja. Ich mache das allein. Du mußt an deine Frau und dein Kind denken. Du darfst dein Leben nicht wegwerfen. Ich will nicht, daß du dich opferst. Wenigstens einer von uns muß am Leben bleiben. Tu es für mich. Für Katja und unsere Eltern.«

Jetzt begriff Lukin. Er sah es in aller Deutlichkeit vor sich. Er wurde kalkweiß, als er seinen Bruder anstarrte. »Du hast nie wirklich vorgehabt, mit mir zusammen zu arbeiten, habe ich recht?«

»Ich fürchte, ja.«

»Mischa ... Bitte ... Du wirst niemals allein in die Villa kommen.«

»Genau da irrst du dich. Du hast angerufen, und du wirst erwartet. Mit deinem Ausweis komme ich rein.«

»Aber du siehst mir nicht mal ähnlich.«

»Abgesehen von der Haarfarbe. Aber wir haben dieselbe Statur. Und um den Rest kümmere ich mich schon.«

Lukin schüttelte den Kopf. »Mischa, das ist der helle Wahnsinn. Zusammen haben wir eine Chance, aber allein ist es aussichtslos.«

»Allein sind die Chancen höher, als wenn du erklärst, daß ich ein Kamerad von dir bin. Wenn die Sicherheitsmaßnahmen so scharf sind, werde ich vielleicht nicht mal reingelassen.« Er schüttelte den Kopf. »Ich will nicht, daß du stirbst. Wenn du mitkommst, hat er uns am Ende alle umgebracht. Ich lasse nicht zu, daß er dich auch tötet. Er darf uns nicht alle vernichten. Wenn ich Zeit hätte, würde ich dir sagen, wie oft ich dich vermißt habe. Wie sehr ich dich und Katja geliebt habe. Und wie sehr ich mich danach gesehnt habe, wieder bei euch zu sein. Aber ich habe keine Zeit mehr.«

Plötzlich traten Slanski Tränen in die Augen, und er wischte sie rasch mit einem Taschentuch weg. Dann deutete er auf den Bunker. »Ich lasse dich hier. Lebel wartet an der Bahnstation Klin, nordwestlich von Moskau auf dich. Einen halben Kilometer von hier sind wir an einem blauen Emka-Lieferwagen vorbeigefahren. Er ist vollgetankt und wartet auf dich. Hier sind die Schlüssel. Wenn du dich beeilst, kannst du es schaffen.« Er steckte Lukin die Schlüssel in die Brusttasche. »Leb dein Leben, Brüderchen. Leb es für den Rest der Familie.«

»Mischa, nein ...«

»Leb wohl, Bruder.«

Slanski packte plötzlich Lukins Nacken mit Fingern wie ein Schraubstock und drückte fest auf den Punkt hinter seinem Ohr. Lukin wehrte sich mit Leibeskräften, doch Slanski war stärker.

Sekunden später sank Lukin bewußtlos auf dem Sitz zusammen. Slanski stieg hinaus in die Kälte und ging in den Bunker.

Das Gebäude lag im Dunkeln, und es stank nach Moder. Er mußte zum Wagen zurück und die Taschenlampe holen; dann leuchtete er die Wände ab. Der Raum war mit Müll übersät. Er räumte rasch eine Ecke frei, trug Lukin aus dem Wagen und setzte ihn aufrecht an die Wand.

Er brauchte weitere fünf Minuten, um zu erledigen, was nötig war. Dann riß er den Innenspiegel aus dem Wagen und benutzte ihn, um sich Öl ins Haar zu schmieren. Erst danach zog er den Lederhandschuh über die linke Hand. Er nahm den Dienstausweis mit dem Foto aus Lukins Brusttasche. Alles, was er sonst noch brauchte, war im Auto.

Nachdem er sich im Spiegel betrachtet hatte, leuchtete er die reglose Gestalt seines Bruders an. In der Kälte würde er höchstens fünf Minuten bewußtlos bleiben. Slanski nahm noch einmal jede Einzelheit von Lukins Gesicht in sich auf, bis die Gefühle ihn beinahe überwältigten; dann kniete er sich hin und küßte ihn auf die Wange. Er hatte Mühe, die Tränen zurückzuhalten, als er sich wieder aufrichtete, sich umdrehte und hinausging.

Er stieg in den BMW und warf einen kurzen Blick über die Schulter auf Masseys Leichnam auf dem Rücksitz.

»Anscheinend machst du doch mit bis zum Schluß, Jake. Wenn es einen Himmel gibt und du schon da bist, dann wünsch uns beiden Glück. Wir werden es brauchen.«

Er schaute auf die Uhr. Es war 1.15 Uhr.

Entschlossen ließ er den Wagen an.

60. KAPITEL

Die Wachposten hörten den Wagen schon lange, bevor sie ihn zu Gesicht bekamen.

Einer der Männer öffnete eine schwarze Klappe in dem grünlackierten Metalltor und spähte durch den Schnee. Die weißen Schleier wurden von zwei Scheinwerfern geteilt, und als der BMW vorfuhr und der Fahrer die Lampen ausschaltete, flammten Suchscheinwerfer auf dem Wachtturm auf und tauchten das Gelände in grelles Licht.

Der Wachtposten überprüfte sorgfältig die Kennzeichen anhand einer Liste, die er vor sich liegen hatte, bevor er durch eine kleine Tür im Tor hinaustrat und sich dem Wagen näherte. Ihm entgingen die Schußlöcher in dem Wagen genausowenig wie die zertrümmerte Heckscheibe.

»Die Papiere.«

Der uniformierte KGB-Major kurbelte die Scheibe herunter und lächelte, als er sie dem Mann reichte.

»Major Lukin. Ich werde erwartet.«

»Dieses Auto sieht aus, als hätte es den Krieg mitgemacht.«

»Das kann man so sagen, Genosse.«

Der Mann musterte den Dienstausweis und blickte dem Major dann forschend ins Gesicht.

»Ihre Wagenschlüssel, Genosse.«

Als der Major sie herausreichte, schaltete der Posten seine Taschenlampe an, trat an den Kofferraum und öffnete ihn. Sekunden später schlug er ihn wieder zu und leuchtete ins Wageninnere. Als er den Leichnam auf dem Rücksitz sah, fuhr er entsetzt zurück. »Was, zum Teufel …!«

Der Major grinste. »Sie sollten den diensthabenden Offizier der Wache fragen. Der wird Ihnen bestätigen, daß alles in Ordnung ist.« Er warf einen offensichtlich angewiderten Blick auf den Leichnam auf dem Rücksitz. »Das ist ein feindlicher amerikanischer Agent, den das Zweite Direktorat erwischt hat. Genosse Stalin möchte den Leichnam persönlich sehen, also beeilen Sie sich, bitte.«

Der Wachposten gewann nur mühsam die Fassung wieder. »Warten Sie hier«, befahl er streng.

Er trat durch die Tür mit dem Guckloch ins Innere des Geländes, und Slanski hörte das Klingeln eines Feldtelefons. Einige Sekunden später kehrte der Mann wieder zurück, warf einen angeekelten Blick auf die Leiche und reichte Slanski seine Papiere.

»Sieht so aus, als wären Sie dabei, Genosse Major. Folgen Sie der Straße einen halben Kilometer, bis Sie die Datscha erreichen. Halten Sie nicht an, bevor Sie am Haupteingang sind.«

Der Wachposten trat zurück. Slanski ließ den Motor an und schaltete das Licht des BMW ein.

Die grünen Metalltore öffneten sich, und ein halbes Dutzend Elitesoldaten mit den blauen Bändern der Kremlwache standen hinter dem Eingang und hielten ihre Waffen schußbereit. Die Autoscheinwerfer beleuchteten den dunklen, verschneiten Wald hinter dem Gatter. Ein schmaler Weg führte zwischen den Bäumen hindurch. Er war vom Schnee geräumt, der sich rechts und links der Straße häufte. Hier und da sah Slanski weitere Kremlwachen, die mit scharfen Elsässer-Wachhunden an der Leine patrouillierten.

Slanski legte den Gang ein und ließ die Kupplung kommen. Ihm stand der Schweiß auf der Stirn. Die Kremlwachen starrten neugierig den Leichnam auf dem Rücksitz an, als Slanski langsam an ihnen vorbeifuhr.

Die Datscha war ein massives, zweistöckiges Haus aus hellem Granitstein, das wie ein Gutshaus in Boston aussah.

An den Wänden wuchs Efeu, und die blattlosen Ranken klammerten sich wie Knochen an den Granit. Im Erdgeschoß der Villa brannten sämtliche Lichter, und die verschneiten Rasenflächen vor dem Haus waren in Flutlicht getaucht. Ein Miniatur-Holzpavillon stand links vom Eingang; von seinem Zwiebelturm hingen Eiszapfen.

Slanski wischte sich den Schweiß von der Stirn, bevor er den Motor ausstellte und aus dem BMW stieg. Sofort kamen zwei Kremlwachen aus der Eichentür der Datscha.

In dem hellerleuchteten Flur hinter ihnen tauchte ein stattlicher Oberst der Wache auf. Er war weit über eins achtzig groß und kräftig gebaut. Seine Uniform war makellos und seine Stiefel auf Hochglanz poliert. Die Hände hatte er in die Hüften gestützt. Er starrte Slanski mißtrauisch an, bevor er zum Wagen schritt.

»Major Lukin, nehme ich an.«

Slanski salutierte, und der Oberst erwiderte den Gruß elegant. Er betrachtete den beschädigten BMW und starrte dann Slanski ins Gesicht. »Oberst Sinjatin, Sicherheitschef. Ihre Papiere, Major.«

»Die wurden bereits am Gatter überprüft, Genosse.«

Der Oberst lächelte kühl. »Und jetzt werden sie noch einmal überprüft. Man kann nie vorsichtig genug sein, nicht wahr, Genosse? Ich bin für Genosse Stalins persönliche Sicherheit verantwortlich. Ohne meine Genehmigung kommt hier niemand rein.« Er streckte die Hand aus, und Slanski reichte ihm seine Papiere. Der Oberst überprüfte sie gründlich, blickte von dem Foto auf und musterte Slanskis Gesicht, prüfte den Stempel auf dem Ausweis und rieb mit dem Finger heftig darüber. Dann warf er einen Blick auf Slanskis linke Hand. Er schien zu zögern, als wäre er sich nicht ganz sicher, bevor er langsam die Papiere zurückgab und in den Wagen blickte.

»Es ist kein angenehmer Anblick, Genosse Oberst«, sagte Slanski. »Es handelt sich um einen amerikanischen Agenten.« Er deutete auf die Einschußlöcher im BMW. »Er war ein würdiger Gegner. Unglücklicherweise konnte ich ihn nicht lebend fassen.«

»Das habe ich gehört.«

»Dann wissen Sie zweifellos auch, daß Genosse Stalin die Leiche persönlich sehen will.«

Der Oberst blickte Slanski ausdruckslos an, öffnete die hintere Tür und untersuchte den Leichnam, bei dem bereits die Totenstarre eingesetzt hatte. Er packte Masseys Kinn und schaute ihm ins leblose, leichenblasse Gesicht.

»Sie werden feststellen, daß er eindeutig tot ist, Genosse«, verkündete Slanski.

»Werden Sie nicht vorlaut, Lukin. Ich bin nicht blind.«

Der Oberst warf noch einen letzten Blick auf den Toten, bevor er sich wieder zu Slanski umdrehte. »Wir brauchen den Leichnam wohl nicht ins Haus zu schaffen. Genosse Stalin wird meinem Wort glauben, daß der Amerikaner tot ist.« Der Oberst lächelte humorlos. »Wenn er Zweifel haben sollte, serviere ich ihm den Toten höchstpersönlich. Ich glaube, man darf Ihnen gratulieren, Lukin.«

»Danke, Genosse Oberst.«

Das Lächeln des Offiziers gefror, als er Slanski einen kalten Blick zuwarf. »Noch eins.«

»Genosse?«

»Ihre Pistole. Die Vorschriften verbieten Besuchern von

Kunzewo das Tragen von Waffen.« Der Oberst streckte die Hand aus.

Slanski zögerte kurz, nahm dann die Tokarew aus dem Halfter und reichte dem Oberst die Waffe.

»Folgen Sie mir. Genosse Stalin erwartet Sie.«

Die polierten Türen aus Eichenholz schwangen lautlos auf, als der Oberst ins Innere der Datscha voranging.

Slanski folgte ihm in einen beeindruckenden Raum. Ein Holzfeuer brannte in einem Kamin in der Ecke, und ein langer Walnußtisch mit mehr als einem Dutzend Stühlen darum stand mitten im Zimmer. Ein prächtiger Kristallüster hing an der Decke und beleuchtete den ganzen Raum. Buchara-Teppiche bedeckten den Boden, und herrliche Gobelins hingen an den mit Gold verzierten Wänden. Josif Wisarionowitsch Dshugaschwili, Josef Stalin, Generalsekretär der Kommunistischen Partei und Oberbefehlshaber der sowjetischen Streitkräfte, stand am anderen Ende des Tisches. Er rauchte eine Pfeife und hielt ein Glas in der Hand. Eine halbvolle Wodkaflasche stand auf einem Tisch neben ihm. Er trug einen schlichten grauen Uniformrock. Sein dichtes, ergrauendes Haar war nach hinten gekämmt und zeigte sein pockennarbiges Gesicht. Der buschige, graue Schnurrbart verdeckte seine Oberlippe. Mit seinen wäßrigen, grauen Augen blickte er seinem Besucher mißtrauisch entgegen.

Der Oberst durchquerte den Raum und flüsterte Stalin etwas ins Ohr. Augenblicke später trat der Oberst zurück.

Stalin legte die Pfeife zur Seite, stellte das Glas ab und krümmte einen Finger. »Genosse Major Lukin, kommen Sie her.«

Als Slanski einen Schritt auf ihn zutrat, sagte Stalin zu dem Oberst: »Lassen Sie uns allein, Sinjatin.«

Der Oberst schien zu zögern und warf Slanski einen mißtrauischen Blick zu. Schließlich salutierte er, verließ das Zimmer und schloß leise die Doppeltür hinter sich.

Stalin lächelte, doch seine grauen Augen betrachteten Slanski kühl. »Treten Sie näher, Major. Ich will Sie ansehen.«

Seine Stimme klang undeutlich. Er winkte mit den Fingern

der rechten Hand, und Slanski bemerkte den steifen und verkrüppelten linken Arm. Er trat näher heran und nahm den Körpergeruch des Mannes wahr. Stalin roch nach Alkohol und kaltem Tabak.

Plötzlich beugte der Diktator sich vor und küßte Slanski auf beide Wangen. Als er wieder zurücktrat, musterte er das Gesicht seines Besuchers. Sein Blick verschleierte sich, als er ihn zu erkennen glaubte. Dann sagte er: »Sie haben mir also den Leichnam des Amerikaners gebracht.«

»Jawohl, Genosse Stalin.«

»Und wo ist die Frau?«

»Die sitzt hinter Schloß und Riegel im Gefängnis von Lefortowo.«

Stalin lächelte eisig. »Sie haben meine Erwartungen erfüllt, Major Lukin. Ich gratuliere Ihnen. Sie werden einen Schluck vertragen können.«

»Nein, danke, Genosse.«

Stalin runzelte die Stirn. »Ich bestehe darauf. Niemand lehnt es ab, mit Stalin zu trinken.«

Der alte Mann schlurfte zum Getränkewagen und schenkte Wodka in einen Becher. Er kam zurück, reichte Slanski den Becher und hob sein Glas.

»Ich trinke auf Ihren Erfolg, Genosse Lukin. Und auf Ihre Beförderung. Sie bekommen meinen Dank und die versprochene Belohnung. Ab sofort bekleiden Sie den Rang eines Oberst.«

»Ich weiß nicht, was ich sagen soll, Genosse Stalin.«

»Gut möglich, aber dafür weiß ich es. Wenn nur alle meine Offiziere so fähig wären. Trinken Sie, Lukin. Es ist guter armenischer Wodka.«

Slanski hob den Becher und nippte daran.

Stalin leerte sein Glas in einem Zug, stellte es hin und ging um den Tisch herum.

Dann blickte er Slanski mißtrauisch an.

»Aber eines beunruhigt mich.«

»Was meinen Sie, Genosse Stalin?«

»Es ist nur eine kleine Angelegenheit, aber sie ist trotzdem wichtig. Sie scheinen nicht dem üblichen Protokoll gefolgt zu sein und Genosse Berija von Ihrem Besuch hier informiert zu haben. Ebensowenig haben Sie ihm von der Ergreifung des

Amerikaners berichtet. Ich habe soeben mit ihm telefoniert. Er ist genauso überrascht von Ihrem Erfolg wie ich. Offenbar haben Sie seine Anrufe nicht beantwortet und vorsätzlich einen seiner Offiziere, nämlich Oberst Romulka, bei der Ausübung seiner Pflicht behindert. Ihr Verhalten ist ein wenig ungewöhnlich und unorthodox, findet Genosse Berija. Ich pflichte ihm bei. Bevor ich ihm von Ihrem Anruf Mitteilung machte, wollte er Sie sogar verhaften lassen. Jetzt ist er auf dem Weg hierher, weil er Sie zur Rede stellen will. Er behauptet, Sie hätten ihm die Frau vorenthalten.« Stalin starrte Slanski mit eiskaltem Blick an. »Warum, Lukin? Wollten Sie den ganzen Ruhm für sich allein? Oder haben Sie ein kleines Geheimnis? Genosse Stalin schätzt es gar nicht, wenn man Geheimnisse vor ihm hat.«

Slanski stellte seinen Becher umständlich auf den Tisch. »Ich mußte etwas mit Ihnen unter vier Augen besprechen. Es betrifft den amerikanischen Attentatsplan. Ich bin im Besitz einer Information, die lebenswichtig für Sie ist.«

Stalin hob leicht seine buschigen Brauen. »Und was für eine Information ist das?«

»Diese hier.« Slanski zog den schwarzen Lederhandschuh aus, und die kleine Nagant-Pistole erschien in seiner Hand. Es klickte leise, als er den Hammer spannte und die Waffe auf Stalins Kopf richtete. Entsetzen loderte im Blick des alten Mannes auf.

»Es wird Ihnen nicht gefallen«, flüsterte Slanski. »Aber Sie werden mir zuhören, sonst puste ich Ihnen das Hirn weg. Setzen Sie sich. Auf den Stuhl rechts von Ihnen. Wenn Sie einen Mucks von sich geben, töte ich Sie.«

Stalins Gesicht lief vor Wut rot an. »Was hat das zu bedeuten?«

»Setzen Sie sich! Oder ich schieße Ihnen auf der Stelle eine Kugel in den Kopf.«

Stalin setzte sich zitternd auf den Stuhl. Slanski nahm die Offiziersmütze ab. Stalin starrte erschrocken in das Gesicht und dann auf die Hand, welche die Nagant hielt.

»Sie ... Sie sind nicht Lukin. Wer sind Sie? Und was wollen Sie?«

»Die Antworten auf beide Fragen sollten Ihnen mittlerweile klar sein, finde ich. Aber ich fange mit der zweiten an: Ich will Sie.«

Nackte Furcht lag auf Stalins Gesicht, als hätte der Alkoholnebel sich plötzlich verflüchtigt und alles läge klar auf der Hand.

Slanski lächelte eisig. »Aber zuerst werde ich Ihnen eine Geschichte erzählen, Genosse.«

Lukin schlug die Augen auf. Er war von der eisigen Schwärze des Luftschutzbunkers umgeben und schüttelte sich heftig.

Die Kälte drang in seine Knochen, und ihm brummte der Schädel. Lukin schüttelte den Kopf, und eine Million Sterne schien in seinem Hirn zu explodieren.

Eine Zeitlang saß er da und rieb sich den Nacken, bevor er schließlich die Kraft fand, sich aufzurichten.

Er lehnte sich zitternd an eine feuchte, kalte Wand und roch den Müll. Durch die offene Tür sah er, daß es schneite. Es dauerte eine Weile, bis das Pochen in seinem Kopf verebbte; dann wankte er aus der Tür und die Treppe hinauf. Er kniff vor Schmerz die Augen zusammen und atmete tief durch. Sein Gesicht dampfte in der eiskalten Luft.

Jetzt erst begriff er, wo er sich befand und was passiert war.

Dann überschlugen sich seine Gedanken, und sein Herz pochte wie wild. Wie lange war er bewußtlos gewesen? Er versuchte in der Dämmerung die Zeiger seiner Uhr zu erkennen.

Zwanzig nach eins.

Er mußte mehr als fünf Minuten bewußtlos gewesen sein.

Plötzlich fiel ihm der Lieferwagen ein. Das Fahrzeug parkte nur einen halben Kilometer entfernt. Wenn er lief, brauchte er fünf Minuten. Nadjas Gesicht tauchte vor seinem inneren Auge auf. Schmerz und Trauer stiegen in ihm auf, doch er zwang sich dazu, das Bild und die Erinnerung beiseite zu schieben und ließ nur den Zorn in seinem Inneren kochen – einen wilden Zorn und eine schreckliche Gier nach Vergeltung. Er wußte, was er zu tun hatte. Diesen Augenblick wollte er sich nicht nehmen lassen.

Er konnte es noch bis zu Stalins Villa schaffen.

Lukin suchte hastig nach den Autoschlüsseln, fand sie und stolperte durch den Schnee zur Straße.

»Der Name meines Vaters lautete Ilja Tarakanow. Erinnern Sie sich an ihn?«

Stalin schüttelte den Kopf.

»Nein.«

»Denken Sie nach.«

Irgendwo tickte leise eine Uhr, und durch die Eichentüren drangen gedämpfte Geräusche. Schwache Stimmen, das Klacken von Absätzen auf dem Parkett. Stalins Blick glitt nervös zur Tür, dann wieder zu Slanski.

»Ich erinnere mich nicht an ihn.«

Slanski preßte ihm den Nagant an die Schläfe.

»Denk nach!«

»Ich ... ich weiß wirklich nicht, wovon Sie reden.«

»Juri Lukin ist mein Bruder. Ilja Tarakanow war unser Vater. Sie haben ihn umbringen lassen. Seine Frau auch. Und seine Tochter. Unsere Schwester. Sie haben alle getötet, fast unsere ganze Familie.«

Slanskis Blick bohrte sich in Stalins Augen, in denen nun die nackte Angst stand. »Aber das genügte Ihnen nicht. Sie haben meinen Bruder gegen mich aufgehetzt.«

»Nein ... Sie irren sich. Wer hat Ihnen das gesagt? Wer hat Ihnen gesagt, daß ich dafür verantwortlich war? Alles Lügen.«

Der alte Mann fuhr sich mit der zitternden Hand unter den Kragen. Slanski schlug die Hand zur Seite.

»Wenn Sie sich noch einmal bewegen, reiße ich Ihnen das Herz raus!«

Ein Windstoß wirbelte den Schnee vor der Datscha auf und ließ die Fensterläden klappern. Stalin lief der Schweiß übers Gesicht, und sein Atem ging in kurzen Stößen.

»Bitte ... einen Schluck Wasser ...!«

Eine Wasserkaraffe stand auf dem Getränkewagen, doch Slanski ignorierte Stalins Bitte.

»Ich will Ihnen die Lügen ins Gedächtnis rufen, von denen Sie gesprochen haben. Mein Vater war Landarzt. Wir lebten in der Nähe von Smolensk. Eines Tages kam die Geheimpolizei in unser Dorf. Sie wollten die Sommerernte haben. Es war die Zeit der Bauernkriege, und es herrschte Hungersnot. Eine Hungersnot, die Sie vorsätzlich herbeigeführt haben. Die Dorfbewohner hatten kaum genug zu essen, um ihre Kinder zu füttern. Viele sind verhungert. Männer, Frauen und Kinder waren zu Skeletten abgemagert und verreckten zu Dutzenden. Also weigerten sich die Leute, das Getreide herauszugeben. Zur Strafe wurde die Hälfte der männlichen Bevölkerung erschossen, und das Getreide wurde gestohlen. Es gab nichts mehr zu essen. Frauen und Kinder krepierten wie Vieh. Mein Vater wurde verschont, aber er konnte nicht glauben, daß Genosse Stalin so etwas erlaubte. Also beschloß er, etwas zu unternehmen.« Slanski zog die Akte aus seiner Uniformjacke und warf sie auf den Tisch. »Machen Sie sie auf und lesen Sie.«

Als Stalin zögerte, wiederholte Slanski seinen Befehl. »Schlagen Sie die Akte auf!«

Stalin öffnete zitternd den Ordner, ließ den Blick über die Seiten und die Fotos gleiten und schaute dann wieder hoch.

»Ich erinnere mich nicht an diesen Mann.«

»Was Sie da sehen, war in meiner Akte. Sie haben das alles sehr genau gelesen, bevor Sie auf die Idee kamen, meinen eigenen Bruder auf mich anzusetzen.«

Stalin schluckte. Er war aschfahl.

Slanski fuhr fort: »Sie sollen sich daran erinnern, was meiner Familie zugestoßen ist. Ich helfe Ihnen dabei. Ilja Tarakanow, mein Vater, hat den örtlichen Parteikommissar angerufen und ihm gesagt, er wünsche mit Stalin zu sprechen, um zu verurteilen, was in Stalins Namen in seinem Dorf geschehen war. Es war sein Recht als Staatsbürger. Man gab ihm einen Stift und ein Blatt Papier und sagte ihm, daß er seine Beschwerde niederschreiben sollte. Man würde sie nach Moskau weiterleiten. Er schrieb auf, was im Dorf passiert war, drückte seine Abscheu darüber aus und erklärte seinen Austritt aus der Partei. Sie haben den Brief gelesen, aber die Antwort fiel anders aus, als mein Vater erwartet hat.

Sie haben ihn als Verräter zum Tode verurteilt. Die Geheimpolizei ist in seine Praxis gekommen. Sie wollten den

Tod des renitenten Doktors etwas spannender gestalten, als ihn einfach nur zu erschießen. Also zwangen sie seine Frau, zuzusehen, wie sie meinen Vater festhielten und ihm eine tödliche Dosis eines seiner Medikamente gaben. Adrenalin. Kennen Sie die Wirkung, die eine Überdosis Adrenalin auf den menschlichen Körper hat? Es ist kein sehr angenehmer Tod. Das Herz rast, der Körper zittert, die Lungen schwellen an, und man muß erbrechen. Eine tödliche Dosis sorgt manchmal dafür, daß die Adern im Kopf platzen, aber genausogut kann der Tod langsam eintreten. Bei meinem Vater dauerte es sehr lange.

Und ihre Männer haben meine Mutter gezwungen, jede Sekunde mitanzusehen. Dann vergewaltigten ihre Leute sie. Alle. Bis einer von ihnen einen Rest von Menschlichkeit aufbrachte und ihr eine Kugel in den Kopf jagte. Nur starb sie daran nicht. Die Männer ließen meine Mutter liegen. Sie verblutete qualvoll, vier Stunden lang. Ich hörte, wie es passierte, weil einer der Männer mich nebenan festhielt. Ich hörte die Schreie, und später sah ich meine Mutter sterben. Alles was danach geschehen ist, steht in dieser Akte. Aber das wissen Sie ja längst, habe ich recht? Sie wußten es schon, als Sie Juri Lukin ausgewählt haben. Und daß Sie ihn auswählten, um mich zu töten, ist Ihrem perversen Sinn für Humor entsprungen. Noch ein kleiner Witz auf Kosten Ihres Opfers.«

Slanski beugte sich vor. Seine Augen waren tränennaß und seine Stimme ein heiseres Flüstern. »Sie behaupten, daß Sie sich nicht an meinen Vater erinnern, aber das werden Sie sehr bald. Ilja Tarakanow. Merken Sie sich seinen Namen. Es ist der letzte Name, den Sie hören werden, bevor Sie in der Hölle schmoren.«

Slanski legte die Nagant-Pistole auf den Tisch und zog eine Spritze aus der Tasche. Mit einem Finger schob er die metallische Scheide von der Nadel. Der Behälter war mit einer klaren Flüssigkeit gefüllt.

»Reines Adrenalin. Ich werde Sie jetzt genauso töten, wie Sie meinen Vater getötet haben.«

Als Slanski nach ihm griff, stürzte der alte Mann sich verzweifelt auf ihn.

»NEIN!«

Stalin packte die Nagant, und ein ohrenbetäubender Knall ertönte, als sich ein Schuß löste. Slanski schlug Stalin mit der Handkante gegen den Nacken, und der Mann sank auf den Stuhl zurück.

Dann schien alles gleichzeitig zu passieren.

Die Datscha verwandelte sich schlagartig in ein Tollhaus. Überall brüllten Leute, und Befehle wurden geschrien.

Die Türen flogen auf, und der massige Oberst stürzte wie ein wildes Tier als erster ins Zimmer. Er blieb wie vom Donner gerührt stehen, als er entsetzt auf die Szene starrte.

Slanski rammte Stalin die Nadel in den Hals und drückte den Kolben herunter.

»Für meinen Vater.«

Dann preßte er Stalin den Lauf des Revolvers an die Schläfe.

»Und das ist für meine Mutter ... und für meine Schwester ...«

Die Nagant dröhnte, und Stalins Kopf wurde zur Seite geschleudert.

Während der Oberst seine Waffe herausriß, beobachtete er fassungslos, wie Slanski ihn im Angesicht des sicheren Todes kalt anlächelte. Dann steckte er sich den kurzen Lauf der Nagant in den Mund und drückte ab. Die Waffe detonierte erneut.

Die Wischer des Emka fegten den Schnee von der Scheibe, doch es hörte einfach nicht zu schneien auf.

Lukin war noch hundert Meter von der Datscha entfernt, als er Sirenen hörte. Sein Herzschlag schien auszusetzen. Der schrille Lärm drang wie der Schrei von tausend gepeinigten, wilden Tieren durch den Wald.

Scheinwerfer flammten auf, erleuchteten den Wald und tasteten sich durch das Dunkel. Ihr Lichtstrahl wischte über die verschneiten Birken. Hunde bellten, und Stimmen brüllten Befehle. Der Wald war erfüllt von Licht und Lärm.

Durch die Windschutzscheibe konnte Lukin die grünlackierten Tore ausmachen, die den Weg zur Datscha versperrten. Die Lichtkegel der Suchscheinwerfer glitten über die Bäume, und die Sirenen heulten unaufhörlich.

Lukin fuhr langsamer. Rechts von ihm ging ein holpriger Weg ab. Er bog darauf ein und stellte den Motor ab. Er zitterte am ganzen Körper, und sein Puls raste.

Er war zu spät gekommen.

Der Kloß in seinem Hals drohte ihn zu ersticken. Er stolperte aus dem Fahrzeug und holte tief Luft. Dann sank er auf die Knie und übergab sich.

Lange kniete er in dem eisigen Wald und hörte weder die Sirenen noch den Lärm. Nur sein eigenes Schluchzen und sein Herzschlag dröhnten ihm in den Ohren, während ein Gefühl der Qual ihn durchströmte – so heftig, das er es beinahe körperlich spürte.

Die Zeit schien stillzustehen. Dann brach ein Damm in seinem Inneren. Er schrie, und der Schrei kam aus seinem tiefsten Herzen.

»MISCHA!«

Der Schrei schien in der Dunkelheit, die ihn umhüllte, ewig anzudauern.

DIE GEGENWART

61. KAPITEL

Es hatte wieder zu regnen angefangen.

Der Himmel über Moskau verdunkelte sich. Es herrschte ein merkwürdiges Zwielicht. Dann zuckte ein Blitz über den Himmel, und es donnerte. Die himmlischen Schleusen öffneten sich. Anna Chorjowa stand am Fenster und schaute durch die Regenwände auf die Mauern des Kreml in der Ferne. Als sie sich schließlich umdrehte, lächelte sie. Es war ein kurzes Lächeln, das einem traurigen Gesichtsausdruck wich.

»Jetzt haben Sie Ihre Geschichte, Mr. Massey. Es ist zwar nicht gerade ein Happy-End, aber das Leben überrascht uns selten mit einem glücklichen Ausgang.«

»Es ist eine bemerkenswerte Geschichte.«

Sie zündete sich eine Zigarette an. »Nicht nur das ... Sie ist auch wahr. Sie sind einer der wenigen Menschen, die wissen, was in dieser Nacht in Kunzewo passiert ist. Stalin hat fast vier Tage gegen den Tod gekämpft, aber schließlich ist er doch gestorben. Die Droge hat die Gehirnblutungen hervorgerufen, und die Kugel hat ihm den Rest gegeben. Alle seine Ärzte konnten ihn nicht retten. Ironischerweise hatten sie auch viel zuviel Angst, einen Fehler zu machen ... nach dem, was Stalin ihren Kollegen vom Kreml angetan hatte.«

»Also ist die offizielle Version von Stalins Tod eine Lüge.«

»Der Kreml hat behauptet, daß er eines natürlichen Todes gestorben ist, an den Folgen einer Gehirnblutung. Aber man kann in denselben Geschichtsbüchern nachlesen, daß an dem Abend, als Stalin tödlich erkrankte, die Leichen zweier Männer vom Gelände der Datscha abtransportiert wurden. Es ist zwar keine allgemein bekannte Tatsche, aber es ist das entscheidende winzige Körnchen Wahrheit, das verrät, daß an diesem Abend etwas Ungewöhnliches vorgefallen ist. Die Toten waren Alex Slanski und Ihr Vater. Selbstverständlich hat nie jemand etwas davon erwähnt. Einige Geheimnisse bleiben tatsächlich besser für immer ... eben Geheimnisse.«

Ich antwortete nicht sofort. Dann fragte ich: »Warum haben Sie mir diese Geschichte erzählt? Weil Sie es mußten?«

Anna Chorjowa lächelte. »Zum Teil schon, glaube ich. Aber

vielleicht wollte ich sie einfach irgend jemandem erzählen, und ich bin froh, daß ich Sie endlich kennengelernt habe. Was vor all diesen Jahren passiert ist, habe ich mein Leben lang geheimgehalten. Aber vielleicht ist das Geheimnis zu groß, um es mit ins Grab zu nehmen. Und wenn ich ehrlich bin ... Ich fühle mich erleichtert, nachdem ich es Ihnen erzählt habe.«

Sie lächelte wieder. Dann nahm ihr Gesicht einen traurigen Ausdruck an, und sie schien mit den Gedanken in weiter Ferne zu sein.

»Was ist danach passiert?« fragte ich.

Sie setzte sich. »Sie meinen, was aus den anderen geworden ist? Berijas Geschichte kennen Sie sicher. Nach Stalins Tod hat er um die Macht gepokert und verloren. Ironischerweise hat man ihn beschuldigt, ein Spion für den Westen zu sein. Aber in Wirklichkeit hatte er sich zu viele Feinde gemacht, die ihm den Tod wünschten. Er wurde im Kreml verhaftet und kurz darauf erschossen. Zum Schluß hat er doch noch seine gerechte Strafe bekommen. Einige behaupten auch, daß er getötet wurde, weil er wußte, was wirklich mit Stalin passiert ist, und seine Genossen im Kreml die Sache gründlich vertuschen wollten.«

»Und was ist passiert, nachdem Sie aus Moskau geflohen sind?«

»In den Tagen darauf versank Rußland im Chaos. Da auch Romulka tot war, erwies unsere Flucht sich als nicht allzu schwierig. Wir schafften es bis nach Finnland, aber natürlich erwarteten uns dort Probleme. Selbstverständlich war man bei der CIA der Meinung, daß die anderen und ich ein Sicherheitsrisiko darstellten, falls jemals etwas über die Operation herauskommen würde. Und Henri Lebel fürchtete um sein Leben, als er erfuhr, daß er bei der Ermordung Stalins eine Rolle gespielt hatte, wenn es auch nur eine kleine Rolle war. Aber Henri war sehr raffiniert. Als Ihr Vater ihm in Paris das erste Mal diesen Handel vorgeschlagen hatte, schrieb Henri alle Einzelheiten auf und schickte sie in einem versiegelten Umschlag an seinen Rechtsanwalt. Zusammen mit der Anweisung, daß der Inhalt veröffentlicht werden soll, wenn Henri es verlangte oder wenn ihm und Irina jemals etwas passieren sollte. So sicherte er sich gegen jeden Versuch der CIA ab, ihn zu erpressen, noch einmal für sie zu arbeiten oder ihn aufs Kreuz zu legen. Also hat die CIA sich an das Versprechen Ihres Vaters gehalten. Sie haben mit Hilfe des Mossad für mich und Sascha und auch für Henri und Irina neue Identitäten und ein neues Leben in Israel geschaffen. Sie dachten, wir wären dort sicherer, falls der KGB sich an uns rächen wollte, aber glücklicherweise ist es niemals dazu gekommen.«

Sie schaute aus dem Fenster. »Der Mossad war sehr froh über den Lauf der Dinge. Nach Stalins Tod endeten die Judenverfolgungen in Rußland, und die Konzentrationslager wurden niemals fertiggestellt. Sogar die überlebenden Ärzte wurden freigelassen. Die Amerikaner haben Sascha und mir eine schöne Wohnung in Tel Aviv besorgt und uns finanziell gut versorgt. Ich wurde gewarnt, jemals meine wahre Identität zu enthüllen oder auch nur das geringste über unsere Operation preiszugeben, weil es unser Leben gefährden könnte. Aber die neuen Herrscher im Kreml machten niemals publik, daß die Mission ein Erfolg gewesen ist. Sie haben nicht einmal bestätigt, daß es eine solche Operation überhaupt gegeben hat. Sie wären dadurch auch nur in eine peinliche Situation geraten. Vielleicht hätte das sogar Krieg bedeutet ... und den wollte niemand, am wenigsten die Sowjets, die ohne Führung waren. Washington kam das gerade recht. Chruschtschow wurde Stalins Nachfolger, und er brandmarkte seinen Vorgänger später für seine Verbrechen. Dennoch wurden einige Leute für Stalins Tod bitter bestraft. Nicht lange danach ermordete der KGB systematisch und sehr brutal eine Anzahl extremistischer russischer und ukrainischer Emigrantenführer in Europa, vermutlich in dem fälschlichen Glauben, daß sie mitverantwortlich für das Attentat auf Stalin wären. Doch ob die CIA mit dem Finger auf sie gezeigt hat oder nicht, weiß ich nicht.«

»Warum hat die CIA behauptet, mein Vater hätte Selbstmord begangen?«

»Damals war der Tod Ihres Vaters ein Problem für Washington. Sie mußten ihn irgendwie vertuschen, ohne daß seine Kollegen mißtrauisch wurden. Offiziell wurde erklärt, er habe auf einer Europareise Selbstmord begangen. Sie sagten, daß er aus Krankheitsgründen beurlaubt worden war, nachdem er aus München nach Washington zurückgerufen wurde. Sie behaupteten, er wäre depressiv und labil gewesen. Das Datum für seinen Selbstmord legten sie auf einen Termin vor unserer Operation, damit niemand ihn mit den späteren Geschehnissen in Verbindung bringen konnte. Es war zwar nicht fair Ihrem Vater gegenüber, aber aus Gründen der Sicherheit unabdingbar. Und natürlich hat man keinen Leichnam begraben, sondern nur einen Sarg voller Steine.«

»Was ist aus Lebel und Irina geworden?«

Anna Chorjowa lächelte. »Henri hat ein Bekleidungsunternehmen in Tel Aviv eröffnet. Sie haben geheiratet und glücklich zusammengelebt, bis Henri vor zehn Jahren gestorben ist. Irina ist ihm kurz danach ins Grab gefolgt.«

»Und Juri Lukin?«

Anna blickte lange schweigend in den Regen hinaus. Ihr Gesicht hatte einen traurigen Ausdruck, als sie mich wieder anschaute.

»Er hat es an diesem Abend noch bis zum Zug geschafft, sehr zur Erleichterung seiner Frau. Aber er war fassungslos, wie Sie sich denken können. Er hatte nach so vielen Jahren seinen Bruder wiedergefunden, um ihn sofort wieder zu verlieren. Als wir in Helsinki eintrafen, wurden wir mehrere Tage lang von Branigan verhört. Danach habe ich Lukin nie mehr wiedergesehen. Was ich sehr schade finde. Er war ein wirklich bemerkenswerter Mann, Mr. Massey.«

»Wissen Sie, was aus ihm geworden ist?«

Sie drückte ihre Zigarette aus. »Wollen Sie das wirklich wissen?«

»Er ist das letzte Teil des Puzzles«, entgegnete ich.

»Ich kann Ihnen nur sagen, was die CIA mir erzählt hat. Er und seine Frau sind von Helsinki nach Amerika geflogen. Man gab ihnen neue Identitäten und hat sie in Kalifornien angesiedelt. Dort hat seine Frau einem Sohn das Leben geschenkt. Drei Monate später, so wurde mir gesagt, ist Juri bei einem Autounfall ums Leben gekommen.«

»Glauben Sie, daß der KGB ihn umgebracht hat?«

»Das glaube ich nicht. Es war eindeutig ein Unfall, Mr. Massey. Und ich bin auch sicher, daß die CIA ihn nicht ermordet hat. Wäre Lukin nicht gewesen, wäre die Operation sicher nicht so erfolgreich verlaufen. Aber ich nehme an, daß sein Tod wahrscheinlich sowohl dem Kreml als auch Washington nicht ungelegen kam. Noch ein Zeuge weniger, der die ganze Wahrheit kannte.«

»Was ist mit seiner Frau und seinem Sohn passiert?«
»Das weiß ich leider nicht.«

Ich blieb einige Augenblicke ruhig sitzen und ließ alles auf mich einwirken. Es hatte zu regnen aufgehört, und hinter den trüben Wolken lugte die Sonne hervor. Sie ließ die goldenen Kuppeln des Kreml und die hellen, bonbonfarbenen Türme der Basilius-Kathedrale erstrahlen.

»Darf ich Ihnen eine persönliche Frage stellen?«
Sie lächelte. »Das hängt davon ab, wie persönlich sie ist.«
»Haben Sie jemals wieder geheiratet?«
Sie lachte freundlich. »Meine Güte, was für eine merkwürdige Frage. Die Antwort lautet nein. Sascha hat sich mit einem netten russischen Emigranten in Israel vermählt. Sie haben einen Sohn namens Alexej. Und eine Tochter, Rachel. Die haben Sie bei Ihrer Ankunft kennengelernt.« Sie lächelte. »Ich habe zwei bemerkenswerte Männer in meinem Leben geliebt, Mr. Massey. Meinen Ehemann und Alex. Ich glaube, das reicht vollkommen.«

»Sie haben Alex Slanski geliebt?«
»Ja. Nicht so, wie ich Iwan geliebt habe, aber ich habe ihn geliebt. Für uns war nie ein Happy-End vorgesehen, aber das wußten wir beide. Was sagt man doch gleich? Eine verlorene Seele. Das trifft genau auf Alex zu. Wahrscheinlich wußte er, daß er bei diesem Auftrag sterben würde, und vielleicht wollte er es sogar. Ich glaube, für ihn war es Bestimmung, in Moskau zu sterben. Und Stalin zu töten war dieses Opfer wert. Denn es war die ultimative Rache für die Verbrechen an seiner Familie. Und indem er dieses Opfer brachte, hat Alex der Welt einen großen Dienst erwiesen, Mr. Massey. In Washington hat es genauso viele Stoßseufzer der Erleichterung über Stalins Tod gegeben wie in Moskau.«

Die Tür öffnete sich leise. Das dunkelhaarige Mädchen stand da. Sie hatte sich eine Bluse und einen Rock angezogen und sah wunderschön aus. Ihre langen Beine waren gebräunt, und das Haar fiel ihr bis auf die Schultern.

»Nana, der Wagen der Botschaft steht bereit. Sie wollen uns zum Flughafen bringen.«

Das Mädchen lächelte mich an, und ich lächelte zurück. Sie hatte dieselben Gesichtszüge wie ihre Großmutter. Dieselben braunen Augen und dieselbe Ausstrahlung. Ich glaube, sie ähnelte der jungen Anna Chorjowa. Ich konnte Alex Slanski verstehen und auch meinen Vater, daß sie sich in Anna verliebt hatten.

»Danke, Rachel, wir sind auch fast fertig. Sag dem Fahrer, daß wir in einer Minute kommen.«

Das Mädchen blickte mich wieder lächelnd an. »Versprechen Sie mir, daß Sie Großmutter nicht länger aufhalten?«

»Versprochen.«

Sie ging und schloß die Tür hinter sich.

Anna Chorjowa erhob sich. »Jetzt wissen Sie alles, Mr. Massey. Ich habe Ihnen alles erzählt, was ich weiß. Und jetzt müssen Sie mich leider entschuldigen. Rachel und ich müssen die Maschine nach Israel erwischen. Ich hoffe, Sie verstehen das. Es war zwar nur ein kurzer Besuch, aber ich habe ihn schon lange machen wollen.«

»Darf ich noch eine Frage stellen?«

»Welche?«

»Glauben Sie, daß mein Vater Sie und Alex wirklich getötet hätte?«

Sie dachte längere Zeit nach. »Nein«, antwortete sie schließlich. »Das glaube ich nicht. Obwohl nur Gott weiß, was passiert wäre, hätte Juri Lukin nicht so gehandelt, wie er es getan hat. Ihr Vater ist auf Befehl Washingtons nach Moskau gekommen. Aber wenn es hart auf hart gekommen wäre, hätte er uns nicht getötet. Er hätte uns sicherlich aufgehalten, aber er hätte sich einen Weg ausgedacht, uns aus Moskau herauszubringen. Er war ein feiner Mann, Mr. Massey. Er war ein Vater, auf den ich stolz gewesen wäre. Und wenn ich ehrlich bin, war ich vielleicht auch ein bißchen in ihn verliebt.«

Sie schaute auf die Uhr, bevor sie den Strauß weißer Orchideen vom Tisch nahm, den ich mitgebracht hatte. »Wir haben noch ein wenig Zeit, Mr. Massey. Fahren Sie doch einfach mit.

Wir können Sie auf dem Weg zum Flughafen an Ihrem Hotel absetzen. Und wenn es Ihnen nichts ausmacht, fahren wir noch kurz am Nowodewitschi-Friedhof vorbei.«

Die Sonne schien, als wir zusammen zu den Gräbern gingen.

Rachel wartete im Wagen, und als die Sonne durch die Kastanienbäume schien, war der Friedhof kaum wiederzuerkennen. Der Himmel war klar und blau, und die trockene Hitze des Nachmittags war noch zu spüren. Alte Frauen spazierten mit Blumensträußen und Wodkaflaschen über die schattigen Wege, setzten sich an die Gräber und sprachen mit ihren Verstorbenen.

Als wir zu den beiden Grabsteinen kamen, legte Anna Chorjowa eine Orchidee auf jedes der beiden Gräber.

Ich hielt mich im Hintergrund, damit sie ungestört ihr letztes Gebet sprechen konnte. Sie weinte nicht, aber ich sah den Schmerz in ihrem Blick, als sie sich schließlich umdrehte.

»Ich habe vor langer Zeit beschlossen, daß dies hier meine letzte Ruhestätte sein sollte, wenn der Tag kommt, Mr. Massey. Ich weiß, daß Iwan, mein Ehemann, Verständnis dafür gehabt hätte.«

»Das glaube ich ganz bestimmt.« Ich schaute sie an, und mir fiel keine passende Bemerkung ein, als ich den abwesenden Blick ihrer Augen sah. »Was passiert ist, kommt einem fast wie ein Traum vor«, sagte ich schließlich.

»Manchmal frage ich mich, ob es wirklich passiert ist. Und wer es glauben würde.«

»Ich glaube es.«

Sie lächelte, als wollte sie etwas sagen, und blickte auf die beiden Gräber, als müßte ich noch etwas wissen, aber dann schien sie ihre Meinung zu ändern und schüttelte sich leicht.

»Sind Sie soweit, Mr. Massey? Leider gehören Friedhöfe nicht zu meinen Lieblingsorten. Nicht einmal an warmen, sonnigen Tagen in Moskau.«

Ich nickte, reichte ihr den Arm, und gemeinsam gingen wir zum Wagen zurück.

Sechs Monate nach dieser Begegnung erfuhr ich, daß Anna Chorjewa gestorben war.

Bob Vitali rief mich aus Langley an. Er meinte, es würde mich vielleicht interessieren, daß Anna im Sharet-Krankenhaus in Jerusalem gestorben war. Lungenkrebs. Die Beerdigung sollte vier Tage später in Moskau stattfinden.

Ich beschaffte mir die Flugkarten von Washington aus, weil ich aus irgendeinem Grund am endgültigen Ende der Geschichte teilhaben wollte.

Es schneite, als ich auf dem Flughafen Scheremetojewo landete. Die Felder und Steppen Rußlands waren gefroren und wirkten wie ein unheimlicher Gobelin. Schneeflocken wehten durch die Straßen Moskaus. Ein weiterer harter Winter hielt das Land in seinen unbarmherzigen Krallen. So mußte es damals gewesen sein, als sich Alex Slanski und Anna Chorjowa durch Rußland gekämpft hatten.

Die Beisetzung in Nowodewitschi war schlicht und hatte bereits begonnen, als ich eintraf. Gut ein halbes Dutzend Angehörige der israelischen Botschaft standen um das offene Grab herum, während ein orthodoxer Priester seine Totengebete las und der Schnee uns umwehte.

Ich sah Anna Chorjowas Enkelin, die sich an den Arm einer gutaussehenden Frau in den Vierzigern klammerte. Es mußte Sascha sein. Beide waren blaß vor Trauer. Der Sarg war noch offen, und ich wartete, bis die Reihe an mich kam, Anna Chorjowa einen letzten Abschiedskuß auf ihre marmorne Wange zu geben. Einen kurzen Moment betrachtete ich sie und dachte, wie wunderschön sie selbst im Tod noch aussah. Dann trat ich zurück und stand etwas abseits von der Trauergemeinde, während die Totengräber ihre Arbeit begannen.

Da geschah etwas Bemerkenswertes.

Als ich dastand und beobachtete, wie der Sarg in die Erde gesenkt wurde, bemerkte ich ein altes Paar, das Arm in Arm unter den Trauernden stand. Das Gesicht der Frau war faltig, doch unter dem Kopftuch konnte ich einen Hauch von Rot in ihrem grauen Haar sehen. Der Mann war sehr alt und ging weit vornübergebeugt.

Er trug einen schwarzen Lederhandschuh an seiner steifen linken Hand.

Es überlief mich eiskalt.

Das Paar wartete, bis der Sarg in die Erde gesenkt wurde,

bevor der alte Mann vortrat und einen Strauß Winterrosen in das offene Grab legte. Als er zurücktrat, sah ich, wie sein Blick über den Stein auf Alex Slanskis Grab glitt. Lange stand er da und schien in Gedanken verloren zu sein, bis die Frau seinen Arm nahm, ihn auf die Wange küßte und ihn wegführte.

Als sie an mir vorüberkamen, konnte ich meiner Aufregung kaum noch Herr werden.

Das Herz schlug mir bis zum Hals, als ich den Mann sanft an der Schulter berührte. »Major Lukin?« fragte ich auf russisch. »Major Juri Lukin?«

Der alte Mann zuckte zusammen, und seine wäßrigen Augen musterten mein Gesicht.

Er wirkte lange Zeit unentschlossen, als würde er nachdenken; dann warf er einen kurzen Blick auf seine Frau, bevor er mit zittriger Stimme meine Frage beantwortete.

»Tut mir leid, Sir. Sie irren sich. Mein Name ist Tarakanow.«

Das Paar ging weiter. Ich wollte etwas sagen, denn ich erinnerte mich an den Namen, an Slanskis Familiennamen, doch ich war wie vom Donner gerührt. Ich beobachtete, wie das alte Paar in einen der schwarzen Wagen stieg, die in der Nähe parkten, und über den schmalen Friedhofsweg davonfuhr, bis die roten Rückleuchten des Wagens im Schneetreiben verschwanden.

War es Juri Lukin?

Vielleicht.

Ich glaube, er ist nicht gestorben, auch wenn Anna Chorjowa es behauptet hatte.

Aber das alles war schon so lange her. Ich hatte meine eigene Wahrheit gefunden. Ich hatte die Geister der Vergangenheit wachgerufen, und nun wurde es Zeit, sie endgültig zu begraben.

Ich warf einen letzten Blick auf die drei Gräber, drehte mich um und ging zurück zu den Toren des Klosterfriedhofs.

ANMERKUNGEN DES VERFASSERS

Obwohl das genaue Datum und die Zeitangabe nicht zweifelsfrei bestätigt werden können, berichtet die Geschichtsschreibung, daß Josef Stalin in der Nacht vom 1. auf den 2. März 1953 tödlich erkrankte. Er starb knapp vier Tage später.

Bis zum heutigen Tag bleiben die genauen Umstände seines Todes ein Geheimnis.

Einige Quellen behaupten, er wäre von Lawrenti Berija vergiftet worden, dessen Prahlereien an Stalins Sterbebett hinlänglich überliefert sind, doch diese Theorie konnte nie bewiesen werden.

Stalins Verwandte behaupten, daß er getötet wurde und nicht an einer Gehirnblutung gestorben ist, wie allgemein kolportiert wird. Überdies behaupten Stalins Angehörige, daß seine wirkliche Todesursache aus Gründen der Staatssicherheit verschwiegen wird. Tatsächlich gibt es historisch verbürgte Indizien, die diese Theorie stützen.

Einige Monate nach Stalins Tod hatte die CIA Berichte über die besorgniserregende Verschlechterung des geistigen Zustandes des sowjetischen Diktators erhalten.

Stalin zeigte alarmierende Anzeichen einer ernsten psychischen Störung, und die CIA wußte auch sehr genau von Stalins beinahe schon manischem Wunsch, die Wasserstoffbombe vor den Amerikanern fertigzustellen. Außerdem waren die CIA-Chefs sich darüber im klaren, daß die Sowjets den Amerikanern tatsächlich voraus waren und daß Stalin eine ›endgültige Lösung der Judenfrage‹ anstrebte, die Hitlers ›Endlösung‹ ebenbürtig sein sollte.

Dies alles waren ernsthafte und besorgniserregende Anzeichen, zumal in der heißesten Zeit des kalten Krieges. Ein neuer Weltkrieg schien durchaus im Bereich des Möglichen.

War Stalin ermordet worden, um eine Eskalation des Konflikts zu verhindern?

Es gab zahlreiche Pläne, ihn zu töten, doch alle sind gescheitert oder niemals durchgeführt worden. Doch die Geschichte enthüllt nur selten ihre tiefsten Geheimnisse. Es trifft zu, daß die CIA in den Tagen und Wochen vor Stalins

Tod bereits einige Agenten mit militärischer Ausbildung nach Moskau geschickt hatte. Es ist auch wahrscheinlich, daß die CIA einen Attentatsplan erwogen hat. Und fast unmittelbar nach Stalins Tod hat der KGB einige grausame Mordanschläge auf hochrangige antisowjetische Führer der Emigrantenvereinigungen verübt, die mit der CIA zusammenarbeiteten.

Ehemalige hohe CIA-Offiziere, die für ähnliche Operationen in dieser Epoche verantwortlich zeichneten, sind seltsam verschlossen, obwohl sie sich schon lange aus dem aktiven Dienst zurückgezogen haben. Bis zum heutigen Tag wollen die Amerikaner die Identität der Personen nicht enthüllen, die sie nach Rußland geschickt hatten, da sie sich darauf berufen, daß bestimmte Einzelheiten aus dieser Zeit noch immer der Geheimhaltung unterliegen. Sie behaupten, daß einige dieser Agenten noch am Leben sind und sich noch heute in Rußland aufhalten.

Was genau in der Nacht vom 1. auf den 2. März in Stalins Datscha geschehen ist, wird wohl für immer ein Geheimnis bleiben.

Es ist jedoch bekannt, daß Stalin die letzten Tage vor dieser ereignisreichen Nacht in völliger Abgeschiedenheit verbracht hat, schwer bewacht und offenbar in großer Sorge um sein Leben. Er hatte seinen Leuten Anweisung erteilt, sämtliche Kamine in seiner Datscha zu befeuern – die russischen Jäger und Schäfer haben früher Feuer entzündet, um die Wölfe fernzuhalten. Außerdem hat Stalin immer wieder einen Wolf mit scharfen Reißzähnen auf Papierschnipsel gezeichnet.

Und ein besonders bemerkenswerter Vorfall, der niemals ganz geklärt wurde, ist eine historisch verbürgte Tatsache.

In den frühen Morgenstunden des 2. März, nachdem – wie erwähnt – Stalin ernsthaft erkrankt war, wurden mehrere Mitglieder seiner Wache in der Datscha von Kunzewo Zeuge, wie die Leichen zweier Männer vom Gelände transportiert wurden. Beide waren offensichtlich Schußverletzungen erlegen.

Selbst innerhalb des KGB kursierten Gerüchte über den Vorfall, doch erst mehrere Monate später wurde eine offizielle Erklärung abgegeben.

Bei den beiden Männern, so der KGB-Bericht, habe es sich

um zwei Leibwächter Stalins gehandelt, die sich aus Trauer über den Tod ihres Chefs erschossen hätten.

Stalin hat gewiß bei vielen seiner gutgläubigen Landsleute Bewunderung ausgelöst, aber die Menschen, die näher mit ihm zu tun hatten, Zeugen seiner Wutausbrüche und seiner unglaublichen Bösartigkeit wurden und von seinen abscheulichen Verbrechen wußten – alle diese Menschen lebten in ständiger Angst vor Stalin und atmeten erleichtert auf, als er starb.

Die Namen der beiden angeblichen Leibwächter wurden niemals veröffentlicht, und es wurden auch keine weiteren Erklärungen geliefert. Die Untersuchung wurde abgeschlossen und die Akte über den Vorfall vernichtet.

Die beiden Männer, die sich erschossen hatten, wurden auf einem Moskauer Friedhof beigesetzt.

Ihre Gräber gibt es noch heute.

Und merkwürdigerweise stehen auf beiden namenlose Grabsteine.

ENDE

**Ausgezeichnet als bester Roman des Jahres 1998
(Gewinner des renommierten Kurt-Laßwitz-Preises)**

Stephen Foxx, Mitglied der New Yorker Explorer's Society, findet bei archäologischen Ausgrabungen in Israel in einem 2000 Jahre alten Grab die Bedienungsanleitung einer Videokamera, einer Kamera, die erst in einigen Jahren auf den Markt kommen soll. Es gibt nur eine Erklärung: Jemand muß versucht haben, Videoaufnahmen von Jesus Christus zu machen! Der Tote im Grab wäre demnach ein Mann aus der Zukunft, der in die Vergangenheit reiste – und irgendwo in Israel wartet seine Kamera samt Aufnahmen in einem sicheren Versteck darauf, gefunden zu werden. Oder ist alles nur ein großangelegter Schwindel? Eine turbulente Jagd zwischen Archäologen, Vatikan, den Medien und Geheimdiensten beginnt.

ISBN 3-404-14294-2

"Seien Sie vorsichtig mit Ihren Wünschen. Sie könnten in Erfüllung gehen."

Die bildhübsche LuAnn lebt mit ihrem Töchterchen Lisa und ihrem nichtsnutzigen Lebensgefährten in einem heruntergekommenen Wohnwagen. Gefangen im Teufelskreis der Hoffnungslosigkeit, schlägt sie sich mit Gelegenheitsjobs durch - bis sie ein mysteriöses Angebot erhält: Ein Mann namens Jackson bietet ihr an, sie zur Hauptgewinnerin in der staatlichen Lotterie zu machen. Einzige Bedingung: Sie müsse genau das tun, was er ihr sage, und dürfe sich niemandem anvertrauen. LuAnn akzeptiert - und gewinnt. Aber dann erkennt sie, daß das Spiel mit dem Glück in Wirklichkeit tödlicher Ernst ist ...

"Vergessen Sie Grisham. Die neue Antwort auf Thriller-Fragen heißt Baldacci."

Frankfurter Rundschau

ISBN 3-404-14348-5